Jörg S. Gustmann

DIE LANZE DES SCHICKSALS

Jörg S. Gustmann

DIE LANZE DES SCHICKSALS

✣ ✣ ✣

ROMAN

Brendow
VERLAG + MEDIEN

Bibliografische Information Der Deutschen Nationalbibliothek
Die Deutsche Nationalbibliothek verzeichnet diese Publikation in der Deutschen Nationalbibliografie; detaillierte bibliografische Daten sind im Internet über http://dnb.ddb.de abrufbar.

ISBN 978-3-86506-162-1

Einbandgestaltung: Georg Design, Münster
Titelfoto: Getty Images
Satz: Hans Winkens, Wegberg
Druck und Bindung: Clausen & Bosse, Leck
Printed in Germany

www.brendow-verlag.de

Da Zeit das kostbarste, weil unwiederbringlichste
Gut ist, über das wir verfügen, beunruhigt uns bei jedem
Rückblick der Gedanke etwa verlorener Zeit.
Verloren wäre die Zeit, in der wir nicht als Menschen
gelebt, Erfahrungen gemacht, gelernt, geschaffen,
genossen und gelitten hätten.

DIETRICH BONHOEFFER
(1906–1945)

Für Barbara
Anna und Jonas
in Liebe

✣ PROLOG ✣

Es war eine dieser Nächte, in denen man sich auf seinem Lager hin und her wälzt, das Laken, das den Körper bedeckt, zur Seite schiebt und dennoch kein Auge zumacht. Die Grillen zirpten in nervtötender Intensität, als gälte es, den rastlosesten Ruhestörer der Nacht zu ermitteln.

Longinus vernahm den gleichmäßigen Atem seiner jungen Frau und blickte stolz in ihre Richtung. Sie schlief auf der Seite liegend, ihm zugewandt, und er bewunderte wieder einmal ihre unglaubliche Schönheit. Welch ein Glück hatte er mit dieser Frau gehabt, die ihm drei gesunde, kräftige Söhne geschenkt hatte. Ihr langes, dunkles Haar bedeckte ihre Wange wie ein zarter Schleier, und ihr Gesicht glänzte im Mondlicht wie das eines Engels.

Vorsichtig, um sie nicht zu wecken, erhob sich Longinus von seinem Lager und verließ das Schlafgemach. Die Gedanken an den vor ihm liegenden Tag trieben ihn um, und er gab den Versuch auf, noch einige Stunden Ruhe zu finden. Er betrat das Atrium, atmete die feuchtwarme Luft ein und ging zu dem Raum, in dem er seine Rüstung abzulegen pflegte; die Rüstung eines angesehenen, mittlerweile wohlhabenden römischen Hauptmanns.

Der nächste Morgen würde kein gewöhnlicher Morgen sein, denn die Kreuzigung dreier Verbrecher stand an; genau genommen zweier Räuber und eines Mannes, den man des aufrührerischen Verrates schuldig gesprochen hatte. Er als Hauptmann hatte dabei die Aufgabe, den Vollzug der Hinrichtung mit den ihm unterstellten Legionären zu sichern, den aufrührerischen Pöbel in die Schranken zu weisen und den einen oder anderen jüdischen Rebellen mit seiner Lanze zurückzudrängen.

Bedächtig nahm Longinus den Wurfspieß zur Hand, polierte mit einem feinen Leinentuch Schaft und Spitze und stieß einen hörbaren Seufzer aus. Er war des vielen Tötens müde und hoffte, diese Lanze, die ihn schon viele Jahre begleitet hatte, an diesem Tag nicht einsetzen zu müssen.

✣ ✣ ✣

Zur selben Zeit erhob sich, nur einen Steinwurf von Longinus' Haus entfernt, ein Mann mittleren Alters mühsam vom steinigen Boden und freute sich darüber, dass er körperlich und geistig unversehrt zu sein schien. Er konnte kaum fassen, was ihm gelungen war. Alles war perfekt verlaufen, entgegen allen Befürchtungen seitens der kleingeistigen Gelehrten. Es hatte tatsächlich geklappt! Noch nie zuvor war ein Mensch dieses Wagnis eingegangen. Doch *er,* ausgerechnet *er,* hatte es überlebt.

Der Reisende blickte an sich herab, betastete glücklich sein Gesicht und fühlte zugleich die Mattigkeit in seinen Beinen. Das hier, das war offensichtlich sein Schicksal – zweifellos, sein Karma oder wie auch immer man es nennen wollte. Aber es war ihm egal, wie irgendjemand das nannte, solange es ihn seinem Ziel näher brachte, seinem Traum, ja seiner Bestimmung. Obwohl er gerade erst angekommen war, richtete er nun all seine Sinne auf die neue Umgebung, in der er sich befand, und versuchte, sich zu orientieren.

Kein Geräusch war zu hören außer einem unermüdlichen Zirpen der Grillen. Der Fremde kniff die Augen zusammen, versuchte in die Ferne auf die gegenüberliegende

Seite des Tals zu schauen und entdeckte dort schwache Lichter. Allerdings drangen auch aus dieser Richtung keine Laute zu ihm herüber. Dennoch vermutete er, dass dies eine bewohnte Stadt war, und hoffte, sein angestrebtes Ziel – Jerusalem – tatsächlich erreicht zu haben.

Zaghaft und stolpernd ging er vorwärts und versuchte nicht zu fallen, denn der Boden war steinig und uneben. Der Reisende war es nicht gewohnt, barfuß zu laufen, und hätte alles dafür gegeben, wenn er wenigstens seine teuren Schuhe hätte mitnehmen können. Der weißhäutige, untersetzte Mann bewegte sich Schritt für Schritt vorwärts. Mit den Füßen tastete er den unberechenbaren Untergrund ab, und nun, da ihm die hohen Einlagen seiner eigens für ihn angefertigten Schuhe fehlten, wurde er sich erneut der Tatsache bewusst, dass sein rechtes Bein beträchtliche Zentimeter zu kurz und sein Fuß leicht verkrüppelt war.

Er hasste diese angeborene Behinderung. Nicht genug, dass er mit spärlichem Haarwuchs und einer gedrungenen Statur gestraft war, ein zu kurzes Bein mit einem verkrüppelten Fuß ließ sich nicht so leicht wie ein unförmiger Bauch durch einen eleganten Anzug kaschieren.

Eine Stunde später war der Reisende noch nicht sehr weit gekommen. Sein Weg führte ihn von einem nicht allzu hohen Berg herab, für den die Bezeichnung Hügel wohl treffender gewesen wäre, und er stach sich dabei immer wieder an Dornen und ritzte sich die Haut an Beinen und Armen auf. Von Zeit zu Zeit blieb er stehen, um – ohne sich auf die Balance konzentrieren zu müssen – Ausschau zu halten und nach Geräuschen zu lauschen, die ihm weiterhelfen konnten. Er stieg noch eine Weile das unebene Gelände hinab und stand endlich vor der Stadt, einer Stadt mit gigantischen Mauern und einem großen Tor.

Nun wurde es heikel für den Fremden. Nervös blickte er

sich um und hob, einem Gedankenblitz folgend, Lehm vom Straßenrand auf. Eilig rieb er sich das Gesicht und seinen nach teuren Essenzen duftenden Körper damit ein. Dann brachte er seine spärlichen, korrekt nach hinten gekämmten Haare in Unordnung. *Man wird denken, ich sei überfallen worden, und ich werde mich entsprechend benehmen: Ein verzweifelter und zerschundener Bettler mit verdrehtem Fuß und mit Stummheit geschlagen. Niemand, dem man etwas antun oder den man an seinem Fortkommen hindern müsste.*

Er erreichte das imposante Stadttor, in dessen Mitte er einen Wächter sitzen sah. Dessen Kopf war vornüber auf die Brust gesunken, und die gleichmäßige, schnarchende Atmung signalisierte einen gesunden Schlaf. Schnell und lautlos schlich der Fremde an ihm vorbei und erreichte die Stadt seiner Träume: Jerusalem. Er erkannte sofort die alles überragende Kulisse des jüdischen Tempels und wähnte sich seinem Ziel ein kleines Stück näher – bis ihn ein dringlicher Gedanke einholte: landestypische Kleidung! *Woher bekomme ich etwas zum Anziehen, mit dem ich nicht auffalle?*

Fieberhaft blickte er sich nach allen Seiten um. Es waren schon einige Leute auf den Beinen – oder waren es noch, als sie betrunken die Prostituierten verließen. Lautlos huschte der Reisende durch zahlreiche Gassen, bis ihm ein über einer Mauer hängendes Gewand auffiel. Er lauschte, ob aus dem Innern des Gebäudes Geräusche zu vernehmen waren, doch es war alles ruhig. Schnell schaute er sich noch einmal nach allen Seiten um, griff dann mit behänder Verschlagenheit nach dem zum Lüften ausgebreiteten Gewand und riss es, schon im Weglaufen, mit sich. In einer kleinen Seitengasse betrachtete er sein »Fundstück«. Ein unangenehmer Geruch drang ihm in die Nase und mit aufkeimendem Ekel streifte er sich das mit Urin und anderen männlichen Körperflüssigkeiten getränkte Kleidungsstück über. Dennoch war er erleichtert, denn all seine Anstrengungen ordneten sich jetzt seinem höheren Ziel unter. Und das erfüllte seine Seele zum ersten Mal seit seiner Ankunft mit einer diabolischen Vorfreude.

Offensichtlich war sein lehmiger Einfall eine perfekte Tarnung, denn auch in der Folgezeit hatte kein Mensch das geringste Interesse an ihm. Seine vormals gepflegten Fingernägel wiesen nun denselben Dreck darunter auf, wie die der Einheimischen. Sein dekadenter Körper gab nun den schlammigen Duft israelischer Erde wieder, und als er an sich hinunterblickte, bemerkte er zu seiner Zufriedenheit, dass ihn tatsächlich nichts mehr als einen Mann aus einer anderen Welt auswies. In der Tat würde ihn jedermann für einen bemitleidenswerten Landstreicher halten.

✣ ✣ ✣

»Habe ich dich aufgeweckt?« Longinus wandte sich zu seiner Frau um, als diese in der Tür erschien und sich die verschlafenen Augen rieb.

»Aber nein. Es ist diese Hitze, die mich nicht schlafen lässt.«

Zärtlich strich sie Longinus über das ergraute lockige Haar und erahnte seine Gedanken auch ohne erklärende Worte. Ihr war die Veränderung an ihrem Mann vor einiger Zeit aufgefallen: seine gedankenschwere Schweigsamkeit, der Verlust seines Lachens und die Sehnsucht nach Frieden.

»Meinst du, ich weiß nicht, was dich beschäftigt?«, sagte sie und hörte nicht auf, über seinen Kopf zu streichen. »Gerade jetzt ist es dieser Mann, der gekreuzigt werden soll – der Nazarener, nicht wahr?«

Longinus seufzte erneut und sah sie an. Er nickte, während er die Spitze seiner Lanze polierte. Nie zuvor hatte ein Rabbi so viele Fragen in ihm aufgeworfen wie dieser Mann, der in nur wenigen Stunden sein Leben würde lassen müssen.

»Ich werde dennoch meine Pflicht tun«, sagte er und straffte seinen von vielen Kämpfen narbigen Rücken.

»Du wirst tun, was du tun musst. So wie es die Götter für dich vorhergesehen haben.« Longinus lachte höhnisch auf. Sein Blick fiel auf das Lararium, den Familienaltar für die Schutzgötter.

»Welche Götter?«, fragte er mit unangemessen lauter Stimme, und seine verengten dunklen Augen verrieten, wie ernst er diese Frage meinte. Seine Frau zuckte zusammen und nahm ihre Hand von seinem Kopf.

»Du solltest so nicht reden, Longinus. Die Götter waren dir stets wohlgesinnt, vergiss das nicht! Schau dich nur um. Du hast es zu etwas gebracht. Du bist Hauptmann und vereinst viele Soldaten unter deinem Kommando. Wie kannst du da bezweifeln, dass du in der Gunst der Götter stehst?«

»Du hast ja Recht, aber dieser Mann soll doch gerade deswegen sterben, weil er sich selbst als Gott bezeichnet hat. Dafür hat er sicher den Tod verdient. Nur: Was ist, wenn er Recht hat?«

Longinus legte die Lanze behutsam zur Seite und gab sich wieder seinen Gedanken hin. Der erste Hahnenschrei kündigte den Beginn des Tages an, und die Schwermut fraß sich tiefer in Longinus' Herz.

✣ ✣ ✣

Plötzlich bemerkte der Reisende, wie müde er war. Ermattet streunte er durch die erwachende Stadt, in der ihm immer mehr Menschen begegneten. Manche schauten ihn an, aber nicht in dem Bewusstsein, es mit einem hohen Herrn zu tun zu haben, sondern eher mit Verwunderung. Erleichtert stellte er fest, dass die meisten von denen, die ihn betrachteten, genau das gleiche hässliche, offensichtlich landestypische Gewand trugen. So würde sein Diebstahl wahrscheinlich gar nicht auffallen. *Ich muss nur ein oder zwei Tage hier durchhalten und mir schnellstmöglich die Lanze beschaffen. Dann bin ich sowieso wieder verschwunden!*

Stutzig wurden die Leute möglicherweise nur aufgrund der Tatsache, dass sie in ein Gesicht schauten, das entgegen ihrer Sitte vollständig bartlos war. Ansonsten hätten sie ihn wohl einfach für einen Pilger gehalten, der ohne Schuhe und humpelnd auf der Suche nach etwas oder jemandem war. Und Pilger gab es in diesen Tagen zur Genüge in der Stadt.

Viele Menschen waren nämlich eigens hergekommen, um einen Mann zu sehen, den sie als Messias bezeichneten. Andere wiederum hielten diesen Jesus, wie er genannt wurde, für einen Lügner und Gotteslästerer. Es schien, als hätte sich das ganze Volk über dieser Frage gespalten und zerstritten. Dem fremden Neuankömmling aber war es ziemlich egal, wer dieser Mensch wirklich war. Wichtig schien ihm nur, dass der angebliche Messias am nächsten Tag verspottet und getötet werden würde. Ja, er würde ausgelöscht werden und von der Bildfläche verschwinden.

Der nach Urin stinkende Mann ließ sich irgendwann in einem Hauseingang nieder. Er konnte nicht mehr länger laufen. Seine Füße taten ihm weh, und der Sportlichste war er ohnehin nie gewesen. *Nur ein wenig ruhen,* dachte er sich und ging in Gedanken das bevorstehende Ereignis noch einmal durch. *Am Kreuz hängen wird er, dieser Jesus, bluten aus allen ihm zugefügten Wunden. Und am Ende wird ein Hauptmann kommen und ihm seine Lanze in die Seite stechen. Und genau diese Lanze werde ich an mich bringen, jene herrliche Waffe, von der es heißt, sie habe magische Kräfte und verleihe ewiges Leben.*

Er fühlte sich dem Ziel seiner Träume schon sehr nahe, nichts auf der Welt würde ihn jetzt noch daran hindern, sie zu verwirklichen. Ob es ihm dann gelingen würde, nach Hause zurückzukehren, darüber wollte er jetzt nicht nachdenken. Im Besitz dieser Lanze würde ihm alles gelingen, davon war er überzeugt. Sorgfältig ging er in Gedanken die Details seines Plans noch einmal durch: Nachdem der Hauptmann die Lanze in die Seite Jesu gestochen haben würde, würde er den allgemeinen Tumult ausnutzen und dem Hauptmann die Waffe entwenden. Sie hätte dann ohnehin ihre Pflicht erfüllt und wäre für den Hauptmann vermutlich gar nicht mehr wichtig.

In den Überlieferungen wurde ja berichtet, dass dieser Soldat – Longinus – während seiner Tat Jesus als den Messias anerkannte. Er würde also in seiner in Demut verwandelten Gemütsverfassung die Lanze zu Boden gleiten lassen, und dann würde *er* sie wie die selbstverständlichste Sache der Welt an sich nehmen und so in den Besitz der größten Reliquie kommen, nach der die Menschheit je getrachtet hatte. Still und unauffällig würde er schließlich auf den Ölberg zurückkehren und den vereinbarten Zeitpunkt abwarten, an dem er zurückkehren könnte. Er würde die Lanze mit nach Hause bringen, mit dem frischen Blut Jesu an der Spitze.

Der in Lumpen gehüllte Reisende straffte trotz seiner Hockstellung den Rücken; er fühlte sich erhaben und zu weit Höherem berufen, als er es je für möglich gehalten hätte. Seine Augen funkelten, und ein leichtes Zittern ergriff seine Glieder. Alle Müdigkeit war plötzlich verschwunden, und ein zufällig vorbeieilender Israelit hörte voller Erstaunen ein sonderbares Gackern durch die Gasse hallen. Der Plan des Fremden aber stand fest, trotz aller Bedenken. Die Vorsehung hatte seine Reise gelingen lassen, und er würde in den Besitz eines der mächtigsten Instrumente gelangen, das die Menschheit je besessen hatte. Beseelt von seiner neuen Vision erhob er sich – sein Alter Lügen strafend – flink von seinem Platz und ging der aufgehenden Sonne entgegen.

Verlockende Düfte kündigten den Tag an, und in gewohnter Konstanz pulsierte das Leben Jerusalems. Dieser Morgen würde für die Stadt kein gewöhnlicher Morgen sein. Heute würde die Kreuzigung dreier Männer auf dem Berg Golgatha stattfinden, und er würde dabei nicht nur Zeuge sein, sondern aktiver Teilnehmer!

Der Reisende eilte die Gassen entlang und betrachtete die verschiedenen Menschen. Es wimmelte einerseits von Römern, die Jerusalem besetzt hielten und ihre althergebrachten Götter anbeteten. Es gab denkbar strenggläubige Schriftgelehrte und Pharisäer, aber auch liberale Juden und griechische Heiden. Ein wahrer Wirrwarr der Religionen. Er bemerkte, dass bereits einige Verkaufsstände aufgebaut worden waren, an denen viele Dinge angeboten wurden. Ein typisch orientalisches Treiben begann, und viele Leute nahmen sich eilig Backwaren von einem Holzbrett, warfen das Geld in einen Kasten und liefen mit dem Brot in ihrer Hand die Straße hinunter.

Da bemerkte der Fremde seinen Hunger, streifte dicht an einem Stand vorbei und stahl, scheinbar unbemerkt, etwas, das aussah wie eine Brötchen. Allerdings roch es um einiges besser als alle Brötchen, die er kannte. Gierig biss er davon ab, kaute kaum, sondern schluckte den Teig hastig hinunter, als ihn unvermittelt jemand von hinten an der Schulter packte und ansprach. Obwohl er wusste, welche Sprachen hier gesprochen wurden, erschrak er, wie eigentümlich dieses Latein klang.

»Was tust du hier? Du hast eben Brot gestohlen, du Lump! Du glaubst wohl, es hätte dich niemand beobachtet, doch da täuschst du dich!« Der Mann, der die Uniform eines römischen Legionärs trug, sprach langsam und akzentuiert, und da der übel riechende Dieb neben vier weiteren Sprachen auch Italienisch beherrschte, versuchte er, auf die eindringlichen Worte des Soldaten besänftigend zu reagieren. Er wusste nicht, wie Diebstahl in Israel geahndet wurde, aber günstig war es für ihn gewiss nicht, erwischt worden zu sein. Darum überlegte er sich seine Worte gut. Nur eine gute Lüge würde ihm weiterhelfen. Mit fester Stimme sagte er: »Ich habe das Brot nicht gestohlen. Ich habe den Verkäufer darum gebeten. Er hat es mir geschenkt.«

Der mit einem schmutzigen Gewand Bekleidete hatte seine Entschuldigung aber derart stümperhaft und unverständlich hervorgebracht, dass der breitschultrige Soldat verärgert die Augen verdrehte. Wieder hatte er es mit einem Zugereisten zu tun oder zumindest mit jemandem, der sich das martialische Schauspiel einer Kreuzigung nicht entgehen lassen wollte und dafür einen weiten Weg hinter sich gebracht hatte. Vielleicht war das auch nur ein beschränkter Bettler, der angesichts der Kreuzigung vom allgemeinen Mitleid profitieren wollte und sich reiche Gaben erhoffte. Zumindest war klar, dass dieser Fremde der Sprache des Legionärs nicht annähernd mächtig war. Dieses Land war in dessen Augen ohnehin kaum mehr zu durchschauen – eine unübersichtliche Menge an Kulturen und Gebräuchen, Stämmen und Völkern, ein Land, in dem die Einheimischen schon bald zur Minderheit zählen würden.

Der Legionär rümpfte angewidert die Nase und ließ von dem vermeintlichen Dieb ab. Ein anderer Soldat rief ihn zu sich, und so ließ er den Fremden ziehen, nicht ohne ihm mit einem bösen Blick nachzuschauen.

Über den glimpflichen Ausgang dieser Begegnung erleichtert, versuchte der Reisende, sich abseits der Römer zu halten, und mischte sich in einen Strom von Menschen, die ähnlich ärmlich gekleidet waren wie er und die, wie er nur ungern feststellte, auch genauso rochen. Sie rissen ihn mit sich, während sie laut palaverten und wild gestikulierten, ohne dabei zu lachen. Sprach ihn jemand von der Seite an, dann verhielt er sich, als sei er stumm, und brachte nur ein Raunen oder Grunzen hervor. Er war einer der wenigen, die keine Sandalen an den Füßen trugen, da er ja nirgendwo welche hatte stehlen können. Aber letztlich war das gleichgültig: Niemand störte sich an ihm, denn alle strebten sie dem gleichen Ziel entgegen, das ihre ganze Aufmerksamkeit gefangen nahm: dem Ort, an dem das Alte ein Ende und zugleich die Welt einen neuen Anfang genommen hatte.

✣ I ✣

Es hätte ein wunderbarer Tag werden können, wie die vielen Tage, Wochen und Monate zuvor. Und keiner der Anwesenden dachte daran, dass er möglicherweise nicht mehr lange unter den Lebenden weilen würde. Doch auf unerklärliche Weise kam alles anders, als man vermutet hätte.

Die New Investment Corporation, kurz »NIC«, war in der Rekordzeit von nur sieben Jahren zu einer der erfolgreichsten Investmentfirmen Deutschlands avanciert. Und der Chef des Unternehmens, Dr. Richard Schneider, liebte es, seinen Teilhabern und Angestellten alljährlich die Erfolgsbilanz des zurückliegenden Jahres und viel versprechende Prognosen für das laufende Jahr präsentieren zu können. So auch an diesem 27. Februar 2005.

Selbstverständlich arbeitete man bei der NIC nicht mehr mit Overheadprojektoren oder Flipcharts. Im Zeitalter der digitalen Medien wurden bunte Diagramme per Beamer an die Wand geworfen – und das gesteuert von einem winzigen »Presenter«, der sich in der Hand des Referenten verbarg. Die NIC konnte es sich leisten, modernste Technologie einzusetzen, und so war es auch längst normal geworden, dass man an jedem Ort der Welt kabellos die aktuellen Börsenkurse abrief. Nur so konnten beim Daytrading, dem täglichen Kaufen und schnellen Wiederverkaufen der Aktien, optimale Gewinne erzielt werden.

Schnittige Laptops, die modernen Spielzeuge großer Jungs, standen aufgeklappt auf den Tischen vor jedem Sitzungsteilnehmer, und die Diagramme, die sie auf ihren kleinen Bildschirmen wie auch auf der großen Leinwand im vorderen Teil des Raumes betrachteten, offenbarten trotz allgemein im Lande vorherrschender Rezession rosige, sechsstellige Zukunftsaussichten.

Alle Anwesenden wussten, dass sie ihren hohen Lebensstandard dem Firmengründer und Finanzgenie Dr. Schneider zu verdanken hatten. Sie schätzten ihn wegen seiner geistigen Wendigkeit und seiner Kühnheit, entgegen der Meinung aller Experten, Aktien von Firmen zu kaufen, die längst tot geglaubt waren und plötzlich, zum Segen der NIC, riesige Gewinne machten. Alle fragten sich, wie er es anstellte, fast immer zur richtigen Zeit ein Gespür dafür zu haben, mit welchem Geschäft der meiste Profit zu machen sei. Es schien fast so, als hätte er einen direkten Draht zum lieben Gott oder zu sonst irgendeiner unsichtbaren Macht, die das Geschick der Menschheit und ihrer Firmen lenkt.

Natürlich – Schneider hatte auch Feinde. Wie kann es anders sein, wenn man Erfolg hat. Doch sie hassten ihn nicht deshalb, weil er der ewige Gewinner war, sondern weil er keinerlei Gewissen zu haben schien und für seinen Erfolg über Leichen ging. Marode Firmen wurden zu einem Spottpreis erworben, kurzfristig finanziell aufgeputscht und nach erfolgreicher Auferstehung für viel Geld wieder abgestoßen. Ob die Angestellten der Firmen danach auf der Straße saßen oder sich vor Verzweiflung das Leben nahmen, weil sie ihre Mieten und den Unterhalt der Familien nicht mehr bezahlen konnten, kümmerte ihn wenig. Der Erfolg war das Einzige, was für ihn zählte, ihn aufputschte und lebendig machte. Gemäß diesem Grundsatz wählte er auch die Mitarbeiter aus, die für ihn arbeiten durften. Er ließ sie strammstehen, wann immer es nötig war, und warf sie raus, wenn ihm ihre Umsätze nicht mehr gefielen.

Es gab nur einen Mann an Schneiders Seite, dem er wirklich vertraute, sein alter Studienkamerad Gerd Blome. Blome war groß, gut aussehend, trug fülliges, gegeltes Haar und stellte damit einen nicht zu übersehenden Kontrast zu Schneider dar. Dieser grämte sich nämlich um jedes einzelne Haar, das ihm verloren ging, und es waren schon viele, die sich bereits verabschiedet hatten.

Blome war eher ein entspannter Typ und konnte über manches hinwegsehen, das nicht hundertprozentig war. An diesem 27. Februar war er jedoch nicht locker, sondern hatte ganz und gar die Fassung verloren. Er saß zusammengesunken am Ende der langen Tischreihe, stützte seinen Kopf auf und hörte kaum zu. Er versuchte, nach einer durchzechten Nacht einen pechrabenschwarzen Kater auszukurieren und vernahm die ganze Zeit unterschwellig einen penetranten Trommler in seinem Hirn. Alkohol gehörte, wie auch wechselnde Partnerinnen, zu seinem Leben dazu, doch dieser verdammte Kater war wahrlich keine harmlose Miezekatze mehr, sondern bestand darauf, so lange Blomes unwillkommener Gast zu bleiben, bis alle anderen Gäste seine Geburtstagsparty vergessen hatten.

Wenn Blome nüchtern war, was ab und zu auch vorkam, galt er neben Schneider als einer der raffiniertesten Köpfe in der Branche. Er verfügte über ausgezeichnete Kontakte, die der Firma immer wieder lukrative Aufträge bescherten. Dennoch hatte er sich, trotz seines Spürsinnes, eine gewisse Bescheidenheit bewahrt. Darin und auch in seiner äußerlichen Erscheinung war er das Gegenteil von Schneider, der es genoss, sich in der Bewunderung seiner Zuhörer zu sonnen. Blome blieb im Hintergrund, zog die entscheidenden Fäden und verhielt sich stets loyal zu seinem Freund und Partner Richard, der alles von ihm hätte verlangen können.

Es war neun Uhr fünfundvierzig, als die Außenrollos summend herabgelassen wurden und für gedämpftes Licht sorgten. Hier und da hörte man rhythmisches Gluckern, wenn sich der eine oder andere der vierundzwanzig Anwesenden noch schnell Mineralwasser nachgoss. Danach herrschte Stille, und es wurde erwartet, dass sich jeder auf den Vortrag Schneiders konzentrierte. Schneider hasste es nämlich, während seiner Ausführungen durch kleinste Geräusche gestört zu werden, die er als grobe Missachtung seiner Person verstand. Er war nicht nur der Chef dieser Menschen, er war ihr Guru.

Genüsslich erhob sich Schneider von seinem Platz am oberen Ende der Tischreihe, knöpfte mit flinken Bewegungen seinen blauen Zweireiher über dem beleibten Bauch zu und überblickte die Reihen seiner Zuhörer. Dann saugte er die erfolggeschwängerte Luft ein, klickte einige Male auf seine kleine Funkmaus, schaute zufrieden in die Gesichter seiner Jünger und begann seine Rede.

»Meine Herren, ich begrüße Sie zu unserem zweiten Meeting in diesem Jahr. Ich möchte nicht viel Zeit verlieren und komme daher gleich zur Sache.«

Die erste Grafik erschien auf der Leinwand sowie auf jedem der vernetzten Laptopbildschirme.

»Wie Sie diesen Zahlen unschwer entnehmen können, war das Jahr 2004 für die NIC noch um ein Vielfaches erfolgreicher als 2003 und 2002.«

Schneider gestikulierte mit den Händen und unterstrich damit die Bedeutung seiner Worte. »Man mag uns in der Branche Skrupellosigkeit vorwerfen, man mag uns kaltschnäuzig nennen, doch unser Erfolg gibt unserer Strategie Recht.«

Nun verschränkte Schneider seine Arme hinter dem Rücken und ging gemächlich vor der Leinwand auf und ab.

Dann blieb er stehen, fixierte mit seinen stechenden Augen die Zuhörer und zog sie in seinen Bann.

»Wir, meine Herren, sind nicht verantwortlich für das politische Desaster in diesem Land. Wir nehmen lediglich freundlich entgegen, was unfähige Geschäftsführer nicht auf die Reihe bekommen.«

Die Zuhörer liebten Schneiders Sarkasmus, zumindest machte es den Anschein, wenn sie über seine Witze lachten und sein Charisma bewunderten. Da es ihnen aber schwerfiel, stets das rechte Maß zwischen respektloser Lockerheit und devoter Hörigkeit zu finden, waren diese Sitzungen für sie alles andere als entspannend.

Schneider fuhr fort. »Unsere Taktik für 2005 wird die bewährte Risikobereitschaft beinhalten. Es hat sich gezeigt, dass Zurückhaltung der größte Feind des Wohlstands ist. Nur der Stärkste wird überleben, das beweist ja schon die Evolution. Was Sie hier sehen, meine Herren, ist eine steile Kurve, die nicht nur unser Vermögen repräsentiert, sondern vor allem unseren Einfluss in der Gesellschaft widerspiegelt.«

Schneider stand nun frontal vor seinem Publikum. Er spreizte ein wenig die Beine und starrte geradeaus. »Spüren Sie es auch, meine Herren? Einige sagen: Geld ist nicht alles im Leben. Ich gebe ihnen Recht. Geld ohne Einfluss ist langweilig und fade. Aber Geld, gepaart mit Macht, das ist es doch, was wir brauchen.«

Die Zuhörer blickten gespannt auf den Redner, als er seinen Worten mit geballten Fäusten Nachdruck verlieh. Verehrten sie ihn, oder hatten sie Angst vor ihm? Es war eine belebende Mischung aus beidem. Schneiders Augen verengten sich beim Reden unter den buschigen Brauen zu einem dünnen Schlitz. Er stand jetzt regungslos da. Dann schaute er jedem Einzelnen ins Gesicht, bis er sicher war, ihre volle Aufmerksamkeit zu besitzen.

»Eine Sache, meine Herren, liegt mir jedoch noch im Magen.« Eine kleine Pause entstand. »Ich möchte Sie bitten, Ihren Verstand niemals, auch nicht für eine Sekunde abzuschalten, wie es einige von Ihnen im vergangenen Jahr taten und teuer bezahlen mussten.«

Schneider sah grimmig zu Blome, der zunehmend in seinem Sessel zusammensank und ein leises Röcheln von sich gab. »Bleiben Sie wachsam und beobachten Sie den Markt ganz genau! Und dann schlagen Sie im entscheidenden Moment zu!«

Er erhob beschwichtigend seine Hände. »Kümmern Sie sich nicht um moralische Bedenken, das übernimmt unsere Rechtsabteilung für Sie.«

Wieder hatte er einige gequälte Lacher auf seiner Seite. Was er da eben von sich gegeben hatte, war eine erneute Kampfansage an jedes unloyale Verhalten und die Aufforderung zu maximalem Einsatz. Nur zu gut erinnerten sich die Zuhörer an die drei Kollegen, die schon beinahe so etwas wie Freunde Schneiders geworden waren und am Ende des Jahres ihren Hut hatten nehmen müssen. Sie hatten eine Menge Geld für die NIC erwirtschaftet, doch als sie einmal versagten und der Firma, wenn auch nur geringen, finanziellen Schaden zufügten, wurde ihnen der weiche, mit edelstem Leder bezogene Sessel unter ihrem Hintern weggezogen. In solchen Fällen gab es weder eine ordentliche Kündigungsfrist noch die Aussicht auf eine Abfindung – und wahrscheinlich in den folgenden Jahren auch keinen nur annähernd so lukrativen Job in der Branche. Dafür sorgte Schneider persönlich; und eben jene besagte *Rechtsabteilung*. Diese Abteilung bestand aus pfiffigen Anwälten, und auch wenn der Name dieser Einrichtung das Gefühl von Recht und Gerechtigkeit vermitteln sollte, beinhaltete sie eher die politisch *rechte* Gesinnung der Anwälte. »Eine Hand wäscht die andere«, bemerkte Schneider stets und meinte damit die gegenseitigen Hilfestellungen und Handreichungen, zu denen sich die Advokaten verpflichtet sahen. Enge, auf Gegenseitigkeit beruhende Kontakte waren in Zeiten wie diesen das Wichtigste. Jedes Unternehmen hat seine Erfolgsrezepte – und dieses war das Geheimnis der NIC.

Gerd Blome zuckte in seinem Sessel zusammen, als mitten in den Ausführungen die Tür zum Saal aufsprang und eine hübsche Sekretärin mit einem hoch in die Luft erhobenen Telefon hereintrat.

»Herr Dr. Schneider, ich …«

»Sind Sie des Wahnsinns, Frau Stein, mich mitten in einem Vortrag zu stören? Sie wissen, wie sehr ich das hasse!«, polterte Schneider die Frau an, die sich nicht im Geringsten eingeschüchtert fühlte. Die Dringlichkeit des Anrufs vermittelte Vera Stein das Gefühl, zu jeder Tages- und Nachtzeit mit dieser Nachricht zu ihrem Chef kommen zu können.

»Ich hätte Sie nicht gestört, wenn es nicht wirklich wichtig wäre, Dr. Schneider«, gab sie zu bedenken, um einem übereilten Rausschmiss zuvorzukommen. Sie streckte ihren Oberkörper, der in einem engen Kostüm steckte, und sagte: »Es geht um Ihren Vater.«

Schneider hielt irritiert inne, sah sich in der Runde um und erfasste blitzschnell die Reaktionen der Teilnehmer. Dann schaltete er sein Mikrofon am Revers aus und ging zügigen Schrittes seiner Sekretärin entgegen, die im Türrahmen zu ihrem hell erleuchteten Büro stand.

Die Konferenzteilnehmer hielten ihren Blick auf ihre Bildschirme gerichtet, als Schneider an ihnen vorbeieilte. Dennoch bemerkten sie eine sonderbare Verunsicherung in seinen Augen. Das Lodern darin hatte nachgelassen.

Schneider ergriff den Arm seiner Sekretärin und schob sie mit sich in sein Büro. »Was ist denn los, verdammt noch mal?«, fauchte er sie an, riss ihr dann aber das Telefon aus der Hand, ohne ihre Antwort abzuwarten.

»Schneider«, meldete er sich kurz und deutlich zu laut.

»Krankenhaus Maingau vom Roten Kreuz. Dr. Bergau am Apparat. Es geht um Ihren Vater.«

»Ja, das weiß ich schon. Was ist mit meinem Vater? Ich bin in einer wichtigen Sitzung.«

»Ihr Vater hatte einen schweren Schlaganfall, Herr Schneider. Wir mussten ihn auf die Intensivstation verlegen, und ich denke, wenn Sie Ihren Vater noch einmal lebend wiedersehen möchten, sollten Sie unverzüglich vorbeikommen. Nach unserer Einschätzung bleibt ihm nicht mehr viel Zeit.«

Schneiders Farbe wich aus seinem verlebten Gesicht, und er dachte eine Weile nach. »Na meinetwegen, ich komme«, entgegnete er dem Arzt. »Wo sagten Sie, liegt er?«

»Fragen Sie an der Anmeldung nach Dr. Bergau. Ich werde Sie zu ihm bringen.«

Schneider drückte die Stop-Taste und gab das schnurlose Telefon wie in Zeitlupe seiner Sekretärin zurück. Dann eilte er in den Sitzungssaal zurück und auf Blome zu, der nun aufrecht saß und die Katastrophe auf sich zukommen sah.

Schneider musste sich aufgrund seiner geringen Körpergröße nicht übermäßig bücken, um Blome an der Schulter anzustupsen. »Steh auf, Gerd. Du musst das hier zu Ende bringen. Du weißt, was ich von dir erwarte.«

Der Chef nahm die Funkmaus vom Finger und knöpfte das Mikro ab. Beides drückte er derart energisch Blome in die Hand, dass jeder Widerspruch ausgeschlossen war. Und nun war Blome tatsächlich von einer Sekunde auf die nächste stocknüchtern. Sein Kater war mit gesträubtem Fell von ihm gewichen, denn wenn er eines hasste, dann war es, dort vorne zu stehen, eine Präsentation zu leiten und seine Mitarbeiter einzuschüchtern. Dies war nicht sein Metier. Doch Schneider zuliebe erhob er sich sofort.

»Ruf mich heute Abend an und sag mir, wie es gelaufen ist«, flüsterte der ihm ins Ohr. Dann klopfte er Blome ermutigend auf die Schulter und verließ den Sitzungssaal, ohne sich noch einmal umzudrehen.

»Frau Stein, sagen Sie bitte alle weiteren Termine an diesem Tag ab außer solchen, in denen mich Herr Blome vertreten kann. Haben Sie mich verstanden?«, setzte er gereizt hinzu, als nicht augenblicklich eine Reaktion zu vernehmen war. Sie nickte nur eilig und machte sich auf den Weg zu ihrem wuchtigen Schreibtisch, auf dem der Terminkalender das vorherrschende Element war. Dort griff sie zum Telefon und wählte direkt die erste Nummer.

Schneider aber fuhr mit dem Fahrstuhl in die Tiefgarage und stieg in seinen schwarzen Mercedes SL. Er dirigierte ihn über die Serpentinen aus der Garage heraus und reihte sich auf der Straße in den Verkehr ein. Er schaltete sein Navigationssystem an, suchte unter »Angaben zum Zielort« das Krankenhaus heraus, in dem sein Vater lag, bestätigte die Anfrage und hörte wenige Sekunden später die freundliche Automatenstimme. Dies gab ihm die Gelegenheit, mit seinen Gedanken vom Verkehr abzuschweifen. Er dachte an das höchst unangenehme Gespräch mit dem Arzt und fragte sich, was ihn mehr aus der Ruhe gebracht hatte, die Störung seines Vortrages oder die Tatsache, dass es sich um seinen Vater handelte. Dieser lag, wenn er die Worte von Dr. Bergau richtig interpretiert hatte, im Sterben. *Wie wird es sein, wenn er tot ist?,* fragte Schneider sich und horchte in sich hinein. War da Freude und Erleichterung darüber, dass er die Querelen mit dem Vater nicht länger würde ertragen müssen, oder waren da eher Mitleid und der Wunsch, das Verhältnis zu seinem Vater wieder zu reparieren? In seiner Firma hatte Schneider alles im Griff und knüpfte die Fäden, wie es ihm gefiel und dienlich war, doch in der Beziehung zu seinem Vater bekam er die Dinge nicht geregelt. Er hielt den Alten für einen sturen Hund, einen langweiligen Postbeamten. Doch zugleich war er der einzige noch lebende Verwandte, der ihm nach dem frühen Tod seiner Mutter geblieben war. Selbst wenn er seit Jahren keinen regelmäßigen Kontakt mehr zu ihm gepflegt hatte, war es doch immerhin noch sein Vater. Dieser hatte all die Jahre versucht, ihm, wie er es nannte, vernünftige Werte zu vermitteln. Doch was vernünftig ist oder nicht, darüber waren sie fast nie einer Meinung gewesen. Nun befand sich der Alte im zweiundneunzigsten Lebensjahr, wohnte immer noch im »Elternhaus« und fristete sein Dasein mit der kleinen Rente, die die Post jedem treuen Schalterbeamten auszahlte.

Richard hatte sich damals entschieden, einen anderen Weg einzuschlagen. Er war der Überzeugung, dass man mit deutscher Redlichkeit mehr erreichen konnte als eine Mitgliedschaft im leidigen Mittelstand, der am Monatsende sein Konto betrachtete und zu dem Ergebnis kam, dass es weder für eine Reise ans Meer noch für einen neuen Fernseher reichte. Richard hatte sich geschworen, es seinem Vater nicht gleichzutun, und studierte nach der Schule Betriebswirtschaft. Er wollte reich werden und damit das Ansehen und den Respekt erarbeiten, den man ihm seiner Meinung nach schuldig war.

Schneider bog auf den Parkplatz des Krankenhauses ein, und ein mulmiges Gefühl beschlich seine Magengegend. Die Klinik baute sich turmhoch vor ihm auf, und jedes der unzähligen Fenster darin hielt das Stöhnen und Jammern, das sich dahinter verbarg, zurück. Das letzte Mal hatte er ein Krankenhaus betreten, als sich seine Mutter von ihm verabschiedet hatte, mit einem Tumor im Kopf, der fast so groß wie ein

Volleyball gewesen war. Er erinnerte sich genau: Sein Vater stand damals mit leerem Blick vor dem Fußende des Bettes, und er saß neben seiner Mutter auf der Bettkante. Verzweifelt hatte sie sich in ihren Kissen ein letztes Mal aufgebäumt, um ihm ihr abgemagertes bleiches Gesicht entgegenzustrecken. Sie schloss damals den jungen Richard in ihre Arme, während er bittere Tränen vergoss. Eine Weile ruhte ihre Hand segnend auf seiner rechten Wange, bis sie von einer unbekannten Macht von ihm gerissen wurde. Die Hand erschlaffte, und der Blick seiner Mutter wurde trüb und erstarrte. Als sie sich langsam auf das Bett zurücksinken ließ, entwich die Luft aus ihren Lungen, als käme ein leises »Leb wohl« hervor. Auf ihre Weise hatte sie ihn wohl sehr geliebt. Und was hatte sie nicht alles versucht, ihn zum Glauben an einen gütigen Gott zu bewegen? Angefangen von kindlichen Gute-Nacht-Gebeten über regelmäßige, für Kinder zugeschnittene Bibellektionen. Alles, um den Samen des christlichen Glaubens in sein Herz zu pflanzen, doch dieser Same fiel auf einen steinigen oder unfruchtbaren Boden. Vielleicht mangelte es ihm auch einfach nur an einem kräftigen Vaterstamm, an den man das zarte Pflänzchen hätte stützend anbinden können. Dergleichen war jedoch nicht vorhanden, und so zeigten ihre Mühen nicht den gewünschten Erfolg und endeten in dem Drang des Sohnes, Gott die kalte Schulter zu zeigen und ihn mit Ignoranz und Verachtung zu strafen. Den Gipfel seiner Ablehnung Gott gegenüber erreichte er an jenem Tag, an dem ihn seine Mutter verließ und sich in eine »bessere« Welt verdrückte.

Schneider schüttelte die trüben Gedanken ab und erreichte den Eingangsbereich der Klinik. Ein Sensor erfasste seine Ankunft, und die Glastür öffnete sich zischend. Schnell orientierte Schneider sich und schritt zügig in Richtung der

Anmeldung. Er betrachtete den gemächlich hantierenden Pförtner in seinem Glashäuschen, der sich nur unwesentlich zu bewegen schien, verschiedene Knöpfchen auf dem Pult vor seinem Bauch drückte und so aussah, als sei er schon damit überfordert. Schneider betrachtete ihn eine kurze Zeit und musterte ihn verständnislos durch die trennende Glasscheibe. Dann sagte er: »Melden Sie mich bitte bei Dr. Bergau an. Dr. Schneider ist mein Name.«

Ohne aufzublicken und als gäbe es keinerlei Eile auf dieser Welt, tippte der offensichtlich unter Bewegungsmangel leidende Mann eine fünfstellige Nummer in die imposante Telefonanlage. »Ein Dr. Schneider möchte zu Ihnen. … Gut. Ich sag ihm Bescheid.«

Jetzt hob der Mann erstmals seinen kugeligen Kopf an und deutete auf eine kleine Sitzgruppe gegenüber der Anmeldung. »Nehmen Sie dort bitte Platz. Dr. Bergau ist unterwegs.«

Schneider nickte kurz und wandte sich ab. Er folgte der Anweisung des Pförtners jedoch nicht, sondern patrouillierte vor der Sitzgruppe auf und ab. *Was wird mich erwarten*, fuhr es ihm durch den Sinn. *Was, wenn mein Vater bereits tot ist?* Schneider versuchte, dieselbe Sicherheit wie in der Firma an den Tag zu legen, doch es wollte ihm nicht gelingen. Zu viele Erinnerungen an seine Kindheit stiegen wie träge blubbernde Blasen aus der Tiefe seines inneren Morastes auf, und mit jedem Zerplatzen offenbarten sie den Gestank, aus dessen Versteck sie emporquollen.

Der Pförtner hatte Dr. Bergau inzwischen mit einem Kopfnicken zu verstehen gegeben, dass der unruhige, gut gekleidete Mann der Sohn seines Patienten sein müsse. Ein Stethoskop hing um den Hals des Mediziners, dessen Membran in der linken Brusttasche seines makellos weißen Kittels verschwunden war.

»Dr. Schneider?« Bergau streckte ihm die Hand entgegen und lächelte ihn müde an.

»Ja, der bin ich. Dr. Bergau, nehme ich an«, antwortete Schneider, während er die ausgestreckte Hand entgegennahm.

Bergau nickte nur. »Kommen Sie bitte mit.« Er deutete in eine bestimmte Richtung und berührte Schneider mit der anderen Hand kaum merklich am Arm, um seine Aufforderung zu unterstreichen. Schneider folgte dem Arzt schweigend. Es schien, als verlöre er im Angesicht von humpelnden Kranken oder auf einer Trage rollenden Patienten auch noch den letzten Rest seines hart erarbeiteten Selbstvertrauens.

Sie durchschritten einige Flure, passierten diverse Glastüren und erreichten schließlich den Intensivbereich.

»Ziehen Sie bitte Ihre Schuhe aus und diese grünen Clocks an. Ihr Jackett können Sie in diesen Schrank hängen, und dann müssen Sie diesen Kittel und den Mundschutz umlegen. Der Bereich hinter der Schleuse ist steril, Sie verstehen.«

Schneider folgte den Anweisungen des Arztes unverzüglich. Er spürte deutlich, dass dies nicht das Terrain war, auf dem er das Sagen hatte.

Mit einem grünen OP-Kittel bekleidet, hinter einem Mundschutz versteckt und mit einer Haube, die die letzten kümmerlichen Haare vor der Umwelt verbarg, wurde Schneider von Bergau zu seinem sterbenden Vater geführt.

»Ich lasse Sie jetzt für einen Augenblick mit Ihrem Vater allein. Wenn Sie eine Schwester oder mich rufen möchten, drücken Sie bitte diesen Knopf.«

Schneider registrierte im Augenwinkel den Alarmknopf und nickte nur. Er konnte seinen Blick nicht mehr von dem verschrumpelten Häufchen Elend dort im Bett lösen. Zahlreiche Strippen krochen unter dem weißen Krankenhaushemd seines Vaters entlang und waren vermutlich an der Brust festgeklebt. Sie leiteten, wie Schneider vermutete, elektrische Ströme für die Aufzeichnung des EKGs weiter. Die Nadel des Infusionsschlauchs steckte in einer bläulich hervorquellenden Vene auf dem rechten knochigen Handrücken, war mit Kreppband an der Hand befestigt und von einem unregelmäßig begrenzten Bluterguss umgeben. Eine klare Flüssigkeit tropfte langsam, aber stetig aus einem durchsichtigen Sack in einen kleinen Behälter hinein, der entfernt an den Benzinfilter eines VW-Käfers erinnerte.

Schneider wurde aufs Neue bewusst, wie sehr er den Anblick medizinischer Geräte hasste. Hätten ihm diese Apparaturen nicht durch diverse unregelmäßige spitze Zacken auf den Monitoren sowie diverse akustische Signale verraten, dass sein Vater noch am Leben war, hätte er ihn genauso gut für tot halten können, denn so sehr er sich auch bemühte, er vermochte kein Heben und Senken des Brustkorbs zu entdecken.

Plötzlich schlug der alte Mann die Augen auf, drehte seinen ergrauten Kopf zur linken Seite und suchte die Augen seines verunsicherten Sohnes.

»Hallo, Vater«, brachte Schneider mühsam hervor, als wäre eine Schnur um seinen trockenen Hals gelegt. Er musste sich mehrmals räuspern.

Dr. Bergau hatte ihm auf dem Weg mitgeteilt, dass wenn Karl Wilhelm Schneider dem Tod noch einmal entkommen würde, er den Rest seines Lebens an einen Rollstuhl gefesselt wäre und ein beinah schweigendes Dasein führe müsste. So umfassend waren die Schädigungen des Hirns durch den Schlaganfall gewesen.

Der Alte bemühte sich nach Kräften, seinen Sohn zu begrüßen, doch zunächst kamen nur ein leises Röcheln und das schwache Heben der linken, unverkabelten Hand.

Richard ging einen Schritt in Richtung des Bettes, und da er keinen Stuhl fand, den er hätte danebenstellen können, setzte er sich zögerlich auf die Bettkante – so wie er es damals bei seiner Mutter gemacht hatte. Um irgendetwas in dieser Situation zu tun, glättete er mit beiden Händen den sterilen Kittel vor seinem Bauch. Der Alte ließ ihn derweil nicht aus den Augen und streckte seinem Sohn die mit zahlreichen Altersflecken übersäte Hand entgegen. Er lag ganz ruhig in seinem Bett, und doch flackerte eine angsteinflößende Unruhe in seinen Augen. Sie erweckte in Richard den Eindruck, als wäre nicht mehr viel Zeit, Dinge auszusprechen, deren Erwähnung wichtig gewesen wäre. Er zögerte, die Hand, die ihn einst verprügelt hatte, versöhnlich in die seine zu nehmen. Warum sollte er auf einmal die über Jahre gelebte Distanz aufgeben und eine ihm unangenehme Vertraulichkeit zulassen? Doch fand er schließlich keine Möglichkeit, sich ihr zu entziehen. Zärtlichkeit unter Männern war ihm stets zuwider gewesen, aber dieser Mann war ja nicht irgendein Mann. Es war sein Vater, auch wenn er einen fauligen Mundgeruch verströmte.

»Hallo, Papa«, wiederholte er und gab sich keine Mühe, die alte Hand, die nun in der seinen lag, wieder loszuwerden. Zu fragen *Wie geht es dir?* erschien ihm töricht. Für jeden Betrachter war offensichtlich, dass der Patient hier nur mit sehr viel Glück wieder rauskommen würde.

Eine halbe Ewigkeit verging, in der sich die beiden Männer nur ansahen. Richard bemerkte die Unruhe, die seinen Vater quälte, schrieb sie aber der allgemeinen körperlichen Verfassung zu. *Vielleicht gehört das zum medizinischen Erscheinungsbild.* Dennoch brachte der sonst so redegewandte und schlagfertige Sohn außer seiner kümmerlichen Begrüßung keine einzige Silbe hervor. Es wäre ja ohnehin nur ein Monolog gewesen. Und: Was hätte er auch berichten sollen?

Was für ein toller Kerl er in all den Jahren geworden war, wie viele Millionen er schon gescheffelt hatte oder dass ihn seine nörgelnde Frau nun endlich verlassen hatte und mit der stolzen Abfindungssumme einen andern Mann beglücken würde?

Er hätte ihm sagen können *Das wird schon wieder* oder ähnliche Floskeln, doch diese Art von Geschwätz lag ihm nicht. Vielleicht brauchte Richard nur ein wenig mehr Zeit, denn viele Jahre der Entfremdung ließen sich nicht in wenigen Minuten rückgängig machen. Richards Vater erregte sich zusehends, konnte sich aber seinem Sohn nicht mitteilen. Sein Mund öffnete sich, er holte Luft wie ein Fisch, der an Land geworfen wurde, ein verständliches Wort kam aber nicht über seine Lippen.

Der behandelnde Arzt verfolgte die Szene durch die Glasscheibe und beschloss, seinem Patienten zu Hilfe zu kommen. Die OP-Schleuse öffnete sich und Dr. Bergau stellte sich zu ihnen.

»Ich denke, ich muss Sie nun bitten, wieder zu gehen.«

Der Arzt kontrollierte alle Geräte, die den Alten am Leben hielten; sie funktionierten offensichtlich normal.

»Ihr Vater ist sehr schwach. Bei einem Schlaganfall dieser Art ist eine vorübergehende Bewegungsunfähigkeit die Regel. Das Sprachzentrum ist ebenfalls stark betroffen. Eigenartigerweise ist er sehr aufgeregt, seitdem *Sie* da sind.« Bergau schüttelte den Kopf. »Bis jetzt war er einigermaßen ruhig. Doch er versucht ständig, uns etwas mitzuteilen, aber es klappt nun mal nicht.«

Er führte Schneider nach draußen, dann sagte er: »Sie müssen sich darauf einrichten, Ihren Vater in einem Heim unterzubringen – für den Fall, dass er die nächsten Stunden oder Tage überlebt, meine ich. Er wird sich nie wieder selbst versorgen können.«

Richard dachte einen Moment nach. »Sind Sie sicher, dass er nicht wieder nach Hause kann?«

Bergau sah dem Sohn des Kranken die Überforderung an. Darum fügte er hinzu: »Erst einmal bleibt er bei uns, und wenn Sie möchten, kümmern wir uns bei Bedarf um die Aufnahme in ein Heim.«

Schneider überlegte kurz und nickte. »Ja, das wäre mir sehr recht. Ich kenne mich nicht gut aus in diesen Dingen.«

»Ja, ich weiß«, schmunzelte Bergau. »Sie sind eher ein Finanzexperte.« Schneider schaute ihn verwundert an.

»Ich kenne Sie aus der Zeitung meines Bruders, der mich in Sachen Aktien mal beraten hat. Ich selbst habe keine Zeit für diese Spielchen. Vermutlich würde es sich bei meinem Gehalt auch nicht lohnen.«

Beide wandten sich, nachdem Richard wieder seine Kleidung angezogen hatte, dem Ausgang zu. Dr. Bergau drehte sich jedoch noch einmal um. »Ihr Vater wird erst einmal hier unten bleiben. Wenn er durchkommt, bräuchte er aber ein paar Kleinigkeiten von zu Hause: Pyjama, Zahnbürste, Hausschuhe usw. Würden Sie das besorgen?«

»Ja sicher«, entgegnete Schneider, schielte auf seine Rolex und verließ die Intensivstation. Er sah sich noch ein letztes Mal nach seinem Vater um, blickte in dessen angsterfüllte Augen und hing seinen Gedanken nach. Dann strebte er schnell dem Ausgang entgegen und machte sich auf den Weg zu seinem Wagen. Mit einem lauten Klicken reagierte der automatische Türöffner. Verwirrt setzte er sich hinter sein Lenkrad. Doch bevor er den Motor starten konnte, fiel sein Blick auf einen alten Schlüssel an seinem Bund. Er fingerte ihn zwischen Safe- und Türschlüsseln hervor und betrachtete ihn nachdenklich. Der Schlüssel zum Haus seines Vaters, seiner Eltern, seiner Kindheit. Schneider fiel ein, dass er die Termine dieses Tages Gerd Blome übertragen hatte, und da er ohnehin noch nicht nach Hause fahren wollte, beschloss er, das Waschzeug seines Vaters sofort zu besorgen. Er konnte es ihm dann ja an einem der nächsten Tage bringen.

Knirschend rollten die Räder des neuen 350 PS starken Wagens die mit Kies bedeckte Auffahrt entlang, und Schneider erreichte das in die Jahre gekommene Haus seiner Eltern. Es stammte aus der Zeit um 1900 und war an der Außenfassade derart von wild wucherndem Efeu bedeckt, als wolle das Geäst das Haus eines Tages ganz verschlingen. Es nieselte leicht, und die Temperatur wurde gemeinhin als ungemütlich empfunden. Das Bild seines von Schläuchen umschlungenen Vaters flackerte vor Richards Augen auf, und er konnte die Assoziation nicht verdrängen, dass sein Vater und das Haus in gleichem Maße verfallen wirkten. Als er den Schlüssel im Schloss der Tür herumdrehte, deren Knauf er schon Jahre nicht mehr in der Hand gehalten hatte, beschlich ihn ein sonderbares Gefühl. Etwas Geheimnisvolles lag auf diesem Gemäuer, das spürte er seit seiner Kindheit, doch den Grund für diese Empfindung hatte er nie herausgefunden.

II

Mosche Kofsman dirigierte den gigantischen Bulldozer mit geschickter Hand durch das Gelände. Er thronte in seinem Führerhaus und konzentrierte sich auf seine Arbeit, wobei seinen wachen Augen, die er auf den vor ihm liegenden Abschnitt gerichtet hielt, kein Detail entging. Zielsicher griff er nach den Hebeln und trat im entscheidenden Moment das Pedal für die Kupplung durch. Bei jeder seiner Bewegungen knirschten die Stahlfedern unter seinem Sitz, doch er wäre dankbar gewesen, wenn seine Ohren nur dieses Geräusch zu verkraften gehabt hätten.

Nur noch zwei Stunden harter schweißtreibender Arbeit lagen vor ihm. Während er sich mit seinem rechten Ärmel die beißenden Tropfen aus den Augen wischte und die Kipa auf seinem unbändigen Haarschopf zurechtrückte, dachte er an seine Familie. Er hatte diesen Job nur ihretwegen angenommen. Was hätte er auch sonst tun sollen, um sie nach seinem abgebrochenen Studium zu ernähren? Rachel und Nathanael waren ihm wichtiger als jede Karriere. Außerdem war Baggerfahrer gar kein so übler Job. Er arbeitete jetzt schon seit acht Jahren für die Baufirma Moriah und erhielt guten Lohn für gute Arbeit.

Doch heute wollten die Stunden nicht vergehen, als hätte sich die Zeit entschieden, ein wenig zu bummeln. Für gewöhnliche Leute war heute nur ein ganz normaler Freitagnachmittag, für ihn jedoch war es ein besonderer Sabbat. Mosche blickte für einen Augenblick durch die Frontscheibe nach oben und hielt nach Wolken Ausschau. Im ganzen Februar war bislang noch kein einziger Tropfen Regen gefallen, und dem Himmel blieb nur noch ein Tag, um seine segnende Schuldigkeit in diesem Monat zu leisten.

Intuitiv nahm Mosche wahr, dass sein Kollege Avner Stern neben dem Führerhaus stand und versuchte, gegen den Lärm der Maschinen anzubrüllen. Mosche zog verärgert den Hebel für die Hydraulik der Schaufel zurück und stoppte den Motor. *Bitte nicht noch eine Verzögerung.* Die Vorgaben der Baufirma sahen schon jetzt einen viel größeren Streckenabschnitt vor als das, was sie bisher geleistet hatten. Die Architekten waren sich durchaus darüber im Klaren, welche Überraschungen die Verbreiterung der Umgehungsstraße um die Jerusalemer Altstadt mit sich bringen konnte, doch mindestens zweimal pro Stunde die Arbeit zu stoppen, um mögliche Reste alter Töpfe oder anderer nicht sehr bedeutsamer Ausgrabungsgegenstände aus früheren Zeiten zu bergen, ging für Mosche entschieden zu weit. Zumindest an diesem Tag, seinem vierzigsten Geburtstag, den er mit seinen Freunden und der Familie gebührend feiern wollte.

65 Millionen Schekel waren von der Stadt bereitgestellt worden, um das Nadelöhr im Hinnomtal zu eliminieren. Da jeder Autofahrer nach Möglichkeiten suchte, die Jerusalemer Altstadt auf schnellstem Wege zu verlassen und *ein* Weg eben darin bestand, über das Kidrontal durch Ge'Hinnom, eine Talsenke, zu fahren, gab es hier regelmäßig Stau. Eigentlich war die Strecke idyllisch und von Grünanlagen umgeben, dem zunehmenden Verkehr aber waren die engen Spuren nicht mehr gewachsen. Morgen für Morgen und Abend für Abend das gleiche Szenario: hupende Fahrer, die die enge Taille um den Berg hinter der Altstadt bezwingen mussten. Nun endlich hatte die Baufirma von der Stadt grünes Licht für die längst fällige Verbreiterung bekommen. Um diesen

Berg zu versetzen, reichte Glaube allerdings bei Weitem nicht aus. Erst recht nicht, da es sich um einen Berg handelte, der nach Auskunft der israelischen Altertumsbehörde (IAA) ursprünglich mit einer jüdischen Siedlung aus der Zeit 300 nach Jesu Geburt bebaut gewesen sein soll.

Mosche war sich seiner Verantwortung durchaus bewusst: Es galt, mit äußerster Vorsicht Stein für Stein aus dem Fundament und den Seitenflächen des Hügels abzutragen. Doch der Termin der Fertigstellung stand ebenfalls fest. Und gerade für diese Gratwanderung wurde er gut bezahlt. Ob sein Chef Moriah das nun gern zugegeben hätte oder nicht: Alle wussten, dass Mosche der richtige Mann für diesen Job war. Er erkannte selbst aus der Entfernung, welche Gesteinsarten er mit dem Bagger bewegte, weichen Kalksandstein oder Felsformationen wie Granit oder Feldspat. Überdies spürte er sehr genau, ob sich die Schaufel mühelos durch das Material arbeitete oder gegen Widerstand stieß.

»Ich hasse dieses gottverdammte Tal«, murmelte Mosche, als Avner ihn störte und riss die Tür des Führerhauses auf. »Was willst du denn schon wieder von mir?«

»Brüll mich nicht so an. Ich habe die Bestimmungen nicht gemacht. Ich kenne das Pensum für diesen Tag genauso gut wie du.«

»Okay, tut mir leid. Also was gibt's?«

»Ich weiß es noch nicht genau. Du musst dir das mal anschauen. Als du den oberen Teil der Felskante frei gelegt hast, ist mir eine Fläche aufgefallen, die anders aussieht als der Rest des lockeren Gesteins. Es ist glatt und scheint viel härter zu sein.«

Mosche zwängte sich mit einem Raunen hinter dem schweißverklebten Lenkrad hervor und tauchte in die glühende Hitze des Spätnachmittags ein. Widerwillig folgte er seinem Freund auf die Anhöhe, die sich auf halber Höhe des ehemaligen Hügels befand. Ein großes Stück Arbeit lag schon hinter ihnen, doch der Blick nach vorn verriet, dass der Ärger mit ihrem Chef vorprogrammiert war.

Avner hielt inne. »Hier, sieh dir das an!«

Mosche stellte sich neben den Kollegen. Zu seiner Linken blickte er über die Weite des heiligen Landes und erfasste in einem kurzen Augenblick die weiter unten in ihren Autos ausharrenden und fluchenden Fahrer, die sich zusätzlich zu dem obligatorischen Stau über die Baustelle ärgerten. Zu Mosches Rechten ragte der antike Hügel empor, über den die sengende Sonne knapp herüberschaute. Nur wenige hundert Meter entfernt hatte man 1979 bei archäologischen Ausgrabungen ein Grab aus der Zeit Jeremias gefunden. Es konnte zweifelsfrei auf das 7. Jahrhundert vor Christus datiert werden. In diesem Grab fand man zwei Amulette in Form zusammengerollter Silberbleche, auf denen der aaronitische Segen eingraviert war. Dieser Inschriftenfund war bislang der älteste Fund, der außerhalb der biblischen Texte die Realität der israelischen Vergangenheit bezeugte. Darüber hinaus fand ein Archäologe im Jahre 2001 durch Zufall eine Grabanlage ganz in der Nähe, in der zerbrochene Knochen, ein Leinentuch sowie eine von Grabräubern zerstörte Knochenkiste gefunden wurden. Nach einigen Forschungen gab man über die Medien bekannt, dass der Tote ein Leprakranker aus der Zeit Jesu war, der infolge seiner Immunschwäche an Tuberkulose verstorben sei. Die Welt war erstaunt darüber, wie gut die menschlichen Überreste dieses Mannes nach 2000 Jahren noch erhalten waren. Sogar das Leinentuch befand sich trotz Sauerstoffeinwirkung in gutem Zustand. Diese Funde ließen selbstverständlich sämtliche Alarmglocken bei den Verantwortlichen der israelischen Altertumsbehörde klingeln, als von Bauvorhaben im Hinnomtal die Rede war.

Nun betrachtete Mosche die Stelle, auf die Avner ungeduldig hindeutete. Der wies auf den Hang. »Ich kann hier mit der kleinen Hacke das weiche Gestein bearbeiten, siehst du? Aber daneben beginnt irgendwie eine harte Platte. Sie verläuft senkrecht nach unten wie eine Tür und scheint nicht natürlicher Art zu sein, sondern wirkt eher, als sei sie von Menschen aus einem großen Block herausgehauen worden. Siehst du diese Schliffspuren?«

Mosche wischte sich erneut den Schweiß aus den Augen und betrachtete die scharfen Abgrenzungen der Gesteinslagen. Plötzlich erwachte sein archäologischer Spürsinn. Er war schon an vielen Ausgrabungen beteiligt gewesen. Vier wichtige Stätten waren mithilfe seines perfekten Feingefühls im Umgang mit Baumaschinen schon frei gelegt worden. Erst ein Jahr zuvor war die Baufirma seines Chefs für die städtische Infrastruktur Jerusalems verantwortlich gewesen, wobei Mosche an der Ramallah-Straße auf sehr alte Ruinen gestoßen war. Die IAA wurde damals umgehend benachrichtigt und entschied, die Bauarbeiten einzustellen und mit Ausgrabungen zu beginnen.

Drei Monate lang musste Moriah auf die Fortsetzung der Baumaßnahmen warten, und genauso lang gingen keine Zahlungen für diesen Streckenabschnitt auf Mosches Konto ein, weil ein archäologisches Fundstück nach dem anderen in den Ruinen einer alten jüdischen Siedlung aus der Zeit um 60–70 nach Christus geborgen wurde. Dieser Fund war eine Sensation gewesen: Gefäße in vielen Formen und Größen sowie Glasflaschen und teure Bassins aus Stein wurden in mühevoller Kleinarbeit frei gelegt und konserviert. Nachdem alle Funde der IAA übergeben wurden, ließ man die Ausgrabungsstätte wieder zuschütten. Inzwischen fuhr eine Straßenbahn darüber.

Avner begann unter den kritischen Augen Mosches, das weiche Kalksandgestein zu entfernen, und nach einer weiteren Stunde blickten sie auf eine kreisrunde granitartige Platte, die einen Hohlraum zu versiegeln schien. Nun wurde auch Avner vom Ausgrabungsfieber gepackt, denn das, was sie dort sahen, ließ verwegene Vermutungen in ihnen aufkeimen. Mosche griff nach einem am Boden liegenden Spitzhammer und arbeitete den Übergang der Platte zum dahinterliegenden Gestein frei. Der Gedanke an einen pünktlichen Feierabend oder an die Einhaltung der zeitlichen Bauvorgaben war plötzlich verschwunden. Sogar sein Geburtstag rückte in weite Ferne. Hastig strich er mit der Spitze des Hammers in der von ihm geschaffenen Rille entlang. Die Deckplatte war nun vollständig frei gelegt, und an der linken Seite tat sich ein Spalt auf, der vielleicht die Breite eines Knopfes hatte. Als Mosche sich dieser winzig kleinen Öffnung näherte, strömte ein unangenehm muffiger Geruch in seine Nase. Alle seine Sinne waren jetzt geschärft und schrien ihm zu, dass das, was sie soeben gefunden hatten, nur einen Schluss zulassen konnte: Die runde Steinplatte war senkrecht aufgestellt worden und hatte offensichtlich eine Höhle oder einen dahinterliegenden Raum verschlossen. Alte jüdische Siedlungshäuser besaßen normalerweise Türeingänge und waren nie von Steinplatten bedeckt. Das Einzige, das man gewöhnlich mit einer runden Steinplatte verschlossen hatte, war … der Eingang zu einer Grabkammer oder einer ganzen Grabanlage. Sollte sich herausstellen, dass hinter dieser Steinplatte tatsächlich ein Grab liegen sollte – hier in der Nähe der Jerusalemer Altstadt, in der Nähe der ehemaligen Schädelstätte, im Tal des Todes –, dann hatten sie einen Fund sensationellen Ausmaßes vor sich.

✣ III ✣

Richard Schneider trat über die Schwelle des alten Hauses und fand nach kurzem Hin- und Hertasten den Lichtschalter in der Dunkelheit. Er drückte ihn kurz und blickte sich noch einmal nach der Tür um, die träge hinter ihm ins Schloss fiel.

Die Rollläden waren hinuntergelassen worden. Vermutlich hatte die Nachbarin noch immer einen Schlüssel. Im Inneren des Flures drückten die milchig-gelben Decken auf Schneiders Gemüt, auch wenn sie mit Jugendstil-Ornamenten verziert waren. Er betrat das Wohnzimmer mit gemächlichem Schritt, als würde er durch ein Museum wandeln und aufmerksam die Ausstellungsstücke betrachten. Nachdem er auch hier das Licht angeschaltet hatte, blickte Richard als Erstes auf den betagten grünen Kachelofen mit den verschnörkelten Verzierungen auf der Vorderseite. Er stand in der Ecke und war mindestens hundert Jahre alt.

Trotz aller Betriebsamkeit, die Schneiders Leben an sieben Tagen der Woche in Beschlag nahm, schien er in diesen Minuten alle Zeit der Welt zu haben. Er war noch nie allein im Haus seiner Eltern gewesen. Auch nicht in seiner Kindheit. Gut, hin und wieder mal, aber immer nur ganz kurz, wenn seine Mutter zum Einkaufen in den Krämerladen um die Ecke gegangen war. Er hatte stets den unangenehmen Eindruck gehabt, als hätten die Eltern ein stilles Abkommen getroffen, ihn nie länger als höchstens eine halbe Stunde allein zu lassen. Aber warum? Immerhin war er schon recht früh selbstständig gewesen. Sollte damals um jeden Preis verhindert werden, dass er sich frei im Haus umherbewegte und dabei etwas entdeckte, was er nie hätte entdecken dürfen? Jetzt hatte er alle Zeit der Welt.

Richard schlenderte von einem Raum zum anderen und strich dabei mit der flachen Hand beinah liebevoll über die staubbedeckte, nussbaumfarbene Kommode mit den geschwungenen Kanten aus der Zeit des Spätbiedermeier. Er lauschte dem Knirschen der Holzbohlen unter seinen Füßen und beschloss, einem inneren Impuls folgend, sein ehemaliges Kinderzimmer aufzusuchen. Wie in Zeitlupe griff er nach dem Messinggeländer und ging zögernd die Treppe hinauf, als erwartete er plötzlich die Schelte seines Vaters. Die dritte Stufe von unten knackte noch immer verräterisch. So wie damals, wenn er sich nach dem Schlafengehen noch einmal in die Küche geschlichen hatte. Als er älter wurde, lernte er diese Stufe auszulassen.

Langsam drückte er die Klinke der Tür zu seinem Zimmer herunter und trat ein. Ein Schwall alter, verbrauchter Luft schlug ihm entgegen, als wäre seit Jahren in diesem Raum nicht mehr gelüftet worden – vermutlich war es auch so. Er schaltete die Beleuchtung an und sah sich um. Eigenartig. Nichts, rein gar nichts hatte sich verändert, seitdem er mit neunzehn Jahren von zu Hause ausgezogen war, um in Freiburg Betriebswirtschaft zu studieren. Er schaute nachdenklich auf die verblichenen Bilder von Flugzeugen und schnellen Autos an der Wand. Warum um alles in der Welt ließ man die Dinge so, wie sie waren? Als hätte die Zeit aufgehört zu verrinnen. Galt es, die Regale, den Schreibtisch und das Bett so zu konservieren, wie man sie in der Erinnerung bewahrte? Hatte sein Vater Angst, Erlebtes unwiederbringlich auszulöschen, wenn er das Zimmer ausräumte oder es möglicherweise sogar hübsch herrichtete, um es als Gästezimmer zu benutzen?

Richard setzte sich auf sein ehemaliges Bett, und es bemächtigten sich so unglaublich viele Bilder seines Bewusstseins, dass er Mühe hatte, sie zu ordnen. Die Mädchen, deren Hand er gehalten oder die er, wenn er sich sicher war, dass keiner die Treppe hinaufkommen würde, geküsst hatte. Die Abende, an denen er im Bett gelegen und geweint hatte, weil ihn sein Vater wegen einer Vier in Mathematik verprügelt hatte. Hier in diesem Zimmer hatte er wie in einem Grenzland gelebt, einem schmalen Streifen zwischen zwei Welten, in dem er einigermaßen zur Ruhe kam. Die eine Welt umfasste die Empfindungen und Erlebnisse, die seine Mutter geprägt hatte. Sie war eine ausgeglichene Hausfrau aus Leidenschaft, die in ihrem Glauben ruhte und mit Milde und Liebe dem Leben in diesem Hause ihren Stempel aufdrücken wollte. Durch sie erlebte Richard Güte und Barmherzigkeit, Klarheit und Sauberkeit, Bibelworte und Hoffnung. Er dachte sofort an Weihnachtslieder und den Duft von Gebäck, an die Schürze vor dem Bauch und den Löffel, den sie ihm zum Abschmecken der Soße reichte.

Doch da gab es auch die Welt seines Vaters. Und während die Welt der Mutter klar und eindeutig zu beschreiben war, hatte sich die Erinnerung an die Welt seines Vaters als undurchsichtig und geheimnisvoll in sein Gedächtnis eingebrannt. In dieser anderen Welt regierten Strenge und Willkür, Unberechenbarkeit und Unzufriedenheit mit dem eigenen Leben. Hier schwebten lautlos ungelöste Konflikte und nicht erfüllte Träume wie Dämonen durch die Räume, und er spürte noch, wie die flache Hand seines Vaters ihn auf der Wange traf, heiß und ungerecht. Keine Miene hatte der Vater bei seinen Schlägen verzogen, er strich sich danach nur den schwarzen Schnurrbart in beide Richtungen glatt und rückte die ebenfalls schwarze Nickelbrille mit dem Mittelfinger dichter an die Nasenwurzel heran.

Wann immer sich die beiden Welten trafen und sich die Warmfront mit der Kaltfront vereinte, gab es Gewitter. Und der einzige Zufluchtsort vor diesem Sturm war hier, in diesem seinem Zimmer gewesen. Doch bisweilen gab es auch lichte Momente innerhalb des väterlichen Verdrusses. Sonnenstrahlen, die sich ihren Weg durch finstere Gewitterwolken bahnten. Dann nahm sich Karl Wilhelm seinen Sohn vor, setzte sich ihm gegenüber und erzählte ihm Geschichten. Fantasiegeschichten von großen Helden, von Kampfgetöse, klappernden Schwertern und rasselnden Säbeln. Diese Geschichten sprudelten nur so aus ihm heraus, so lebendig, als hätten sie nur darauf gewartet, befreit zu werden. Dann glänzten die Augen des Vaters, und alles an ihm wurde wach. Sein krummer Rücken richtete sich auf, die Falten auf der Stirn glätteten sich, und eine Ruhe erfüllte den Raum, als wollte die Zeit stehen bleiben. Dann regierte der Frieden, und man hatte den Eindruck, als sei der Vater nun ganz bei sich. Als sei er selbst zu Hause angekommen. Solche Abenteuergeschichten wollten Richard immer wieder in die Welt hinauslocken, damit er es selbst erleben könnte, das Rasseln und Klirren der Schwerter, den Kampfschweiß auf der Haut. Doch der Gedanke an die Mutter hielt ihn zurück, denn ihm war, als bräuchte sie ihn dringender als er seine Freiheit.

Wie lange Dr. Schneider in seinem Zimmer gehockt hatte und in die vergessenen Welten eingetaucht war, konnte er später nicht mehr nachvollziehen. Doch plötzlich fiel ihm etwas wieder ein und verband sich mit der Erinnerung an Geräusche, abgehakte Worte und Streit. Jetzt wusste er wieder, was die Mystik dieses Hauses ausgemacht hatte: der Keller, zu dem der Zutritt unter strengster Strafandrohung verboten war; das Quietschen eines alten Schlosses und das

Quietschen der Türangeln wie beim Öffnen eines alten Schrankes. Auf einmal fielen ihm Dinge ein, die er seit vierzig Jahren in sich begraben glaubte. Wie er es gehasst hatte, wenn seine Eltern sich stritten. Das war zwar nie vor seinen Augen geschehen, aber immer vor seinen Ohren. Das Haus war sehr hellhörig gewesen, aber weil die Gespräche meist im Keller stattgefunden hatten, bekam er nur Wortfetzen mit: »Lass die Vergangenheit ruhen, Karl« und »Treib uns nicht ins Unglück«. Worum es sich bei diesen Streitigkeiten genau gehandelt hatte, war Richard trotz drängenden Nachfragens nie erzählt worden.

Irgendwann hatte er aufgegeben zu fragen. Sollten die Eltern ihre Probleme doch alleine lösen. Es hatte ihn nicht mehr interessiert, bis zu diesem Tag, an dem er sich in die Vergangenheit zurückversetzt fühlte. Und diesmal beschloss er, dem Geheimnis auf den Grund zu gehen. Er verließ sein Zimmer und ging mit klopfendem Herzen die Treppe zum Erdgeschoss hinunter. Der Zugang zum Keller erfolgte nämlich durch eine unscheinbare Holztür neben der Küche, deren Schlüssel erfreulicherweise im Schloss steckte. Als Richard die Klinke in die Hand nahm, bemerkte er, dass die Tür nur angelehnt war, ein Zustand, den er in den neunzehn Jahren seines Aufenthaltes in diesem Haus nur ein einziges Mal erlebt hatte.

Mit der rechten Hand griff er nach dem vorsintflutlichen Lichtschalter, der mit einigem Kraftaufwand gegen die Federspannung laut knackend gedreht werden musste. Er erinnerte sich daran, dass er damals, als die Tür unverschlossen gewesen war und er die Neugierde über seine Angst vor der Strafe gestellt hatte, auf einen kleinen Hocker klettern musste, um den Schalter zu erreichen. Nun gelangte er mühelos daran. Eine einzelne, an einer Fassung baumelnde, offensichtlich nur 25 Watt starke Birne leuchtete die Treppe unzureichend aus, und Richard gab sich Mühe, die schmalen steilen Stufen nicht zu verfehlen. Er musste den Kopf einziehen, um nicht anzustoßen. Er stockte einen Moment. Kurz bevor er damals als Kind ganz in den Keller hatte hinabsteigen können, war er von seinem Vater erwischt worden – und ihn hatte wieder einmal mit großer Wucht die flache Hand im Gesicht getroffen.

Obwohl Richard inzwischen ein erwachsener und abgeklärter Mann war, befiel ihn dieselbe sonderbare Beklemmung wie früher. Alles, was mit diesem Keller in Verbindung stand, hatte etwas mit der Bedrohung seines Seelenfriedens zu tun. Heute wie damals.

Der Keller hatte keine quadratische Form, die man selbst mit schwachem Licht mühelos hätte einsehen können, sondern war wie ein verkrüppeltes »L« gewinkelt, und das Licht beleuchtete leider nur den vorderen Teil des Raumes, sodass seine Füße an mehrere Kisten, alte Stehleuchten und diverses Gerümpel anstießen. Er verursachte ein lautes Rappeln und Kratzen auf dem Kellerboden, und das war ihm unangenehm, obwohl er allein war.

Allmählich gewöhnten sich seine Augen an die Dunkelheit, und er entdeckte einige alte Sachen, die einmal ihm gehört hatten: ein altes Fahrrad mit zwei platten Reifen, daneben eine Kiste mit Legosteinen. Richard erinnerte sich an das Feuerzeug in seiner Tasche und zog es heraus. Mit ausgestreckter Hand leuchtete er den langen dünnen Kellerstreifen aus und ging Stück für Stück weiter. Bis sein Blick in eine Ecke fiel und er instinktiv wusste, dass er den Grund seiner jahrzehntelangen Unruhe gefunden hatte. Den Kern des Geheimnisses, dass dieses Haus von jeher umfing, den Anlass für Streit und Unsegen in der Familie.

Langsam kniete sich Richard mit dem edlen Stoff seines Anzugs auf den staubigen Boden, und sein Feuerzeug flackerte gespenstisch auf, als durch irgendeine undichte Mauerritze feuchte moderige Kellerluft strömte.

Ungläubig und mit fast kindlichem Entsetzen starrte er auf eine geöffnete Truhe, deren wuchtiger Deckel nach hinten aufgeschwungen war. Sie ähnelte jenen Truhen, die er aus den Geschichten des Vaters kannte: den Piratengeschichten oder solchen, in denen andere alte geheimnisvolle Kisten vorkamen. Und plötzlich vermutete er, dass all diese Kisten in den Erzählungen keine bloße Erfindung gewesen waren. Sein Vater hatte diese Truhe hier zum Anlass genommen, immer neue Geschichten und Märchen um sie herum ranken zu lassen. Aber das, was er hier vor sich sah, war kein Märchen. Diese Truhe war real.

Richard streckte seine Hand nach ihr aus und strich darüber. Sie schien aus edlem Holz gemacht zu sein und hatte schwere Eisenbeschläge an den Wänden und auf dem Deckel. An der Vorderseite war ein Riegel angebracht, in dem das geöffnete Schloss eingehängt war, so als wolle jemand nur kurz mal nachschauen, ob noch alles darin verstaut sei und um die Truhe gleich danach wieder zu verschließen. Sie war ungefähr einen Meter breit, fünfzig Zentimeter tief und vierzig Zentimeter hoch und randvoll gefüllt mit Büchern, zusammengehefteten vergilbten Blättern und Papierrollen.

Schneider kramte in der Truhe herum, schob einige Bücher beiseite und verschaffte sich so einen ersten Überblick. Über dem ganzen Stapel lag ein einziges aufgeschlagenes Buch. Schneider nahm es zur Hand und ließ die Seiten zwischen seinen Fingern hindurchflattern. Das war wohl ein Tagebuch, mit altdeutscher Handschrift beschrieben. Leider war gar nicht daran zu denken, auch nur eine Zeile in der Dunkelheit entziffern zu können. Schnell legte er das Buch zurück in die Truhe, klappte den Deckel zu und steckte das Feuerzeug in die Tasche zurück. Er versuchte die Truhe anzuheben, doch schon der erste Versuch ließ ihn das Vorhaben abbrechen. Sie mochte gut dreißig Kilo wiegen. Ein Bandscheibenvorfall, den er ein Jahr zuvor gehabt hatte, mahnte ihn zur Vorsicht, und er beschloss, die Kiste hinter sich her über den Boden zu schleifen, bis der Lichtkegel der schwachen Funzel das Entziffern der Schrift erleichtern würde.

Richards Herz raste, und es spielte plötzlich keine Rolle mehr, wie alt er war, welche herausragende Position er bekleidete, wie viel Geld er besaß und ob er einen Nadelstreifenanzug trug. Wichtig war nur, dass er sich endlich, nach über vierzig Jahren, wieder als Junge fühlen durfte, der darauf pfiff, was die Eltern sagten, und sich einen Dreck um ihre Verbote scherte.

Mit Mühe schaffte er es, die Truhe in den vorderen Bereich des Kellers zu zerren. Dabei sah er mit Freude, dass das Licht tatsächlich ausreichte, um sich ein ungefähres Bild von dem zu machen, was ihn derart in Aufruhr gebracht hatte. Ihn, den Chef eines der erfolgreichsten Unternehmen Frankfurts. Schneider kniete sich erneut in den Schmutz, doch diesmal mit beiden Beinen. Er verschwendete keinen Gedanken daran, dass er seine Hose ruinieren würde, denn seine Ahnung sagte ihm, dass der Inhalt dieser Truhe jeden Einsatz rechtfertigen würde. Langsam öffnete er sie wieder und ließ den Deckel nach hinten gleiten. Dann nahm er das oberste Buch, das zuvor aufgeschlagen auf dem Stapel gelegen hatte. Seine Finger strichen über den ledernen Einband, und trotz des dämmerigen Lichtes begriff er, wie alt diese Bücher waren.

Er schaute auf die Vorderseite des Umschlages und las:

Tagebuch Nr. 16 vom 11. Juli 1940
bis zum 28. September 1940.

Dann schlug er das Buch auf und blätterte zur ersten Seite. Er musste die Augen zusammenkneifen, denn die Schrift war zunächst nur mit Mühe zu lesen. Kleine Buchstaben, sorgfältig geschrieben, wie ein Buchhalter es nicht hätte besser machen können. Richard erfasste gerade die ersten Zeilen, als er auf einen Namen stieß, der sein Blut in den Adern gefrieren ließ. Im Tagebuch seines Vaters stand der Name des größten ihm bekannten Unmenschen.

Schneider stand trotz der kühlen Luft in diesem Gemäuer der Schweiß auf der Stirn, und er begann die weiteren Zeilen zu entziffern. Dabei war er so konzentriert, dass er das melodische Klingeln in seiner Jackentasche erst gar nicht bemerkte. Doch dann holte es ihn mit Macht in die Gegenwart zurück. Richard schaute auf das Display seines Handys und erkannte die Nummer von Blome. *Verflucht, er sollte doch abends anrufen.* Ein Blick auf seine Uhr verriet ihm, dass es bereits Abend war.

»Gerd, es ist im Augenblick ungünstig«, sagte Schneider, und das Rauschen bescheinigte den beiden Männern einen extrem schlechten Empfang.

»Richard, wir müssen dringend miteinander reden. Es ist etwas passiert. Kannst du noch einmal in die Firma kommen?«

»Nein, verdammt. Kann ich nicht. Was ist denn los?«

»Der Aktienkurs von Comequad sinkt unter eine kritische Grenze. Du weißt, wie viel wir da investiert haben!«

Unwillig lenkte Schneider ein. »Na gut, ich komme. Ich bin in einer halben Stunde bei euch.«

»Besser in zehn Minuten«, hörte er Blome noch, als er schon die Verbindung abbrach.

Schneider ließ das Handy zurück in seine Jackentasche gleiten und blickte auf das aufgeschlagene Buch. Mit einem hörbaren Knall schlug er es zu und legte es an die Seite. *Tage-*

buch Nr. 16. Wo zum Teufel ist Nr. 1? Hektisch kramte er in der Truhe herum, räumte die Bücher zur Seite, fand eine Armbinde mit einem SS-Abzeichen darauf und überflog wieder die Nummern auf den Buchdeckeln: *15, 7, 3, endlich – da: Nr. 1 und 2.* Er hielt die Tagebücher in den Händen und las erstaunt:

Tagebuch Nr. 1
vom 12. Februar 1939.
Die Phase Himmler

Schnell schob Schneider die beiden ersten Bände in seine linke Jackentasche, rannte die Treppe hoch, schaltete das Licht aus und verließ das Haus. Warum er eigentlich gekommen war, hatte er bereits in dem Augenblick vergessen, als er das Haus betreten hatte. Die feuchtkalte Luft kroch zwischen seine Kleidung und ließ ihn frösteln.

Geistesabwesend und doch zügig fuhr Schneider durch die Straßen Frankfurts, wobei weder die Geschwindigkeitsanzeige noch dunkelorange Ampeln Zugang zu seinem Gewissen fanden. Er konnte es sich schließlich leisten, geblitzt zu werden. Er nahm sich nicht einmal die Zeit, in die Tiefgarage zu fahren, sondern parkte unmittelbar vor dem imposanten Bürokomplex, in dem die NIC ihren Sitz hatte. Den Autoschlüssel steckte er zu seinem Handy und ertastete mit der linken Hand die dünnen Bücher in seiner Tasche. *Die Phase Himmler. Was um alles in der Welt soll das bedeuten?* Er wusste zwar, dass sein Vater im Zweiten Weltkrieg »gedient« hatte, wie er es immer nannte, aber dass dieser trockene Mann ein besonderes Verhältnis zu Heinrich Himmler gehabt haben sollte, konnte er sich beim besten Willen nicht vorstellen. Aber *wie* sein Vater gedient hatte, war ihm auch nie ganz klar geworden. Im Krieg an der Waffe war er jedenfalls nicht gewesen. Er musste unter dem Begriff »dienen« offensichtlich etwas anderes verstanden haben. Sein Vater, der langweilige Postbeamte? Ein wagemutiger Soldat, der mit einer Waffe im Anschlag zwischen den Häuserreihen hin- und her flitzt? Nein – ganz sicher nicht!

Richard war während der Fahrt mit dem Aufzug mehrfach versucht, eines der beiden Bücher hervorzuziehen. Er brannte darauf zu erfahren, was es damit auf sich hatte, und sah sich bereits im Geiste als berühmter Entdecker längst vergessener Nazigeschichten.

Mit Gewalt riss er sich von diesen Gedanken los und rief sich das Telefongespräch mit Gerd ins Gedächtnis zurück. Was konnte der bloß gemeint haben mit seinen Befürchtungen? Mit der Firma war es in den letzten sechs Jahren stetig aufwärtsgegangen. Warum sollte es plötzlich anders werden? Die Fahrstuhltür öffnete sich nahezu geräuschlos, und Schneider steuerte auf kürzestem Weg Blomes Büro an. Es ärgerte ihn, dass er sich noch mit Firmendingen beschäftigen musste. Jetzt, da so viel aus der Vergangenheit hochgekommen war und seine Gedanken und Gefühle derart in Beschlag nahm, dass er sich davon kaum lösen konnte. Was stand nur in diesen Büchern? Würden sie ihn zwingen, seinen Vater, seine Familie, möglicherweise seine eigene Identität in einem neuen Licht zu sehen?

Blome hatte seinen Krawattenknoten gelockert und den obersten Knopf des Hemdes geöffnet. Das Sakko hatte er abgelegt, und unter seinen Armen breiteten sich trotz niedriger Außentemperaturen große Schweißflecken aus. Es entging Schneider nicht, dass sein Partner mit den Nerven am Ende war. Offensichtlich war dieser Tag für ihn zu viel gewesen: die alleinige Firmenführung, der Vortrag über die Bilanzen des letzten Jahres vor versammelter Mannschaft und zu guter Letzt die Nachricht über den Absturz der Comequad-Aktie.

»Sag mir kurz und präzise, was passiert ist. Ich bin nicht in der Stimmung für ausschweifendes Gelaber«, begann Schneider.

Blome zuckte zusammen. »Es ist gerade durchgegeben worden …«

Schneider sah ihn forschend an. Blome fuhr fort. »Du weißt, dass wir Ende Dezember auf die letzte Sekunde für vierzehn Millionen Euro Comequad-Aktien gezeichnet haben?«

Richard nickte gelangweilt. »Ja und? Die laufen doch bestens. Nach letzten Ad-hoc-Meldungen wurden für das letzte Quartal 400 % Umsatzwachstum verzeichnet. Nenne mir eine andere Firma mit derart guten Zahlen.«

»Vielleicht hörst du dir erst mal an, was ich dir gerade zu erklären versuche.« Blome holte tief Luft. Wenn Schneider die Wahrheit kurz und prägnant haben wollte, sollte er sie bekommen.

»Das war alles nur getürkt, Richard. Von vorne bis hinten. Sämtliche Aktionäre sind geprellt worden. Und wir an vorderster Front, weil wir am meisten investiert haben.«

Es schien, als wären Blomes Worte nicht in Schneiders Bewusstsein vorgedrungen, denn er reagierte nicht – zumindest nicht sichtbar oder hörbar. Doch langsam begann er zu begreifen. »Willst du mir etwa erzählen, dass wir vierzehn Millionen in den Sand gesetzt haben und nichts von dem Geld zu sehen bekommen werden?«

Blome nickte und wünschte sich weit weg. Schneider zog einen Stuhl heran und ließ sich fallen. »Okay, erklär es mir«, sagte er erstaunlich ruhig, doch sein Atem ging schwer.

Blome überlegte sich seine Worte sehr gut, denn er wusste, dass in Kürze in der Firma einige Köpfe rollen würden –

und seiner sollte nicht darunter sein. »Die Medien haben heute Nachmittag pausenlos darüber berichtet. Das Ganze gilt als der größte Betrugsfall am Neuen Markt. Über Jahre hinweg hat Comequad fast alle seine Umsätze einfach erfunden, die Bilanzen gefälscht und dadurch den Aktienkurs in die Höhe getrieben.«

Blome zog Papiere aus der Aktentasche hervor. »Am zwanzigsten Dezember haben wir Aktien im Gesamtwert von zehn Millionen gekauft und die übliche Provision, Gebühren und Spesen bezahlt. Der Kurs ging rauf, und wir haben noch mal vier Millionen nachgeschossen. Bis zum Jahresende hatten wir uns also Aktien im Wert von vierzehn Millionen gesichert. Die jüngste Meldung besagte damals, dass Comequad weltweit der führende Multimedia-Konzern sei und im letzten Geschäftsjahr ein absolutes Rekordjahr mit einem Gewinn in Höhe von 54 Millionen Dollar und einen Umsatz von 87 Millionen Dollar erzielt habe. Sag mal ehrlich, da hättest du doch auch zugegriffen, oder nicht?«

»Wer hat veranlasst, eine derart hohe Summe bei ein und derselben Firma zu zeichnen?«, erkundigte sich Schneider scharf.

»Schilling«, gab Blome kleinlaut zu.

»Und wie kann es sein, dass ein so junger Kerl über solche Summen verfügen darf? Wenn ich mich recht entsinne, warst *du* für ihn persönlich verantwortlich.«

Blome war sich dieser Tatsache nur allzu bewusst, und das erklärte auch seinen erregten Gemütszustand.

»Schilling ...«, wiederholte Schneider leise und ließ seinen Blick in die Ferne schweifen.

Blome hielt es für das Beste, Schneiders Gedanken zu unterbrechen. »Es war Betrug, Richard! Kriminell, ungesetzlich, keine Fehleinschätzung von Schilling.« Blome hob hilflos die Hände.

Schneider aber schüttelte nur noch desillusioniert den Kopf. »Du weißt, dass wir bei diesem Deal pleitegehen können, Gerd?«

Blome nickte stumm.

»Wie viele Anleger hat Schilling mit reingerissen?«

»Fünfunddreißig. Er hat einfach Blut geleckt und dachte, dass sei für ihn *die* große Chance. Er wollte dir so gern zeigen, dass er es wert ist, der Firma anzugehören.«

Schneider fixierte Blome mit einem stechenden Blick. »Dir ist doch klar, dass wir mit Klagen dieser Leute rechnen müssen und sie danach nie wiedersehen. Das kann unser Ende bedeuten, Gerd – Betrug hin, Betrug her.«

Blome wand sich in seinem Sessel. Was hätte er darum gegeben, zu diesem Zeitpunkt an einem anderen Ort zu sein. Unruhig knetete er seine Finger. »Nun, sieh das mal nicht so schwarz. Es ist definitiv nicht unsere Schuld. Ich sag es noch mal. Es war Betrug, und damit haben die Anleger keine Chance, dich zu verklagen.«

»Na toll. Aber sie werden in unsere Beratung kein Vertrauen mehr haben. Fünfunddreißig Leute, das ist mehr als die Hälfte unserer Stammkundschaft.« Schneider sackte in sich zusammen, als hätten seine Rückenmuskeln ihren Dienst plötzlich quittiert. »Hör zu, Gerd, ich habe für heute keine Kraft mehr. Mein Vater liegt auf der Intensivstation. Er ist einseitig gelähmt, bekommt keinen Pieps mehr heraus, und ob er diese Nacht überleben wird, weiß niemand.«

Schneider stand auf und griff nach seiner Jacke. Er spürte das Gewicht in der linken Tasche. »Erst diese Geschichte mit den Tagebüchern und jetzt das hier.« Er zog das Jackett an und wandte sich zur Tür. Er wusste nicht, wie er sich seiner Wut entledigen sollte, fand schließlich aber einen Gedanken, der ihm gefiel. Abrupt drehte er sich noch einmal zu Blome um. »Ich will Schilling hier nicht mehr sehen, hörst du?

Kümmere dich darum! Du schuldest mir was, Gerd! Darüber bist du dir doch wohl im Klaren!«

Schneider richtete seinen Zeigefinger auf Blome. »Schmeiß ihn raus und sag ihm, wenn er mir irgendwo in Frankfurt über den Weg läuft, breche ich ihm die Nase.«

Blome nickte stumm. Er wusste, dass dies keine leere Drohung war. Er hatte einmal miterlebt, dass sein Partner durchaus zu Gewalttätigkeiten fähig war. Damals hatte er einem nicht gerade schwächlichen Türsteher einer Diskothek mit einem gezielten Schlag eine Rippe gebrochen, als dieser ihm den Durchgang verwehrte. Das Ermittlungsverfahren wurde, wie es hieß »mangels Beweisen«, eingestellt. Doch alle wussten, dass es Schneiders Beziehungen zu verdanken gewesen war, dass er straffrei ausging.

Blome hob die Hand, um Schneider zurückzuhalten. »Ach übrigens, du hast gerade von Tagebüchern gesprochen. Irgendetwas Wichtiges?«

Schneider hatte bereits die Klinke in der Hand und blickte zu Boden. »Das weiß ich noch nicht. Ich habe sie im Keller meines Vaters in einer Truhe gefunden. Sie stammen aus der Zeit um 1940 herum. Ich habe bisher nur ein paar Zeilen lesen können. Das erste beginnt mit: ›Die Phase Himmler‹. Vielleicht war mein Vater in seinem Leben doch nicht immer nur ein langweiliger Postbeamter.« Schneider verschwand im Türrahmen. »Bis morgen, Gerd.«

Blome winkte müde zurück und war froh, sich seinerseits in seinem Stuhl zurückfallen lassen zu können.

Gegen 22 Uhr erreichte Schneider seine Villa in einer der vornehmsten Gegenden Frankfurts.

Müde schloss er die Mehrfachverriegelung seiner Haustür auf. Auch sein Kopf schmerzte nach diesem Tag, an dem so viel durcheinandergeraten war. Er ging in die Küche und bereitete sich eine Mahlzeit, die auch den Ansprüchen eines wenig verwöhnten Gaumens kaum genügen konnte. Er hatte aber wahrlich andere Dinge im Kopf, als sich ein Essen à la *Cuisine du Monde* zu zaubern. Er nahm sich zum Essen eine Flasche Bier aus dem übersichtlich bestückten Kühlschrank und ging ins Wohnzimmer hinüber.

Er griff nach der Fernbedienung seines Plasmafernsehers und lümmelte sich in einen Sessel. Hastig stopfte er sich das Sandwich in den Mund, kaute kaum und spülte die Reste mit dem Bier herunter. Dann zappte er von einem Kanal zum nächsten und blieb ab und an bei einer beliebigen Sendung hängen. Er war müde, irritiert und verärgert und bekam daher auch nur die Hälfte eines Gespräches zweier Physiker mit, die über die Wahrscheinlichkeit von Zeitreisen diskutierten. Natürlich sei es möglich, sagte der eine entrüstet. Man müsse nur die richtigen Parameter in geeigneter Weise zu einem intelligenten Ganzen zusammenfügen, dann würden sich Möglichkeiten gigantischen Ausmaßes realisieren lassen.

Was denn solche schwammigen Aussagen, bitteschön, bedeuten sollten, fragte der andere. Der Moderator ließ beide gewähren und nahm sich offensichtlich vor, nicht einzugreifen, solange die Streithähne nicht handgreiflich werden würden.

Warum er nicht begreifen könne, dass das alles nur eine Frage der Energie wäre, konterte der eine. Dass es einem Kollegen von ihm nachweislich gelungen sei, Kleinstlebewesen durch Raum und Zeit zu schicken, und dass erst kürzlich die Forschungsgelder für jene Abteilung auf weitere dreißig Millionen Dollar aufgestockt worden seien. Und dass er es schon noch erleben werde eines Tages …

Als der Moderator sich dann doch einschaltete und das Gespräch beendete, zappte Schneider weiter. *Die haben Prob-*

leme! Nach fünfzehn weiteren unsinnigen Sendungen schaltete er ab. Er nahm den letzten Schluck Bier aus der Flasche und zog die beiden Tagebücher aus seiner Jackentasche hervor. Jetzt fühlte er sich wieder stark genug, sie zu lesen. Und tatsächlich: Augenblicklich waren seine Müdigkeit und die Sorge um die Firma vergessen. Er nahm den ersten der Bände zur Hand und strich beinah zärtlich über den braunen Einband, als ahne er, dass diese Bücher sein Leben verändern würden. Er schlug die erste Seite auf und war ein weiteres Mal über die Gleichmäßigkeit der Schriftzüge erstaunt. Aber sie passte zu der Pedanterie seines Vaters, den er stets nur als spießigen Bürokraten erlebt hatte, der den überwiegenden Teil seines Lebens mit dem Stempeln von Briefen, Ausfüllen von Formularen und Wegsortieren von Akten zugebracht hatte. Würde er nun eine ganz andere Seite seines Vaters kennenlernen?

✣ IV ✣

Avner zündete sich eine Zigarette an und sog hastig daran. »Was machen wir jetzt, Mosche?«

Der Rauch entwich seinen Lungen durch Nase und Mund und nahm Avner einen Augenblick die Sicht, bevor er schließlich von einem Windhauch erfasst wurde. Avner klopfte mit der Faust auf die massive Steinplatte. »Ich hätte große Lust, diese Platte wegzureißen und nachzusehen, was sich dahinter verbirgt. Du weißt, was dieses Ding bedeuten kann?«

Mosche nickte stumm und schabte mit seinen Fingernägeln an seinem Dreitagebart. Er sagte kein Wort, doch er wusste, dass er mit seinem Bagger in der Lage war, die Platte so vorsichtig von der Unterlage abzuheben, als würde er mit Messer und Gabel ein Stück Fisch filetieren. Die Neugier griff nach ihm, aber er kannte natürlich die Spielregeln. Sie waren ein unabänderliches Gesetz.

»Verdammt, wir dürfen nicht. Stell dir vor, dahinter ist tatsächlich ein Grab. Außerdem ist morgen Sabbat, da geht bei den Behörden gar nichts, aber die Platte wäre dann schon fort.«

Mosche schüttelte den Kopf. »Es geht einfach nicht. Wir müssen warten, wir haben keine Wahl.« Er verschränkte die Arme. »Hey, du kennst mich. Ich will auch wissen, was hinter der Platte ist.«

Avner griff Mosche an die Schulter. »Nun stell dich nicht so an. Es hätte doch auch versehentlich passieren können.

Die Araber arbeiten alle da hinten. Niemand würde etwas mitbekommen.«

Mosche wandte sich gereizt ab. »Du spinnst, Avner.« Er zeigte auf die unter ihnen vorüberrollende Blechlawine. »Nennst du die da unten: *Niemand*? Wir wären in kürzester Zeit von einer Meute Schaulustiger umgeben, und an den Anschiss, den wir dafür bekämen, möchte ich gar nicht denken. Wir könnten beide unseren Job verlieren!«

Avner wurde allmählich zornig. »Du übertreibst, Mosche. Außerdem – nicht jeder teilt deine religiösen Gefühle. Wenn du am Sabbat nicht arbeiten willst, wird man das respektieren, doch gearbeitet wird morgen garantiert, darauf kannst du dich verlassen. Nur wirst *du* nicht dabei sein.«

Wütend schleuderte er seinen Zigarettenstummel in den Steinhaufen. Mosche schaute auf die Uhr und zog sein Handy hervor. Es war zehn vor sechs. Einen Versuch war es wert. Die Nummer der IAA erschien auf seinem Display, und eine ihm bekannte weibliche Stimme meldete sich.

»Weizmann.«

»Hallo Lea, hier ist Mosche. Du weißt ja, wir bauen im Hinnomtal, und ich glaube, wir haben hier etwas für euch.«

»Nun red schon. Wonach sieht es aus?«, neckte Lea ihren alten Studienfreund, und noch während sie lachte, sagte er ohne Umschweife: »Nach einem Grab, wenn du mich fragst.«

Lea verstummte augenblicklich. »Was hast du gesagt? Das kann gar nicht sein. Nicht in der Höhe, in der ihr arbeitet. Aus welcher Zeit?«

»Keine Ahnung. Woher soll ich das wissen? Du bist die Expertin. Für mich sieht es alt aus, sehr alt sogar.«

Ein Raunen am anderen Ende der Leitung war zu hören. »Dort soll um 300 nach Christus eine Siedlung gewesen sein. In dieser Gegend ist jeder Quadratmeter dreimal umgegraben worden.«

»Aber nicht in diesem Felsen, Lea. Du weißt doch, wie sehr das Hinnomtal gemieden wurde.«

»Okay. Erzähl mir, was du siehst«, forderte Lea Mosche auf.

»Vor mir steht eine circa ein Meter fünfzig große, kreisrunde Steinplatte, die definitiv von Menschen bearbeitet worden ist.« Schweigen am anderen Ende der Leitung. »Lea? Bist du noch da?«

»Natürlich, sprich weiter.«

»Wir haben die Platte vollständig frei gelegt, und an der Seite ist ein kleiner Spalt, aus dem es ziemlich stinkt. Bist du jetzt überzeugt?«

Mosche hörte, wie Lea laut den Atem einzog, und wusste genau, was sie nun sagen würde. »Bleibt, wo ihr seid. Ich komme sofort. Und rührt euch nicht vom Fleck, hörst du?«

Mosche grinste. »Ich wusste, dass du das sagst. Beeil dich, es ist bald Sabbat«, fügte Mosche hinzu.

»Vergiss deinen Sabbat. Der wird noch warten müssen.« Mosche hörte nur noch ein Klicken und ließ sich langsam auf den staubigen Boden sinken. Avner schaute zu ihm herab und gesellte sich schließlich zu ihm. Allmählich verschwand die Sonne hinter dem Felsen, und sie genossen den angenehmen Schatten. Mosche stützte seinen staubigen und verschwitzten Kopf auf die Knie und wünschte sich eine baldige Dusche, ein weißes Hemd und ein Glas koscheren Wein. Es hätte ein so schöner Abend werden können: in der Synagoge, im Kreis seiner Lieben und Freunde und in der Ruhe nach vollendeter Arbeit. Doch daraus würde wohl nichts werden. Er nahm erneut sein Handy hervor und drückte die Kurzwahl seines Chefs. *Spätestens in einer Stunde wird hier die Hölle los sein,* dachte Mosche, und ihm fiel auf, dass, in Anbetracht der schrecklichen Vergangenheit dieses Ortes, der Vergleich nicht treffender hätte sein können.

Es vergingen keine zwanzig Minuten, bis sowohl Lea Weizmann mit dreien ihrer Mitarbeiter als auch der überaus beleibte Simon Moriah auf dem Baugelände erschienen. Die Polizei begann sofort, das Gelände weiträumig abzuriegeln, was die frustrierten Autofahrer noch mehr in Rage brachte.

Mosche rutschte den Abhang hinunter, denn wenn er noch pünktlich in die Synagoge kommen wollte, musste er sich beeilen. Er hatte sich vor einigen Jahren wieder dem Glauben seiner Väter zugewandt und nahm Avners Ignoranz nicht übel. Er selbst hätte sich wohl auch nie wieder eine Kipa auf den Kopf gesetzt, wenn nicht sein Sohn im Alter von einem Jahr nach einer todbringenden Lungenentzündung auf wundersame Weise ins Leben zurückgekehrt wäre. Nun versuchte er, so gut es ging, die Vorschriften des jüdischen Lebens einzuhalten. Und der Sabbat und die Vorbereitung darauf waren ganz sicher eine davon.

Der Trupp der Archäologen stürmte an ihm vorbei, als wäre er Luft für sie. In Mosches Augen waren sie arrogante, eingebildete Trophäenjäger, die einen Baggerführer auch dann keines Blickes würdigten, wenn er zu den Besten seiner Zunft gehörte. Es zählte für sie auch nicht, dass er, hätte er nur ein Jahr länger studieren können, einer von ihnen gewesen wäre.

»Kannst du diesen Typen nicht mal Manieren beibringen?«, raunte Mosche Lea an.

Lea lachte: »In diesem Tal sind derart schreckliche Dinge passiert, da wittern die Typen, wie du sie nennst, eben bei jedem Fund Ruhm und Ehre.«

»Aber du bist ihre Chefin. Wenn ich du wäre, würde ich nicht gleich jeden Heißsporn dort oben hinlassen. Lass sie doch erst mal wie brave Hündchen Wache schieben.«

Lea ließ Mosche am Fuß des Abhangs stehen und grinste nur. Nach einigen Metern drehte sie sich zu ihm um.

»Worauf wartest du noch? Komm rauf. Ein großes Geheimnis will entdeckt werden.«

Mosche schaute auf die Uhr und spürte, wie es in ihm rang. Wortlos folgte er ihr den Hügel hinauf und holte sie nach kurzer Zeit ein.

»Ich werde euch die Platte an die Seite legen und dann bin ich weg.«

»Hier geht niemand weg, ohne dass ich es sage, hast du verstanden, Mosche«, rief eine Stimme von unten.

Mosche drehte sich um und konnte sich ein Schmunzeln nicht verkneifen. Sein Chef schob seine einhundertdreißig Kilo den steilen Geröllabhang hinauf und brachte die Worte nur mit äußerster Mühe hervor. »Guck nicht so blöd! Ich werde euch den Kopf abreißen, wenn das alles wieder mal nur falscher Alarm war und deshalb der Bau der Straße nicht vorankommt. Du kennst unsere Auflagen, Mosche.«

Mosche wartete auf seinen Chef und schaute genüsslich zu, wie Simon Moriah sich den Hügel emporquälte. Moriah war ein Sklaventreiber, profitorientiert und skrupellos, und Mosche dachte gar nicht daran, ihm zu helfen. Außerdem würde Moriah es als Verhöhnung empfinden, wenn Mosche ihn hochzöge. Also ließ er ihn schnaufend allein den Berg hinaufstapfen.

Die Gruppe der Archäologen hatte sich bereits an die Arbeit gemacht und begann, die Steinplatte noch weiter frei zu legen. Ohne Rücksicht auf ihre Kleidung legte Lea selbst Hand mit an. »Mosche, das ist großartig. Schau dir das an.«

Mosche schob einen der arroganten Typen zur Seite und stellte sich neben Lea. Sie zeigte auf einen großen Spalt zwischen der Platte und der Erde. »Dahinter liegt ganz sicher eine Höhle. Setz dich in deinen Bagger und versuch die Platte nach rechts zu drehen und an den Hang zu kippen. Schaffst du das?«

Er zog belustigt die Brauen hoch. »Soll das ein Witz sein? Niemand sonst legt dir das Baby so sanft auf die Seite.«

Lea klopfte ihm lächelnd auf die Schulter. »Du bist der Beste. Das wolltest du doch hören, oder?«

»Absolut«, bestätigte Mosche grinsend und machte sich auf den Weg zu seinem Bagger. Am Fuß des Berges hatte sich inzwischen eine kleine Traube neugieriger Menschen angesammelt – Touristen und Fußgänger. Solange die Presse von dieser Sache keinen Wind bekam, war aber alles in Ordnung. Mosche ließ den 219 PS starken Motor an, und der schwere Dieselqualm schoss aus dem Auspuff hinter dem Führerhaus. 6-Zylinder-Deutz-Dieselmotor, flüssigkeitsgekühlt, mit Abgasturboaufladung und Ladeluftkühlung: Mosche hätte diese Daten jederzeit hinunterbeten können, und seine Hände umfassten die Knäufe der Hebel. Langsam bewegte er den Arm der Spitze, mit der er hinter die Steinplatte greifen wollte. Natürlich wusste Mosche, dass er sich jetzt keinen Fehler leisten durfte, und er hasste es, wenn ihm die Leute bei seiner Arbeit auf die Finger schauten. Die Spitze des Armes krallte sich jetzt behutsam zwischen die massive Platte und das dahinterliegende Gestein. Nun betätigte er den Hebel für die Hydraulik und zog die Platte Zentimeter für Zentimeter von ihrer Unterlage ab. Erneut begann er zu schwitzen, denn er musste im entscheidenden Moment verhindern, dass die Platte vornüberfiel und, im schlimmsten Fall, den Abhang hinunterrutschte. Inständig hoffte er, dass er seine Klappe nicht zu weit aufgerissen hatte, und fing an zu beten.

Das Team der Archäologen hatte sich fünf Meter höher auf ein sicheres Plateau begeben und betrachtete das Szenario mit derselben Spannung, die auch Mosche empfand. Langsam begann er nun, die massive Platte von ihrer Unterlage abzuheben und nach rechts herumzudrehen. Der ganze Vorgang dauerte nur fünfzehn Minuten, auch wenn es Mosche vorkam, als seien Stunden vergangen. Mit einem dumpfen Aufschlag kam die mächtige Steinplatte genau dort zu liegen, wo Lea sie haben wollte, und gab den Blick in ein gewaltiges Dunkel frei. Ein Schwall muffiger und modriger Luft entwich ins Freie. Sofort rutschten alle vom Plateau den Abhang zum Eingang der Höhle hinunter. Bei Moriah dauerte das zwar etwas länger, doch dann war auch er fassungslos angesichts dessen, was sich vor seinen Augen im Schein der Lampen eröffnete. Mosche stieg hastig aus dem Führerhaus und rannte den Berg hinauf.

Er fand die komplette Mannschaft in Schweigen gehüllt und drückte sich an Avner vorbei, um einen Blick in die Höhle zu werfen. Lea hielt sich ein Taschentuch vor die Nase, weil es übel nach Verwesung roch. Schließlich ergriff sie das Wort, während sie die Leuchte auf eine tiefe Nische am Rand der Höhle richtete. »Es besteht kein Zweifel, es ist eine Grabkammer.«

Fortwährend schüttelte sie den Kopf, als wollte ihr Gehirn diese Erkenntnis noch nicht verarbeiten. Voller Anerkennung drehte sie sich zu Mosche um. »Das war grandios, Mosche. Niemand hätte das so gut hingekriegt wie du.« Mosche nickte stolz, doch die Ernüchterung folgte auf dem Fuße, denn Lea fügte hinzu: »Wenn du möchtest, kannst du jetzt gehen. Wir für unseren Teil brauchen dich heute nicht mehr. Hast du nicht Geburtstag?« Mosche blickte stumm in ihre Augen. »Geh ruhig. Dein Sabbat beginnt doch bald.«

Mosche sah abwechselnd auf Lea, seinen Chef und auf die im trüben Staubnebel erkennbaren Umrisse dreier Gestalten, die auf einem Steinpodest lagen und mit hellen Tüchern oder Ähnlichem bedeckt waren: drei vermutlich gut erhaltene Skelette, sorgfältig aufgebahrt. Wie lange sie hier schon lagen, bedurfte sicherlich sorgfältiger Untersuchungen, röntgenologischer Analysen und vieler anderer Tests, von denen

Mosche zwar einiges verstand, doch es fehlten ihm die Befugnisse, mit den anderen den Fund auszuwerten. Doch sich von der Gruppe zu lösen, die Gedanken auf den Gottesdienst in der Synagoge zu richten und all dies hier liegen zu lassen brachte Mosche in einen massiven Konflikt. Das Schlimmste war: Lea hatte Recht. Sein Job war erledigt. Das Freilegen einer archäologischen Fundstelle – bis dahin durfte er gehen und nicht weiter. Den Ruhm würden andere ernten. Professoren und Doktoren, Archäologen und deren Helfer. Sie alle würden namentlich in Zeitungsartikeln oder irgendwelchen Dissertationen erwähnt werden, doch »Mosche Kofsman« war ein Name, den man im Internet auch bei sorgfältigster Recherche niemals finden würde.

✣ ✣ ✣

Schneider schluckte den letzten Bissen seines Brotes hinunter. Es war gespenstisch still in seinem großen Haus. Darum hörte er nur seinen eigenen Atem, als er begann, die ersten Seiten des Tagebuches seines Vaters zu lesen. Er betrachtete die Schrift, die er gut kannte und die ein Leben lang gleich geblieben war. Und dann erhob sich leise die Stimme seines Vaters aus den Seiten und begann zu erzählen:

12. Febr. 1939
Heute wurde Papst Pius XI. in Rom beigesetzt. Es gab Schwierigkeiten in der Mechanik des Sargträgers. Eine Stunde Verzögerung.

3. März 1939
Weißer Rauch stieg aus dem dünnen Schornstein des Vatikans. Habemus Papam. Die Katholiken haben einen neuen Papst. Es war allerdings zu erwarten gewesen, dass Eugenio Pacelli, ein

Italiener, gewählt werden würde. Die Wahl fand in der ganzen Welt großen Anklang, nun, abgesehen von Deutschland. Pacelli gilt zwar als Freund der Deutschen, nicht aber als Freund Hitlers. Hier scheint ein mächtiges Konfliktpotenzial vorhanden zu sein. Hitler hat offensichtlich den katholischen Glauben verlassen, und ich schätze, er wird sich von Pacelli nicht in seine Politik hineinreden lassen.

Schneider drehte den Schirm der Lampe zurecht, um die Seiten des Tagebuchs besser auszuleuchten. Sein Puls beschleunigte sich, und er konnte es nicht abwarten weiterzulesen.

16. März 1939
Böse Zungen werfen Hitler einen weiteren Vertragsbruch vor. Die eisige Kälte hat die deutsche Armee gestern nämlich keineswegs davon abgehalten, Böhmen und Mähren zu okkupieren. Der Führer hat in Prag vom Hradschin aus den Anschluss an das Deutsche Reich proklamiert. Er beginnt, seine Visionen vom Großdeutschen Reich in die Tat umzusetzen.

Schneider schlug erregt die Seite um. Sechzig Jahre alte Zeilen seines Vaters, es war kaum zu glauben. Er würde ihn bei seinem nächsten Besuch im Krankenhaus darauf ansprechen.

29. März 1939
Nun arbeite ich auf den Tag genau vier Monate beim »Völkischen Beobachter« in München, nachdem die »Germania« ihre Arbeit aufgegeben hat. Mir ist noch nicht ganz klar, warum eine alte katholische Zeitung wie die Germania schließen musste. Aber wenn ich es mir genau überlege, ist es mir ganz recht. Auf diese Weise kann ich bei einer Zeitung der NSDAP arbeiten und finde endlich die Beachtung, die meine Arbeit verdient. Nur

konnte ich leider meinen Roman »Der Speer des Wikingers« noch bei keinem Verlag unterbringen. Es sind unruhige Zeiten.

Gestern, einen Tag nach meinem sechsundzwanzigsten Geburtstag, erhielt ich tatsächlich einen Anruf vom Führer der Schutzstaffel, Heinrich Himmler persönlich. Mir stockte der Atem, als mein Vorgesetzter, Herr Traunstein, mich ans Telefon rief. Alle Mitarbeiter der Redaktion standen um mich herum und waren neugierig, was der berühmte und für manche auch berüchtigte Nationalsozialist wohl von mir wolle. In pathetischer Manier lobte er meinen letzten Artikel über das alte germanische Reich sowie jenen über den tausendsten Todestag Heinrich I.

Himmler war besonders entzückt über die gründliche Recherche, die ich meinen Artikeln zugrunde lege, und wollte sich deshalb persönlich bei mir bedanken. Ich kann nicht glauben, dass jemand wie Himmler mich tatsächlich deswegen anruft. Außerdem fragte er nach, ob diesbezüglich weitere Artikel in Arbeit seien, da sie unbedingt dem deutschen Volk als lehrhafte Gesinnungsstütze in diesen Tagen der Wirrungen dienen müssten. Es sei von ungeheurer Wichtigkeit, den Kampfgeist der Kameraden zu stärken, indem sie stets das hohe Ziel einer Wiederauferstehung des alten germanischen Reiches mit all ihren Tugenden vor Augen trügen.

Nachdem ich aufgelegt hatte, sahen mich alle mit fragenden Augen und offenen Mündern an und klopften mir mit einer Mischung aus Neid und ehrlicher Freude auf die Schulter. Ich musste ihnen natürlich Wort für Wort berichten, ansonsten hätten sie keine Ruhe gegeben.

An diesem Tag war ich der Held der ganzen Redaktion, und ich gebe zu, ich habe es genossen.

Bisher wusste ich eigentlich nicht viel von dem Mann an der Spitze der SS, nur dass er ein Faible für das alte Germanentum pflegt, und dies hat er ja gestern überaus deutlich zum Ausdruck gebracht. Jedenfalls sagte er noch, er würde mich wohlwollend im Gedächtnis behalten.

Schneider ließ das Buch auf seine Knie sinken und starrte in den Raum. *Mein Vater hat mit Heinrich Himmler telefoniert, unvorstellbar.* Schnell las Richard weiter. Sein Herz hämmerte, und seine Hände wurden feucht.

30. März 1939
Ein ruhiger Tag in der Redaktion. Es war kalt, denn die Heizungen fielen für mehrere Stunden aus. Ich hatte so steife Finger, dass mir das Tippen schwerfiel. Ich arbeite wieder an einem Artikel über den Führer und seine Weitsicht vom Großdeutschen Reich.

31. März 1939
Ich hatte eine schlimme Nacht. Mein Hals schmerzt, als würden tausend Nadeln darin herumstechen, und mein Kopf glüht wie ein Ofen. Habe Herrn Traunstein gebeten, mich für einen oder zwei Tage zu beurlauben.

1. April 1939
Habe heute Hitlers Rede aus Berlin im Radio verfolgt. Er war Chamberlain gegenüber ziemlich aufgebracht, da dieser seine Außenpolitik ändern will und Polen Hilfe für den etwaigen Verlust seiner Unabhängigkeit zusichert.

4. April 1939
War in den letzten Tagen zu keinem Tagebucheintrag fähig. Es ging mir hundeelend. Dr. Schweitzer war da und hat mir Wadenwickel gemacht. Er sprach von einer Viruserkrankung.

7. April 1939
Es gibt Nachrichten über deutsche Truppenbewegungen an der polnischen Grenze. Vielleicht auch nur ein Gerücht. Die Deutschen haben keine Lust auf einen weiteren Krieg. Viele haben

den letzten noch nicht verkraftet. Ich liege noch immer mit leichtem Fieber im Bett.

8. April 1939
Endlich geht es mir besser. Dr. Schweitzer hat mich mit Mühe wieder auf die Beine gebracht. Freue mich auf die Arbeit morgen. Ich weiß gar nicht mehr, was so passiert in der Welt, denn zu allem Übel funktioniert nun auch mein Rundfunkempfänger nicht mehr.

9. April 1939
Was für ein Tag. Mein Schreibtisch quoll über vor Arbeitsaufträgen, Leserbriefen und Notizen über Anrufe. Es hatten sich Leute über meine Kolumne beschwert. Die meisten Leser waren jedoch begeistert. Wenn Hitler mit seinem Gefolge an den johlenden Menschen vorbeifährt, könnte man den Eindruck gewinnen, Deutschland wäre sich einig in der Tatsache, dass es einen Führer braucht, der das Land aus dem Schlamassel herausbringt. Doch wenn ich mir die überwiegend ohne Absender versehenen Briefe auf meinem Schreibtisch anschaue, in denen sich die Leute ihre Sorgen vom Herzen schreiben, dann sehe ich ein anderes Bild. Ein düsteres Bild, gemalt mit dem Pinsel der Hoffnungslosigkeit und der Verzweiflung. Sie sehen die Entmündigung auf sich zukommen und weigern sich, das so ohne Weiteres hinzunehmen. In meinen Augen ist dies allerdings eine sehr beschränkte Sichtweise.

Traunstein war am Nachmittag sehr verstört. Er ließ mich in sein Büro rufen, hieß mich Platz zu nehmen und fuchtelte nervös mit den Fingern an seinem Bart herum. So hatte ich ihn noch nie erlebt. Er ist ein wirklich guter Vorgesetzter und ein feiner Kerl. Altersmäßig könnte er mein Vater sein, und oft benimmt er sich mir gegenüber auch so. Dabei ist es mir manchmal schon unangenehm, wie er mich den Kollegen gegenüber vorzieht.

Nachdem er eine Weile nicht zur Sache kam, fragte er mich, ob ich mir vorstellen könne, den Platz von Levi Goldberg in Berlin einzunehmen. Obwohl Levi nur einen jüdischen Großvater hatte, wurde er seitens der NSDAP-Spitze aus unserer Redaktion entfernt. Fristlos gekündigt, ohne Angabe von Gründen. Man hat ihn seitdem nicht mehr gesehen. Vielleicht ist er zurück nach Hamburg gegangen. Er war ein ausgezeichneter Journalist, einer, der alles sah und doch von niemandem gesehen wurde; nachahmenswert. Vielleicht ist ihm gerade diese Eigenschaft zum Verhängnis geworden. Er hörte nämlich auch das, was nicht offiziell gesagt werden durfte, und äußerte bisweilen scharfe Kritik. Er schrieb vieles auf, doch seine Manuskripte wurden stets über die Maßen zensiert. Ihm nachzueifern wäre sicher ein hohes Ziel, doch wie kann ich mit einer gerade einmal dreijährigen Redaktionserfahrung seinen Platz übernehmen? Natürlich ehrt mich das Angebot, und das habe ich Traunstein auch gesagt. Und wenn ich ehrlich bin, habe ich auch ein wenig Angst, München zu verlassen. Traunstein meint, dass zurzeit in Berlin das politische Leben aufgezeichnet werden müsse – und er hat sicher Recht damit, aber dann könnte ich Gudrun nicht mehr so oft sehen. Oh, mein Gott. Wenn Traunstein wüsste, wie sehr ich in seine Tochter verliebt bin! Vielleicht ahnt er aber auch schon etwas.

Schneider blickte über den Rand des Tagebuches und verengte die Augen zu einem dünnen Schlitz. Er saß völlig regungslos da. Von einem Tag auf den nächsten war er zu einem Zeugen lebendiger Geschichte geworden. Hatte er seinen Vater je richtig gekannt? Wer war dieser Mann, der diese Zeilen verfasst hatte, der da seine Liebe zu einer gewissen Gudrun gestand? Damals vor über sechzig Jahren.

So sehr Richard sich auch bemühte, er konnte sich nicht erinnern, auch nur einmal den Namen »Gudrun« aus dem

Mund seines Vaters gehört zu haben. Gudrun war aber offensichtlich die Frau, die sein Vater, lange bevor er Richards Mutter heiratete, geliebt hatte. Das bezeugten diese Zeilen. Seine Augen suchten die Stelle, an der er stehen geblieben war, und er versenkte sich tiefer und tiefer in die Geschichte des Deutschen Reiches und der damit verbundenen Geschichte seines Erzeugers, von dem er geglaubt hatte, ihn zu kennen.

12. April 1939
Nach dreitägiger Bedenkzeit habe ich Traunstein zugesagt. Ich konnte nicht anders, denn ich sah, wie sehr ihm daran gelegen ist, dass ich diese Aufgabe übernehme. Er hat mich schon wieder in sein Büro gebeten und mich in sein Vertrauen gezogen. Er lamentierte eine Weile herum – das kenne ich ja schon. Es ist wohl eine seiner Marotten, Wichtiges erst nach Unscheinbarem folgen zu lassen. Er betonte, dass er einen Korrespondenten brauche, der mit dem richtigen »Geist« beseelt ist und die nötige Wachsamkeit an den Tag legt. Ich zückte vor Verwunderung meine Brauen bis zur Stirn, und es ist mir bis zum heutigen Abend nicht gelungen herauszufinden, was er damit meinte. Ich achte und schätze Traunstein als einen integren und aufrichtigen Mann und denke, dass er mit seinen sechzig Jahren so viel Lebenserfahrung gesammelt hat, dass er schon weiß, was er da sagt. Also ließ ich diese Äußerung widerspruchslos stehen und bewege sie vermutlich noch einige Zeit in meinen Gedanken.

Heute Nachmittag kam Gudrun zu Besuch in die Redaktion. Mir geht jedes Mal das Herz auf, wenn ich sehe, wie Vater und Tochter miteinander umgehen. Sie benehmen sich eher wie ein Liebespaar, natürlich ohne die diesbezüglichen Intimitäten. Ich meine vor allem die positive Art und Weise der Zuneigung, die sie in einer Zeit der augenscheinlich staatlich verordneten Gefühlskälte nicht vor anderen verbergen. Sie hat zu mir herübergeschaut und mich angelächelt. Mit blieb fast das Herz ste-

hen vor Glück, und ich brachte keinen Ton heraus. Es ist kaum zu glauben, was für ein ungeschickter Trottel ich in Liebesangelegenheiten bin.

15. April 1939
Habe den Artikel über das Großdeutsche Reich und die Erweiterung der Lebensräume im Osten fertiggestellt. Traunstein war sichtlich beeindruckt, obwohl ich auch eine gewisse Unsicherheit in seinen Augen las, so als fühle er sich nicht wohl bei dem Gedanken, dass es tatsächlich einmal dazu kommen könnte. Nun, wie dem auch sei, die Führung fand den Artikel ohne Korrektur druckreif, und das will schon etwas heißen.

Schneider blickte fassungslos im Raum umher. *Was um alles in der Welt halte ich da in den Händen?* fuhr es ihm durch den Kopf. *Diese Zeilen waren die ganze Zeit im Keller in dieser Truhe, um die sich Mama und Papa gestritten haben, und nie, auch nicht ein einziges Mal hat er mit mir darüber gesprochen, dass er im Krieg mit Himmler zu tun hatte. Es ist einfach unglaublich.*

Richard nahm den Band, in dem er las, und ging zur Couch hinüber. Er schaltete die Leselampe an. Seine Müdigkeit war wie verflogen und kein einziger Gedanke an die Firma bemächtigte sich seines Kopfes. Eine völlig neue Welt hatte sich ihm eröffnet, und er gedachte, tiefer in sie einzutauchen – und wenn es die ganze Nacht dauern sollte. Er machte es sich trotz seiner inneren Anspannung so gemütlich wie möglich, nahm den Finger aus den Seiten und las weiter.

17. April 1939
Ich kann es kaum glauben, aber heute hat Himmler schon wieder in der Redaktion angerufen. Ich saß gerade bei Traunstein im Büro – das wird langsam zu einer netten Gewohnheit – als H. anrief. Traunstein zuckte zusammen, als er den Namen hörte, als

stünde der spanische Inquisitor persönlich vor der Tür. Seine Augen weiteten sich, und augenblicklich standen ihm die Schweißtropfen auf der Stirn, obwohl es wahrlich nicht gerade warm war im Büro. Ich hatte keine Zeit, mir Gedanken über seine abstruse Reaktion zu machen und eilte an den Apparat. Wieder lobte mich H. für meinen Artikel. Er war beeindruckt, welche Weitsicht aus meinen Zeilen spräche. Er fragte mich, ob ich nicht daran interessiert sei, die Leitgedanken des Großdeutschen Reiches in ihrer ganzen Tiefe zu erfassen. Meine verzögerte Reaktion ließ ihn begreifen, dass ich seine Frage nicht verstanden hatte, und so formulierte er sie noch einmal anders: »Wer werden die Bürger dieses Reiches sein, und welche Ideale werden sie haben?«, fragte er mich. »Wessen Blut wird in ihren Adern fließen, und welchem Führer werden sie folgen? Wer wird ihr Herr und Meister sein?«, setzte er noch hinzu, und seine Stimme ließ mich frösteln.

»Nun, ich weiß natürlich nicht, ob ich Zeit für diese vielen großen Fragen aufbringen kann, denn Herr Traunstein braucht mich dringend in der Redaktion«, entgegnete ich unsicher.

»Sie werden doch demnächst für eine Zeit nach Berlin gehen und den ›Völkischen Beobachter‹ in der Hauptstadt unterstützen. Dann sollte das doch zu machen sein. Außerdem hätte ich große Freude daran, einmal ihr Roman-Manuskript zu lesen.«

Ich dachte sofort: Woher um alles in der Welt weiß Himmler von meiner Versetzung? Und vor allen Dingen, wie kann er von meinem Buch wissen? Mir wirbelten die Gedanken durch den Kopf. Und dann, so als hätte er in mein Hirn hineingeschaut, nahm er die Antwort vorweg.

»Der Chef des Deutschen Verlags ist ein guter Freund von mir. Nun, er meinte, ich sollte den Roman mal lesen. Er würde meinen Neigungen entsprechen. Aber da er das Manuskript bereits an Sie zurückgeschickt hat, muss ich mich nun persönlich an Sie wenden.«

Ich stotterte und stammelte in den Apparat, dass es ihm sicher nicht gefallen würde und es bestimmt noch einige Male überarbeitet werden müsse, doch schließlich sagte ich ihm zu. Er ist der Erste, der mein Buch von sich aus lesen möchte. Aber muss es ausgerechnet der Reichsführer der SS sein? Ich bin mir nicht sicher, ob ich mich darüber wirklich freuen soll. Das Ganze hat einen eigenartigen Beigeschmack …

28. April 1939
Deutschland kündigt das deutsch-britische Flottenbegrenzungsabkommen, leider auch den deutsch-polnischen Nichtangriffspakt. Worauf das hinausläuft, ist ja wohl klar.

Ich habe meine letzten Sachen zusammengepackt und bin noch einmal in die Redaktion gefahren, um mich von Traunstein und den Kollegen zu verabschieden. Natürlich hoffte ich, auch Gudrun zu sehen.

Auf den Straßen vor dem Redaktionsgebäude war die Hölle los. Brüllende Uniformierte sind mit Knüppeln durch die Gegend gelaufen und haben Menschen wie Vieh zusammengetrieben. Warum ist mir in der Kürze der Zeit nicht ganz klar geworden, aber ich vermute, es hängt mit diesem neuen Gesetz zusammen, das die Mietverhältnisse der Juden regelt. Es erlaubt die Räumung ihrer Wohnungen und sieht eine Zusammenlegung in sogenannte Judenhäuser vor. Vermutlich habe ich so etwas heute erlebt.

Als ich in der Redaktion ankam, herrschte dort helle Aufregung. In unserer Zeitschrift haben wir Zahlen veröffentlicht, nach denen von der jüdischen Bevölkerung – ungefähr 180 000 Menschen – im ehemaligen Österreich seit dem Anschluss an Deutschland mehr als 100 000 in die USA und nach Palästina emigriert sind. Ich schätze, es werden nicht die letzten Juden gewesen sein, die in das Land ihrer Väter auswandern werden, sofern sie noch dazu kommen …

Der einzige Lichtblick dieses verwirrenden Tages war, dass ich Gudrun tatsächlich noch einmal gesehen habe. Sie machte auf mich einen sehr bedrückten Eindruck, und so habe ich schließlich allen Mut zusammengenommen und bin auf sie zugegangen. Sie hatte wieder die hübsche Schleife in ihrem blonden Haar, und mit jedem Meter, den ich ihr näher kam, nahm ich ihr bezauberndes Parfüm intensiver wahr. Ich reichte ihr die Hand, ohne ein Wort zu sagen, und sah ihr, wie mir schien, stundenlang in die Augen. Ich bin als Journalist nun wahrlich nicht um Worte verlegen, doch bei ihr erkenne ich mich nicht wieder. Sie lächelte mich an und sagte mit einer Weichheit in ihrer Stimme, die ich so sehr liebe: »Es ist schade, dass du fortgehst. Pass auf dich auf.«

Dann gab sie mir in einem Augenblick, als sie sich sicher war, dass niemand zuschaute, einen raschen, sanften Kuss auf die Wange. Voll tiefer innerer Bewegung stand ich da und sah ihr in die Augen. Ich spürte, wie mir das Blut in die Wangen schoss, und blickte schließlich verlegen zu Boden. Hätte ihr Vater uns nicht angesprochen, würden wir vermutlich noch immer so dastehen. Wie sehr habe ich diesen Kuss vor meiner Abreise gebraucht. Ich werde ihn bewahren, bis ich wieder in München bin, und dann werde ich sie endlich fragen …

7. Mai 1939

Es hat einige Zeit gebraucht, mich einzuleben. Ich hoffe, dass es bald wärmer wird. Habe eindeutig genug von Regen und Kälte. Gudrun und ich schreiben uns viel.

Die Menschen sprechen hier einen grauenhaften Dialekt. Habe bereits einige Artikel an Traunstein telegrafiert. Er hatte jedenfalls Recht. Hier spielt sich das politische Leben ab. Habe schon Goebbels nebst Gefolge gesehen. Die meisten jubeln den Nationalsozialisten zu, doch ich gehe ihnen lieber aus dem Weg, außer wenn ich aus Informations- und Reportagezwecken mit ihnen zu tun habe. Die SA ist ein rüder Haufen, ein Schlägertrupp ersten Ranges, doch die SS macht ebenso wenig einen ver-

trauenserweckenden Eindruck. Ihre schwarzen Uniformen erzielen genau die Wirkung, die sie vermutlich innehaben sollen, nämlich Furcht und Respekt einzuflößen.

Schneider ließ, wie so viele Male zuvor und danach, das Tagebuch auf seinen Schoß sinken, in ungläubigem Zweifel darüber, ob diese Zeilen tatsächlich von seinem Vater stammen konnten. Hätte er nicht nach dem Krieg darüber reden und seine Familie an seiner Geschichte teilhaben lassen müssen? Hätte er nicht seinen eigenen Sohn darüber in Kenntnis setzen müssen, was damals alles passiert war? Viele Fragen gingen ihm durch den Kopf. Dann griff er wieder zu den Büchern, die bislang mehr Fragen aufgeworfen als Antworten gegeben hatten. Es ging weiter am 23. August 1939.

23. Aug. 1939
Wer hätte das gedacht? Deutschland und Russland unterzeichnen einen deutsch-russischen Nichtangriffspakt. Ribbentrop ist eigens nach Moskau geflogen, um Molotow zu treffen. Es heißt, sie haben auch über die Aufteilung Polens verhandelt. Ich wurde schon stutzig, als vorgestern der Rundfunk spätabends sein Musikprogramm unterbrach und über diesen Pakt berichtete. Ich wollte es erst nicht glauben, doch jetzt ist es amtlich: Erzfeinde werden Freunde. Wie kann das sein? Wenn da nicht etwas anderes dahintersteckt? Goebbels, der bekennende Kommunistenfeind, beschreibt mit Freude, wie sich die beiden Kontrahenten auf eine gemeinsame Außenpolitik geeinigt haben.

Ein wichtiger Tag: Ich habe heute Himmler getroffen. Eine schwarze Limousine wartete unten vor der Tür, und zwei SS-Männer luden mich nüchtern und distanziert ein, in den Wagen zu steigen. Sie taxierten mich und wussten nicht so recht, wo sie mich einzuordnen hatten. Ob Himmler wohl weiß, dass ich weder in der HJ noch in der Wehrmacht gedient habe? Ich bin froh, rein äußerlich den arischen Vorstellungen zu entsprechen – abgesehen von meinem verkrüppelten Fuß, den ich aber zu verbergen weiß. Außerdem werde ich ihnen wohl kaum mitteilen, dass in meiner Familie nicht nur Deutsche zu finden sind …

Himmler empfing mich in seinem Büro in der Innenstadt Berlins. Mir klopfte das Herz bis zum Hals, denn ich hatte diesen Mann, über den mehr Gerüchte kursieren als über den neuen Papst, noch nie von Angesicht zu Angesicht gesehen. Als ich ihm direkt gegenüberstand, bemerkte ich, dass er kleiner ist als ich, und es schien ihm unangenehm zu sein, zu mir aufzublicken. Er begrüßte mich mit einem Händedruck. Ich hatte von einem Mann, der solche Macht innehat, einen festeren Handschlag erwartet, doch seine Handinnenfläche war feucht und sonderbar weich. Es war mir unangenehm, sie in meiner zu halten, wenn auch nur für wenige Sekunden. Er schaute mich mit einem durchdringenden Blick an, als suche er etwas, und fragte mich schließlich, wo ich das Manuskript hätte. In dem Augenblick fiel mir ein, dass ich es in der Aufregung tatsächlich vergessen hatte. Oh mein Gott, war das peinlich, doch H. winkte jovial ab, klopfte mir auf die Schulter und meinte: »Das macht nichts, Herr Schneider. Bringen Sie es mir einfach beim nächsten Mal mit. Wir sehen uns ja jetzt öfter.«

Ich kann nicht genau sagen, was ich bei diesen Worten empfunden habe. Was hat mich so erschrecken lassen? War es die Art und Weise, wie er es sagte, so als sei überhaupt nicht an einen Widerspruch meinerseits zu denken? Wurde ich hier von einem derben Zugriff auf mein Leben überrascht, ohne dass ich Gelegenheit bekam, darüber nachzudenken? Mir blieb nichts anderes übrig, als stumm mit dem Kopf zu nicken und ein Lächeln zu zeigen. Er befahl, und ich gehorchte. Er führte das Gespräch, und ich nickte.

In der darauffolgenden Stunde saßen wir in einem Zimmer neben seinem Büro beisammen, und ich kann nicht sagen, dass ich das Gespräch als Dialog empfand. Es war eher ein Vortrag, den er mir hielt. Über das Großdeutsche Reich als totalitärer Führerstaat, über die Okkupation der umliegenden Länder und über ein wunderbares deutsches Volk, in dem die Tugenden der Germanen wieder auferstehen würden. Genau genommen schwelgte er in den Gedanken, die ich in meinen Artikeln in rein hypothetischer Form skizziert hatte. Doch das, was für mich ein Gedankenexperiment war, sah Himmler offensichtlich schon als Realität. Er nahm meine doch sehr hypothetische Theorie und verwandelte sie in eine konkrete Vision um. So hatte ich das alles nicht gemeint, und was er daraus machte, begann mich abzuschrecken, ja sogar abzustoßen. Vor allem, weil meine utopischen Bilder bei ihm mit Gewalt und Schrecken einhergingen. In den besetzten Gebieten sollten die Menschen vertrieben und Deutsche dort angesiedelt werden. Er hob in seinen Worten vor allem immer wieder die besondere Menschlichkeit der Herrenrasse, wie er die Deutschen nennt, hervor. Aber mir scheint der Plan nicht von gehobener Menschlichkeit zu zeugen, sondern er ist eher unmenschlich und brutal. Aber ich will nicht zu voreilig urteilen: Vielleicht sagen seine Worte etwas anderes, als seine Gedanken und Gefühle meinen.

In dieser Stunde saß ich ihm wie eine nickende Marionette gegenüber, nippte von Zeit zu Zeit an meinem kalt gewordenen Kräutertee und ließ ihn nicht aus den Augen. Ich bin als Journalist schon vielen verschiedenen Menschen begegnet, doch dieser Mann ist so wenig zu fassen, wie ich es noch bei keinem Menschen empfunden habe. Und doch ist er faszinierend und eigenartig anziehend.

Schneider rieb sich die Augen, so als traute er ihnen nicht, dass das Gelesene wirklich dort in den Tagebüchern seines Vaters stand. Er erhob sich vom Sofa und goss sich Whiskey ein, den er hastig hinunterschüttete.

»Mein Vater ein Vertrauter Himmlers, ich fasse es nicht«, rief er laut in den Raum. Ein Blick auf seine Uhr verriet ihm, dass Mitternacht schon seit einer Stunde vorüber war. Da schoss ihm ein Gedanke durch den Kopf. Schnell griff er zum Telefon und wählte. Das Freizeichen ertönte sechs- siebenmal, bis sich endlich jemand am anderen Ende meldete: »Blome«, kam es verschlafen aus dem Hörer.

»Gerd, du schläfst doch noch nicht, oder?«

»Nee, jetzt nicht mehr. Weißt du eigentlich, wie spät es ist?«

»Nun stell dich nicht so an. Ich bin schließlich auch noch wach.« Blome kannte diesen Spruch zur Genüge, da ihm diese nächtlichen Anrufe leidlich bekannt waren. Und weil Schneider mit 71 Prozent der Firmenanteile der stärkere Partner war, nahm er sich das Recht heraus, auch ihn aus dem Bett zu schellen, wann immer er dies für erforderlich hielt.

»Es ist wichtig, Gerd. Sonst würde ich doch nicht so spät anrufen.« Ein Grunzen am anderen Ende wollte diese Aussage Lügen strafen. »Ich habe dir doch von den Tagebüchern erzählt. Du wirst es nicht glauben, aber mein Vater war ein Vertrauter Himmlers.«

Das saß, und Blome war hellwach.

»Erzähl«, sagte er kurz und wartete auf eine ausgedehnte Erklärung Schneiders.

»Hör zu, ich kann dir jetzt nicht alles am Telefon erklären. Ich wollte dich nur fragen, ob du morgen um acht die Sitzung leiten kannst. Lass Fritsch das Protokoll schreiben und maile es mir mittags einfach zu. Danach musst du den Vorgang ›Comequad‹ möglichst schnell unseren Anwälten übergeben. Ich möchte mich nicht an der geplanten Sammelklage vor Gericht beteiligen. Hörst du? Ich habe mir überlegt, dass wir das alleine durchziehen. Vor allem Friehling ist auf alles spezialisiert, was mit Börsenbetrug zusammenhängt. Die anderen wollen sich nur an uns bereichern.«

»Meinst du denn, Friehling vertritt uns umsonst?«, gab Blome zu bedenken.

»Nein, nicht gerade umsonst, aber er schuldet mir noch einen Gefallen von dieser Sache damals, na du weißt schon.«

Blome erinnerte sich daran, wie Schneider seinen alten Freund bei einer illegalen Geschichte gedeckt hatte. Irgendwann löste Schneider dann seine »Gefallen« wieder ein.

»Geht in Ordnung«, gähnte Blome in den Hörer und rief sich in Erinnerung, dass ihm gerade noch fünf Stunden Schlaf blieben. Schneider indes war ein Nachtmensch und lief nach Mitternacht zur Hochform auf.

»Ich kann mich doch darauf verlassen, dass du das alles hinkriegst, oder?«

»Ja, sicher, Richard. Ich bin kein Anfänger.«

»Hätte ich nicht so eingeschätzt, nach deinem Patzer mit Schilling«, bemerkte Schneider bissig.

»Schon gut. Ich regle das morgen.«

»Gute Nacht, Gerd.«

Blome beendete das Gespräch, indem er einfach auflegte. An Schlaf war für ihn nicht zu denken. Dafür hatte Schneider gesorgt.

Inzwischen legte Richard sein Mobiltelefon beiseite, goss sich einen weiteren Whiskey ein und wendete sich wieder dem Tagebuch seines Vaters zu. Immer lebendiger wurde die Geschichte des Deutschen Reiches, und er begann, seinen Vater in einem anderen Licht zu sehen.

✣ V ✣

Mit gesenktem Kopf drehte Mosche sich um und ging langsam aus der Höhle hinaus. *Sollten sie doch ihren Ruhm genießen*, dachte er. Seine Leidenschaft galt nicht dem irdischen Erfolg, sondern dem unvergleichlichen Gott Abrahams, Jakobs und Israels, dem er ewigen Dank für die Rettung seines Sohnes geschworen hatte. Und als er an seinen kleinen Nathanael dachte, floss Frieden und Ruhe in sein Herz, und er begann, sich auf den Sabbat zu freuen.

Die IAA dagegen arbeitete von nun an ohne Unterbrechung an ihrem neuen Fall. Zunächst galt es, die Höhle perfekt auszuleuchten, sie zu vermessen, die Beschaffenheit des Gesteins zu analysieren und nach möglicherweise in der Höhle vorhandenen Zeugen einer längst vergangenen Zeit zu suchen – wie Keramik- oder Textilteilen, Knochenstücken, Münzen oder Ähnlichem. Schließlich machte man sich daran, die Leinentücher anzuheben und sie zwischen gleich große Folien zu legen.

Der Fund war in den Augen der Archäologen so bedeutend, dass absolutes Stillschweigen gegenüber der Presse angeordnet wurde. Sie wollten nicht durch ein Heer neugieriger Reporter aus aller Welt bei der Arbeit gestört werden. Lea Weizmann bekleidete ihre leitende Position innerhalb der IAA erst seit zwei Jahren und war für den überraschend verstorbenen Ehud Sonneberg eingesprungen. Nun beaufsichtigte sie die Grabungen.

Es dauerte drei Wochen, bis alle noch so winzigen Fundstücke im Grabungsbuch katalogisiert, verpackt und abtransportiert waren. Die drei Leichname wurden dabei in einen speziellen abgeriegelten unterirdischen Raum gebracht, der ähnlich einem Hochsicherheitstrakt der Polizei gesichert war. Im Inneren erinnerte der Raum jedoch eher an einen Sektionsraum der Pathologie. Das Klima dieses Arbeitsbereiches war den meist höhlenähnlichen Fundorten angepasst worden, um den vorzeitigen Zerfall der Fundstücke zu verhindern. Durch eine Glaswand vom sterilen Teil getrennt, befand sich daneben ein Auswertungsbereich mit Hochleistungsrechnern, Aktenschränken und diversen Geräten zur Analyse organischer und anorganischer Stoffe.

»Liebe Kollegen«, begann Lea, als sie ihr Team versammelt hatte, und stützte ihre Hände in die Seiten. »Eine Menge Fragen sind zu beantworten: Wie alt sind die Skelette? Wer sind die Toten? Woran sind sie gestorben? Und welche Rückschlüsse lassen sich auf die Epoche ziehen, aus der sie stammen? Ich habe mir die Skelette natürlich schon angesehen und erwarte von Ihnen allen einen besonders behutsamen Umgang mit diesen menschlichen Überresten. Ich sage Ihnen nichts Neues, wenn ich darauf verweise, dass wir verpflichtet sind, jüdischen Begräbnisrichtlinien entsprechend vorzugehen. Das heißt: Solange wir nicht wissen, wer diese Toten sind, müssen sie auf jeden Fall mit Respekt behandelt werden!«

Die vier anwesenden Männer murmelten unverständliches Zeug, doch sie nickten. »Das Gleiche gilt für die Analyse der Leinentücher und der anderen Fundstücke, die wir geborgen haben. Ich habe aufgrund einiger Unstimmigkeiten bezüglich der Befunde einen Kollegen aus den USA verständigt. Sie werden alle schon von ihm gehört haben: Professor Dr. Harvey Smith. Er hat in Harvard den Lehrstuhl für

Anthropologie und Archäologie und gilt weltweit als Spezialist auf diesem Gebiet, ganz gleich, um welche Fundstücke es sich auch immer handelt. Wenn wir erst einmal das Alter der Leichen kennen, wissen wir schon mehr als die Hälfte.«

Lea beendete ihre Ausführungen und verließ die Besprechung durch die Schleuse, um sich der weiteren Analyse der Skelette zuzuwenden. Sie trug einen sterilen Kittel, Mundschutz und Handschuhe, als stünde sie vor der Operation an einem lebendigen Objekt. Ihr Herz hämmerte wie ein Trommler in ihrer Brust, als sie vorsichtig das die Leichen bedeckende, ebenfalls sterile Tuch abnahm und mit Ehrfurcht die Überreste der offensichtlich männlichen Leichen betrachtete.

✣ ✣ ✣

Die Stewardess ging mit elegantem Schritt den Gang zwischen den Sitzreihen entlang, als gälte es, das Casting für eine Modellkarriere zu gewinnen. Vorsichtig beugte sie sich zu einem älteren Herrn herab, der kalkweiß in seinem Sitz kauerte und hoffte, die unerträglich lange Flugzeit ohne ein erneutes Erbrechen zu überstehen.

»Kann ich noch etwas für Sie tun?«, fragte sie.

»Ein Wasser bitte. Nur ein Mineralwasser«, entgegnete der Mitleid erregende Passagier in Reihe zwölf.

Die hübsche Flugbegleiterin drehte sich zu ihrem Servicewagen um und entfernte den Drehverschluss der Flasche. Dann reichte sie dem Mann das Mineralwasser. »Ich habe mal gehört, dass warme Cola und Salzstangen helfen sollen«, versuchte sie halbherzig dem Professor in seiner misslichen Lage Hilfe anzubieten.

»Danke, aber ich brauche nur meine Tabletten. Irgendwann müssen sie doch mal wirken … sofern keine weiteren Turbulenzen mehr kommen.«

»Sie haben es bald geschafft. In circa einer Stunde werden wir in Tel Aviv landen.«

Der Professor wischte sich den kalten Schweiß von der Stirn, und ein erleichtertes Seufzen kam aus der Tiefe seiner Seele hervor. Er hatte einen friedliebenden Charakter, aber Fliegen hasste er aus vollem Herzen.

Vor weniger als 24 Stunden hatte er das eingehende Fax von Lea Weizmann zunächst nur überflogen, um es dann aufgeregt gründlich zu studieren. Um sich von der Übelkeit abzulenken, rief er sich noch einmal den genauen Wortlaut des Schriftstücks ins Gedächtnis: … *haben drei Skelette geborgen, vermutlich männlichen Geschlechts, die etwa auf die Zeit zwischen 50 vor Christus und 350 nach Christus datiert werden können. Zwei der Skelette weisen eindeutig Spuren ihrer Hinrichtungsart auf. Es sind Nagelreste in den Fersenbeinen und eindeutige Löcher in den Handgelenken zu sehen. Beiden Leichen wurden die Schienbeine gebrochen. Der dritte Leichnam weist keinerlei Kreuzigungsspuren auf, gibt jedoch Rätsel in Bezug auf sein Alter und seine Herkunft auf, denn die Analyse des Kopfes und des Gebisses beinhaltet eklatante Widersprüche, die ihre Anwesenheit dringend erforderlich machen. Nur soviel: Er kann nicht zur selben Zeit gestorben sein wie die beiden anderen, obwohl er im selben Bankgrab gelegen hat. Bewahren Sie bitte absolutes Stillschweigen und nehmen Sie den nächsten Flieger nach Israel. Dieser Fund wird Sie endgültig berühmt machen!*

Smith lehnte sich im Sessel zurück und genoss die langsam einsetzende Wirkung der zwei Tabletten, die er zehn Minuten zuvor geschluckt hatte. Schon oft war er zu verschiedensten Ausgrabungsstätten gerufen worden, am häufigsten nach Ägypten, und jedes Mal hatte man ihm einen sensationellen Grabfund oder Ahnliches versprochen. Mit den Jahren hatte er dabei gelernt, die Spreu vom Weizen zu trennen, und war nicht mehr jeder Bitte um Hilfe nachgekommen. Seine Lehr- und Forschungstätigkeit füllte auch so schon eine 70-Stunden-Woche mühelos aus.

Aber als er das Fax von Lea Weizmann in den Händen gehalten hatte, fühlte er sich innerlich sofort gedrängt, ihrem Wunsch nachzukommen. Er delegierte die Änderungen des Lehrplanes an seine Sekretärin, führte drei, vier Telefonate und buchte den nächsten Flug nach Tel Aviv. *Dieser Fund wird Sie endgültig berühmt machen,* wiederholte er in seinen Gedanken. Fast wäre er beleidigt gewesen, denn wenn es *einen* Namen gab, der ständig in dem Mund namhafter Wissenschaftler geführt wurde, dann war es seiner. Was also könnte es geben, seinen Bekanntheitsgrad noch weiter zu steigern? Vermutlich war sich die junge Leiterin der IAA über seinen weltweit anerkannten Ruf nicht im Klaren.

Endlich setzte die Maschine sanft auf dem Rollfeld auf, und die Fluggäste applaudierten dem Piloten. Nach vielen Stunden beinahe regungslosen Ausharrens waren nun alle froh, sich wieder bewegen zu können. Und viele konnten es kaum erwarten, in wenigen Minuten heiligen Boden zu betreten.

Smith stand in der Schlange der aus dem Flugzeug strömenden Menschen und blickte sich um: eine bunte Mischung schwarzhaariger und dunkeläugiger Menschen neben blonden oder mit einer Kipa bedeckten Köpfen. Viele der Reisenden waren zweifellos Touristen, die sich in den kommenden Tagen oder Wochen die wichtigsten Sehenswürdigkeiten Israels anschauen wollten. In der Regel buchten die Touristen Jerusalem, Bethlehem, Massada und den Beduinenmarkt in Beer Scheva und machten im Anschluss daran Badeurlaub am Toten Meer oder in Eilat.

Wie ein Tourist sah Harvey Smith nun wirklich nicht aus. Mit seiner dicken Hornbrille, dem Schlapphut und der

Tweedjacke wirkte er wie der Prototyp des typisch langweiligen Professors mit grauem Bart auf Oberlippe und Kinn. Nachdem Smith sein Gepäck vom Band gezerrt und diverse Sicherheitschecks hinter sich gebracht hatte, trat er aus dem Gebäude der EL AL heraus und rang nach Atem. Zwölf Stunden klimatisierte Luft aus den Düsen über seinem Sitz standen in krassem Gegensatz zu der Hitze, die ihm hier entgegenschlug. Das Taschentuch, das schon den Angstschweiß im Flieger aufgesogen hatte, musste nun erneut herhalten, und Smith fragte sich, wie viel Wasser noch aus seinem Körper flüchten würde.

Ein Taxifahrer half Smith beim Einladen seines bescheidenen Gepäcks und machte sich ernsthafte Sorgen um den Gesundheitszustand des alten Mannes. Er reichte Smith eine noch unangetastete Flasche Mineralwasser ohne Kohlensäure. Der Professor dankte und hatte die Flasche ausgetrunken, noch ehe sich das Taxi in Bewegung setzte. Der Fahrer warf während der Fahrt immer wieder mal einen Blick in seinen Rückspiegel. Des Öfteren hatte er ohnmächtige Fahrgäste im Krankenhaus abliefern müssen und dann kein Geld für die Fahrt gesehen. Smith hatte jedoch seinen Kopf an die Rückenlehne angelehnt und hielt die Augen geschlossen. Nachdem sie ihr Ziel erreicht hatten, gab er dem freundlichen Taxifahrer ein solch fürstliches Trinkgeld, dass dieser eine ganze Kiste Wasser hätte dafür kaufen können.

Lea lief unruhig im Eingangsbereich auf und ab. Nach ihrer Berechnung, die schon dreißig Minuten für den Stau in Jerusalem einschloss, würde der Professor jeden Moment im Institut eintreffen. *Er wird ziemlich müde sein. Immerhin ist er schon einundsiebzig*, schoss es ihr durch den Kopf, als durch die Drehtür des Gebäudes ein erschöpfter, wie achtzigjährig wirkender Mann die klimatisierte Eingangshalle des archäologischen Instituts betrat. Mit eiligem Schritt kam Lea dem

Professor entgegen und begrüßte ihn, indem sie den Kopf vor dem älteren Herrn neigte. Sie nahm seinen Koffer und hätte Professor Smith am liebsten sofort in den unteren Bereich des Institutes geführt, um ihm die Grabfunde zu zeigen. Doch ihr war klar, dass dem Gast aus Amerika zuerst eine erholsame Nacht und ein kräftiges Frühstück zustanden.

So entschied sie, ihn in die Cafeteria des Instituts einzuladen. *Ein Kaffee wird Wunder wirken,* dachte sie und hoffte inständig, der Professor möge sich vielleicht doch so schnell von seiner Reise erholen, dass die Neugier auf die Funde siegte. Die höfliche Frage, wie ihm der Flug bekommen sei, blieb jedoch unbeantwortet.

✣ ✣ ✣

Dr. Richard Schneider rieb sich die Augen und konnte kaum noch weitere Informationen aufnehmen. Dennoch heftete er seinen Blick erneut auf die Zeilen, die vor langer Zeit geschrieben worden waren.

28.Aug. 1939
Ich habe es befürchtet, und es ist wahr geworden: Heute wurden die Lebensmittelrationen bekannt gegeben, und alle Freunde und Bekannte, ja ich darf annehmen, das ganze deutsche Volk murrt darüber.

31.Aug. 1939
Nur eine Woche nachdem ich bei Himmler war, überstürzen sich hier in Berlin die Ereignisse. Ich darf es nicht laut aussprechen, aber alle Freunde und alle vertrauenswürdigen Menschen, die ich kenne, sind gegen den Krieg. Wir wissen nichts über die Pläne der Führung – die Presse wird leider vollständig im Dunkeln ge-

halten. Das ärgert mich als Journalisten natürlich sehr. Goebbels sagt, der Aggressor sei Polen, und Deutschland gedenke nicht, sich diese Aggression gefallen zu lassen. Ich kann nicht umhin zu glauben, dass von der angeblichen Aggression Polens keine Spur zu finden ist und dass diese offizielle Aussage so nicht ganz stimmt – vorsichtig formuliert.

Ich hatte mein letztes Treffen mit H. in Anbetracht der gegenwärtigen Situation schon fast vergessen, als mich ein Brief von ihm erreichte, in dem er mich aufs Neue in sein Büro einlud. Wieder holten mich dieselben SS-Männer ab, sprachen auch diesmal kein einziges Wort und straften mich mit eisiger Kälte, als missfiele es ihnen, einen Protegé in der Nähe ihres Chefs zu sehen. Als ich im Wagen saß, bemühte ich mich, mich auf das Gespräch mit H. vorzubereiten, und beschloss, meine passive Haltung aufzugeben. Ich nahm mir vor, mein Notizbuch hervorzuholen und ihm, wie es für einen Journalisten normal ist, Fragen zu stellen.

Er empfing mich mit der gleichen Höflichkeit wie beim letzten Mal und führte mich sogleich in das mir schon bekannte Nebenzimmer. Ich saß ihm in exakt derselben Position gegenüber wie beim ersten Besuch, und das Zimmer war in derselben peniblen Weise aufgeräumt. Ich legte meinen Block auf den Tisch vor mir und platzierte den Bleistift parallel zum Block. Himmler bemerkte diese ihm offensichtlich wohltuende Ordnung, und ein kurzes Grinsen huschte über sein Gesicht. Seine kleinen, hinter dem nickeligen Kneifer versteckten Augen zuckten nervös, und mir schien, als wisse er diesmal nicht so recht, wie er das Gespräch beginnen solle.

Schon beim letzten Mal war mir aufgefallen, dass er nicht die gleiche rhetorische Begabung besitzt wie Goebbels oder der Führer. Er bemühte sich in meiner Gegenwart zwar redlich, doch es schien ihm nicht zu gelingen, eine brillante Rede zu formulieren. Es war, als suchte er stets nach den treffendsten Worten, korri-

gierte sich dann aber mehr als einmal und formulierte den Satz neu. Er duldet wohl an sich keine verbalen Ungenauigkeiten, obwohl er es nur unzureichend versteht, diesen Missstand zu beheben. Er wirkt auf mich eher schüchtern, gar nicht so selbstsicher, wie man es von einem Mann in seiner Position erwartet. Eher ein gutbürgerlicher, unscheinbarer Mann. Sein dünner Schnurrbart soll wohl sein Gesicht männlicher erscheinen lassen, doch es bleibt trotzdem – nun, wie soll ich es beschreiben – teigig und weich. Auch sein Körperbau, das fiel mir heute besonders auf, ist keineswegs athletisch und muskulös, sondern unsportlich und verkrampft. All diese Defizite scheinen ihn irgendwie zu stören, besonders, wenn er mit Leuten zusammen ist, die seinem arischen Idealbild um ein vielfaches mehr entsprechen als er selbst. Nun, ich kann sagen, dass mein Fuß der einzige Makel an meinem Körper ist. Ansonsten bin ich einen halben Kopf größer und von einer Schulter zur anderen um einiges breiter als er.

Um die Peinlichkeit der Stille zu unterbrechen, holte ich meine Ledertasche hervor und überreichte ihm mein Manuskript: »Der Speer des Wikingers«. Langsam beugte er sich vor und nahm, wie von Ehrfurcht ergriffen, die gehefteten Seiten in seine überaus weißen Hände. Er blätterte sie langsam durch, ließ seinen Blick auf einzelnen Zeilen ruhen und schaute mich immer wieder mit einem verklärten Blick an.

Die Geschichte ist in den vielen Mußestunden der letzten Jahre meiner lebhaften Fantasie entsprungen und stellt nirgendwo den Anspruch, dass sie Bezug zur Realität nimmt. Umso mehr erstaunte mich seine Reaktion, als er sagte: »Lieber Herr Schneider. Was ich an Ihnen schätze, sind Ihre wahrhaft gelungenen Visionen. Nicht nur Ihre Artikel, nein, gerade diese Geschichte über einen Speer … Auch ich bin fasziniert von ebensolch einer Waffe, einem geradezu schicksalhaften Speer, einer, wie soll ich sagen, göttlichen Lanze …« Dann machte er eine Pause, sah mich mit durchdringendem Blick an und fügte schließlich hinzu: »Ja tatsächlich. Sie sind ein Visionär – so wie ich … Ich werde es lesen, dessen können Sie sicher sein.«

Jetzt wusste ich mit einem Schlag, warum ich hier bei ihm war, warum er mich schon in München angerufen hatte und warum er meine Artikel lobte: Die eher spielerischen Visionen, die ich schrieb, entsprechen für ihn ganz und gar der Vorstellung der Welt, die er zu gestalten versucht. Er hält alles, was ich schreibe, für bare Münze, obgleich ich doch nur ein Träumer bin, der sich gern verrückte Sachen ausdenkt. Er aber glaubt, er hätte in mir einen »Traumpartner« gefunden. Jemanden, der ihn in seinen Gedanken und Phantasien ernst nimmt, ihm hilft, sie zu bestätigen und, was mir am verrücktesten erscheint, sie für eine besondere Art Wirklichkeit vorzubereiten und in diese zu übertragen. Er erzählte mir von seinem Freund Hanns Johst, den ich natürlich kenne und als Schriftsteller verehre und schätze, zumindest was seine schriftstellerische Begabung betrifft. Der Hanns sei der Einzige, der ihn »Heini Himmler« nennen dürfe und mit dem er rege Korrespondenz führe.

Dann sagte H. leise: »Ich würde mir wünschen, dass er meine Lebensgeschichte schreibt, doch der Hanns ist so beschäftigt, dass er dieses umfangreiche Werk wohl nicht schafft. Er hat soeben seine Schrift: ›Meine Erde heißt Deutschland. Aus dem Leben und Schaffen des Dichters‹ verfasst. Wissen Sie, Herr Schneider, der Hanns ist ein Mann nach meinem Geschmack, und ich kann sagen, er verehrt mich. Seine Reime sind wunderbar. Haben Sie schon einmal etwas von Herrn Johst gelesen?«

Ich wollte gerade erzählen, wie mir dessen Werk »Lieder der Sehnsucht« gefallen hatte, doch Himmler fiel mir ins Wort und referierte über den Roman seines Freundes von 1930 »Die Torheit einer Liebe«, den ich auch gelesen hatte. Es war wieder wie beim letzten Mal: Himmler genoss es, sich selbst reden zu hören, und begriff sich als den brillanten Redner und mich als seinen ergebenen Zuhörer.

Doch dann, mitten im Satz, hielt er inne, sah mich mit leuchtenden Augen an und fragte: »Möchten Sie nicht meine Biografie schreiben, Herr Schneider?«

Ich stutzte einen Augenblick und so fügte er hinzu: »Wir sind seelenverwandt, das spüre ich. Das deutsche Volk braucht Wegweisung, selbst über meinen Tod hinaus. Eine gesunde Lehre über die Tugenden des Menschseins. Denken Sie, dass Sie in der Lage wären, dies für mich zu leisten?«

Ich zögerte erneut und hielt meine Antwort zurück. »Bedenken Sie, Herr Schneider, dass Sie dadurch auch zu einem nicht unerheblichen Ruhm als Schriftsteller gelangen würden«, ergänzte er hastig und begann in mir einen Samen zu säen, der natürlich in mir Wurzeln schlägt. Welcher Autor will nicht bekannt werden?

Mit einer ausladenden Gestik und einem Blick gen Himmel gerichtet, schilderte Himmler eine Vision, die er in meinem Gehirn einpflanzen wollte: »Karl Wilhelm Schneider. Der Mann, der das ruhmreiche Leben des größten Visionärs der Menschheit aufgezeichnet und verewigt hat.«

»Ich werde es mir überlegen, Herr Himmler«, entgegnete ich und bemerkte sogleich seine bittere Enttäuschung darüber, dass ich seiner Idee keinen sofortigen euphorischen Zuspruch entgegengebrachte.

Was soll ich denn nun machen? Sicher hat er Recht damit, dass meine Karriere als Schriftsteller gesichert wäre – ohne Frage –, doch eine Biografie über den zweitmächtigsten Mann Deutschlands ist ein fragwürdiges Unterfangen, wenn es darum geht, eine gesicherte Zukunft zu gestalten.

Nachtrag: Ich habe mir vorgenommen, in seiner Gegenwart die Haltung eines Politikers einzunehmen. Das heißt: keine vorschnelle Absage, aber auch keine klare Zusage erteilen. Ich werde viel Zeit mit ihm verbringen und stets mein Notizbuch dabei-

haben. Das gibt mir die Möglichkeit, das Zeitgeschehen aus der vordersten Reihe zu beobachten und zu kommentieren, und – was schließlich auch nicht zu unterschätzen ist – ich werde die Gelegenheit bekommen, die Gedanken und Ziele Himmlers durch meine Einwände mitgestalten zu können, denn offensichtlich schätzt er meine Artikel mehr als jeder andere.

1. Sept. 1939
Die Deutschen sind in Polen eingerückt. Man sagt, es sei ein Gegenangriff gewesen. Die Stimmung im deutschen Volk ist aber sehr bedrückt. Die Menschen sind keineswegs angriffslustig, sie wollen Frieden. Italien hat bekannt gegeben, dass es sich an diesem Krieg nicht beteiligen werde, obwohl § 3 des Achsen-Militärpaktes den militärischen Beistand zu Land, zur See und in der Luft vorsieht. Hitler ist darüber nicht besonders glücklich. Wenn morgen auch Frankreich und England eingreifen, würde ein weiterer furchtbarer Krieg in diesem Jahrhundert schreckliche Wirklichkeit.

2.Sept. 1939
Hatten heute Nacht zum ersten Mal Verdunkelung. Ich fand es bedrückend, ja beängstigend. Kein einziger Lichtstrahl drang durch die Rollläden hindurch. Fliegeralarm um acht. Habe mir meine Gasmaske geschnappt und bin in den Keller gerannt. Hatte wirklich Angst. Konnte zunächst nicht schlafen, bin dann aber doch irgendwann erschöpft eingenickt.

3. Sept. 1939
Habe mit Traunstein telefoniert. Große Aufregung in der Redaktion. Traunstein ist völlig deprimiert. Es steht fest: Heute ist der offizielle Beginn des Zweiten Weltkriegs!!

4. Sept. 1939
Erster britischer Fliegerangriff auf Wilhelmshaven und Cuxhaven. Erstarrte Gesichter bei allen Rundfunkhörern in der Berliner Redaktion.

8. Sept. 1939
Deutsche Truppen haben Warschau erreicht. Orchester spielte daraufhin: »Deutschland über alles« und das »Horst-Wessel-Lied«. Trotzdem reagiert das deutsche Volk nicht mit Euphorie, wie die Führung es gerne sähe. Die Menschen sind erstaunlich gleichgültig.

15. Sept. 1939
Die Deutschen haben 100 000 Gefangene in Polen gemacht. Damit ist Polen quasi liquidiert. Erweiterung des Lebensraumes nennt man das – ich weiß. Schließlich habe ich selbst einen Artikel darüber verfasst, den, der Himmler so gut gefiel. Mich überkommt dennoch seit Kurzem das seltsame Gefühl, nicht mehr zu dem stehen zu können, was ich damals geschrieben habe. Es ist fast wie ein schlechtes Gewissen den Polen gegenüber.

17. Sept. 1939
Die Rote Armee fällt von der anderen Seite in Polen ein, trotz Nichtangriffspakts mit Polen. Hitler sagt, die Polen seien diejenigen, die internationales Recht verletzt hätten, und sie sollten sich ergeben. Kann nicht verstehen, was Polen verbrochen haben soll. Muss morgen Traunstein fragen.

26. Sept. 1939
Hitler, Himmler und Ribbentrop sind von der Front zurückgekehrt. Sie haben nicht an der Beisetzung Generals von Fritsch teilgenommen. Man munkelt, dass dieser den Freitod gesucht hat. Habe von heftigen Kämpfen um Warschau gehört mit großen

Verlusten in der Zivilbevölkerung. Dieser Krieg scheint noch brutaler abzulaufen als der erste.

Brauche dringend eine neue Hose. Kann jedoch in diesem Monat keine mehr bekommen. Versuche es im nächsten.

27. Sept. 1939
Heute wurde ich wieder von den beiden stummen Fahrern abgeholt, doch diesmal fuhren sie einen anderen Weg. Ich wohne zwar erst einige Monate in Berlin, doch der Weg nach Dahlem ist mir inzwischen bekannt. Wir fuhren in eine vornehme Villengegend und dann eine gepflasterte Auffahrt empor, die zu einer herrlichen, weiß getünchten Villa führte. Himmler empfing mich ausgesprochen herzlich, fast wie einen guten Freund. Er trug auch keine Uniform, sondern eine bayrische Tracht. Mir schien, dass er, eigens seiner Kleidung angepasst, heute den bayrischen Dialekt bevorzugt verwendete. Er war sehr guter Laune und strahlte eine Freude aus, die mir äußerst sonderbar vorkam.

Himmler hatte am Vormittag ein Treffen mit Hitler, der zurzeit in der Stadt weilt. Vielleicht war er deshalb so guter Laune. Er sagte, er sei sehr zufrieden mit der Entwicklung in Polen. Ich weiß, was er meint, denn schließlich habe ich es gestern nach München telegrafiert. Er meint die Verordnung, dass alle Juden zwischen vierzehn und sechzig Jahren zur Zwangsarbeit verpflichtet werden können. Ich empfinde jedoch das verhängte Strafmaß für die, die der Aufforderung zur Arbeit nicht nachkommen, deutlich überzogen: zehn Jahre Zuchthaus.

Himmler führte mich einige Minuten lang durch die Räume seiner Villa. Aufmerksam nahm ich jedes Detail wahr. Wir blieben nur im Erdgeschoss, doch ich gehe davon aus, dass sowohl im Keller als auch im Obergeschoss noch etliche Zimmer sind. Die Räume sind sehr großzügig geschnitten, und doch ist die Einrichtung als einfach, ja fast schon spartanisch zu bezeichnen. Ich kann nicht behaupten, dass dieser Mann im Luxus schwelgt – so wie ich es mir immer vorgestellt habe. Er scheint eher einen bescheidenen Lebensstil zu pflegen, obgleich er sich diese Villa leistet, die natürlich, im Gegensatz zu draußen und den meisten Wohnungen in Berlin, wunderbar geheizt ist. Vermutlich wurde sie ihm vom Führer zur Verfügung gestellt. Es ist eine Wohltat für mich, hier zu sitzen, auch wenn ich stets denselben bitteren Kräutertee mittrinken muss, den Himmler seines Magens wegen literweise zu sich nimmt.

Heute gewann ich den Eindruck, dass er mich nun endgültig als einen Verbündeten betrachtet. Nicht mit einer Silbe hat er mich nach meiner Entscheidung bezüglich seiner Biografie gefragt, als ginge er davon aus, dass es die selbstverständlichste Sache der Welt und überhaupt die größte Ehre für mich sei, sie zu verfassen. Mir war es recht, denn so musste ich keine verkrampfte Diplomatie bemühen.

Er zeigte mir auch seine, wie ich finde, sehr umfangreiche Bibliothek. Jedermann weiß, dass ich Bücher liebe, und ich wünsche mir, eines Tages einmal so viele Werke mein Eigen nennen zu dürfen. Zunächst war ich deshalb hellauf begeistert und konnte Himmler gegenüber meinen Gemütszustand auch nicht verbergen. Fort war plötzlich jegliche Contenance, und ich strich voller Zuneigung zu allem Geschriebenen über die ledernen Einbände. Einige Titel berührten mich jedoch recht befremdlich, und als ich die Bücher dann in den Händen hielt und die Titel las, befiel mich mehr und mehr ein beklemmendes Gefühl, so als griffe jemand oder etwas nach meiner Kehle, um sie langsam zuzudrücken.

Da waren zahlreiche Bücher über Hexen und ihre Verfolgung im Mittelalter, über die okkulten Bräuche und Riten der Germanen sowie über die Verwirklichung der reinen Rassenlehre. Auch zeigte er mir ein Buch voller seltsamer Schriftzeichen und erklärte, dies seien Runen. Natürlich waren mir manche Zeichen bekannt, wie ja auch das Hakenkreuz ein Runenzeichen ist. Da war alles voller Bücher über Runenzeichen, Bücher, von denen ich einige auch in meinem Artikel über die Altgermanen erwähnt hatte, doch eine solche Fülle okkulter Schriften ist mir nie zuvor vor die Augen gekommen.

Des Weiteren besaß er viele Bücher über Tierzucht, die mir sehr zerlesen erschienen. Es ist schon seltsam, wie uneingeschränkt er mir Zugang zu seinen persönlichsten Gedanken gewährte, die in seiner literarischen Sammlung zum Ausdruck kommen. Fast eine Stunde lang ließ er mich die Bücher anschauen und schien mich dabei ganz genau zu beobachten. Ich sah ihn aus den Augenwinkeln: die Arme verschränkt und den Blick auf mich gerichtet. Er taxierte meine Reaktionen und wägte möglicherweise ab, wie viel er mir anvertrauen könne, obgleich ich ja schon in seinen Büchern lesen konnte wie in einem Spiegel seiner Seele.

Der Gipfel seiner Vertrauensseligkeit kam schließlich, als er mich fast zärtlich am Arm nahm und zu einer Sammlung kleinerer Bücher führte. Er stand dort zunächst wortlos vor dem Regal, und mir schien, als streiften seine Gedanken weit zurück in eine Zeit, deren Fragen er bis zum heutigen Tag noch nicht beantwortet hatte. Nun, dieses Verhalten klärte sich bald auf: die Bücher, die er mir zeigte, waren nämlich seine Tagebücher. Viele Bände mit gleichen braunen Einbänden waren sorgfältig aneinandergereiht. Mich erstaunte, dass nicht ein einziger Band auch nur einen Millimeter hervorstand oder verrückt war. Wieder diese penible Ordnung, diese Pedanterie, als brauche er sie, um sich daran festzuhalten und zu orientieren.

Es waren insgesamt sechsundfünfzig Bände. Von 1910 bis 1924, alle drei Monate ein neues Buch. Vierzehn prall gefüllte Jahre »Heinrich Himmler« standen vor mir, doch auf die Frage, warum er danach nicht weitergeschrieben habe, bekam ich nur ein verklärtes Grinsen als Antwort. Was ist wohl 1924 passiert, dass ein junger Mann von 24 Jahren mit seiner Leidenschaft des Tagebuchschreibens abrupt bricht?

Fast ehrfürchtig zog er den ersten Band heraus – bedächtig und konzentriert, ohne die anderen Bücher zu berühren. Er blickte mir sanft in die Augen und reichte ihn mir, als wäre es das größte Geschenk an einen der liebsten Freunde. Ich gebe zu, ich war sprachlos und versuchte meinen Blick von seinen Augen zu lösen, doch wie durch einen Bann gehalten, war mir dies nicht möglich. Es schien eine Ewigkeit zu vergehen, ehe mich H. in die Selbstbestimmung zurückentließ.

Ich hielt also den ersten Band in den Händen, meine Finger fest darum geschlossen, um ihn bloß nicht fallen zu lassen. Ich kann noch immer nicht mit Bestimmtheit sagen, was mir an Himmler nicht gefällt, aber der Geruch, den er verströmt, hat etwas Unangenehmes an sich. Weiterhin muss ich bekennen, dass ich mich als treuer Protestant in Dingen wie Okkultismus und Hexenglauben nicht auskenne. Aber so wahr mir Gott helfe, irgendetwas stimmt hier nicht!

Gegen drei Uhr nachts legte Schneider das erste Tagebuch beiseite. Er beschloss, gleich am nächsten Tag in das Haus seines Vaters zu fahren und die restlichen Bücher zu holen. Und erneut nahm er sich vor, seinen Vater anzusprechen. Am nächsten Morgen würde er im Krankenhaus anrufen und sich nach dem Gesundheitszustand seines Vaters erkundigen. Wer weiß, wie lange er ihn noch würde fragen können?

Mit müden Knochen schleppte Richard sich die Treppe hinauf und legte sich ins Bett. Dort wälzte er sich unruhig auf seinem Kissen hin und her, weil das Gelesene wie ein Film vor seinem inneren Auge ablief. Er staunte über den Schreibstil seines Vaters und erinnerte sich daran, dass ihm diese Kunstfertigkeit schon früher aufgefallen war, immer dann, wenn sein Vater Briefe und Geburtstagsreden verfasst hatte. *Er wollte Schriftsteller werden, nein, er war ein Schriftsteller. Hat einen Roman geschrieben. Bin gespannt, ob das Manuskript auch in der Kiste ist.* Gegen fünf Uhr sank Richard schließlich in einen unruhigen Schlaf.

Es kam ihm vor, als wäre er gerade eben erst zu Bett gegangen, als um sieben Uhr der Wecker schellte. Sogleich war er hellwach, denn die Gedanken an die Tagebücher waren stärker als jede Müdigkeit. Schneider eilte unter die Dusche, ließ das Rasieren aber aus. Er dachte an Blome und war in diesem Augenblick froh, dass er ihn hatte. Die Firma war plötzlich sehr weit weg, und das, obwohl ihm nach diesem Comequad-Crash möglicherweise das Wasser bis zum Hals stand.

Das Frühstücksbrot schlang er hinunter, und der Kaffee verbrühte fast seinen Gaumen. All das war ihm jedoch gleichgültig. Er nahm den Autoschlüssel vom Brett und ließ die Haustür hinter sich ins Schloss fallen.

Der morgendliche Verkehr in Frankfurt war wieder einmal eine Katastrophe. Mindestens die Hälfte aller vor ihm schleichenden Wagen hatte kein Frankfurter Kennzeichen, und ihre Fahrer kamen nur in die Stadt, um in irgendeinem der zahlreichen Hochhäuser ihr Geld zu verdienen, Software zu entwickeln, Kredite auszuhandeln oder Börsenkurse zu beobachten und im richtigen Moment zuzuschlagen. Das wäre normalerweise auch sein Job, doch heute überließ er die Arbeit seinen Leuten.

Er fuhr die Auffahrt zum Haus seiner Kindheit hinauf, und ihn befiehl erneut die Beklemmung, die er schon am Abend zuvor empfunden hatte. Er drehte den Schlüssel im Schloss herum und trat ein, zog die Regenjacke aus, warf sie achtlos auf die Stufen der Treppe und ging sofort zu der Tür, die ihn so viele Jahre von dem Geheimnis getrennt hatte, das sich ihm nun langsam erschloss. Was hätte er darum gegeben, als pubertierender, neugieriger und geltungssüchtiger Junge einen solchen Fund gemacht zu haben, mit dem er vor der

Klasse hätte prahlen können, obgleich es wegen der sogenannten Entnazifizierung natürlich fraglich gewesen wäre, ob er damit hätte prahlen können oder sich eher hätte zurückhalten müssen.

Im Keller fand er alles so vor, wie er es am Vorabend verlassen hatte. Doch heute drang das Tageslicht bis in den Kellerbereich vor, sodass die Glühbirne an der Decke nicht die ganze Arbeit allein verrichten musste. Da stand sie, die Kiste. Und er betrachtete sie noch einmal ganz genau – ohne Eile, mit viel Genuss. Sie musste um vieles älter sein als die Tagebücher, denn die Nägel waren aus Holz und nicht aus Metall, und die Eisenbeschläge waren kunstvoll verziert. Sie dienten nicht einfach nur dazu, die Bretter zusammenzuhalten, sondern waren eine Augenweide für jeden Kenner. Knarrend öffnete sich der Deckel der Truhe, und Richard bemerkte erstmals den feinen, beigefarbenen Stoff, der sie im Inneren auskleidete.

Vorsichtig räumte er die Tagebücher heraus, sortierte sie nach Jahreszahlen und stapelte sie behutsam auf dem Boden neben der Truhe. Schließlich entdeckte er ein geheftetes Manuskript. Es verschlug ihm die Sprache, als er den Titel las:

Der Speer des Wikingers
von Karl Wilhelm Schneider
München.

Ehrfürchtig, als hielte er eine heilige Schrift in den Händen, blätterte er die ersten Seiten um. 280 Seiten mit der Schreibmaschine getippt, ohne den kleinsten Fehler. Das große »G« und das kleine »a« waren ein wenig undeutlich. *Es muss eine recht alte Maschine gewesen sein.*

Schneider nahm so viele Bücher, wie er tragen konnte, und verließ den Keller. Plötzlich fiel ihm ein, was er am Vortag völlig vergessen hatte – das Waschzeug für seinen Vater. Schnell ging er die Treppe hinauf ins Bad. Er schaute sich um und entdeckte bald alles, was der Arzt ihm aufgetragen hatte. Dann ging er ins Schlafzimmer und suchte im Schrank einen Pyjama. Es roch in diesem Raum sehr eigentümlich, und der Geruch erinnerte ihn an früher, als er bei heftigen Gewittern zum Vater ins Bett geflohen war. Zumindest dachte er damals, dass es ihm gelingen könne, vor etwas zu fliehen.

Als Richard vierzehn und die Mutter an Krebs gestorben war, hatte er sich von Zeit zu Zeit auch in das Bett seiner Mutter gelegt. Er hatte selbst nicht genau gewusst, was er dort wollte. Vielleicht war es der Versuch, der schrecklichen Wahrheit ihres Verlustes zu entfliehen. Richard verscheuchte die Gedanken an seine Jugend, nahm die Kulturtasche und den Pyjama und ging die Treppe hinunter. Dann stapelte er ungelenk die Tagebücher auf dem linken Arm und verließ das Haus. Mit einem kräftigen Fußtritt klappte die Haustür ins Schloss.

Schneider hatte schon lange nicht mehr über seine Kindheit nachgedacht. Aber jetzt verbrachte er die Minuten auf dem Weg ins Krankenhaus mit den Erinnerungen an jene Zeit, als seine Mutter noch lebte. Er war als Einzelkind aufgewachsen und wurde von seiner Mutter geliebt und verwöhnt. Für sie war er ein Wunschkind, für seinen Vater lediglich das Ergebnis des Verkehrs mit seiner Frau.

Es schien, als lebte der Vater stets in seiner eigenen Welt. Er verbrachte Stunden damit, aus dem Fenster zu schauen, seine Gedanken schweifen zu lassen – und niemand wusste, was in ihm vorging. Wenn er nicht aus dem Fenster sah, las er. Stunden um Stunden konnte er ohne Unterbrechung lesen, und nun, Jahre später, begann Richard allmählich zu begreifen, wieso Bücher im Leben seines Vaters eine so große Rolle gespielt hatten. Seine Tätigkeit bei der Post verrichtete er mit der Präzision eines Uhrwerks. Erst zwanzig Jahre als Schalterbeamter und dann zehn Jahre bei der Sortierung der ein- und ausgehenden Paket- und Briefsendungen. Nach seiner Pensionierung begann er Briefmarken zu sammeln. Postbeamter! Er sammelte ausschließlich alte Marken aus fernen Ländern, alle aus der Zeit zwischen 1933 und 1945. Das Wesen seines Vaters zu begreifen war Richard nie gelungen, da es voller Widersprüche zu sein schien. Dieser sture Postbeamte begehrte in seinem Leben nie auf, ging seiner Arbeit mit einer stoischen Gleichförmigkeit nach und ließ den Dingen einfach ihren Lauf, als hätte der Mensch gefälligst keine Träume zu haben. Er fluchte nur selten – und fuhr eben ab und zu in einem Anfall cholerischer Gefühlsregung aus der Haut und ließ seinen Unmut an seinem Sohn aus. Doch nie hatten die Gemütsregungen ein erkennbares Muster, aus dem man hätte lernen können, um sich die Prügel zu ersparen. Es war beinahe so, als hielte eine unsichtbare Macht den Vater in Schach, die ihm verboten hatte, sich zu freuen und zu lachen.

Für Richard war sein Vater der Inbegriff des langweiligen, ja fast lebendig toten Spießers. Doch nach dem, was er in den Tagebüchern gelesen hatte, begann sich langsam das bestehende Bild von seinem Vater zu verändern.

Die Auffahrt zum Krankenhaus riss ihn aus seinen Gedanken, und er wurde sich aufs Neue bewusst, wie sehr er Krankenhäuser hasste. Sie waren Orte der Schwachheit, hier verlor man die Kontrolle, die Selbstbestimmung und im schlimmsten Fall das Leben.

Als Richard die Intensivstation betrat, befand sich Dr. Bergau gerade im Schwesternzimmer und gab letzte Anweisungen für die Versorgung der Patienten. Aus dem Augenwinkel bemerkte er Richard, der ja schon in die Zeremonie der anzustrebenden Sterilität eingewiesen war und allein durch die Schleuse treten wollte.

»Herr Schneider, warten Sie. Gut, dass ich Sie treffe«, rief Dr. Bergau, während er Schneider hinterherlief.

Richard drehte sich um und wartete, bis der Arzt ihn erreichte.

»Herr Schneider, ich muss Ihnen leider mitteilen, dass es Ihrem Vater heute noch schlechter geht.« Der Arzt deutete mit einem Kopfnicken auf das Waschzeug und den Pyjama. »Die Sachen wird er zunächst nicht selbstständig benutzen können. Trotzdem danke, dass Sie sie gebracht haben.«

Für einen Augenblick stand Schneider ratlos im Zugangsbereich der Intensivstation. Er sah hilflos an dem Arzt vorbei. Nach einer kleinen Pause fuhr Bergau fort. »Ihr Vater hat in der letzten Nacht einen zweiten Schlaganfall erlitten. Wir müssen davon ausgehen, dass er für immer halbseitig gelähmt bleiben wird – sollte er überleben. Außerdem bringt er nur sehr mühsam einige wenige Worte hervor, die zudem kaum verständlich sind, aber das ist Ihnen ja schon bekannt. Ich möchte Sie bitten, ihn auf gar keinen Fall zu beunruhigen. Wenn sein Blutdruck durch Aufregung in die Höhe getrieben wird, könnte das sein Ende sein.«

Richard sah den Arzt mit ausdrucksloser Miene an. Der ergänzte: »Seien Sie nett zu ihm, erzählen Sie ihm etwas Belangloses, aber vermeiden Sie alles, was ihn aufregen könnte.«

Schneider schluckte und fühlte sich unfähig, auch nur ein Wort zu sagen. *Ihm nichts erzählen, was ihn aufregen könnte.* Genau das würde er tun, wenn er die Tagebücher erwähnte.

VI

Professor Smith nahm die Brille ab und putzte die Gläser mit dem Zipfel seines durchgeschwitzten Hemdes. In früheren Jahren wäre er mit gleichgesinnten Wissenschaftlern sofort zu den Fundstücken gerannt, und es wäre ihm egal gewesen, welche Zeit die Uhr angezeigt hätte. Er hätte sich einfach darauf gefreut, etwas Neues zu entdecken. Doch er war nicht mehr der Jüngste und fühlte sich an diesem Tag zu müde und ausgelaugt für übereilte Aktionen.

Er sah Lea an und bemerkte ihren erwartungsvollen Blick. »Ich weiß, dass Sie es nicht abwarten können, mir die Skelette zu zeigen, doch in den USA ist es jetzt mitten in der Nacht, und ich muss gestehen, ich fühle mich auch so. Geben Sie mir nur ein paar Stunden Schlaf, mehr brauch ich nicht, und dann werden wir in Ruhe Ihren Fund betrachten.«

Lea war enttäuscht, versuchte aber dies so gut es ging zu verbergen. Der Kaffee hatte nicht die gewünschte Wirkung gezeigt, und so musste sie, ob sie wollte oder nicht, dem Professor Recht geben. »Es tut mir leid, Herr Professor, dass ich so forsch bin. Sie haben Recht. Die Jungs im Keller können auch noch bis morgen warten. Sie werden uns schon nicht weglaufen.«

Trotz seiner Müdigkeit musste Smith über diese Bemerkung schmunzeln.

»Ich habe für Sie ein Zimmer im ›King David‹ und eins im benachbarten Hospiz reserviert. Der Anlass würde ein standesgemäßes Logieren im ›King David‹ rechtfertigen, doch wie ich mir habe sagen lassen …«

Smith nickte. »Genau. Ich denke, ich wohne lieber im Hospiz, so wie vor drei Jahren. Es hat mir dort gut gefallen, und um ehrlich zu sein: Ich gebe nicht viel auf den Prunk eines First Class Hotels. Erst recht nicht in Israel. Wenn ich in diesem Land bin, schätze ich die Einfachheit, die auch Jesus vorgezogen hätte.«

Lea ließ diese Bemerkung unkommentiert im Raum stehen. Sie kannte die religiösen Ansichten des Professors aus Gesprächen mit ihren Kollegen, auch wenn ihr persönlich das alles auf die Nerven ging. Natürlich: Wenn man in diesem sogenannten »Heiligen Land« lebte, musste man akzeptieren, dass sich hier Vertreter aller erdenklicher religiöser Spielarten versammelten. Moslems an der Seite von Juden und Christen sämtlicher Kirchen, die nicht immer friedlich miteinander zusammenlebten und doch alle von sich behaupteten, im Recht zu sein. Lea hatte für sich entschieden, sich aus all dem rauszuhalten. Sie bevorzugte es, nüchterne Fakten zu betrachten.

Die Archäologin öffnete dem Professor die Tür ihres alten weißen Nissans, dessen Beulen in den Kotflügeln in Israel eher eine Zierde waren. Was hätte es genutzt, den Wagen in die Werkstatt zu bringen? Binnen kurzer Zeit wären die Beulen und Kratzer ja doch wieder dagewesen.

Der Weg zum Hospiz war nicht sehr lang, und nach dem langen Flug war Smith dankbar, dass er schnell in seinem Domizil ankam. Sie verabschiedeten sich im Eingangsbereich.

Der Professor gönnte sich noch eine Dusche, einen kleinen magenfreundlichen Snack aus der Küche und verschwand dann bald in seinem Bett. Normalerweise genügten ihm fünf Stunden Schlaf, doch in dieser Nacht schlief er das Doppelte.

Und so wachte er gestärkt und voller Tatendrang am nächsten Morgen auf.

Lea Weizmann wartete bereits voller Ungeduld auf den Wissenschaftler und konnte es kaum erwarten, ihm endlich ihre Fragen stellen zu können. Smith hatte sein Tweedjackett im Schrank hängen lassen und trug nun ein leichtes kurzärmliges Hemd und eine helle Leinenhose. Er hatte jedoch bei seiner Kleiderwahl vergessen, dass der Raum, in dem die Skelette lagen, auf unter zwanzig Grad heruntergekühlt war. Beim Betreten des sterilen Bereiches schwor er sich, am nächsten Tag auf jeden Fall einen Pullover mitzunehmen.

Leas braune Augen leuchteten, als sie nacheinander die Tücher über den Leichen entfernte. Ihr langes dunkles Haar war zu einem Zopf zusammengebunden und unter einer sterilen Haube verschwunden. Trotz des OP-Kittels, den sie trug, entging dem Professor nicht, dass Lea in den letzten drei Jahren kein Gramm zugenommen hatte und noch immer eine äußerst wohlproportionierte Figur besaß.

Er wendete den Blick von ihr ab und sah auf drei fast vollständig unversehrte Skelette, die er nach kurzer Betrachtung der Beckenknochen als männlich identifizierte. Bedächtig schritt er um die drei Edelstahltische herum. Die Deckenlampen leuchteten den Untersuchungsbereich gleichmäßig aus, und das Licht wurde von den weißen Fliesen an den Wänden schwach reflektiert.

»Sie haben mir nicht zu viel versprochen«, nuschelte Smith in seinen Mundschutz hinein. Dann murmelte er die Ergebnisse seiner ersten Betrachtungen vor sich hin, als würde er seiner Sekretärin etwas diktieren. »Drei männliche Leichen, wobei sich zwei in Größe und Statue ähnlich sind. Sie weisen dieselben Merkmale an den Hand- und Fußgelenken auf. Beide haben zertrümmerte Schienbeine. All diese Befunde fehlen bei der dritten Leiche. Sie scheint beinahe unversehrt, als sei dieser Mensch eines natürlichen Todes gestorben.«

Smith blieb bei der dritten Leiche stehen und betrachtete sie eingehend. »Diese ist um circa zehn Zentimeter größer als die beiden anderen, hat intakte Gliedmaße und einen kräftigen Knochenbau. Was ist mit seinem rechten Fuß?« Smith sah zu Lea auf.

Seiner Aufforderung folgend, trat sie neben den Professor. »Nun, es sieht so aus, als wäre sein rechtes Bein ein wenig kürzer als das linke, und auch der Fuß weist knöcherne Anomalien auf. Wenn ich die Messungen des Körperbaus und die vorläufige Rekonstruktion richtig ausgewertet habe, dann hat dieser Mann hier gehumpelt, zumindest barfuß und ohne ausgleichende Einlagen in seinen Schuhen.«

Die Archäologin zeigte auf einige Knochen: »Wie es scheint, wurde er nicht gekreuzigt, so wie die beiden anderen, und falls doch, hat man ihn nicht angenagelt, sondern angebunden.« Sie wartete auf eine bestätigende Reaktion des Professors. Da der aber schwieg, deutete sie auf den Brustkorb des Skelettes und zeigte auf eine Rippe. »Sehen Sie hier! Auf der linken Seite des Toten zwischen der dritten und vierten Rippe könnte es eine Verletzung gegeben haben.«

Der Professor rückte seine Brille zurecht, legte die Stirn in Falten und beugte sich vor. Lea deutete auf einen Befund an den Rippen. »Hier sind scharfe Schnittwunden zu sehen, die von einem Messer oder einem Schwert stammen könnten. Was halten Sie davon?«

Es schien, als sei Smith völlig in Gedanken versunken, und es dauerte eine geraume Zeit, bis er antwortete. »Sehr gut bemerkt, Frau Weizmann.« Er nickte unmerklich und brachte ein Raunen hervor. »Ich habe so eine Verletzung schon einmal gesehen, und zwar bei einem ähnlichen Fund wie diesem. Diese Kerben unterhalb der dritten und oberhalb der vierten Rippe passen exakt zu dem Profil einer alten römischen Lanze, die um die Zeit der römischen Besatzung Jerusalems verwendet wurden.«

Lea schaute den Professor skeptisch an. »Sie wollen ernsthaft behaupten, Sie könnten anhand dieser kleinen Kerben in den Rippen des Toten auf die Todesursache schließen und darauf, welche Waffe verwendet wurde?«

»Nun, ich kann nichts dafür, aber ich habe genau die gleiche Verletzung schon einmal gesehen. Außerdem wird man anhand einer rasterelektronischen Aufnahme meine Vermutung bestätigen können. Es war ja im Römischen Reich nicht ungewöhnlich, dass jemand durch einen Lanzenhieb umkam. Tausende sind auf diese Weise gestorben, und ich habe mir im Laufe meines Lebens sehr viele verschiedene Skelette angesehen, die unterschiedliche Schliffmuster an den Rippen trugen.«

Lea behielt den Professor im Auge. Der nahm die Brille von der Nase und blickte mit einem gutmütigen, aber auch etwas schelmischen Ausdruck in Leas Gesicht. »Sie haben doch Archäologie studiert. War nicht wenigstens ein bisschen römische Geschichte dabei?«

Lea nickte verlegen und merkte, wie sie errötete. Sie leitete das Institut der IAA zwar schon seit zwei Jahren, anfangs war sie aber nur kommissarisch eingesetzt worden, so lange, bis sich Sonneberg wieder erholt hätte. Als der ehemalige Leiter dann vor einem halben Jahr verstarb, wurde sie fest angestellt. Dennoch, und das wusste sie nur allzu gut, war sie ein junges Küken in dieser Branche. Insofern war es ihr peinlich, von Smith bei einer Wissenslücke ertappt worden zu sein, doch das Lehrgeld würde sich bezahlt machen. Sie würde das Wissen des betagten Professors von nun an begierig aufsaugen.

»Nun gut«, begann Smith und fühlte sich in der Rolle des Referenten sichtlich wohl. »Sie erlauben, dass ich ein bisschen aushole. Also, es ist so: Man unterscheidet in der römischen Geschichte im Wesentlichen drei Epochen: zunächst die Monarchie, die wir von 753 bis 509 vor Christus datieren können, danach die Zeit der Republik. Sie erstreckt sich von 509 vor bis 27 nach Christus und schließlich die Kaiserzeit, von 27 bis 476 nach Christus. Wie wir wissen, beherrschte Rom um circa 100 vor Christus den gesamten Mittelmeerraum. Zu diesem Zeitpunkt besaßen die Römer eine Milizarmee, in der jeder Soldat für seine Ausrüstung selbst aufzukommen hatte. Da können sie sich vorstellen, dass Rüstungen und Waffen sehr unterschiedlich waren. Eigentlich ein nicht haltbarer Zustand. Die nicht so vermögenden Teilzeitlegionäre trugen rechteckige Brustplatten, während sich die reichen Miliz-Legionäre keltische Kettenpanzer leisten konnten.

Das führte dazu, dass circa 100 vor Christus der damalige römische Konsul Marius eine umwälzende Heeresreform durchführen ließ, die zu einem echten Berufsheer führte.«

Smith verschränkte seine Arme vor der Brust und wanderte im Sektionsraum auf und ab. Er war es gewohnt, vor Studenten zu sprechen, und es gelang ihm selten, seine Ausführungen pünktlich zu beenden. Dann fuhr er fort. »Seit dieser Zeit stand die Legion allen römischen Bürgern offen, und damit auch den ärmeren Männern aus der Bevölkerung. Der Sold wurde erhöht und die Ausrüstung standardisiert. Sie bestand in der Zeit auch für den einfachen römischen Infanteristen aus einem keltischen Kettenpanzer, einem Bronzehelm, einem spanischen Schwert, einem ovalen, hohen Schild und – und darum erzähle ich ihnen das alles – einer schweren Lanze, die man Pillum nannte.«

Lea hörte aufmerksam zu, und Smith sprach begeistert weiter. »Die ranghöheren Offiziere trugen weiterhin Muskelpanzer nach griechischem Vorbild, versilberte Beinschienen und etruskisch-korinthische Helme mit Federn oder einem Rosshaarbusch darauf. Nun kommt jedoch die Zeit, die für uns wichtig ist.« Smith versicherte sich nochmals der ungeteilten Aufmerksamkeit seiner Zuhörerin und setzte seine Ausführungen fort. »Gegen Ende der Regierungszeit von Tiberius wird der Kettenpanzer durch den Schienenpanzer ersetzt. Das war schon deswegen wichtig, weil der Kettenpanzer den Soldaten vor Pfeilen und Speeren keinen besonders guten Schutz geboten hatte. Außerdem war der Schienenpanzer bedeutend preiswerter herzustellen. Der Montefortino-Helm wich dem kaiserlich-gallischen Helm, und auch die übrige Ausrüstung inklusive des Pillums erfuhr einige Veränderungen.«

Der Professor ging um den Tisch herum, gesellte sich zu dem Toten Nr. 3 und holte zu einer weiteren Tirade universitärer Belehrung aus. »Und deshalb, meine Liebe, kommen wir zu dem entscheidenden Schluss, dass dieser Tote vermutlich von einer Lanze getötet worden ist, die nach dem Jahr 27 nach Christus hergestellt wurde!«

Dem letzten Satz gab Smith ein besonderes Gewicht, indem er jedes Wort langsam und übertrieben deutlich aussprach. »Gibt es hier etwas zum Schreiben?« Lea führte ihn in den Nebenraum und reichte ihm ein großes Blatt Papier und verschiedene Stifte. Fingerfertig skizzierte der Professor zwei verschiedene Lanzen und zwei Menschen nebeneinander. Dann stützte er sich auf die Schreibtischplatte. »Wenn ein Mann an einem Hochkreuz hinge, würde der Lanzenstich von schräg unten in den Körper eindringen, in etwa so.« Smith zeichnete die Linienführung eines imaginären Lanzenstiches. »Wird der Stich jedoch frontal und in etwa gleicher Höhe durchgeführt, finden wir die Verletzung so vor.« Mit einem roten Stift zeichnete er den Verlauf einer weiteren Stichverletzung ein. »Im Prinzip scheint unser Toter

Nr. 3 auf genau diese Weise umgekommen zu sein, doch nun sehen Sie sich den Unterschied der zwei Lanzen an. Diese hier stammt aus der Zeit vor 27 und weist ein sehr prägnantes Profil auf. Unser Toter hat jedoch an den beiden betreffenden Rippen ein *anderes* Verletzungsprofil, wie es die Lanze erbrachte, die die Legionäre *nach* 27, also während der Amtszeit von Kaiser Tiberius mit sich führten.«

Leas Gesichtsausdruck zeigte jetzt aufrichtige Bewunderung für den Professor. Smith wurde nachdenklich, als suchte er in seinem Gedächtnis nach etwas weit Zurückliegendem. Dann hellte sich sein Gesicht auf. »Wir haben damals zweifelsfrei das Alter des Skeletts, bei dem wir dasselbe Relief an zwei tiefer liegenden Rippen gefunden hatten, mithilfe der Radiokarbontechnik auf das Jahr 29 datieren können.«

Der Professor deutete auf die menschlichen Überreste auf den Tischen. »Die Analysen stehen in unserem Fall natürlich noch aus, aber wenn meine Vermutungen wahr sein sollten, dann stammen diese Funde tatsächlich aus der Zeit um die Zeitenwende.«

Lea stemmte ihre Hände in die Seiten und schüttelte den Kopf. »Es gibt nur einen Haken bei der ganzen Sache. Ich wollte es Ihnen eigentlich die ganze Zeit schon sagen. Dieser Mann hier kann definitiv *nicht* aus der Zeit Jesu stammen.« Smith blickte überrascht in Leas Gesicht.

✣ ✣ ✣

Dr. Bergau hatte schon vielen Angehörigen unangenehme Nachrichten überbringen müssen und war kaum noch über eine Reaktion erstaunt. Schneider indes verzog nicht eine Miene und begann nur langsam zu reagieren, so als käme ihm die Bedeutung des Gesagten nur ganz allmählich ins Bewusstsein. Eigentlich hatte er beabsichtigt, seinen Vater wegen der Tagebücher zu befragen. Zumindest wollte er ihm gern von dem Stolz und der Bewunderung erzählen, die er nach dem Lesen des ersten Tagebuches für seinen Vater empfunden hatte. *Und jetzt? Kein Wort davon soll zur Sprache kommen? Was ist, wenn er am nächsten Tag schon tot ist und ich nicht mehr mit ihm darüber reden kann? Ob ich tatsächlich das Ableben meines Vaters durch Aufregung beschleunigen würde?*

»Wie lange geben Sie ihm noch, Doktor? Ich meine: Glauben Sie, dass er durchkommt? Was passiert, wenn ich ihm doch eine Nachricht übermittle, die ihn aufregt?«

Bergau nahm den Pieper aus der Tasche und blickte auf das Display. Schnell beendete er das Gespräch. »Ich habe es Ihnen schon gesagt. Es könnte sein Ende sein, wenn er sich aufregt. Er ist ein sehr alter Mann.«

Schneider wandte sich wortlos von dem Arzt ab, der nun eilig und gereizt den Flur herunterlief und dem Ruf seines Piepers folgte.

Mit einem grünen OP-Kittel, dem Mundschutz und den Clocks bekleidet, betrat Richard die Intensivstation. Auf Anweisung der Schwester hatte er das Waschzeug und den Schlafanzug im Vorraum neben der Schleuse lassen müssen. Langsam schlich er zum Bett seines Vaters und betrachtete wieder die Kanüle, die in der Vene auf dem Handrücken des Vaters steckte und die Haut darüber aufwarf. Er merkte, wie ihm schwindelig wurde. Schon immer waren ihm diese Dinge zuwider.

Er setzte sich am Fußende des Bettes auf die Kante und betrachtete seinen Vater, den Schriftsteller und Sympathisanten Himmlers. Nun war er halbseitig gelähmt, der linke Mundwinkel hing herunter, und Speichel rann daran herab. Ergraut und zerbrechlich sah er aus. Doch nach dem, was Richard in den Tagebüchern gelesen hatte, begann er ihn plötzlich in einem neuen Licht zu sehen. Als jemanden, der möglicherweise sein Leben lang unter einer Bürde gelitten hatte. Weil er über Vergangenes nicht hatte sprechen dürfen, so sehr er es auch gewollt hätte. Da lag ein Mann, der einen inneren Kampf gekämpft hatte, so wie Richard es selbst vielleicht nie fertigbringen würde.

Der Vater registrierte die Ankunft seines Sohnes. Er drehte den Kopf und sah ihn an. Das Feuer, das Schneider bei seinem letzten Besuch in den Augen bemerkt hatte, loderte plötzlich wieder hell auf. Richard aber saß nur da und schaute ihn an, ihn, der sich möglicherweise am Ende seines Weges befand und gerade seinen letzten Eintrag ins Tagebuch des Lebens machte. Der Alte schwieg, aber sein Blick sprach Bände. Es schien, als wolle er sagen: *Es tut mir leid. Ich habe dich schlecht behandelt. Ich habe dich ignoriert, weil du mit einer Frau gezeugt wurdest, die ich nicht geliebt habe. Es tut mir leid, Sohn.* Jedenfalls hoffte Richard plötzlich, in diesem Blick diese Worte lesen zu können, und sehnte sich seinerseits danach, etwas wie Annahme und Respekt zu seinem kranken Vater durchdringen zu lassen.

Für einige Minuten sprach Richard kein Wort, und es war, als erkläre er sich solidarisch mit seinem stummen Vater. Der Alte röchelte beim Ein- und Ausatmen, und zwei kleine Schläuche leiteten Sauerstoff in seine Nase. Plötzlich bäumte er sich auf. Er wollte seinem Sohn etwas mitteilen, doch es dauerte lange, bis Richard die fast unverständlichen Worte seines Vaters erfasste. »Richard, die Bruderschaft. Sie werden zu dir kommen. Versteck die Bücher.«

Der Kopf des Alten fiel auf die Kissen zurück, so sehr hatten ihn diese Worte angestrengt.

Richard wurde es eng in der Brust. Er hätte mit allen möglichen Worten gerechnet, aber nicht mit einer solchen Botschaft. »Welche Bruderschaft, Vater? Wovon redest du? Was wollen die von mir?«

»Sie wollen die Lanze«, krächzte er. »Du bist der Nachfolger. Sie wollen endlich die Lanze an sich bringen und mit ihr die Macht.« Es kostete ihn fast alle ihm noch verbliebene Kraft, diese Worte hervorzubringen – erschöpft schloss er die Augen.

Dr. Schneiders Stirn war trotz der 21 Grad, die auf der Intensivstation herrschten, klatschnass. »Wer um Himmels willen sind ›DIE‹?« Doch sein Vater konnte nicht mehr.

Schneider war bestimmt kein ängstlicher Mann, doch die Dringlichkeit, mit der sein Vater die Worte gesprochen hatte, versetzte ihn in Aufruhr. Er wollte den Alten packen, ihn schütteln und weitere Worte aus ihm herauszerren. Doch es ging nicht. Der Vater war zwar nicht tot, aber es fehlte nicht mehr viel. Eine rote Lampe über seinem Bett begann zu leuchten, und ein schriller Piepton rief den Arzt und zwei Schwestern ins Zimmer.

Brüsk drückte Dr. Bergau Richard zur Seite, als wollte er ihn wortlos fragen, was ihm einfiele, seinen Vater von der Klippe zu stürzen. Geschwind nahmen sie die kleinen Sauerstoffschläuche aus den Nasenlöchern und drückten ihm eine große Maske aufs Gesicht. Dann injizierte Bergau eine Flüssigkeit in die Braunüle auf der knochigen Handoberfläche.

Schneider sah sich die Szene eine Weile an und verließ schließlich verstört das Krankenzimmer. Als er sich noch einmal umdrehte, verdeckten der Arzt und die Schwester den Blick auf seinen Vater. Hilflos suchte Richard das Weite. Was konnte er schon ausrichten, wenn jemand im Sterben liegt?

Als Schneider zu Hause ankam, lag bereits ein Fax auf seinem Tisch. Er überflog es flüchtig: Blome fasste darin die Neuigkeiten des Tages bezüglich der Comequad-Affäre zusammen. Richard hätte sich eigentlich aufregen und sofort zum Hörer greifen müssen, um Blome diverse Anweisungen zu geben und Personal zu entlassen, damit die Kosten im Rahmen blieben. Doch er tat nichts dergleichen. Stattdessen ging er in die Küche, öffnete den Kühlschrank und stopfte verschiedene Dinge in sich hinein, ohne sich danach erinnern zu können, was er eigentlich gegessen hatte. Im Wohnzimmer goss er sich anschließend einen doppelten Glenfittich ein. Seine Verwirrung hatte ihn noch immer nicht vollends verlassen. *Wer um Himmels Willen war diese ominöse Bruderschaft? Lächerlich!* dachte er. *Wir befinden uns im einundzwanzigsten Jahrhundert!*

Dann nahm er den zweiten Band der Tagebücher zur Hand, setzte sich auf denselben Platz wie am Vorabend und begann zu lesen. Er wollte schnellstens Licht in das Dunkel dieser merkwürdigen Verschwörungstheorien bringen und hoffte, die vor ihm liegenden Bücher würden ihm dabei behilflich sein.

7. Okt. 1939
Himmler wird vom Führer mit der Leitung des »Reichskommissariats für die Festigung deutschen Volkstums« betraut. Einen längeren Namen für den Begriff der ethnischen Neuordnung hätte er wohl nicht finden können. In erster Linie soll Himmler die Rückwanderung von Volksdeutschen in die besetzten polnischen Gebiete organisieren. »Erweiterung des Lebensraumes«, ihr Traum wird Wirklichkeit. Gleichzeitig sollen jedoch sogenannte volksschädigende Einflüsse von »volksfremden Bevölkerungsteilen« ausgeschaltet werden. Eine undurchsichtige Umschreibung, mit der wohl vor allem Juden, Bolschewisten und Kommunisten gemeint sind.

28. Okt. 1939
Himmler betont öffentlich die Wichtigkeit der Reinerhaltung arischen Blutes. Er weist Männer und Frauen sogar an, außerhalb ehelicher Bindungen für Nachwuchs zu sorgen. Er ist besessen

von der Idee, eine neue Rasse zu züchten. Blut, Blut, Blut. In letzter Zeit redet er nur noch von Blut. Die SS will sogar die Patenschaft für alle Kinder arischen Blutes übernehmen, deren Väter an der Front fallen.

Diese Aussagen decken sich mit seinen jüngsten Erzählungen über einen Verein oder eine Organisation, die sich »Lebensborn« nennt, eine Unterorganisation des »Ahnenerbe e. V.«. Bin gespannt, was als Nächstes auf seiner Liste der Menschenzucht steht. Erstaunlich, dass er bezüglich meines Stammbaumes bisher keine Nachforschungen angestellt hat.

30. Okt. 1939

War endlich mal wieder im Kino: »Abenteuer in China« mit Clark Gable. Konnte für zwei Stunden alles vergessen – hervorragend. Morgen holen mich die Tatsachen wieder ein.

1. Nov. 1939

Himmlers Macht tritt nun offen zu Tage. Verhaftungen wegen Arbeitsniederlegung in einem Rüstungsbetrieb sind an der Tagesordnung. Zwei Männer wurden auf der Stelle hingerichtet. Mich wundert, wie konsequent er durchgreift. Traut man ihm gar nicht zu, wenn man ihm gegenübersteht.

Ich habe noch nicht erwähnt, dass ich nun schon das achte Mal bei Himmler war und mich in seiner Bibliothek dem Studium seiner Tagebücher hingebe. Die strenge Auflage, dass keines seiner Bücher je diesen Raum verlassen dürfe, war mir nur Recht, denn auf diese Weise verbringe ich die kalten Wintertage in einem warmen Raum, erhalte von Zeit zu Zeit bitteren Magentee und manchmal auch eine kleine Mahlzeit. H. bekommt oft Besuch von Männern, die ich aus der Presse kenne – hohe Beamte und Regierungsvertreter. Heydrich geht ein und aus, betrachtete mich zu Beginn mit argwöhnischen Blicken, hat sich aber mittlerweile an meine Anwesenheit gewöhnt, wie die vielen anderen auch. Es ist in einer Zeit des Krieges schon seltsam, dass niemand an meiner Person Anstoß nimmt. Ich könnte doch genauso gut ein Spion sein oder dem Widerstand angehören. Doch wenn ich in meiner Ecke sitze und mir pausenlos Notizen aus den Tagebüchern Himmlers mache, scheint niemand ernstlich Kenntnis von mir zu nehmen. Ich bin wie ein unsichtbarer Geist in diesem Haus, ein selbstverständlicher Schatten, ein nicht mehr wahrgenommenes Möbelstück.

Die Einzige, die mich mit sehr viel Liebe versorgt, ist Himmlers Sekretärin Hedwig Potthast. Sie hält stets ein Auge auf mein Wohlbefinden gerichtet, und mir scheint, dass sie für Himmler weitaus mehr ist als nur eine Sekretärin. Immerhin duzen sich Himmler und Fr. Potthast und gehen in einer Weise miteinander um, die ein weitaus vertrauteres und zärtlicheres Verhältnis widerspiegelt, als dies für einen Chef und seine Angestellte ziemlich und üblich ist. Nun, mir soll es egal sein. Ich habe nicht über die Treue bzw. Untreue in seiner Ehe mit Marga zu befinden. Leid tut mir nur seine Tochter. Sie heißt auch Gudrun, und er telefoniert beinahe täglich mit ihr. Er nennt sie Püppi und scheint sie sehr zu lieben. Sie sehen sich nicht oft, denn seine Frau und Püppi leben auf einem Landgut am Tegernsee.

Himmlers Charakter ist für mich weiterhin schwer zu durchschauen. Zu mir ist er sehr nett und stets höflich, doch was bin ich eigentlich für ihn? Ich bin zu alt, um sein Sohn sein zu können, und zu jung für einen Freund, obgleich er mich als solchen behandelt. Bleiben wir also bei der Bezeichnung »Protegé«. Die Tür zum Nachbarzimmer ist immer nur angelehnt, wie alle Türen in diesem Haus. So bekomme ich den einen oder anderen Wortfetzen mit, wenn er telefoniert oder mit seinen Untergebenen spricht. Er lässt Blumen verschicken an verwundete Soldaten, lobt die Tugenden der Kämpfenden und zeigt sich oft als erfahrener Kriegsstratege, obgleich er selbst nie an der Front war, wie seine Tagebucheinträge beweisen. Ohnehin hat er eine selt-

same, ja unwirkliche Einschätzung zu Kriegsdingen. Heroisch und übermenschlich seien alle Krieger, und es sei die Pflicht eines jeden Herrenmenschen, mit dem Leben für sein Vaterland einzustehen. Es fällt mir schwer, mir diesen Mann mit dem teigigen Doppelkinn und dem so völlig unathletischen Körperbau in den Reihen der Frontkämpfer vorzustellen. Wenn er vor mir steht, macht er auf mich eher den Eindruck eines fleißigen Beamten, der es mehr liebt, in Büchern und Akten zu stöbern, als bei minus zwanzig Grad in einem Schützengraben auszuharren.

Er erzählt mir, wie er die Zeit auf seinem Bauernhof genossen hat und wie erfolgreich seine Hühnerzucht gewesen sei. Überhaupt liebe er Tiere über alles und hege den größten Respekt vor diesen Geschöpfen. Bis dahin kann ich ihm gut folgen, doch eine Sache ruft einen nicht zu unterdrückenden Widerwillen in mir hervor. Er schätzt den Herrenmenschen, die arische reine Rasse, die Kultur des Tugendhaften – schön und gut. Er liebt die Tiere, doch er hasst die Juden über alle Maße. Natürlich, jedem deutschen Bürger wird vermittelt, dass die Juden »Volksschädlinge« sind, wie es der Volksbrockhaus schon 1938 herausgestellt hat. Himmler hasst alles, aber grundsätzlich alles, was nicht arisch ist, auch die Freimaurer, die Jesuiten, die Zigeuner. Andersdenkende wie die Bolschewisten, Kommunisten, Kranke, Asoziale, Homosexuelle sowieso, ja sogar die Christen verachtet er, obwohl er sich in seinen Tagebüchern als treuen katholischen Kirchgänger bezeichnet, der Gott und die Kirche für immer lieben werde. Mir ist, als triebe eine unsichtbare Kraft Himmler an, die »Untermenschen«, wie er sie nennt, gnadenlos zu verfolgen. Was hat er nur vor mit ihnen, wenn er sie alle gefunden hat? Was tut er mit ihnen, wenn sie inhaftiert und in die sogenannten »Arbeitslager« verlegt werden?

Gestern setzte er sich zu mir an den Tisch und nahm sich wieder Zeit für ein Gespräch. Er war bemüht, mir die Sachlage mit den Juden zu erklären, als läge ihm daran, dass ich nicht nur seine Meinung teile, sondern sie überdies verstehe und verbreite. Da ich stets mein Notizbuch dabeihabe, kann ich seine Aussprüche wörtlich wiedergeben. Ich muss sagen, es kostete mich einige Mühe, mein Entsetzen, das in mir aufkeimte, zu unterdrücken. Würde ich dies nicht tun, wären meine Tage in diesem Haus gezählt, und irgendwie habe ich das Gefühl, dass es wichtig ist, hier zu sein, aus einem Grund, der mir noch im Verborgenen liegt.

Er sagte, und ich zitiere wörtlich: »Jene biologisch scheinbar gleichgeartete Naturschöpfung mit Händen, Füßen und einer Art Gehirn, mit Augen und Mund, ist doch eine ganz andere, eine furchtbare Kreatur, ist nur ein Wurf zum Menschen hin, mit menschenähnlichen Gesichtszügen – geistig, seelisch jedoch tiefer stehend als jedes Tier. Im Innern seines Wesens ein grausames Chaos wilder, hemmungsloser Leidenschaften: namenloser Zerstörungswille, primitivste Begierde, unverhüllte Gemeinheit.«

Während er zu mir sprach, musste ich an meinen Freund Raphael aus München denken. Ich kann und will nicht behaupten, dass er dieser Definition auch nur im Geringsten entsprach. Im Gegenteil, Raphael war ein liebenswerter, zuvorkommender jüdischer Junge mit edler Gesinnung, die man unter den anderen Jungs mühsam suchen musste. Während Himmler sprach, erstarrte er immer wieder, so als zitiere er Worte, die nicht seine eigenen waren. Sein Blick wurde starr, und sogar seine Stimme wurde eine andere – härter und metallischer, fernab jeder Sanftheit, die ich sonst von ihm gewohnt bin. Ich frage mich, was diesen Mann dazu treibt, jene bedauernswerten Menschen derart zu verfolgen. Was haben sie ihm angetan? Was besitzen sie, was er nicht hat?

Danach stand er auf, ging zum Bücherregal und nahm ein dickes Werk hervor. Schon von Weitem bemerkte ich den gegenüber anderen Büchern helleren Umschlag. Er legte es in meine Hände, und ich las auf dem Einband:

Adolf Hitler
Mein Kampf

Ich kenne dieses Buch natürlich, das Hitler während seiner Gefangenschaft geschrieben hat, doch was war das Besondere an diesem Exemplar?

Himmler sah mich eindringlich an: »Fühlen Sie dieses Leder, Schneider, wie weich es ist? Es ist nicht so grobkörnig wie Schweineleder.«

Er hielt es mir entgegen, ließ aber nicht los.

Ich strich darüber und sah ihn fragend an. »Rind?«

Er schüttelte grinsend den Kopf und hielt seine Antwort eine Weile zurück. Schließlich sagte er kurz: »Mensch!«

Schnell zog ich meine Hand zurück. Daraufhin ließ er das Buch behutsam, fast ehrfürchtig auf den Tisch gleiten. »Rückenhaut von Dachauer Häftlingen.«

Eine Welle der Übelkeit durchflutete mich, und es hätte nicht viel gefehlt, dass ich mich vor seine Füße erbrochen hätte. Dass ich es nicht getan habe, führe ich auf die beruhigende Wirkung des dauernden Teekonsums zurück. Himmler hingegen nahm das Buch mit einem unmenschlichen Leuchten in den Augen an sich und schob es feierlich ins Regal zurück. Hätte ich auch nur geahnt, was dann kommen würde, hätte ich das Haus sofort unter einem erdachten Vorwand verlassen. Er duzte mich plötzlich und sagte nur kurz: »Komm mit!«

Mechanisch und ohne die Kraft, Nein zu sagen, erhob ich mich von meinem Stuhl und folgte ihm still wie ein Lamm. Wir gingen ins Foyer, stiegen die mit rotem Samt beschlagene Treppe empor und kamen in den obersten Stock. Vor der zweiten Tür auf der rechten Seite im Flur hielt er an, zog einen Schlüssel aus seiner Hosentasche und schloss die Tür auf. Sofort schwappte mir ein eigenartiger, ja fauliger Geruch in die Nase, ähnlich wie jener, der von Verwesung herrührt. Himmler griff zielsicher nach einem

Lichtschalter zur Linken und brachte die Glühbirne an der Decke zum Brennen. Ich blickte mich im Raum langsam um, während ich ihm folgte. Ich fragte mich zunächst, was es in diesem Raum so Erstaunliches gebe, dass es unter Verschluss gehalten werden musste. Ich sah ein Holzregal mit scheinbar uralten schwarzen Büchern darin, merkwürdige Bilder mit sonderbaren, ziegenähnlichen Gestalten sowie einen Tisch mit einem Stuhl davor – das war alles, was ich in der Kürze der Zeit aufnehmen konnte, bevor er mir das zeigte, weswegen wir hierhergekommen waren.

Er zog den Stuhl vom Tisch ab und sagte kein Wort. Mit einem Kopfnicken gab er mir zu verstehen, dass es eben um diesen Stuhl ginge, doch eine starke Kraft in mir hielt mich davon ab, mich darauf zu setzen. Ich betrachtete den Stuhl eingehend und wurde nun gewahr, was das Absonderliche dieser Sitzgelegenheit war: Die Stuhlbeine erwiesen sich, selbst ohne besondere Anatomiekenntnisse, als menschliche Beine auf menschlichen Füßen, und die Sitzfläche war ein menschliches Becken. Mir wurde schwindelig, und ich musste mich am Rahmen des Regals festhalten. Mir wurde schlecht, bevor ich die Eigenarten des Tisches näher betrachten konnte, vermutete aber, dass er aus demselben »Werkstoff« geschreinert war.

Im Augenwinkel bemerkte ich noch, wie Fr. Potthast hinter mir erschien. In ihren Augen das gleiche sonderbare Leuchten wie Himmler. Ich drehte mich um und rannte die Treppe hinunter zur Bibliothek, packte zügig meine Habseligkeiten zusammen, zog eilends meine Jacke an, verabschiedete mich so freundlich, wie es die Umstände zuließen, und flüchtete in die kalte, wohltuende Winterluft hinaus.

Ich begann zu laufen, stoppte abrupt und erbrach mich in eine blattlose Hecke. Ich kniete in dem kalten Schnee und kotzte mir die Abscheu aus dem Leib. Nie wieder werde ich dieses Haus betreten, schwor ich mir. Ich muss weg aus Berlin – egal, alles ist besser als in diese Leichenhalle zurückzukehren.

Richard legte das Buch kurz auf den Tisch und schaute auf. »Oh mein Gott«, stieß er hervor. Er spürte, wie er fröstelte, und ließ sich dann aufs Neue in das Tagebuch hineinziehen.

3. Nov. 1939
Habe mich nach meinem Besuch bei Himmler wieder beruhigt. Alles erscheint so unwirklich, wie geträumt, seit ich wieder in München bin. Hier bekam ich zum Glück endlich neue Bezugsscheine für Textilien. Die Rationen sind so eng bemessen, dass ich mich frage, wie ganze Familien damit auskommen sollen. Für mich reicht es grad so.

9. Nov. 1939
Hitler ist in München. Er hat gestern Abend im Bürgerbräukeller eine flammende Rede gehalten. Bin durch Zufall daran vorbeigekommen und habe mich dank Presseausweis reingeschmuggelt. Hitlers Hände sind mir deutlich aufgefallen. Er benutzt sie wie ein Schauspieler. Er weiß genau, wie man sie einsetzen muss, um die Massen zu begeistern. Habe für einen Moment vergessen, dass ich ein unabhängiger Journalist sein will, und mich in seinen Bann ziehen lassen. Hände und Worte, das sind seine Waffen.

Ich war jedoch zutiefst erschrocken und bin dabei wieder aus meinen Träumen aufgewacht, als er sagte, dass man sich auf einen langen Krieg einstellen müsse. Er rechne mit ungefähr fünf Jahren. Wie soll das deutsche Volk solche Entbehrungen fünf lange Jahre durchhalten?

Hitler war schon gegangen, und ich hielt mich noch in den hinteren Reihen auf, um die Reaktionen der Zuhörer aufzuschnappen, als plötzlich eine gewaltige Detonation den Raum erschütterte. Ein Attentat auf Hitler? Es scheint fast so. Die Tribüne, auf der Hitler gestanden hat, lag in Schutt und Asche. Ein absolutes Durcheinander. Die Leute schrien wild durcheinander. Ich rannte hinaus. Es war nebelig draußen, und ich vermute, Hit-

ler wollte so schnell wie möglich zurück nach Berlin fliegen. Es hat Tote gegeben und eine Unzahl Verletzte. Gut, dass ich so weit hinten gestanden habe, sonst hätte es mich auch erwischt. Teilweise wurden die Leute mit einem Bier in der Hand überrascht. Ich war erstaunt, dass der Rundfunk und die Zensoren dementierten. Wie kann das sein? Ich war doch dabei. Es ist tatsächlich passiert! Moment: Es muss ein Anschlag aus den eigenen Reihen gewesen sein, denn die Versammlung war nicht offiziell angekündigt worden.

18. Nov. 1939
Der deutsche Oberbefehlshaber Johannes Blaskowitz äußerte gegenüber Hitler größte Besorgnis wegen der vielen illegalen Erschießungen in Polen. Gerichtsverfahren gegen SS-Standartenführer wurden aber abgelehnt. Himmlers Macht wird durch solche Angriffe nicht erschüttert.

21. Nov. 1939
Reichsführer SS Himmler hat heute bekannt gegeben, dass der Mann, der ein Attentat auf Hitler verübt hat, gefunden wurde. Es war ein gewisser Georg Elser, 36 Jahre alt. Man sagt, er stünde mit dem britischen Geheimdienst und Otto Strasser, einem ehemaligen Nationalsozialisten, im Bunde, der jetzt als Hitlergegner in Frankreich lebt. Wir haben uns in der Redaktion angeschaut und mussten schmunzeln, denn eine solch abstruse Erklärung scheint einfach zu unglaubwürdig. Nun: Die Propaganda geht mittlerweile ziemlich seltsame Wege. Bin gespannt, wann der Prozess gegen Elser stattfindet. Möchte unbedingt dabei sein.

28. Dez. 1939
Bin wieder in Berlin. Die Redaktion braucht mich hier. Hatte schon lange kein so trostloses Weihnachtsfest mehr wie dieses Jahr. Ich habe gefroren, bekam nur eine schlichte Mahlzeit am

Abend des Vierundzwanzigsten und konnte zu allem Übel vor Weihnachten Gudrun nicht mehr sehen.

Himmler hat die bereits erteilte Genehmigung für Cafés und Bars zurückgenommen. Nun dürfen die Lokale am Silvesterabend doch nicht bis zum nächsten Morgen geöffnet bleiben, sondern müssen um ein Uhr schließen. Außerdem hat er das Volk ermahnt, sich nicht dem unkontrollierten Alkoholgenuss hinzugeben.

31. Dez. 1939
Viele Reden im Rundfunk zu hören. Göring spricht über den Krieg, als würde der nichts kosten außer Mut und Munition, dabei kostet er viele Menschenleben. Manchmal glaube ich, dass dieser Aspekt der Führung völlig gleichgültig ist, obwohl sie mit ihren Worten doch immer das Wohl des deutschen Volkes in den Vordergrund stellt. Ich frage mich, wie lange ich diese sonderbare Form der Propaganda, auch hier beim »Völkischen Beobachter«, mittragen kann.

Richard war gewohnt, diagonal zu lesen, um den Inhalt eines Dokumentes möglichst schnell zu erfassen. Doch jetzt war er bemüht, dass ihm nicht ein einziges Wort entging. Auch wenn hier ausschweifende Absätze über die Kriegsereignisse sich mit Passagen abwechselten, die sein Herz rasen ließen. Das waren Worte, die ihn gefangen nahmen, als hinge sein Leben davon ab.

Er griff sich den nächsten Band, betrachtete flüchtig den Einband: *10. Januar 1940* und las weiter.

10. Jan. 1940
Heute war einer der kältesten Tage, die ich überhaupt in Erinnerung habe. Draußen sind vierzehn Grad unter Null, und ich friere seit Tagen in meiner kleinen Wohnung – so wie die Hälfte

der Bevölkerung. Meine Finger sind steif, wenn ich an der Schreibmaschine sitzen muss, aber mit Handschuhen schaffe ich es nicht. Die meisten Büros, Fabriken und natürlich auch die Wohnungen sind vor allem deshalb kalt, weil es kaum noch Kohle gibt. Die Flüsse und Kanäle, auf denen bisher der Transport gesichert wurde, sind zugefroren. Trotzdem habe ich gestern Menschen auf den Straßen beobachtet, die in Kinderwagen oder auf ihren Schultern Säcke mit Kohlen nach Hause schleppten, um nur irgendwie heizen zu können.

Der Hass gegen das Weltjudentum nimmt von Tag zu Tag zu. Kaum wurde im Radio eine Sendung gebracht, die gegen die Juden hetzt, finden am nächsten Tag Übergriffe bewaffneter SS-Leute gegen sie statt. Mir scheint fast, es geht hier nicht nur um einen politischen Krieg zur Erweiterung der Grenzen, sondern um einen ideologischen, wenn nicht sogar theologischen Kampf. Sind die Juden denn nur Menschen mit andersartigem Blut, oder haben sie auch einen anderen Gott als unser Führer? An dieser Stelle fragt sich, welchen Gott unser Führer überhaupt anbetet?

30. Jan. 1940
Hitlers »Mein Kampf« wurde als Taschenbuch verlegt. Ist für die Truppen an der Front gedacht. Damit erreicht dieses Buch eine Gesamtauflage von sage und schreibe sechs Millionen.

10. März 1940
Heute ist Heldengedenktag. Traunstein brachte einen Artikel im Münchner »Völkischen Beobachter«, den ihm General von Rundstedt diktiert hat. Es heißt wörtlich: »Gewiss denken wir mit großem Ernst an die Toten, doch wir trauern nicht.« Quer über die Titelseite gedruckt steht: »VORWÄRTS ÜBER GRÄBER«. Ich frage mich, wie viel das Schicksal des Einzelnen noch wert ist.

Hitler hielt heute eine große Rede. Vor einer Kulisse aus europäischen Waffen und Geschützen aus allen Kriegen. Er über-

schlug sich mit Gesten, seine Worte klangen beinahe hysterisch im Angesicht dieser Museumsstücke, und glühender Hass funkelte aus seinen Augen. Sie machen mir allmählich Angst, diese Augen. Zu welchen Taten ist dieser Mann fähig? Es stimmt, es ist unser Führer, doch wohin führt er uns eigentlich? Er versprach dem deutschen Volk den größten militärischen Erfolg der ganzen Geschichte. Doch wer denkt an militärischen Erfolg, wenn er friert und Hunger hat?

Noch etwas Wichtiges: Ribbentrop ist im Auftrag Hitlers nach Rom gereist, um sich mit dem Papst zu treffen. Bin gespannt, wie er sich aus der Affäre ziehen will, denn das letzte Konkordat des Papstes wurde von Hitler nicht eingehalten. Hoffe, dass Papst Pius XII. etwas für die baldige Beendigung des Krieges tun kann. Bin zwar kein Katholik, doch dieser Mann scheint weiterhin ein Freund des deutschen Volkes zu sein. Nur weiß ich nicht, ob er ausreichend gegen die für mich offensichtlichen Propagandalügen der Führung gefeit ist. Womit wird ihn Ribbentrop beeindrucken wollen? Gibt es etwas, für das der Papst empfänglich wäre oder womit man sich seine Gunst erkaufen könnte? Nun, ich schätze, dass der Heilige Vater über solche Dinge erhaben ist.

11. März 1940
Es sind nun schon vier Monate vergangen, seit ich bei H. war, und ich bin dankbar und glücklich über die Distanz. Bin nach München gefahren. Brauchte mal wieder bayrische Luft. Als ich in der Redaktion auftauchte, nahm mich Herr Traunstein wie einen Sohn in die Arme, und auch Gudrun freute sich sichtlich, mich wiederzusehen. Bisher war es mir nicht gelungen, über die letzten Ereignisse zu reden, aber gottlob habe ich sie aufgeschrieben. Kein Mensch würde mir glauben, was ich dort in der Villa Himmlers erlebt habe.

Traunstein erzählte mir, dass Himmler schon dreimal angerufen habe. Er wolle demnächst nach München kommen, und ich solle mich für eine sehr interessante Angelegenheit bereithalten. Er habe mein Manuskript gelesen und sei begeistert gewesen.

Wieso nur freue ich mich nicht über seine Begeisterung? Wenn ich an Berlin zurückdenke, erscheint mir alles so unwirklich – und hätte ich es nicht niedergeschrieben, würde ich es wahrscheinlich selbst nicht mehr für möglich halten. Es scheint, als läge über dieser schrecklichen Villa ein dunkler Schatten, und zwar nur über dieser Villa. Nicht über dem Nachbarhaus und nicht über dem angrenzenden Waldstück – nur über Himmlers Villa. Ein Nebel, der durch die Ritzen der Mauern kriecht, in jeden Winkel hinein, und durch die Räume zieht bis hinein in seine Seele.

Immer wenn das Telefon in der Redaktion klingelt – und das tut es oft –, zucke ich zusammen. Ich habe Traunstein gefragt, ob er mich nicht irgendwohin versetzen kann, wo Himmler mich nicht findet. Ja, ich bin mir nun darüber im Klaren: Ich will nicht wieder nach Berlin zurück. Nicht in Himmlers Haus und nicht in seine Nähe. Ich könnte zum Beispiel nach Rom fahren. Seit einem Jahr sitzt Papst Pius XII. nun auf dem Heiligen Stuhl, und ich hätte gern eine Audienz bei ihm. Ich frage mich, wie viel er von den Wirrungen in Deutschland mitbekommt und ob er von den sogenannten Arbeitslagern weiß, in denen selbst kräftige Menschen innerhalb kurzer Zeit ums Leben kommen. Was geht hier in Deutschland vor? Viele jubeln dem Führer zu, andere lassen deprimiert und lethargisch alles über sich ergehen. Wieso bleibt Traunstein, Gudrun und mittlerweile auch mir so oft das Jubeln im Halse stecken? Begreift denn niemand, wessen Geistes Kind unser Führer ist?

Das Zimmer im Dachgeschoss von Himmlers Villa hat mir die Augen geöffnet, und doch kann ich niemandem davon erzählen. Wieso nur habe ich den Eindruck, als übe Himmler eine eigenartige Macht über mich aus, gegen die ich mich nicht wehren kann?

✣ VII ✣

Lea schaute den Mann, der ihr Großvater hätte sein können, konzentriert an. Seine Barthaare kräuselten sich wirr um sein Kinn herum, und einige wenige auf der Wange schienen mehrfach beim Rasieren übersehen worden zu sein, denn sie streckten sich frech und lang hervor, als seien sie etwas Besonderes. Die Nase war bei genauem Hinsehen etwas krumm, und unter den buschigen Brauen fielen vor allem die Augen auf. Diese Augen waren anders als bei anderen Männern seines Alters. Sie funkelten lebendig wie bei einem Zwanzigjährigen und waren offensichtlich weiter begierig, Neues zu entdecken. Smith war tatsächlich ein bedeutender Gelehrter, ein wenig schrullig, wie andere Gelehrte auch, doch seine Erscheinung und seine Ausstrahlung nötigten seinem Gegenüber Respekt ab.

Lea löste sich von ihren Gedanken und erläuterte dem Professor den Stand der Untersuchungen. Sie musste ihm jetzt den größten Widerspruch ihrer Funde präsentieren; und ihr war nicht ganz wohl bei dem Gedanken, eine Sache erklären zu müssen, die man eigentlich gar nicht erklären konnte. Zögerlich begann sie: »Also. Wir haben unsere radiologischen Untersuchungen noch nicht vollständig abgeschlossen. Es soll möglichst bald ein exaktes Computertomogramm vom Schädel des Toten Nr. 3 erfolgen.« Lea ging in Richtung des Kopfes des Toten und erhob ihre Stimme ein wenig. »Aber schauen Sie sich doch bitte einmal die Zähne dieses Mannes an!«

Smith folgte ihr um den OP-Tisch herum. Eine sonderbare Unruhe erfasste ihn. Aufmerksam hörte er den Ausführungen Leas zu.

»Die beiden anderen Skelette weisen ein für die damalige Zeit typisches Abrasionsgebiss auf. Sehen Sie hier! Diesem Mann fehlen bereits die Backenzähne, die anderen sind kariös verfault oder eben abradiert, sprich abgekaut. Der andere hier weist einen noch schlimmeren Zahnbefund auf. Ihm fehlen sogar die Schneidezähne, und er hat nur noch verfaulte Wurzelreste im Seitenzahnbereich. Aber dieser hier«, Lea schritt erneut zu der Leiche mit dem verkürzten Bein, »hat ein absolut perfektes Gebiss, völlig intakt und gepflegt. Ich meine, ich bin kein Zahnarzt, der kommt erst heute Nachmittag, aber schauen Sie sich einmal den unteren Backenzahn an. Das ist meiner Meinung nach ein …« Sie zögerte einen Moment. »… das ist ein Keramikinlay. Und dies hier sieht aus wie eine Vollkeramikkrone.«

Smith' Gesichtsausdruck gab Lea deutlich zu verstehen, dass er sie zumindest in diesem Augenblick für eine Verrückte hielt.

Doch sie fuhr unbeirrt fort: »Ich weiß, was Sie denken. Sie denken, ich spinne. Aber glauben Sie mir: Ich habe erst vor drei Wochen eine Rechnung von meinem Zahnarzt bekommen – für drei Keramikinlays und zwei Kronen.« Lea deutete mit ihrem Finger auf das Gebiss des Toten. »Und die hier sehen, verdammt noch mal, genauso aus wie meine. Ich jedenfalls glaube nicht, dass die zahnärztliche Heilkunst – mal vorsichtig formuliert – so etwas zur Zeit Jesu zu leisten vermochte. Nach meinem Kenntnisstand wurden faule Zähne höchstens herausgerissen, und das war es dann.«

Smith' Gesichtszüge verdunkelten sich. Seine zusammengepressten Lippen bildeten eine schmale Linie, und die Falten auf seiner Stirn erinnerten an verwitterte Felsformationen. »Was soll das, Frau Weizmann? Ich möchte Sie bitten, die Toten mit dem ihnen gebührenden Ernst und Respekt zu behandeln. Wir haben es hier vermutlich mit einem erstklassigen Fund aus der Zeit Jesu Christi zu tun, und Sie machen Witze über Keramikplomben und dergleichen.«

»Füllungen«, widersprach sie ihm. »Zahnärzte sagen Füllungen und nicht mehr Plomben. Das Wort ›Plomben‹ stammt noch aus der Zeit, in der Amalgam als Füllungsmaterial verwendet wurde.« Sie hob den Finger triumphierend. »Ich habe mich schlaugemacht.«

Leas mit einem heiteren Unterton versehene Ausführungen ließen den Professor unbeeindruckt. Im Gegenteil, seine Stimme klang jetzt verärgert. »Genug davon. Was wollen Sie mir hier weismachen? Ich habe immer mehr das Gefühl, Sie wollen mich einfach nur auf den Arm nehmen.«

»Ich kann ja verstehen, dass Ihnen das nicht gefällt, wenn bei einer 2000 Jahre alten Leiche moderne Füllungsmaterialien gefunden werden, aber Sie können die Tatsachen genauso wenig ignorieren wie ich. Außerdem ist ja noch gar nichts bewiesen.« Lea sah auf die Uhr. »In einer Stunde müsste Dr. Gatziani hier sein, und dann wissen wir mehr. Dr. Gatziani ist ein sehr bekannter Zahnarzt in Tel Aviv, der nach modernsten Richtlinien behandelt, mit ausgezeichneten Referenzen. Er hat mir übrigens auch meine ...«

Smith wehrte mit erhobener Hand ab. »Ich weiß schon, ... Ihre Plomben erneuert. Es wäre besser, wenn wir uns wieder den Toten zuwenden könnten.«

Der Professor verließ den spiegelblanken Seziertisch, auf dem der eigenartige Leichenfund auf seine nähere Untersuchung wartete. Als wolle er seine Augen vor den Dingen verschließen, die es nicht geben konnte, warf er das sterile Abdecktuch über das eigenartige Skelett und wandte sich den anderen beiden Leichen zu. *Nur für einen Augenblick sicheres Terrain betreten.*

Er richtete seinen Blick auf die durchlöcherten Fersenbeine der Toten und atmete einmal tief durch. Sein erhöhter Puls hatte sich wieder beruhigt, und so fragte er, während er den Blick auf das Skelett Nr. 2 gerichtet hielt: »Wurden noch weitere Dinge in der Höhle gefunden? Vor allem: Wann können Sie mir die Höhle zeigen? Ist sie noch zugänglich? Wird sie bewacht?«

»Welche Frage zuerst, Herr Professor?«

»Die erste bitte«, antwortete Smith hastig. Der Fall war beunruhigend, denn es taten sich Ungereimtheiten auf, die er so nicht erwartet hatte.

Lea begann und faltete die Hände dabei. »Die Höhle war annähernd quadratisch, ziemlich genau vier Quadratmeter groß und etwa ein Meter fünfzig hoch. Sie ist nicht so sorgfältig ausgehoben wie vergleichbare Grabstätten, die wir aus der Zeit kennen. Die Wände sind nur grob bearbeitet worden, das heißt, es fehlen die typischen, liebevollen Details, die die Hinterbliebenen den Toten normalerweise aus Respekt zugedacht haben. Wir fanden noch einige meiner Meinung nach unbedeutende Tonsplitter, einige Fetzen minderwertiger Kleidung, die der Tote Nr. 3 am Leibe trug, und die Leinentücher, mit denen die zwei anderen Männer bedeckt waren.«

»Kein Schmuck oder Ähnliches? Haben Sie alles genau abgesucht?«

Lea nickte.

»Haben Sie auch einen Metalldetektor verwendet?«

Lea zögerte und musste sich beschämt eingestehen, dass sie diese Routineuntersuchung noch nicht gemacht hatte.

»Wir – äh, hatten noch nicht die Gelegenheit dazu«, log sie. »Wir wollten damit warten, bis *Sie* eingetroffen sind.« Ein leises Schnaufen deutete an, wie schwer es ihr gefallen war, den Professor anzulügen. »Ich werde mich umgehend um das Gerät bemühen.« Smith nickte stumm und hielt die Augen auf die kalten Bodenfliesen gesenkt.

»Weiter!«, forderte Smith. Man spürte deutlich seine Ungeduld.

»Die Höhle war mit einem Rollstein verschlossen. In jede Wand war eine Nische gehauen worden, in die die Toten so hineingeschoben werden konnten, dass sie wie auf einer Bank lagen.«

»Ein klassisches Bankgrab also.«

»Zum größten Teil, ja. Eine der Leichen lag in einer Vertiefung, ähnlich wie bei einem Troggrab, doch wir gehen davon aus, dass diese Mulde im Laufe der Jahrhunderte durch ein Absinken des weichen Gesteins entstanden ist.«

»Was ist Ihnen noch aufgefallen? Gab es irgendwelche Besonderheiten an den Wänden? Eingravierte Namen? Holztafeln oder Gegenstände, die den Toten mitgegeben wurden?«

»Nein, nichts dergleichen. Merkwürdig war nur, dass der Charakter der Beisetzung dieser drei Toten völlig verschieden gewesen sein muss. Zum Beispiel war der erste Tote, der auf der linken Seite lag, in ein Leinentuch von guter Qualität eingewickelt. Es wurden Spuren von Ölen darin gefunden. Der zweite dagegen war nur mit einem sehr einfachen Tuch bedeckt, als wolle man ihm auch im Tod keinen besonderen Respekt und Komfort angedeihen lassen. Der dritte schließlich, der rechts vom Eingang in einer Nische lag, war gar nicht bedeckt, sondern trug eine Art leinenes Gewand einfacher, grober Machart, ähnlich dem, das Sklaven und Bauern vor zweitausend Jahren getragen haben.«

Smith sah sie grübelnd an.

»Also. Was wissen wir bisher?«, murmelte er leise vor sich hin. Es war keine wirkliche Frage, sondern eher die Art von

Monolog, die Smith zum Nachdenken brauchte. »Die beiden Männer hier sind definitiv keines natürlichen Todes gestorben. Erinnern Sie sich noch an den Toten, der 1968 in Giv'at ha-Mivtar gefunden wurde?«

Lea nickte und dachte nach. Natürlich war ihr die Praxis der Kreuzigung geläufig, doch sie hatte dieses brutale Thema im Studium gemieden, wo sie nur konnte. Darum war es auch nicht gerade zu einem ihrer Fachgebiete geworden, und sie stellte sich wieder auf sehr detaillierte Ausführungen des Professors ein.

Smith lachte kurz auf und schüttelte den Kopf. »Ich kann mich noch gut erinnern. Ich war damals gerade dreiunddreißig geworden. Und nicht weit von hier, im Nordosten Jerusalems, wurde dieser für damalige Verhältnisse einzigartige Fund gemacht. Für mich war dieser Fund auch persönlich von besonderer Bedeutung, weil er zum ersten Mal bewies, dass die Annagelung von Menschen ans Kreuz eine tatsächlich praktizierte Kreuzigungsmethode darstellte. Die Bibel berichtet natürlich davon, doch außerhalb der Bibel gibt es nur noch einige wenige Schriften von Flavius Josephus, dem jüdischen Geschichtsschreiber, und von Tacitus, dem römischen Historiker, die eine solche Hinrichtungsart erwähnen. Hier jedoch hatte man endlich einen Toten gefunden, der noch Reste des Nagels in seinem Fersenbein trug. Sie erinnern sich doch, oder?«

»Natürlich. Ganz genau. Reste des Nagels.« Lea nickte eifrig und schmunzelte.

Smith hob seinen Kopf und blickte in die Ferne. »Johannes hieß er. Auf seiner Gebeinkiste, dem Ossuar, stand tatsächlich sein Name: J'hochanan. Er war etwa 24–28 Jahre alt, ziemlich genau 1,67 Meter groß und wurde zwischen dem Jahre 6 und 65 nach Christus gekreuzigt. Genauer ließ sich das damals noch nicht datieren. Das Besondere bei diesem Fund war, dass der Nagel offensichtlich durch die beiden übereinandergelegten Fersenbeine getrieben wurde, also nicht so, wie es meist auf Bildern von der Kreuzigung Jesu dargestellt wird, dass jeder Fuß mit je einem Nagel angebracht wurde.«

»Ich weiß«, bestätigte Lea. »Ich habe von diesem Fall im Studium gelesen, und ich dachte damals, dass demnach die landläufigen religiösen Darstellungen alle falsch sind.« Smith grinste verschmitzt. »Das kann man so nicht sagen. Man darf das Ganze jedenfalls nicht so dogmatisch betrachten. Ich sag mal so: Vielleicht war für diesen Johannes ja gerade kein zweiter Nagel zur Hand! Vielleicht hatte man die Nägel schon für andere Delinquenten verbraucht.«

Lea war überrascht über diese recht unwissenschaftliche Aussage, doch Smith fuhr fort. »Sehen Sie, es ist doch so: Die Römer waren zu jener Zeit ein ziemlich grausames Volk, und sie haben die Juden gehasst. Also haben sie ihrer Mordlust freien Lauf gelassen und innerhalb der Tötungsmethode ›Kreuzigung‹ alle nur erdenklichen sadistischen Varianten eingebaut. Sowohl in Bezug auf das Anbringen der Leichen an das Holz als auch in Bezug auf die Körperhaltung und so weiter …«

In diesem Augenblick klopfte es an der Tür, und ein gut aussehender Mann in den Fünfzigern erschien im Untersuchungsraum. Er trug bereits einen OP-Mantel, hatte aber die Haube, die sterilen Handschuhe und den Mundschutz noch nicht übergestreift.

»Ich wollte Sie erst begrüßen, bevor ich mich vermumme«, sagte er und hielt den Mundschutz lachend in die Höhe. »Einer Ihrer Assistenten war so nett, mich schon einmal einzukleiden.«

»Hallo, Dr. Gatziani, wie geht es Ihnen?« Lea streckte ihrem Zahnarzt die Hand entgegen, und es entging Smith nicht, mit welchem Blick der Dentist die Begrüßung seiner Patientin erwiderte.

»Danke, gut. Und wie geht es Ihnen und meinen Inlays?«

»Mittlerweile sind es meine Inlays«, scherzte Lea. »Ich habe gestern den Betrag überwiesen. Also: Meinen Inlays geht es sehr gut.« Dann wandte sich der Zahnarzt dem älteren Herrn zu und streckte ihm die rechte Hand entgegen. »Gatziani. Dr. Avi Gatziani. Zahnarzt in Tel Aviv.«

»Angenehm, Smith. Professor für Archäologie und Anthropologie.«

Gatziani hob anerkennend die Augenbrauen und blickte abwechselnd in die Augen von Lea und Smith. »Was kann ich für Sie tun?«, fragte er gewohnheitsmäßig, als hätte er einen Patienten vor sich, dem er sich nun widmen wollte. Smith wählte seine Worte sorgfältig, denn er war von Natur aus misstrauisch und wollte von seinem, genauer gesagt von Frau Weizmanns Fund noch nicht zu viel preisgeben. Also griff er, wie zuvor mit Lea abgesprochen, zu einer kleinen Notlüge. Er schritt zu dem Toten Nr. 3 und deckte ihn wieder auf. »Wir haben hier das Skelett eines Mannes und müssen in Zusammenarbeit mit der gerichtsmedizinischen Abteilung die Identität des Toten ausfindig machen.«

Gatziani nickte. »Forensik, ich verstehe.«

»Vielleicht werden wir den Zahnbefund auch in Ihrer Fachzeitschrift veröffentlichen, um herauszufinden, ob der Tote möglicherweise Patient in Israel gewesen ist. Zunächst einmal, und dafür haben wir Sie hierher gebeten, geht es aber um eine professionelle Begutachtung des Zahnbefundes. Die Auswertung des CTs und der anderen Röntgenbilder, die in der Universität angefertigt wurden, müssten auch jeden Moment hier eintreffen.«

Gatziani band sich geschickt den Mundschutz um. Dann ließ er seine beharrten Hände in die sterilen Handschuhe gleiten und setzte sich eine Lupenbrille auf, die er auch während seiner Arbeit an lebenden Objekten zu tragen pflegte. Schließlich nahm er auf einem Stuhl in Kopfhöhe des zu begutachtenden Toten Platz und schaute mit sechsfacher Vergrößerung auf die Zähne. Ein Diktiergerät stand neben ihm auf dem Seziertisch und gab durch leise Spulgeräusche zu verstehen, dass es bereit war, seine Worte aufzuzeichnen. Dr. Gatziani begann die Befundaufnahme: »Erster Quadrant: Zahn 18 fehlt, 16 Krone, 14 und 15 Keramikinlays.

Zweiter Quadrant: 25 fehlt, die Lücke ist minimal verengt; 26 und 27 Kronen.«

Der Unterkiefer des Toten lag neben dem Schädel, und die Betrachtung der Zähne verlangten dem Zahnarzt daher keinerlei Verrenkungen ab.

»Dritter Quadrant: 35 und 36 Keramikinlays, 36 genauer gesagt eine Teilkrone aus Vollkeramik. Zahn 38 fehlt. Vierter Quadrant: alle Zähne ohne Befund, jedoch Zahn 48 fehlt.« Damit endeten seine Ausführungen, und er kratzte noch eine Weile mit der Sonde auf den Zahnoberflächen herum.

»Nun, was sagen Sie zu seinen Zähnen?«, forderte Smith den Zahnarzt auf.

Ohne aufzublicken und seine Begutachtung zu unterbrechen, antwortete Dr. Gatziani. »Tja, ich würde sagen, dieser Mann hat eine ausgezeichnete Zahnsanierung genossen. Ich hätte es nicht besser machen können.« Gatziani blickte über den Rand der Lupenbrille hinweg und sah den Professor an. »Kommen Sie. Schauen Sie ruhig über meine Schulter.«

Smith stellte sich hinter Gatziani. »Sehen Sie: Er hat drei Keramikinlays, eine Teilkrone und drei Vollkeramikkronen. Die Farben der prothetischen Versorgung sind nahezu perfekt gelungen, und ich kann die Kronen nur an den oberhalb liegenden Rändern erkennen. Radiologisch werden wir sie natürlich auch erkennen, weil der Zement, mit dem die Kronen eingesetzt werden, röntgensichtbar ist und als feiner Streifen um die Zahnstümpfe erscheint. Auch die Keramikmasse hat eine andere Röntgendichte als menschlicher Zahnschmelz.«

»Was bedeutet dieses 18 oder 35?«, fragte Smith. Er verstand zwar eine Menge von Archäologie, doch die Kenntnis der Zahnmedizin mit ihren vielfältigen Behandlungsmöglichkeiten mied er aus übergroßer Furcht vor eigenen Zahnbehandlungen.

Gatziani lachte. »Nun, es ist so. Man teilt das Gebiss in vier Quadranten ein. Hier! Oben rechts ist der erste Quadrant, oben links der zweite Quadrant und so weiter. Dann zählt man von der Mitte aus los. Schauen Sie. An dem vierten und dem fünften Zahn von der Mitte aus gezählt, lassen sich feine Übergänge der Keramikfüllungen zu der übrigen Zahnsubstanz sehen und ertasten.« Die Sonde kratzte so über die Zahnoberfläche, dass Smith eine Gänsehaut bekam. Gatziani fuhr fort: »Die drei Weisheitszähne wurden ihm wahrscheinlich schon entfernt, oder sie liegen noch irgendwo im Kiefer verlagert. Auch das werden die Röntgenbilder offenbaren. Ungefähr hier müssten sie sich dann befinden.« Der Doktor zeigte mit der Sonde auf die Stelle hinter dem letzten Zahn, wo er die Weisheitszähne vermutete.

Smith unterbrach Gatziani. »Würden Sie sagen, dass dieser Mann eine *moderne* Zahnbehandlung gehabt hat? Genauer gesagt: Seit wann gibt es diese … diese Inlays?«

»Nun, Keramikinlays gibt es schon bestimmt zwölf, höchstens aber fünfzehn Jahre. Allerdings: Diese hier sind perfekt gemacht. Man sieht kaum Übergänge zum gesunden Zahn. Wenn Sie mich fragen, ist diese Arbeit höchstens drei Jahre alt. Außerdem ist so gut wie kein Zahnstein an den Zähnen zu sehen. Entweder hat der Mann die Zähne immer super gepflegt, oder eine Zahnbehandlung und eine professionelle Zahnreinigung wurden erst vor Kurzem durchgeführt.«

Der Professor verstummte und schaute Lea an. Auch sie hatte nicht damit gerechnet, eine derart exakte Diagnose zu bekommen. Die Gedanken des Professors kreisten um die eine, alles entscheidende Frage: *Was hat ein Toter mit einem perfekt sanierten Gebiss aus dem einundzwanzigsten Jahrhundert in einem 2000 Jahre alten Grab zu suchen? Jemand musste ihn erst kürzlich dort hineingelegt haben. Eine andere Möglichkeit gab es nicht. Doch warum? Und wer war dieser unbekannte Fremde? Es macht alles keinen Sinn.*

✣ ✣ ✣

Nachdem Schneider sich in der Küche etwas Essbares besorgt hatte, ging er ins Wohnzimmer zurück. Für ihn gab es nichts Wichtigeres mehr, als diese Bücher zu lesen. Gelegentlich trug er sich mit dem Gedanken, im Krankenhaus anzurufen, um zu fragen, wie es seinem Vater gehe, doch diese Aufzeichnungen besaßen eine magische Anziehungskraft. Die Bücher luden ihn ein, sich mit allen Sinnen in die Bedeutsamkeit der Geschichte zu vertiefen, Nachrichten aus erster Hand zu lesen und überdies seinen Vater erstmals richtig kennenzulernen. Der eine Vater, der, den er kannte, lag auf der Intensivstation, vergreist, geschwächt und dem Tode nahe. Der andere Vater, der, den er gerade kennenlernte, erzählte von seinen Erlebnissen als junger Mann und war voller Tatendrang und Leben.

Er nahm einen Schluck Bier und griff nach dem nächsten Band.

9. April 1940
Musste auf dringende Anweisung der Redaktion zurück nach Berlin. Deutsche Truppen sind ohne Kriegserklärung in Dänemark und Norwegen einmarschiert. Wie ich hörte, geht es in ers-

ter Linie um die Sicherstellung der Eisenerzlieferungen, ohne die ein Krieg nicht weitergehen könnte. Ribbentrop lässt offiziell verlauten, dass man diese Länder nur schützen wolle. Niemand spricht es laut aus, doch diese Aussage erscheint wie Hohn.

19. April 1940
Wir wurden von ganz oben angehalten, das deutsche Volk nicht länger mit beunruhigenden Gerüchten zu plagen. Nur die angenehmen und siegreichen Aspekte des Krieges gehören in den »Völkischen Beobachter«. Die ganze Berichterstattung ist mittlerweile in der Hand der Führung. Unsere Pressefreiheit ist dahin, zumindest drastisch beschnitten. Ein einziges Wort gegen das Regime, und man ist draußen. Kürzlich wurden zwei Redakteure für ihre angebliche Impertinenz sogar erschossen. Das muss man sich mal vorstellen!

Ich mache mir vor allem Sorgen um Traunstein. Wenn er so weitermacht, redet er sich noch um Kopf und Kragen. Ich frage mich, wie er das Leben seiner Familie derart aufs Spiel setzen kann. Courage hat er ja, das muss man ihm lassen. Trotzdem finde ich es dumm, so öffentlich seine Meinung zu sagen. Was man denkt, ist eine Sache. Was man sagt, eine andere. Ich bin lieber Diplomat und halte den Mund. Man muss ja alles nicht ausposaunen, was man weiß und denkt. Dennoch war ich heute erstaunt, dass ich am Vorabend des Geburtstags des Führers nur maximal fünfzig Leute vor der Reichskanzlei gesehen habe. Früher waren es mehrere Tausend.

10. Mai 1940
Die Deutschen sind bei Morgengrauen in Holland und Luxemburg einmarschiert. Die Maas wurde überquert und Maastricht eingenommen. Danach wurde Belgien betreten. Nach Hitlers Aussage wurden die neutralen Länder nur eingenommen, um denselben Schritt seitens der Alliierten zu verhindern. Ich frage

mich, welcher Deutsche das glauben soll. Goebbels Propaganda läuft auf Hochtouren. Die Redaktion wurde strengstens angehalten, sich an die Vorgaben zu halten, die die Zensoren ihnen eintrichtern. Es macht allmählich keine Freude mehr, deutscher Journalist zu sein, und ich glaube, Traunstein sieht das noch wesentlich dramatischer als ich. Was geschieht mit mir, wenn Traunstein seinen Hut nimmt oder gar entlassen wird? Muss ihn sofort sprechen, sobald ich wieder in München bin. Habe Sehnsucht nach Gudrun. Schätze, ich habe viel falsch gemacht. Was bin ich doch bloß für ein Idiot. Ich halte mich für wahrheitsliebend, doch ihr gegenüber bringe ich sie nicht raus. Die einfache Wahrheit, dass ich sie liebe.

14. Juni 1940
Das Oberkommando der Wehrmacht hat folgende Stellungnahme abgegeben: Paris ist in deutsche Hände gefallen. Hakenkreuze wehen im ganzen Land. Die französische Regierung hat sich zur Kapitulation bereiterklärt.

17. Juni 1940
Die Reaktionen der Deutschen auf Hitlers Errungenschaften beginnen sich zu wandeln. Natürlich wollen wir alle Frieden, doch zugegebenermaßen gilt er als der größte Imperator. Auf allen Plätzen und Straßen kam es heute zu lauten Freudenkundgebungen. Die Begeisterung kannte keine Grenzen.

Wurde erneut von zwei Adjutanten Himmlers abgeholt. Es schien, als hätte ich keine Wahl, als mitzukommen. Wie soll ich mich auch gegen einen Mann wie Heinrich Himmler stellen? Also fügte ich mich und verhielt mich diplomatisch. Bei ihm angekommen, erwähnte er mit keiner Silbe, dass wir uns vier Monate nicht gesehen haben. Er verhielt sich, als habe mein Erlebnis in seinem kleinen, obskuren Museum nie stattgefunden. Und: Ich werde bestimmt auch in Zukunft nicht darauf zu sprechen kommen.

Ich habe das Gefühl, dass er es sogar schaffen würde, alles so darzustellen, als sei es das Normalste von der Welt, Tische und Stühle aus Gebeinen von Juden herzustellen. Er legte dieselbe Freundlichkeit an den Tag wie immer und war überaus um gute Stimmung bemüht, um das Eis zwischen uns zum Schmelzen zu bringen. Er schwärmte von meinem Buch, erwähnte die eine oder andere Passage, nein, er zitierte sogar frei eine ganze Seite daraus, die Stelle, an der Siegmund aufgrund der Kraft des Speeres die ganze Streitmacht zum Sieg führt. Dann machte er eine bedeutungsvolle Pause und sagte mit eindringlicher Stimme: »Das Besondere an dieser sagenhaften Macht ist, dass es sie wirklich gibt.«

Zunächst wusste ich nicht, was er meinte, und entgegnete verwirrt. »Welche Macht?« Er kam ganz dicht an mich heran. »Die Macht eines solchen Speeres, einer Lanze. Einer ganz besonderen Lanze!« fügte er hastig hinzu. »Ich hatte sie doch schon einmal erwähnt, oder nicht?«

Mein Blick verriet ihm, dass ich immer noch nicht begriffen hatte, und so fasste er mich wieder freundschaftlich am Arm und führte mich zu dem Tisch, an dem wir uns schon mehrere Male gegenübersaßen. Sein Atem ging schnell, und ich bemerkte einen fauligen Geruch in der Luft.

Dann plötzlich duzte er mich wieder. »Ein solcher Speer, wie du ihn in deinem Roman beschreibst, ist nicht nur eine Erfindung deines phantasiebegabten Geistes, sondern eine historisch belegte Tatsache.«

Ich zückte, meiner Gewohnheit folgend, meinen Block, um keines seiner Worte zu verlieren, und ich gestehe, dass sie mich tatsächlich gefangen nahmen. Es schmeichelte meiner Eitelkeit, dass er meinen Roman so sehr mochte. Als er mir seine Auffassung über die Mystik jener Lanze, von der er sprach, näherbringen wollte, wurde er plötzlich sehr lebendig. Ja, der sonst so phlegmatische Beamte wurde derart lebendig, als referiere er über die

Erlösung der gesamten Menschheit und deren Schlüssel dazu. Er berichtete tatsächlich von einer Begebenheit aus der Bibel, ja, er zitierte sogar ganze Passagen daraus. Mit Leidenschaft beschrieb er, wie Jesus von Nazareth gegeißelt wurde, sein Kreuz zur Hinrichtungsstelle schleppen musste und anschließend daran genagelt wurde.

Himmler erzählte immer aufgeregter und kam schließlich zu einer Stelle, die ihn mit wahrer Euphorie erfüllte: dem Zeitpunkt, als ein römischer Soldat mit einer Lanze in die Seite Jesu stach, um dessen Tod zu überprüfen. Dieser Hauptmann habe ehrfürchtig vor dem Kreuz gestanden und das Instrument fest umschlossen gehalten, mit dessen Hilfe er Blut und Wasser aus dem Leib Jesu auf seine Hände hatte fließen lassen. Dieser Mann, der nach den Überlieferungen Longinus geheißen haben soll, sei wie verwandelt fortgegangen, habe seine mit dem Blut Jesu benetzten Hände betrachtet und die Lanze zu Boden fallen lassen. Und nun wurde er ganz theatralisch: Jeder, der danach diese Lanze in seinen Händen gehalten habe, sei mit einer übernatürlichen Macht ausgestattet worden: »So zumindest berichtet es die Legende.«

In der darauf folgenden Stunde ließ Himmler keine Sekunde aus, um über die Lanze des Longinus zu referieren. Er beschrieb sehr ausführlich den Weg der Lanze durch die Geschichte und betonte, dass schon Heinrich I., dessen Reinkarnation er selbst sei, sie besessen habe. Man stelle sich vor. Himmler hält sich für den wiedererstandenen Heinrich I.

»Und wir«, fügte er schließlich mit großen Gesten hinzu und schlug dabei sogar mit der Faust auf den Tisch, »sind im Besitz eben dieser Lanze.«

Mir war natürlich bekannt, dass Hitler, als er Österreich annektierte, die Reichskleinodien an sich genommen hatte. Aber mir war nicht bewusst, wie viel Aufhebens dabei um diese Lanze gemacht worden war. Bereits am 12. März 39 waren Hitler und

Heydrich in Wien gelandet. Die Exekutive und das Österreichische Bundesheer waren zu diesem Zeitpunkt schon von nationalsozialistischen Kräften durchsetzt gewesen, und das hieß vor allem: Gegner des Regimes wurden in sogenannte »Schutzhaft« genommen.

Die Führung der NSDAP-Österreich hatte sich den »Anschluss« so allerdings nicht vorgestellt. Eher hatte man eine Art Teilsouveränität im Sinn gehabt. Das euphorische Jubeln der Österreicher veranlasste den Führer aber, den kompletten Anschluss an das Deutsche Reich zu vollziehen. Gauleiter Bürckel wurde dann beauftragt, die »Abstimmung« am 20. April zu organisieren. Das Resultat: Über 99 Prozent stimmten für Hitler. Wie konnte es anders sein? Tausende politische Gegner waren unter tatkräftiger Beteiligung der österreichischen Exekutive bereits vorher verhaftet worden. Und als Hitler Wien wieder verließ, nahm er die Reichskleinodien mit sich.

Himmler fuhr fort, und er legte großes Gewicht in seine Worte: »Mein lieber Karl, diese Lanze aus Wien ist noch aus einem weiteren Grund bemerkenswert. In ihr ist ein Nagel eingearbeitet. Nicht irgendein Nagel, sondern der Nagel, mit dem Jesus am Kreuz angenagelt war.« Himmlers Augen leuchteten wie irre, und er war wohl fest davon überzeugt, dass seine Worte der Wahrheit entsprachen. Dann sagte er noch. »Begreifst du? Alles, was mit dem Blut Jesu in Berührung gekommen ist, besitzt unaussprechliche Macht. Das, mein Lieber, ist wahre Magie! Jeder, der diese Lanze besessen hat, verfügte über diese Macht. Sie rettet aus Bedrängnis, sie verhilft zu großem Wohlstand und Reichtum! Sie wendet dein Schicksal, wie schlimm es auch scheint, und sie bringt großen Segen über dein Leben! Sie ist der Retter in der Not … Und eines Tages … eines Tages werde ich sie besitzen.«

Himmler stand von seinem Stuhl auf, wischte sich den Mundwinkel ab und blickte in die Ferne. Seine Haltung wurde *wieder starr, und seine Stimme bekam wieder diesen ungewöhnlich metallischen Klang, als er sagte: »Wenn ich in Kürze die Menschheit führen werde, dann weißt du, wessen Macht in mir ruht, und du wirst verstehen, dass alles so kommen musste. Und deshalb …« Er drehte sich blitzartig zu mir um, stützte sich mit beiden Händen auf dem Tisch auf und blickte mir hypnotisch in die Augen, »… wirst du meine Biografie schreiben, Karl Wilhelm, und meinem Volk zugänglich machen! Hast du mich verstanden?«*

Ich nickte nur stumm und spürte, wie mein Herz in der Brust raste. Da war es wieder, dieses Gefühl der Fremdherrschaft, gegen das ich nichts unternehmen konnte. Aber da war noch mehr, was mich in meinem Inneren ergriff: Mich interessierte diese Lanze. Sie stachelte meine Phantasie an, die ich so gern auslebe, wenn ich Bücher schreibe. Es ist schon eigenartig, wie sich die Dinge fügen. Ich fühlte mich plötzlich als Prophet, als Visionär. Der zweitmächtigste Mann im Land veredelt mein Manuskript in seinen Träumen und will es in die Wirklichkeit umsetzen. Ich muss gestehen, dass mich ein gewisser Stolz erfüllt. Vielleicht hat Himmler Recht, wenn er sagt, dass wir vom selben Schlag sind. Vielleicht ist er doch nicht so ein verschrobener Kerl, wie ich noch vor einigen Monaten dachte.

Richard Schneider spürte, dass sich etwas in seinem Leben veränderte. Die Lektüre dieser Tagebücher verwirrte ihn. Sein Zustand glich mehr und mehr dem eines verstörten Menschen, dem man sanft, aber zielgerichtet den Boden unter den Füßen wegzuziehen versucht. Es war, als striche man die Wände eines Raumes, der vorher weiß oder zumindest grau war, nun schwarz. Das aber nicht mit einem Mal, sondern langsam und unauffällig. Jede Nacht wurde dem weißen Farbtopf etwas mehr schwarz hinzugefügt, bis nach dreißig Tagen die Wände endgültig schwarz waren und niemand mehr den Unterschied zu früheren Tagen bemerkte.

So erging es Schneider. Seine Gedanken kreisten nur noch um seinen Vater und dessen Erlebnisse. Jahrelang hatte er nichts von seinem alten Herrn gehört, und nun überrollte ihn eine Lawine väterlicher Erzählungen. Die Zeit schien aus den Fugen zu geraten, weil Wirklichkeit und Phantasie sich zusehends vermischten.

Nachdem Richard sich nun für einige Tage in seinem Haus verschanzt hatte, beschloss er, endlich im Krankenhaus anzurufen, um sich nach seinem Vater zu erkundigen. Es ließ sich mit Dr. Bergau verbinden, der sich offenbar sehr wunderte, dass er erst jetzt etwas von Schneider hörte.

Ja, es ginge seinem Vater besser, sagte der Arzt. Sein Zustand habe sich etwas stabilisiert, doch man wolle ihn vorsichtshalber noch auf der Intensivstation lassen. Danach machte sich Schneider auf den Weg in seine Firma. Es war für ihn wie ein Auftauchen aus einer Unterwelt, und er bemühte sich, die gewohnte Routine aufkommen zu lassen. Es kam aber ganz anders.

Er öffnete die Tür zum Großraumbüro und ging durch die Vorhalle. Sofort hielten die Angestellten in ihren Gesprächen und Tätigkeiten inne. Alle Blicke waren auf ihn gerichtet, denn für sie, die sie Schneider schon seit Tagen nicht mehr gesehen hatten, war die Veränderung ihres Chefs deutlich sichtbar. Seine Krawatte hing schief, und der oberste Knopf seines Hemdes stand offen. Das Gesicht war fahl, die Wangen eingefallen und unrasiert, und seine Augen waren blutunterlaufen und trüb.

Blome drückte sich an den Mitarbeitern vorbei. »Was ist denn mit dir passiert? Geht es dir nicht gut?«

Er griff Schneider an der Schulter, als wolle er ihn wach rütteln. »Es ist wegen deines Vaters, habe ich Recht? Hey, wir kriegen das hier schon in den Griff. Ruh dich aus und leg dich ins Bett. Ganz ehrlich. Du siehst furchtbar aus.«

Schneider ging das Mitleid auf die Nerven. »Kannst du mal für einen kleinen Moment deine Klappe halten?«

Blome verstummte augenblicklich.

»Kennst du dich mit Reliquien aus?«

Blome legte seinen Kopf schief und sah Schneider von der Seite an. *Ist er jetzt völlig verrückt geworden*? »Nein, absolut nicht. Ich habe nichts mit Religion am Hut, das weißt du doch. Was soll das?«

»Ich brauche dringend Informationen über eine sogenannte ›Heilige Lanze‹. Die Lanze, mit der Jesus erstochen wurde oder so ähnlich.«

»Hör zu, Richard. Ich weiß nicht, auf welchem Höllentrip du gerade bist, aber ich rate dir, schnell wieder runterzukommen. Wir haben hier in der Firma wahrlich andere Sorgen als eine ominöse uralte Lanze.«

»Gerd, es ist mir todernst. Ich will alles über eine Lanze oder einen Speer wissen, den angeblich ein gewisser Longinus besessen hat. Er hat damit Jesus in den Bauch gestochen, und genau diese Lanze ist in den folgenden Jahrhunderten zu einem Instrument unglaublicher Macht geworden.«

»In Ordnung, Richard«, stöhnte Blome und wehrte gestikulierend ab. »Ich kümmere mich auch noch darum. Ich weiß zwar nicht, wieso dieses Ding für dich auf einmal so wichtig ist, aber ich werde Ralf mit der Recherche im Internet beauftragen.«

»Sehr gut. Ralf ist gut. Ist der nicht sogar katholisch? Ich glaube, er ist katholisch. Das ist gut.«

»Richard, bist du wirklich in Ordnung? Du klingst, als seiest du nicht mehr ganz in dieser Welt?«

»Nein, Karl. Es geht mir gut. Glaub mir. Es sind diese verfluchten Tagebücher, die mich ganz verrückt machen.

Ein Leben lang habe ich meinen Vater für den Inbegriff eines spießigen Verlierers gehalten, und nun stelle ich nach fünfzig Jahren fest, dass er mal ganz nah am Zentrum der Macht war. Er war mit Himmler befreundet, stell dir das vor? Mit Heinrich Himmler, dem wichtigsten Mann neben Hitler.«

»Und was hat das mit dieser Lanze zu tun?«, fragte Blome mit zunehmendem Interesse.

Schneider rieb sich am Kinn. »Das weiß ich noch nicht genau. Ich habe das Gefühl, als sei ich einer ganz heißen Sache auf der Spur. Etwas, das uns in unserer Misere vielleicht weiterhelfen könnte. Das Einzige, was ich an der ganzen Sache sehr merkwürdig finde, ist, dass mein Vater, als ich ihn im Krankenhaus besucht habe, völlig irres Zeug geredet hat. Von einer geheimen Bruderschaft, die mich besuchen wird, und so einen Blödsinn.«

Blome schüttelte den Kopf. »Verrenn dich bitte nicht, Richard. Wir kämpfen hier ums Überleben. Vergiss das nicht! Ach übrigens. Vorhin hat ein Jack Lennigan angerufen. Ein Ami oder Ire oder so. Wollte dich sprechen. Komischer Vogel, wenn du mich fragst.«

»Hat er gesagt, was er von mir will?« Schneider erinnerte sich an die Worte seines Vaters.

Blome zuckte mit den Schultern. »Nein, hat er nicht. Er ruft noch mal an. Bei dir zu Hause wahrscheinlich.«

»Du hast ihm doch hoffentlich nicht meine Geheimnummer gegeben?«

»War nicht nötig, die kannte er schon. Hat sie mir aufgesagt, sodass ich sie nur bestätigen brauchte.«

Schneider rückte seine Krawatte gerade, so als könne die ihm Kraft und Mut verleihen. Ihm war nicht wohl bei dem Gedanken an einen Unbekannten, der seine private Telefonnummer besaß.

»Okay, ich hau wieder ab. Hab zu wenig geschlafen letzte Nacht. Schafft ihr das hier wirklich ohne mich?«

Blome nickte und klopfte Schneider auf die Schulter. »Geh nur. Hau dich hin.«

Schneider verließ sein Büro mit einem undefinierbaren Unbehagen im Magen. Er wollte schnellstens wieder nach Hause und war in diesem Augenblick froh, einen Partner zu haben, der die Firmendinge in die Hand nehmen konnte. Mit zügigem Tempo fuhr er zu seinem Haus. Dort angekommen, schauten ihn die Tagebücher lockend an und sangen wie Sirenen: *Entlocke uns das Geheimnis, verliere dich in uns.*

Richard streifte sich die Jacke ab, nahm die ohnehin schief hängende Krawatte wieder ab, warf sie in eine Ecke des Wohnzimmers und setzte sich. Er ignorierte seinen Hunger und griff zum siebzehnten Band der Tagebuchreihe. *Verdammt,* dachte er. *Es ist wie eine Sucht.*

6. Juli 1940

Heute fand in der Hauptstadt eine große Siegesparade statt. Alles war geschmückt und feierlich hergerichtet: Hitler zieht unter dem Jubel der Bevölkerung in die Stadt ein. Traunstein war eigens angereist und hatte, zu meiner großen Freude, Gudrun mitgebracht. Truppen der Wehrmacht marschierten dann in Formation durch das Brandenburger Tor. Die Menschen waren tatsächlich außer sich und jubelten dem Führer zu. Ich aber hatte nur Augen für Gudrun. Ihre blonden Haare wehten im Wind, und ihr Sommerkleid sah frisch und neu aus, als gäbe es keinen Krieg. Traunstein und Gudrun brachten allerdings nicht die gleiche euphorische Freude auf wie der Rest der Zuschauer. Sie betrachteten das Geschehen eher mit Sorge und Kummer. Dabei heißt es doch, der Nationalsozialismus sei die größte Chance des deutschen Volkes.

Abends lud ich die beiden in meine bescheidene Unterkunft ein und erzählte ihnen stolz von meinen Fortschritten in der

Bibliothek. Ich weiß nicht, ob sie meine Erzählungen über Himmler als Schwärmerei auffassten, aber nach einer Weile fasste mich Gudrun am Arm – und ich hielt inne.

»Karl, es ist gefährlich, was du da tust. Weißt du das eigentlich? Mein Vater und ich, wir sind nicht gekommen, um dieses Spektakel am Brandenburger Tor zu sehen, sondern um dich zu warnen.«

Ich genoss die Berührung Gudruns und zog doch meinen Arm von ihr weg. »Wieso soll es gefährlich für mich sein, in Himmlers Bibliothek zu sitzen und an seiner Biografie zu schreiben? Im Gegenteil – ich denke, das ist zurzeit der sicherste Platz in ganz Berlin. Wenn ihm nichts geschieht, dann geschieht mir auch nichts. Ich bin sein Protegé.«

Traunstein ergriff das Wort, doch zuvor blickte er sich um, als hätten die Wände Ohren. »Wir haben gehört, dass er Unmengen von Juden in Gettos sperren lässt oder sie abtransportieren lässt – in so genannte Arbeitslager. Hier geschieht ein Unrecht an Menschen, vor dem man nicht länger Augen und Ohren verschließen kann.«

Ich wurde patzig. »Ihr seid ganz schön mutig, so etwas über die Führung zu sagen. Es haben Leute schon für weniger als das einen Genickschuss bekommen.«

»Karl, wir haben Vertrauen zu dir und du zu uns. Du bist mehr für mich als nur ein Angestellter, und das weißt du. Wir sind hier, um dich nach München zurückzuholen. Ich habe mit der Redaktion gesprochen. Es ist alles arrangiert. Wir brauchen dich, um den Widerstand zu organisieren. Wach endlich auf, Karl. Man kann dieses Regime nicht länger unterstützen.«

Ich sah sie verwundert an. »Ich kann jetzt nicht weg. Himmler vertraut mir und erzählt mir seine intimsten Gedanken. Er ist verrückt nach einem neuen, arischen Volk, und er teilt mir, ja seht mich nicht so an, ausgerechnet mir seine Gedanken und Träume mit. Er liest meinen Roman nun schon zum dritten

Mal, und er will ihn einem Verlag geben, sobald sich die Lage in Deutschland entspannt hat. Das ist eine Riesenchance für mich. Außerdem kann ich ihm nicht einfach sagen: ›Also Herr Himmler, ab heute komme ich nicht mehr. Schreiben Sie doch Ihre Biografie allein. Ich fahr wieder nach München.‹ Glaubt ihr, er würde sich das gefallen lassen? Er ist ein mächtiger Mann. und ich tue gut daran, ihm zu gehorchen.«

Traunstein und Gudrun sahen sich bedrückt an, während in mir der Ehrgeiz kochte. Diese Gudrun war nicht mehr dieselbe, die ich mal kannte. Vielleicht sollte es so sein, dass ich ihr meine innige Liebe bisher nie gestanden hatte.

Gudrun sah mich eindringlich an. »Merkst du denn nicht, dass er nur einen dummen Jungen sucht, der ihm die Krone aufsetzt und ihm zu ewigem Ruhm verhilft? Du hast ja Recht, eine Biografie über den zweitmächtigsten Mann Deutschlands – das ist schon was. Aber es ist eben auch gefährlich, sieh das doch ein.«

Sie gab sich keine Mühe, ihre Sorgen um mich zu verbergen. Das schmeichelte mir, und doch fühlte ich mich hin- und hergerissen. Würde ich mit ihr gehen, würde sie auch an meiner Seite bleiben, das fühlte ich plötzlich ganz deutlich. Doch andererseits muss man in diesen Zeiten Opfer bringen. Das Private muss eben manchmal hinter den großen Idealen anstehen. Und so erwiderte ich ihnen: »Macht euch keine Sorgen um mich. Das sind alles nur Gerüchte, denen ihr Glauben schenkt. Ihr solltet euch besser von solchen Leuten fernhalten. Die impfen euch nur wirres Zeug ein.« Ich schüttelte stumm den Kopf und stand auf. Kurze Zeit später öffnete ich ihnen die Tür und sagte Lebewohl. Ich kann gar nicht beschreiben, welch ein Kampf in mir tobte. Gudrun sah mich beim Gehen mit einem Blick an, der sich tief in meine Seele brannte, als wollte sie sagen: Schade, dass du unserer Liebe keine Chance gibst. Doch soll ich alle meine Chancen so mir nichts dir nichts über Bord werfen? Ich will unbedingt Schriftsteller werden. Ich will berühmt werden, und Himmler ebnet mir den Weg dorthin, dessen bin ich ganz sicher. Es wäre töricht von mir, Berlin jetzt zu verlassen.

10. Aug. 1940

Bin heute wieder bei ihm gewesen. Die Sache mit der Lanze lässt mich nicht mehr los. Macht, natürlich, wer will die nicht? Ich meine: Was gäbe ich nicht dafür, ein erfolgreicher Autor zu werden? Für die Macht, durch meine Worte Menschen zu verändern. Sie zu führen und zu leiten nach meinem Willen – tatsächlich, das ist eine gewisse Macht, die einen angenehmen Beigeschmack hat. Eine großartige Vision: meine Bücher, deutsche Literatur, die irgendwann einmal zur besten des Zwanzigsten Jahrhunderts gezählt wird. Ich könnte es vielleicht schaffen. Ich müsste vermutlich nur einmal diese Lanze in den Händen halten. Was gäbe ich darum, einmal darüberzustreichen.

Himmler hat sich eine originalgetreue Kopie von der Lanze aus der Wiener Hofburg anfertigen lassen. Er hat mir erzählt, dass es mehrere Kopien gibt, dass mithilfe magischer Kräfte die Macht von der einen auf die andere Lanze übertragen werden kann und dass er mit seinen treuesten Verbündeten eine solche Transformation vollzogen hätte.

Dann erfuhr ich wieder etwas Neues: Es gibt eine stolze Burg, etwa zwanzig Kilometer südlich von Paderborn, die sogenannte Wewelsburg, die Anfang des siebzehnten Jahrhunderts als Nebenresidenz der Fürstbischöfe von Paderborn erbaut wurde. Himmler hat mir erzählt, dass er sie für hundert Jahre für nur eine Reichsmark jährlich gepachtet hat. Bereits 1933 sei er von dieser Burg fasziniert gewesen, wie er mir sagte. Die seltene Form eines Dreiecks habe es ihm angetan, auch weil auf der ganzen Welt nur noch eine einzige Burg mit der gleichen Form existiere, hoch oben in Schottland. Die Wewelsburg jedoch läge im Kernland der Germanen und sei eigens für ihn vorherbestimmt. Er hat mir Pläne gezeigt, wie er die Burg zu einer einzigartigen

Festung umbauen lassen will. Er gedenkt, in einem Radius von 500 Metern einen riesigen, achtzehn Meter hohen Wall darum zu errichten. Geplant ist ebenfalls ein Zufahrtsweg, der zusammen mit der Burg aus der Luft wie ein Speer, eben wie jene mächtige Siegeslanze, aussieht. 250 Millionen Reichsmark habe ihm der Führer eigens dafür zugesichert. Seit 1933 reisten er und seine Leute nun regelmäßig zu dieser Burg, befragten die Ahnen und hielten spiritistische Sitzungen ab. Jeder der Unterkunftsräume sei anders eingerichtet, und er sagte mir, dass auch ich, wenn ich eines Tages so weit sei, einen eigenen Raum zugewiesen bekommen würde. Ich weiß noch nicht genau, was er damit meint, doch ich bin gespannt, wann diese Zeit kommen wird. Er sagte, ich müsse zunächst die höheren Weihen innerhalb der Thule-Gesellschaft erreichen, bevor die eigentliche Initiation stattfinden könne. Diese Burg sei jedenfalls der ideale Ort, um seinem Orden, wie er die SS ehrfürchtig nennt, eine geeignete Schulungsstätte zu bieten, getreu dem Vorbild eines alten Ritterordens. Die SS sei, so wörtlich, »ein nationalsozialistischer soldatischer Orden nordisch bestimmter Männer und eine beschworene Gemeinschaft ihrer Sippen. Ihre Aufgabe als Adelsgenossenschaft geht ins Menschenzüchterische, während ihre politische Aufgabe ins Führerische geht. Die Wewelsburg ist daher der geeignete Ort, an dem die ›Heilige Lanze‹ aufzubewahren ist, gemeinsam mit dem ›Heiligen Gral‹.«

Die letzten Worte ließen mich aufhorchen, beschäftigte ich mich doch schon seit meiner Jugend mit den Legenden um den »Heiligen Gral«, jenen Kelch, den Jesus bei seinem letzten Abendmahl den Jüngern reichte und in dem sein Blut nach seinem Tod aufgefangen wurde.

»Wissen Sie denn, wo sich der ›Heilige Gral‹ befindet?«, fragte ich Himmler.

»Noch nicht, aber wir sind kurz davor. Erst vor einem Jahr habe ich eine Expedition nach Tibet veranlasst, um dort nach

Spuren einer verschollenen Rasse zu suchen. Unter ihnen war auch der bekannte Tibetforscher Ernst Schäfer.«

»Welcher Rasse denn?«, erkundigte ich mich.

»Vor Hunderttausenden von Jahren muss es eine Art Gottmenschen gegeben haben, Riesen mit einer hoch entwickelten Kultur. Zu dieser Zeit war die Erdanziehungskraft kleiner als heute, und daher entwickelten sich die Lebewesen zu einer enormen Größe. Atlantis, mein Lieber, ich rede von Atlantis.«

Ich reagierte in seinen Augen offenbar tadelnswert, weil ich nur eine Augenbraue hochzog. Jedenfalls nahm er meine Grimasse zum Anlass, mich weiter zu belehren: »Atlantis war die Heimat der Urarier. Sie waren blondhaarig und blauäugig, und sie überlebten die Sintflut, indem sie sich auf das Dach der Welt retteten, den Himalaja. Sie reichten ihr Wissen von einer Generation zur nächsten weiter und begründeten eine eigene Hochkultur. Sie sollen über den Verbleib des ›Heiligen Grals‹ Bescheid gewusst haben.«

»Wenn dem so ist«, entgegnete ich ihm, »warum gibt es dann jetzt keine Riesen mehr?«

»Eine sehr gute Frage. Das ganze Geschehen ist sehr komplexer Natur, und Fachleute wie Karl Maria Wiligut oder Otto Rahn können Ihnen das sicher besser beantworten als ich. Wiligut und Rahn sind Koryphäen auf dem Gebiet der Gralsforschung. Nun, meines Erachtens hängt es wieder mit der höheren Erdanziehung zusammen, dass heutige Menschen im Verhältnis zu den damaligen so klein bleiben.«

So fantastisch Himmlers Ausführungen auch klangen, sie machten in meinen Augen einen gewissen Sinn und entsprachen durchaus meiner Auffassung über die Existenz des »Heiligen Grals«. Der Kelch, in dem Jesu Blut bei seinem Tode von Josef von Arimathea aufgefangen wurde, verheißt dem, der ihn besitzt, ewiges Leben. Fürwahr, kein geringes Ziel, nach dem es sich zu trachten lohnt.

11. Aug. 1940

Habe heute noch einmal mit Traunstein telefoniert. Er begann, mir die aktuellen politischen Ereignisse aus seiner Perspektive zu erklären. Er sei zu der Ansicht gelangt, dass die politische Führung in Deutschland einen Irrweg beschreite, und befände sich nicht länger in der Lage, die von ihm erwartete Loyalität zu leisten. Er erzählte mir, dass auch die neue Zeitung, bei der er nun beschäftigt sei, seine Manuskripte immer wieder mit dem Vermerk »zu regimekritisch« zur Korrektur zurückschicken würde. Natürlich fällt auf, dass seitens der Führung Wert darauf gelegt wird, dass nicht nur dem deutschen Volk, sondern auch der übrigen Welt ein Bild vom Krieg gezeichnet wird, in dem die Deutschen die Opfer und nicht die Täter sind. Es sind immer die verhassten Engländer und Franzosen oder die verfluchten Polen und Bolschewisten, die als Okkupanten und Kriegstreiber auftreten.

Traunstein betonte in dem Gespräch, dass Hitler noch nie öffentlich als größenwahnsinniger und selbstverliebter Egomane bezeichnet wurde, obwohl er meinte, dass Hitlers Kriegspolitik mittlerweile auf eine solch pathologische Gesinnung schließen lasse. Nur unter vorgehaltener Hand oder in den Reihen der Widerstandskämpfer werde Hitler als Staatsfeind betrachtet, dessen Tod einen Gewinn bedeute, der schnell herbeizuführen sei.

Traunstein bringt mich in eine verzwickte Lage. Er ist mein ehemaliger Vorgesetzter und mein väterlicher Freund. Und doch scheinen unsere Wege sich nicht vereinen zu lassen. Ich habe ihm noch einmal gesagt, dass ich im Moment Berlin nicht verlassen könne.

Wenn ich an meine letzte Unterredung mit Himmler zurückdenke, werde ich den Eindruck nicht los, dass der Führer für viele und natürlich auch für Himmler nicht nur ein brillanter Politiker, sondern eine großartige Lichtgestalt ist, die das demoralisierte deutsche Volk nach der Niederlage des Ersten Weltkriegs wieder zum Sieg führen wird. Für Himmler ist der Führer sogar die Reinkarnation eines germanischen Gottes, dem vom Karma vorherbestimmt sei, den Kampf gegen den Osten zu führen und zu gewinnen.

Ich möchte immer öfter in der Nähe Himmlers sein, um mich in die Mysterien des Grals einweihen zu lassen. Es scheint allerdings, dass ich dadurch die Unbeschwertheit meines früheren Lebens verloren und, wie ich fürchte, auch die Zuneigung Gudruns endgültig eingebüßt habe. Es ist schon eigenartig, was hier mit mir geschieht. In der Gegenwart von Gudrun und ihrem Vater habe ich den Führer und den Reichsführer SS derart vehement verteidigt, als hätte ich keinerlei journalistisches Unterscheidungsvermögen mehr. In früheren Jahren war ich stets um Neutralität bemüht, doch nun scheint es, als hätte ich mich in eine Richtung bewegt, die ich damals gefürchtet habe.

Die entscheidende Frage für mich ist nun: Bin ich freiwillig auf dieser Seite, oder wurde ich dorthin manipuliert? Bin ich tatsächlich bereit, die Liebe meines Lebens für eine Ideologie zu opfern, oder geht es mir in erster Linie um die verheißene Macht des Grals und der Lanze? Habe ich meinen Glauben an Gott unbemerkt gegen den Glauben an einen Führer eingetauscht? Bin ich gar schon im Vorhof der Hölle, ohne es zu merken?

Nein! Ich glaube, dass Traunstein den Teufel an die Wand malt, und hoffe sehr, dass der Weg, der vor mir liegt, der mir verheißene ist: ein Weg zu Ruhm und Reichtum, an dessen Ende viele Gudruns auf mich warten werden.

13. Aug. 1940
Heute wieder neue Luftangriffe auf England, die in erster Linie gegen Rüstungsbetriebe und Nachschubeinrichtungen gerichtet waren. Dass zivile Objekte beschossen wurden, muss dementiert werden.

Erstaunlich, wie sich das Blatt in meinem Leben gewendet hat. Die Mitarbeiter in der Redaktion hier in Berlin sind alle sehr nett und dem Führer treu ergeben. Da gibt es niemanden mehr, der Zweifel an der Führung anmelden würde, zumindest nicht öffentlich. Natürlich – alle leiden mehr oder weniger an der Knappheit der Dinge, die früher selbstverständlich waren. Ich ja auch. Wie gern würde ich mal wieder einen guten Rotwein trinken.

War heute wieder in Himmlers Villa. Ich weiß nicht mehr, was mich damals so erschrocken hat. Er meint es doch nur gut mit mir. Ich lese Zeilen von mir in diesem Tagebuch über einen dunklen Nebel, der sich in Himmlers Seele eingenistet haben soll, und ich muss mich über mich selbst wundern. Nun gut, natürlich ist es ein wenig sonderlich, Tische und Stühle aus Gebeinen zu fertigen, doch andere würden so etwas als Kunst bezeichnen, und ich denke, ich schließe mich ihnen an.

Fr. Potthast hat mich überaus herzlich begrüßt, und mir ist nun endgültig klar, dass Himmler und Hedwig, die er liebevoll »Hedi« nennt, ein Verhältnis miteinander haben. Nun, warum nicht? Wir leben in einer neuen Zeit. Sie trägt auffallend weite Kleider, und ich vermute, dass sie sogar ein Kind von Heinrich unter ihrem Herzen trägt.

Ich habe mich erneut dem Studium von Himmlers Tagebüchern gewidmet und heute Nachmittag das vierundzwanzigste Lebensjahr Himmlers beendet. Wenn ich mir Himmler heute anschaue, dann begegne ich einem vollständig anderen Menschen als jenem, der sich in den Tagebüchern findet. Der heutige Heinrich ist entschlossener denn je, hat klare Ziele gefunden und die Wirrungen der Jugend hinter sich gelassen. Wenn man so will, hat er im Großdeutschen Reich Karriere gemacht, wobei mir noch nicht deutlich ist, wodurch ihm dieser plötzliche Aufstieg eigentlich gelungen ist. Himmler spricht stets von »einer großen Macht, die ihn begleitet«, und ich bin mir nicht im Klaren, wen oder was er damit meint. Jedenfalls nicht den Führer, dessen bin ich sicher. Wenn er darüber spricht, schweift sein Blick derart in die Ferne, dass man meinen könnte, er blicke in den Himmel. Doch auch Gott kann er nicht meinen, denn Christen sind ihm ja mindestens so verhasst wie die Juden. »Entweder man ist Christ oder man ist Deutscher«, sagte er gestern zu mir. Ein Satz, über den ich nachdenken muss.

Schneider hatte kaum diese letzten Sätze seines Vaters in sich aufgenommen, als es an der Tür schellte. Er erhob sich müde aus seinem Sessel, schüttelte die steifen Beine und Arme aus und bemerkte bei einem Blick auf die Uhr, wie lange er an diesem Tag schon wieder gesessen hatte. Gleich nach dem kargen Frühstück war er ins Wohnzimmer gegangen, und nun war es schon 16 Uhr. Er saugte die Tagebücher wie ein trockener Schwamm in sich auf und katapultierte sich in eine Welt, die über sechzig Jahre zurücklag.

Richard ging zur Tür, überhörte das Grummeln in seinem Magen und öffnete. Er rechnete damit, Blome vor sich zu sehen, doch er irrte sich. Ein großer Mann mit zackigem, militärisch korrektem Haarschnitt stand vor ihm und blickte auf ihn herab – und das nicht nur wegen des Größenunterschiedes. Er hatte einen schwarzen Anzug an und wirkte wie ein Bestattungsunternehmer, ohne die dazu angebrachte Milde in der Stimme zu besitzen. »Sind Sie Dr. Richard Schneider, Sohn von Karl Wilhelm Schneider?«, fragte er kurz.

Schneider verzog das Gesicht zu einer verwunderten Grimasse. »Das bin ich wohl, wenn es da auf dem Schild steht.« Schneider versuchte, Überlegenheit zu demonstrieren, doch der Fremde schien davon wenig beeindruckt zu sein.

»Mir ist nicht nach Scherzen, Schneider. Kann ich reinkommen?« Während er das sagte, schob er sich bereits an

Schneider vorbei. *Die Bücher verstecken*, schoss es Schneider durch den Kopf. Hatte nicht sein Vater genau das, wenn auch nur keuchend, zu ihm gesagt? Schnell zog er die Tür zum Wohnzimmer zu und wollte den Anschein erwecken, er versuche nur die Unordnung hinter der Tür zu verbergen. So standen sie nun im Flur, und der Fremde betrat uneingeladen die Küche – einen gemütlichen Raum mit Esstisch, in dem Gäste, wenn sie einmal dort sitzen, nicht mehr ins Wohnzimmer zu nötigen sind. Schneiders Exfrau hatte das so gewollt; kurze Wege für das Geschirr und eine gemütliche Atmosphäre wie im Süden Europas. Schneider selbst waren solche Nebensächlichkeiten schon immer weitgehend egal gewesen – und es hatte sich ihm irgendwann der Verdacht aufgedrängt, dass sie ihn möglicherweise genau wegen dieser Missachtung sämtlicher Kleinigkeiten verlassen hatte.

Richard dachte nicht im Traum daran, dem Fremden einen Platz anzubieten, der schien ohnehin – ungeachtet der Reaktion seines Gastgebers – zu tun, was er wollte. Und tatsächlich: Der Fremde zog einen Stuhl zurück und setzte sich. Ohne eine Vorankündigung begann er seine Ansprache. »Mein Name ist Jack Lennigan. Ihr Kollege Blome wird mich sicher angekündigt haben.«

Schneider setzte sich Lennigan gegenüber und versteifte seinen Rücken. Gemütlichkeit wollte er gewiss nicht aufkommen lassen. Kalt erwiderte er: »Blome sagte, Sie würden mich anrufen. Ich ging nicht davon aus, dass Sie gleich hier reinplatzen würden. Sind Sie ein Vertreter oder so was? Ich kaufe grundsätzlich nichts an der Tür.«

Lennigan sah Schneider mit einem Blick in die Augen, der in die Tiefe seiner Seele stach. Ohne auf Schneiders Frage einzugehen, sagte er: »Sie werden mir jetzt genau zuhören. Und um eines von Anfang an klarzustellen: Wenn Sie glauben, uns reinlegen oder sich aus dem Staub machen zu können, dann irren Sie sich. Sie haben sowieso keine Wahl. Es ist also vernünftig, mit uns zu kooperieren.«

Dann grinste er höhnisch mit einem makellosen Gebiss. Schneider schwieg. Der Fremde fuhr unaufgefordert fort. »Wir gehören einem uralten germanischen Orden an. Wir sind eine Gemeinschaft von Brüdern, die das Wohl der Menschheit im Blick hat und sie verändern will. Daran sind wir durch einen Eid gebunden.«

Schneider erschrak, versuchte aber dies dem Fremden gegenüber zu verbergen. Die Ankündigung seines Vaters hallte noch in ihm nach. *Sie werden zu dir kommen*, hatte der gesagt, und diese Prophezeiung schien sich nun zu erfüllen.

✣ VIII ✣

Eine junge Assistentin von vielleicht fünfundzwanzig Jahren klopfte gegen die Scheibe im Untersuchungsraum des archäologischen Instituts und rief Frau Weizmann und Professor Smith durch die Sprechanlage: »Die Röntgenbilder mit den dazugehörigen Auswertungen sind eingetroffen.«

Lea drehte sich um und winkte ihr zu. »Kommen Sie, Dr. Gatziani? Wir sind gespannt, was auf den Scans zu sehen ist.«

Die drei verließen den Sektionsraum und gingen in den etwas wärmeren Auswertungsbereich, in dem große Röntgenbetrachter an den Wänden hingen; wie in einem gut ausgestatteten OP-Saal. Lea schaltete sie an. Flimmernd erwachten die dünnen Neonröhren hinter dem milchigen Glas zum Leben. Die Archäologin öffnete den großen braunen Umschlag mit der Aufschrift »Skelett Nr. 3«.

Professor Smith betrachtete fragend die Vielzahl an schwarz-weißen Bildern, die durch unterschiedliche Schichtaufnahmen entstanden und auf einem übersichtlichen Bogen zusammengestellt waren. Der Kopf des Toten war sowohl in horizontalen als auch in vertikalen Schichten geröntgt worden. Die digitale Archivierung lag auf einer CD bereit, sodass beliebige Vergrößerungen der einzelnen Schichten durchgeführt werden konnten.

»Na, das ist ja eine Überraschung«, begann Gatziani lachend, als er die Röntgenbilder näher betrachtete. Lea und Smith sahen den Dentisten mit großen Augen und angehaltenem Atem an.

»Was sehen Sie, Doktor?«, fragte Smith aufgeregt.

»Ihr Patient hat nicht nur perfekte Inlays und Kronen. Da ist noch viel mehr zu sehen.« Dr. Gatziani tippte mit dem Zeigefinger auf eine weiße Stelle auf dem Röntgenbild.

»Nun machen Sie es nicht so spannend. Was sind das für Dinger auf dem Bild? Sie sehen aus wie Stifte oder Schrauben.«

Dr. Gatziani genoss es, die gespannte Aufmerksamkeit seiner hübschen Patientin auf sich gerichtet zu wissen, und wartete mit der Aufklärung einige Sekunden.

»Die Artefakte, die sie hier sehen, sind tatsächlich Schrauben, die in den Kiefer des Patienten implantiert wurden. Sie befinden sich dort, wo ich vorhin im intraoralen Befund die Kronen im oberen linken Seitenzahnbereich, also bei den Zähnen 26 und 27 gesehen habe. Sie erinnern sich bestimmt?«

Smith und Lea nickten.

»Unter den Kronen befinden sich sogenannte Dental-Implantate, und auch die sind absolut präzise in den Kiefer eingepflanzt worden. Der, der diese Arbeit geleistet hat, verstand etwas von seinem Handwerk. Schauen Sie sich das an.« Dr. Gatziani nahm einen Kugelschreiber und skizzierte den Verlauf der Nasennebenhöhle nach. »Die Implantate verlaufen genau unterhalb der knöchernen Begrenzung der Kieferhöhle. Nicht einen Millimeter zu viel. Auch der sogenannte Randschluss der Kronen auf den Implantaten ist als sehr exakt zu bewerten.«

»Das sehen Sie alles auf diesem einen Bild?«, fragte Smith skeptisch.

»Absolut. Ich selbst implantiere seit über zehn Jahren und habe über dreitausend Implantate verschiedener Hersteller inseriert.« Lea zog die Augenbrauen hoch. »Eingesetzt, Frau Weizmann.«

»Vielen Dank, Dr. Gatziani. Das war mir schon klar.«

Gatziani nahm erneut die Lupenbrille zur Hand und setzte sie auf. Er betrachtete die feinen Schraubenwindungen der Implantate. »Es gibt inzwischen an die hundert verschiedene Implantatsysteme. Darunter sind jedoch auch eine Menge Plagiate zu finden, die von anderen Firmen abgekupfert wurden und die Form des Implantates einfach kopieren. Dadurch ist es allein anhand des Röntgenbildes schwer möglich zu sagen, um welches Fabrikat es sich hier handelt. Die Form der Implantate ähnelt aber jenen, die ich selbst verwende.« Gatziani nahm die Lupenbrille wieder ab. »MIS Implantate. ›Medical Implant System‹. Ein sehr erfolgreiches System hier aus Israel. Wird oben im Norden in Shlomi hergestellt. Meines Wissens exportiert die Firma aber auch in andere Länder wie Griechenland, Italien, den ganzen Ostblock, USA und sogar nach Deutschland.«

Smith konnte die Informationen des Zahnarztes noch immer nicht den Aussagen zuordnen, die er kurz zuvor von Lea erhalten hatte. Um weiteren verwirrenden Ausführungen zu entgehen, fasste er den Doktor behutsam, aber bestimmt an der Schulter und begleitete ihn mit einem gequälten Lächeln zur Tür. »Vielen Dank, Herr Dr. Gatziani. Sie haben uns sehr geholfen. Frau Weizmann kennt ja Ihre Anschrift, falls wir noch einmal Ihre Kenntnisse benötigen.«

»Kein Problem. Jederzeit gern.«

Smith ließ Gatziani keine Zeit, Lea die Hand zu reichen, sodass dieser ihr nur noch freundlich zuwinken konnte. »Und immer gut putzen«, rief er.

»Keine Sorge. Spätestens in einem halben Jahr komme ich zur Kontrolluntersuchung.«

Gatziani verließ das archäologische Institut der israelischen Altertumsbehörde und reihte sich mit seinem Wagen in den Stau Richtung Tel Aviv ein.

Lea und der Professor setzten sich an einen großen Tisch und breiteten die Auswertungen aller bisherigen Untersuchungen vor sich aus. Harvey Smith raufte sich das spärliche graue Haar. »Wir haben dort drüben einen sensationellen Fund liegen und somit Arbeit für mehrere Wochen. Wir könnten wirklich große Freude an unserer Arbeit haben und Material für mindestens zehn Artikel in diversen Fachzeitschriften sammeln. Warum nur fühle ich mich trotzdem so mies?« Smith blickte zu Lea hinüber. »Dieser Tote Nr. 3 bringt alles durcheinander!« Er stützte resigniert den Kopf auf dem linken Arm auf. »Was hat ein Toter mit Hightech-Implantaten in einem Grab mit zwei Gekreuzigten zu suchen?« Er schüttelte fortwährend den Kopf, stand auf, ging auf und ab und sah dann Lea direkt an. Mit fester Stimme fragte er: »Was geht hier eigentlich vor, Frau Weizmann? Ich glaube, irgendjemand spielt uns einfach einen Streich. Einen albernen, dummen Streich. Und ich sage Ihnen was: Ich bin zu alt für solche Mätzchen, und ich glaube nicht, dass ich mich bereiterkläre, diesen Unsinn mitzuspielen.«

Lea Weizmann verstand die Verärgerung des Professors, vermisste jedoch seine gewohnte Professionalität. Sie richtete ihren Blick auf den Röntgenbetrachter. »Es hat keinen Sinn, voreilige Schlüsse zu ziehen, Professor. Sie haben ja Recht. Ich finde diese Ergebnisse auch völlig suspekt, aber bedenken Sie bitte: Es sind nur vorläufige Ergebnisse.«

Smith zwirbelte mit zwei Fingern das Ende seines Schnurrbartes. »Ich denke, ich muss mir schnellstens einen Eindruck von der Höhle verschaffen und denjenigen sprechen, der sie gefunden hat. Ich will mich persönlich davon überzeugen, dass das nicht einfach ein durchgeknallter Komiker ist, der uns reinlegen möchte.«

»Dafür habe ich bereits gesorgt. Wir sind heute Abend bei ihm zu Gast.«

Smith war wieder in seinen Gedanken versunken. »Bitte, wo sind wir zu Gast?«

»Na, bei Mosche Kofsman, dem Baggerführer. Er hat ein ausgesprochen feines Händchen für seine Maschinen und war schon bei einigen Ausgrabungen maßgeblich beteiligt.«

Smith hob eine Augenbraue. »Wir sind zu Gast bei einem Baggerfahrer? Bei allem Respekt, aber ich glaube kaum, dass wir unsere Forschungsergebnisse mit einem Baggerfahrer teilen sollten.«

Lea Weizmann hob abwehrend die Hände. »Mosche Kofsman ist nicht irgendein Baggerfahrer. Er ist weitaus mehr als das. Jedenfalls hat er uns schon bei vielen Grabfunden entscheidende Hinweise geliefert. Man kann sagen: Er ist ein wertvoller freier Mitarbeiter und ein guter persönlicher Freund von mir. Lassen Sie sich überraschen. Ich denke, er wird Ihnen gefallen. Außerdem ist er gläubiger Jude, so gläubig, dass man Ihre Täuschungs-Theorie, was ihn angeht, auf jeden Fall vergessen kann.«

Smith nickte, doch er schien noch nicht vollends überzeugt. Schließlich sagte er: »Gläubiger Jude? Nun, dann kann ich ja davon ausgehen, dass das Essen koscher zubereitet wird.«

»Ich denke schon. Wieso? Ist das wichtig für Sie?«

»Oh ja. Leider. Ich habe gestern im Flugzeug meinen Magen schon genug strapaziert. Und ob Sie es glauben oder nicht: Die koschere Küche ist für meinen empfindlichen Magen genau das Richtige.«

»Meinen Sie nicht, dass eine ganz normale Diät genau das Gleiche bewirken würde?«

»Schon möglich, aber wenn Gott den Menschen Speisegebote gibt, wird er schon gewusst haben, warum er das tat. Mein Magen jedenfalls bestätigt mir jedes Mal, wenn ich in Israel bin, dass es gut ist, auf ihn zu hören.«

»Wie bitte? Ich dachte, Sie sind Christ. Und trotzdem legen Sie Wert auf koscheres Essen? Wie passt das denn zusammen?«

Der Professor schmunzelte. »Das ist eigentlich ganz einfach. Juden und Christen glauben grundsätzlich an denselben Gott. Es ist nur so, dass wir Christen noch einen Schritt weitergehen, weil wir überzeugt sind, dass der im Alten Testament verheißene Messias in Jesus Christus schon da war. Die Juden dagegen glauben, dass er erst noch kommen wird.«

Lea warf Smith einen kritischen Blick zu und wandte sich ein wenig von ihm ab. Doch Smith fuhr unbeirrt fort.

»Wie gesagt, eigentlich ist alles ganz einfach. Jesus war Jude, und ohne die Juden gäbe es kein Christentum.« Lea schaute den alten Professor an und fragte sich, bis zu welchem Punkt religiöser Überzeugung sie ihm würde folgen können.

✣ ✣ ✣

Schneider musterte den blonden, sonderbar kalt wirkenden Hünen. »Germanenorden? Wovon reden Sie eigentlich? Ich verstehe kein Wort. Wie wäre es, wenn Sie einfach noch mal ganz von vorne anfangen. Vor allen Dingen würde mich interessieren, was mein Vater mit Ihnen zu tun hat.«

»Hatte«, korrigierte Lennigan. »Er wird sterben. Das ist Ihnen doch wohl klar?«, sagte er ohne einen Hauch von Mitgefühl.

»Müssen wir das nicht alle irgendwann?« Schneider zuckte mit den Schultern.

»Die einen früher, die anderen eben später. Wir benötigen seine Dienste schon sehr lange nicht mehr. Um es deutlich zu sagen: Ihr Vater ist und war ein Feigling. Aber Sie sind nun mal sein Sohn. Und es gehört zu unserem Schwur, dass das Amt *immer* auf den Nachkommen übertragen wird.«

Schneider verschränkte die Arme vor der Brust und lehnte sich zurück. »Und wenn ein Nachkomme sich weigert, dieses ominöse Amt zu übernehmen?«

Lennigan beugte seinen Oberkörper langsam zu Schneider vor und zischte durch die Lippen: »Wenn Sie wüssten, wie viel Macht wir besitzen, würden Sie es nicht wagen, sich den Weisungen des Ordens zu widersetzen. Außerdem scheinen Sie nicht zu begreifen, welches Vorrecht wir Ihnen anbieten. Ein Mitglied unseres Ordens zu sein bedeutet nämlich nicht nur, ein gesichertes Leben zu führen. Unsere Leute sitzen an allen einflussreichen Schaltstellen. Weltweit. Wir haben ein äußerst verzweigtes Netzwerk aufgebaut, das es uns ermöglicht, zur richtigen Zeit die richtigen Fäden zu ziehen. Glauben Sie mir: Unser Einfluss ist groß. Sehr groß.«

Schneider gab sich Mühe, einen gelangweilten Eindruck zu machen. Doch dann brachte Lennigan ein Argument an, das ihn aufhorchen ließ: »Wir können mehr als nur den Aktienmarkt kontrollieren.«

Schneider dachte sofort an Comequad und den kometenartigen Absturz seiner Aktien. Dann lachte er mit leicht hysterischem Unterton. »Das ist nicht möglich! Hatten Sie etwa bei Comequad Ihre Finger im Spiel …?« Er griff nach einem Kugelschreiber und drehte ihn nervös zwischen den Fingern hin und her. Lennigan nickte nicht, sondern starrte Schneider nur grinsend an.

Richard hatte noch nie einen solchen Mann gesehen. Auf der einen Seite war Lennigan als Typ nicht hässlich, im Gegenteil. Er hatte ein breites Kreuz wie ein kanadischer Holzfäller, blondes volles Haar, blaue Augen und einen beneidenswerten flachen Bauch. Doch Schneider irritierte, dass aus diesem makellosen Gesicht eiskalte, gefühllose Augen blickten. Was ihn aber mehr als alles andere störte, war das Gefühl, das er in Gegenwart seines Besuchers empfand. Ein Gefühl, das ihm bisher fremd gewesen war: Angst. Er gestand es sich ungern ein, doch dieser Hüne pflanzte eine nicht unerhebliche Portion Angst in sein Herz. Dieses Gerede über einen mysteriösen Orden und das Wissen seines Gegenübers über den Sturz der Comequad-Aktien und damit auch seiner Firma. Außerdem hatte dieser Mann seinen Vater einen Feigling genannt. Um Lässigkeit bemüht, fragte er Lennigan: »Gehen wir mal einen Moment lang davon aus, ich würde mit Ihnen in irgendeiner Weise kooperieren – auch wenn Sie mir noch gar nicht gesagt haben, was Sie eigentlich wollen? Doch gehen wir nur mal hypothetisch davon aus, ich würde mitmachen. Was würde für mich dabei rausspringen?«

Lennigan setzte sich bequemer hin. Ein erstes menschliches Zeichen, das auf Entspannung schließen ließ. Er streckte sich, bevor er antwortete, und verschränkte dabei die Arme mit einer großen Bewegung hinter dem Kopf, wobei die Revers seines Sakkos auseinanderglitten und ein zierlicher, flacher Halfter mit einer schwarzen Waffe sichtbar wurde. »Für Sie springt dabei raus, dass Sie am Leben bleiben.«

Der Fremde brach in ein unheimliches Lachen aus, und Schneider verlor den Rest seines Selbstvertrauens. Als Lennigan Schneiders Blick bemerkte, der sich auf die Waffe heftete, fügte er hinzu: »Nun ja. Und Ihre Firma würde auch wieder laufen, und zwar besser denn je.«

»Also gut. Und was hätte ich dafür zu tun?«, fragte Schneider, dessen Neugier trotz der Angst geweckt war. Wenn er an seine Firma dachte, war er tatsächlich gewillt, beinah alles zu tun, um sie zu retten.

»Es ist eigentlich keine große Sache. Wir haben dieselbe Gesinnung und die gleichen Ziele. Es wäre daher für Sie nur von Vorteil, uns dienlich zu sein.«

Schneider wurde ungeduldig. »Nun kommen Sie endlich zum Punkt. Was wollen Sie von mir?«

»Wir möchten, dass Sie uns die ›Heilige Lanze‹ besorgen!«

Schneider zuckte zusammen. Das Timing dieser Organisation war wirklich ungewöhnlich. Gerade jetzt, da er sich mit den Tagebüchern seines Vaters beschäftigte und über die Macht der Lanze gelesen hatte, kam dieser Typ und wollte, dass er ihnen genau diese Reliquie besorgt.

Richard schüttelte den Kopf und lächelte verächtlich. »Wie stellen Sie sich das denn vor? Und vor allem: Wozu?«

»Die Lanze wird derzeit in Wien, in der Schatzkammer der Habsburger ausgestellt. Und sie wird nicht besonders gut bewacht. Das Ganze ist also eigentlich ein Kinderspiel. Wir wollen die Lanze unser Eigen nennen, bevor sie der Vatikan in die Finger bekommt.« Lennigans Gesichtszüge glätteten sich. »Der Vatikan hat sie einfach für sich in Anspruch genommen, und der neue Papst will sie um jeden Preis in seinen Besitz bringen.«

»Hören Sie. Ich verstehe von diesen religiösen Sachen nicht besonders viel. Ich habe mit der Kirche und dem ganzen Kram nicht viel am Hut.«

»Das wissen wir doch.« Der Hüne schaute auf die Uhr und erhob sich spontan. »Ich muss jetzt gehen. Meine Zeit ist um. Denken Sie darüber nach, was ich Ihnen gesagt habe, und studieren Sie gut die Unterlagen Ihres Kollegen.« *Woher um alles in der Welt weiß der Kerl von meinem Auftrag an Blome, mir Material zu beschaffen. Blome muss es ihm gesagt haben.*

Lennigan ging zur Tür.

»Wie heißt doch gleich dieser Orden, dem Sie angehören?«

Schneider erntete einen Blick, der ihm das Blut in den Adern gefrieren ließ. »›THE Lu‹. Schauen Sie im Internet nach. Dort werden Sie fündig. Sie hören von mir.«

Damit verließ Lennigan das Haus und ließ Schneider konsterniert zurück. Nicht genug, dass er die letzten Tage uralte Tagebücher gelesen und seinen Vater in einem äußerst ernst zu nehmenden Zustand erlebt hatte, jetzt war auch noch dieser blonde Mutant aufgetaucht. Schneider ließ die Tür ins Schloss fallen und griff sich an den Kopf. Allmählich wurde ihm das alles zu viel.

Wenige Sekunden später schellte es erneut. Schneider dachte, der Hüne hätte etwas vergessen, etwas Wichtiges, was er ihm noch sagen müsste, doch zu seiner Überraschung stand Blome vor der Tür. Ohne ein Wort zu sagen, drückte sich Schneider an Blome vorbei und vor seine Tür. Er sah sich zu allen Seiten hin um. »Hast du diesen komischen Typen gesehen?«

Blome sah sich um. »Wen soll ich gesehen haben?«

»Na diesen megablonden Riesen. Er muss direkt an dir vorbeigekommen sein. Er ist gerade erst aus dem Haus gegangen.«

»Ich glaube, du bist inzwischen völlig durchgeknallt.«

Schneider drehte sich wütend zu Blome um und packte ihn am Kragen. »Er war vor einer Sekunde noch hier. So schnell kann er nicht verschwunden sein.« Er ließ von Blome ab und rannte auf den Bürgersteig, um ganz sicher zu gehen. Dann kam er zurück: »Ich bin nicht verrückt, Mann.«

Blome sah Schneider fast besorgt an. »Hier sind die Unterlagen, die du haben wolltest. Übrigens, hast du in letzter Zeit mal in den Spiegel gesehen? Du siehst immer noch furchtbar aus.«

Schneider winkte ab. »Das ist mir egal. Sind sie vollständig?«

»Ja sicher.« Blome hielt eine dicke Mappe mit Papieren hoch. »Du hattest Recht. Es gab tatsächlich eine solche Lanze, mit der Jesus am Kreuz erstochen wurde. Er war aber schon tot, sodass man nicht von Erstechen im eigentlichen Sinn reden kann. Eine Leiche ersticht man nicht.«

»Keine Ahnung, wie man das dann nennt.«

»Stell dir vor, ich habe für dich sogar in meiner uralten Konfirmandenbibel nachgelesen. Dass der Typ Longinus hieß, steht da zwar nicht, aber das ist ja auch nicht wichtig.«

Schneider kratzte sich am Kinn, das mit einem Dreitagebart bedeckt war. Ihm wurde bewusst, dass er mit Gerd Blome eigentlich sehr gut befreundet war; bis jetzt jedenfalls. Er gab ihm einen Klaps auf die Schulter und unterbrach ihn. »Okay. Komm erst mal rein. Du musst nicht im Flur stehen bleiben. Lass uns in die Küche gehen. Ich habe in den letzten Tagen nicht besonders viel gegessen.«

»Ich schätze, das ist nicht das Einzige, was dir fehlt«, bemerkte Blome grinsend.

Schneider schlug ein paar Eier in die Pfanne, schnitt einige Kartoffeln vom Vortag hinein und würzte das Ganze mit einigen Streifen Speck.

»Amerikanisches Frühstück, was?«, sagte Blome und verzog beim Anblick der fetten Masse das Gesicht.

»Das kann ich eben am besten kochen.«

»Quatsch, das ist *das Einzige*, was du kochen kannst.« Beide lachten herzlich, und es tat ihnen gut, sich ein wenig zu entspannen. Einige Minuten später saßen sie am Küchentisch, an dem kurz zuvor der Fremde gesessen hatte. Während Schneider sein Essen verschlang, zog er die Mappe zu sich heran, öffnete sie und blätterte die Seiten durch. »Gute Arbeit«, nuschelte er mit vollem Mund.

Blome verschränkte die Arme, schaute Richard beim Essen und Blättern zu und schüttelte ungläubig den Kopf. »Kannst du was damit anfangen?«

Schneider nickte und kaute weiter. »Ich denke schon. Das wird sich noch herausstellen. Ich bin schon einmal froh, dass diese Geschichte kein Hirngespinst meines Vaters ist. Dieses Ding hat es tatsächlich gegeben – und möglicherweise existiert die Lanze noch immer. Sehr wahrscheinlich sogar, wenn diese Typen so scharf darauf sind. Ach, Gerd. Möchtest du auch?« Schneider deutete auf den Inhalt der Pfanne.

Blome schüttelte den Kopf. »Natürlich existiert sie noch«, bemerkte er und gewann sofort die volle Aufmerksamkeit seines Partners.

»Ach! Und wo ist sie?« Schneider schob den leeren Teller von sich. »Ist sie in Wien?«

»Genau. Woher weißt du das denn?«

Schneider ging nicht darauf ein. So fuhr Blome fort: »Genau genommen gab oder gibt es mehrere Lanzen, aber die bedeutendste ist in Wien in einem Museum ausgestellt, nachdem Hitler sie sich geschnappt hatte und die Amis sie zurückgebracht haben.«

»Steht das alles da drin?« Schneider klopfte auf den Stapel Unterlagen. »Ich dachte, du interessierst dich nicht dafür.«

»Tue ich eigentlich auch nicht. Aber du hast mich ein bisschen angesteckt. Ich habe Ralf zugesehen, wie er in die Tasten haute und der Drucker ein Dokument nach dem anderen ausgeworfen hat. Bis er fertig war, habe ich schon mal ein bisschen gelesen.«

Schneiders Augen leuchteten auf. »Vor ein paar Minuten war dieser Typ hier – Lennigan, derjenige, der bei dir angerufen hatte. Groß und schlank mit so einem Kreuz.« Schneider spreizte seine Arme auseinander. »Sieht aus wie ein Schwede oder Däne mit blonden Haaren und stechend blauen Augen, spricht aber fließend Deutsch. Er hat zwar einen Akzent, aber mit Sicherheit keinen nordischen. Na, egal. Er wusste jedenfalls von dem ganzen Mist mit Comequad und unserem Crash. Er sagte, ich sei ein Nachkomme meines Vaters und ein Auserwählter oder so ähnlich und müsse seinen Befehlen gehorchen, sonst hätte ich meine letzten Tage erlebt.« Schneider würzte seine Worte mit einer gehörigen Portion Theatralik und lachte laut auf. Er wusste in dem Augenblick selbst nicht, ob dies eine passende Reaktion war. »Er hatte irgendwie was Überirdisches, der Typ.« Schneider durchkämmte sein schütteres Haar mit seinen Fingern. »Sie wollen genau diese Lanze in ihren Besitz bringen.« Er deutete auf ein Foto, das zuoberst auf dem Stapel der ausgedruckten Unterlagen lag. »Er sagte, ihr Orden bräuchte sie, bevor der Papst sie sich schnappt. Mein Gott. Alle Welt will plötzlich diese Lanze. Ich vermute, mein Vater war über viele Jahre Mitglied in diesem Orden. Hast du schon mal von ›THE Lu‹ gehört?«

Blome dachte einen Augenblick nach und schüttelte dann den Kopf.

»Nicht, dass ich wüsste.«

»Sie haben eine Homepage im Internet.« In dem Augenblick, in dem er das sagte, sprang Schneider von seinem Stuhl auf. Blome folgte ihm in das Arbeitszimmer, und in Windeseile hatten sie sich eingeloggt: »www.The-lu.com«. Wenige Sekunden später erschien die Startseite von »THE Lu«, der angeblich weltweit operierenden Organisation.

Schneider sah zu Blome hoch. »Sieh dir das an. Du kannst zehn verschiedene Sprachen anklicken. Und dann hier: internationale Hilfsprojekte. Sie haben Gelder für die AIDS-Stiftung aufgebracht, arbeiten an der Bekämpfung von Krebs und haben allein sechs Millionen für die Tsunamiopfer gespendet. Meine Güte, über wie viel Kapital die verfügen müssen.« Blome hielt seine Augen auf den Bildschirm gerichtet. »Und? Wie sollst du das nun anstellen? … Die Lanze zu besorgen?«

»Keine Ahnung. In dem Moment, in dem er es mir erzählen wollte, brach er den Satz ab, als hätte er eine Nachricht bekommen, und meinte, er müsse jetzt gehen. Ein paar Sekunden später warst du dann da. Es schien, als wollte er dir nicht über den Weg laufen.«

»Woher könnte er denn gewusst haben, dass ich im Anmarsch bin?«

Schneider schüttelte entgeistert den Kopf. »Ich kann es dir nicht sagen. Es war schon ziemlich merkwürdig. Er wusste sogar, dass du Unterlagen über diese Lanze für mich mitbringst. Hast du ihm denn davon erzählt?«

»Nein, hab ich natürlich nicht. Wann hätte ich das denn tun sollen?«

»Na, vielleicht als er in der Firma angerufen hat?«

»Wie das denn? Du hast mir doch erst gestern den Auftrag dazu gegeben.«

Schneider dachte nach. Er hatte in dem Rummel das Zeitgefühl verloren. Dann schüttelte er den Kopf. Nach einer Weile bestätigte er das Unfassbare. »Es ist nicht zu glauben. Die wollen tatsächlich, dass *ich* ihnen die Lanze beschaffe.«

Blome sah Schneider entgeistert an. »Ich begreife immer noch nicht, was du damit zu tun hast? Vor allem: Ich wusste gar nicht, dass du auf den Diebstahl von Museumsstücken spezialisiert sein sollst. Ich meine: Warum machen sie es nicht selbst, wenn sie so mächtig sind, wie du sagst?«

Schneider ließ sich die Frage Blomes durch den Kopf gehen. »Das weiß ich doch auch nicht. Ich vermute, sie brauchen jemanden, der die Drecksarbeit für sie erledigt, ganz einfach. Außerdem bin ich eben jener sagenumwobene Nachfolger. Keine Ahnung, welche merkwürdigen Regeln die haben.«

»Und? Wie hast du reagiert? Du wirst doch deine Finger davon lassen, Richard!« Der Klang von Blomes Stimme war voller Sorge um seinen Freund. Finanziell ein paar krumme Dinger zu drehen war in ihrem Geschäft nichts Besonderes, doch Einbruch und Diebstahl einer offensichtlich bedeutenden Reliquie …

»Weißt du, Gerd? Es ist schon verrückt, was in den letzten Tagen mit meinem Leben passiert. Es gerät völlig aus den Fugen! Erst die Sache mit Comequad. Dann liegt mein Vater im Sterben. Und seit ich diese Tagebücher lese …« Schneider ließ seinen Blick durch Blome hindurchgehen. »Ich kann es nicht leugnen, aber ich selbst bin ganz vernarrt in diese Lanze.«

»Du willst mir doch nicht etwa sagen, dass du sie wirklich beschaffen willst? Wie stellst du dir das denn vor? Das ist ein kostbares Museumsstück. Da geht man nicht so einfach rein und sagt: ›Hallo, ich bin Dr. Richard Schneider, der Inhaber der größten Investmentfirma Frankfurts, und ich nehme jetzt die Lanze dort mit. Ist das okay für euch, Leute?‹«

Schneider verzog keine Miene und zuckte mit den Achseln. In Gedanken vertieft, sagte er: »Keine Ahnung, wie man das anstellt. Irgendwie wird es schon gehen.« Er sah auf. »Der Typ will außerdem noch mal vorbeikommen. Außerdem hat er gesagt, sie sei ziemlich schlecht bewacht.«

»Du spinnst, Richard. Ich sage dir: Lass die Finger davon!«, beschwor Blome ihn ein zweites Mal.

Richard wandte sich zu Gerd um und schaute ihn eindringlich an. »Sie könnte auch für uns, für die Firma von großem Vorteil sein. Wie ich in den Tagebüchern meines Vaters gelesen habe, scheint es wirklich keine gewöhnliche Lanze zu sein, Gerd.« Schneider beugte sich vor und fixierte die Augen seines Freundes. »Stell dir vor: Jeder, der diese Lanze besessen hat, ist zu großer Macht gekommen, hat alle Schlachten gewonnen und magische Fähigkeiten besessen.« Schneider ballte die Fäuste, während er den letzten Satz wie eine Verschwörungsformel sprach.

Blome aber blieb ganz gelassen. »Und du glaubst an diesen Unsinn?«

»Himmler hat das auch gesagt.«

Schneider stand auf und lief ins Wohnzimmer hinüber. Zielsicher griff er nach einem der Tagebücher und nahm es mit in die Küche.

»Hier, lies selbst.«

Blome nahm das Buch in beide Hände und las wortlos den Abschnitt, den Richards Vater über das Gespräch mit Himmler niedergeschrieben hatte. Schneider ließ seinen Freund dabei nicht aus den Augen. Vielleicht konnte er ihn ebenfalls für die Mystik der Lanze begeistern. *Ein Verbündeter wäre nicht schlecht*, dachte er.

Blome legte das Buch wie eine ausgelesene Zeitschrift auf den Tisch zurück. Er war keineswegs überzeugt. »All das hier heißt doch noch lange nicht, dass diese Lanze wirklich solche Macht hat. Tut mir leid, Richard. Ich kann dir nicht folgen. Ich glaube einfach nicht an so einen Humbug, und ich kann nicht verstehen, dass du auf so etwas abfährst. Ach, und übrigens: Du sagst doch, sie bringe jedem Macht und Sieg, der sie besitzt – die Deutschen zumindest haben den Krieg *verloren*, schon vergessen? Trotz Lanze, mein Lieber.«

»Dafür gibt es bestimmt eine Erklärung. Ich habe die Tagebücher ja noch nicht zu Ende gelesen. Ein paar liegen noch im Haus meines Vaters. Aber ich werde dahinterkommen, glaub mir.«

»Meinst du nicht, dass die Firma im Moment wichtiger ist als diese Phantastereien?« Schneider sah Blome an, beugte sich vor und sagte ärgerlich: »Dass es der Firma so schlecht geht, hast du mit Schilling verbockt.« Er klopfte auf den Einband des Tagebuchs. »Das hier ist *mein* Weg, uns da wieder rauszuholen. Wenn du eine bessere Idee hast, dann sieh zu, dass du in die Firma kommst und alles wieder geradebiegst.«

Blome wich verärgert zurück. »Ist ja schon gut. Mach doch, was du willst. Du bist ja nicht mehr ganz normal.« Er stand von seinem Stuhl auf und griff nach seiner Lederjacke. Im Hinausgehen rief er Schneider zu: »Ich hoffe, du bist bald wieder bei Sinnen.« Dann ging er und schloss hinter sich die Tür, während Richard in der Küche sitzen blieb und begann, die Papiere zu sichten, die Blome ihm mitgebracht hatte. Die Firma war in diesem Augenblick das Letzte, an das er denken wollte.

Eifrig blätterte er den dicken Stapel durch und war erstaunt, wie gut sein Mitarbeiter Ralf Friehling gearbeitet hatte. Die Mappe umfasste schätzungsweise drei- bis vierhundert Seiten. Natürlich hätte er die Recherche auch selbst erledigen können, aber erstens delegierte er Aufgaben gern an andere, und zweitens wollte er keine Zeit verlieren.

Mit zunehmendem Durchblättern des Materials wuchs Schneiders Erregung. Da waren Schriften von diversen Herrschern und Kriegsherren, die die Lanze im Kampf mit sich getragen und siegreich das Schlachtfeld verlassen hatten. Dokumente, aus denen hervorging, wie die Lanze von einer Generation an die nächste weitergereicht worden war, und Hinweise darauf, dass der Ruhm und die Ehre bestimmter Familien ausschließlich auf den Besitz der kostbaren Reliquie zurückgeführt werden konnte. Sogar Heinrich I., der Ottonenkönig, sollte sie besessen und damit die Einfälle der Ungarn erfolgreich verhindert haben.

Schneider blickte auf. Jetzt wurde ihm einiges klar. Sein Vater hatte doch geschrieben, dass Himmler sich für die Reinkarnation von Heinrich I. hielt. Deshalb war er auch so verrückt danach gewesen, die Lanze zu besitzen.

Dann fiel Schneider etwas ein. Unvermittelt sprang er auf, rannte die Treppe hinauf und öffnete die Tür zum Dachboden. Neben altem Gerümpel, Gartenmöbeln und Computern, die kein Mensch mehr haben wollte und deren Entsorgung er bisher noch nicht erledigen konnte, fand er drei

Kartons, randvoll mit Büchern aus seiner Jugend. In einem Anfall von Sentimentalität hatte er die mal aus dem Haus seiner Eltern abgeholt. In der ersten Kiste wurde er nicht fündig. Dann nahm er sich die zweite vor und fand, wonach er suchte. Auch er besaß nämlich eine alte Bibel, die ihm seine Mutter zur Konfirmation geschenkt hatte. Ganz vorne, im Deckel des Einbandes, stand eine Widmung seiner Mutter:

Meinem lieben Sohn Richard
Möge Gott durch dieses Buch – sein Wort –
auch zu dir reden

Deine Mutter

Schneiders Augen blieben an dieser Widmung hängen. Längst verschollene Gefühle kamen hoch, und er spürte, dass die Vergangenheit ihn einholen wollte, doch das war das Letzte, was er in diesem Moment brauchte. Er hasste Sentimentalität. Schnell verließ er den mit zarter Hand beschriebenen Klappeneinband und blätterte die Seiten um, bis er das Neue Testament fand. Er wusste aus seiner Kindheit und Jugend nicht mehr viel über die Bibel, gerade noch, dass es zwei Testamente gab und dass dieser Jesus irgendwo im Neuen Testament zu finden war. Dieser Feigling, der sich ans Kreuz schlagen ließ, ohne zu kämpfen oder auch nur die geringsten Anstalten zu machen, sich zur Wehr zu setzen. Richard erinnerte sich sehr wohl daran, dass es mal eine Zeit gab, in der ihm dieser Jesus sympathisch gewesen war, damals, als seine Mutter Abend für Abend aus einer Kinderbibel Geschichten über Wunder und Heilungen vorgelesen hatte. Und dann, gerade als er begann, Jesus wirklich zu mögen, war seine Mutter gestorben, einfach abgehauen. Hatte sich verdrückt, so wie dieser Gottessohn.

Verfluchter Mist, schoss es ihm durch den Kopf, *wo ist bloß diese Stelle mit dem Legionär?* Schließlich fand er sie im Johannesevangelium, Kapitel 19: »Weil Rüsttag war und die Körper während des Sabbats nicht am Kreuz bleiben sollten, baten die Juden Pilatus, man möge den Gekreuzigten die Beine zerschlagen und ihre Leichen dann abnehmen; denn dieser Sabbat war ein großer Feiertag. Also kamen die Soldaten und zerschlugen dem Ersten die Beine, dann dem andern, der mit ihm gekreuzigt worden war. Als sie aber zu Jesus kamen und sahen, dass er schon tot war, zerschlugen sie ihm die Beine nicht, sondern einer der Soldaten stieß mit der Lanze in seine Seite, und sogleich floss Blut und Wasser heraus.«

»Das ist es«, rief Schneider begeistert. »Das ist die Lanze des Longinus. Ich wusste, dass es sie gibt. *Die Frage ist aber: Hat mein Vater sie jemals besessen oder zumindest in den Händen gehalten*? Plötzlich hielt ihn nichts mehr auf dem Dachboden. Er ließ die Bibel auf dem staubigen Boden zurück und eilte ins Wohnzimmer. *Hat mein Vater diese Lanze jemals besessen?* Dieser Gedanke ließ ihn nicht mehr los. Er setzte sich wieder in den Lesesessel und schlug den nächsten Band auf.

3. Okt. 1940
Saß heute den ganzen Tag in Himmlers Bibliothek. Ist schon fast zu meinem zweiten Zuhause geworden. Nachdem ich die erste Phase seines Lebens abgeschlossen habe, ist es mühsam, einen Einstieg in sein späteres Leben zu finden. Ich bin auf seine Erzählungen und Berichte angewiesen, vor allem darauf, wie er sich selber sieht. Ich weiß nun alles über sein Studium der Landwirtschaft, seine neuen politischen Freunde und Kontakte sowie über seine Begeisterung über die Mendel'sche Vererbungslehre, die er auf die Menschen zu übertragen denkt. Er ist Mitglied in einer Reihe von Vereinen und Verbänden und nach eigener Aussage

eine gesellige und gern gesehene Persönlichkeit. Nun, ich muss seine Ansicht ja nicht teilen, denn in meinen Augen ist sein Wesen eher farblos und unscheinbar. Nicht gerade der Typ Mann, um den man sich bei gesellschaftlichen Anlässen versammelt, um Witze oder nette Anekdoten zu hören. Auch fehlen ihm das Charisma des Führers und der Witz Heydrichs. Eigentlich hat er gar nichts Großartiges an sich – und doch ist dort etwas an ihm oder in ihm, das mich magisch in den Bann zieht. Er ist ein Verfechter der Rassenlehre, und er gehört der Thule-Gesellschaft an, für die er mich ebenfalls begeistern will. Ich werde mich noch einmal damit beschäftigen, bevor ich endgültig zusage.

Himmlers letzter Tagebucheintrag lautete in etwa, dass aus dem mischrassigen deutschen Volk wieder reinrassige Germanen gezüchtet werden müssten. Er träumt von einem neuen Volk in einem Land, das einem Paradies der germanischen Rasse gleicht – durchsetzt von Kulttempeln, Wehrdörfern und Totenburgen und mit der Wewelsburg im Zentrum.

Er berichtete mir ausführlich von einer Organisation, die er gegründet habe und die er als Studiengesellschaft für Geistesurgeschichte ansehe. Gemeinsam mit seinem Freund, dem Reichsbauernführer und Leiter des Rasse- und Siedlungshauptamtes, Richard Walther Darré habe er die Idee für den Verein »Ahnenerbe« entwickelt und er zeigte mir sogleich ein Manuskript darüber. Stolz sagte er: »Dieser Verein bietet uns Raum, Geist und Tat, um das nordrassische Indogermanentum zu erforschen und es dem deutschen Volk zu vermitteln. Er gibt uns die Möglichkeit, ernsthafte Wissenschaft zu betreiben, um die Menschen, insbesondere die Deutschen, Holländer, Belgier, Dänen und Norweger zu ihren Wurzeln zurückzuführen. Der uralte Menschheitstraum, einen Übermenschen zu züchten, rückt damit in greifbare Nähe.« So waren seine Worte, die ich gleich aufgeschrieben habe. Denn während er sprach, war wieder dieser unheimliche Glanz in seinen Augen.

»Wie sehen denn diese Forschungen aus?«, fragte ich ihn interessiert.

»Wir machen Tests, mit deren Hilfe wir herausfinden, unter welchen Lebensbedingungen der Stärkere überlebt. So war es innerhalb der Evolution ja schon immer.«

Ich hakte nach: »Und wer sind die Testpersonen, und welche Tests werden unternommen? Ich meine: Wie habe ich mir das vorzustellen?«

Himmler schienen diese bohrenden Fragen unangenehm zu sein. Ich bin zwar schon längst zu einem seiner engen Vertrauten avanciert, doch manche Fragen bleiben dennoch Tabu, und dazu gehörte offensichtlich meine zuletzt gestellte. Er wand sich aus dem Gespräch heraus, zog ein beliebiges Buch über Rassenlehre aus dem Regal und drückte es mir vor den Bauch. »Hier, lies das, dann weißt du Bescheid.«

Ich hatte den Eindruck, dass ich ein äußerst empfindliches Thema angeschnitten hatte, und erinnerte mich an die skurrilen Möbelstücke im oberen Stockwerk, deren Existenz ich nicht vergessen kann. Wie weit geht er für seine Forschungen an Menschen, und welchen Ausgang nehmen diese Tests? Ich habe mir vorgenommen, ihm diesbezüglich bei guter Stimmung einige Antworten zu entlocken.

8. Okt. 1940
Habe letzte Nacht im Keller kein Auge zugetan. Britische Kampfflieger warfen stundenlang Bomben über Berlin ab. Unser Haus ist zum Glück unbeschädigt geblieben, da es am Stadtrand liegt. Habe gehört, dass die Charité schwer getroffen worden sein soll. Das wäre allerdings ein harter Schlag für die Verwundeten.

Bin am späten Vormittag zu Himmler zitiert worden. Auch seine Villa ist vollständig unversehrt geblieben. Ich habe nun schon 350 Seiten biografisches Material über ihn zusammengetragen, und er ist sichtlich zufrieden mit mir. Trotzdem ist er in den letzten Monaten zunehmend gereizt, beantwortet meine Fragen nur kurz – und mein Roman ist immer noch nicht erschienen. Er hatte mir versprochen, ihn verschiedenen Verlagen anzubefehlen, bislang ist aber offensichtlich noch nichts passiert. Ich hoffe nicht, dass er mir eine Veröffentlichung nur versprochen hat, um mich hinzuhalten. Es kommt mir wie ein Köder vor, den er vor meine Nase hält, damit ich seine Biografie schreibe.

Doch es gibt noch ein anderes Problem, das mich sehr beschäftigt. Ich kann keinen Kontakt mehr zu Traunstein und Gudrun aufnehmen. Sie scheinen die Redaktion tatsächlich verlassen zu haben. Wie ich hörte, wurde er fristlos entlassen. Auch unter ihrer Privatadresse ist niemand mehr zu erreichen. Die letzten Briefe Gudruns waren in einem eigenartigen, ja ängstlichen Ton verfasst, als müssten beide um Leib und Leben bangen. Natürlich, wir bangen alle in einer gewissen Weise, schließlich ist Krieg, doch die Anfechtung scheint aus ihren eigenen Reihen zu kommen. Die neue Gesinnung Traunsteins hat sich noch verstärkt, und er ist zunehmend ins Visier der Führung geraten, da diese befürchtet, Traunstein könne Texte veröffentlichen, die nicht linientreu und systemkonform sind. Sobald ich wieder in München bin, werde ich mich auf die Suche nach ihnen machen, doch zuvor gibt es hier noch einiges zu erledigen.

Himmler hat mir verraten, dass der Führer nach seiner Kopie der Lanze verlangt. Die Reichskleinodien wandern nämlich von einem sicheren Versteck zum anderen, und Hitler ist nicht bereit, das Original aus der Hand zu geben. »Die Kopie ist so gut wie das Original, denn die Kraft, die hinter ihr steht, ist die gleiche«, habe der Führer zu ihm gesagt. Ich nötigte Himmler, mir mehr zu sagen, und spürte, wie es ihn drängte, sich bei einem Verbündeten auszusprechen. In den letzten Jahren wittert er zunehmend Intrigen in den eigenen Reihen und glaubt, niemandem mehr vertrauen zu können. Warum er mir dieses Vorrecht dennoch zugesteht, ist mir ein Rätsel. Er war heute so nervös, dass er des Öfteren in ein Stammeln verfiel, und so musste ich mir aus all dem Gefasel einen Reim machen. Es war von Papst Pius XII. die Rede und davon, dass der Führer ihm die Kopie der Lanze geben wolle.

»Wozu braucht denn der Papst die Lanze?«, fragte ich Himmler.

»Du hast immer noch nichts begriffen«, fuhr er mich ungewohnt barsch an. »Es geht um Macht, verstehst du das denn nicht?«

»Ein Papst hat doch schon Macht«, entgegnete ich.

»Der Führer hat auch schon genug Macht, könnte man meinen.« Himmler schüttelte den Kopf so hektisch, dass sein Doppelkinn wie bei einer Dogge hin und her schwappte. »Macht, mein Lieber, kann man nie genug haben«, betonte er und blickte mir mit demselben hypnotischen Blick in die Augen, mit dem er mich schon einige Male angesehen hatte. »Außerdem ist die Lanze so eine Art Honorar für den Papst. Sie ist sein Lohn.« Ich war entsetzt. Hitler und der Papst machten gemeinsame Sache.

»Sein Lohn, wofür?«, drängelte ich weiter.

»Alles kann ich dir auch nicht sagen, mein Lieber. Ich werde sie Hitler geben müssen, ob ich will oder nicht. Er ist der Führer, und ich bin sein Untertan. Ich habe ihm zu gehorchen. Jawohl. Treue und Gehorsam verpflichten mich.«

Wieso nur werde ich diesmal das Gefühl nicht los, als müsse er besagte Treue und Gehorsam mühsam heraufbeschwören. Ich glaube, er würde alles darum geben, die Lanze behalten zu können.

IX

Professor Smith dachte noch einmal über die Ankündigung eines Essens bei einem jüdischen Baggerfahrer nach. Dann spürte er eine Welle der Müdigkeit in sich aufsteigen. »Wissen Sie was? Warum machen wir nicht Schluss für heute? Wir kommen hier im Moment sowieso nicht weiter. Außerdem spüre ich noch immer die Zeitumstellung in den Knochen. Ich werde mich jetzt in meinem kleinen Hospiz aufs Ohr hauen, und Sie holen mich gegen 19 Uhr mit ihrem schicken Nissan ab. Was halten Sie davon?«

»Ich denke, das ist eine gute Idee. Ich bin auch ziemlich groggy. Neunzehn Uhr ist okay.«

Smith und Lea trennten sich gegen 16.30 Uhr. Der Professor wollte seine Gedanken ordnen, und das gelang ihm immer dann, wenn er sich gar nicht mehr um sie kümmerte. Er eilte durch die Drehtür des Instituts und genoss die warme frische Luft, die ihm durchs spärliche Haar wehte. Im Flugzeug hatte er nur die klimatisierte, fast schon sterile Luft atmen können, und es schien ihm, als herrsche in diesem trockenen archäologischen Institutskeller fast die gleiche Atmosphäre.

Fürs Erste hatte er genug von der Enge und entschied spontan, nicht ins Hotel zurückzukehren, sondern einen Spaziergang durch irgendeinen Jerusalemer Park in der Nähe zu machen. Smith war nun schon das neunzehnte Mal in Israel, und man hätte meinen können, er sei mit dem Land vertraut. Das aber entsprach keineswegs der Wahrheit. Denn jedes Mal, wenn er Israel bereist hatte, war es um archäologische Ausgrabungen gegangen. Er verbrachte lange Wochen in diversen Camps und schlief dort in Zelten und Wohnwagen oder in einfachen Unterkünften wie jenem Hospiz, das er auch diesmal wieder gewählt hatte. In früheren Zeiten hatte ihn dabei seine Frau begleitet, doch seit ihrem Tod fünf Jahre zuvor, war er nur noch allein unterwegs. *Unterwegs,* dachte er, *ist man doch sowieso, egal an welchem Ort man sich befindet.* »Man ist nur auf der Durchreise«, lautete sein Motto. »Auf dem Weg in die Heimat.« Wenn man ihn fragte, was er damit meine, sagte er: »Unsere Bestimmung ist der Himmel.« Und immer wenn er diesen Satz aussprach, gerade in letzter Zeit, machten sich seine Freunde und Kollegen Sorgen um ihn. Sie glaubten, er sei ein suizidgefährdeter alter Mann, der seiner Frau in den Tod folgen wollte. Doch der Professor meinte etwas anderes.

Smith hatte in den Jahren seiner Tätigkeit als Archäologe so viele Beweise für die Existenz Jesu gesammelt, dass für ihn kein Zweifel mehr bestand, dass er wirklich existiert hatte. Und als seine Frau nach langem Krebsleiden mit einem Lächeln auf den Lippen gestorben war, schwanden auch seine letzten Zweifel. Seine Frau hatte den Glauben nie aufgegeben, trotz ihrer Schmerzen. Sie war es auch gewesen, die den Spruch geprägt hatte, die Menschen seien nur auf der Durchreise. In Liebe zu seiner Frau und mit voller Überzeugung, dass es die Wahrheit sei, hatte er diese Weisheit für sich übernommen.

Nachdem Smith beinahe eine geschlagene Stunde auf einer Parkbank verbracht hatte, trat er langsam den Weg zum Hospiz an. Jetzt erst merkte er, wie hungrig er war.

Leas Wagen stand pünktlich um 19 Uhr vor der Tür des Hospizes. Sie öffnete dem Professor von innen die Tür und bemerkte, dass er sich umgezogen und frischgemacht hatte.

»Und? Wie geht es Ihnen? Haben Sie etwas schlafen können?«

»Ich bin spazieren gegangen und habe im Park ausgeruht. Es war herrlich. Ich fühle mich wieder frisch und aufnahmefähig. Und ich freue mich sogar auf den Abend bei Kofsman. Dem Baggerfahrer.«

»Seine Familie ist sehr nett. Sie wird Ihnen gefallen.«

Smith wunderte sich, wie sicher Lea das Fahrzeug durch die teils engen Gassen führte. Als hätte sie seine Gedanken gelesen, sagte sie: »Die Beulen habe übrigens nicht ich verursacht. Das sind ausschließlich Parksünden der anderen.«

Der Professor konnte sich ein Schmunzeln nicht verkneifen, doch er glaubte ihr. Nach etwa fünfzehn Minuten erreichten sie ein einfaches Mehrfamilienhaus in einem Vorort von Jerusalem. Der Fahrstuhl brachte sie ins vierte Stockwerk, und ein braun gebrannter Mann um die vierzig mit schwarzem struppigem Haar öffnete ihnen die Tür.

»Shalom. Sie sind bestimmt Professor Smith. Es ist mir eine Ehre, Sie in meinem Haus begrüßen zu dürfen.«

Smith reichte Mosche Kofsman die Hand und schüttelte sie kräftig. »Ganz meinerseits. Ich habe schon viel Gutes über Ihre Fähigkeiten gehört. Sie sollen ein ausgezeichneter Kran- und Baggerführer sein.«

Mosche nickte verlegen. Er hatte schließlich nicht oft Besuch von hochrangigen Persönlichkeiten, doch Lea war ganz erpicht darauf gewesen, diesen Kontakt herzustellen. »Kommen Sie bitte herein. Das Essen ist in wenigen Minuten fertig. Während des Essens werden meine Kinder und meine Frau noch dabei sein und es wird etwas lauter zugehen. Ich hoffe, das stört Sie nicht.«

Smith schüttelte den Kopf: »Ganz und gar nicht. Meine

Frau und ich haben leider nie Kinder haben können, und ich genieße es sehr, wenn welche da sind.«

»Gegen acht werden sie im Bett verschwunden sein, und dann werden wir in Ruhe reden können.«

Wie erwartet schmeckte das Essen dem Professor nicht nur großartig, es bekam ihm auch exzellent.

»Sie sollen ja ein wahrer Künstler im Umgang mit diesen Monstern sein.« Smith tupfte sich mit der Serviette die Mundwinkel ab. »Frau Weizmann hat mir im Auto erzählt, wie elegant Sie den Rollstein auf die Seite gelegt haben.«

Mosche wehrte ab. »Ach, alles nur eine Frage der Übung. Wir wissen ja, in welch historisch wichtigen Gebieten wir arbeiten. Da muss man schon ein wenig Feingefühl mitbringen. Schließlich könnte unter jedem Stein ein potenzieller Schatz verborgen liegen.« Mosche grinste in Anbetracht seiner Übertreibung.

Für Smith war die Begegnung mit Mosche Kofsman sehr ungewöhnlich. Er war es zwar gewohnt, mit Grabungshelfern sowie anderen Professoren und deren Assistenten am Fundort zusammenzuarbeiten, doch gleich am ersten Tag bei einem Baggerführer zu Gast zu sein war etwas Neues. Dennoch fühlte er sich auf eigentümliche Weise wohl in diesen Räumen, fasste schnell Vertrauen zu Kofsman und hatte das Gefühl, das alles genau so kam, wie es kommen sollte. Und so begann er das Gespräch auf den sonderbaren Grabfund zu lenken.

»Hat Frau Weizmann Sie schon über die näheren Erkenntnisse unseres beziehungsweise Ihres Fundes unterrichtet, Herr Kofsman?«

»Mosche. Sagen Sie doch bitte einfach nur Mosche zu mir. Das tun alle meine Freunde.«

»Oh, nun gut. Vielen Dank, Mosche. Sehr gern. Nun, es ist

so: Wir haben mit einigen Ungereimtheiten zu kämpfen, und wir wissen im Moment noch nicht, wie wir diese widersprüchlichen Befunde einzuordnen haben.«

Mosche warf einen fragenden Blick zu Lea. Wieder dem Professor zugewandt, fragte er erstaunt: »Nun ja, aber wie kann ich Ihnen dabei helfen? Ich bin Baggerführer.«

Smith holte tief Luft und blickte sich flüchtig im Wohnzimmer der Kofsmans um, so als wolle er sicherstellen, dass sie auch wirklich allein seien. »Sie wissen ja bereits, dass in der Grabhöhle drei Leichen gefunden worden sind.«

Mosche nickte kaum merklich. Natürlich wusste er das.

»Zwei von ihnen weisen eindeutige Kreuzigungsmerkmale an ihren Hand- und Fußgelenken auf. Soweit ist alles schön und gut, und schon allein wegen dieser Tatsache ist der Fund als sensationell einzustufen. Der dritte Tote jedoch trägt Spuren einer Stichverletzung. Ich persönlich glaube, sie stammt von einer römischen Lanze aus der Zeit Jesu.«

Mosche zog die Brauen hoch und wartete gespannt die weiteren Ausführungen des Professors ab. In wenigen Sekunden würde er wissen, worauf dieser hinauswollte.

»Die Spitze der Lanze wurde zwischen der dritten und vierten Rippe eingeführt und wird die linke Lunge durchbohrt haben.« Smith legte die Fingerspitzen aneinander. »Auch das wäre an sich noch kein Problem, im Gegenteil, bis hierher passen die drei Männer schon irgendwie zusammen. Doch jetzt kommt der Teil, der uns wirklich Kummer macht.«

Smith holte tief Luft und machte eine bedeutsame Pause. Er sah Lea an, als wolle er sich ein letztes Mal rückversichern, ob er tatsächlich über die unverständlichen Befunde reden solle. Doch er beschloss, die Bedenken beiseitezuwischen, denn die Aufklärung solcher Ungereimtheiten verlangte bisweilen nach außergewöhnlichen Maßnahmen. Warum also nicht einmal einen Kranführer in geheime Forschungsergebnisse einweihen.

»Der Tote Nr. 3 – wir schätzen ihn auf circa 50 bis 60 Jahre, hat im Unterschied zu seinen beiden Freunden ein perfektes Gebiss.«

Mosche zuckte mit den Schulter und dachte an seine eigenen makellosen und füllungsfreien Zähne.

Smith ahnte Mosches Gedanken. »Tja, und jetzt kommt das Mysterium. Ein Zahnarzt aus Tel Aviv hat uns heute bestätigt, dass der Tote Keramikinlays und Kronen hat, die er zweifelsfrei erst im einundzwanzigsten Jahrhundert bekommen haben kann.« Smith lehnte sich zu Mosche vor. »Darüber hinaus sieht man auf dem Röntgenbild zwei Dentalimplantate im linken oberen Seitenzahnbereich.«

Mosche reagierte nicht gleich.

»Verstehen Sie, was das bedeutet?«

Mosche ließ sich Zeit mit der Antwort. »Noch nicht so ganz. Sie wollen also damit sicher andeuten, dass der Tote nicht aus derselben Zeit stammen kann wie die beiden anderen.«

»Genau«, schaltete sich Lea in das Gespräch ein. »Er muss nachträglich, also fast zweitausend Jahre später, vor ein paar Jahren möglicherweise, von irgendjemandem dort hineingelegt worden sein. Eine andere Erklärung gibt es dafür nicht.«

Mosche lachte kurz auf. »Wer sollte so etwas tun? Einen Toten in einem uralten Grab verscharren.«

»Nun, er könnte Opfer eines Verbrechens geworden sein. Und damit man die Leiche nicht findet, hat man sie einfach zu den anderen dazugelegt«, erklärte der Professor.

»Das würde aber bedeuten, dass jemand das Grab schon vor einigen Jahren gefunden hat. Außerdem gibt es einen Haken in Ihrer Überlegung.« Mosche blickte in Smith' hochrotes Gesicht und betrachtete die feinen Äderchen auf seinen Wangen, die deutlich hervortraten. Dann wurde sein Blick ernst und seine Stimme fest. »Ich kenne jeden Stein und jeden Felsen in Israel. Ich kann Ihnen mit Sicherheit sagen, ob eine Gesteinsart sehr alt oder eher jüngeren Datums ist.« Mosche sah abwechselnd in Leas und dann in Harvey Smith' Augen. »Der Fels, den wir mit unserem Kran frei gelegt haben, ist definitiv uralt. Da hat niemand vor ein paar Jahren drin rumgegraben.« Damit lehnte er sich zurück und wartete auf eine Reaktion des Professors.

Smith dachte nach. »Nun, damit nehmen Sie die Antwort auf meine nächste Frage vorweg. Sie können sich also nicht vorstellen, dass jemand in der Lage wäre, sich einen Zugang zu dem alten Grab zu verschaffen, den Rollstein zu entfernen und es wieder so zu verschließen, dass niemand den Unterschied merkt?«

Mosche schüttelte entschieden den Kopf. »Nein. Aber spekulieren wir mal: Derjenige, der so etwas getan haben könnte, müsste durch Unterlagen aus der Vergangenheit oder mittels spezieller radiologischer oder ähnlicher Echolot-Messungen genau gewusst haben, wo sich die Höhle befindet. Es gibt ja Geräte, die Hohlräume im Erdreich auf den Millimeter genau aufspüren können. Das aber würde bedeuten, dass der Mörder dieses Mannes in den Reihen von Wissenschaftlern und Archäologen zu suchen sein müsste.«

Smith musste lächeln. In seinem Kopf wirbelten sämtliche Widersprüche haltlos durcheinander. Vor allem suchte er verzweifelt nach einer baldigen Erklärung für diesen Wahnsinn. »Wenn Sie Recht damit haben, dass der Fels zum ersten Mal seit vielen hundert Jahren frei gelegt wurde, dann muss unser nächster Schritt der sein, das exakte Alter aller Funde aus der Höhle sowie der Höhle selbst zu ermitteln.« Der Professor wirbelte mit den Händen in der Luft herum. »Ich kann mich nicht erinnern, jemals einen so verworrenen Fall gehabt zu haben, obgleich er natürlich faszinierend ist. Das Problem ist nur, dass wir den Behörden und der Öffentlichkeit keine Hirngespinste präsentieren dürfen.«

»Wissen Sie schon, mit welcher Methode Sie das Alter bestimmen werden?«, fragte Mosche.

Smith nickte. »Nun, ich denke, was die organischen Anteile betrifft, so werden wir wieder die Radiokarbontechnik anwenden. Es wäre auch hilfreich gewesen, wenn wir Gegenstände aus der Zeit, aus der die drei Leichen stammen, gefunden hätten: Tonkrüge, Keramikschalen oder Münzen. Als Erstes werden wir morgen die Höhle noch einmal genauestens inspizieren und mit einem Metalldetektor absuchen. Die kleinste Kleinigkeit kann uns weiterhelfen. Es ist zwar schon jeder Millimeter abgesucht worden, aber noch nicht mit Metalldetektoren. Irgendetwas muss übersehen worden sein …«

Mosche bedachte den Professor mit einem fragenden Blick. »Die Radiokarbontechnik hat sich ja sehr weiterentwickelt, und ich habe mich schon eine Weile nicht mehr mit dieser Technologie beschäftigt. Wie ist denn der aktuelle wissenschaftliche Kenntnisstand. Das war leider der Part, den ich im Studium nicht mehr bis zum Ende mitbekommen habe.«

Der Professor schien sichtlich erstaunt. »Sie haben studiert? Welches Fach, wenn ich fragen darf?«

»Geologie und Archäologie. 7 Semester in Jerusalem.«

»Und warum haben Sie das Studium nicht zu Ende gebracht?« Smith schien fast darüber verärgert zu sein, dass jemand ein Archäologiestudium abbricht.

Mosche verzog den Mund und spitzte die Lippen. Eigentlich wollte er nicht gerade jetzt darüber sprechen, was ihn damals bewogen hatte, seinen Traum aufzugeben. »Das ist eine lange Geschichte, Herr Professor. Vielleicht erzähle ich sie mal bei Gelegenheit.«

Smith nickte und ließ es dabei bewenden. Eigentlich wollte er sich ja auch auf die Beantwortung von Mosches Frage konzentrieren. »Nun gut, ich erklär sie Ihnen gern. Ich werde zwar Frau Weizmann damit langweilen, aber ich habe gerade letzte Woche einen aktuellen Artikel von einem Freund aus Harvard dazu gelesen. Also: Zunächst einmal lautet die korrekte und gebräuchlichste Bezeichnung: ›^{14}C-Methode‹, eine der bedeutendsten Entdeckungen des 20. Jahrhunderts. Ich glaube, die Technik wurde von einem Team um Prof. Willard F. Libby von der Universität Chicago unmittelbar nach dem Zweiten Weltkrieg entwickelt. Libby erhielt 1960 den Nobelpreis für Chemie, weil es ihm gelungen ist, die Carbon-^{14}C-Methode für Altersbestimmungen in Archäologie, Geologie, Geophysik und anderen Wissenschaften zugänglich zu machen. Mittlerweile wird diese Technik aber auch in der Hydrologie, der Wissenschaft von der Atmosphäre, der Ozeanografie, der Geologie, der Paläoklimatologie, der Archäologie und der Biomedizin verwendet.«

Professor Smith lehnte sich in seinem Sessel zurück und stellte sich darauf ein, der kleinen vor ihm sitzenden Gruppe von Zuhörern einen langen Vortrag zu halten. Lea jedoch schaute verstohlen auf die Uhr, da sie alle Einzelheiten dieser Methode bis ins kleinste Detail kannte. Smith bemerkte es. »Oh, ich verstehe. Entschuldigung. Es ist schon spät.«

»Nein, um Gottes willen. Auf keinen Fall.« Lea winkte heftig ab und versuchte ihren Patzer wieder gutzumachen.

»Na gut. Ich versuche mich kurz zu fassen. Also nur die harten Fakten. Es ist so: In der Natur kommt Kohlenstoff in Form von 3 Isotopen vor: ^{12}C, ^{13}C, die beide stabil sind, und ^{14}C, das instabil und damit radioaktiv ist. Die Radiokarbon-Methode basiert somit auf der Zerfallsrate des radioaktiven ^{14}C, das in der oberen Atmosphäre durch den Einfluss von Neutronen in der Höhenstrahlung aus ^{14}N, dem Stickstoff, gebildet wird. Durch das Wettergeschehen werden die ^{14}C-Atome gleichmäßig in der gesamten Biosphäre unseres Planeten verteilt.« Smith griff in die Innentasche seines Jacketts, nahm einen Kugelschreiber zur Hand und zog eine noch unbenutzte Serviette heran. »Die Reaktionsgleichung sieht so aus: $^{14}N + n => {}^{14}C + p$, wobei ›n‹ ein Neutron bedeutet und ›p‹ ein Proton.« Smith schaute Mosche an. »Haben Sie das so weit verstanden?«

Mosche nickte, obwohl das nicht zu einhundert Prozent der Wahrheit entsprach.

Smith fuhr ungeniert fort, Formeln auf die Serviette zu kritzeln. »Das so gebildete ^{14}C oxidiert rasant schnell zu $^{14}CO_2$ und tritt schließlich durch Photosynthese in den Lebenszyklus der Pflanzen und durch die Nahrungskette natürlich auch in den der Tiere ein. Nun zu Ihrer eigentlichen Frage: Tiere und Pflanzen nehmen während ihres ganzen Lebens ^{14}C auf und stehen dabei mit der Atmosphäre in einem physikalischen Gleichgewicht.«

Mosche zog die Augenbrauen hoch. »Also, damit ich das richtig verstehe. Das bedeutet, dass damit das Verhältnis von stabilem zu instabilem Kohlenstoff annähernd gleich bleibt?«

»Genau«, bestätigte Smith. »Sobald ein Baum gefällt wird, Pflanzen verrotten oder die Tiere sterben und verwesen, nehmen sie keinen weiteren Kohlenstoff mehr auf. Und dann beginnt der bereits aufgenommene Kohlenstoff zu zerfallen. Einige bedeutende Wissenschaftler haben um 1949 entdeckt, dass dieser Zerfall in einer absolut konstanten Rate erfolgt, und fanden heraus, dass nach ungefähr 5730 Jahren die Hälfte des ^{14}C zerfallen ist und dass nach weiteren 5730 Jahren nur noch ein Viertel vorhanden sein wird.«

Nun wurde Mosche hellhörig. »Bis zu welchem Alter können denn solche Proben eindeutig auf ihr Alter hin bestimmt werden?«

Smith freute sich sichtlich über das Interesse. »Es ist so, dass man diese 5730 Jahre in der Physik als Halbwertszeit bezeichnet. Nach zehn Halbwertszeiten ist der Gehalt von ^{14}C bereits sehr gering geworden. Somit sind Datierungen von Proben mit einem Alter über 50 000 Jahren kaum mehr durchführbar.«

»Gut, dass unsere Leichen vermutlich erst 2000 Jahre alt sind«, wandte Lea schmunzelnd ein.

Smith nickte nur, hob den Zeigefinger und erklärte weiter. »Misst man nun den radioaktiven Zerfall in einer Probe, also zum Beispiel in Knochenstücken unserer Freunde, und vergleicht die gemessene Radioaktivität mit einer Probe von heute, dann kann man daraus das Alter der Skelette – also den Todeszeitpunkt – ziemlich exakt bestimmen.«

Leas Müdigkeit war plötzlich verschwunden. »Was schlagen Sie vor, wie wir weiter vorgehen, Herr Professor?«

»Ich würde sagen, dass wir möglichst bald von jedem Skelett verschiedene Proben entnehmen, katalogisieren und in ein entsprechendes Institut zur Analyse geben sollten. Es gibt derzeit 140 solcher Einrichtungen, und sicher auch eine hier in Jerusalem, aber ich würde es natürlich begrüßen, wenn wir alles nach Harvard zu besagtem Professor John Wagner schicken könnten. Wagner beschäftigt sich schon sein ganzes Leben mit Archäometrie und hat einen Kreis von namhaften Archäologen, Ur- und Frühgeschichtlern, Kunsthistorikern und Geologen um sich geschart, die ihn bei seiner Arbeit unterstützen. Besonders wichtig scheint mir natürlich die Frage, ob Skelett Nr. 3 tatsächlich dasselbe Alter aufweist wie die beiden anderen, aber …« Smith schüttelte heftig seinen Kopf, »… wir wissen natürlich alle, dass das völlig absurd wäre.«

✣ ✣ ✣

Schneider räkelte sich in seinem Sessel und war von den Zeilen, die vor ihm lagen, derart gefesselt, dass er sich keine Pause gönnte. Es war, als spräche sein Vater aus der Vergangenheit und er dürfte kein Wort davon verlieren. Wie akribisch der Vater alles aufgezeichnet hatte. Ein Journalist, ein Denker, ein Zweifler. Was würde Richard denn noch alles entdecken? Diese Bücher enthüllten mehr Wahrheiten über seinen Vater als all die Jahre, die er mit ihm zusammengelebt hatte. Doch der Schlafmangel forderte seinerseits Tribut. Manchmal verschwammen die Zeilen vor Schneiders brennenden Augen, und sein Gehirn spielte ihm einen Streich, wenn die Erzählungen wie ein Film in seinem Kopf abliefen. Dennoch konnte er nicht anders: Er war ein Gefangener dieser Bücher und las immer weiter.

7. Nov. 1940
Was für eine Ehre: Ich darf mit nach Rom reisen. Eine Delegation des Führers ist zu einer »Audienz« des Papstes geladen. Allerdings weiß niemand, worum es dabei wirklich gehen wird. Der Papst hat einige kritische Artikel verfasst, in denen er die Kriegsgebaren und insbesondere die Deportierung der Juden ins KZ verurteilt. Was also will der Führer beim Papst erreichen? Hitler war früher einmal streng katholisch, doch jeder, der in den engeren Dunstkreis des Führers gelangt, spürt seinen unbändigen Hass auf das gesamte Christentum. Wie Himmler ja schon sagte: Entweder man ist Christ, oder man ist Deutscher.

Ich habe gehört, dass der Papst die Kopie der Lanze geschenkt bekommen soll, eine heilige katholische Reliquie, die sicher einen würdigen Platz in St. Peter oder in der Privatkapelle des Heiligen Vaters erhalten wird. Ich werde mich dabei so gut es geht im Hintergrund halten und als neutraler Berichterstatter niemandes Aufmerksamkeit oder Argwohn erregen. Ich bin der Mann, von dem alle seit vielen Monaten wissen, dass ich Himm-

lers Biografie schreibe, und jeder akzeptiert diesen Wunsch des Reichsführers SS. Warum sollten sie mir also misstrauen? Habe ich jemals staatsfeindliche Korrespondenz verfasst oder das Regime in meinen Artikeln verunglimpft? Nein! Ich war stets ein integrer Journalist, linientreu und brav. Und doch sind meine Gedanken frei, und von diesen nunmehr dreiundvierzig Bänden meiner Tagebücher weiß außer mir und Gott, wenn es denn überhaupt noch einen geben sollte, niemand.

Werde mit Außenminister Ribbentrop, Himmler und zwei Adjutanten fliegen. Ich bin sehr gespannt.

20. Nov 1940

Ich hatte leider in den vergangenen Tagen keine Gelegenheit, meine Tagebucheinträge weiterzuführen. Ich zog es vor, sie daheim zu lassen, und machte mir während meines Aufenthaltes in Rom Notizen, die ich hier nun zusammentrage.

Himmler war schon Tage zuvor in heller Aufregung. Er lud mich ein, ihn nach Paderborn zu begleiten, um dort die Nachbildung der Lanze zu holen. Wir flogen also von Berlin nach Paderborn, und das Flugzeug landete wegen eines starken Windes sehr unsanft. Ich kämpfte heftigst mit meiner Übelkeit.

Ein schwarzer Wagen stand unweit der Landebahn bereit, und Himmler, seine zwei Adjutanten und ich stiegen ein. Ein unfreundlich blickender Fahrer erhob seinen rechten Arm zum Gruß, brüllte ein zackiges »Heil Hitler«, hielt uns die Türen auf und fuhr uns alsbald über verzweigte Landstraßen zur Wewelsburg. Ich kann im Nachhinein das Ausmaß meines Erstaunens nicht mehr beschreiben, das ich empfunden habe, als ich diese Burg betrat. Sie ist gigantisch, einfach atemberaubend und vor allem in höchstem Maße mysteriös. Ein eigenartiger Geruch hängt dort in der Luft, ähnlich wie in einer alten Kirche, doch dieser Geruch strömt einem schon von außen entgegen. Es könnte eine Mischung aus Weihrauch und Myrre sein.

Nachdem wir hineingegangen waren, ordnete Himmler an, dass ich in der großen Halle auf ihn warten solle, während er allein die Lanze holen gehe. Als er nach einer ganzen Weile die Stufen wieder herabkam, langsam und bedächtig, lag ein merkwürdiger Ausdruck in seinem Gesicht. Die Augen waren trübe und wässerig, und seine Haut war aschfahl. Er wirkte jetzt noch kraftloser als sonst, so als hätte sich eine sonst stärkende Energie von ihm zurückgezogen. Als er näher kam, bemerkte ich, dass einer seiner Finger mit einem weißen Taschentuch umwickelt war, einem Taschentuch, durch das die rote Farbe seines Blutes schimmerte. Ich fragte mich, was in den letzten Minuten wohl geschehen sein mochte. Es war klar, dass er eine Verletzung an seinem Finger hatte, und ich schauderte, als ich daran dachte, welchen Grund diese Verletzung haben könnte.

Himmler hatte mir einmal in einem vertraulichen Gespräch von einem okkulten Ritual erzählt, das er und seine Ordensleute demnächst anzuwenden gedachten. Dabei ging es um die Vermischung seines Blutes mit den winzigen Spuren des Blutes Jesu, die die Lanze noch an sich trug. Das Fingerritzen initiiere die Übertragung der gewaltigen Kraft der Lanze und bewirke eine ewige Verbundenheit mit den verantwortlichen Mächten. Ich vermute deshalb, dass er sich, solange die Lanze noch in seinem Besitz war, mit der Spitze des Speers den Finger aufgeritzt hatte, um sich die Macht der Lanze zu sichern.

Ich bat ihn, mir die Lanze einmal zu zeigen, und er reichte sie mir ohne das geringste Zögern, so als sei sie nun nichts mehr wert. Sie war in ein dickes, edles Tuch eingewickelt. Heinrichs Augen waren währenddessen starr geradeaus gerichtet, und er schien mit seinen Gedanken fernab von dieser Welt zu sein. Langsam packte ich die Lanze aus dem Stoff aus. Und mir stockte der Atem. Nie zuvor hatte ich solch ein prächtig geschmiedetes Stück gesehen. Und tatsächlich war in der Mitte des Lanzenblattes ein Nagel eingearbeitet. Vor Kurzem hat mir Himmler eine

Abbildung der echten Lanze aus Wien gezeigt, und als ich sie nun in den Händen hielt, konnte ich nicht sagen, in welchem Punkt die Kopie nicht mit dem Original übereingestimmt hätte. Genauso gut hätte man sie für das Original selbst halten können.

Plötzlich keimte in mir ein Gedanke auf, der gleiche Gedanke, der offensichtlich Himmler kurz zuvor befallen hatte. Ohne lange darüber nachzudenken, setzte ich die Spitze der Lanze auf meine Fingerspitze und wollte soeben eine kräftige Schnittbewegung durchführen, als mich eine warnende Stimme tief im Inneren meiner Seele davon abhielt. TUE ES NICHT, hörte ich es wie einen Schrei in mir widerhallen – und wich erschrocken zurück.

H. hatte von all dem nichts mitbekommen. Er schien immer noch wie in Trance zu sein. Verstört wickelte ich die Waffe wieder in ihr Tuch und reichte sie Himmler zurück. Mechanisch nahm er sie ohne ein Danke oder Ähnliches zurück und drückte sie fest an sich. Erst als der Adjutant ihn mehrmals ansprach, fand er in die Wirklichkeit zurück. Er benahm sich fortan, als seien die letzten dreißig Minuten aus seinem Gedächtnis entschwunden, und auf die Frage, ob es ihm wieder gut gehe, nickte er irritiert und verzog den Mundwinkel zu einer Grimasse. Was war wohl mit ihm in diesem Zimmer im oberen Stockwerk geschehen? Welche Geister hatte er gerufen, die ihn derart erschreckten? Er spricht nämlich oft von seinen Ahnen, die er konsultiere, wie er es nennt, und es klingt, als ginge man zu einem Arzt oder einem Priester. Doch er meint es sehr ernst damit. Er hält sich ja schließlich selbst für die Reinkarnation von Heinrich dem I., dem Vogeler. Ich persönlich kann mir nicht vorstellen, dass unsere Ahnen um uns sind, geschweige denn, dass ich sie zu irgendeiner Sache befragen könnte oder sollte. Wenn aber nicht die Ahnen zu ihm reden, wer ist es bitte dann?

Ich gebe zu, dass mich dieses Erlebnis ein wenig zur Vernunft gebracht hat. Himmler hat mir ein allzu abschreckendes Beispiel geliefert.

Wir verließen die Burg, und derselbe unhöfliche Fahrer brachte uns zurück zu dem kleinen Flughafen. Der Flieger nach Rom wartete bereits voll aufgetankt, und es dauerte keine zehn Minuten, bis wir wieder in der Luft waren. Dieser Flug war jedoch völlig anders als der Hinflug nach Paderborn.

Während des ersten Fluges hatte Himmler unaufhörlich geredet, und es war ihm gleichgültig gewesen, ob ihm nun jemand zuhörte oder nicht. Er hatte mich angehalten, meinen Block und meinen Stift bereitzuhalten, da kein Wort aus seinem Munde verloren gehen dürfe. Ich muss allerdings gestehen – wenn auch nur an dieser Stelle –, dass das Meiste, was Himmler von sich gegeben hatte, der größte Unfug gewesen war. Ein Schuljunge hätte bei entsprechender Kühnheit die vorgebrachten politischen Ansichten widerlegen können, doch ich hatte mich zurückgehalten und so getan, als schriebe ich den ganzen Blödsinn auf, der aus ihm hervorquoll.

Nun aber sprach er eigentlich gar nicht mehr. Er starrte aus dem Fenster in die Ferne, und wenn er doch einmal etwas sagte, hatte man den Eindruck, als vernähmen wir nicht Worte aus dem Mund von Heinrich Himmler. Natürlich war mir Himmlers Wesenswandel schon öfter aufgefallen, doch an diesem Tag, seit seinem Aufenthalt in dem ominösen Raum im oberen Stockwerk, saß ein vollständig anderer Mann neben mir. Nur die äußere Hülle war jene von Himmler, doch das Innere … wer weiß, wer ihn da besucht hatte.

In Rom wurden wir von einem schwarzen Wagen mit Vatikankennzeichen erwartet, und der Fahrer war bei Weitem nicht so wortkarg wie sein deutscher Kollege. Wild gestikulierend sprach er ohne Unterlass auf Italienisch auf uns ein. Es machte ihm vermutlich nichts aus, dass wir nichts verstanden, und ich glaube, er war aufgrund der Bedeutung seiner Fahrgäste etwas nervös.

Das Wetter in Rom war übrigens nicht so, wie man es von Süditalien erwartet hätte, doch die Sonne schien, und es war immerhin einige Grade wärmer als in Deutschland. Schließlich ist auch hier November. Allerdings riecht es dort anders, sauberer und süßer, und ich wünschte mir spontan, mehr Zeit in diesem wunderschönen Land verbringen zu können.

Es war herrlich, den Vatikan zu sehen, obgleich ich als Protestant nicht denselben innigen Zugang zum Heiligen Vater habe wie die Katholiken – zumal der neue Papst schon mehr als einmal Anlass zur Kritik geboten hat. Seine Einstellung zu Hitlers Weltpolitik rückt ihn beim Führer in ein ungünstiges Licht, und böse Zungen behaupteten sogar, Hitler wollte Pius XII. aus dem Weg räumen. Sogar von einer Entführung war in Verschwörerkreisen schon die Rede. Er ist ihm einfach zu unbequem. Am liebsten würde der Führer das unangenehme Kirchenoberhaupt ganz zum Schweigen bringen, und ich beginne zu ahnen, dass die Lanze, die er geschenkt bekommt, diesen Effekt erzielen soll.

Als wir im Vatikan ankamen, erlebten wir eine große Überraschung. Obwohl Ribbentrop Hitler vertreten sollte, ließ der Führer es sich nicht nehmen, mit einer separaten Maschine persönlich nach Rom zu reisen. Inkognito sozusagen. Niemand hatte Kenntnis davon gehabt, und der Eindruck drängt sich auf, das Gespräch mit Pius sei Hitler dann doch zu wichtig gewesen, um es dem Außenminister zu überlassen. Jedenfalls war ihm die Überraschung trefflichst gelungen. Hitler begrüßte seinen »Getreuen Heinrich«, wie er ihn manchmal in vertrauensseligen Momenten nennt, doch Himmler gab trotz der Freundlichkeit des Führers seine starre, abweisende Haltung nicht auf. Im Gegenteil, er begrüßte Hitler mit äußerster Kälte, und wenn man bedenkt, wie Himmler an der Lanze gehangen hat, möchte man seine Haltung verstehen – und doch, der Führer ist der Führer, und Himmler hat ihm bedingungslosen Gehorsam geschworen.

Papst Pius XII., Hitler und Himmler zogen sich in die Privatgemächer des Papstes zurück. Erstaunlicherweise wurde Ribbentrop angehalten, auf dem Außengelände zu warten, während vor der Tür zwei Schweizer Gardisten Wache hielten, die so aussahen, als seien sie tatsächlich bereit, in Sekunden beim Heiligen Vater zu sein, um sein Leben gegebenenfalls mit ihrem eigenen zu verteidigen.

Ich vertrieb mir die Zeit mit Schreiben, hielt alle Gedanken und Erinnerungen fest und durfte in Begleitung eines jungen Mönches einige Gänge und Flure des Vatikans besichtigen. Nach einer Weile steckte ich mein Notizbuch in meine Innentasche, da das Gespräch mit dem Pater sehr anregend und angenehm verlief. Er hieß Francesco Montesi, hatte eine warme Ausstrahlung, war sehr zuvorkommend und höflich und stellte einen angenehmen Kontrast zu dem Begleiter dar, der in den letzten Tagen einen so ganz anderen Einfluss auf mich ausgeübt hat. Der Hinterkopf des Mönches wies eine große kahle Stelle auf, eine Tonsur, wie er mir erklärte, als ich grinsend darauf starrte. Der junge Mönch beherrschte die deutsche Sprache zwar nicht fehlerfrei, doch so gut, dass wir uns verständigen und fast möchte ich sagen, miteinander anfreunden konnten. Alsbald befanden wir uns in einem tiefen, beinah philosophischen Gespräch, das ich gar nicht beenden mochte. Er war gebürtiger Armenier, erst einundzwanzig Jahre alt und seit drei Jahren im Vatikan. Er erzählte mir von seiner Jugend in Armenien, seinem Leben im Kloster und von einer Berufung, auf die er allerdings nicht näher eingehen wollte. Er hatte eine so feine, vertrauenswürdige Art an sich, dass ich all meine Schüchternheit verlor, wie man es nur in der Gegenwart eines lieben Freundes kann.

Und so kam es, dass ich ihm bald auch von Dingen erzählte, die ich sonst nur meinem Tagebuch anvertraue. Ich sprach mit Überschwang von der »Heiligen Lanze«, von der Wewelsburg und von meiner Biografie über Himmler. Sogar den beunruhigenden Zustand, in den Himmler geraten war, nachdem er sich mit der Lanze in den Finger geschnitten hatte, beschrieb ich ihm.

Von dem Moment an, in dem die Sprache auf die Verletzung

Himmlers kam, rutschte Francesco allerdings sehr unruhig auf seinem Stuhl hin und her, und ich sah, wie sich Schweißtropfen auf seiner Stirn bildeten. Er verfiel plötzlich in seine armenische Muttersprache, redete eine Weile für mich unverständliches Zeug und fragte mich schließlich, ob ich mir dieselbe Verletzung zugefügt hätte. Ich erhob meine Hände, drehte ihm die Handflächen zu und zeigte ihm lächelnd meine unversehrten Finger. Da löste sich seine Anspannung. Doch seine Reaktion hinterließ in mir eine Verwunderung, die mich jetzt noch beschäftigt.

»Fass sie nie wieder an, hörst du?«, sagte Francesco aufgeregt auf Deutsch. »Du weißt nicht, worauf du dich einlässt. Fass sie nie wieder an, versprichst du mir das?« Er blickte mir ängstlich und beschwörend zugleich in die Augen, als hinge mein Leben von meiner Antwort ab – und so nickte ich ihm lachend zu. Dann sagte er noch: »Wenn es dir möglich ist, ziehe dich aus der Gegenwart Himmlers und Hitlers zurück. Sie sind gefährlich; auf eine Art, von der du nichts verstehst.«

Ich gebe zu, ich habe die Worte des Mönches zunächst nicht ernst genommen, doch je mehr ich nun darüber nachdenke, desto gruseliger erscheint mir die ganze Angelegenheit. Kurze Zeit später wurde Montesi zum Heiligen Vater gerufen, und ich blieb allein in Sichtweite der Privatgemächer zurück. Als sich die Tür nach kurzer Zeit wieder öffnete, sah ich, dass Montesi die eingewickelte Lanze in seinen Armen hielt. Ich erkannte das Tuch und die Größe der Lanze. Das Gesicht des Priesters war kreidebleich. Eilig kam er mir entgegen, und sein Blick schien durch mich hindurchzugehen. »Wir müssen uns jetzt verabschieden«, sagte er kurz. Er deutete auf sein kleines Paket im Arm. »Ich muss die Lanze in Sicherheit bringen. Der Heilige Vater wünscht sie für sich allein zu haben.«

»Vor wem musst du sie in Sicherheit bringen?«, fragte ich ihn erstaunt.

»Auch im Vatikan gibt es Neider. Darum wird die Lanze einen

gebührenden Platz in der privaten Sammlung des Papstes erhalten.« Dann sah er mich mit festem Blick an. »Und denk daran, was ich dir gesagt habe. Halte dich von Himmler fern. Er ist gefährlich.«

Er wollte gerade gehen, doch ich hielt ihn am Arm zurück. »Warte noch einen Moment. Kann ich dir schreiben? Können wir nicht in Kontakt …?«

Francesco blickte sich um. »Schreib mir hier in den Vatikan. Dein Brief wird mich erreichen, auch in Kriegszeiten.«

Dann verschwand er voller Eile, und ich sah ihm noch eine Weile verwundert nach.

Der Hinflug nach Rom war für mich aufgrund der seltsamen Veränderung, die mit Himmler vor sich gegangen war, recht unangenehm gewesen. Nach dem Gespräch mit Montesi hatte ich nun noch weniger Lust daran, neben ihm zu sitzen. Und gottlob gelang es mir, einen Fensterplatz zwei Reihen von ihm entfernt einzunehmen, ohne dass ich Argwohn erregt hätte.

Schneider legte das Tagebuch zur Seite und erhob sich aus seinem Sessel. Er brauchte ein wenig Bewegung und schritt in seinem Wohnzimmer wie ein Soldat mit hinter dem Rücken verschränkten Armen auf und ab. *Mein Vater hat die »Heilige Lanze« in den Händen gehalten, das ist ja unglaublich.*

Richard warf einen Blick aus dem Fenster und stellte fest, dass es draußen schon wieder stockdunkel war. Er rieb sich die Schläfe, denn es pochte in seinem Kopf und die Augen wollten ihm aus den Höhlen springen. Er dachte an die Warnungen seines Vaters. *Warum sollte ich wohl die Bücher verstecken?* Er fühlte sich matt und schläfrig, und ohne lange darüber nachzudenken, ging er in sein Schlafzimmer und legte sich aufs Bett. Er wollte eigentlich nur ein wenig ruhen, doch er schlief augenblicklich ein und erwachte erst am nächsten Vormittag nach einem zehnstündigen Tiefschlaf. Der Umstand, dass er die Nacht in Straßenkleidung verbracht hatte, störte ihn eigenartig wenig, obwohl er sonst allergrößten Wert auf ein gepflegtes Äußeres legte. Er ging nach seinem Erwachen nicht einmal ins Bad, um sich zu waschen oder zu rasieren. Es erschien ihm in Anbetracht dessen, was im Wohnzimmer auf ihn wartete, einfach völlig unwichtig.

Aus der Küche nahm er eine Flasche Milch und die Packung mit geschnittenem Landbrot mit und setzte sich wieder in seinen Sessel. Die Milch stellte er geistesabwesend auf dem Beistelltisch ab, denn schon lag ein weiterer Band der Tagebuchreihe in seinem Schoß. Er schlug die erste Seite auf und begann zu lesen.

15. Dez. 1940
Zurück in Berlin ist nichts mehr, wie es war. Ich sitze zwar immer noch regelmäßig in Himmlers Bibliothek, aber es scheint, als habe er sein Interesse an mir und, wie mir Fr. Potthast glaubhaft vermittelt, auch am Rest der Welt verloren. Sein Finger ist übrigens noch immer bandagiert. Die Wunde scheint schlecht zu heilen. Er faselt von Verrat an ihm, dem treuen Heinrich, und von Vertrauensbruch. Ich schätze, er meint Hitler damit. Ich glaube, er hat es Hitler nicht verziehen, dass der dem Papst die Lanze, seine Lanze, gegeben hat. Wenn man längere Zeit in Himmlers Nähe verweilt, gewinnt man zunehmend den Eindruck, dass er den Verstand verloren hat. Mein Aufenthalt in seinem Haus wird daher immer unerträglicher.

Ich habe Francesco einen langen Brief geschrieben. Auch, weil ich so verwirrt bin, seit ich aus Rom zurückkam. Ich habe ihm alle meine Gedanken und Fragen geschrieben, und ich hoffe, dass er zurückschreibt. Ich versuche auch, zu meiner Arbeit als Journalist zurückzukehren. Eine gehörige Portion »Normalität« wird mir helfen, ein wenig Abstand von Himmler zu bekommen – sofern er mir diesen Abstand gewährt.

19. Jan. 1941
Hitler und Mussolini vereinbaren, die bisherige Kriegsführung aufzugeben und stattdessen im Mittelmeerraum gemeinsame Sache zu machen.

20. Febr. 1941
Man hört vereinzelt von Euthanasieprogrammen, in denen angeblich sogenannte »Ballastexistenzen« in Euthanasie-Anstalten überführt und dort kaltblütig ermordet werden. Das ist nun wirklich schwer zu glauben. Und wenn es stimmt, wie will man denn die Grenze ziehen und entscheiden, wer noch als normal gilt und wer schon krank ist. Bei welcher Behinderung fängt die Auslese an? Gehört mein verkrüppelter Fuß schon dazu? Wohl kaum.

3. März 1941
Habe heute endlich Post von Francesco erhalten. Er antwortet mir auf viele meiner Fragen und ist erfreut, einem Suchenden, wie er mich nennt, hilfreich zur Seite stehen zu können. Doch wenn er über sich selbst spricht, entdecke ich eine tiefe Traurigkeit, ja Verärgerung in seinen Worten. Ohne den genauen Grund zu nennen, schreibt er, dass er fortan in einem Kloster leben wird. Der Papst habe es so gewollt. Dann enden seine Zeilen mit einem »Leb wohl«. Schade, dass der Kontakt so schnell abbricht. Ich hätte in Zeiten wie diesen einen Freund gut brauchen können.

Meine Besuche bei Himmler werden seltener, und ich kann nicht gerade sagen, dass ich unglücklich darüber bin. Manchmal ist er froh, dass ich da bin, ein anderes Mal ignoriert er mich völlig oder scheint sich zu freuen, wenn ich wieder gehe. Sein Geisteszustand verschlechtert sich fortwährend, doch es scheint, als ob nur ich und Frau Potthast dies bemerken. Wenn Himmler in der Öffentlichkeit auftritt, spielt er eine perfekt einstudierte Rolle, sodass niemand bemerkt, wie es wirklich um ihn steht. Doch wenn er allein ist oder zumindest glaubt, es zu sein, höre ich aus dem Zimmer, in dem ich sitze und schreibe, wie er Selbstgespräche führt oder mit sonst irgendjemandem redet. Wenn ich so darüber nachdenke, komme ich zu dem Schluss, dass Himmlers Wesensveränderung an jenem Tag eine dramatische Wende genommen hat, an dem wir in der Wewelsburg waren und er die Lanze geholt hatte.

Was mir ebenfalls viel Kopfzerbrechen bereitet, ist, dass ich Traunstein und Gudrun schon seit Monaten nicht mehr gesprochen habe. Ich verzehre mich nach Gudrun und mache mir schwere Vorwürfe, dass ich nicht auf sie gehört habe. Das Letzte, das ich von ihnen hörte, war, dass sie Flugblätter geschrieben und gedruckt und sie zusammen mit Münchner Studenten verteilt haben sollen. Sie rufen zum Widerstand gegen das NS-Regime auf und bringen sich und ihre Freunde in große Gefahr. Ich bin davon überzeugt, dass niemand ein solch fundiertes Verständnis der Politik dieser Jahre hat wie Traunstein. Er müsste doch wissen, wie gefährlich es ist, sich derart zu exponieren. Die Widerständler verbreiten Geschichten über Massenexekutionen und Judenvernichtungspläne. Aber: Ich habe viele Monate in der Bibliothek des zweitmächtigsten Mannes im Reich verbracht. Hätte ich nicht aus erster Quelle mitbekommen müssen, was wirklich im Land passiert? Es sei denn, dass das alles ein einziges Schauspiel war, eine große Lebenslüge, die er mir vermittelt hat. Wenn das wahr wäre, dann hätte ich in seiner Biografie letztlich eine schizophrene Persönlichkeit skizziert, ja mich all die Zeit mit einem Trugbild beschäftigt. Hätte Himmler mich wissentlich belogen? Ich verstehe bald gar nichts mehr. Möglicherweise glaubt er tatsächlich an den heroischen Heinrich, den er nach außen hin darstellt. Ich gebe zu, dass ich selbst nach vielen geschriebenen Seiten noch immer keinen Konsens in seiner Persönlichkeit gefunden habe. Aber ich bin eben auch kein Psychologe.

Schneider legte das letzte Buch, das er aus dem Haus des Vaters geholt hatte, beiseite und ärgerte sich, dass er nicht gleich alle Bände in seinen Kofferraum gelegt hatte. Er stopfte sich sein verschwitztes und mittlerweile übel riechendes Hemd halbherzig in die Hose und machte sich auf den Weg. Es war gegen Mittag.

Ohne Umschweife und ohne jedwede sentimentalen Gefühle ging er in seinem Elternhaus in den Keller und suchte die letzten Bände. Dann schlug er den Deckel der Truhe mit einem Knall zu, so als sei sie schuld daran, dass sein Leben aus den Fugen geraten war. Sein Denken kreiste nur noch um die Lanze, und in seinem Kopf formierte sich ein Plan, wie er sie in *seinen* Besitz bringen könnte. Er wollte diese Lanze besitzen, aber mit Sicherheit nicht, um sie dann wieder aus den Händen zu geben, erst recht keiner mysteriösen Bruderschaft. Es schien, als hätte die Lanze ihrerseits schon von ihm Besitz ergriffen, obwohl er sie nie in den Händen gehalten, geschweige denn sich mit der Spitze den Finger blutig geritzt hatte.

Mit überhöhter Geschwindigkeit fuhr er nach Hause zurück und gab sich der Lektüre der letzten Bände sowie der Unterlagen hin, die Blome ihm gebracht hatte.

12. März 1941
Habe heute einen weiteren Brief von Montesi erhalten. Er lädt mich ein, ihn in seinem Kloster in der Toskana zu besuchen. Er bekommt dort wohl nur sehr wenig vom Krieg mit. Er schrieb, hier wäre auch ich sicher. Er ist besorgt um mich und fordert mich erneut auf, mich aus der Gesellschaft Himmlers zurückzuziehen. Viele Dinge um mich herum sehe ich in den letzten Monaten tatsächlich in einem anderen Licht. Wer oder was hat mir die Augen geöffnet? Ich weiß es nicht. Ich kann mir jedoch nicht vorstellen, dass es mir gelingen könnte, aus Deutschland abzureisen.

Vor allen Dingen: Wie sollte ich Himmler klarmachen, dass ich nicht länger an seiner Biografie schreiben kann? Gerade diese Biografie ist ihm nämlich auf einmal wieder immens wichtig. Er setzt alles daran, dass ich sie beende. Er spricht davon, unsterblich sein zu müssen, so als sähe er das Ende seiner irdischen Existenz schon nah herbeigekommen zu sein. Ich gebe zu: Dieser Mann macht mir schon lange Angst. Wie soll ich mich ihm bloß entziehen? Ich werde mir Montesis Vorschlag durch den Kopf gehen lassen und ihm zurückschreiben. Vielleicht ist die Flucht aus Deutschland meine einzige Chance. Von Montesi weiß Himmler jedenfalls nichts.

14. März 1941
Habe mir endlose Gedanken über Montesis Worte gemacht und bin schließlich gestern Abend per Anhalter aus Berlin rausgekommen. Dann konnte ich mit dem Zug weiterfahren. Habe es tatsächlich nach fünfzehn Stunden geschafft, nach München zu kommen. Niemand machte den Versuch, mich aufzuhalten. In meinem Koffer waren die nötigsten Kleidungsstücke, und in einem alten Seesack versteckte ich zwischen schmutzigen Hosen und Hemden mein Schreibzeug, die Tagebücher und die unvollendete Biografie Himmlers.

Nun suche ich fieberhaft nach Gudrun. Kaum habe ich mich aus dem Dunstkreis Himmlers entfernt, werde ich zum Glück nur noch von klaren, nüchternen Gedanken beherrscht. Es war das Richtige, Berlin verlassen zu haben. Fast pausenlos denke ich an Francesco, an seine Reaktion auf die Lanze und seine eindrückliche Warnung, die Finger von ihr zu lassen. Der Gedanke, große Macht zu haben, ist selbstverständlich verlockend, doch wenn ich sehe, welch sonderbare Züge Himmlers Charakter angenommen hatte, möchte ich Montesi gern Glauben schenken.

Habe Flugblätter von der »Weißen Rose« im Rinnstein gefunden, einen ganzen Stapel, und ich kann nicht glauben, was ich dort lese. Wenn Traunstein und seine Tochter dies tatsächlich mit verfasst haben, hoffe ich, dass sie sich irgendwo verstecken, wo die SS sie niemals findet.

17. März 1941

Die Wahrheit ist so furchtbar, dass es mir schwerfällt, darüber zu schreiben, doch ich muss es tun, um es der Nachwelt zu erhalten. Ehemalige Kollegen aus der Redaktion haben mir erzählt, dass Traunsteins ganze Familie von SS-Leuten abgeholt worden ist. Sie sind vermutlich in ein KZ gebracht worden. Ich weiß nicht, was ich glauben soll, doch alle anderen, die die Widerstandsbewegung in München ins Leben gerufen haben, sind standrechtlich erschossen worden. Ich mache mir große Vorwürfe. Ich hätte nie nach Berlin gehen dürfen. Sollte Traunstein in allen Punkten Recht gehabt haben? Ich hätte doch bei Gudrun bleiben sollen, dann wäre alles bestimmt ganz anders geworden.

30. März 1941

Ich hätte nicht gedacht, dass es noch schlimmer kommen könnte. Ich muss jetzt sehr vorsichtig sein, weil ich fast zwei Wochen lang versucht habe, jeden nur erdenklichen Kontakt aus früheren Zeiten wiederherzustellen – jedenfalls weiß ich jetzt, wer für die Verhaftung von Traunstein und seiner Familie verantwortlich ist. Kein geringerer als der Reichsführer SS Heinrich Himmler persönlich. Ich vermute, dass er, kurz nachdem ich Berlin verlassen und ihn sitzen gelassen habe, den Befehl zur Deportation gegeben hat.

Ich spüre tief in meinem Inneren, dass Gudrun sich in großer Gefahr befindet oder vermutlich schon nicht mehr lebt. Auch ihr Vater nicht, vermutlich umgekommen mit vielen Tausenden – ach was rede ich, Zehntausenden von Andersdenkenden in diversen Vernichtungslagern, die als Arbeitslager getarnt sind. Zusammen mit den Juden, die weiterhin für alles Schlechte in der Welt verantwortlich gemacht werden. Manchmal frage ich mich, ob sie vielleicht nur deshalb den Neid der ganzen Welt auf sich lenken, weil sie behaupten, Kinder des einzig wahren Gottes zu sein. Der Kampf scheint sich in Wirklichkeit gar nicht gegen die Juden als Volk zu richten. Francesco hat Recht, wenn er sagt: »Es ist der ewige Kampf des Bösen gegen Gott.« Dabei bedient sich das Böse, oder sollte ich besser sagen der Böse, menschlicher Marionetten, die er vollständig ausgehöhlt hat und die er am Ende, wenn sie sein grausames Werk vollbracht haben, fallen lässt wie faule Früchte. Ich gebe zu, dass ich völlig verzweifelt bin und nur noch Unsinn rede.

Kann ich mich tatsächlich in diesem Mann so getäuscht haben? Ich gebe zu, meine Haltung Himmler gegenüber war stets schwankend, und ich war Opfer vielfältiger Hirngespinste, doch mittlerweile bin ich fest davon überzeugt, dass er tatsächlich eine Meistermarionette des Teufels war und noch ist!

20. April 1941

Habe die Stadt ein letztes Mal nach Traunstein und Gudrun abgesucht. Vielleicht bin ich ja einer Falschmeldung aufgesessen – ich hoffe es so sehr. Und so etwas wäre in Zeiten wie diesen durchaus möglich.

Habe keine Ahnung, wo ich hin soll. Zurück nach Berlin kann ich nicht. Ich habe alle meine Habseligkeiten in der Wohnung zurückgelassen. Vermutlich hat die SS sowieso schon alles auf den Kopf gestellt. Ich bin mir sicher, dass mich einige SS-Leute besuchen und freudestrahlend abführen würden, wenn ich auch nur in der Nähe meiner Wohnung auftauchen würde. Vermutlich sogar die gleichen Männer, die mich stets zu Himmlers Haus gefahren haben.

Himmler kann ich nicht mehr unter die Augen treten, das ist klar. Wenn es stimmt, dass er persönlich für die Verhaftung Traunsteins verantwortlich ist, dann stimmt auch alles andere, was über ihn und den Krieg gesagt wird. Dann ist er tatsächlich ein gefühlloses Monster.

In München kann ich aber auch nicht bleiben. Ich bin mir sicher, dass die SS längst nach mir sucht, und meine alte Wohnung hier in München ist völlig zerstört.

21. April 1941
Dies werden vermutlich die letzten Zeilen in meinem Tagebuch sein. Ich habe mich entschlossen, der Einladung Francescos zu folgen und erst einmal Zeit in Italien zu verbringen.

In der nächtlichen Luft schwirren britische Bomber wie ein Schwarm Heuschrecken – die biblische Plage über Deutschland nimmt ihren Lauf. Wie werde ich es bloß schaffen, nach Italien zu kommen?

Richard Schneider schlug das Buch zu, das er gerade zu Ende gelesen hatte, und wühlte auf dem Wohnzimmertisch in den vielen Bänden, die er aus der Wohnung geholt hatte. Er suchte fieberhaft nach einem Band, der sich chronologisch an den letzten anschloss, doch er fand keinen. Er überlegte, ob möglicherweise noch einer in der Truhe liegen könnte, doch er war sich sicher, dass er alle Hefte mitgenommen hatte. Die Frage, wie sein Vater nach Italien gekommen war, brannte in ihm, doch sie blieb unbeantwortet. *Offensichtlich muss er es irgendwie geschafft haben,* dachte er. Es blieb dabei: So sehr er sich auch bemühte, er fand kein Tagebuch, das die Lücke zwischen 1941 und 1945 auffüllte. So nahm er sich nun den letzten Band mit der Aufschrift »1945«, schlug ihn auf und bemerkte gleich, dass auch dieser Band nur zu einem Drittel beschrieben worden war.

Berlin, 3. August 1945
Bin nach Berlin zurückgekehrt. Ob es eine kluge Entscheidung war, Deutschland den Rücken zuzukehren, weiß ich nicht. Ich lebe noch, das scheint mir im Angesicht der Millionen von

Kriegsopfern das Wichtigste, und doch fühle ich mich als Verräter und Feigling.

Die Phase Himmler ist ja nun ein für alle Mal beendet. Für mich war sie es schon an dem Tag, an dem ich nach Italien flüchtete. Verrückt: Die Alliierten sind in Berlin. Hitler hat, bevor er sich eine Kugel in den Kopf jagte, von Himmlers Verhandlungen mit London gehört. Himmler wollte tatsächlich einen Separatfrieden mit den Westmächten aushandeln, die ihn natürlich ausgelacht haben. Er hat Hitler also doch nicht die Treue gehalten, wie er es immer hoch und heilig geschworen hat. Als Hitler davon erfuhr, soll er wie ein Wilder in seinem Bunker getobt haben. Himmler ist nach Norddeutschland geflohen. Angeblich hat man ihn in der Lüneburger Heide in der Uniform eines Feldwebels geschnappt.

Von mir nimmt niemand Notiz. Zum Glück bringen mich die Alliierten auch nicht mit der Führung der NSDAP in Verbindung. Ich war ja nur ein kleiner Zeitungsmann, einer, der schon vor Jahren seinen Posten beim »Völkischen Beobachter« gekündigt und die letzten Jahre in Italien im Kloster gelebt hat. Vorher war ich das ein oder andere Mal mit Himmler zusammen, aber das ist ja an sich noch nicht kriminell. Und doch lässt mich das Gefühl nicht los, schuldig zu sein. Es hat mich fest im Griff, obwohl mich Montesi von jeder Schuld an Gudruns Tod freisprechen wollte. Aber mein Gewissen belasten ja nicht nur Gudrun und ihr Vater. Ich kann nicht sagen, zu welchem Zeitpunkt ich geahnt habe, dass die sogenannten Partisanen, Staatsfeinde oder wie man sie sonst noch nannte, nicht nur inhaftiert und verschleppt, sondern systematisch umgebracht wurden. Tatsache ist, dass ich es in mein Bewusstsein hätte eindringen lassen sollen, spätestens nachdem Himmler mir diesen widerlichen Stuhl aus Gebeinen von Juden gezeigt hatte – und Hitlers »Mein Kampf«, eingeschlagen in Menschenhaut.

Warum habe ich bloß all die Jahre geschwiegen? Gudrun und

ihr Vater haben es nicht getan und ihren Widerstand mit dem Leben bezahlt. Ich muss einen anderen Preis zahlen: ein Leben in dem Wissen, dass ich friedlich in der Bibliothek eines Mörders gesessen, Magentee getrunken und über seine menschenverachtenden Anspielungen hinweggehört habe. War es mein Stolz oder mein Ehrgeiz, der mich getrieben hat? Nein, es war mein Machthunger, der mich ins Verderben gestürzt hat. Ich hatte zu viel Hunger nach Macht, das erkenne ich jetzt. Darum bin ich schuldig, auch wenn ich dafür vermutlich nie angeklagt werde.

6. August 1945
Niemand weiß hier etwas mit mir anzufangen. Ich laufe durch die Straßen und betrachte das Elend weit und breit. Ich bin ein einfacher Bürger ohne Hab und Gut. Und doch war ich ein elender, feiger Mitläufer, der sogar mehr wusste als die meisten anderen. Schließlich saß ich an der Quelle, selbst wenn dort nie offen über Mord und Vernichtung gesprochen wurde, sondern immer nur über »äußere Auslese, geführte Auswahl und Ausmerzung des Schwachen und Untauglichen«. Nun: Wollte man all jene, die etwas wussten oder ahnten und geschwiegen haben, inhaftieren, dann gehörte halb Deutschland ins Gefängnis.

Alles liegt in Schutt und Asche, und ich frage mich, wie ein Wiederaufbau bei solch einer Zerstörung möglich sein soll. Ich habe etwas wieder gutzumachen, und darum werde ich mich mit all meinen Kräften am Wiederaufbau beteiligen.

Welch eine Courage haben Leute wie Traunstein, Gudrun, Scholl und Bonhoeffer und viele andere an den Tag gelegt? Ich werde Himmlers Biografie gewiss nicht beenden, obwohl nur wenige Jahre fehlen. Ich werde sie niemals einem Verlag anbieten und sie auch niemals zum Druck freigeben. Und ich habe noch etwas beschlossen: Von mir wird man nie wieder etwas lesen – abgesehen vielleicht von diesen Tagebüchern, wenn ich einmal nicht mehr bin.

Ich persönlich glaube nicht, dass Himmler jemals ernstlich daran gedacht hat, meinen Roman einem Verlag anzubefehlen. Er wird daher nie erscheinen, und vermutlich ist das auch besser so. Denn durch die unselige Neigung zum Schreiben bin ich ja überhaupt Journalist geworden und habe dadurch einen Teil meines Lebens mit der Biografie eines größenwahnsinnigen Irren vergeudet. Es ist mir richtig zuwider, dass ich die Geschichte eines Massenmörders niedergeschrieben habe, noch dazu die des Mörders meiner Liebsten. Wie viele Millionen wohl in diesem Krieg ihr Leben gelassen haben? Ich weiß es nicht. Vielleicht wäre alles anders gekommen, wenn diese Lanze in meinen Besitz gekommen wäre. So vielen vor mir hat sie geholfen, warum nicht auch mir?

Wie mein Leben in Zukunft aussehen wird, ist schwer zu sagen. Ich habe alles verloren, was mir lieb und teuer war, vor allem meine Gudrun. Und doch kann ich dankbar sein, dass ich überhaupt noch am Leben bin, zumindest körperlich. Denn etwas in mir ist gestorben. Vielleicht werde ich Beamter in einem wiedererstarkten Deutschland, gehe zur Bank oder zur Post – wer weiß das schon. Nach diesen Zeilen werde ich die gesamte Biografie des zweitberühmtesten Handlangers des Teufels ins Feuer meines kleinen Ofens werfen, und ihr einziger Sinn wird darin bestehen, mich für wenige Minuten gewärmt zu haben.

Karl Wilhelm Schneider am 6. August 1945

Ein letzter Nachtrag. Heute wurde von den US-Streitkräften unter dem Kommando von Paul Tibbet eine Atombombe über Hiroshima abgeworfen. Erste Bilanz: 90 000 Tote. Und: 80 Prozent aller Gebäude sind zerstört. Wann hört dieses Töten endlich auf?

X

Professor Smith' Gedanken kreisten um die eine entscheidende Frage, wie dieser Fall am elegantesten zu lösen sei. Für seinen Geschmack war er nämlich entschieden zu mysteriös. Da gab es einen Toten, der aller Wahrscheinlichkeit nach vor 2000 Jahren mit einer römischen Lanze ermordet worden war, und doch konnte man seinen Todeszeitpunkt gleichzeitig sehr glaubwürdig auf ein wesentlich jüngeres Datum festlegen. Es war zum Verrücktwerden. Der Professor fand keinen Anhaltspunkt, der ihn einem Ergebnis ein kleines Stück näher brachte. Als er aus seiner Versenkung auftauchte, nickte er. »Ja, so machen wir es. Bis die Ergebnisse aus Harvard zurück sind, werden wir die Höhle noch einmal genau inspizieren.«

»Ich könnte einen Geologen beauftragen, das Gestein zu analysieren. Ein ehemaliger Studienkollege von mir, der garantiert dichthält«, sagte Mosche.

»Das ist ganz sicher eine gute Möglichkeit, der Sache auf den Grund zu gehen. Eigentlich ist alles hilfreich, was Licht in dieses ominöse Dunkel bringt.« Smith schaute auf seine Armbanduhr. »Seien Sie mir bitte nicht böse, aber jetzt bin ich wirklich erschöpft. Bei solchen Gelegenheiten merke ich immer, dass ich keine vierzig mehr bin. Damals haben wir bis spät in die Nacht diskutiert, aber heute ...«

Mosche schob den Stuhl zurück, um Smith aufzuhelfen.

»Danke, sehr freundlich.«

Smith und Lea standen im Eingangsbereich, und Mosche wollte ihnen gerade die Tür öffnen, da hielt Smith ihn zurück. »Ich möchte Sie im Übrigen beide noch einmal bitten, zunächst absolutes Stillschweigen jedermann gegenüber zu bewahren. Niemandem von der Presse, leider noch nicht einmal Ihrer Frau dürfen Sie etwas erzählen, Mosche!«

Mosche nickte. »Ich denke, das ist kein Problem. Meine Frau weiß um die Brisanz der Funde, die wir entdecken. Das ist immer so.«

»Ach, und bevor ich es vergesse – die Mahlzeiten waren hervorragend. Würden Sie das bitte Ihrer Frau ausrichten? Ich liebe dieses koschere Essen.« Smith klopfte sich auf seinen vorgewölbten Bauch und gab Mosche die Hand. »Ich schätze, wir sehen uns noch sehr oft, solange ich in Israel bin. Vielleicht nehmen Sie mich ja mal mit in die Synagoge, wenn Sabbat ist.«

Mosches Augen funkelten. »Das würde ich sehr gern tun. Vielleicht am kommenden Freitag?«

Smith nickte. »Das wäre schön. Machen Sie es gut.«

Smith war in Windeseile in seinem Bett verschwunden, nachdem Lea ihn vor dem Hospiz abgesetzt hatte. Flach auf dem Rücken liegend, betrachtete er die Rotorblätter des Ventilators über sich, die unermüdlich Runde um Runde zurücklegten. Die Gedanken wirbelten in ähnlicher Weise durch seinen Kopf, doch schließlich war die Müdigkeit stärker als alle Ungereimtheiten zusammen.

Am nächsten Tag fanden sich zwei leitende Angestellte des archäologischen Instituts ein, um sich den drei Toten zu widmen. Mit äußerster Vorsicht wurden dabei verschiedene Knochenteile steril verpackt und katalogisiert. Das Fersenbein und der Unterkiefer der Leiche Nr. 1 wurden ebenso entnommen wie verschiedene Skelettteile und die Handwurzel der Leiche Nr. 2. Es bestand allerdings kein Zweifel mehr daran, dass diese beiden Männer einer Hinrichtung durch Kreuzigung zum Opfer gefallen waren. Davon zeugten schon jetzt auffällig viele Hinweise, zumal die Kreuzigung eine der beliebtesten Tötungsarten der damaligen Zeit war.

Smith hatte sich den Mundschutz bis tief unter die Augen gezogen und hielt seinen Blick auf den Schädel des Toten Nr. 3 gerichtet. »Wir können diesem Toten kein Knochenstück aus der Maxilla entnehmen. Es ist undenkbar, seinen Oberkiefer zu zerteilen, nur um das Alter des Menschen zu bestimmen. Bevor wir nicht wissen, ob er ein Jude war oder nicht, dürfen wir nur in begrenztem Maße Hand an ihn anlegen. Daher schlage ich vor, dass wir in seinem Fall den ganzen Schädel verschicken.«

»Er hat aber auch im Unterkiefer Keramikinlays. Wäre es nicht sinnvoll, die gleich mit untersuchen zu lassen?«, fragte Lea Weizmann den Professor.

»Ich denke, dass wird nicht nötig sein. Ich glaube ohnehin, dass die Kollegen in Harvard aufgrund des Schädels und unserer bisherigen Auswertungen zu dem Schluss kommen werden, dass dieser Tote aus der Neuzeit stammt. Irgendwie wird man ihn halt in die Höhle geschmuggelt haben. Davon bin ich fest überzeugt, auch wenn Mosche ja anderer Meinung ist. Vor zweitausend Jahren hatte eben noch niemand ein sogenanntes Implantat in seinem Kiefer, das brauche ich Ihnen ja wohl nicht zu erklären. Die Radiokarbonmethode dient nur dazu, *genau das* zu bestätigen und um zu beweisen, dass wir es hier mit einem neuzeitlichen Verbrechen zu tun haben, das zufällig aufgedeckt wurde. Es gilt eigentlich nur noch herauszufinden, auf welche Weise der Tote in das Grab der beiden anderen hineingeschafft worden ist. Und dann müsste die örtliche Kriminalpolizei verständigt werden. Sie wissen schon …«

Lea betrachtete den Professor, und er tat ihr beinah leid. Die Widersprüchlichkeit der Befunde machte ihm zusehends zu schaffen. »Ich verstehe, dass Ihnen dieser Fund Kopfzerbrechen bereitet. Aber warten wir erst einmal die Ergebnisse aus Harvard ab, dann können wir die Kripo doch immer noch verständigen.«

Smith kratzte sich am Kinn. »Ja, Sie haben Recht. Haben Sie sich schon um den Metalldetektor gekümmert?«

»Liegt im Kofferraum.«

»Gut. Dann sollten wir sehen, dass wir hier fertig werden. Ich kann es kaum erwarten, die Höhle zu erforschen.«

»Versprechen Sie sich nicht zu viel. Ich habe schon in aufregenderen Höhlen gegraben.«

»Trotzdem, ich muss sie sehen. Wahrscheinlich gibt es für alles eine ganz natürliche Erklärung.« Insgeheim hoffte er, dass bei den vorangegangenen Untersuchungen etwas übersehen worden war, das den entscheidenden Hinweis auf ein Hineinschmuggeln des Toten Nr. 3 in die Höhle beweisen würde. Dieser noch unauflösliche Widerspruch zwischen einem 2000 Jahre alten Grab und einer Leiche aus dem 20./21. Jahrhundert verursachte eine unerträgliche Spannung.

Nach zwei weiteren Stunden waren die Proben zum Abtransport bereit. Jetzt hieß es warten: Hinflug – Untersuchung – Rückflug. Vor einer Woche war nicht mit Ergebnissen zu rechnen. Angesichts der Ungeduld des Professors eine kleine Ewigkeit.

Der weiße Nissan hielt unmittelbar vor dem abgesperrten Gelände. Ein Wachmann in Uniform näherte sich dem Fahrzeug, die Waffe im Anschlag. Lea zückte ihren Ausweis und verließ den Wagen, woraufhin die Tür ächzend ins Schloss fiel und den nahen Verfall des japanischen Wagens ankündigte.

»Weizmann. Lea Weizmann und das ist Professor Smith aus den USA.«

Der Wachmann schaute sich die Papiere ohne Eile an und

gab dann den Besuchern mit einem wortkargen Nicken zu verstehen, dass sie passieren dürften.

»Nicht besonders freundlich«, bemerkte Smith und drehte sich noch einmal zu dem mürrischen Wächter um.

»Die Presse macht uns alle verrückt. Jeder pfiffige Reporter ist auf der Suche nach einer Schlagzeile, die ihm Ruhm und Ehre bringt. Und wenn die Leute erst einmal wissen, wen oder was wir hier gefunden haben, ist hier im wahrsten Sinne des Wortes die Hölle los.«

Smith stapfte langsam den Hügel hinauf und dachte über diese Redewendung nach. *Die Hölle los. Ge'Hinnom. Die Gehenna.* »Sie haben Recht. Diesmal passt diese Floskel ausnahmsweise, obwohl ich nicht gern von ihr Gebrauch mache. Wenn man sich in dieser wunderschönen Umgebung umsieht, möchte man sie eher für die Überreste des Paradieses halten, anstatt sie mit der Hölle in Verbindung zu bringen.«

»Nun, ich glaube nicht, dass die Menschen, die hier entlangfahren oder spazieren gehen, ständig an die Bedeutung des Tales denken. Und außerdem ist es ja auch nur eine Legende.«

Smith protestierte. »Augenblick, Frau Weizmann. Nur eine Legende? Sie können doch nicht historische Überlieferungen wie die Worte Jesu in den Bereich von Fabeln und Mythen verbannen. Wissen Sie, was Jesus von diesem Tal gesagt hat?«

Lea zuckte mit den Schultern. »Ich gehöre nicht zu den vielen Leuten, die sich hier im Heiligen Land nur mit der Thora oder der Bibel beschäftigen.«

Ohne von Lea dazu aufgefordert worden zu sein, zitierte der Professor: »›Wer aber zu seinem Bruder sagt: Du Narr! soll dem Feuer der Gehenna verfallen.‹ Matthäusevangelium, Kapitel 5, Vers 22. Ich könnte Ihnen noch eine ganze Reihe Verse nennen.«

Lea winkte ab. »Danke, nicht nötig. Meine Kenntnis über dieses Tal bezieht sich vor allem auf den Teil der Vergangenheit, in dem hier angeblich Kinder einem Götzen geopfert wurden und die Gegend die Müllhalde Jerusalems gewesen sein soll. Ich finde, das reicht.«

Smith schnaufte verdrossen. Soeben hatten sie das Plateau erreicht, von dem aus man in die Höhle hineingehen konnte.

»In der Bibel wird übrigens der Götze, von dem Sie sprachen, als Moloch bezeichnet. Das Wort stammt von dem hebräischen Wort ›moläk‹ oder ›malech‹, was, wie Sie wissen, ›König‹ bedeutet. Nach einem Bericht im Ersten Buch der Könige wurde Moloch als Gott dargestellt. Ihm mussten Menschenopfer, bevorzugt Kinder, dargebracht werden. Bei der Opferung gingen sie ›durchs Feuer‹, das heißt, sie wurden verbrannt. In diesem Punkt haben Sie also Recht. Und es stimmt: Zur Zeit Jesu war diese Gegend tatsächlich eine Müllhalde, auf der immer ein Feuer brannte, genährt vom stinkenden Müll Jerusalems. Auch die Leichen von Tieren, Verbrechern und Ausländern wurden hier verbrannt. Jetzt sieht es hier zwar sehr schön aus, doch alle blühenden Blumen können nicht darüber hinwegtäuschen, dass dies hier einmal ein grausamer Ort war: ›Tofet‹, die ›Feuerstätte‹.«

Die Sonne stand schon bedrohlich hoch am Himmel, und Lea wünschte sich nichts sehnlicher, als endlich in die kühle Höhle gehen zu können. »Ja, ja, ich weiß. Eigentlich müsste es hier nur so von Leichen wimmeln.« Lea deutete auf den Boden unter ihnen.

Der Professor ließ es sich nicht nehmen, Lea auch in diesem Punkt zu korrigieren. »Nicht unbedingt. Wie gesagt, die Römer haben ihre Toten gern verbrannt, wie in einem Krematorium. Da bleibt nicht viel mehr übrig als Asche. Zuerst schnitt man ihnen einen Finger ab, der bestattet wurde, dann wurde der Leichnam verbrannt. Nur die Menschen, die sich eine Grabstätte leisten konnten oder von Familienmitgliedern in ihr eigenes Grab gelegt wurden, konnten so begraben werden wie die drei hier.« Smith blieb stehen und atmete ein, zwei Mal tief durch. »Und jetzt sag ich Ihnen noch etwas. Nach menschlichem Ermessen, also wenn Gott nicht einen anderen Plan mit seinem Sohn gehabt hätte, wäre Jesus wahrscheinlich auch hier gelandet.« Smith umfing mit einer ausladenden Gestik das ganze Hinnomtal.

»Lassen Sie uns bitte endlich hineingehen. Es ist ziemlich heiß hier.« Lea zupfte die an ihrer Haut festgeklebte Bluse an mehreren Stellen ab und fächerte sich Luft zu. Dann nahm sie den Metalldetektor vom Boden auf und folgte dem Professor in die kühle Höhle. Die Sonne bot den Besuchern ausreichend Licht, um sich zurechtzufinden, doch für genauere Betrachtungen mussten die starken Strahler benutzt werden, die an den vier Ecken der Höhle standen.

Smith sah sich um und nickte begeistert. »Ja, es ist, wie Sie sagten. Ein klassisches Bankgrab. Schade nur, dass nicht einmal Holzreste am Boden gefunden wurden. Oder vielleicht doch?«

Lea ließ sich die Frage einen Herzschlag lang durch den Kopf gehen und schüttelte dann den Kopf. »Nicht eine einzige Faser. Gut erhaltene Holztafeln oder Ähnliches, auf dem die Vergehen der Delinquenten eingeritzt waren? Ja, das wäre schon klasse.«

Smith suchte den Boden mit den Augen ab. »Genau. Oder sogar die Namen der Betreffenden. So wie bei Jesus: Jesus von Nazareth, König der Juden.« Er sah Lea an. In ihren dunklen unergründlichen Augen las er jedoch vollkommene Gleichgültigkeit. Für sie als Archäologin waren lediglich die historischen Fakten der Person Jesu Christi von Belang, nicht aber die Inhalte des christlichen Glaubens, der durch Jesus ins Leben gerufen worden war.

Lea schaltete den Metalldetektor an. »Möchten Sie oder soll ich …?«

Smith winkte ab. Er wirkte verstimmt. »Ach, machen Sie ruhig. Gehen Sie einfach wie bei einem Strickmuster vor.« Lea warf dem Professor einen entrüsteten Blick zu. Er korrigierte sich. »Oder wie beim Straßenplan von Manhattan. Schachbrettförmig eben.«

Das Gerät gab, seitdem Lea es angeschaltet hatte, einen gleichmäßigen Summton von sich. Zur Probe nahm sie eine Münze aus ihrer Hosentasche und legte sie unter den Teller des Gerätes. Der Summton wurde schlagartig zu einem schrillen Pfeifton und veränderte seine Frequenz mit zunehmendem Abstand zum Objekt. Dann schritt die Archäologin in gleichmäßigen Bahnen die Grabkammer ab und untersuchte jeden Zentimeter des Bodens, wobei die Augen des Professors keine ihrer Bewegungen außer Acht ließen. Nach zehn Minuten erfolgloser Suche erschien plötzlich Mosche Kofsman im Eingang der Höhle. »Ich habe mir gedacht, dass ich euch hier finde.«

»Mosche«, rief Lea freudig. »Was machst du denn hier?«

»Hallo, Herr Professor.«

»Guten Tag, Mosche«, erwiderte Smith.

»Moriah hat mir frei gegeben. Er sagte, dass er keinen Job für mich hätte, solange dieser Streckenabschnitt nicht weitergebaut werden kann. Er hat zwar noch zwei Baustellen auf der anderen Seite der Stadt, dafür setzt er aber lieber billigere Arbeitskräfte als mich ein. Er denkt immer ans Sparen, weißt du?«

»Trotzdem schön, dich zu sehen.«

»Ihr sucht nach Zeitzeugen, was?« Mosche deutete mit einem Kopfnicken auf den Metalldetektor. »Habt ihr schon was gefunden?«

»Keine Spur«, antwortete der Professor schon leicht resigniert.

»Bis in welche Tiefe kann dieses Gerät denn Metall aufspüren?«

Lea betrachtete die Digitalanzeige auf der Stirnfläche des Gerätes. »Nun, es sollte bis zu einem Meter Tiefe zuverlässig funktionieren, aber die Hälfte würde mir schon reichen.« Sie stampfte mit dem Fuß auf den Boden. »Die Erde ist nicht besonders locker hier, also kann man davon ausgehen, dass in den letzten Jahren keine Erdmassen hinzugekommen sind. Die Decke scheint intakt zu sein, und auch von den Wänden ist nichts abgerutscht.«

»Was ist mit den Bänken? Hast du dort schon nachgesehen?«

»Er hat Recht«, bestätigte Smith. »Sie müssen bis in die kleinste Ritze hinein suchen.«

»Ja, und auch die Wände müssen abgesucht werden«, setzte Mosche hinzu. Lea sah die beiden an, als hätten sie sich gegen sie verschworen. »Eins nach dem anderen, okay?« Sie reagierte empfindlich darauf, als ihr gleich zwei Männer gleichzeitig Anweisungen geben wollten. Dennoch schaltete sie das Gerät wieder ein. Summend bewegte es sich über den Boden, ohne auch nur den leisesten Hinweis auf einen Fund zu geben. Schließlich hob sie den Detektor auf die Bank, die sich links vom Eingang befand. Hier hatte das Skelett Nr. 1 gelegen. Sie begann auch auf diesem Feld, das die Größe eines schmalen Bettes hatte, jeden Millimeter abzusuchen. In dem Moment, als sie das Gerät schon enttäuscht hinunternehmen wollte, ertönte ein schriller Piepton, der allen dreien den Puls in die Höhe schnellen ließ.

✣ ✣ ✣

Schneider klappte das letzte Tagebuch zu und hielt es noch eine geraume Zeit in den Händen. Sein Blick war starr nach vorn gerichtet, als betrachte er etwas weit in der Ferne Liegendes. Es gab zu viele neue Informationen zu verarbeiten, und seine Gedanken gerieten durcheinander. Was sollte er nach all dem Gelesenen von seinem Vater halten? War er nur ein feiger Mitläufer gewesen oder auf seine Weise ein Held? Und was hatte es mit der Lanze auf sich? Sollte er nicht versuchen, diese Lanze so schnell wie möglich an sich zu bringen und dann von der Macht zu kosten, die sie jedem verhieß, der sie besitzt? Dieser Gedanke ließ ihn nicht mehr los und biss sich mit jeder Minute fester. Es schien ihm nur recht und billig, das fortzusetzen, was seinem Vater nicht gelungen war. Warum sollte ein anderer die Lanze besitzen als er selbst? Die Lanze war quasi Familienbesitz, daran bestand kein Zweifel.

Schneider ging in seinem Wohnzimmer auf und ab und versuchte, die zu treffenden Entscheidungen gegeneinander abzuwägen. Aber konnte er nach all den vielen Seiten, die er verschlungen hatte, ja die er assimiliert hatte, überhaupt noch rational überlegen? War die Entscheidung nicht längst gefallen? Bei so vielen Taten im Leben kann man am Ende nicht mehr mit Bestimmtheit sagen, welches Leitmotiv das ausschlaggebende war. Es ist immer eine Komposition aus verschiedenen Beweggründen, die den Menschen treibt.

Richard Schneider wusste, dass er wertvolle, ja unbezahlbare Informationen in den Händen hielt. Er konnte die Bücher nicht einfach wieder zurücklegen und so tun, als hätte es die Lanze nie gegeben. Das wäre Verrat und Heuchelei gewesen. Wie schon viele machtbesessene Menschen vor ihm fühlte er sich unwiderstehlich zu dieser Lanze hingezogen. Mit ihr verknüpfte er unermesslichen Reichtum, Macht und Sieg über alle Feinde. Ein unsichtbares Band war bereits geknüpft worden, bevor er es überhaupt bemerkt hatte.

Er dachte an die Mitglieder dieses Ordens, die sich, schmeichelhaft formuliert, um ihn bemühten. Lennigan hatte gesagt, Schneider solle die Lanze für sie beschaffen. Ähnlich wie bei einer Mutprobe oder einem Aufnahmeritus. Doch als er über das Gespräch mit Lennigan nachdachte, kam er zu dem Schluss, dass der Mann völlig offengelassen hatte, wann und wie Schneider die Lanze an sich bringen solle. Er könnte es also auf seine Weise und zu seiner Zeit erledigen. Und eines war klar: Wenn die Lanze derart machtvoll war wie Lennigan, die Tagebücher und all die anderen Unterlagen ihm Glauben machen wollten, dann würde er sie sicherlich mit niemandem teilen.

Schneider ging in die Küche und machte sich schnell etwas zu essen. Er war in den letzten Tagen von einem Gourmet zu einem echten Fastfood-Konsumenten heruntergekommen. Zurück im Wohnzimmer, nahm er die Recherchen Blomes zur Hand und rekapitulierte, was er bislang über die Lanze wusste. Nun galt: Was wurde darüber hinaus über diese Lanze berichtet? Welche Herrscher und Könige hatten sie besessen, und welche Schlachten wurden mit ihrer Hilfe gewonnen? Die entscheidende Frage aber war: Besitzt die Lanze noch immer magische Kräfte, und wie kann man sich diese zu eigen machen? Schneider fand keine Ruhe, und in einem Anflug von Wahnsinn studierte er das umfangreiche Material Seite für Seite.

Irgendwann dann traf er eine folgenschwere Entscheidung und wählte mitten in der Nacht die Nummer eines Mannes, der ihn seinem Ziel ein Stück näher bringen sollte. Das Klingeln ertönte sieben Mal, bevor jemand abhob und sich eine schläfrige und verärgerte Stimme meldete: »Bukowski.«

»Wach auf, Bukowski, es ist so weit.«

Es dauerte eine Weile, bis der Angerufene begriff, mit wem er es zu tun hatte. Schneider erwartete, dass ihn jeder sofort an der Stimme erkannte, doch bei Bukowski funktionierte das nur mit Verzögerung.

»Verdammt, Schneider! Sind Sie bekloppt? Was wollen Sie? Es ist halb drei!«

»Was spielt das für eine Rolle, Bukowski? Wenn Sie tot sind, können Sie so viel schlafen, wie Sie wollen. Es ist Zeit, dass Sie endlich Ihre Schulden begleichen.«

Nun war Bukowski hellwach. Ihm war bewusst gewesen, dass dieser verfluchte Tag kommen würde, doch es wäre ihm lieber gewesen, er hätte noch eine Weile auf sich warten lassen. Er schälte sich aus dem zerwühlten Bettzeug und setzte sich auf den Rand des Holzgestells. Mit Maschinendreck unter den Fingernägeln kratzte er sich die fettige Kopfhaut. Dann drehte er sich zu seiner Nachtgefährtin um und registrierte ihr genervtes Brummen. Sie brauchte nicht alles zu wissen, was sein Leben betraf; und so stand er auf und verließ leise das Schlafzimmer. »Augenblick, Schneider.«

Schneider wartete ungeduldig.

»So, Mann. Jetzt noch mal. Verdammt, hätte das nicht Zeit bis morgen früh gehabt? Ist ja toll, dass wir bald quitt sind, aber so dringend …«

»Reden Sie nicht so viel. Hören Sie mir einfach zu. Ich möchte, dass Sie etwas für mich erledigen. Wir werden uns morgen ins Flugzeug setzen und nach Wien fliegen. Wir besichtigen ein Museum.«

Bukowski unterbrach ihn. »Nun mal halblang, Mann. Ich kann morgen nicht so einfach weg. Ich hab endlich einen Job. Da kann ich nicht einfach wegbleiben.«

Schneider blieb ganz gelassen und amüsierte sich im Stillen über Bukowskis Erregung. Er genoss sie sogar. »Den haben Sie nicht mehr lange, wenn Sie jetzt Theater machen. Sie wissen, dass ein Anruf von mir genügt. Gern auch mitten in der Nacht. Dann wandern Sie erst mal in den Bau, und danach gibt es sowieso keinen Job mehr für Sie.«

Bukowski schluckte und ballte die fleischigen Fäuste. Er war ein Idiot gewesen, sich damals in der Unterschlagungssache an Schneider zu wenden.«

»Verdammt! Was wollen Sie in einem Museum in Wien?« Bukowski lachte gequält.

»Ich werde Ihnen etwas zeigen, das Sie mir beschaffen werden.«

»Hören Sie, Mann. Das geht 'ne Nummer zu weit. Ich werde ganz sicher keinen Bruch mehr machen. Auch nicht für Sie! Die Zeiten sind endgültig vorbei.«

»Alles klar. Ich lege jetzt auf, und ab morgen können Sie dann immer ausschlafen, verstanden?«

Bukowski begriff, dass Schneider es ernst meinte, und er kannte den Mann gut genug, um zu wissen, dass er nicht bluffte. Seine Beziehungen reichten tatsächlich so weit, dass Bukowski am nächsten Tag auf der Straße oder im Gefängnis sitzen würde. Schneider bräuchte nur mit dem Finger schnippen. »Okay. Wann und wo?«

»Punkt zehn am Flughafen. Wir treffen uns am Eingang Abflug, Halle B.«

Bukowski schrieb die Zeit auf einen Zettel.

Schneider aber legte auf und ging die Treppe hoch in sein Schlafzimmer. Er wusste, dass auf Bukowski Verlass war. Darum hatte er direkt im Internet die Flüge gebucht. *Gut, wenn man Kumpel hat*, dachte er und legte sich seelenruhig hin. Er schlief sofort ein, während für Bukowski nicht mehr an Schlaf zu denken war. Seine Gedanken kreisten um die Reihenfolge der zu erledigenden Dinge: zum Arzt gehen, sich krankschreiben lassen, seine neue Bettgefährtin von der Notwendigkeit einer Geschäftsreise nach Wien überzeugen und schließlich darauf achten, keine Sekunde zu spät zu kommen.

Am nächsten Morgen stand Schneider bereits zehn Minuten vor Zehn am vereinbarten Treffpunkt. Er schaute gerade auf die Uhr, als Bukowski um die Ecke bog. Der machte einen gehetzten und übermüdeten Eindruck.

»Schön, Sie zu sehen, Bukowski.« Schneider schlug dem Ankömmling auf die Schulter und lachte. Er selbst war perfekt gestylt, frisch rasiert, hatte die Haare gegelt und trug die Krawatte passend zum Zweireiher. Er hatte die Verwahrlosung der letzten Tage aufgegeben und zu seiner alten Form zurückgefunden. Zumindest rein äußerlich war er der Alte: ein erfolgreicher Geschäftsmann.

Bukowski dagegen trug eine helle Hose, deren Gürtel unter dem Bauch verschwunden war, und ein blaues Hemd keiner besonderen Marke, das arg die Knöpfe aufspannte. Eine dünne schwarze Lederjacke, die sich längst nicht mehr schließen ließ, bedeckte den breiten muskulösen Oberkörper nur unzureichend.

Schneider betrachtete das pockennarbige Gesicht Bukowskis und die glänzenden langen, leicht gewellten Haare. »Sie sehen schlecht aus, Harald. Haben Sie nicht gut geschlafen?«

Bukowski erwiderte nichts auf diese Bemerkung und ärgerte sich noch mehr über Schneiders breites Grinsen. Ihm war klar, dass er diesen Spott die ganze Zeit über würde ertragen müssen, und er verwünschte den Tag, an dem er sich in Schneiders Hände gegeben hatte.

Schneider und Bukowski betraten den Eingangsbereich des Flughafens, in dem nicht so viel los war wie zur Urlaubszeit. Keine Kinder und überforderten Mütter, sondern nur ein paar Geschäftsleute mit schwarzen oder braunen Aktenkoffern, so wie Schneider einen mit sich führte.

»Der Flug dauert nur zwei Stunden, schaffen Sie das?«

Bukowski blieb abrupt stehen und stellte seinen Koffer auf dem gebohnerten Boden ab. Dann hob er drohend den Zeigefinger. »Hören Sie, Schneider. Sie haben mir damals geholfen, und ich bedauere es zutiefst, dass ausgerechnet Sie es waren, der mich aus der Patsche gezogen hat. Aber deshalb müssen Sie nicht diese dämliche Nummer abziehen. Ich werde meine Schulden bei Ihnen bezahlen, wie auch immer Sie sich das vorgestellt haben, und danach möchte ich Ihre Visage nie wieder sehen. Ist das klar?« Bukowski überragte Schneider um mehr als einen Kopf, und seine Muskeln sprachen Bände von Gewalttätigkeit und Gesetzesbrüchen. Schneider fühlte sich dennoch keine Sekunde lang eingeschüchtert, denn wenn er jemanden in seine Hand brachte, tat er es gründlich.

Er trat einen kleinen Schritt auf Bukowski zu und sah ihn mit eiskalten Augen an. Sie waren zu einem dünnen Schlitz verengt. »Bleiben Sie ganz ruhig, mein Guter. Wenn wir das hier hinter uns haben, ist mir scheißegal, ob Sie mich noch einmal wiedersehen oder nicht. Und wenn Sie das hier versauen, dann mach ich Sie fertig, darauf können Sie sich verlassen. Haben wir uns verstanden, Bukowski?« Schneider trat einen Schritt zurück und wirkte wieder gelassen. »Ich will nur die Lanze, sonst nichts.«

Bukowski zog die Augenbrauen hoch. Schneider hatte bisher keine Lanze erwähnt. Zumindest wusste er nun, was sie im Museum vermutlich »besichtigen« würden.

Während des Fluges sprach keiner der Männer ein Wort. Beide hingen ihren Gedanken nach. Schneider gönnte sich ein Glas Champagner, und Bukowski kippte ein Bier auf Ex hinunter. Doch als Schneider Wien unter sich sah, lag ein verschlagenes Leuchten in seinen Augen. Das Flugzeug landete pünktlich, und Schneider und Bukowski gingen die Gangway entlang, um ihr Gepäck zu holen. Schneiders Gepäck bestand nur aus dem Aktenkoffer und einem kleinen Bordcase. Er wusste, dass sie schon am nächsten Tag wieder abreisen würden, doch Bukowski hatte er über die Dauer des Aufenthaltes völlig im Unklaren gelassen. Sie kamen aus dem Flughafengebäude raus und stiegen in ein Taxi. »Hotel Intercontinental, bitte.«

Der Taxifahrer nickte. »Geschäftsreise oder Urlaub?«

Schneider ignorierte die Frage und war schon wieder in Gedanken versunken. Wie *muss es Hitler wohl damals ergangen sein, als er Österreich annektiert und seine Heimat dem Deutschen Reich zugeführt hat? Ich werde wie er damals in wenigen Minuten vor der Vitrine stehen und mir die Lanze anschauen. Und ich werde sie – wie er – mitnehmen; und mit ihr die Macht, die in ihr steckt.*

Das Taxi hielt vor dem Hotel.

»Warten Sie hier«, befahl Schneider dem Taxifahrer. Er betrat mit Bukowski das Fünf-Sterne-Hotel. Für Schneider waren derartige Unterkünfte völlig normal, doch Bukowski fühlte sich unbehaglich und fehl am Platze. Zu viel messingblitzende Geländer und rote Samtteppiche. Zügig ließen sie sich ihre Schlüssel aushändigen und brachten das Gepäck auf ihre Zimmer. Dann eilten sie, ohne sich frischzumachen, wieder die edle Treppe hinunter und traten durch die wuchtige Drehtür ins Freie.

»Bringen Sie uns zum Hofmuseum.« Der Taxifahrer nickte nicht einmal, sondern fuhr ungerührt los. Als sie ankamen, bezahlte Schneider. Der Taxifahrer rückte daraufhin seine Sportmütze zurecht und kochte innerlich. Zum einen, weil beide Gäste seine gastfreundliche Konversation abgelehnt hatten, und zum anderen, weil Schneider ihm nicht einen Cent Trinkgeld gab.

Richard stand schon auf dem Vorplatz des Museums und blickte die vielen Treppenstufen zum Eingang hoch. Langsam und bedächtig schritt er sie empor und betrat das Museum. *So muss es damals auch gewesen sein,* dachte er. *Außer ein paar kleinen Umbauten hat sich sicherlich nichts verändert.*

Am Eingang fand er eine kleine Loge, in der ein Pförtner saß. »Wir suchen die Reichsinsignien.« Mit gespielt höflichem Ton fuhr er fort. »Können Sie uns da weiterhelfen?«

Der Pförtner gab beiden Besuchern einen Plan vom Museum. »Wenn Sie die Reichskleinodien der Habsburger meinen, dann sind Sie hier leider falsch. Sie müssen ein paar Straßen weiter zur Schatzkammer der Hofburg.«

Schneiders Antlitz verdunkelte sich. »Wie weit ist das von hier?«, fragte er, und seine Stimme bekam wieder die übliche Härte. »Ach, vielleicht fünf Minuten. Schauen Sie, ich zeig es Ihnen.« Der Pförtner trat aus seinem Häuschen heraus und nahm einen Plan zur Hand. »Wir sind jetzt hier.« Er deutete mit seinem Zeigefinger auf einen Punkt des Planes. »Wir befinden uns am Eingang des Hauptgebäudes an der Babenbergerstraße. Sie gehen am besten durch die Halle hindurch. Dann kommen Sie auf der anderen Seite des Gebäudes zum Maria-Theresien-Platz. Dort können Sie quer über den Heldenplatz laufen oder links an ihm vorbei, und dann ist es das zweite Gebäude neben der Hofburg. Hier: Die Schatzkammer der Habsburger.«

Schneider merkte sich die Erklärungen des Pförtners gut, zog Bukowski am Ärmel und verließ wortlos den Eingangsbereich des Hauptgebäudes. Schnell ging er zwischen Volksgarten und Heldenplatz entlang, bog fast im Laufschritt nach rechts ab, dann gleich wieder links und stand in weniger als vier Minuten vor dem Eingang der Schatzkammer, die zum Wiener Hofmuseum gehört. Die Eile nutzte ihm indes wenig, denn er musste auf Bukowski warten, der den Platz schnaufend erst eine Minute später erreichte.

Schneiders Anzug war noch immer in perfektem Zustand, während Bukowskis Hemd aus der Hose hing und sich im Bereich der Brust deutliche Schweißflecken abzeichneten. Schneider schüttelte den Kopf und drängte den großen Mann in den Eingang des Museums. Es war verglichen mit dem Hauptgebäude ein sehr kleines Museum, doch sein Eingang imponierte durch einen hohen Rundbogen. Als sie das Portal durchschritten, war auch dort ein älterer, uniformierter Wachmann zur Stelle, der sich unvermittelt einem fordernden, gut gekleideten Geschäftsmann und einem abgehalfterten Catcher gegenübersah.

»Wir möchten die Reichskleinodien besichtigen.« Schneider hatte Mühe, halbwegs höflich zu klingen. Die Ungeduld drängte ihn.

Der Wachmann schaute auf seine Armbanduhr. »In weniger als zehn Minuten beginnt eine Führung. Wenn Sie möchten …« Schneider ließ ihn nicht ausreden. »Können wir uns die Ausstellung nicht ohne Führung ansehen?«

»Doch, das können Sie, aber mit Führung ist es interessanter.«

»Nein, danke. Wo befindet sich die Ausstellung genau?«

»Die Treppe hinauf, den Gang entlang und dann auf der linken Seite in dem zweiten Raum. Sie werden es schon finden, auch ohne Führung«, sagte der Wachmann, und seine schlechte Laune war ihm mühelos anzumerken.

Schneider verließ auch diesen Angestellten des Museums ohne ein »Danke schön« oder Ähnliches. Er hatte keine Zeit für Freundlichkeiten. Stattdessen stieg er die Treppe hinauf, nahm zwei Stufen auf einmal und folgte dem beschriebenen Weg. Bukowski kam keuchend hinterher.

Als er den Raum mit den Reichsinsignien endlich erreicht

hatte, verharrte Schneider bereits schweigend vor einer Vitrine. Dem Ort, an dem sie sich befanden, wohnte eine mysteriöse Atmosphäre inne. Es herrschte nur gedämpftes Licht, jedoch noch genug, um die ausgestellten Schätze gebührend bewundern zu können. Auch fehlten in diesem übergroßen, begehbaren Tresor jegliche Fenster für natürlichen Lichteinfall oder frischen Sauerstoff. Die Luft trocknete die Kehlen der Besucher aus, sie war abgestanden und muffig. Luft, die roch, als sei sie so alt wie die Stücke selbst, die hier ausgestellt wurden. Ihre Schritte erzeugten ein Knarren wie von alten Holzbohlen unter ihren Füßen, obgleich sie doch über roten Teppichboden schritten.

Richards ehrfürchtiger Blick war auf ein Schwert oder eine Lanzenspitze gerichtet, die schräg stehend auf einem purpurnen Samttuch ruhte. Obwohl sie mit einer goldenen Manschette versehen war, wirkte sie doch grau und beinahe schmucklos neben einem großen, wunderschönen und mit Edelsteinen besetzten Kreuz. Was Schneider in der Lanze sah, war weniger eine Sache des materiellen Wertes. Bukowskis dumpfe Augen hingegen klebten nur an der Fülle des Reichtums. Er träumte nicht von Königen und Herrschern vergangener Epochen, ließ sich auch nicht in den Bann der Geschichte ziehen wie die meisten Besucher, die vor den Vitrinen verweilten, sondern war schlicht geblendet von der Menge an Diamanten, Rubinen und Perlen, die das große Kreuz zierte. Als Schneider ihn ansprach, fand er nur schleppend in die Realität zurück.

»Das ist sie«, sagte Schneider leise und doch mit Nachdruck in der Stimme.

Bukowski stellte sich an Schneiders rechte Seite und sah erst die Lanze und dann Schneiders seltsamen Gesichtsausdruck. Etwas Geheimnisvolles lag darin, aber auch etwas Unheimliches.

»Das ist *meine* Lanze«, zischelte Schneider. »Endlich habe ich sie gefunden.« Dann wandte er sich abrupt Bukowski zu. »Und Sie werden sie für mich stehlen.«

Bukowski war unfähig, auch nur ein Wort darauf zu erwidern, und stieß einen ungläubigen Lacher aus. Als er merkte, dass dies kein geschmackloser Scherz Schneiders gewesen war, trat er unruhig von einem Fuß auf den anderen und rang fieberhaft nach einem Ausweg. Er wollte unbedingt seine Schuld bei Schneider begleichen und sah zugleich keine Möglichkeit, an diese Lanze heranzukommen. Trotzdem begann er, sich in sein Schicksal zu ergeben, und wandte sich Schneider wieder zu. »Die Vitrine ist mit einem Schloss gesichert. Sehen Sie diesen Draht? Der führt garantiert direkt zu einer Alarmanlage. Wie stellen Sie sich das denn vor?«, fragte er verzweifelt.

Schneider betrachtete mit einem verklärten Gesichtsausdruck die Lanze, die Heinrich Himmler, Adolf Hitler und sein Vater in den Händen gehalten hatten, und begann in Gedanken Pläne von einer großartigen Zukunft zu schmieden.

»Schauen Sie sich doch mal um«, sagte er beruhigend. »Kein Mensch ist hier. Wie sind mutterseelenallein. Wie Sie das anstellen, ist mir ganz egal. Sie haben doch schon so viele ›Brüche‹ gemacht, wie Sie das nennen … Sie sind doch ein Profi. Dann hier ist eine Kleinigkeit für Sie.« Er bemerkte Bukowskis verzweifelten Gesichtsausdruck und wiederholte ein zweites Mal. »Sehen Sie hier irgendwo bewaffnete Beamte oder so etwas?«

»Nicht hier, aber unten war einer.«

Schneider lachte. »Ja, einer, ein uralter«, bestätigte er zornig. »Wo ist das Problem?«

Bukowski biss auf einem bereits abgekauten Fingernagel herum. Alles an ihm suchte nach einer Möglichkeit, diese verfluchte Lanze zu stehlen. Doch sein Adrenalinspiegel war so hoch, dass er keinen klaren Gedanken mehr fassen konnte.

»Lassen Sie sich doch hier einschließen.« Schneider lachte mit einem hysterischen Unterton. »Das habe ich schon mal in einem Roman von Umberto Eco gelesen. Kennen Sie das Buch? Das Foucaultsche Pendel?«

Bukowski schüttelte den Kopf. »Sie sind wahnsinnig, Schneider. Ich *kann* diese Lanze nicht stehlen. Ich komme damit nicht hier raus.«

Schneider trat dicht an ihn heran. »Sie müssen und Sie werden!«

Warum nur um alles in der Welt üben diese Worte eine solche Macht auf mich aus?, fragte sich Bukowski, doch er fand keine Antwort. Er wusste nur, dass es besser war, zu gehorchen. Er war zu abhängig von Schneiders Willkür, und er hatte keine Lust, den Rest seines kümmerlichen Lebens im Knast zu verbringen.

Schneider konnte sich währenddessen kaum von dem Anblick *seiner Lanze*, wie er sie fortan nur noch nannte, losreißen. Nie würde er sie an irgendeine ominöse Organisation abgeben. Er hatte diesen geheimnisvollen blonden Hünen eigentlich schon wieder vergessen.

✣ XI ✣

»Professor, Mosche, ich habe etwas gefunden!«, rief Lea aufgeregt, obwohl alle das schrille Pfeifen des Metalldetektors hörten. Augenblicklich standen Smith und Mosche neben ihr und beobachteten, wie sich die Nadel auf der Skala im oberen Drittel bewegte und ihr Zucken mit diesem aufdringlichen Ton unterstrich. Lea bewegte die kreisrunde Fläche des Suchgerätes hin und her und grenzte so den Bereich ein, in dem etwas Metallisches nicht nur zu vermuten, sondern mit ziemlicher Sicherheit anzunehmen war. Es hätte jedoch auch alles Mögliche sein können, angefangen von einem rostigen Nagel bis hin zu Ringen und ähnlichen Schmuckstücken.

Lea stellte das Gerät beiseite und begann vorsichtig zu graben. Zunächst fegte sie nur die obere Staubschicht beiseite, dann nahm sie einen kleinen Spitzhammer zu Hilfe, der zum Grundrepertoire aller Archäologen gehört. Mosche und Smith drückten sich so aufdringlich an ihre Seite, dass ihr kaum Platz zum Arbeiten blieb. Plötzlich ließ ein leises Klicken erahnen, dass sie mit der feinen Spitze ihres Hammers auf Metall gestoßen war. Nun nahm sie einen Rosshaarpinsel zur Hand und beseitigte die aufgelockerte Erde über ihrem Fund.

»Seht euch das an«, rief Lea staunend aus. »Mosche, du bist großartig.«

Mosche lehnte sich weit über die Kante der Bank hinweg und blickte auf zunächst eine, dann mehrere scheinbar sehr gut erhaltene Münzen, die unter Leas Pinsel ans Tageslicht kamen.

»Lassen Sie mich auch mal sehen, Mosche.« Der Professor zeigte plötzlich einen fast jugendlichen Eifer, die Fundstücke zu begutachten. Doch zu seiner Enttäuschung konnte er nichts auf den sieben augenscheinlich sehr alten Münzen erkennen, was ihm weitergeholfen hätte.

Mosche betrachtete eine der Münzen mit stummer Miene und sagte schließlich bedächtig. »Das hier könnte ein Bild von einem Augurenstab sein.«

»Einem was?«, fragte Lea und verzog die Mundwinkel.

»Ein Augurenstab ist so eine Art Hirtenstab, der von Priestern heidnischer Religionen verwendet wurde. Viele Kaiser haben sich so einen Stab auf die Münze prägen lassen.«

Der Professor sah Mosche ein weiteres Mal mit Respekt an.

»Numismatik. Ein Hobby von mir«, gab Mosche dem Professor zu verstehen.

Lea sagte kein Wort.

»Münzkunde ist etwas ganz eigenes«, ergänzte der Professor. »Ich studiere fast schon mein ganzes Leben, aber diese trockene Materie hat mich noch nie gereizt.«

Mosche hielt andächtig eine der gefundenen Münzen in der Hand. »Numismatik ist überhaupt nicht trocken. Im Gegenteil, sie ist sogar sehr spannend. Münzen sind ganz besondere Zeitzeugen. Ja, manchmal sind sie sogar die einzige Möglichkeit, geschichtliche Zusammenhänge darzustellen.«

»Sie erstaunen mich aufs Neue, Mosche.«

»Als ich mich vor einigen Jahren der Religion meiner Väter zugewandt habe, fand ich bei einer Ausgrabung mit dem Bagger eine wertvolle Münze aus der Zeit des Kaisers Augustus. Es waren die ersten wirklich gut erhaltenen Münzen dieser Zeit, und irgendwie bin ich seitdem von einem Virus befallen. Geben Sie mir einen Tag, und ich sage Ihnen alles über diese Münze, was Sie wissen müssen.«

Mosche ging mit der Münze aus der Höhle hinaus und betrachtete sie im hellen Licht der Sonne. Sie war annähernd kreisrund und für ihr vermutliches Alter sehr gut erhalten. Er zog sein T-Shirt aus der Hose, als wolle er sich mit dem Stoff die Brille putzen, doch er begann die Münze zwischen der Baumwolle zu reiben und zu reinigen. »Auf der Rückseite sind drei Buchstaben zu sehen. Herr Professor, schauen Sie mal.«

Smith bückte sich und kam unter dem Durchgang der Höhle hervor. »Tun Sie mir bitte einen Gefallen, Mosche.« Der schaute von der Münze auf. »Nennen Sie mich doch bitte Harvey. Das gilt auch für Sie, Frau Weizmann.«

»Gern, Herr Professor, äh Harvey.« Mosche lachte, doch dann wandte er sich mit Ernst wieder der Münze zu. »Also: Das hier sieht aus wie ein ›L‹, daneben ein weiteres ›L‹ und dann ein ›S‹ oder ein ›Z‹.«

»Und was bedeuten diese Zahlen, Mosche?«

»Wenn es das ist, was ich hoffe, aber mir kaum vorstellen kann, dann könnte das eine Münze von …« Mosche rieb die Münze wieder mit dem mittlerweile nicht mehr ganz weißen T-Shirt.

»Die Buchstaben entsprechen Jahreszahlen. Eigentlich ist das System ganz einfach. Die ersten 10 Buchstaben des Alphabetes werden mit Maßeinheiten, also 1, 2, 3 und so weiter beschrieben, die folgenden 10 Buchstaben zählen zu den Zehnerreihen, und die vier restlichen Buchstaben werden mit den ersten vier Hundertern verknüpft. Das ›L‹ ist eine Abkürzung für ›Jahr‹. Tiberius wurde Kaiser im Jahr 14 nach Christus.« Mosche rieb sich am Kinn. »Ich bin mir nicht ganz sicher, aber ich glaube, es gab drei verschiedene Prägungen in dieser Zeit, die der damalige Statthalter Pilatus veranlasst hat – und zwar in den Jahren 29, 30 und 31 nach Christus. Alle drei Münzen haben unterschiedliche Prägungen, und wenn mich nicht alles täuscht, dann ist der Buchstabe in der Mitte doch kein ›L‹, sondern ein ›I‹. Dann nämlich hieße es ›LIZ‹, und dies hier wäre eine Pilatusmünze aus dem Jahr 30.« Mosche schaute auf und erblickte zwei offene Münder und weit aufgerissene Augen.

»Du willst uns hier nicht zufällig weismachen, dass dieses Grab aus dem Jahr stammt, in dem Jesus Christus gekreuzigt wurde, oder? Das willst du nicht wirklich?«

Mosche nickte kaum merklich. »Vielleicht sollten wir unsere Suche nach weiteren Münzen fortsetzen.«

Mosche, Lea und der Professor stießen fast am Eingang der Höhle zusammen, da alle drei gleichzeitig wieder hineinstürzen wollten. Lea ließ schließlich dem Älteren den Vortritt, und doch mussten alle auf sie warten, denn sie trug den Detektor. Hastig schaltete sie das Gerät ein und hob es auf die Grabbank der zweiten Leiche. Nach nur kurzer Zeit ertönte auch hier ein schriller Ton, und Lea grub eine Münze aus, die ähnlich aussah wie die zuerst gefundenen.

»Nur die eine?«, wunderte sich Smith, und ein gewisses Bedauern schwang in seiner Stimme mit. Lea strich erneut mit der empfindlichen Scannerfläche über den Boden der Grabbank, fand aber keine weitere Spur von Metall in dem zwei Mal ein Meter großen Areal.

»Nun noch den dritten«, forderte Mosche Lea ungeduldig auf. Auch hier ging Lea mit derselben Akribie vor wie schon bei den anderen Bänken, doch selbst nach zehn Minuten wurde sie nicht fündig. »Mist, hier ist absolut nichts zu finden. Nicht einmal der Hauch eines Metallmoleküls.«

»Gib auf, Lea. Ich glaube nicht, dass du dort noch etwas findest.«

»Wie kommst du darauf, Harvey? Vielleicht habe ich nicht gründlich genug …?«

»Doch, doch, das hast du. Lass uns einen Moment rausgehen. Ich brauche dringend frische Luft.« Der Professor griff sich an die Stirn und hielt sich am Rand des Eingangs fest.

»Ist dir nicht gut?«, fragte Mosche und stützte den alten Mann.«

»Schon gut. Es ist nur …«

»Komm, trink etwas.« Mosche holte eine Flasche Mineralwasser aus seinem Rucksack und reichte sie dem schwitzenden Gelehrten.

Smith trank und gab Mosche die Flasche zurück, der sie an Lea weiterreichte. Der Professor nickte erleichtert. »Danke, es geht schon wieder. Die Ereignisse verwirren mich. Ich kann immer noch nicht glauben, was wir hier gefunden haben.« Die drei traten vollends aus der Höhle hinaus, entfernten sich ein paar Schritte und setzten sich in den Schatten eines alten Olivenbaumes. Der Schutz war sehr angenehm, und Smith blickte in die Krone des Baumes, der ihnen den Schatten spendete. »Dieser Baum hier könnte miterlebt haben, was damals passiert ist. Ihr wisst ja, wie alt Olivenbäume werden können.« Lea und Mosche nickten.

»Geht es dir gut? Was beunruhigt dich?«, fragte Lea.

Smith rieb sich die Stirn mit dem durchnässten Taschentuch ab. »Diese Münzen aus der Höhle … Sie stammen vermutlich …« Erneut brach der alte Mann seinen Satz ab und atmete tief durch. Dann nickte er. »Nun gut, ich erzähle es euch, aber nur unter großem Vorbehalt. Passt auf: Es gibt da so eine Geschichte … *Diesmal* sind es wirklich nur Legenden, okay?«

Mosche und Lea rückten dichter an den Gelehrten heran, der sich von seinem Schwächeanfall wieder einigermaßen erholt hatte.

»Ich habe einmal – es ist bestimmt schon zwanzig Jahre her – eine Vorlesungsreihe über neutestamentliche Geschichte gehalten. Vielleicht, weil ich schon immer ein Faible für außerbiblische Quellen hatte. Die Apokryphen, alte Bücher der antiken Geschichtsschreiber oder die sogenannten Pilatusakten zum Beispiel. Na, jedenfalls bin ich damals bei meinen Recherchen auf diese Geschichte gestoßen, die ich hier und jetzt als Legende bezeichnen möchte.« Smith nahm den alten großkrempigen Sommerhut vom Kopf und tupfte auf seiner Halbglatze herum. Lea und Mosche ließen ihn keine Sekunde aus den Augen.

Er setzte sich den Hut wieder auf und stopfte das Taschentuch in seine Brusttasche. »Als Jesus am Kreuz starb, wurden mit ihm zwei Verbrecher, Diebe oder Räuber, hingerichtet. Ihr kennt die Erzählungen und Berichte. Die Bibel nennt die beiden einfach nur Schächer und berichtet auch sonst nicht viel über sie. Später gingen sie als Dismas und Gestas in die Geschichte ein, wobei Dismas derjenige gewesen sein soll, der kurz vor seinem Tod unter Tränen und mit reuigem Herzen Buße für seine Sünden tat. Daraufhin hatte Jesus zu ihm gesagt, dass er, so wörtlich, *noch heute mit ihm im Paradies sein werde*.« Smith nahm einen weiteren Schluck Mineralwasser und fuhr fort. »Wir wissen aus den Evangelien, dass Jesus wegen des bevorstehenden großen Feiertags vom Kreuz genommen und in das Grab des Josef von Arimathäa gelegt wurde. Doch habt ihr euch mal gefragt, was mit den Leichen der beiden Schächer passiert ist? Wohin sie gebracht wurden? Okay, sie waren eigentlich nichts Besonderes. Sie waren Räuber! Dennoch bekamen sie für viele Menschen, die der Kreuzigung beiwohnten, eine besondere Bedeutung, weil sie mit ihm, dem Erlöser, und an seiner Seite gekreuzigt wurden. Jesus hat ja in seinen letzten Minuten sogar mit ihnen gesprochen. Dem einen, der tiefe, echte

Reue zeigte, hat er Vergebung zugesprochen, den anderen hat er beschimpft, weil dieser ihn trotz seiner misslichen Lage immer noch verspottete. Jahrhundertelang stand dann die große Frage im Raum: Wohin hat man sie nach der Kreuzigung gebracht?«

Mosche schaltete sich ein. »Warum soll das wichtig sein, wo genau die beiden begraben sind? Das verstehe ich nicht.«

»Nun, wie die Menschen nun mal so sind. Was ist mit den Gebeinen des Johannes geschehen oder mit den Kleidungsstücken von Petrus oder von Paulus? Es wird sofort ein ungeheurer Reliquienkult veranstaltet. Tote Knochen werden verehrt, ja angebetet, und man schreibt ihnen wundersame Kräfte zu. Wie gern hätte man so einen Tanz auch um den reuigen Schächer Dismas gemacht? Dafür brauchte man aber irgendwelche Überreste von ihm, wenigstens ein Stück Stoff, einen Splitter von seinem Kreuz oder gar den Nagel, mit dem er gekreuzigt wurde. Nichts von alldem hat man bisher gefunden, und die wenigen Funde, die im Zusammenhang mit seiner Person verehrt werden, sind nachweislich Fälschungen.«

Lea und Mosche sahen sich fragend an. Smith lieferte die Erklärung. »Ihr ahnt gar nicht, wie viele angebliche Splitter vom Kreuz Jesu schon gefunden wurden. Daraus könnte man zehn Kreuze anfertigen lassen. Alte Holzsplitter gibt es zuhauf, und so hat man eben auch kurzerhand irgendwelche Reste eines Balkens zu einem verehrungswürdigen Kreuzessplitter des reuigen Sünders gemacht. Nun gut, so viel dazu.« Smith streckte seine Beine aus und nahm eine bequemere Sitzposition ein. Die Erlebnisse der letzten Tage zehrten an seinen Kräften. Und jetzt kamen noch diese neuen umwerfenden Funde dazu. Smith konnte sich nicht erinnern, wann er das letzte Mal solch großartigen Spuren nachgejagt war, und er fühlte sich um zwanzig Jahre jünger, selbst wenn sein

Körper eine andere Meinung vertrat. Die Vermutung, die er bezüglich der gefundenen Toten hegte, verdichtete sich immer mehr zu einer Gewissheit, und er fragte sich, ob es klug war, den anderen seine Überzeugung schon jetzt mitzuteilen. Mosche und Lea rückten noch dichter an den Professor heran und hielten die Spannung kaum aus.

✣ XII ✣

Es war im Museum, rings um die beiden Besucher herum, eigenartig still. Tatsächlich war keine Menschenseele zu sehen und zu hören. Kein Besucher streifte durch die Räume, und es schien, als habe ein unsichtbarer Wächter den Besucherstrom umgelenkt. Schneiders Augen saugten sich an der Lanze fest, und nur der dringende Aufruf Bukowskis brachte ihn, wenn auch nur widerwillig, in die Wirklichkeit zurück. Sie verließen das Museum unbemerkt, denn der Wachmann war damit beschäftigt, neue Kataloge zu sortieren und Besucherlisten abzuheften. Die Öffnungszeiten waren gewöhnlich von morgens acht bis abends achtzehn Uhr, doch an diesem Tag wunderte sich selbst der Wachmann über die geringe Besucherzahl im Museum. Tatsächlich konnte er sich an keinen Tag in seiner vierzigjährigen Dienstzeit erinnern, an dem so wenige Menschen gekommen waren. Schneider und Bukowski standen währenddessen zwischen den Häusern und berieten sich.

Schneider herrschte sein Gegenüber an. »Die Räume sind kaum bewacht. Kein Mensch geht davon aus, dass diese alten Reliquien gestohlen werden könnten, und der Wachmann scheint mir auch nicht mehr Herr seiner Kräfte zu sein. Er macht schon einen ziemlich tatterigen Eindruck. Das ist ein Kinderspiel für einen kräftigen Mann wie Sie.«

»Schneider, Sie sind vollkommen verrückt. Ich habe überhaupt kein Werkzeug bei mir und bin absolut nicht vorbereitet. Ich weiß nicht, was in Ihnen vorgeht, aber normal ist das nicht. So ein Bruch muss doch sorgfältig geplant werden.«

Schneider steckte die Hände in die Hosentaschen und ging auf einem Rasenstück auf und ab. »Was normal ist oder nicht, entscheiden sicher nicht Sie, Bukowski. Was ist schon normal? Kein Mensch ist heutzutage mehr ›normal‹. Alle sind doch irgendwie auf der Suche nach irgendetwas, oder nicht?« Schneider wartete auf Bukowskis Reaktion. Der starrte jedoch nur ausdruckslos und wie ein verängstigtes Tier auf den Boden. Er suchte nach einer Möglichkeit, Schneider die Sache auszureden, doch seitdem dieser vor der Vitrine gestanden hatte, war aus dem Wunsch offenbar eine fixe Idee geworden, von der er nicht mehr abzubringen war.

Bukowski startete einen letzten, verzweifelten Versuch. »Was reizt Sie denn so sehr an diesem alten Ding? Man kann sie auf dem Schwarzmarkt sowieso nicht verkaufen. Wenn es mir tatsächlich gelingen sollte, hier mit der Lanze unterm Arm heil wieder rauszukommen, dann ist die so heiß, dass ganz Europa vorgewarnt ist. Abgesehen davon wird jeder fünf Minuten später am Flughafen gefilzt werden.«

»Machen Sie sich keine Sorgen, Harald. Es ist für alles gesorgt. Außerdem will ich sie gar nicht verkaufen.« Schneider lachte auf. »Geld? Was soll ich mit Geld? Ich brauche ganz andere Dinge als Geld. Geld habe ich gehabt. Das hier ist etwas anderes.« Schneider deutete mit einer Kopfbewegung auf das Museum. »Die Lanze wird mir mehr als nur Geld bringen.«

»Mir würde Geld schon reichen«, meinte Bukowski halblaut und dachte an das edelsteinbesetzte Reichskreuz zurück. »Was kann es Besseres geben, als ein Haus im Süden mit Pool und Blick aufs Meer?«

Schneider drehte sich langsam zu Bukowski um und

hauchte ihm die Worte ins Gesicht. »Unsterblichkeit, Bukowski. Macht und Unsterblichkeit.«

Bukowski trat einen Schritt zurück. Er war davon überzeugt, dass Schneider nun endgültig den Verstand verloren hatte. Doch Schneider meinte es offensichtlich ernst, todernst sogar.

Richard knöpfte seinen Zweireiher zu und sagte in ruhigem Ton. »Hören Sie zu! Wir fahren jetzt ins Hotel zurück, essen etwas, und heute Abend, kurz bevor das Museum geschlossen wird, gehen wir noch mal rein.«

»Ach ja. Und dann spazieren wir mit der Lanze einfach so ins Hotel und legen sie unters Kopfkissen.«

»Wir fahren nicht ins Hotel zurück. Wir nehmen den Wagen.«

»Welchen Wagen?«

»Ich habe von Deutschland aus einen Mietwagen gebucht. Und zwar unter einem falschen Namen.« Schneider musste unwillkürlich grinsen, denn der Name, den er für den Mietwagen benutzt hatte, wirkte auf den jungen Mann am Schalter mehr als kurios. Zweitausend Euro Trinkgeld hatten jedoch jegliche Bedenken vertrieben – inklusive Überführung zurück nach Österreich.

Gegen zwanzig nach fünf parkte Schneider den Wagen in der Nähe der Hofburg und wies Bukowski an auszusteigen. »Los, hauen Sie ab und vermasseln Sie es nicht. Sie gehen da jetzt rein, holen sich die Lanze und sind ruck, zuck wieder draußen.«

Bukowski schüttelte den Kopf und hielt Schneider endgültig für unzurechnungsfähig. Er hatte schon viele Einbrüche durchgezogen, doch von so etwas Idiotischem hatte er noch nie gehört. So sehr er sich auch bemüht hatte, Schneider war nicht umzustimmen gewesen. Doch was sollte

Bukowski machen? Würde er geschnappt, käme er in den Knast. Doch wenn er es nicht versuchte, würde Schneider auch dafür sorgen, dass er dorthin käme. Sollte das Gaunerstück aber wider Erwarten gelingen, wäre er endlich frei. Er hatte keine Wahl und letztendlich nichts zu verlieren.

»Wenn Sie ohne die Lanze hier auftauchen, wissen Sie ja, was Sie erwartet«, rief Schneider ihm noch hinterher. Bukowski stand auf dem kleinen Weg in der Nähe des Lipizzaner Museums und wartete. Es war fünf Uhr dreißig, und sein Puls raste. Was hatte sich Schneider bloß dabei gedacht, ihm einen derart verrückten Plan aufzutischen. Und überhaupt – ein Plan war das nun wirklich nicht. *Ein Plan für Idioten oder für Glückspilze*, dachte Bukowski. Er hatte überwiegend Einbrüche in Einfamilienhäuser hinter sich. In ein bewachtes Museum hineinzuspazieren und eine Lanze aus einer Vitrine zu stehlen war etwas ganz anderes. Bukowski grübelte in seinem verschlagenen Gehirn und fand schließlich den Ansatz einer Lösung. *Wenn man kein Werkzeug dabeihat, muss man eben nehmen, was man kriegen kann.*

Der Wachmann hielt sich in seinem Häuschen auf und freute sich schon auf seinen wohlverdienten Feierabend. Bukowski schlich leise zu ihm. Franz Burgner kniete vor einem hohen Regal und sortierte gerade einen großen Stapel frisch gedruckter Broschüren darin ein. Bukowski trat von hinten an Burgner heran und riss ihm mit einer für einen übergewichtigen Mann ungewohnt behänden Bewegung die Waffe aus dem Halfter. Burgner war starr vor Schreck.

»Mitkommen, Mann! Los, machen Sie schon! Ich hab nicht ewig Zeit.« Bukowski hatte die Pistole entsichert und hielt sie auf Franz Burgners Genick gerichtet. Der hatte in all den Jahren seines Dienstes nicht ein einziges Mal von der Waffe Gebrauch machen müssen, doch er war sicher, dass sie funktionierte.

»Was wollen Sie?«, wimmerte der Wachmann. Bukowski fuchtelte ihm nun mit der Waffe vor der Nase herum. »Jetzt kommen Sie schon, verdammt noch mal. Wenn Sie Mätzchen machen, knall ich Sie ab.« Burgner war zu Tode erschrocken. Bukowski griff ihn am Ärmel und zog ihn aus der Regalecke hervor. »Wir beide gehen jetzt schön nach oben. Dann schließen Sie eine Vitrine auf, und alles ist in bester Ordnung.«

Burgner leistete keinen Widerstand und hielt es für das Klügste, nicht zu wiedersprechen. In drei Monaten wollte er seine Pension antreten. Er ging die Stufen hinauf und fühlte das kalte Metall der Waffe in seinem Rücken. Bukowski drückte sie absichtlich fest gegen seine Wirbelsäule, um ihm die Dringlichkeit seines Anliegens deutlich zu machen. »Holen Sie schon einmal den Schlüssel heraus. Ich habe es ein bisschen eilig, das verstehen Sie doch.«

Der Wachmann gehorchte auch diesmal und brachte mit einem hellen Klimpern den riesigen Schlüsselbund zum Vorschein.

Sie standen vor der Vitrine. Ein kleines schmuckloses Schild bezeichnete den begehrten Gegenstand: Inventarnummer XIII, 19.

»Machen Sie schon. Aufschließen.« Burgner drehte den Bund mehrere Male, um den richtigen Schlüssel zu suchen. Seine Finger zitterten. Schließlich fand er ihn und schloss die Vitrine auf. Völlig ungerührt von der Majestät der »Heiligen Lanze«, wie Schneider sie tituliert hatte, riss Bukowski sie heraus. Da erst fiel ihm auf, dass er nichts zum Einpacken dabeihatte. Es war unmöglich, sie so völlig offen aus dem Museum zu tragen, auch wenn Schneider vermutlich schon vor der Tür stand.

Bukowski hatte jetzt in der einen Hand die Waffe und in der anderen die Lanze. Er ging einige Schritte von Burgner weg, legte die Lanze auf den Boden und die Pistole in greifbarer Nähe auf eine kleinere Vitrine. Schnell begann er, seine Lederjacke auszuziehen, blieb aber mit einem Arm im Ärmel hängen. Seine Fettleibigkeit machte ihm in der zu engen Jacke zu schaffen. Als sich Bukowski endlich aus der Jacke befreit hatte, hob er die Lanze vom Boden auf, doch die Pistole lag noch auf der Vitrine. Auf einmal stürzte Burgner auf Bukoswki zu. In einem Anflug von Heldenmut wollte er die Lanze wieder an sich bringen und ihren Raub verhindern. Ein Leben lang hatte er sie und natürlich auch die vielen anderen Ausstellungsstücke bewacht. So schnell und einfach sollte sie nicht zu haben sein. In dem Moment, als er auf die Vitrine zustürmte, richtete sich Bukoswki gerade wieder auf und erfasste mit einem kurzen Blick die Situation. Die Pistole konnte er nicht mehr vor Burgner erreichen. Doch er wurde sich blitzschnell bewusst, dass er schon eine Waffe in den Händen hielt, wenn auch eine sehr alte. Im Bruchteil einer Sekunde musste er sich entscheiden. Wenn er die Lanze Schneider nicht brachte, warteten Gefängnis und eine Zukunft ohne Perspektiven auf ihn.

Burgner hatte die Pistole auf der Vitrine fast erreicht. Da sprang Bukowski auf ihn zu und stach die Lanze tief in seinen Leib hinein. Burgners Arm war dabei wie zum Gruß in die Luft gereckt, da er nach der Pistole greifen wollte, die nur noch wenige Zentimeter entfernt lag. Völlig überrascht schaute er Bukowski an, der selbst erst in diesem Augenblick realisierte, was er getan hatte. Der Wachmann stand noch einen kurzen Moment auf seinen Beinen, dann knickten langsam seine Knie ein, und er ging zu Boden. Die Lanze ragte mit ihrem Griff aus Burgners Leib heraus, und Bukowski starrte regungslos auf die schmerzverzerrte Grimasse des sterbenden Wachmanns. Schließlich fiel der Wächter tot zur Seite und lag nun mit weit aufgerissenen Augen vor Bukowskis Füßen.

Die Zeit stand still, und Bukowski war wie gelähmt. Dann wachte er aus seiner Erstarrung auf und versuchte, die mächtige Klinge des antiken Kriegsgerätes aus Burgner wieder herauszuziehen. Seine Hände umfassten zitternd den Lanzengriff, und er zog kräftig daran. Die gesamte Lanzenspitze war rot gefärbt, und von der goldenen Umfassung triefte das Blut des österreichischen Wachmanns zu Boden. Bukowski wurde es übel. Er war ein Dieb, ja, aber kein Mörder. Bis jetzt jedenfalls noch nicht. Langsam ließ er die Lanze zu Boden gleiten und legte sie neben die Leiche, als gehöre sie zu ihr. Wie eine Grabbeigabe, die man einem Toten auf die letzte Reise mitgibt. Bukowski war ein großer, schwerer Mann, doch nun glich er einem verängstigten Jungen. Das Entsetzen stand ihm auf die Stirn geschrieben. Verstört wie ein getretener Hund schlich er die Stufen zum Eingangsbereich hinunter und begegnete zum Glück keiner Menschenseele. *Zum Glück hat mich niemand gesehen. Bis jetzt bin ich glimpflich davongekommen. Was hätte nicht alles passieren können? Noch gibt es keine Zeugen.*

Schneider war in dem weißen Mercedes geblieben, obwohl er vor Ungeduld vibrierte und die Spannung fast nicht mehr aushalten konnte. Er rutschte auf seinem Sitz hin und her und spähte vorsichtig durch das Fenster der Beifahrerseite zum Museum hinüber. Er wollte auf keinen Fall gesehen werden; darum überließ er die Drecksarbeit gern den anderen. Dann sah er Bukowski aus der Schatzkammer kommen. Sein Schritt verriet Unsicherheit, und ein Schwanken war zu erkennen. Bukowski riss sich zusammen, nicht loszurennen, denn so war die Vereinbarung. Unter allen Umständen ein normales Benehmen, nur dass Schneider von den neuen Umständen noch nichts wusste.

Bukowski erreichte den Wagen. Sein Gesicht war aufgedunsener denn je, sein Hemd war klatschnass, und er stank fürchterlich nach ausgeschüttetem Adrenalin und Schweiß. Voller Entsetzen sah Schneider an ihm herab und hielt sich ein Seidentaschentuch vor sein zu einer angewiderten Grimasse verzerrtes Gesicht.

Bukowski wimmerte nur, als er Schneider erreichte: »Ich konnte sie nicht mitnehmen. Sie liegt neben dem Wachmann.« Bukowski lehnte sich mit beiden Händen gegen das Dach des Wagens. Ihm wurde schwindelig vor Augen.

Schneider schien den letzten Satz Bukowskis nicht gehört zu haben. »Sind Sie wahnsinnig, Bukowski? Sie wagen es, ohne die Lanze zurückzukommen?« Seine Adern traten am Hals deutlich hervor. »Gehen Sie sofort wieder rein und holen Sie die Lanze da raus.« Bukowski schüttelte den Kopf wie ein trotziges Kind, und seine fettigen Haare flogen hin und her. Schneider presste die Lippen aufeinander und ballte die Fäuste. Mit Wucht stieß er die Wagentür hinter sich zu, sah sich nach allen Seiten hin um und rannte zum Museum. Schnell überquerte er die Rasenfläche und erreichte den Eingang. Er kannte den Weg und spurtete die Treppen hinauf. Ihm kamen die Worte *Sie liegt neben dem Wachmann* wieder in den Sinn.

In dem Moment erreichte er den toten Burgner auch schon. Er erschauderte kurz bei dem Anblick der riesigen Blutlache. Doch dann sah er die Lanze, *seine Lanze.* Friedlich und unschuldig darauf wartend, an ihren samtweichen Platz getragen und auf ein Kissen gebettet zu werden. Schneider ergriff die Lanze und betrachtete einen Augenblick das von ihr tropfende Blut. Es starrte ihn an, tropfte und rief ihm zu: *Du mieses Schwein.*

Schneider drückte die Lanze fest auf Burgners weißes Hemd und wischte so gut es ging erst auf der einen, dann auf der anderen Seite das Blut daran ab. Bei alldem hörte er nicht, dass jemand die Treppe heraufkam. Geräusche von Absätzen hochhackiger Schuhe hallten durch den Flur, doch Schneider hatte nur noch seine Lanze im Sinn.

Ein markerschütternder Schrei ließ ihn zusammenfahren. Die Frau hinter ihm zuckte und hörte gar nicht mehr auf zu schreien, ja, sie holte nicht einmal Luft. Schneider drehte sich zu ihr um. Sie starrte auf den blutverschmierten Körper des Wachmanns.

»Ich war das nicht«, stammelte Schneider, doch sie hörte ihn nicht. Sie schrie aus Leibeskräften weiter, unbewusst, im Schock, verzweifelt ihrem Entsetzen Ausdruck verleihend, bis ein heftiger Schlag an die Schläfe sie verstummen ließ. Sie fiel mit einem dumpfen Poltern auf den blutgetränkten Teppichboden. Schneider hatte die hysterische Frau mit einem verzweifelten Hieb zum Schweigen gebracht. Wieder lag die Lanze direkt vor ihm, und er hätte sie nur ergreifen brauchen – gereinigt von dem anklagenden Blut, und doch, als wolle sie sich nicht aus freien Stücken aus dem Museum entfernen lassen, blieb sie für eine kleine Weile einfach so liegen. Schneiders Hand bewegte sich über ihr, und er fragte sich, warum er sie nicht greifen und mitnehmen könne. Sie war so nah und doch so fern. Etwas oder jemand schien verhindern zu wollen, dass diese Lanze den Raum verließ. Er dachte an die Tagebücher seines Vaters, an Hitler und Himmler und wie sein Vater diese Reliquie selbst schon in den Händen gehalten hatte. Er, Dr. Richard Schneider, würde seinem Vater beweisen, dass es möglich war, sie an sich zu bringen. Er rief sich ins Gedächtnis: *Wer die Lanze besitzt, gilt als unbesiegbar.* Das gab ihm neue Kraft, und als wäre ihr Widerstand gebrochen, ließ sie sich nun bereitwillig aufnehmen.

Er wickelte die Lanze in sein Sakko, eilte wie in Trance die Stufen hinunter und erreichte den Wagen, in dem Bukowski wie ein zusammengesunkenes Stück Fleisch kauerte.

Schneider nahm hinter dem Lenkrad Platz, kurbelte das Fenster ein wenig herunter und startete den Wagen. Er fuhr, wie verabredet, nicht ins Hotel zurück, sondern folgte den Schildern aus Wien heraus.

Bukowski fing irgendwann an, haltlos zu heulen, bis Schneider ihn anbrüllte. »Hören Sie endlich auf zu flennen, Sie Memme. Lassen Sie uns erst mal aus Wien herausfahren, und dann erzählen Sie mir alles. Ich habe die Lanze, das ist alles, was zählt.«

Bukowski riss sich für einen Augenblick zusammen. »Ich kann doch so nicht nach Hause fahren.«

Schneider hatte sich allmählich wieder gefasst, und sein Entsetzen hatte sich in Ärger und Wut verwandelt. »Sie sind ein absoluter Vollidiot. Sie sollten nur die Lanze stehlen und keinen Wachmann töten. Wie kann man nur so bescheuert sein?« Schneider schlug mit der flachen Hand auf das Lenkrad. *Die Schlampe hat mich gesehen. Der Schwachkopf bringt ihn um, aber mich hat sie gesehen. Verdammt!*

Eine Weile lang schwiegen beide, nur das Wimmern Bukowskis war zu hören. Seine Nerven waren offensichtlich völlig am Ende. Schneider hatte sich vollends gefasst und dachte nach. *Wenn Bukowski behauptet, ich sei es gewesen, würde man ihm möglicherweise sogar glauben. Meine Fingerabdrücke sind wahrscheinlich überall, genauso wie seine. Aber ich wurde gesehen, wie ich mich über den Typen beuge. Von Bukowski weiß niemand etwas. Und auf seine Loyalität ist kein Verlass!* Bei diesem letzten Gedanken festigte sich sein Plan, und tatsächlich gefiel ihm der Gedanke, der in seinem Kopf heranreifte, sehr. Bukowski saß währenddessen zusammengesunken auf dem Beifahrersitz des eleganten Mietwagens und fand seinen Seelenfrieden nicht wieder. Unaufhörlich dachte er an das Bild der blutbeschmierten Lanze und an das erstaunte Gesicht des Wachmanns.

Plötzlich trat Schneider auf die Bremse und brachte den Wagen auf dem Seitenstreifen zum Stehen. »Los, steigen Sie aus. Ziehen Sie sich um. Ich kann Sie nicht mehr riechen.« Er deutete mit dem Daumen auf den Kofferraum. Bukowski fehlte die Kraft zum Widerspruch. Eigentlich war er im Moment dankbar für jede Entscheidung, die er nicht selbst zu treffen hatte. Schneider und Bukowski trafen sich am Kofferraum. Während Bukowski sich vollständig umziehen musste, begnügte sich Schneider damit, Hemd und Sakko zu wechseln. Die Straße war glücklicherweise so wenig befahren, dass sie niemandes Argwohn erweckten. Das übelriechende Kleiderbündel warfen sie in den nahe gelegenen Wald und nahmen wieder im Wagen Platz.

»Bleiben Sie ganz ruhig. Alles wird gut. Ich kümmere mich um Sie«, sagte Schneider betont beruhigend.

Bukowski versank wieder in seinem Sitz und schwieg. Plötzlich war ihm alles egal. Er hatte seine Schulden beglichen. Aber wie hoch war der Preis dafür gewesen? Sicher, er war ein Raubein, aber er hätte nicht einmal im Traum daran gedacht, einen Menschen zu töten. Selbst wenn man die Tat nie aufklären könnte, würde sein Gewissen ihn ewig anklagen.

Bald waren sie schon zwei Stunden gefahren. Von Wien auf die Autobahn, vorbei an Sankt Pölten und Enns, dann Richtung Gmunden. Jetzt befanden sie sich in der Nähe der deutschen Grenze. Schneider kannte die Gegend von Urlauben mit seiner Frau und vom Skifahren. Es gab hier eine Menge Wälder und viele Feuchtgebiete, die nicht urbar gemacht werden konnten. Schneider war sich sicher, ganz in der Nähe einer Region zu sein, die er von seinen Wanderungen her kannte. *Die Grenze. Es ist unmöglich, sie zu passieren, erst recht nicht mit diesem Schlappschwanz an meiner Seite.* Kurzerhand bog Schneider in der Nähe von Salzburg von der Autobahn ab. Bukowski reagierte nicht und ging wohl davon aus, dass Schneider einen Rastplatz suche. Tatsächlich aber fuhr Richard immer tiefer in die spärlich bewohnten Gebiete hinein.

Die Dämmerung war schon fortgeschritten, als er eine kleine Abzweigung von der Landstraße fand und sie bis an eine Stelle weiterfuhr, an der sie zu einem Feldweg wurde, der höchstens von Traktoren befahren werden konnte. Jetzt erst bemerkte Bukowski, dass sie in der absoluten Einöde standen. »Was tun wir hier?«, fragte er Schneider.

»Ich brauche eine Pause, und hier können wir ungestört reden, ohne dass uns jeder hört. Oder denken Sie, dass man als Mörder überall frei herumlaufen kann und noch herausposaunt, dass man soeben einen Menschen getötet hat?« Die Worte trafen Schneider selbst mit aller Wucht, und ihm wurde noch einmal erschreckend klar, dass Bukowski ihn wahrscheinlich mit großem Vergnügen des Mordes beschuldigen würde, um seinen eigenen Kopf aus der Schlinge zu ziehen. Die Gedanken überschlugen sich in Schneiders Kopf: *Hat es je Zeugen der Gespräche zwischen mir und Bukowski gegeben? Nein. Taucht der Name Bukowski überhaupt irgendwo im Zusammenhang mit mir auf? Nein.* Schneider hatte die Flugtickets auf seinen Namen gebucht, und der Mann, der den Wagen gemietet hatte, hieß H. Himmler. Schneider lachte über sein eigenes Genie. Dann wandte er sich Bukowski zu. Er nahm die Lanze aus der Jacke hervor und betrachtete sie eingehend. Trotz der frischen Blutspuren war sie schön – vielleicht sogar gerade deswegen. Wie viel Blut war schon mit ihr vergossen worden? Blut von Verlierern und Taugenichtsen. Blut von Mördern und Räubern. Schneider stand Bukowski direkt gegenüber und hielt den kurzen Schaft der Lanze fest in beiden Händen. »Wie haben Sie das eigentlich gemacht?«, fragte er Bukowski, der noch immer nicht begriff.

»Was gemacht?«

»Na, den Wachmann getötet?« Schneider hielt die Spitze der Lanze direkt vor den unteren Rand von Bukowskis Brustkorb, dorthin, wo unter der Haut ein Nervenbündel namens »Sonnengeflecht« verläuft. Bukowski sah Schneider an, und was er in dessen Augen sah, ließ ihn erschaudern. Er hatte das Gefühl, dem Teufel persönlich ins Angesicht zu blicken. Dann sah er langsam auf die Lanze herab, die mit der Spitze noch immer auf ihn gerichtet war. Sein Mund stand leicht geöffnet, und sein Doppelkinn warf sich in Falten. Er hatte diesen uralten Speer zunächst für eine Reliquie, für einen heiligen Gegenstand gehalten – bis zu dem Augenblick, da sie in seiner eigenen Hand zu einer tödlichen Waffe geworden war.

Es war sicher seinem angeschlagenen Gemütszustand zuzuschreiben, dass er nur langsam zu begreifen begann. Doch allmählich setzte sich die Erkenntnis durch, dass er diesen Wald vermutlich nicht mehr lebend verlassen würde. Just in diesem Augenblick legte Schneider sein ganzes Gewicht in die Spitze der Lanze. Bukowski stand vor ihm wie ein Baumstamm und rührte sich nicht. Nur seine Augen weiteten sich noch mehr. Schneider nahm sehr konzentriert wahr, wie das scharfe Metall das Baumwollhemd zerriss, die Haut perforierte, am Brustbein vorbeikratzte und tief in Bukowskis Eingeweide eindrang, bis das letzte Röcheln aus diesem unseligen Trottel entwich. Bukowski dagegen schaute an sich herab und entdeckte nur noch den Schaft der Lanze vor seiner Brust und die Hände Schneiders, die sich darum krallten. Der Rest der Waffe war in ihm verschwunden, und sofort stand ihm das Bild des Wachmanns vor Augen, der wenige Stunden zuvor genauso dagestanden hatte, und er sank genauso langsam zu Boden.

Schneider sah sich nach allen Seiten hin um. Niemand

war zu sehen. Nur ein Käuzchen kreischte verräterisch. Er zog die Lanze nicht ohne Mühe aus Bukowski heraus und wischte sie am Hemd des Toten ab. Dann ging er zum Wagen, bog den Scheibenwischer um und betätigte von innen die Waschanlage. Dabei hielt er die Lanze vor den feinen Strahl und wusch sie mit der Seifenlauge des Wagens sauber. Anschließend ging er wieder zu Bukowski und wischte die Reliquie an einem trockenen Teil von dessen Hemd zum zweiten Mal ab. Er war angewidert von dem Gedanken, dass Bukowskis Blut seine Lanze befleckte.

Bukowski war ein ziemlich schwerer Mann, und Schneider schaffte es nur mit äußerster Anstrengung, ihn ein wenig abseits des Weges ins Gebüsch zu zerren. Er nahm ihm die Ausweispapiere und alle Wertsachen ab, damit er, wenn man ihn irgendwann halb verwest finden würde, als Opfer eines Raubmordes gelten würde. Er fühlte sich sicher, obgleich er wenig Routine mit dieser Art von Kriminalität hatte, und stieg beinah gut gelaunt wieder in den Wagen ein. Die Lanze wickelte er in sein eigenes Sakko ein, da die Lederjacke neben Bukowski lag. Er wendete, bog auf die Landstraße ab und fuhr den Weg zurück, der ihn zur Autobahn bringen würde.

In Frankfurt stellte er den Wagen mitten in der Nacht bei der Verleihfirma ab und warf die Schlüssel in einen eigens dafür bereitgestellten Briefkasten. Sein eigener Wagen parkte nur zwei Straßen entfernt, sodass er gegen drei Uhr dreißig zu Hause war. Natürlich fühlte er sich müde und erschöpft, doch eine heimliche Quelle gab ihm Kraft. Unverzüglich ging er ins Bad und wusch die Lanze noch einmal mit aller Sorgfalt unter fließendem Wasser ab. Er reinigte die Ritzen der Drähte, die die Fragmente zusammenhielten, und polierte sogar die goldene Fläche der zweiten Abdeckung. Zum Schluss nahm er ein frisches Handtuch und trocknete und polierte jeden Millimeter damit. Nun stand er im Bad und bewunderte sein Spiegelbild. Er war am Ziel seiner Träume. Diese Lanze hatten schon viele Menschen das Leben gekostet, und alle hatten es mit Sicherheit verdient. Nur die Starken, die nach dem Gesetz der Evolution überleben würden, bekamen die Erlaubnis, diese Lanze in den Händen zu halten und sich mit ihrer Macht zu vereinen.

Fast zärtlich fasste er die Lanze an der Spitze und führte sie zu seinem linken Zeigefinger. Endlich war es so weit. Er wollte es genauso machen, wie es in den Tagebüchern beschrieben war, und ritzte einen tiefen Schnitt in seine Haut. Er spürte dabei keinerlei Schmerz, nur Wollust. Die Genugtuung, endlich die Macht des ewig Starken in sich zu vereinen, machte ihn unempfindlich. Er wischte das Blut ein wenig, aber nicht vollständig ab. Ein Rest sollte darauf bleiben. Denn nun hatte er Blutsverwandtschaft geschlossen mit all denen, die durch die Macht der Lanze siegreich waren. Nach dem ersten Sieg der Lanze auf Golgatha über den angeblichen Sohn Gottes wurden unendlich viele weitere Siege mit ihr errungen – und auch er würde von nun an unbezwingbar sein.

Nur fromme Spinner sahen in der Lanze ein Instrument himmlischer Vorsehung, mit dem verhindert werden sollte, dass Christus am Kreuz die Beine gebrochen wurden. Schneider war völlig egal, ob dies der Wahrheit entsprach oder nicht. *Was ist schon Wahrheit? Gibt es überhaupt eine Wahrheit, eine, die universelle Gültigkeit hat?* Schneider glaubte nur an die eine Wahrheit, dass die Lanze übernatürliche Fähigkeiten hatte, die sie auf ihren Besitzer übertrug und die diesen zu Ruhm und Ansehen führte. Durch die Lanze würde er, Dr. Richard Schneider, zu einem Günstling der unsichtbaren Kräfte avancieren. Jetzt, da er sie in den Händen hielt und sein Blut mit dem der Mächtigen verbunden hatte, würde sein Leben in neue siegreiche Dimensionen vorstoßen. Vor allem würde er Macht haben: Macht über die Unwegsamkeiten des Lebens, Macht über finanzielle Not, über Krankheit, ja sogar Macht über Gott.

Schneider ließ das Blut auf seinem Finger antrocknen und ging in den Keller hinunter. Er besaß dort einen großen, begehbaren Safe, in dem er alle Wertsachen aufhob: Bargeld, Schmuck und vier oder fünf Bilder, die er für zu wertvoll hielt, als dass er sie an die Wand hängen wollte. In seiner Besessenheit, Vermögen anzuhäufen und mit niemandem zu teilen, hatte er sich die raffinierteste Sicherheitstechnik in seinem Keller einbauen lassen. Niemand außer ihm kannte die Kombination des Safes. Außerdem war der Safe gar nicht so leicht als solcher zu erkennen. Die Tür war sorgfältig in eine Wand eingebettet, die mit grobem Rauputz bestrichen war, und es gab nur eine kleine Stelle innerhalb dieser rauen Oberfläche, in die ein kleiner Schalter eingebaut war. Und auch den kannte nur er. Betätigte man den Schalter, öffnete sich die Wand an einer anderen Stelle, sodass ein kleines Display mit Tasten sichtbar wurde. Der Code wiederum bestand aus einer Kombination aus Zahlen und Buchstaben, die Schneider niemandem verriet und die nirgends schriftlich festgehalten wurde. Das war auch nicht nötig. Wenn Richard Schneider sich etwas gut merken konnte, dann waren es Zahlen. Die Firma indes, die seinerzeit den Safe installiert hat, war längst pleite, und so gab es niemanden auf der Welt, der neben Schneider von der Existenz des Safes wusste. Und selbst wenn. Den Code, den die Firma seinerzeit bereitstellte, hatte er noch am selben Tag geändert und ihn selbst seiner Frau nicht verraten. Es hatte sie auch gar nicht interessiert, solange sie sein Geld mit vollen Händen ausgeben konnte. Nachdem sie ihn verlassen hatte, war er froh über seine Vorsicht gewesen.

Hier nun sollte die Lanze ihren Ehrenplatz bekommen. Eilig räumte er eine schmale Ablage aus Metall frei und legte die Reliquie behutsam dort ab. Dann verließ er den Safe, betätigte auf dem Display einen Befehl. Daraufhin fügte sich die Tür so nahtlos in die sie umgebende Wand wieder ein, dass nicht einmal mehr ihre Umrisse zu sehen waren. Schneider drehte sich zufrieden um, schritt die Stufen zu seinem Schlafzimmer empor und legte sich so seelenruhig schlafen, als wäre er gerade aus einem entspannenden Urlaub zurückgekehrt. Dass an diesem Tag zwei Menschen ihr Leben lassen mussten, erschien ihm als Preis für seinen Erfolg keinesfalls zu hoch.

XIII

»Brauchst du eine Pause, Harvey?«, fragte Lea und ergriff ihn an der Schulter. Insgeheim hoffte sie, er würde verneinen. Und zum Glück tat er das auch.

»Danke, es geht schon. Wo war ich stehen geblieben? Ach ja, die beiden Schächer. Dismas war der bußfertige Mann und Gestas der unbußfertige Räuber, der bis zu seinem Ende Jesus verhöhnt und gelästert hatte. Was ist also mit den beiden geschehen? Nachdem im ganzen Land eine heftige Sonnenfinsternis einsetzte, bekamen die Leute Angst. Die Römer waren abergläubische Menschen und verehrten ihre Götter. Eine Finsternis konnte also nichts Gutes bedeuten. Nun kommen wir zu dieser Legende. Wenn man ihr Glauben schenken darf, dann haben die Eltern von Dismas während des Durcheinanders die Gelegenheit ergriffen und um den Leichnam ihres Sohnes gebeten. Sie hatten die Szene, in der Jesus seinem Nachbarn vergeben hatte, natürlich mitbekommen und waren überglücklich, dass sich Dismas noch so kurz vor seinem Tod von seinem alten Weg abgewandt hatte. Sie selbst sollen zu den Menschen gehört haben, die Jesus in den letzten zwei Jahren seines Predigtdienstes nachgefolgt waren. Der römische Hauptmann, der nahe dem Kreuz von Jesus gestanden hatte, bewilligte den drängenden Wunsch der Verwandten, befahl ihnen aber zugleich, den anderen Räuber ebenfalls mitzunehmen und sich zusätzlich um den Fremden zu kümmern.«

Lea schaute Harvey an. »Welchen Fremden?«

»Das ist genau der springende Punkt. Die Legende spricht

stets von einem weiteren Mann, einem Fremden, den niemand zuvor an diesem Ort gesehen hatte. Ein Ausländer vermutlich. Nun, damals war es nicht ungewöhnlich, dass Tausende von Pilgern dem bevorstehenden Passahfest beiwohnen wollten. Dieser Fremde jedoch lag nicht weit vom Fuß des Kalvarienhügels entfernt zusammengesunken da. Er war durch den Lanzenstich eines Legionärs getötet worden. Nachdem die Menschenmenge durch die Finsternis beunruhigt auseinandergestoben war, hatte der Fremde immer noch dort gelegen, und niemand wagte es, sich dem ungewöhnlich bleichen und, wie es heißt, ›glatthäutigen, bartlosen‹ Mann zu nähern. Er wurde aus einem unerfindlichen Grund gemieden, als bedeute seine Existenz etwas Unheilvolles und Böses.«

»Davon habe ich auch schon einmal gehört«, rief Lea plötzlich. »Er soll ins Tal Ge'Hinnom gebracht worden sein, also hierher, ganz dicht am Rand des Blutackers.«

»Ganz recht. Die beiden Schächer wären normalerweise in dem sogenannten ›ewigen Feuer‹ verbrannt worden, das hier im Hinnomtal brannte, eben der Gehenna, der Hölle. Doch ihr müsst bedenken, dass Verbrennen für die Juden das vollständige Auslöschen der Existenz auch über den Tod hinaus bedeutet, und das ist für sie das Schlimmste, das einem passieren kann.«

Lea konnte nicht mehr ruhig sitzen und stand auf. Die Geschichte hatte etwas Faszinierendes. »Außerdem: Wenn du sagst, dass der eine Räuber Buße über seine Sünden getan hat, dann hätte er doch sowieso nach jüdischem Recht etwas Besseres verdient als verbrannt zu werden?«

Smith räusperte sich. »So ist es. Die Römer hätten mit den beiden Räubern und diesem sonderbaren Fremden wahrscheinlich kurzen Prozess gemacht. Die Crematio war für die Römer ja die gängige Art, sich der vielen Toten zu entledigen, die entweder am Kreuz oder in der Arena umgekommen waren. Und außerdem …« Smith lachte kurz auf. »Das kurze, von Röcheln und Stöhnen unterbrochene Gespräch zwischen Jesus und Dismas hatte für die Römer keinerlei Bedeutung. Ein Gespräch zweier Verurteilter! Selbst wenn sie davon gewusst hätten, hätten sie bestimmt nicht gejubelt, dass sich ein Räuber bekehrt hat. Nur seine engsten Verwandten, die der Kreuzigung beiwohnten, werden mitbekommen haben, was ihm an der Seite Jesu widerfahren ist.«

Mosche nickte nachdenklich. »Jetzt verstehe ich. Die Eltern von diesem Dismas durften ihren Sohn nur dann würdevoll beerdigen, wenn sie bereit waren, die anderen beiden auch mitzunehmen. Die Römer drückten bei Dismas ein Auge zu und ersparten sich dafür die Arbeit, die Leichen selbst wegbringen zu müssen.« Er ließ seinen Blick über das grüne Hinnomtal schweifen. »Mein Gott, was muss es hier damals gestunken haben.«

Für einen Augenblick hingen die drei schweigend ihren Gedanken nach, und es wurde ihnen bewusst, welch düstere Vergangenheit mit diesem Ort verbunden war, der jetzt, zweitausend Jahre später, so friedlich wirkte.

Lea unterbrach als Erste die Stille. »Aber was hat das jetzt alles mit diesen Münzen zu tun? Das ist mir noch nicht klar. Sagt die Legende darüber auch irgendetwas aus?«

Nach einer weiteren kleinen Verschnaufpause fuhr Smith fort. »Allerdings. Die drei Leichen von Golgatha wurden wohl unverzüglich hierher gebracht und in ein Grab am Rand des Töpferackers gelegt. Ob die üblichen Holzschilder mit ihrem Namen und ihrem Vergehen mitgenommen wurden oder ob sie in der Eile und in Anbetracht der ungewöhnlichen Finsternis verloren gegangen sind, ist nicht bekannt. Aber eines scheint sicher zu sein …« Smith knöpfte sich die obersten Knöpfe seines bereits nassen Hemdes auf. »… demjenigen Schächer, der Buße getan hatte, wurden, als Zeichen der wiederhergestellten Ehre, sieben Münzen ins Grab gelegt. Sieben, die Zahl der Vollendung. Ein Sinnbild dafür, dass er durch die Vergebung, die Jesus ihm zugesprochen hatte, reich beschenkt worden war und dass sein Leben in einem guten Sinn vollendet war. Der andere Schächer bekam nur eine Münze, das galt als Sinnbild für einen Hungerlohn, ein Almosen, war also eigentlich eine Verhöhnung und Verachtung.«

»Und der Fremde?«, unterbrach ihn Lea.

Smith zuckte mit den Achseln. »Tja. Der hat gar nichts bekommen. Man kannte ihn nicht und wollte ihn einfach nur verscharren – ganz ohne Würde.«

»Wow, das ist ja eine Story«, sagte Mosche. »Wir sollten schleunigst die Münzen reinigen und datieren lassen. Wenn das stimmt, was du sagst, und wir möglicherweise genau das Grab dieser beiden Schächer gefunden haben, dann müssen wir uns auf einen riesigen Ansturm der Medien gefasst machen.«

»Richtig. Deshalb ist es so wichtig, dass wir zunächst kein Wort verlauten lassen. Übermorgen sollen die Ergebnisse der Radiokarbonanalyse eintreffen. Bis dahin wissen wir offiziell noch gar nichts«, bestätigte Lea.

Mosche, Lea und Smith erhoben sich steif von ihrer Unterlage, wobei der Professor gestützt werden musste. Lea sammelte die sieben Münzen, die auf der Grabbank des einen Toten gelegen hatten, ein und ließ sie in einen kleinen Lederbeutel gleiten. Die andere, kleinere Münze verschwand in einem unscheinbaren Leinensack.

Der Professor ächzte: »Wie es scheint, werden wir hier keine weiteren Spuren finden, die auf die Identität der Toten schließen lassen. Ich schlage vor, dass wir die Höhle für den heutigen Tag wieder versiegeln. Ich wäre dankbar, wenn ich den Rest des Tages in der Kühle des Instituts verbringen dürfte.«

Lea und Mosche befestigten das Absperrband an den provisorischen Pfosten der Polizei und wandten sich dem Abstieg zu. Langsam folgten sie dem Professor, der den Abhang hinunterschlurfte und dabei gedankenversunken Selbstgespräche hielt.

Da Leas Nissan keine Klimaanlage besaß, quälte sich der Professor noch eine weitere halbe Stunde. Vor allem brauchte er dringend etwas zu Essen und zu Trinken und eine kühle Dusche. All das aber hätte er für eine plausible Erklärung eingetauscht, die Licht in all diese mysteriösen Fakten brachte.

Mosche nutzte den Rest des Tages, um zu Hause Bücher über antike Münzen zu wälzen. Er hatte es schon früh zu einer ansehnlichen Sammlung von Geschichtsbüchern gebracht, die ihm auch die Wurzel des Judentums nahebrachten. Sogar Lea bediente sich hin und wieder seiner profunden Kenntnisse auf diesem Gebiet.

Er saß längere Zeit am Küchentisch und hatte vor sich einen Stapel numismatischer Literatur, als er seine Frau in der Küche durch einen Aufschrei erschreckte.

»Ich habe sie gefunden! Das gibt es doch gar nicht!«

Rachel erschien im Türrahmen und wischte sich die Hände an der Schürze trocken. »Was gibt es nicht, Mosche?«

»Ich hab es gewusst, Schatz. Ich hatte tatsächlich Recht.«

»Du darfst mir mal wieder nicht sagen, worum es geht, oder?«

Mosche nickte stumm und sah seine Frau mitleidig an. »Ich musste es dem Professor versprechen. Ich soll dich übrigens von ihm grüßen und dir herzlich danken. Seinem Magen ging es ausgezeichnet heute. Dafür hatte er am Ort der Ausgrabung fast einen Kreislaufkollaps.«

Mosches Frau schlich wie eine Katze an Mosche heran und legte ihm zärtlich die Hand auf die Schulter. »Ich bin so neugierig. Mach doch wenigstens mal eine Andeutung, woran du arbeitest.«

»Na gut. Ich glaube, ich verrate dir nicht zu viel, wenn ich sage, dass wir vermutlich einer uralten Legende auf die Spur gekommen sind. Und das Beste daran ist, dass es wahrscheinlich gar keine Legende ist.«

»Du bist so gemein, Mosche Kofsman. Denkst du vielleicht, jetzt geht es mir besser? Jetzt hast du mich erst recht heißgemacht.«

Mosche zog seine Frau Rachel zu sich und setzte sie auf seinen Schoß. »Ich verspreche dir, dass du die Erste sein wirst, die die Wahrheit erfährt, sobald wir Genaueres herausgefunden haben. Eigentlich dürfte selbst ich momentan von den Funden noch nichts wissen, doch aufgrund meiner hervorragenden Kenntnisse wird eben eine Ausnahme gemacht …« Mosche klopfte mit der flachen Hand auf seinen Bücherstapel und grinste über beide Wangen.

»Du hältst dich wohl für unentbehrlich, was?«

»Das bin ich auch, mein Schatz, das bin ich.« Mosche gab seiner Frau einen zärtlichen Kuss auf den Mund und streichelte ihr über das lange schwarze Haar. »Es war gut für uns, das zu tun.«

»Was? Uns zu küssen?«

Mosche lachte. »Nein. Uns wieder Gott zuzuwenden. Ich fühle jeden Tag, dass wir das Richtige getan haben, und ich glaube, es warten noch eine Menge Überraschungen auf uns.«

Rachel umarmte ihn herzlich. *Es ist gut, einen Mann an der Seite zu haben, der seinen Weg kennt*, dachte sie.

Am nächsten Tag fand sich der Professor frisch gestärkt im klimatisierten Keller des Instituts ein. Lea bemerkte gleich, dass eine Veränderung in ihm vorgegangen sein musste, denn als er den nüchternen Sezierraum betrat, trällerte er eine Melodie.

»Nanu, so fröhlich?«, begrüßte sie ihn.

»Ach, Frau Weizmann.«

»Lea. Wir hatten uns doch auf Lea geeinigt.«

Der Professor überlegte eine Weile, wann diese Einigung stattgefunden hatte, erinnerte sich dann aber wieder. »Also gut, Lea. Ich glaube, ich muss mich bei dir entschuldigen.«

Lea drehte sich zu ihm um und nahm ein Paket sterile Handschuhe zur Hand. »Warum? Du hast mir doch nichts getan. Es ist alles okay.«

»Nein, ist es nicht. Ich ärgere mich über mich selbst: meine Launen und meine Arroganz.«

»Ach das«, sagte sie leise und schmunzelte.

»Ich war einige Male unausstehlich. Seitdem meine Frau gestorben ist, bin ich oft missmutig, und es tut mir sehr leid, wenn ich herablassend auf andere wirke.«

Lea winkte ab. Es war ihr fast unangenehm, dass sich ein Mann, der fast ihr Großvater sein könnte, bei ihr entschuldigte. »Ist schon gut, Harvey.«

»Nein, nein. Du bist erst seit zwei Jahren Leiterin des Instituts, und ich finde, dass du wirklich eine gute Arbeit machst. Ich habe mich mein ganzes Leben mit Büchern und altem Zeugs beschäftigt. Ich habe bestimmt ein großes Wissen, aber im Umgang mit Menschen …«

Lea zog den Handschuh wieder aus und legte ihre Hand auf die Schulter des Professors, der einen halben Kopf kleiner war als sie. »Ich bewundere es, wenn jemand so viel weiß wie du. Ich lerne in diesen Tagen von dir mehr als in so manchen Vorlesungen an der Uni.« Sie wartete einen Augenblick und fügte hinzu. »Das mit deiner Frau tut mir sehr leid.«

Smith drehte sich abrupt um. »So, jetzt aber an die Arbeit, sonst wird mir das Ganze hier zu sentimental. Ich habe ziemlich nah am Wasser gebaut, weißt du.«

Lea richtete sich auf und begann scherzhaft wie eine Lehrerin nach dem Stoff der vergangenen Stunde zu fragen. »Also gut, was hatten wir bisher?«

Smith lachte still vor sich hin. Er fühlte sich besser, seit er seine Entschuldigung losgeworden war.

Beide gingen hinüber zu den drei glänzenden Edelstahltischen, auf denen die Überreste längst vergangener Zeiten lagen. Vorsichtig nahmen sie die Abdecktücher über den Skeletten ab und gingen eine kurze Zeit in sich wie bei einer Andacht.

»Wenn das stimmt, was du gestern erzählt hast, und wir hier tatsächlich die Gebeine von Dismas und Gestas vor uns haben, dann wäre das in der Tat ein sensationeller Fund. Und doch sind da noch ein paar Unklarheiten.«

Der Professor schaute sie fragend an.

»Na, zum Beispiel lagen sie nicht in Ossuarien, wie wir sie aus Grabfunden aus späteren und auch aus früheren Epochen kennen. Die Juden der damaligen Zeit legten doch einen so großen Wert darauf, ihre Landsleute entsprechend der jüdischen Bestattungsregeln zu beerdigen.«

Smith ging schweigsam um die Tische herum und betrachtete die aneinandergereihten Knochen.

»Hätten wir sie in Ossuarien gefunden, würde das bedeuten, dass sie schon einmal an einem anderen Ort begraben und später wieder ausgegraben worden wären, um sie in Gebeinkisten erneut beizusetzen. Und dann wäre uns auch ihre Identität klar, weil die Juden immer den Namen des Verstorbenen und oft sogar seinen Beruf an die Seite der Kiste eingeritzt haben. So war es auch bei dem Fund in Giv'at ha-Mivtar oder als wir das Grab der Familie des Kaiphas entdeckten.«

Smith schaute Lea an. »Damals warst du sieben und gingst noch zur Schule.« Lea nickte schelmisch. Der Professor aber sagte: »Kaiphas und die Mitglieder dieser Priesterfamilie haben vor zweitausend Jahren den Prozess gegen Jesus Christus geführt. Auf zwei der zwölf ausgegrabenen Grabkästen, die übrigens aus Stein waren, stand auf einer Seite der Namen

Kaiphas, auf einer Kiste sogar der vollständige Namen ›Josef, Sohn des Kaiphas‹. In der Gebeinkiste lagen die Überreste eines etwa 60-jährigen Mannes, zusammen mit den Gebeinen einer Frau und vier jüngeren Menschen, wahrscheinlich Angehörige seiner Familie.«

»Tja, genau das meine ich. Warum hat man diese hier nicht in Gebeinkisten gelegt?«, fragte Lea.

Smith kraulte in seinem Bart herum. »Nun, das kann viele Gründe haben. Vielleicht sind die Verwandten von Dismas kurz nach dessen Kreuzigung selbst verstorben, und es gab daher niemanden, der für die Umbettung hätte sorgen können. Außerdem dürfen wir nicht vergessen, dass man in großer Eile war, um die Toten noch vor dem Sabbat unter die Erde zu bringen. Das Grab könnte eigentlich für einen anderen vorbereitet gewesen sein, denn solch einen massiven Rollstein stellt man ja nicht mal so eben her. Es könnte auch sein, dass man auf die Umbettung in Ossuarien verzichtet hat, um sich nicht ein weiteres Mal der verwesten Leiche des ominösen Fremden nähern zu müssen. Irgendetwas stimmte mit dem nicht. Das wissen wir heute – und das spürte man wohl schon damals.« Smith zuckte mit den Schultern. »Manche Dinge werden wir wohl nie herausfinden. Sie werden ewige Geheimnisse bleiben.«

Lea besah sich die Überreste des Skelettes Nr. 3. »Dann akzeptierst du also, dass der dritte Tote zur selben Zeit begraben wurde wie die anderen beiden und es sich doch nicht um ein Verbrechen aus der Neuzeit handelt?«

Smith nickte kaum merklich. »Ich schätze, ich habe keine andere Wahl. Wir müssen aber auf die Untersuchungen warten. Wenn sich herausstellen sollte, dass tatsächlich alle drei auf das gleiche Alter datiert werden können, haben wir ein echtes Problem.«

»Ein ziemlich großes sogar!«, bestätigte Lea.

✣ XIV ✣

Die alte Dame griff in ihrer Wohnung in einem beschaulichen Vorort Wiens nach dem Telefonhörer und wartete erregt.

»Lorenz, Polizeidienststelle …«

Sobald sich der Beamte meldete, fiel sie ihm ins Wort. Sie gab sich dabei keine Mühe, ihre Erregung zu verbergen, die schon bald an Panik grenzte. »Grubner ist mein Name. Bitte, Herr Inspektor. Sie müssen dort hinfahren. Mein Mann ist in über dreißig Jahren nie zu spät nach Hause gekommen.«

»Vielleicht sagen Sie mir erst einmal, wo wir hinfahren sollen, gnädige Frau!«

»Ins Museum natürlich. In die Schatzkammer des Hofmuseums. Mein Mann ist dort Wachmann. Seit über dreißig Jahren. Franz Burgner.«

»Ja, das sagten Sie bereits. Nun beruhigen Sie sich bitte erst einmal.«

Wie viele Anrufe verlassener Ehefrauen tagtäglich bei der Wiener Polizei eingingen, zählte keiner mehr. Meistens kamen die Männer einige Stunden später betrunken nach Hause – oder sie wurden in einem Bordell aufgegriffen, nachdem sie randaliert hatten. Doch die alte Dame wollte sich nicht auf die übliche Weise abspeisen lassen und fuhr den Beamten harsch an. »Ich spüre, dass etwas passiert ist, Herr Kommissar. Es ist ihm etwas zugestoßen. Bitte fahren Sie doch mal hin. Das ist doch Ihre Pflicht!«

»Einverstanden. Ich werde mit zwei meiner Kollegen zum Museum fahren, obwohl ein paar Stunden Verspätung eigentlich noch keine Vermisstenanzeige rechtfertigen.«

Frau Burgner legte auf und ging in ihrer kleinen Wohnung auf und ab.

Als die Polizeibeamten kurz darauf im Museum erschienen, kam eine am Boden liegende junge Frau gerade wieder zu sich. Ihre langen braunen Haare hatten sich aus dem Knoten gelöst und hingen ihr wirr ins Gesicht. Unter normalen Umständen hätte der Anblick dieser hübschen Frau dem Beamten, der als Erster erschien, den Atem geraubt, wäre da nicht noch die Leiche eines älteren Mannes gewesen. Er lag in einer Blutlache – und ein großes Loch klaffte in seinem Bauch. Die Augen waren weit aufgerissen, und beide Beine lagen sonderbar verdreht.

Der Beamte schaute sich schnell im Raum um, wurde der geöffneten Vitrine und des fehlenden Ausstellungsstücks gewahr, betrachtete wieder die Leiche und wandte sich dann betroffen von ihr ab. Er hielt es für angemessener, sich der jungen Frau zuzuwenden. Er kniete sich neben sie, betrachtete die Platzwunde an ihrer Stirn und fasste ihr behutsam an den Kopf. »Das müssen Sie von einem Arzt behandeln lassen. Keine Sorge. Das wird heutzutage geklammert. Da bleiben bestimmt keine Narben zurück.«

Inspektor Lorenz konnte den Blick nicht von den Blessuren der jungen Frau lösen. In ihrer Hilflosigkeit und mit der blutenden Wunde am Kopf wirkte sie auf ihn noch beschützenswürdiger. Die Frau bedankte sich bei Lorenz mit einem zaghaften Lächeln und ließ sich von ihm aufhelfen.

»Können Sie mir erzählen, was hier passiert ist, oder brauchen Sie noch ein paar Minuten …?« Lorenz zog ein frisches Taschentuch aus der Innentasche seiner Jacke und gab es ihr.

»Es geht schon, danke«, wehrte sie ab. »Ich habe das Schwein gesehen«, sagte sie schnell.

»Wen haben Sie gesehen?«

»Na, den Mörder. Ich habe sein Gesicht ganz genau gesehen.« Sie schaute auf den Leichnam des alten Mannes und wurde wieder von Entsetzen überwältigt.

»Kennen Sie diesen Mann?« Lorenz deutete auf die Leiche am Boden. »Ist das Herr Burgner?«

Die junge Frau schaute ihn fragend an und nickte stumm.

Schnell lieferte Lorenz die Erklärung. »Seine Frau hat uns angerufen. Er sei noch nicht nach Hause gekommen. Wir wollten der Sache erst gar nicht nachgehen. Manchmal kommen Männer nicht gleich nach Hause, wenn Sie wissen, was ich meine, aber aus irgendeinem Grund …«

»Er ist immer sofort nach der Arbeit nach Hause gefahren. Und ich wollte ihn abholen.« Sie machte eine kleine Pause. »Er ist mein Onkel. War, meine ich.« Jetzt ließ sie ihren Tränen freien Lauf.

»Kommen Sie. Ich helfe Ihnen.« Lorenz stützte die Verletzte und begleitete sie die Treppe hinunter. Dort übergab er sie der Obhut eines Arztes, der mit dem Rettungswagen gekommen war. Dann ging er die Stufen des Museums wieder hinauf und gab einige mürrische Anweisungen. Noch am selben Abend wartete die unangenehme Aufgabe auf ihn, die Frau des Toten aufzusuchen und ihre schlimmsten Befürchtungen zu bestätigen.

Nachdem sich die alte Dame einigermaßen gefasst hatte, fragte Kommissar Lorenz: »Wann haben Sie denn Ihren Mann das letzte Mal gesehen, Frau Burgner?« Er nahm seinen Notizblock und schrieb mit.

»Er ist, wie gewohnt, gegen sieben Uhr dreißig aus dem Haus gegangen. Er war recht mürrisch an diesem Tag, aber das war nichts Außergewöhnliches. Mein Mann war fast fünfundsechzig Jahre alt und hatte einfach keine Lust mehr, tagein, tagaus seine Zeit im Museum zu verbringen. Wir hatten noch Pläne, wissen Sie …«

Lorenz horchte auf. »Ja? Was für Pläne?«

»Wir haben uns vor vier Wochen ein Wohnmobil gekauft und wollten endlich einmal frei sein. Überall dort anhalten, wo es uns gefällt. Durch Frankreich und Spanien fahren – ohne Zeitdruck, einfach nur leben. Wissen Sie, was ich meine?«

Lorenz hob den Kopf und sah eine lebendige Szene vor sich: raus aus aller Alltäglichkeit, nicht gebunden sein an feste Zeiten, tun und lassen können, was man möchte, und an der Seite eine gute Frau, die die gleichen Interessen teilt. Ja, das konnte er sich gut vorstellen und nickte Frau Burgner zu. Erst jetzt bemerkte er ihr Schluchzen und kramte in seiner Hosentasche nach seinem Taschentuch, doch er erinnerte sich, dass er es schon vergeben hatte.

»Mein Mann war eigentlich ein ganz Lieber. Ich kenne niemanden, der ihm jemals etwas Böses gewünscht hätte.«

»Ich denke auch nicht, dass der Mord an Ihrem Mann etwas mit ihm persönlich zu tun hatte. Es war wohl eher die Verkettung unglücklicher Umstände.«

»Werden Sie den Mörder finden?« Frau Burgner wischte sich mit dem Ärmel die Tränen aus dem Gesicht.

»Nun, wir gehen davon aus, dass es ein klassischer Raubmord war. Ihr Mann wollte wohl den Raub verhindern. Nahm aber seine Waffe nicht zu Hilfe. Aus der ist nämlich keine Kugel abgefeuert worden. Er muss mit den Fäusten auf seinen Gegner losgegangen sein. Heldenhaft, aber unvernünftig.«

Frau Burgner begann erneut, heftig zu schluchzen. Lorenz hasste es, die Angehörigen von Opfern benachrichtigen zu müssen. Er konnte damit nicht umgehen und wusste nicht, wie er den trauernden Menschen Trost zusprechen sollte. Er wäre am liebsten geflohen.

»Ihre Nichte hat den Mörder vermutlich erkannt. Wie ich schon sagte, wird sie gerade im Krankenhaus behandelt. Es ist aber nichts Ernstes.« Lorenz erhob sich von dem antiquierten Sessel, auf dem er zuvor Platz genommen hatte. »Ich lasse Sie jetzt erst einmal allein. Nach der Obduktion werden wir mehr wissen. Auf Wiedersehen, Frau Burgner. Rufen Sie mich bitte an, wenn Ihnen noch etwas einfallen sollte, das uns möglicherweise weiterhilft. Wir stehen in diesem Fall noch ganz am Anfang.«

Lorenz verließ die Wohnung mit einem unguten Gefühl im Magen. Schon jetzt war ihm dieser Fall unsympathisch.

Drei Tage später hatte die Wiener Polizei noch immer keine nennenswerten Ergebnisse vorzuweisen. Es war bereits stockdunkel draußen, und Lorenz saß auf seinem klapprigen Bürostuhl. Er nahm sich zum wiederholten Male an diesem Tag den Ordner mit dem Fall »Burgner« vor. *Nur für fünf Minuten mal allein sein. Einmal in Ruhe überlegen können,* dachte er, doch sein Wunsch wurde nicht erfüllt. Es klopfte an der Tür, die direkt im Anschluss geöffnet wurde. Lorenz blickte genervt von seinen Unterlagen auf und begrüßte müde seinen Mitarbeiter Alois Huber. Er ließ den Ordner auf den Schreibtisch fallen, und plötzlich kam ihm die rettende Idee. »N'abend, Alois. Sie kommen gerade recht. Ich habe einen neuen Fall für Sie.«

Huber verzog das Gesicht. Er hasste derartige Überfälle seines Chefs. »Ich wollte eigentlich gerade nach Hause.«

»Nur fünf Minuten.«

»Das sagen Sie immer, und dann schlage ich mir die halbe Nacht um die Ohren.«

»Keine Sorge, heute nicht. Werfen Sie nur mal einen kleinen Blick drauf.« Lorenz reichte Huber den Ordner über den Schreibtisch und begutachtete wieder einmal den erstklassigen Stil seines besten Mitarbeiters. Huber trug eine Jeans, schwarze Socken und blankpolierte schwarze Schuhe. Dazu ein schwarzes T-Shirt mit einem V-Ausschnitt und ein graues Sakko, das er lässig über die Schulter geworfen hatte. Lorenz betrachtete das jugendlich wirkende Gesicht, das ein Dreitagebart zierte, und die auf exakt vier Millimeter gekürzten Haare, die ihm als Kranz geblieben waren und unscheinbar den Kopf umrahmten.

Lorenz reichte Huber einige Bilder. »Diese Fotos haben wir vor drei Tagen im Museum gemacht. Armer Kerl. Hatte nicht mehr lange bis zur Pensionierung.«

Die Mitleidstour wirkte. Huber legte die Jacke über eine Stuhllehne und zog den Ordner zu sich heran. Sein erster Blick fiel auf einen blutüberströmten Mann, der mit einer riesigen Stichwunde im Bauch am Boden lag. Auch das Foto einer hübschen jungen Frau war dabei. »Und? Wer ist das?«

Lorenz lehnte sich entspannt zurück. So einfach ging das, einen Fall an Untergebene zu delegieren. »Raphaela Grassetti, die Nichte des Opfers.«

Huber schaute eine geraume Zeit auf das Foto von der Frau. »Sieht nicht übel aus.«

»Besser als nicht übel.« Lorenz grinste verschmitzt. »Nehmen Sie den Ordner ruhig mit nach Hause. Sie müssen nicht damit hierbleiben.«

»Gut, dass es Leute gibt, die man treten kann«, erwiderte Huber. Wieder einmal hatte sein Chef es geschafft, sich seine Gutmütigkeit zunutze zu machen. Er drehte sich um und ließ die Tür ins Schloss fallen.

Am nächsten Morgen erschien Huber spät in seinem Büro. Er trug denselben Ordner im Arm und hatte unter den Augen Ringe, die so groß wie Schwimmreifen aussahen.

Lorenz war schon eine Stunde eher im Büro eingetroffen und hatte sich auf die neueste Meldung gestürzt. Als er Huber kommen sah, folgte er ihm sofort in dessen Büro. »Morgen, Alois. Gut geschlafen?«

Huber bedachte seinen Chef mit einem Blick, der hätte töten können.

»Schon gut. Regen Sie sich nicht auf, aber es gibt Neuigkeiten.«

Ein weiterer missbilligender Blick traf Lorenz.

»Nicht unweit der deutschen Grenze bei Salzburg wurde von einem Förster eine männliche Leiche am Waldrand gefunden. Und wissen Sie was …«

Huber verdrehte die Augen und verschränkte die Arme vor der Brust.

»… es sieht so aus, als sei er auf dieselbe Weise umgekommen wie dieser Burgner.« Lorenz wies auf den Ordner unter Hubers Arm.

»Messerstich«, gab Huber ohne jeglichen Enthusiasmus in seiner Stimme zurück.

»Lanzenstich, um präzise zu sein. Die Wunde ist viel breiter als bei jedem im Handel erhältlichen Messer. Nicht mal ein Fleischermesser hinterlässt einen derart breiten Schnitt.«

Hubers Spürsinn erwachte an diesem Morgen in Anbetracht seines Schlafmangels etwas verzögert. »Denken Sie, dass wir es mit einer Serie zu tun haben, Chef?«

Lorenz zuckte mit den Achseln und nahm auf der Kante von Hubers Schreibtisch Platz. Gierig zog er an seiner Zigarette, sehr zum Missfallen Hubers, der vor drei Wochen das Rauchen aufgegeben hatte.

»Tja, der Pathologe glaubt, dass der Ermordete am gleichen Tag gestorben ist wie Burgner, es liegen wahrscheinlich nur zwei bis drei Stunden dazwischen. Wenn ich eine Linie zwischen Wien und der Leiche im Wald ziehe und diese Linie weiterführe, könnte uns die Spur sogar nach Deutschland führen. Ich denke, wir sollten die deutschen Behörden informieren.«

»Das heißt, der Radius wird größer.« Huber kaute am Ende des Bleistiftes herum. Dann presste er die Lippen aufeinander und schüttelte genervt den Kopf. »Chef, ich sage es Ihnen ganz ehrlich. Dieser Fall ist nichts für mich. Wissen Sie, was mich daran so stört?«

Lorenz zog die Stirn zu einem waschbrettförmigen Relief zusammen und wartete auf die Antwort.

»Ich bin zwar katholisch, aber ich bin kein Kirchgänger und habe auch sonst mit Religion überhaupt nichts mehr am Hut.«

»Wo ist das Problem, Huber? Was hat denn die Religion damit zu tun? Es geht hier um zwei Leichen. Und das ist Ihr Metier!«

Huber wand sich in seinem Sessel. »Diese gestohlene Lanze ist nicht irgendeine Lanze, sondern die sogenannte ›Heilige Lanze‹. Und die hat eine unglaubliche Geschichte hinter sich. Wenn ich den Mörder finden soll, muss ich erst einmal alles über diese Lanze herausfinden.«

Lorenz stimmte zu. Dies war kein gewöhnlicher Mord aus Geldgier oder um sich ein paar Euro für den nächsten Schuss zu organisieren. Es ging nicht um irgendeine alte rostige Waffe, sondern um eine Lanze, die unzählige Herrscher und Kriegsherren in den Händen gehalten hatten. Nicht zuletzt glaubten viele Menschen, dass diese Lanze die echte Lanze sei, die der römische Hauptmann Jesus von Nazareth in die Seite gestochen hatte. Ja, einige waren sogar überzeugt, dass dieser Speer nach dem »Heiligen Gral« die bedeutendste Reliquie überhaupt sei. Damit wuchs der Kreis der Verdächtigen unglaublich an.

»Ich habe mir schon so etwas gedacht, Huber. Sie sind einer meiner fähigsten Leute, aber in diesem Fall … Ich habe mich erst dagegen gesträubt, aber ich denke, es könnte uns wirklich weiterhelfen.«

Huber rutschte in seinem Stuhl vor und gab Lorenz durch ein Stirnrunzeln zu verstehen, dass er dessen Andeutungen kein bisschen verstehe. Dann stützte er sich auf der Schreibtischkante auf. »Zwei Dinge, um die ich Sie bitte, Chef. Erstens wäre ich Ihnen dankbar, wenn Sie in meinem Büro nicht mehr rauchen und die Asche auf den Boden schnippen würden. Und zweitens wäre es schön, wenn Sie aufhören könnten, immer in Rätseln zu sprechen.«

Lorenz nahm den Ordner zur Hand, in dem die Fotos eingeheftet waren. Er schlug die Seite auf, auf der die junge Frau zu sehen war: »Sie ist keine Polizistin, aber ich denke, wir können in diesem Fall mal eine Ausnahme machen.«

»Chef, bitte! Wovon reden Sie?«

Lorenz deutete auf den Aktenordner. »Sie heißt Raphaela Grassetti, ist achtundzwanzig Jahre alt und hat Geschichte und Romanistik studiert. Die auf dem Foto …«

»Ja, und?«

»Sie ist die Nichte von Burgner, also die Tochter von Burgners Bruder, und sie hat den Mörder gesehen. Sie hat ihm direkt ins Gesicht gesehen, bevor er sie ins Kurzkoma geschickt hat.«

»Also, wenn ich Ihre Andeutungen richtig verstehe, soll diese …«

»Grassetti.«

»Frau Grassetti?«

»Sie ist nicht verheiratet.«

»… soll Frau Grassetti mir bei meinen Ermittlungen helfen?«

»Tag und Nacht«, scherzte Lorenz.

»Nein! Ich wollte Sie eigentlich gerade bitten, den Fall jemand anderem zu geben. Ich will ihn ganz loswerden, verstehen Sie?«

Lorenz winkte ab: »Keine Chance, Huber. Wir haben im Moment viel zu wenige Leute. Sie sind schon der Richtige. Und sie ist sehr nett, wirklich.«

Huber verbarg sein Gesicht hinter seinen Händen, als könnte das das Unausweichliche ändern oder zumindest abschwächen. Nicht, dass er ein Feind des weiblichen Geschlechts gewesen wäre, aber er fühlte sich im Umgang mit ihm nicht mehr besonders sicher. Er war lieber der einsame Wolf, der im Alleingang die Fälle löst, im Zweifelsfall auch mal mit einem Kollegen zusammen, aber doch nicht mit einer Frau!

Huber versuchte es erneut. »Hören Sie, Chef. Sie wird mir ständig dazwischenquatschen und meine Ermittlungen behindern. Außerdem ist es zu gefährlich. Wie Sie schon sagten: Sie ist keine Polizistin. Wie ist das überhaupt mit der Versicherung in solchen Fällen?«

»Nun machen Sie sich mal locker, Huber. Es ist alles geklärt. Der Polizeipräsident will schnelle Ergebnisse, und als Frau Grassetti hier auftauchte, um das Protokoll zu unterschreiben, hat sie uns ihre Hilfe angeboten. Mir erschien das eine glänzende Idee. Es ist wirklich eine absolute Ausnahme, Huber, aber ich komme weder in diesem noch in meinen anderen Fällen weiter. Sie ahnen gar nicht, was noch alles auf meinem Schreibtisch liegt …« Lorenz machte eine ausladende Bewegung mit dem Arm, die das enorme Ausmaß seiner Arbeit andeuten sollte. Dann fügte er hinzu: »Frau Grassetti ist heute Morgen gegen acht auf die Wache gekommen und hat schon begonnen, ihre Dienste zur Verfügung zu stellen.«

»Ihre Dienste zur Verfügung zu stellen«, witzelte Huber und schüttelte den Kopf. »Wie sich das anhört. Sie ist doch keine …«

»Schluss jetzt. Das Ganze ist beschlossene Sache. Sie ist gerade drüben bei Karl und hilft ihm, ein Phantombild anzufertigen. Außerdem hat sie uns versichert, dass sie alles über diese Lanze aus den Erzählungen ihres Onkels und aus ihrem Studium weiß. Glauben Sie mir, sie wird Sie bei Ihren Recherchen perfekt unterstützen.«

»Aus den Erzählungen ihres Onkels?«, fragte Huber irritiert nach. »Wieso wusste Franz Burgner so viel über die Lanze? Ist das nicht ein bisschen ungewöhnlich für einen einfachen Wachmann? Das Museum ist doch voller Ausstellungsstücke … warum ausgerechnet diese Lanze?«

Lorenz gab sich unbekümmert. »War eben ein Steckenpferd von dem Alten. Irgendwie sei er in diese Lanze ganz vernarrt gewesen, sagte seine Nichte. Er hatte alles über sie gelesen und eine Menge Zeugs über ihre Geschichte archiviert.«

»Ist ja verrückt, wer alles in dieses Ding vernarrt gewesen sein soll. Kann ich überhaupt nicht begreifen …«, gab Huber zu.

Lorenz erhob sich aus der unbequemen Position auf der Tischkante und entspannte seine Beine. Schräg nach unten blickend, bemerkte er im Augenwinkel die Asche auf dem Boden und verwischte sie mit seinem Fuß.

Huber dachte nach. Eine unbekannte Frau in polizeiliche Ermittlungen einzubeziehen barg ein gewaltiges Problempotenzial, doch welche Alternative hatten sie schon. Hin und wieder musste man eben auf externe Mitarbeiter zurückgreifen, um die Ermittlungen zu beschleunigen, insbesondere dann, wenn der Polizeipräsident zügige Ergebnisse wünschte.

XV

Am Morgen des folgenden Tages hielt Dr. Richard Schneider es nicht länger zu Hause aus. Er dachte zuerst daran, ins Büro zu fahren, doch dann fiel ihm etwas noch viel Wichtigeres ein. Er war an diesem Morgen unglaublich beschwingt, ja heiter, denn nun würde sich das Blatt wenden, davon war er überzeugt. Er hatte erreicht, was er wollte, und wähnte sich am Ziel seiner Träume.

Die Lanze lag weiterhin sicher im Safe. Gleich nach dem Aufstehen war er in den Keller hinuntergeeilt. Er musste sich überzeugen, dass er das alles nicht nur geträumt hatte und dass sich die Lanze tatsächlich in seinem Safe befand. Nun: da war sie tatsächlich. Sie lag noch immer an der Stelle, an der er sie fast zärtlich deponiert hatte. Schön war sie, makellos. Sie glänzte überall, außer an den Stellen, an denen noch winzige rötlich-braune Reste des Blutes zweier Menschen klebten. Ehrfürchtig nahm er die Lanze auf und hielt sie hoch. Wie lange er sie so betrachtete, bewunderte, verehrte – die Zeit verrann wie im Flug. Sekunden, Minuten, bald eine Stunde kostbarer, nicht vergeudeter Zeit der Versunkenheit. Seinen schmerzenden Finger spürte er kaum, nahm nur unterschwellig ein leises Pochen darin wahr.

Zufrieden hatte er den begehbaren Safe wieder verlassen und war mit einem Gefühl der Größe und dem Bewusstsein, dass großartige Zeiten auf ihn warten würden, wieder nach oben gegangen. Er duschte und rasierte sich, kämmte die letzten Haare ordentlich zurück und zog den besten Anzug an, den er finden konnte. Er betrachtete sich im Spiegel. Früher hatte er einen Bauch gehabt, der so dick gewesen war, dass er seine Füße nicht hatte sehen können, doch in den letzten Wochen hatte er abgenommen, und er fand, dass ihm das gut stand. Seine Haut indes war immer noch bleich, und feine rote Äderchen zogen unregelmäßig von einem Ohr zum anderen. Nun, er gefiel sich dennoch und hielt sich beinahe für einen Helden. Er hatte geschafft, was seinem Vater nicht gelungen war, und die Anerkennung dafür sollte ihm sicher sein. Eine neue Ära hatte begonnen.

Eine Melodie summend, verließ er sein Haus und stieg in seinen Wagen ein. Nachdem er die »Dreißigerzone« verlassen hatte, schlug er den Weg zum Krankenhaus ein.

Auf dem Flur der Intensivstation traf er als Erstes Dr. Bergau. Als dieser ihn sah, kam er direkt auf ihn zugelaufen – eine sonderbare Regung des sonst so nüchternen Mediziners.

»Gut, dass Sie kommen, Dr. Schneider. Ihren Vater werden Sie heute umsonst auf der Intensivstation suchen. Es geht ihm heute überraschenderweise schon viel besser.«

Schneider betrachtete den erstaunten Gesichtsausdruck des Arztes. Kam es nicht täglich vor, dass Menschen genesen und die Intensivstation lebendig statt in einem Alusarg verlassen?

Bergau bemerkte an Schneiders Finger den stümperhaften Verband, der auf der Außenseite einen grünlich gelben Fleck aufwies. »Haben Sie sich verletzt?«, fragte er.

Schneider winkte ab. »Ach, das ist nichts. Ich habe mich nur geschnitten.«

Bergau ließ nicht locker. »Lassen Sie doch mal sehen. Das eitert ja.«

Widerwillig hob Schneider die Hand und reichte sie dem Arzt entgegen. Behutsam wickelte Bergau den unsauber angelegten Verband ab und verzog das Gesicht, als er die Wunde sah. »Das können Sie nicht so lassen. Das muss dringend behandelt werden. Sie haben eine deftige Infektion. Wenn die nicht behandelt wird, greift sie auf den Knochen über. Wie haben Sie das bloß angestellt?«

Schneider ärgerte sich und war nicht gewillt, den Arzt Anteil an seinem Privatleben haben zu lassen. Er ließ den klumpigen, zusammengeknüllten Verband in seiner Jackettasche verschwinden. »Das geht Sie nichts an«, sagte er barsch. »Kümmern Sie sich um Ihre anderen Patienten. Die brauchen Sie dringender als ich.«

Bergau wunderte sich über diese Reaktion, doch er wusste natürlich, wie launisch und eigensinnig Patienten sein können, die sich selbst therapieren und alles besser wissen. Am Ende kamen sie dann doch mit ihren eitrigen Wunden an, weil sie sie nicht mehr im Griff hatten.

»Wenn Sie Ihren Vater suchen, finden Sie ihn auf der Inneren. 3. Stock, Zimmer 29.«

»Danke«, sagte Schneider kurz angebunden und schlug den Weg zum Eingangsbereich ein. Er nahm ein Papiertaschentuch aus seiner Tasche und wickelte es provisorisch um seinen Finger. Dann erreichte er den Fahrstuhl. Er betrachtete die Menschen, die mit ihm den Fahrstuhl betraten, sehr genau. Jeder von ihnen schaute entweder auf die stetig zunehmenden roten Nummern auf der Anzeige oder verlegen zu Boden. Schneider tat dies nicht. Nicht nach dem, was passiert war. Er blickte fast höhnisch in ihre Gesichter und fühlte sich sehr überlegen. Mit zügigem Schritt eilte er über den weiß getünchten Flur und kam an all den Patienten vorbei, die in Bademänteln und Hausschuhen den Gang entlangschlurften und auf den Tag ihrer Entlassung warteten. Endlich stand er vor der Tür des Zimmers 29. Nun klopfte sein Herz doch, denn die Fragen, die er seinem Vater stellen wollte, waren nicht nur »Wie geht es dir?« oder »Wann wirst du entlassen?«

Sein Klopfen an der Tür wurde nicht durch ein »Herein« beantwortet, und so trat Schneider unaufgefordert ein. Er knöpfte den obersten Knopf seines blauen Jacketts zu und wurde von dem typischen Geruch eines Krankenzimmers fast erschlagen. Es dauerte einige Minuten, bis sich seine Sinne daran gewöhnt hatten. Karl Wilhelm Schneider saß in einem Lehnstuhl vor der Balkontür und schaute hinaus. Richard betrachtete den leicht nach links geneigten Hinterkopf seines Vaters. Im Blickfeld des Patienten lag der Garten des Krankenhauses. Die Augen ruhten offensichtlich auf den Kronen des alten Baumbestandes. Eichen, Rotbuchen und Kastanien schufen die entspannende Illusion einer heilen Welt.

Richard näherte sich seinem Vater, der seine Ankunft bemerkt zu haben schien, zunächst aber keine Reaktion zeigte. Der Besucher zog einen Stuhl hinzu und überlegte, wie er beginnen sollte. In seinem Kopf wirbelten die Eindrücke aktueller Erlebnisse haltlos herum. Wie sollte er anfangen? Langsam zog er aus seiner Außentasche ein kleines braunes Buch hervor. Und in dem Moment, in dem der Vater es im Augenwinkel wahrnahm, regte sich das Leben in ihm. Er drehte sich zu seinem Sohn um und starrte ihn mit weit aufgerissenen Augen an. »Wann hast du es gefunden? Wissen sie auch von den Büchern?« Er stellte diese Fragen, als hinge das Schicksal der Welt von ihrer schnellen Beantwortung ab. Der Alte nahm seinem Sohn das Buch aus der Hand und verbarg es unter der dünnen braunen Decke, die über seine Knie gelegt war. »Hier ist niemand, Vater. Vor wem hast du bloß solch eine Angst?«

»Ich will nicht, dass sie von Montesi erfahren. Ich bin es ihm schuldig.«

»Francesco Montesi?« Richard deutete auf das Tagebuch. »Was bist du ihm schuldig – und wieso kannst du auf einmal wieder sprechen?«

»Ein Bruder vom Orden war hier. Ich soll dich warnen

und auf den richtigen Weg bringen. Du musst sie ihnen unbedingt aushändigen.«

Schneiders Stirn legte sich in unzählige Falten. »Was soll ich ihnen geben, verdammt? Ich verstehe kein Wort. Warum hast du mir nie von diesen Tagebüchern und von deinem Umgang mit Himmler erzählt?«

Der Alte zog das kleine braune Buch langsam wieder unter der Decke hervor und strich mit der knochigen Hand darüber. Erst von oben nach unten und dann wieder zurück. Es war, als versetzte ihn dieses Tagebuch in die Zeit zurück, in der er es geschrieben hatte. Mit ihm kamen auch all die darin beschriebenen Gefühle zurück, alle Eindrücke und Empfindungen, vor allem die Erinnerung an seine ewige und einzige Liebe. »Was hätte ich denn machen sollen? Nach dem Krieg hätte mich jedes Wort in Gefahr gebracht. Solange diese Bücher in der Truhe waren und niemand von ihrer Existenz wusste, war alles gut. Erst vor zwei Wochen, als ich in den Keller kam, hat sich ein unsichtbares Seil um mich geschlungen und mich zur Truhe hingezogen. Wie von einer finsteren Macht getrieben, musste ich in den Büchern lesen. Mein Herz tobte wie ein Orkan, und in meinem Kopf hämmerte es genauso. Ich nahm das erste Buch zur Hand. Plötzlich wurde mir schwindelig vor Augen und mir wurde übel. Ich schaffte es noch rechtzeitig, die Treppe hochzukriechen und die Nummer der Feuerwehr zu wählen. Dann ging ich zur Tür, um Luft holen zu können, bis ich auf der Schwelle zusammenbrach.« Der Alte machte eine Pause. »Jetzt ist es also so weit. Ich dachte, ich könnte die ganze Geschichte mit ins Grab nehmen.« Schneiders Vater sah seinen Sohn eindringlich an. »Bitte versprich mir eins …« Schneider fasste seinen Sohn am Unterarm an, die erste Berührung seit vielen Jahren, und flehte ihn an. »Lass sie niemals die Bücher finden, sonst ist Montesi in Gefahr.«

»Meinst du diesen Montesi von damals?«, fragte Schneider gereizt. »Wer zum Teufel ist dieser Mann?«

»Lass den Teufel aus dem Spiel. Montesi ist ein heiliger Mann. Vielleicht sogar der einzige Heilige auf dieser verfluchten Welt.«

Schneider lehnte sich zurück und verschränkte die Arme. Eine Zeit lang sagten sie beide kein Wort. Der Alte keuchte im Rhythmus seines sich auf- und niedersenkenden Brustkorbes, und mit seinen Augen warf er einen rettenden Anker zurück in die grünen Baumkronen. Nach einer Weile sagte er: »Wenn du die Lanze behältst, landest du dort, wo auch ich bald liegen werde. Das ist kein Spiel, Richard.« Schneider meinte, sich verhört zu haben. Niemand außer ihm wusste bislang, dass er die Lanze besaß, und der einzige Zeuge war bereits tot.

»Ich nehme an, du fragst dich, woher ich das weiß. Der Bruder hat es mir gesagt. Sie sind informiert.«

Richard verlor etwas von seinem heute Morgen noch so unbesiegbar scheinenden Selbstbewusstsein. »Sie wissen, dass ich die Lanze habe?«, fragte er unsicher.

Der Alte nickte, während er in die Zweige schaute. »Sie wissen es, und Gott weiß es. Eigentlich ist dein Leben keinen Pfifferling mehr wert.«

Schneider löste den obersten Knopf seines Hemdes. Er ließ den Kopf ein, zwei Mal zur Seite schwenken und dabei die Nackenwirbel knacken. Ein vergeblicher Versuch, die Anspannung zu lösen.

»Solange die Polizei nichts weiß, was spielt es für eine Rolle?« Schneider suchte mit Leibeskräften nach dem Glück, dem er sich so nah wusste.

Der Alte löste sich wieder von den Bäumen und wandte sich seinem Sohn zu. »Ich habe meine Stimme wieder, und ich weiß nicht, wie lange ich sie behalten werde. Vielleicht bis morgen, vielleicht auch einen Monat. Was spielt das noch für eine Rolle? Mein Leben ist sowieso am Ende, das weiß jeder auf dieser Station.« Der Alte legte eine kleine Pause ein, holte ein, zwei Mal tief Luft. Schneider schaute ihn an, und ihm war, als sei er wieder ein kleiner Junge, der Mist gebaut hatte und die Sache nun wieder geradebiegen müsse.

»Sie planen, alle bedeutenden Lanzen, die mit dieser Geschichte in Zusammenhang stehen, an sich zu bringen. Sie hoffen, dadurch die Einzige, die Wahre unter ihnen zu finden, die Lanze, die tatsächlich in Jesu Leib eingedrungen ist und von seinem Blut benetzt wurde.« Der Alte schüttelte kaum merklich den Kopf. »Doch dort, wo sie suchen, werden sie sie nicht finden. Sie suchen am falschen Ort. Die Lanzen aus Rom, Polen und Armenien sind ohnehin nur tote Replikate, aber die Lanze aus Wien ist mehr als das. Sie ist verflucht. Das Blut unzähliger Menschen klebt an ihr, weil alle von ihr nur das Eine wollten und noch immer wollen – Macht! Macht und damit verbunden Ruhm und Reichtum. Für diese Lanze ist einfach schon zu viel getötet worden.«

Richard versetzte sich in die Minuten zurück, in denen er Bukowski umgebracht hatte. Ein unwiderstehlicher Drang hatte ihn beschlichen, die Lanze als das zu benutzen, was sie eben auch war – eine todbringende Waffe. »Ich wollte ihn nicht töten. Ich wollte nur die Lanze haben ... ich wollte dir und mir beweisen, dass es möglich ist, sie zu besitzen ... sie der Bruderschaft zu entziehen. Sie haben dich einen Feigling genannt.«

Sein Vater lachte höhnisch. »Es ist mir egal, wie sie mich nennen. Trotzdem bin ich mein ganzes Leben nicht zum Mörder geworden. Jedenfalls nicht durch meine eigenen Hände. Nur durch mein Versagen.«

»Was hat dieser Montesi mit der Lanze zu tun? Ist er im Besitz der wahren Lanze?«

Der todkranke Patient holte tief Luft, und der Atem rasselte in seiner Brust. Richards Vater blickte ihn an, doch dieser Blick verriet keine Antwort auf seine Frage. »Montesi ist ein guter Mensch. Ich habe ihm sehr viel zu verdanken. Er hätte es nicht verdient, verraten zu werden.« Er bekam einen verklärten Blick. »Du musst wissen, die echte Lanze ist ganz anders. Sie ist …« Der Alte brach ab und fasste sich an die linke Brust. »Sie ist …«

✣ ✣ ✣

Lea und der Professor schauten sich an. Der Blick des Professors verriet Unsicherheit und einen Anflug von Angst. Angst vor einem Paradoxon, das sein Weltbild auf den Kopf stellen würde.

Lea wurde wieder nachdenklich. »Räuber, Diebe. Findest du nicht auch, dass die Kreuzigung für einen Diebstahl eine zu drastische Bestrafung ist. Ich meine, wenn man heutzutage in islamischen Ländern vom Abhacken der Hände liest, empfinden wir das schon als unmenschlich. Die Diebe jedoch gleich zu kreuzigen ist echt hart.«

Smith räusperte sich, so wie er es tat, wenn er begann, vor seinen Studenten zu sprechen. »Menschenrechte, wie wir sie heute kennen, waren in der damaligen Gesellschaft ein Fremdwort. Ob nun Dieb oder jemand, der einfach nur unbequem war, weil er die Wahrheit sagte, die den Machthabern nicht gefiel … Schon da war man des Todes. Das ging damals ziemlich fix.«

»Ich weiß«, bestätigte Lea. »Die Römer müssen absolute Sadisten gewesen sein. Sie scheinen echte Freude am Töten gehabt zu haben, ganz gleich, auf welche Weise die Vollstreckung geschah. Allein wenn man an die römischen Spiele im Amphitheater denkt. Nur zur Belustigung des Volkes wurden

Hunderte von Tieren abgeschlachtet, und die Freude war noch größer, wenn dabei Menschen ums Leben kamen.«

Smith nickte. »Ich weiß nicht, welcher Geist die Römer damals beseelt hatte, aber du hast Recht, Sadismus war eine ihrer großen Leidenschaften.«

Lea betrachtete die Fersenbeine der beiden Gekreuzigten. »Fürchterlich.«

»Was meinst du?«

Sie deutete auf die Löcher in den Hand- und Fußgelenken. »Na, die Praxis der Kreuzigung?« Lea verzog angewidert ihren hübschen Mund und verschränkte die Arme vor der Brust. »Weißt du eigentlich, woran man dabei gestorben ist?«

Smith nahm sich einen Rollhocker und setzte sich darauf. »Meine Güte, ja. Ein wirklich dunkles Kapitel der Menschheit. Allerdings nicht erst seit der Zeit Jesu. Ein berühmtberüchtigtes Beispiel einer Massenkreuzigung fand schon im Jahr 71 vor Christus statt. Spartakus unterlag damals im Sklavenaufstand gegen Crassus. Alle Versuche, die Sklaven im Kampf zu motivieren, schlugen fehl. Pompeius, der sich an den Kämpfen nicht beteiligte, nahm 6 000 entflohene Sklaven des Aufstandes fest und ließ sie an der Via Appia kreuzigen.«

»Mein Gott, 6 000 Menschen. Die Römer kannten keine Gnade, was?«

»Nun mal langsam«, wehrte Smith ab. Auch den Juden waren Kreuzigungen bekannt, und zwar schon vor der römischen Herrschaft. 87 vor Christus zum Beispiel ließ der jüdische König Alexander Janneus 800 rebellische Pharisäer kreuzigen. Flavius Josephus, der die Kreuzigung von Juden während der Belagerung Jerusalems mit ansehen konnte, nannte dies den schlimmsten Tod von allen.

»Na, dann kann man ja von Glück reden, dass Kaiser Konstantin 325 nach Christus die Kreuzigungen abgeschafft hatte.«

Smith lachte auf. »Na ja. Dafür hat er den Galgen eingeführt.«

Lea fasste sich an den Hals. »Auch nicht viel besser!«

»Doch. Viel besser«, korrigierte sie Smith. »Beim Tod durch den Strang stirbst du nämlich blitzschnell – sofern alles glattgeht und auch wirklich das Genick bricht. Bei einer Kreuzigung dauerte der Todeskampf des Betreffenden manchmal mehrere Tage. Aber nun zu deiner eigentlichen Frage. Der Verurteilte starb einen qualvollen Erstickungstod. Nachdem die Delinquenten verurteilt worden waren, zwang man sie zunächst, das Kreuz zu tragen.«

»Na ja, nicht das ganze Kreuz, wie alle denken«, wandte Lea ein. »Wäre ja auch kaum zu schaffen gewesen, ein großes, massives Holzkreuz.«

»Zumindest die Römer haben es so gemacht, dass der senkrechte Marterpfahl, das sogenannte ›crux‹, schon fest in den Boden der Hinrichtungsstätte gerammt war, wo er wahrscheinlich immer wieder genutzt werden konnte. Der zum Tode Verurteilte hatte dann auf der Hinrichtungsprozession nur noch den Querbalken, das ›Patibulum‹, zu tragen.«

Lea nickte. Diese Details waren ihr bereits bekannt. Wenn jedoch der Professor einmal Luft geholt hatte, war er kaum zu bremsen. Er spazierte im Raum auf und ab und fühlte sich sichtlich wohl. Dann fuhr er fort. »Bei der Richtstätte angekommen, wurde der Verurteilte am Boden mit ausgestreckten Armen an dieses Patibulum angenagelt oder angebunden. Das Patibulum wurde danach an der crux hochgezogen und befestigt. Schließlich nahm man die Füße des Gekreuzigten und nagelte oder band sie unten an die crux fest. Eine Fußstütze, wie man es manchmal vermutete, hat es wohl nicht gegeben, wohl aber eine kleine Sitzbank, das ›sedile‹. Diese kleine Bank hatte die Aufgabe, den hängenden Körper zu stützen, um die Todesqualen zu verlängern. Je nachdem nun, ob der Querbalken am Kopfende des Pfahls angebracht wurde oder etwas weiter unterhalb, unterschied man zwischen einer ›crux commissa‹ in T-Form und einer ›crux immissa‹ in der Form eines Plus-Zeichens.«

Lea unterbrach den Redeschwall des Gelehrten. »Eigentlich war es doch so, dass es gar keine festen Regeln für den Vollzug der Kreuzesstrafe gab.«

»Das stimmt. Meistens blieb es der Phantasie der Henker überlassen, wie sie die Strafe ausführen wollten. Bei Josephus habe ich mal gelesen, dass die römischen Soldaten die Gefangenen zum Hohn in den verschiedensten Körperlagen annagelten. Auch die Verwendung von Nägeln oder Stricken war durchaus nicht einheitlich.« Smith wandte sich den beiden Leichen Nr. 1 und 2 zu. »Die biblischen Berichte belegen, dass Jesus mit Nägeln ans Kreuz geheftet wurde, und wie wir hier sehen, sind diese beiden auf dieselbe Weise angebracht worden. Und ich denke, hier kommen wir zum springenden Punkt: Wenn die Legende um die beiden Schächer stimmen sollte und wir sie hier liegen sehen, dann sind an diesem Tage die beiden Toten und Jesus definitiv durch Annagelung ans Kreuz geschlagen worden.«

Lea wandte sich ab und schritt durch den Raum. Sie musste zunächst das Gehörte verarbeiten. Smith indes war in Gedanken mit einer Begebenheit aus der Bibel beschäftigt. Er sah zu ihr hinüber und erhob seine Stimme. »In den Evangelien wird auch berichtet, dass Jesus, nachdem er auferstanden war, den erstaunten Jüngern zum Beweis seine Hände und seine Füße zeigte. Johannes spricht dabei ausdrücklich von den Nägelmalen an den Händen.«

Lea schaute zu Smith hinüber und blickte dann auf die Handknochen des ersten Skeletts. Sie versuchte sich vorzustellen, wie eine Kreuzigung genau abgelaufen war, doch Smith half ihr auf die Sprünge.

»Wie wir hier sehen, wurden die Nägel nicht, wie es landläufig dargestellt wird, durch die Handflächen getrieben. Bei dem Gewicht eines erwachsenen Mannes würden diese nämlich sofort durchreißen. Man muss eher davon ausgehen, dass die Nägel in den Hand- und Fußgelenken steckten. Was nun die Füße betrifft, gibt es ebenfalls verschiedene Varianten. Dem Gekreuzigten von Giv‹at ha-Mivtar, von dem ich dir erzählt habe, hatte man beide Beine nach links übereinandergelegt, sodass ein nur 14,5 cm langer Nagel, der seitlich durch beide Fersenbeine geschlagen wurde, ausreichte, gleich beide Füße auf einmal am Pfahl zu fixieren.«

Lea wollte endlich ihre zentrale Frage beantwortet bekommen. »Du hast mir immer noch nicht erklärt, woran man denn *genau* gestorben ist?«

»Der Tod durch Kreuzigung war, wie gesagt, ein Erstickungstod. Es geschieht dabei Folgendes: Beim freien Hängen an gespreizten Armen setzt bereits nach wenigen Minuten eine schwache Zwerchfellatmung ein, die nur noch einen Bruchteil der normalen Atemkapazität erreicht. Das Herz verengt sich, und der Blutdruck sinkt in den kritischen Bereich – wogegen sich der Puls drastisch erhöht. Um nur ein wenig Luft zum Atmen zu erhalten, musste man den in sich zusammengesackten Körper ruckartig an den Armen hochziehen, um sich wieder aufzurichten. Das brachte zwar der Atmung für einen Augenblick Entspannung, führte aber zu unerträglichen Schmerzen, da nun das Gewicht des ganzen Körpers allein auf den mit Nägeln durchbohrten Handgelenken lastete. So begann also ein verzweifeltes Auf und Ab, ein abwechselndes Ertragen von Schmerz und Atemnot, bis irgendwann die Kraft fehlte, sich noch einmal aufzurichten. Die anhaltende Atemnot führte dann recht schnell zur totalen Verkrampfung der Muskulatur, sodass der Verurteilte das Bewusstsein verlor und schließlich mit ähnlichen Symptomen wie beim Wundstarrkrampf starb. Hätte man das Opfer ohne jegliche Stütze ans Kreuz geheftet, wäre der Tod eine Sache von weniger als einer Stunde gewesen. Doch lag das meist gar nicht im Interesse derer, die kreuzigen ließen. Nur wenn die römischen Soldaten es eilig hatten, zerschlugen sie dem Gekreuzigten die Beine, sodass dieser sich nicht mehr abstützen konnte und innerhalb weniger Minuten verstarb.

»Doch Jesus hat man nicht die Beine gebrochen. Das stimmt doch, oder?«

»Nein, ihm nicht. Als man zu ihm kam, stellte man fest, dass er schon gestorben war. Damit ging die Prophezeiung aus dem Alten Testament in Erfüllung, dass man ihm nicht die Beine brechen würde. Der Hauptmann, der Jesus mit der Lanze in die Seite stach, führte unwissentlich eine Tat aus, die schon seit vielen hundert Jahren für ihn bestimmt war.«

»Wenn du sagst, dass Jesus schon tot war, ist er aber recht rasch gestorben.«

Smith nickte. »Vergiss nicht, dass Jesus schon einige Stunden vorher unmenschliche Folterungen hinter sich gebracht hatte. Sein ganzer Körper muss eine einzige Wundfläche gewesen sein, und ich weiß nicht, wie viel Blut er vor seiner Kreuzigung schon verloren hatte. Er hat sich vermutlich bereits in einem schockähnlichen Zustand befunden. Das erklärt seinen relativ schnellen Tod.«

Lea dachte über den Bericht des Professors nach. Zu allen Zeiten verhielten sich Menschen »unmenschlich«, doch diese detaillierten Schilderungen schockierten sie dennoch. Sie blickte zum Toten Nr. 3. »Da hat der hier ja noch richtig Glück gehabt. Zumindest ist er vermutlich schneller gestorben als die beiden anderen.«

Smith zuckte mit den Schultern. »Darüber können wir bislang nur spekulieren. Warten wir auf die Analysen, dann sind wir schlauer.«

Es klopfte an der Tür, und Mosche lugte zwischen den Zargen hindurch. Da er normale Straßenkleidung trug, war ihm der Zutritt zu dem sterilen Bereich untersagt. »Ich hatte Recht«, rief er ohne Umschweife in den kargen Raum hinein.

»Hallo, Mosche«, erwiderte Lea.

»Kommt doch mal her, sonst muss ich leider reinkommen.« Schnell nahm Lea die Handschuhe und den Mundschutz ab und eilte auf Mosche zu. Er hätte es tatsächlich fertig gebracht, die Richtlinien der Sterilität zu ignorieren, da für ihn diese Maßnahmen nicht nachvollziehbar waren. Er ging davon aus, dass die Leichen mit Sicherheit vorher auch keine sterile Umgebung in ihren Gräbern genossen hatten.

Smith bemerkte erst jetzt, dass er großen Hunger hatte, und war für die Unterbrechung nicht undankbar. »Womit hattest du Recht, Mosche?«, fragte er seinen neuen Freund und warf den OP-Kittel in einen eigens dafür vorgesehenen Trog.

»Mit den Münzen. Ich habe mich gestern noch einmal schlaugemacht. Es ist, wie ich gesagt habe. Es gab drei Prägungen in drei aufeinanderfolgenden Jahren. Ich habe einige Bücher mitgebracht. Was haltet ihr davon, wenn ich euch beim Essen ein paar Dinge über eure drei Freunde erzähle? Oder habt ihr schon gegessen?«

Lea und Smith sahen sich an und schüttelten beide den Kopf. »Koscher oder arabisch?«, fragte Lea.

»Meine Meinung dazu kennst du ja, und ich glaube, Harveys Geschmack ist auch eindeutig«, lachte Mosche.

»Am liebsten koscher«, bestätigte Smith. »Kennt ihr ein gutes Restaurant hier in der Nähe?«

»Wenn du auch italienisches Essen magst, dann empfehle ich das Fonte Bella. Es ist ein paar Straßen weiter in der Rabbi Akiva Street. Es wird koscher gekocht, man kann im Garten sitzen, und manchmal gibt es sogar Live-Musik.«

»Ich bin dabei«, antwortete der Professor erfreut. »Wir müssen allerdings darauf achten, dass wir nicht zu laut sprechen.«

Mosche hielt die Bücher hoch. »Man wird uns beide für Studenten und dich für einen Professor halten. Und nichts davon ist gelogen, na ja, vielleicht ein bisschen.«

Lea und der Professor lachten herzlich, und sie verließen gemeinsam das Institut. Im Freien wurden die drei sogleich von einer Hitzewelle erschlagen.

»Falls wir wirklich draußen sitzen, dann bitte im Schatten.« Die ersten Schweißperlen bildeten sich in den Stirnfalten des rüstigen Gelehrten.

Mosche nickte und grinste, weil ihm die Hitze nicht das Geringste ausmachte. Bereits einige Minuten später hatten sie einen Platz unter einer Palme gefunden. Überall summten rege Unterhaltungen, sodass man nicht gerade von einem lauschigen Plätzchen sprechen konnte, doch das war ihnen gerade recht. Nachdem sie die Speisen gewählt hatten und eine große Flasche Mineralwasser auf dem Tisch stand, begann Mosche seinen Bericht. Er fühlte sich in diesem Kreis wie ein ebenbürtiger Archäologe und genoss das Zusammensein mit Lea und dem Professor, den er zunehmend schätzen lernte, sehr. Mosche hatte vier zum Teil recht dicke Bücher mitgebracht und legte sie auf einen Stuhl neben sich. Das oberste nahm er auf und zog einen Zettel zwischen den Seiten hervor. Dann begann er, über spannende Details aus der Zeit Jesu zu berichten, um ein wenig Licht in das mysteriöse Dunkel dieser Funde zu bringen.

✣ ✣ ✣

Schneider rüttelte seinen sterbenden Vater an der Schulter, der so blass wie die Wand des Krankenzimmers geworden war. *Ausgerechnet jetzt muss er einen Schwächeanfall erleiden.*

»Vater, was ist mit dir? Bleib ganz ruhig. Reg dich nicht auf. Soll ich einen Arzt holen?«

Richard stand so schnell von seinem Stuhl auf, dass dieser mit lautem Gepolter nach hinten umfiel. Der Alte fasste sich an den Hals, riss den eh schon weiten Kragen der Pyjamajacke auf, doch die Luft reichte nicht aus, um ihn am Leben zu halten. Verzweifelt zog er seinen Sohn zu sich herunter. »Es ist zu spät, Junge. Es geht zu Ende.« Er griff nach einer goldenen Halskette und zog sie sich über den Kopf. An ihr baumelte ein kunstvoll gearbeitetes Kreuz. »Hier, mein Sohn. Mehr kann ich nicht für dich tun. Nimm es und trage es.« Dann endete er abrupt und sackte in sich zusammen.

Mit einem Mal begriff Richard, was er bislang nie wahrhaben wollte: Das Leben ist endlich, und es gab Mächte, die er bislang nicht kannte. »Was soll ich denn jetzt machen?«, fragte er noch schnell seinen Vater, der langsam vom Stuhl glitt, sodass Richard Mühe hatte, ihn festzuhalten. Der Alte bäumte sich auf und sah seinen Sohn flehend an. »Es gibt nur eine wahre Lanze, aber der Orden darf sie auf gar keinen Fall in die Hände bekommen.«

»Hat Montesi diese Lanze, Vater? Verdammt! Sag es mir!«

Der Alte verdrehte die Augen und begann leicht zu zittern. Ein letztes Mal brachte Karl Wilhelm alle Kraft auf und krallte sich am Ärmel seines Sohnes fest. Leise hauchte er einige wenige letzte Worte heraus. »… verletze dich um Himmels willen nie an der Spitze der Wiener Lanze. Du würdest es nicht überleben.«

Schneiders Blick fiel auf den verwundeten Finger, der nur notdürftig bandagiert war. Dann hielt er den toten Körper seines Vaters in den Armen und ließ ihn langsam zu Boden gleiten. Zum ersten Mal seit sehr vielen Jahren keimten wieder Gefühle für seinen Vater in ihm auf. Etwas wie Mitleid, vielleicht war es auch Liebe, vor allem aber das Bewusstsein des Verlustes. Die Hülle, die die Seele seines Vaters getragen hatte, lag wie ein unordentlich hingeworfenes Handtuch am Boden, und Richard realisierte, dass der, den er besuchen wollte und mit dem er viel zu besprechen gehabt hätte, nicht mehr da war.

»Ich wollte dich noch so viel fragen. Wir kannten uns doch gar nicht richtig«, stammelte er, doch sein Vater konnte ihn nicht mehr hören. Verwirrt beschloss Schneider zu gehen, legte sich aber zuerst die Kette mit dem noch warmen Kreuz um den Hals. Dann zog er das Tagebuch, das eigentlich seinem Vater gehört hatte, aus dessen verkrampften Hand und steckte es zurück in seine Tasche. Langsam verließ er das Krankenzimmer und blickte sich ein letztes Mal nach seinem Vater um.

Auf dem Gang kam gerade eine Schwester vorbei, und mit Gleichmut und Resignation in der Stimme sagte er: »Mein Vater ist soeben gestorben.« Dabei deutete er auf die geöffnete Tür des Zimmers. Die Schwester eilte hinein. Als der mit Notsignal herbeigerufene Arzt im Krankenzimmer des Toten erschien, war Richard Schneider schon spurlos verschwunden.

Die Fahrt zurück nach Hause bewältigte er wie in Trance. Kuppeln, schalten, Gas geben – alles lief wie von selbst. Wozu Gedanken an Dinge verschwenden, die auch von alleine funktionierten. Alles lief mechanisch, nur die Trauer nicht. Die Tränen konnten sich nicht entscheiden, ob sie in der Fülle eines Sturzbaches die Wangen hinunterlaufen oder sich nur als kleines Rinnsal am unteren Rand der Lider sammeln und dort verharren sollten.

In Schneiders Kopf drehten sich die Gedanken wie ein Karussell. Wer um alles in der Welt war diese unheimliche Bruderschaft, Gesellschaft, Organisation oder wie man auch immer diese Vereinigung von machthungrigen Despoten nennen wollte? In dem Augenblick, in dem ihn sein Vater über das Geheimnis der Lanze einweihen wollte, wurde ihm die Lebenskraft entzogen. Was ihm jedoch am meisten Sorgen machte, war nicht die Tatsache des unvermeidlichen Ablebens seines Vaters, sondern dass man ihm offensichtlich auf den Fersen war. Wie konnten diese Leute davon wissen, dass und wie er die Lanze in seinen Besitz gebracht hatte? Hatte man ihn die ganze Zeit beschattet? Hatte sein Vater Recht, und Schneider hatte unwissentlich die Drecksarbeit für die Gesellschaft erledigt? Aber das galt nur für den Fall, dass er ihnen die Lanze wirklich aushändigen würde – und das würde er um nichts in der Welt tun. Seine Gedanken standen nicht still. Wie würde es weitergehen? Die Beerdigung musste organisiert werden, und was viel schlimmer, zeitraubender und nervtötender werden würde, war die Auflösung des Haushaltes seines Vaters. Alte Klamotten, Papiere, Versicherungspolicen und Erinnerungen. Richard musste einen Weg finden, diese Arbeit an andere zu delegieren. Bisher glaubte er zwar nicht an Zauberei, Flüche, Verwünschungen oder dergleichen, doch die letzten Worte seines Vaters bereiteten ihm eine gewisse Unruhe. »Verletze dich um Himmels willen nie an der Spitze der Lanze aus Wien. Du würdest es nicht überleben.« *Wir sterben alle irgendwann,* dachte er. Plötzlich erinnerte er sich an eine Begebenheit aus den Tagebüchern seines Vaters. Die Wunde, die sich Himmler mit der Lanze zugefügt hatte. Fünf Jahre später war er tot gewesen; Selbstmord durch eine in der Zahnlücke versteckte Zyankalikapsel. Richard wurde heiß, und das Öffnen des Fensters änderte nichts daran.

✣ XVI ✣

Lorenz wandte sich gerade zum Gehen, als es an der Bürotür klopfte, eine dieser Glastüren, auf denen eine matte Folie aufgeklebt war, die zwar Licht durchließen und das Gefühl des Nichteingesperrtseins vermittelten, aber mit verzerrten Konturen in etwa erkennen ließen, wer vor der Tür steht. In diesem Fall konnte man erahnen, dass es sich um eine weibliche Person handelte. Auch die Art des Klopfens und das nicht zeitgleiche Eindringen deuteten auf typisch weibliche Eigenarten hin, die jedoch nur jenen zu eigen war, die nicht von morgens bis abends in dieser Abteilung arbeiteten. Ein fast simultanes »Herein« der beiden im Raum befindlichen Männer löste das Rätsel schnell auf. Obwohl Lorenz Frau Grassetti bereits kannte, war er doch überrascht, wie schnell der Himmel aufklaren konnte. Der Beamte übergab den noch glimmenden Zigarettenstummel der linken Hand, obgleich diese auch nicht wusste, wohin damit, da Huber ja vor drei Wochen jegliche Varianten von Aschenbechern aus seinem Büro verbannt hatte. Lorenz hoffte, dass die Zigarette, wenn die Glut keinen Tabak mehr zum Verzehren fände, von allein erlöschen würde. Das Gegenteil war der Fall, sodass er sich nach einem flüchtigen »Hallo, Frau Grassetti« schleunigst auf den Weg zu einem Aschenbecher begeben musste. Er eilte in sein Büro, das drei Türen weiter lag, und ließ Huber allein. Verärgert grummelnd, brachte er den Überrest der ihn anklagenden Giftquelle zum Schweigen und bewunderte Huber für dessen Durchhaltevermögen, da er selbst dergleichen nicht einmal drei Tage lang schaffen würde.

Als Lorenz in Hubers Büro zurückkam, hatten der und Frau Grassetti das Händeschütteln und von oben bis unten Abtaxieren schon hinter sich. Jeder andere Mann wäre hocherfreut gewesen, diese nette, ansprechende junge Dame zur Aufklärung eines bizarren Doppelmordes an die Seite gestellt zu bekommen. Doch Huber war nicht hocherfreut, er war nicht einmal erfreut. Er befürchtete vor allem, aus der Bahn der mit Routine absolvierten und gesicherten Tagesabläufe geworfen zu werden. Außerdem musste er nachdenken, und dafür konnte er keine Frau gebrauchen. Seine Exfrau hatte ihm unlängst noch einmal zu verstehen gegeben, dass Männer nur verblödete, triebgesteuerte Tiere seien. Obwohl man eigentlich keine Sekunde darauf verwenden sollte, über so einen Vorwurf nachzudenken, tat Huber es trotzdem. *In allem liegt ein Funke Wahrheit*, dachte er, und er wollte beweisen, dass sie Unrecht hatte.

Natürlich war er dankbar über Hilfe in diesem verworrenen Fall, aber eine Frau …? *Sie wird mir ständig dumme Fragen zu meinem Beruf stellen, wird mich in meiner Arbeit korrigieren und mir ihre Version der Dinge vermitteln wollen. Sie wird mich in den Wahnsinn treiben mit ihrer Schönheit und ihren unverschämten Rundungen. Sie wird mein Leben durcheinanderbringen. Wie soll ich mich in ihrer Gegenwart auf meine Ermittlungen konzentrieren?* Solche oder ähnliche Befürchtungen hatte er seinem Chef mitteilen wollen, doch sie blieben unausgesprochen, wie so vieles im Leben eines Mannes.

Lorenz war sich nicht sicher, ob seine Anwesenheit in Hubers Büro überhaupt noch vonnöten war. Er hatte Huber die Akte übergeben und hatte sich damit geschickt aus der Affäre gezogen. Frau Grassetti hatte ja zwei Tage zuvor das

Einverständnis des Polizeipräsidenten bekommen, und alles andere würde sich entwickeln.

»Wie haben Sie sich denn unsere Zusammenarbeit vorgestellt, Frau Grassetti?«, fragte Huber mit unverkennbarer Zurückhaltung in der Stimme.

»Ich habe verständlicherweise ein großes Interesse daran, dass der Mörder meines Onkels gefasst wird. Außerdem interessiert mich, warum die Lanze gestohlen wurde. Mein Onkel war mit dem Geschick der Lanze sehr vertraut – und zwar seit ihrem erstmaligen Auftauchen in der Geschichte. Er hat mir, neben den Informationen, die mir das Studium geliefert hat, alles über sie erzählt. Außerdem, und das dürfte für Sie von größerer Bedeutung sein, habe ich den Typen klar und deutlich gesehen, bevor er mich bewusstlos geschlagen hat.« Grassetti hob die Hände zu einer offenen Geste. »Der Sinn meiner Mitarbeit könnte also darin bestehen, Ihnen alle Fragen zur ›Heiligen Lanze‹ zu beantworten – und ich kann den Mörder wiedererkennen.«

Huber nickte stumm und suchte verzweifelt nach Argumenten, um sie vielleicht doch noch von ihrem Vorhaben abzubringen. »Haben Sie schon einmal eine Leiche gesehen?«, fragte er.

»Oh ja. Schon einige Male.« Hubers Hoffnung schmolz dahin. »Mein Vater war Arzt in Rom, und als ich mir überlegte, welchen Beruf ich ergreifen wollte, hat er mich in die Anatomie mitgenommen. Er war der Überzeugung, wenn ich den Anblick der von Studenten zerstückelten Leichen ertragen könne, könnte ich auch eine gute Ärztin werden.«

Huber und Lorenz wechselten einen überraschten Blick. »Und? Konnten Sie?«

»Es hat mir nichts ausgemacht, die Leichen zu sehen, aber ich wollte trotzdem keine Ärztin werden. Ich liebe Bücher, schreibe Kurzgeschichten und Gedichte, bin gerne mal hier und da und möchte mich nicht durch den ständigen Umgang mit Krankheiten das Leben vermiesen lassen. Es reicht mir zu wissen, dass wir krank werden können und sterben müssen, aber täglich daran erinnert werden … das muss nicht sein.« Sie schüttelte den Kopf, wobei sich das braune Haar wie im Wind wiegende Gräser hin und her bewegte. Huber dachte im ersten Augenblick, dass diese Einstellung ziemlich egoistisch sei. Dann sagte er sich, dass sie damit wahrscheinlich Recht hatte, wenn sie lieber einer Beschäftigung nachging, die zu ihr passte, als irgendwelchen klischeebehafteten Konventionen entsprechen zu wollen.

Lorenz mischte sich ein und wandte sich an Frau Grassetti. »Bevor ich es vergesse: Es ist noch ein weiteres Opfer gefunden worden. Nahe der deutschen Grenze. Das Besondere daran ist, dass der Kerl dieselbe Stichwunde aufweist wie Ihr Onkel.«

Huber deutete mit dem Kopf in eine nicht nachvollziehbare Richtung und ergänzte: »Dieser Mann liegt jetzt in der Pathologie. Ich wollte ihn mir gerade mal anschauen. Also, wenn Sie unbedingt mitwollen …«

Grassetti schaute von Huber zu Lorenz, als bedürfe es einer letzten Zustimmung seitens des Vorgesetzten. Lorenz nickte ihr zu, und Huber schnappte sich sein Sakko vom Kleiderhaken und verließ mit Grassetti das schmucklose Büro. Gott allein weiß, was Lorenz dachte, als er ihr nachsah.

Hubers Dienstwagen war ein unscheinbarer, acht Jahre alter, eierschalenweißer Toyota. So unscheinbar, wie es für die Verfolgung Verdächtiger im Rahmen verdeckter Ermittlungen eben notwendig war. Grassetti stieg zu ihm in den Wagen, schnallte sich an und sagte eine Zeit lang nichts. Huber startete den Motor und fuhr an. 100 PS und 1,6 Liter ließen den Wagen eher ruckeln statt gleiten.

»Armes Österreich«, entfuhr es ihr, und er bemerkte, dass sie sich bemühte, mit ihrer Kleidung möglichst wenig mit dem Auto in Berührung zu kommen, ganz so, als befürchtete sie, sich mit irgendetwas zu infizieren. *Eine verwöhnte Zicke – auch das noch*, dachte er.

Auf der Fahrt vom Polizeipräsidium zur gerichtsmedizinischen Abteilung der Pathologie hingen beide ihren eigenen Gedanken nach. Sie fragte sich, ob es tatsächlich eine gute Idee gewesen war, sich der Polizei als Hilfe anzubieten, und er dachte, dass er es nicht mehr gewohnt war, eine Frau auf dem Beifahrersitz kleben zu haben.

Dann konzentrierte er sich aufs Fahren. Die Bremsen des Toyota zogen beim Anhalten ein wenig nach rechts. Doch Huber war seit vielen Jahren mit seinem Wagen vertraut, vertrauter als mit den meisten Menschen, die er kannte, und konnte sich diese Eigenheit beim Anpeilen einer Parklücke auf der rechten Seite zunutze machen.

Huber und Grassetti betraten die große Eingangshalle des pathologischen Instituts und richteten ihren Blick auf die Hinweistafeln. Der Weg zur Rechtsmedizin führte in den Keller. Grassettis Schuhabsätze klackerten auf dem Fliesenboden, doch Huber ignorierte die unangenehmen Geräusche. Er versuchte, sich selbst zu beruhigen, denn er hatte gegenüber Grassetti vergessen zu erwähnen, dass er den Anblick von totem Fleisch hasste.

Der Raum, den sie betraten, war groß, kalt und abweisend. Die Fensterscheiben waren weit über Kopfhöhe der meisten Menschen angebracht und bestanden aus milchig getöntem Glas, wodurch ein Hinein- und Hinausschauen verhindert wurde. Die ganze Einrichtung, falls diese Bezeichnung überhaupt angemessen war, bestand aus vier in Reihe gestellten Metalltischen sowie zwei tiefen Keramikwaschbecken. Die Wände waren mit weißen und der Boden mit grauen Fliesen gekachelt. Auf dem Boden befanden sich mehrere Abflüsse für die tägliche Reinigung und Desinfektion. In einer Ecke lag ein zusammengerollter Wasserschlauch. Alles erinnerte an den Hinterraum einer Metzgerei. Auf zwei der vier Tische lag je eine Leiche. Eine der Leichen war mit einem grünen Tuch abgedeckt, so dass nur die Konturen eines menschlichen, vermutlich männlichen Körpers zu erahnen waren.

Die Luft war geprägt vom beißenden Geruch des konservierenden Formalins; und die meisten, die zum ersten Mal diesen Tempel des Pathologen betraten, wurden sofort durch aufsteigende Übelkeit und einen drohenden Kreislaufkollaps zur Umkehr bewogen. Unter jedem der Sektionstische stand ein kleiner Trog, in dem die entnommenen Organe zunächst gesammelt wurden, um sie nach der Obduktion der Leiche wieder zuzuführen. Es war ethischer Grundsatz jedes Rechtsmediziners, dass ein Toter möglichst vollständig, wenn auch nicht unversehrt, zum Begräbnis oder zur Einäscherung freigegeben wurde. Den Hinterbliebenen war nach der Obduktion der Anblick des Verstorbenen meist untersagt. Sie sollten den geliebten Menschen so in Erinnerung behalten, wie sie ihn vorher gesehen haben: mit rosigem Teint und friedlichem Blick und nicht mit nur notdürftig verschlossenem Bauchraum und abgetrennter Schädeldecke.

Huber ging auf den Pathologen zu, trat dicht an dessen Ohr und flüsterte etwas hinein. Der Arzt reagierte sofort und öffnete, ohne zu antworten, eine große Doppeltür zu einem Nebenraum. Dann ging er zurück zum ersten Tisch und schob die darauf befindliche Leiche in den zweiten Raum hinein. Ohne diesen Vorfall zu kommentieren, kam er zurück und wendete sich freundlich Grassetti zu. »Wir haben nicht oft Besuch hier unten. Roulet«, sagte er und reichte ihr die Hand. Er hatte sich noch keine Handschuhe übergestreift, und so willigte sie in die Begrüßung ein.

»Raphaela Grassetti.« Sie sah den Pathologen freundlich an. »War das mein Onkel, den Sie da gerade hinausgeschoben haben?«

Roulet schaute zu Huber und war erstaunt über die unverblümte Frage. Einen kurzen Augenblick zögerte er, entschied sich dann aber, ihr die Wahrheit zu sagen. Er nickte mit einer Geste, die wie »Herzliches Beileid« wirkte.

Huber unterbrach die peinliche Szene. »Ich werde mich nie an diesen Geruch gewöhnen«, murmelte er in Roulets Richtung.

»Sie glauben, der Anblick sei für mich unzumutbar?«, fragte Grassetti und dankte dem Arzt für sein Taktgefühl. »Es macht doch gar keinen Unterschied, ob ich mir nur vorstelle, wie er nach der Obduktion aussehen könnte, oder ob ich es de facto auch sehe.«

»Es ist trotzdem nicht nötig, denn die Stichwunden sind absolut identisch. Es reicht, sich diesen Mann hier anzuschauen.« Roulet sah betroffen aus. »Er hat ein fremdes Gesicht, *das* macht den Unterschied.«

Raphaela nickte und gab sich mit dieser Erklärung zufrieden. Was hätte es für einen Sinn gehabt, sich mehr als nötig zu quälen? Der Mediziner schritt zu dem blanken Tisch, auf dem das Opfer Nr. 2 lag, und nahm das ihn bedeckende grüne Tuch ab.

Huber hielt sich ein zerknautschtes Taschentuch vor Mund und Nase und wandte sich angewidert von dem offenen Leichnam ab, sodass er nur aus dem Augenwinkel den geöffneten und gespreizten Bauchsitus wahrnahm. Auf dem Beistelltisch des Pathologen lag eine kleine elektrisch betriebene Kreissäge, mit der das Brustbein durchtrennt worden war, um Zugang zu Herz und Lungen zu bekommen – sowie diverse andere Instrumente, die griffbereit nebeneinanderlagen. Wohin Huber auch schaute, selbst nach zehn Jahren Ermittlungstätigkeit ließ ihn der Anblick eines toten Menschen nicht kalt. In diesem Augenblick klingelte sein Handy, und er war zutiefst dankbar dafür, sich für einen Augenblick entfernen zu können.

»Huber.«

»Sind Sie noch in der Pathologie?«, begann Lorenz, ohne seinen Namen zu nennen, da die Nummer ohnehin auf dem Display des Handys zu lesen war.

Huber nickte. »Ja sicher, Chef.«

»Wir wissen jetzt, wer der zweite Tote ist. München hat soeben angerufen. Das genetische Gutachten liegt vor. Er ist in Deutschland schon eine Weile aktenkundig.« Huber hörte im Hintergrund das Rascheln vom zügigen Umblättern mehrerer Seiten.

»Schwere Körperverletzung und Diebstahl. Er heißt Bukowski. Harald Bukowski. 1 Meter 87 groß, braune Augen, Blutgruppe A, Rhesus positiv. Er hat eine Liste von Straftaten, die so lang ist wie die Liste eines Einkaufszettels vor dem nahenden Dritten Weltkrieg.« Lorenz lachte laut auf. Er fand seine eigenen Witze immer unwiderstehlich. Wenn sich Huber Vergünstigungen wie ein paar Tage Urlaub oder einen etwas früheren Dienstschluss erhoffte, lachte er mit, sonst nicht.

Von ferne betrachtete er, wie Raphaela Grassetti dem Sektionstisch zugewandt dastand. Sie schaute zu ihm herüber und schien sich noch nicht sicher zu sein, wie lange sie sich den Anblick des Toten noch zumuten wollte. Schließlich war eine junge Frau ihres Formats nicht täglich mit aufgeschlitzten Leichen zusammen. Huber näherte sich den beiden nur widerwillig.

»Grassetti klingt irgendwie südländisch«, bemerkte der Pathologe, ohne sie anzuschauen.

»Mein Vater war Italiener.«

»War?«

»Er ist letztes Jahr an einem Herzinfarkt gestorben. Zu viel Stress.« Roulet blickte auf.

»Wie alt ist er geworden?«

Huber schlich sich langsam an den OP-Tisch und damit an den widerwärtigen Geruch heran. Trotz des Ekels, den er empfand, wollte er gerne die Unterhaltung mitbekommen.

»Siebenundfünfzig. Er war übrigens ein Kollege von Ihnen.« Roulet schluckte. Er selbst war nur ein Jahr älter als Raphaelas Vater zum Zeitpunkt seines Todes.

»Auch in der Gerichtsmedizin?«

»Internist in Rom«, antwortete sie einsilbig. Die Unterhaltung machte ihr zusehends Mühe, und sie spürte, dass sie noch nicht vollständig über den Verlust ihres Vaters hinweggekommen war – und nun auch noch ihr Onkel.

Roulet wechselte das Thema. »Huber, kommen Sie mal. Das wird Sie interessieren.« Der Kommissar lehnte sich über die geöffnete Leiche und versuchte dieselbe Begeisterung für die Innereien des fettleibigen Mannes aufzubringen. »Ich habe noch nie einen derart breiten Schnitt gesehen. Wenn Sie sagen, es war kein Messer, was war es dann?«

Huber wandte sich ab und trat einen Schritt zurück. Er musste Luft holen. Grassetti kam ihm zu Hilfe. »Es war ein Lanzenstich, genau wie bei meinem Onkel. Von einer wahrscheinlich 1200 Jahre alten karolingischen Flügellanze.«

✣ XVII ✣

Zu Hause angekommen, versuchte Schneider, seine Emotionen wieder in den Griff zu bekommen, doch es gelang ihm nicht. Stattdessen ertappte er sich dabei, dass er ungewöhnlich viele Lichter im Haus anknipste und verstohlen hinter den Türen nachsah. Doch wie sollte man in dieses Haus eindringen, ohne die gesamte Nachbarschaft aufzuschrecken? Das Horn der Alarmanlage hatte eine Schallkapazität von vielen Dezibeln, und der Alarm wäre über die Dächer bis ans Ende der Straße gedrungen, falls jemand auf die idiotische Idee gekommen wäre, bei Dr. Richard Schneider einzubrechen.

Einem Impuls nachgebend, ging er in den Keller. Nicht nur, um nachzusehen, ob die Lanze noch an ihrem angestammten Platz war, sondern um sich mit ihr zu treffen, ihr zu begegnen und sich mit ihr und ihrer Aura zu vereinen. Diesmal jedoch mischte sich zu der Verehrung, dem Stolz und der Machtgier noch ein anderes Gefühl. Angst und damit eine Empfindung, die ihm bisher fremd gewesen war. Wovor oder vor wem er Angst hatte, konnte er gar nicht genau benennen, doch das Gefühl war durchaus real. Die Angst war neu in diesem Raum und in seinem Kopf. *Was ist bloß anders als vorher*, fragte er sich. Mit welchem Recht wagte es die Angst, sich seiner zu bemächtigen?

Rein äußerlich war in Schneiders Haus alles wie immer. Die Möbel standen an ihrem Platz, das schmutzige Geschirr türmte sich im Spülbecken, und die Zahnpastatube war offen und am Verschluss verkrustet. Kein Grund zur Sorge also. Das jedenfalls redete er sich ein. Der Haushälterin hatte Richard schon vor einiger Zeit gekündigt, und als die Ereignisse mit seinem Vater und den Tagebüchern ihren Lauf nahmen, war er über diese Entscheidung froh gewesen. Doch jetzt, als er sich das Chaos in seinem Haus ansah und sich vollkommen unfähig fühlte, es zu beseitigen, bereute er seinen Entschluss. Zudem hatte er das Bedürfnis, irgendein vertrautes menschliches Wesen um sich zu haben, selbst wenn es nur eine untersetzte spanische, ewig trällernde Haushälterin war. Eigentlich war Maria eine Perle, und er wusste es. Wie hätte Richard, nachdem ihn seine Frau verlassen hatte, überhaupt zurechtkommen sollen? Doch nun, wo er keinerlei Zeugen seines Treibens gebrauchen konnte, empfand er sie als zu gefährlich. Mit der Lanze in seinem Besitz konnte er sich bald zehn Marias leisten, die von früh bis spät um ihn herumhuschten und ihm jeden Wunsch von den Augen ablasen – auch solche, die nichts mit dem Haushalt zu tun hätten.

Die Stufen unter seinen Schuhen klangen an diesem frühen Nachmittag seltsam hart, und er ging sie bedächtig, nicht übereilt. Seltsamerweise schwitzte er so stark, dass das Hemd an seinem Bauch klebte. Auch sein Atem und sein Puls beschleunigten sich. Er tippte die neunstellige Kombination in das Display des Safes ein und öffnete die Tür. Seine Muskeln waren ungewohnt verspannt, und fast hätte er es nicht geschafft, den Raum zu betreten. Eine eigenartige Furcht bemächtigte sich seiner, als würde hinter dieser Tür jemand auf ihn warten, der ihm nicht wohlgesonnen war. Die schwere Tür öffnete sich dennoch wie gewohnt.

Der Anblick der Lanze war an diesem Tag nicht ausschließlich von glückseliger Euphorie begleitet. Oh ja, sie war immer noch wunderschön, kein Zweifel, ein herrlicher Zeitzeuge vergangener Epochen, siegreicher Kämpfe und teuflischer Intrigen. Doch als er sie aufnahm, war es, als hätte er ein missgebildetes Kind auf dem Arm, das obendrein nicht von ihm stammte. Er empfand sie mit einem Mal nicht mehr als Beglückung und Bereicherung, nicht mehr als Segen und Glücksbote, sondern als Fremdkörper und Eindringling. Die Wunde an seinem Finger pochte heftig, als wollte sie herausschreien, durch wen sie entstanden sei.

Schneider hielt die Lanze jetzt weit von seinem Körper weg. Seltsame Empfindungen krochen in ihm hoch, Abscheu oder Übelkeit und wieder diese verfluchte Angst. Er sah sich in dem kleinen Raum um, doch dort war niemand, zumindest niemand, den man mit menschlichen Augen hätte sehen können. Die letzten Worte seines Vaters hämmerten höhnisch in seinem Hirn: *Und verletze dich um Himmels willen nie an der Spitze der Lanze. Du würdest es nicht überleben.*

Der Schweiß tropfte von seiner Stirn auf den grauen Betonboden. Schnell legte er die Lanze wieder ins Regal zurück und wischte sich die Hände an seiner Jacke ab, als könnte ihn dies von aller Schuld reinwaschen. Doch das vergossene Blut zweier Menschen klagte ihn an, daran war nichts zu ändern.

Das Verlassen des begehbaren Safes glich eher dem langsamen Rückzug vor einem imaginären Feind, und er war sich nicht sicher, ob er es noch einmal schaffen würde, diesen Ort aufzusuchen. Welch unheilige Wahrheit verbarg diese Waffe? Die Tür fiel mit einem dumpfen Klacken ins Schloss. Die Lanze war jetzt verriegelt und verrammelt, und er fühlte sich ein wenig wohler.

Richard schlich durch die Räume seines Hauses, und plötzlich fiel ihm ein, dass es langsam an der Zeit war, in der Firma den Beginn einer neuen Erfolgsserie zu feiern. Jetzt, da die Lanze in seinem Besitz war, würde schließlich der Segen auf seiner Seite sein, so wie sie zu allen Zeiten den Menschen zu Ruhm und Wohlstand verholfen hatte. Er ging fest davon aus, dass es einen sprunghaften Anstieg der Börsenkurse geben würde, also den Sieg in der modernsten aller Schlachten. Außerdem hielt er es für eine gute Idee, sich nach all den Erfahrungen der letzten Wochen abzulenken. Er wollte raus aus seinem Haus. Die Leere darin war erdrückend, und er verspürte den starken Drang, unter Menschen zu kommen, besonders unter jene, mit denen er befreundet war oder die er kommandieren konnte.

Im Wagen versuchte er, die bedrückte Stimmung abzuschütteln. Ein Konglomerat verworrener Gefühle, die in eine vernünftige Spur geführt werden mussten: Da war die Trauer über den Tod seines Vaters, die bedrohlichen Wahrheiten über diese ominöse Gesellschaft und vor allem die Furcht vor einem Aufdecken seiner abscheulichen Taten. All dies beschäftigte ihn, doch nicht in einer Weise, die ihn reumütig gemacht hätte. Dass unmittelbar durch seine Hand ein Mensch gestorben war, kümmerte ihn wenig, und dass er indirekt der Auftraggeber eines weiteren Mordes war, noch weniger. Schließlich musste sich alles einem höheren Ziel unterordnen, und dass ein oder zwei Menschen den Tod dabei fanden, erschien ihm nur legitim.

✣ ✣ ✣

Mosche hielt das schwere Buch über Numismatik auf seinem Schoß. Er besaß nun die uneingeschränkte Aufmerksamkeit seiner beiden Zuhörer. »Ich wusste, dass ich diese Münzen schon einmal irgendwo gesehen hatte.« Mosche zeigte mit dem Finger auf drei Fotos, auf denen antike Münzen abgebildet waren. »Es ist genau so, wie ich es auf dem Grabhügel vermutet habe. Seht her. Das erste Foto zeigt eine Münze aus der Zeit um 29 nach Christus.« Mosche drehte das Buch zu Lea und Smith um.

»Auf der Vorderseite der Münze ist ein sogenanntes ›simpulum‹ zu sehen und ringsumher die griechische Aufschrift ›Tibeíou Kaísaros‹, mit anderen Worten: ›des Kaisers Tiberius‹.«

»Was bitte ist ein ›simpulum‹?«, fragte Lea.

»Eine Art Trankopfergefäß. Es wurde zur damaligen Zeit für heidnische Kulte benutzt.«

Lea nickte. Einstweilen genügte ihr diese Antwort. Mosche schlug eine Seite um. »Auf der Rückseite der Münze sind drei zusammengebundene Gerstenähren zu sehen und der Name der Kaiserin ›Joulia Kaisaros‹. Diese Münze ist definitiv aus dem Jahr 29, also ›LIS‹. Doch jetzt passt auf.« Mosche sah sich im Restaurant zu allen Seiten hin um, als befürchtete er, belauscht zu werden. Dann tippte er begeistert mit dem Finger auf das nächste Bild. »Hier seht ihr«, und nun sprach er deutlich leiser als vorher, »ein Abbild der Münzen, die in der Grabkammer lagen. Ganz deutlich ist auf der Vorderseite das ›lituus‹, der Augurenstab, und im Kreis der Name des Kaisers Tiberius zu sehen.« Smith und Lea rückten dichter zusammen. »Auf der Rückseite finden wir das gleiche Bild wie auf den Münzen, die wir gefunden haben: einen Kranz von Ähren und in der Mitte, ganz deutlich zu lesen, unser ›LIZ‹.« Wieder schlug Mosche eine Seite um. »Okay, das letzte Bild ist eigentlich nicht mehr wichtig, aber es zeigt die Münze, die ein Jahr später geprägt wurde. Sie sieht ähnlich aus wie die vorige, nur dass eben in der Mitte nun ›LIH‹ steht, sie also aus dem Jahr 31 stammt.« Mosche lehnte sich in seinem Korbsessel zurück, der sich seiner Körperform knatschend anpasste.

Der Professor ergriff das Wort. »Gute Arbeit, Mosche. Wirklich unglaublich. Doch wieso sind keine Bilder des Kaisers oder von Pilatus auf der Münze?«

»Ganz einfach. Weil der Kaiser und der Statthalter zu jener Zeit ausnahmsweise das Bilderverbot der Juden respektierten. Doch schon der Sohn von Herodes, Philippus, setzte sich wieder darüber hinweg. Deshalb ist der zeitliche Rahmen für die Verbreitung der Münzen so gut einzugrenzen.«

»Und was hat es nun mit diesem Gefäß auf sich?«, fragte Lea und beugte sich zu Mosche vor.

»Das ›simpulum‹ diente den heidnischen Priestern als Schöpfkelle. Sie schmeckten den Wein damit ab, den sie anschließend dem Tier, das geopfert werden sollte, über den Kopf schütteten. Man ging eine Zeit lang davon aus, dass Pilatus diese Münzen aus reiner Provokation prägen ließ. Da er kein Bildnis des Kaisers verwenden durfte, verhöhnte er die religiösen Gefühle der Juden eben auf andere Weise. Es gibt eine Schrift von einem jüdischen Philosophen, der von 15–45 nach Christus gelebt hat und der Pilatus in seiner Schrift ›Legatio ad Gajum‹ als unbeugsamen, eigenwilligen, boshaften und unversöhnlichen Menschen beschreibt. Wenn es eine Möglichkeit gab, die Volksmenge zu kränken – Pilatus war dabei. Er liebte Hinrichtungen und unvorstellbare Grausamkeiten.«

»Was hatten diese Münzen denn damals für einen Wert?«, fragte Lea mit wachsendem Interesse.

»Nun, die Frage ist schwer zu beantworten. Es kursierten ja eine Menge Münzen im Land. Es gab den Aureus, die Goldmünze, die 25 Denare wert war. Für einen Denar bekam man 4 Sesterze, die entsprachen 8 Dupodien, die wiederum waren 16 Asse wert und so weiter. Der Denar war eine Silbermünze, alle im Wert darunterliegenden waren aus Messing oder Kupfer. Die meisten Münzen waren natürlich reine Zahlungsmittel, aber die Münzen des Pilatus hatten darüber hinaus einen hohen symbolischen Wert, und wer sie stahl, konnte sich auf eine deftige Strafe gefasst machen. Der Dieb erklärte damit nämlich zugleich, dass er sich den heidnischen Riten und Kulten nicht unterwerfen wollte, und gab sich so als Staatsfeind zu erkennen. Juden wurden von den

Besatzern ja ohnehin gehasst, aber aufsässige Juden waren den Römern mehr als verhasst und landeten vermutlich sehr häufig am Kreuz.«

Auch der Professor lehnte sich nun zu Lea und Mosche über den Tisch, als dürfe niemand dieses konspirative Gespräch mitbekommen. Seine Worte waren fast ein Flüstern geworden. »Damit beweisen wir aber doch nur, dass die Toten nicht vor 30 nach Christus dort bestattet worden sind, aber wir können nicht mit Genauigkeit sagen, wie viele Jahre die Münzen schon im Umlauf waren.«

»Ich schätze, dass die Toten exakt im Jahr 30 nach Christus gestorben sind. Sobald nämlich eine neue Münze geprägt wurde, verlor die vorige an Wert. Es ging damals nicht in erster Linie darum, aus welchem Material die Münzen bestanden, sondern darum, wie viele man davon als Tauschmittel besaß und um welche Art es sich handelte. Man wog sie nicht, sondern zählte sie. Akzeptanz und Wert wurde ihnen also nicht durch den Metallwert verliehen, sondern ihre sogenannte ›forma publica‹, das heißt, ihr richtiges Aussehen war entscheidend. Um im heutigen Jargon zu sprechen: Wer trendy sein wollte, besaß stets die aktuelle Prägung, identifizierte sich damit nach außen hin mit den Herrschern und war sich der Gunst der Obrigkeit sicher. Die Verwendung der richtigen Münzen war so eine Art Loyalitätsbeweis, versteht ihr?«

Mosche lehnte sich erneut zurück, als das Essen gebracht wurde. Es war allen dreien unangenehm, dass ihre Stimmen so plötzlich verstummten, und selbst dem Kellner fiel die spontane Unterbrechung auf.

Während sie das Essen mit großem Genuss verspeisten, sprachen die drei kaum ein Wort miteinander. Jeder schien seinen Gedanken nachzuhängen, um all die Informationen, die irgendwie nicht zusammenpassen wollten, zu verarbeiten. Smith sezierte seine Pizza dabei nach Kriterien, die wahrscheinlich nur er allein kannte. Mosche und Lea vermuteten, dass die Verträglichkeit der Zutaten der entscheidende Gesichtspunkt für die Auslese war, und so wurde auch verständlich, dass nach und nach alle Zwiebeln und Bohnen an den Rand des Tellers verbannt wurden.

Nach einer Weile fand Mosche als Erster die Sprache wieder. »Habt ihr etwas dagegen, wenn ich nach dem Essen mit ins Institut komme? Zeit genug hätte ich noch.« Smith und Lea sahen sich an, und während Lea noch auf ihrem letzten Bissen Pizza herumkaute, wandte sie sich Mosche zu. »Ich habe eigentlich nichts dagegen, sofern du dich an unsere Spielregeln hältst.«

»Sterilität und all das?«, fragte Mosche neckend.

»Im Grunde genommen gibt es keine Sterilität, sondern nur Keimverarmung, und wenn du sagst, dass die Toten an sich ja auch nicht steril sind, hast du sicher Recht. Aber es geht darum, keine *fremden* Keime einzuschleusen, die den Zersetzungsvorgang beschleunigen. So sind nun einmal die Bestimmungen.«

»Also wenn ich etwas zu sagen hätte, was ja nicht der Fall ist«, mischte sich nun der Professor mit schelmischem Unterton ein, »dann würde ich deine Anwesenheit sehr schätzen.«

»Also dann. Eigentlich bin ich ja nur auf das Ergebnis aus Harvard gespannt, das ist der einzige Grund«, scherzte Mosche.

Gemeinsam verließen sie das Lokal und machten sich auf den Weg zurück zum Institut.

Es war gegen fünfzehn Uhr, als ein Gespräch aus den USA in das Büro des Instituts durchgestellt wurde. Smith eilte zum Apparat und presste die Muschel an seine Ohren. »John, schön, dass du anrufst. Wie weit seid ihr mit euren Untersuchungen?«

Wagner begrüßte Smith kurz und mit einer für den Professor ungewohnten Kälte in der Stimme: »Harvey, ich weiß nicht so recht, was ich von den Proben, die ihr uns geschickt habt, halten soll. Wenn ich ehrlich bin, fühle ich mich ein wenig von dir verschaukelt.«

»Warum? Was ist denn los? Es hat alles seine Richtigkeit«, beschwichtigte ihn Smith.

»Na schön«, begann Wagner. »Leiche Nr. 1 lässt sich mit ziemlicher Sicherheit auf den Zeitraum zwischen 25 und 35 nach Christus datieren. Leiche Nr. 2 entstammt exakt derselben Zeit, aber Leiche Nr. 3 kann keine 2000 Jahre alt sein. Euch wird ja wohl nicht entgangen sein, dass der gute Mann eine Gebisssanierung der Neuzeit aufweist. Wir haben die radiologischen Befunde einer kleinen Gruppe von Spezialisten für dentale Implantologie vorgelegt, ohne natürlich zu verraten, um wen es sich bei diesem Mann handelt. Sie haben mir übereinstimmend berichtet, dass die moderne Implantologie erst in den letzten 20 Jahren zu solch einer Perfektion herangereift ist, wie wir sie bei eurem Freund gefunden haben …«

»Wenn ich dich einmal unterbrechen darf, John. Das wissen wir alles auch schon. Ein israelischer Zahnarzt hat sich bereits die Zähne angesehen und hat uns genau das Gleiche erzählt. Was haben denn nun die ^{14}C-Analysen ergeben?«

»Harvey, das ist das Verrückteste, das ich je erlebt habe – und warum ich so sauer auf dich war … oder bin. Ich dachte, du wolltest uns einen Streich spielen. Also pass auf: Wir haben zweierlei Messungen durchgeführt. Zunächst die herkömmliche Radiokarbonmethode, und dann haben wir außerdem versucht, nicht nur das Knochencarbonat, sondern auch das Kollagen zu extrahieren. Das Kollagen haben wir in seine einzelnen Aminosäuren gespalten und für die ^{14}C-Bestimmung nur die reinen Aminosäuren verwendet, die für Knochenkollagen so charakteristisch sind. Wir haben es zigmal durchgerechnet und immer wieder dieselbe Messung durchgeführt. Und jetzt pass auf: Das Skelett ist mit einer Wahrscheinlichkeit von 98 Prozent fast 2000 Jahren alt, genau wie die anderen beiden Skelette auch. Es scheint keinen Zweifel daran zu bestehen, wie sehr wir uns auch drehen und wenden.«

»Sind die Proben schon wieder auf dem Weg zu uns?«

»Ja, sie sind heute rausgegangen. Ich wollte nur vorher schon einmal mit dir sprechen. Wir haben übrigens noch etwas anderes gemacht, und zwar eine genaue Analyse der Zähne. Man kann die Beschaffenheit des Wurzelzementes wie die Jahresringe von Bäumen beurteilen, um herauszufinden, wie alt das Individuum zum Zeitpunkt seines Todes war. Der Tote Nr. 1 war circa 25 Jahre, der Tote Nr. 2 27 Jahre und Nr. 3 muss so um die 57 Jahre alt gewesen sein.«

»Das beantwortet aber nicht die Frage, wie diese Befunde zusammenpassen, John.«

»Also gut. Sprechen wir das Unaussprechliche aus. Der Tote Nr. 3 muss oder könnte ein Mensch aus der Zukunft sein.« Smith ließ fast den Hörer fallen. Natürlich hatten Lea und er eine derartige Lösung in ihrem Unterbewusstsein bereitgehalten, doch sie durfte nicht einmal erwähnt werden, bevor alle Untersuchungsergebnisse schwarz auf weiß vorlagen.

»Harvey? Bist du noch da?« Smith schluckte und hatte sich auf einen Stuhl gesetzt.

Wagner sprach weiter. »Ich kann dir zurzeit noch keine Erklärung für das alles geben und rate dir, mit niemandem außer mit den engsten Mitarbeitern darüber zu sprechen. Vielleicht entpuppt sich ja alles als Irrtum oder Messfehler oder etwas anderes Absurdes.«

»John, ich sag es dir nur ungern, aber ich denke, du spinnst. Ich weigere mich definitiv an die Möglichkeit eines Toten aus der Zukunft zu glauben! Dafür bin ich nicht Wissenschaftler geworden, um mich jetzt haltlosen Theorien hinzugeben.«

»Beruhige dich, Harvey. Es geht mir ja genauso wie dir, nur dass ich vielleicht etwas offener für das Unmögliche bin als du. Die ^{14}C-Bestimmungen wurden alle von mir persönlich durchgeführt, sodass niemand hier Wind davon bekommen hat. Ich habe ein paar der besten Physiker gestern Abend in den Rotary Club eingeladen und mich mit ihnen scheinbar ganz beiläufig bei einem guten Glas Rotwein unterhalten. Wir haben ein paar Witze gemacht, und irgendwann habe ich sie gefragt, ob eigentlich noch Forschungen wegen Zeitreisen und dergleichen unternommen werden. Harvey, ich bin fast aus den Pantoffeln gekippt: Die Wissenschaftler sind schon viel weiter, als du dir vorstellen kannst. Es gibt zahlreiche Versuche, bei denen lebende Materie entmaterialisiert und die Molekularstruktur an einem anderen Ort und vor allem in einer anderen Zeit wieder zusammengesetzt wird. Bisher sind zwar nur Versuche mit Hunden gemacht worden, aber es klappt. Gut, es hat noch nie ein Hund überlebt, weil das Herz als autonomer Muskel nach der Entmaterialisierung keinen elektrischen Impuls mehr bekam, aber die Zeitsprünge an sich funktionieren.«

»John, hör zu. Wir sind gute Freunde, aber lass mich bitte mit diesen abstrusen Ideen in Ruhe. Ich werde jetzt auflegen und mit meinen Kollegen sprechen. Ich danke dir für deine Mühe. Und sei mir nicht böse, aber ich glaube, ich bin schon zu alt für diesen Blödsinn. Das ist Teufelszeug, was da betrieben wird.«

✣ ✣ ✣

Die Stimmung in der NIC war mehr als seltsam, als Schneider auftauchte. Er hatte erwartet, auf dem Boden verteilte Sektkorken und jubelnde Gesellschafter anzutreffen, die einander begeistert zuprosteten, doch das Gegenteil war der Fall. Als er die Tür öffnete, fiel sein Blick als Erstes auf die vier mal fünf Meter große digitale Bildschirmfläche, auf der ein erschreckendes Diagramm zu sehen war, das ein Junge in der zehnten Klasse mühelos hätte interpretieren können. Auf dem Diagramm war eine Linie zu sehen, die diagonal von oben links nach unten rechts verlief; nicht als Gerade, sondern eher in feinen Schlangenlinien, doch es war nicht zu übersehen, dass sie steil nach unten führte und im scheinbaren Nichts am unteren Bildrand in der Versenkung verschwand. Darüber prangte ein kleiner, fast unbedeutend wirkender Schriftzug: »Comequad international«.

Schneider suchte in der Menge der Leute, von denen niemand ein Sektglas in der Hand hielt oder ein strahlendes Lächeln im Gesicht trug, nach seinem alten Freund Gerd Blome. Die Umherstehenden machten Schneider sofort Platz, ja, sie wichen ihm regelrecht aus. Nicht nur, weil er ihr Chef und Geldgeber war, sondern weil er sich auf sonderbare Weise und für alle sichtbar verändert hatte. Wie schon beim letzten Mal hatte er tiefe, blutunterlaufene Ränder unter den Augen, die Haare klebten auf dem Kopf, und die Wangen schienen eingefallen zu sein. Man konnte deutlich sehen, dass Schneider in der letzten Zeit abgenommen hatte. Er fand Blome mit einem großen Glas Whiskey in der Hand, und es schien nicht das erste an diesem Tag gewesen zu sein.

»Was ist hier los, Gerd? Steh auf, Mann. Wie siehst du denn aus?«

»Das musst du gerade sagen. Sieh dich mal an. Hast du Fieber oder so?«, lallte Blome Schneider an und rülpste seine hochprozentige Fahne hinaus. »Wir können hier alle die Sachen packen, du Genie. Während du in Wien auf Entdeckungsreise warst, ist hier alles den Bach runtergegangen. Gestern war wieder dieser Typ hier, Rennigan oder so.« Blome nahm einen großen Schluck Jonny Walker aus dem Glas.

»Lennigan«, korrigierte ihn Schneider und riss die Augen auf. »Was wollte er um Himmels willen von uns?«

Blome lachte laut auf. »Gar nichts wollte er von uns. Geben wollte er uns etwas. Hunderttausend für den ganzen Laden.« Blome schwankte auf seinem Stuhl und fuhr fahrig mit dem Arm in der Luft herum. »Einen Tag vorher, als du nach Wien geflogen bist, war er schon einmal da und hat uns exakt auf den Punkt die Börsenergebnisse des nächsten Tages verkündet. Möchte wissen, woher er die hatte.«

Schneider wirbelte im Raum herum und schnauzte die anderen Mitarbeiter an. »Und was ist mit euch? Das sind doch nicht die einzigen Geschäfte, die ihr tätigt. Vergesst die bescheuerten Comequad-Papiere. Wir haben noch mindestens fünfzehn andere Pferdchen am laufen.«

Die blassen Gesichter der teilweise recht jungen Mitarbeiter wurden noch bleicher, und ihnen stand Furcht im Gesicht. Sie wagten nicht, einen Ton herauszubringen, und schauten hilfesuchend zu Blome hinüber. Der rappelte sich auf und versuchte sich einigermaßen gerade vor Schneider aufzubauen. »Es war wie verhext, Richard. Von einem Tag auf den anderen sind wir komplett pleite. Der Typ hat in allen Punkten Recht behalten. Wie kann er das wissen? Verdammt!« Blome zog Schneider mit sich in eine ruhigere Ecke des Großraumbüros. »Hör mal, Richard, ich bin zwar dein Freund, aber die Sache in Wien ist ja wohl gehörig schiefgelaufen, oder nicht?« Schneider stutzte.

»Inwiefern?«

»Hey, das schreiben doch alle Zeitungen von Flensburg bis Italien. Die Lanze, von der du erzählt hast, ist gestohlen und der Wachmann dabei getötet worden. Und dann war da noch ein zweiter Mann in der Zeitung, der auf dieselbe Weise ums Leben gekommen ist wie der Wachmann. Und soll ich dir was sagen?« Blome boxte Schneider vor die Brust und fing erneut an zu wanken. »Wenn mich nicht alles täuscht, war der Typ auf dem Foto Bukowski, der miese Hund. Oder etwa nicht? Korrigier mich ruhig, wenn ich Scheiße rede.«

»Ich habe damit nichts zu tun, Gerd, glaub mir. Bukowski war schon vor mir da, hat den Wachmann umgelegt und die Lanze geklaut – und irgendjemand muss sie dann Bukowski abgenommen und ihn getötet haben.«

»Hör zu, Richard. Ich bin zwar besoffen, aber nicht bescheuert. Du willst mir doch nicht im Ernst erzählen, dass du dir die Lanze von Bukowski hast wegschnappen lassen. Warum sollte ausgerechnet Bukowski die Lanze wollen?« Blome schnaubte verächtlich. Schneider zuckte mit den Achseln und versuchte, so unbescholten wie möglich zu wirken.

»Du meinst, diese Typen von dieser Dings, diesem ›THE Lu‹-Club haben das Teil?«

»Gerd, ich weiß es nicht. Ich weiß nur, dass wir alle hier ganz schön im Dreck stecken, und ich will nicht mit diesen Morden in Verbindung gebracht werden. Kann ich auf dich zählen?«

Blome plusterte die Wangen auf und blies Schneider erneut seine ranzige Alkoholfahne ins Gesicht. Dabei hielt er seine Augen zur Hälfte geschlossen. »Wenn du noch Kohle hättest, würde ich dich jetzt fragen, was dabei für mich rausspringt, aber du bist ja jetzt selber ein armes Schwein. Selbst wenn ich dir den Quatsch mit Bukowski und dem Wachmann abkaufe – wichtig ist, dass die Bullen das auch tun. Sie werden hier sicher bald aufkreuzen oder bei dir zu Hause, und sie werden dich nach deinem Alibi fragen.« Schneider wich angewidert zurück. Doch Blome rückte ihm erneut auf den Pelz, und als er ganz dicht vor ihm stand, fragte er: »Und? Hast du eins?«

Schneider bemühte sich, unbekümmert zu wirken. »Klar hab ich eins. Ich war die ganze Zeit hier. Das wirst du doch bezeugen, Gerd? Das tust du doch für mich, oder?«

»Schon möglich, aber es sind dir ja nicht alle so wohl und loyal gesonnen wie ich. Manch einer von den Burschen hier würde dir nur zu gerne den Kopf abreißen. Schätze, das mit dem Alibi in der Firma kannst du vergessen. Da musst du dir schon was Besseres einfallen lassen. Außerdem ist es ja wohl leicht nachzuvollziehen, dass du mit einem Mietwagen gefahren bist. Kreditkarte und so.«

Schneider grinste prahlerisch und vergaß für einen Augenblick seinen Vorsatz, die Geschichte für sich zu behalten. »Ich habe alles auf den Namen H. Himmler gebucht. Genial, nicht?«

Blome verengte die Augen zu einem dünnen Schlitz. »Ich wusste ja schon immer, dass du ein bisschen verrückt bist, aber seit du diese Tagebücher gelesen hast, bist du völlig durchgeknallt.« Blome torkelte zu seinem Platz zurück und goss sich ein. In Anbetracht seines Alkoholgehaltes im Blut würde er am nächsten Tag die Unterhaltung vergessen haben.

Schneider wusste zum ersten Mal in seinem Leben nicht, wie er das Ruder in dieser verfahrenen Situation herumreißen sollte. Später, nach einigen Stunden fruchtloser Versuche, die Bilanzen noch irgendwie positiv zu interpretieren, verließ Schneider als Letzter die Firma. Zuvor setzte er Blome ins Taxi und beurlaubte die anderen Mitarbeiter auf unbestimmte Zeit. Er selbst streifte noch eine Weile wie ein Tiger durch die Räume, schaltete diverse Rechner aus und verabschiedete sich dann von seinem Schreibtisch. Für eine kurze Zeit saß er noch einmal in seinem mächtigen Ledersessel, legte in gewohnter Manier die Beine auf den Tisch und dachte nach.

Wieso war alles ganz anders gekommen, als er es sich erhofft und erträumt hatte? Bei ihm zu Hause lag die zweitwertvollste Reliquie aller Zeiten. Sie war sicher verwahrt und hatte sich so leicht stehlen lassen, als sei sie nicht mehr wert als eine billige Fälschung, die niemand anderes besitzen will. Überhaupt erschienen ihm rückblickend die Umstände des Raubes völlig irreal. Es schien, als entfalte die Lanze ihre magische Kraft nicht in der Weise, wie er es erwartet hatte. Er und all die vielen Menschen vor ihm, die die Lanze um jeden Preis in ihren Besitz gebracht hatten, trachteten doch ebenso nach Macht, Ruhm und Geld. Herrschaftsansprüche waren erfolgreich geltend gemacht und Siege errungen worden. Doch nichts von all dem trat in Schneiders Leben ein. Anstatt aus ihm einen mächtigen, reichen und angesehenen Mann zu machen, stürzte sie sein Dasein in eine tiefe Krise. Da überkamen ihn zum ersten Mal Zweifel an der Echtheit der Lanze. Aber warum gab sich ›THE Lu‹ solche Mühe, sie zu besitzen? Warum wollten Hitler und Himmler sie in den Händen halten, wenn jene allseits beschriebene mystische Wirkung ihr gar nicht innewohnte?

Die zweite mögliche Erklärung brachte Schneider noch mehr Verdruss. Konnte es sein, dass er kein würdiger Besitzer war, dass sich die Lanze nicht von ihm besitzen lassen wollte? Doch was war so falsch an ihm, fragte er sich. Waren all die anderen Ritter, Könige, Kaiser edler und erhabener als er selbst? Hatten nicht auch sie für die Lanze gemordet und mit ihrer Hilfe Tausende von Menschen in den Tod geführt? Hatten nicht auch sie nur ihren eigenen Vorteil im Sinn? Und war nicht bei allen der Wunsch nach berauschender Macht das vorrangigste Motiv?

Schneider fand keine Lösung für sein Dilemma, und er dachte nur noch an Flucht; Flucht vor der Polizei, vor dem Bankrott, vor seinem Vater und vor sich selbst. Einen Herzschlag lang dachte er an Selbstmord, an das wohlige Gefühl unbeschreiblicher Stille und Geborgenheit im Nichts. Doch das Spiel war noch nicht zu Ende. Während er so sinnierte, schoss ihm ein rettender Name durch den Kopf. Der Name eines Mannes, der vermutlich alles über die Lanze wusste, und dieser Mann hieß Montesi. Dieser Gedanke belebte und erfrischte ihn plötzlich, ließ neuen Mut durch seine Adern fließen und gab ihm die Kraft, sich von seinem Stuhl zu erheben und dem Büro vorerst Lebewohl zu sagen. Nur für die Zeit, die er brauchen würde, um die echte »Heilige Lanze« zu finden.

Wenn die Lanze in seinem Safe nicht die echte oder die ihm zugedachte war und wenn sein Vater von der Existenz einer anderen Lanze überzeugt war, dann gab es für ihn nur eines: Er musste diesen Montesi finden und aus ihm herausquetschen, wo die echte Lanze verborgen war.

Die nächsten Tage in Schneiders Leben waren von einer seltsamen Ruhe gekennzeichnet. Einer gespenstischen Ruhe im Sinne absoluter Ereignislosigkeit, ja, sogar Geräuschlosigkeit. Kein Telefon klingelte, kein Faxgerät spuckte ellenlange Werbeseiten aus, noch nicht einmal ein Brief kam. Hätte er nicht die Beerdigung seines Vaters vorbereiten müssen, hätte er das Gefühl gehabt, auf einer einsamen Insel zu leben, auf der er in völliger Abgeschiedenheit vergessen worden war.

Richard schlief so lange er wollte, wusch sich nicht, rasierte sich nicht und verkam nicht nur äußerlich. Die Wunde an seinem Finger nämlich blühte immer mehr. Der Schnitt wuchs einfach nicht in Form einer sogenannten primären Wundheilung zusammen. Stattdessen quoll das innen liegende Fleisch nach außen wie eine seltene Kakteenart, die ihr gelbes Sekret an die Welt abgibt. Bei genauem Hinsehen konnte man bis auf den Grund sehen, dort wo die Knochenhaut abgestorben war und den blanken Knochen zur Schau stellte. Schneider begann, sich selbst zu verarzten: Er badete den Finger in Solebädern, verband ihn mit mehr oder weniger frischen Mullbinden und schluckte tonnenweise Antibiotika.

Tagsüber las er die Tagebücher seines Vaters allesamt noch einmal durch. Er aß, wenn er hungrig war, und trank, wenn er durstig war, so wie an normalen Tagen, doch es waren beileibe keine normalen Tage. Denn er versuchte begierig, diesem Montesi auf die Spur zu kommen und aus den Schriften seines Vaters herauszulesen, was für ein Mensch das war. Außerdem wollte er in Erfahrung bringen, über welches Wissen dieser Mann verfügte. Die zentrale Frage war jedoch, wo genau er sich aufhielt. Schneider hatte herausgefunden, dass das abgelegene Kloster, in das Montesi vor über fünfzig Jahren eingezogen war und in dem er hoffentlich als alter Greis auch heute noch lebte, in der Toskana bei Buonconvento lag. Vielleicht war er aber auch schon tot. Oder senil, mit Alzheimer und Demenz geschlagen, einer, der nur dummes Zeug erzählte. Es galt, keine Zeit zu verlieren.

Nachdem Schneider die Tagebücher fast in- und auswendig kannte, versteckte er sie irgendwo im Haus, wo niemand sie suchen würde. Ganz sicher nicht im Safe, denn den versuchte er für eine gewisse Zeit zu meiden. Er verordnete sich selbst eine Art Lanzen-Abstinenz und beschloss, so bald wie möglich nach Rom zu fliegen und von dort mit einem Leihwagen in die Toskana zu fahren. Er musste unter allen Umständen diesen alten Mann finden. Koste es, was es wolle.

Drei Tage verstrichen, am vierten Tag fand die Beerdigung seines Vaters statt. Richard zog einen schwarzen Anzug an und stand mit ein paar Bekannten seiner Familie, die er noch dunkel von früher kannte, vor dem Grab. Der Pastor predigte irgendetwas von Vergebung und ewiger Seligkeit und dergleichen, aber Schneider hörte ihm nicht zu. Seiner Meinung nach gab es nach dem Tod nichts mehr, sodass es sich auch nicht lohnte, darüber nachzudenken. *Hier und jetzt gilt es zu leben, so gut es geht*, das war seine Devise. Das Gerede über diesen Jesus und einen gerechten Gott konnte er schon lange nicht mehr hören. Jesus war tot, wie all die anderen ach so klugen Männer vor ihm und nach ihm auch, und daran war nicht zu rütteln. Genau genommen verstand er gar nicht, warum religiöse Leute so viel Aufsehens wegen einer Lanze machten, die den Leib Jesu durchbohrt hatte. Schneider sah die Sache ganz anders: Für ihn war die Lanze deshalb verehrungswürdig, weil Jesus damit durchbohrt wurde, als er schon tot war. Seinem Tun und Treiben wurde damit symbolhaft ein Ende gesetzt. Sie besiegelte das Ende einer Ära von Gefühlsduselei, falschen Versprechungen und unerfüllter Hoffnungen. Was *ihn* an der Lanze interessierte, war die dunkle Komponente, die geheimnisvolle, mystische und unerforschte, die, die pure egoistische Macht verhieß.

Nach den üblichen Beileidsbekundungen der wenigen Anwesenden machte er sich wieder auf den Rückweg nach Hause. Den Leichenschmaus ließ er ausfallen.

Jetzt, da sein Vater tot war, empfand Richard sich als Erbe des väterlichen Nachlasses – und dazu gehörten auch die Tagebücher. Somit war es auch nicht mehr nötig, irgendwen zu fragen, wie er mit diesen Büchern verfahren solle. Es oblag seiner persönlichen Willkür, seinem Gutdünken, und er wollte sie als etwas betrachten, was ihm Geld und Ansehen verschaffte. So kam ihm schließlich noch im Auto die Idee, die Tagebücher zum Kauf anzubieten. Denn sie waren echt. Nachdem der »Stern« damals mit den gefälschten Hitlertagebüchern aufs Übelste reingefallen war, würde sich die Redaktion wohl nicht mehr auf so ein Geschäft einlassen, aber eine Anfrage beim »Spiegel« würde eventuell den gewünschten Erfolg bringen.

✣ XVIII ✣

Smith legte den Hörer behutsam auf und fand Mosche und Lea natürlich in erwartungsvoller Spannung vor. Er konnte aber immer noch nicht glauben, was sein Freund John Wagner ihm hatte erklären wollen. Deshalb sah er seine Freunde nur an und ließ sich auf einen Stuhl fallen.

»Du bist ja ganz blass, Harvey. Kann ich etwas für dich tun?«, fragte Lea besorgt. Auch jetzt antwortete Smith noch nicht. Plötzlich brach er in ein Lachen aus und schien gar nicht mehr aufhören zu können. Es war aber kein fröhliches, sondern ein fast verzweifelt klingendes Lachen, ein Ausdruck innerer Zerrissenheit.

»Was ist denn passiert, um Himmels willen?«, erkundigte sich Mosche.

»Um Himmels willen? Ich weiß nicht, ob dies der Wille des Himmels ist.« Smith schüttelte fortwährend den Kopf. Dann stand er abrupt auf und ging im Raum umher. »Also gut. Wagner war am Telefon und hat mir die Ergebnisse mitgeteilt.«

»Ja und?«, forderte Lea. Auch Mosche starrte den Professor an.

»Er sagt, wir müssen uns der Realität stellen.«

»Welcher Realität?«, flüsterte Mosche.

»Alle drei Toten stammen aus der Zeit 25–30 nach Christus. Auch der Tote Nr. 3.« Smith brüllte es den beiden fast zu. »Ja, der mit dem verkürzten Bein, den Keramikinlays, den Implantaten und der Stichwunde zwischen den Rippen.

Alles an dem ist zweitausend Jahre alt, und zwar nicht nur die Knochen, sondern auch die Implantate, die es erst seit 20 Jahren gibt. Peng! Was sagt ihr jetzt?« Smith war nicht mehr ganz Herr seiner selbst. Zum ersten Mal seit Lea ihn kannte, hatte er sich nicht mehr unter Kontrolle. Er schien die Fassung zu verlieren, weil er mit einer Tatsache konfrontiert wurde, die sich weder in sein wissenschaftliches noch in sein religiöses Weltbild einpassen ließ.

»Wie hat dein Freund versucht, das zu erklären?«

»Gar nicht«, rief er und wirbelte mit der Hand in der Luft herum. »Er sagte es so, als sei es das Selbstverständlichste von der Welt, dass der Tote aus der Zukunft stammt und dabei definitiv 2000 Jahre alt ist.« Smith setzte sich wieder hin und vergrub seinen Kopf zwischen den Händen. »Ich kann damit nicht umgehen, ich kann das einfach nicht. Na, die Ergebnisse kommen morgen, dann könnt ihr es selbst lesen.« Damit stand er abrupt auf, rückte seine Brille gerade und straffte seinen Rücken. »Wisst ihr was? Meine Arbeit in Jerusalem ist hiermit erledigt. Ich fahr nach Hause und werde alles schnell wieder vergessen.«

»Das kannst du nicht, Harvey. Vor zweihundert Jahren hat man es auch nicht für möglich gehalten, dass später einmal in jedem Wohnzimmer ein Apparat stehen würde, der Sendungen zeigt, die sogar live sind oder von einem anderen Platz der Erde übertragen werden. Oder dass Flugzeuge mit Überschallgeschwindigkeit den Himmel durchpflügen und dass man mit Mikrowellen Suppen erwärmt.«

»Lea hat Recht«, sagte Mosche. »Wir müssen uns der Zukunft stellen.«

Smith war entschlossen zu gehen. »Das will ich aber nicht. Ich komme da nicht mehr mit. Ich schaff das einfach nicht. Ich kann mit Mühe und Not einen Computer bedienen. Mehr als ein einfaches Textverarbeitungsprogramm und ein paar E-Mails bekomme ich nicht hin. Und dieser ganze neue Schnickschnack, mit dem wir tagtäglich überfallen werden … Ich bin zu alt dafür, meine Lieben, das weiß ich jetzt.«

Mosche eilte auf den Professor zu und hielt ihn am Ärmel fest. »Ich bin davon überzeugt, dass es eines Tages technisch gesehen vielleicht möglich sein könnte, einen Menschen durch die Zeit reisen zu lassen.«

Smith wirbelte herum. »Ach ja. Und warum laufen nicht in unserer Zeit Leute auf der Straße herum, die aus der Zukunft stammen? Touristen sozusagen, die sich mal wieder die guten alten Autos ansehen wollen, die, die noch auf dem Boden mit vier Rädern herumfahren und noch nicht fliegen können? Nein, nein, Freunde. So geht das nicht. Nicht mit mir.« Smith schüttelte heftig den Kopf und machte dabei einen fast hilflosen Eindruck. »Genau dieses Paradoxon will nicht in mein Hirn.«

Dann nahm der Professor seine Aktentasche vom Tisch, klemmte sie unter den linken Arm und wandte sich der Tür zu. »Ich komme morgen noch einmal vorbei, um mich zu verabschieden, aber jetzt brauche ich erst einmal Schlaf … sehr viel Schlaf.« Damit verschwand Harvey Smith aus dem Institut und ließ Lea und Mosche verdutzt zurück.

»Au Mann, den hat es ja erwischt«, bemerkte Mosche.

»Mir tut er leid. Ich habe mich gerade an ihn gewöhnt, auch wenn er recht launisch sein kann.«

»Mal abwarten, wie wir in dem Alter sind. Trotzdem. Es ist schade, dass er jetzt die Flinte ins Korn wirft. Er ist ein wandelndes Lexikon und weiß mehr als alle Leute, die ich kenne, aber eine Sache zu akzeptieren, die auf den ersten Blick absurd klingt, das scheint ihn zu überfordern.«

»Obwohl er als Wissenschaftler auch diese Fähigkeit besitzen müsste.«

»Nicht jeder hat alles. Ich dagegen finde es äußerst spannend, einer Sache nachzuspüren, die vielleicht erst in zwanzig Jahren erfunden wird.« Mosche rieb sich die Hände, als freute er sich auf eine Zeit zahlreicher Entdeckungen, die seinen Pioniergeist beflügeln würden.

»Freu dich nicht zu früh. Ich weiß ehrlich gesagt nicht, wie wir ohne ihn zurechtkommen sollen. Es gibt zwar eine Menge Archäologen in Israel, aber die sind mittlerweile noch verschrobener als Harvey. Wenn ich denen erzähle, dass wir einen Mann aus der Zukunft in einem 2000 Jahre alten Grab gefunden haben, werden sie alle Hebel in Bewegung setzen, um mich von meinem Posten zu entfernen und in einer geschlossenen Anstalt in Vergessenheit geraten zu lassen.«

Mosche lachte auf. »Da hättest du mit Sicherheit ein ruhigeres Leben. Also: Was wirst du jetzt tun?«

»Ich werde dort weitermachen, wo ich aufgehört habe, bevor der Professor kam. Jeden einzelnen Knochen vermessen, katalogisieren und abhaken.«

»Das klingt nicht besonders aufregend.«

»Ist es auch nicht. Aber was soll ich machen? Das ist nun mal ein Teil meines Jobs.«

»Ruf mich an, wenn die Ergebnisse aus Harvard zurück sind. Würde mich schon interessieren, was genau die dort herausgefunden haben.«

Lea nickte und machte sich an die Arbeit. Sie nahm die Auflistungen wieder hervor und begann mit dem Vermessen jedes einzelnen Knochenfragments.

Harvey Smith ließ sich am nächsten Tag nicht im Institut blicken, doch ein Anruf im Hospiz verriet Lea, dass er noch nicht abgereist war. Auch am dritten Tag gab es noch keine Spur von Smith. Lea fing an, sich Sorgen zu machen. Sie mochte den alten Professor mehr, als ihr bislang bewusst war.

Sie nahm sich vor, nach Harvey zu suchen, und schloss die langweilige Katalogisierung ab. Als sie vom Mittagessen zurückkam, kam gerade ein Postbeamter, der zwei Pakete aus den USA mit sich führte. Es waren die Proben, die sie nach Harvard geschickt hatten. Eine Weile stand sie unschlüssig vor den verschlossenen Kisten, weil es ihr unrecht vorkam, sie ohne den Professor zu öffnen. Einer inneren Stimme folgend, griff sie zum Telefon und rief im Hospiz an.

»Er ist unterwegs zu Ihnen, Frau Weizmann. Es ging ihm zwei Tage lang nicht besonders gut, doch heute Morgen war er plötzlich wie ausgewechselt.«

»Danke für die Auskunft, Frau Karem.« Lea war erleichtert. Ihr zweites Gespräch galt Mosche. »Hallo Mosche. Hast du Zeit vorbeizukommen?«

»Sind die Proben zurück?«

»Sie stehen hier. Ich habe mich noch nicht getraut, sie zu öffnen. Bei dem Gedanken, den Schädel eines Zeitreisenden in die Hände zu nehmen, läuft mir ein Schauer den Rücken hinunter. Der Professor soll auch auf dem Weg hierher sein.«

»Bin schon unterwegs. Gib mir fünfzehn Minuten.«

»Zehn.« Doch Mosche hatte schon aufgelegt. Lea ging in dem Raum, in dem zahlreiche Computer und Analysegeräte standen, auf und ab. *Noch zwei Minuten, dann geh ich rüber und pack die Proben aus,* dachte sie in dem Moment, in dem der Professor zur Tür hereinkam. »Hallo Lea, schön, dich zu sehen.«

Lea warf ihm einen verwunderten Blick zu und glaubte einen zehn bis zwanzig Jahre jüngeren Mann vor sich zu haben. »Was ist denn mit dir passiert? Du bist ja wie verwandelt.«

»Nun, also zunächst habe ich genau das gemacht, was ich angekündigt habe. Ich habe viel geschlafen. Und dann habe ich einen Tag Urlaub in Jerusalem gemacht, um mich auf andere Gedanken zu bringen. Ich war an der Klagemauer, beim Gartengrab und auf dem Ölberg. Ich habe Kontakt zu Gott gesucht, weil ich mit diesem paradoxen Gedanken an einen Zeitreisenden nicht zurechtkam. Was mir geholfen hat, war euer Hinweis, dass man vor einigen Jahren auch noch nicht gedacht hätte, dass es eines Tages möglich sein könnte, mit Rapsöl Auto zu fahren und unser Essen in der Mikrowelle aufzuwärmen. Warum sich also nicht an den Gedanken gewöhnen, dass man in der Zukunft eine Möglichkeit findet, Menschen in der Zeit reisen zu lassen.«

Lea schnalzte anerkennend mit der Zunge. »Alle Achtung. Das hätte ich jetzt nicht erwartet.«

»Ich auch nicht, Lea. Ich hielt den Gedanken einer Zeitreise für Blasphemie, einen Eingriff in Gottes Schöpfungsordnung. Aber da heißt es, dass bei Gott alle Dinge möglich sind, warum nicht auch so etwas.«

Mosche betrat den Raum, und auch er bemerkte sofort die Veränderungen an Smith. »Schön, euch zu sehen«, begrüßte er fröhlich die beiden.

»Mosche brannte darauf, benachrichtigt zu werden, falls die Proben zurück sind«, erklärte Lea sein plötzliches Erscheinen. »Ich hoffe, das ist in Ordnung für dich.«

»Aber ja. Unser bester Mann – außer mir.« Lea amüsierte sich über die zurückgewonnene Lebensfreude ihres Vorbildes.

Vorsichtig löste Smith die Verpackung der wertvollen Fracht. Die Behälter ähnelten denen, die von Medizinern oft verwendet werden, um lebenswichtige Organe zu transportieren. Etwa unversehrte Nieren von Unfallopfern, die einen Spenderausweis bei sich trugen und nach ihrem Ableben wie Weihnachtsgänse ausgenommen wurden. Es gab fast nichts, was man nicht gebrauchen konnte, angefangen von einer Augenlinse bis hin zum menschlichen Herz. Dagegen war der Schädel eines zweitausend Jahre alten Mannes nichts Besonderes, es sei denn, er stammte aus dem einundzwanzigsten Jahrhundert und hatte Implantate in seinem Kiefer.

»Im Übrigen habe ich noch einen Abstecher in die Universität von Jerusalem gemacht, und zwar, um genau zu sein, in die zahnmedizinische Fakultät.« Lea schaute von ihrer Tätigkeit auf und betrachtete den Professor.

»Bitte gib mir die Unterlagen. Ich muss mir die Befunde durchlesen.« Lea reichte dem Professor eine dicke Mappe zusammengehefteter Blätter. Smith schlug den Ordner auf, und es schien, als suche er etwas ganz Bestimmtes.

»Wagner hat mir am Telefon erzählt, er habe einen der Zähne des Toten Nr. 3 extrahiert und im Dünnschliffpräparat untersucht. Es gibt da eine neue Methode, in der ich noch nicht so firm bin.« Smith blätterte weiter und wurde schließlich fündig. Erst murmelte er leise einige Sätze, dann kam er an die Stelle, die auch für die beiden anderen von Interesse war. Er nahm einzelne Stichworte heraus und zitierte: gemischte Nahrung, keine abrasiven Stoffe zermahlen, Calciummangel und Stresssymptomatik.«

Lea und Mosche sahen sich an und hätten fast laut losgelacht. »Stresssymptomatik?« wiederholte Lea. »Das sieht er an den Zähnen?«

»Ich knirsche auch mit den Zähnen, wenn ich Stress habe«, sagte Mosche, so als wollte er den Professor verteidigen.

»Nein, das ist hiermit gar nicht gemeint. Der Mann hat nicht mit den Zähnen geknirscht. Er hatte keinerlei Schliffacetten oder Abrasionen an seinem Zahnschmelz. Es funktioniert anders.« Smith überflog wieder einige Sätze und lieferte schließlich die Erklärung. »Nach einigem Durchfragen bin ich in der Uni an eine sehr nette junge Zahnärztin gelangt, und ich habe sie zu einer Methode namens ›Zahnzementanalyse‹ befragt. Sie sagte, sie beschäftige sich bereits seit drei Jahren damit, und war überglücklich, dass sich ein alter Professor für ihre Arbeiten interessiert. Ich habe ihr natürlich nicht gesagt, wofür ich es genau brauche, und so habe ich mir in kurzer Zeit das nötige Hintergrundwissen angeeignet, dass ich heute für Wagners Ausführungen benötige. Er hat mir nämlich bereits am Telefon von dieser Technik erzählt, doch vor ein paar Tagen war ich nicht mehr aufnahmefähig für weitere abstruse Erkenntnisse.« Smith blätterte in den Unterlagen herum. »Nun, jedenfalls arbeiten auch Wissenschaftler in der Paläodemographie. Das ist die Analyse historischer Bevölkerungen mittels Erforschung des Zahnzements, und ich habe mir gedacht, es könne nicht schaden, noch etwas dazuzulernen.«

Mosche legte die Stirn in Falten und fragte sich, was nun kommen würde. Gleichzeitig bewunderte er den Professor, dessen Wissensdurst auch im Alter noch nicht gestillt war.

»Also fangen wir an.« Smith rieb sich die Hände, was er immer tat, wenn er sich auf einen Vortrag vorbereitete. »Der Zahnzement ist eine sehr dünne Schicht, die die Zahnwurzel umhüllt und im Laufe des Lebens etwas dicker wird. Nur ganz wenig, versteht sich. Wir sprechen hier von 100–200 Mikrometern. Man kann die Zunahme des Wurzelzementes mit Jahresringen von Bäumen vergleichen. Wagner und seine Kollegen haben also eine ganz dünne Scheibe des quergeschnittenen Zahnes unters Mikroskop gelegt und sich das ganze mit 400-facher Vergrößerung angesehen.«

Mosche wurde neugierig. »Und? Was haben sie gefunden?«

Smith hob die rechte Hand und zügelte damit Mosches Ungeduld. »Die Technik heißt ›Tooth Cementum Annulation‹, kurz TCA und liefert erstaunliche Hinweise auf die Ernährungsgewohnheiten des betreffenden Menschen. Sie glauben, dass sie sogar Rückschlüsse auf den Lebensstil machen können.«

Nun fing Lea an zu lachen. »Ich möchte nicht wissen, was man in meinem Wurzelzement alles lesen könnte.«

Der Professor blieb ernst. »Du glaubst mir wohl nicht? Hier steht, dass unser Toter eine überwiegend ausgewogene Ernährung genossen hat, jedoch zu wenig Vitamine. Man könnte sagen, er hat sich von Kantinenessen oder von Fast Food ernährt. Er soll seelischen Stress gehabt haben«, meinte Wagner sogar, soll sehr wenig geschlafen haben und war 58 Jahre alt, plus/minus zwei Jahre.«

»Donnerwetter. Ziemlich beeindruckend, was heutzutage alles möglich ist. Jetzt müssen die uns nur noch sagen, wie der Typ hieß und was er hier wollte«, flachste Mosche.

Smith nickte. »Du hast absolut Recht. Das sind tatsächlich unsere nächsten Fragen: Wer war der Tote, und was wollte er hier? Wollte er ursprünglich wieder in seine Zeit zurückkehren, und warum hat er es nicht getan, bevor er umgebracht wurde? Das wird wohl die Kernfrage sein: Warum wurde er getötet?«

✣ ✣ ✣

Dr. Roulet zog den grünen Mundschutz unters Kinn und streifte die OP-Handschuhe ab. »Ich bin mir sicher, dass dieser Mann und Ihr Onkel mit ein und derselben Waffe getötet wurden.« Grassetti und Huber nickten. »Sehen Sie schon einen Zusammenhang, Huber?«

»Nein, leider nicht. Ich muss gestehen, dass ich noch keinen blassen Schimmer habe, wo ich ansetzen soll. Der Typ …«, er zeigte auf die Leiche vor sich, »… war ein Deutscher. Harald Bukowski. Wir haben bereits die deutschen Behörden benachrichtigt. Vielleicht haben die eine heiße Spur.«

»Nun, ich bin kein Krimifan, aber wenn Herr Burgner vom Dieb der Lanze erstochen wurde, könnte das hier nicht einfach ein Mittäter gewesen sein? Jemand, den man zum Schweigen bringen musste? Stellen Sie sich vor, der Dieb der Lanze hatte einfach keine andere Waffe bei sich, um sich seines Komplizen zu entledigen. Könnte doch sein, oder nicht?« Roulet zuckte mit den Achseln und begann, den Bauchraum des Toten zuzunähen.

Huber kam wieder etwas näher. »Schon möglich, obwohl die Verbindung noch völlig unklar ist. Ich muss erst mal herausfinden, was es mit diesem Ding, dieser Lanze auf sich hat. Deshalb ist Frau Grassetti hier. Sie ist sozusagen eine Spezialistin auf dem Gebiet mittelalterlicher Waffen.« Roulet sah anerkennend zu ihr rüber. Eine hübsche Frau, die ohnehin noch klug war, das weckt auch noch bei Achtundfünfzigjährigen Interesse.

»Woran stirbt man eigentlich bei solch einem Stich?« Raphaelas Gedanken galten mehr ihrem Onkel als diesem Unbekannten auf dem blanken Tisch.

»Nun, je nachdem, wo der Stich landet. Bei einem Stich in die Lunge kollabiert sie, also fällt in sich zusammen. Bei einem Stich mehr in der Mitte, also in etwa hier in der Magengegend, verblutet man. Der Tod setzt ungefähr nach zehn Minuten ein. Das Hauptproblem ist, dass die Magensäure in den Brustraum eindringt und den Körper von innen …« Roulet machte eine erklärende Bewegung. Huber verzog das Gesicht.

»Zehn Minuten«, Raphaela hauchte es beinahe.

»Ja, aber dieser Wert bezieht sich auf herkömmliche Messerverletzungen. Ein Stich dieses Ausmaßes kann durchaus auch schneller zum Tod führen.«

»Sind wir fertig hier?«, wandte sie sich fragend an Huber, der sich noch immer das Taschentuch vor die Nase hielt und nickte.

»Servus, Roulet. Man sieht sich.«

»Auf Wiedersehen, Frau Grassetti. War nett, Sie kennenzulernen.« Raphaela hob die Hand und winkte kurz. Ihr war nicht nach Konversation und erst recht nicht nach Flirten zumute.

Als Huber und Grassetti im Wagen saßen, hämmerte Huber mit der Faust auf sein Lenkrad. »Ich bin wirklich eine Flasche«, schnaubte er und schaute aus dem Fenster. »Ein Bulle bei der Mordkommission, der keine Toten sehen kann. Paradox, nicht?«

Raphaela hatte Huber als typischen Macho eingeschätzt, doch diese Ehrlichkeit machte ihn sympathisch. Nun war das Eis zwischen ihnen gebrochen.

»Sie haben sich doch diesen Job ausgesucht, oder nicht?«, fragte sie schlicht.

»Nicht direkt. Man springt mal von einer Abteilung in die nächste, und hier bin ich geblieben, weil keiner den Job machen will. Ständig Leichen zu sehen in den verschiedensten Varianten? Wem macht das schon Spaß?«

»Was halten Sie davon, wenn wir einen Kaffee trinken gehen. So toll fand ich es ehrlich gesagt auch nicht.«

Huber schaute sie an und bemerkte mit Freude, dass sie nun schon etwas entspannter auf dem Beifahrersitz saß.

»Ich glaube, das ist keine gute Idee. Ich hab noch eine Menge Arbeit auf dem Schreibtisch liegen. Ich ruf Sie an – morgen oder so.«

Grassetti nickte still und sah wieder geradeaus. »Einverstanden.«

»Steht Ihr Wagen am Präsidium?«

»Natürlich.« Sie bogen in die Straße ein, in der sie ihren Wagen geparkt hatte. Huber lenkte den Wagen an den rechten Fahrbahnrand und ließ sie aussteigen.

»Bis bald«, sagte sie und ging zu ihrem Wagen. Huber sah ihr einen Moment lang nach. Er wollte nicht neugierig wirken, obwohl er es war. Sie stieg in einen silbernen Mercedes SLK – und sein Bild von ihr rundete sich ab.

Im Büro schob Huber einen dicken Haufen Akten zur Seite und zog den Ordner »Burgner« zu sich heran. Nur widerwillig öffnete er ihn. Eine Weile vergrub er sich in der Beschreibung des entwendeten Objektes und den Fotos der Lanze. Er persönlich nannte sie nicht »Reliquie« oder »Heilige Lanze«, sondern sprach lieber von »Diebesgut«, »Museumsstück« oder eben »entwendetes Objekt«. Lorenz trat, ohne anzuklopfen, in Hubers Büro ein und sah ihn erwartungsvoll an. Eine qualmende Zigarette hing in seinem Mundwinkel.

»Und?«, fragte er Huber.

»Nun ja, es ist genau so, wie wir dachten. Das zweite Opfer ist mit derselben Waffe umgebracht worden wie das erste.« Huber zuckte gelangweilt mit den Schultern.

»Das meinte ich nicht«, grummelte Lorenz. »Wie ist sie so?« Huber blickte seinen Chef zunächst verständnislos an. Als er schließlich begriff, was der wollte, sagte er nur: »Sie ist sicher nicht dumm, und vermutlich hat sie auch noch 'ne Menge Geld auf dem Konto.« Dann sah er zu ihm auf. »Können Sie den Fall nicht doch einem anderen Kollegen geben?«

Lorenz antwortete nicht. In seiner Verzweiflung holte Huber zu einem weiteren Schlag aus. »Was ist eigentlich mit Ihnen? Soweit ich weiß, ist so etwas doch Chefsache, oder?«

Lorenz setzte sich wieder auf die Schreibtischkante und lehnte sich zu Huber herunter. »Jetzt jammern Sie nicht so rum. Die Frau ist klasse.« Er nahm die Zeitung zur Hand, die er mitgebracht hatte, und schob sie auf den Schreibtisch. Dabei kniff er das Auge zusammen, das vom Qualm seiner Zigarette zu tränen begonnen hatte. Die Asche landete vor ihm auf dem Boden. »Diese Lanze ist mittlerweile ziemlich populär. Die Medien berichten im Zusammenhang mit dem Mord darüber. Außerdem haben wir einen Artikel im ›Spiegel‹ gefunden, der eine neue Serie vorstellt, die nächste Woche startet.«

Huber sah erst seinen Chef an und nahm dann die Zeitung zur Hand. »Was für eine Serie?«

»Tagebücher eines alten, also damals jungen Mannes, der im Krieg mit Heinrich Himmler zusammen war.«

»Na und? Was hat das mit dem Fall zu tun?«

»Darin kommt wohl auch eine Lanze vor, und wenn ich mich recht erinnere, sogar die, die jetzt gestohlen wurde. Hitler hat sie wohl mal besessen, bevor er sie dem Papst vermacht hat oder so ähnlich. Kann auch eine Kopie gewesen sein. Ich muss die ganze Vorankündigung noch mal durchlesen.«

Huber schob die Zeitung von sich weg. »Ich habe keinen Bock auf diesen Fall, Chef. Definitiv zu viel religiöses Zeug.«

»Quatsch, Huber. Konzentrieren Sie sich einfach auf die Leichen und machen Sie Ihre Arbeit.« Lorenz bedachte die Asche auf dem Boden vor dem Schreibtisch mit einem flüchtigen Blick und steckte die Zigarette wieder in jenen Mundwinkel, in dem sie zuvor auch schon hing. Dann verließ er das Büro und zwinkerte Huber zu. Was war er froh, diesen Fall nicht allein lösen zu müssen.

Vier weitere Tage vergingen, ohne dass nennenswerte Erkenntnisse zu Tage gefördert wurden. Die deutschen Behörden waren informiert, und die Presse drängte nach Neuigkeiten.

Früh am Morgen schlich Huber von seinem Schlafzimmer hinüber in das Kinderzimmer, schob leise die Tür auf und setzte sich auf die Bettkante seines Sohnes. Zärtlich strich er über dessen blondes Haar und kraulte ihn im Nacken. Brummend und unwillig, von der Traumwelt in die reale Welt zurückzukehren, erwachte der Junge.

»Zeit zum Aufstehen, mein Kleiner.« Huber kraulte ihn noch immer, und sein Sohn öffnete verschlafen die Augen. »Du kannst noch ein paar Minuten liegen bleiben. Frau Ganther müsste jeden Moment hier sein. Vergiss nicht wieder, deine Brote in der Schule zu essen.« Jens nickte und rieb sich dabei die Augen. »Ich muss los, Schatz.«

Der Junge setzte sich in seinem Bett auf und umarmte seinen Vater. »Musst du heute wieder Verbrecher jagen?« Huber nickte und strich ihm ein letztes Mal über das Haar. »Sei vorsichtig, Papa.«

»Mach ich, mein Großer. Bis heute Abend.«

Auf dem Weg zur Arbeit dachte er nach, wie jeden Morgen. Huber mochte es sich nicht eingestehen, doch seine Wissenslücken in Bezug auf die Geschichte der Lanze ließen den Fall ins Stocken geraten.

Es half nichts. Es war acht Uhr dreißig, der Himmel und seine Stimmung waren wolkenverhangen, und es schien, als habe er keine Wahl. Widerwillig wählte er Grassettis Nummer. Er saß an seinem Schreibtisch, und sein Blick fiel auf eine absterbende Palme mit braunen Ecken an den Blättern, als er auf das Freizeichen lauschte. Ob sie es absichtlich lange klingeln ließ oder ob sie gerade mit nassen Haaren aus der Dusche kam, konnte sich Huber nur wage vorstellen. Doch dann meldete sie sich.

»Huber, guten Morgen. Können wir uns treffen?«, fragte er sie kurz.

»Klar. Wann und wo?«

»Gegen zehn im Präsidium?«

»Gibt es keinen angenehmeren Ort als Ihr verqualmtes Büro?«

Huber musste ihr Recht geben. Lorenz nahm keinerlei Rücksicht auf seinen Versuch, der Abstinenz treu zu bleiben.

»Na schön. Drei Straßen vom Präsidium entfernt ist ein Café. Café Hawelka.«

»Ja, kenn ich. Okay. Also gegen zehn.«

Sie drückte die Stopp-Taste, legte den Hörer beiseite und fuhr fort, ihr Haar trocken zu rubbeln. Dann ging sie ins Bad zurück, fönte ihre Mähne und zog sich an. Bevor sie sich endgültig für ein einfaches, hochgeschlossenes T-Shirt und eine Jeans entschied, probierte sie die verschiedensten Dinge, die viel Haut zeigten und noch mehr Phantasie anregten. Punkt zehn saß sie in dem von Huber genannten Café und wartete. Huber kam zehn Minuten zu spät. Er entschuldigte sich und setzte sich ihr gegenüber. Sie bestellte einen Capuccino und Huber einen Kaffee.

Raphaela sah sich um. »Nettes Café. Ich bin oft hier.«

Huber blickte sich ebenfalls um. »Ich war hier noch nie. Hab aber 'ne Menge von gehört. Wollte immer schon mal hin.«

»Das kann nicht sein, oder? Dieses Café ist ein Muss für jeden Wiener.«

Huber schien gelangweilt.

»Wissen Sie, wer schon alles seinen Kaffee hier getrunken hat?« Sie wartete die Antwort nicht ab. »André Heller zum Beispiel: Hat zahlreiche Bücher, Lieder und Theaterstücke geschrieben; Zirkus Roncalli, 1979, war eines seiner Projekte.«

Huber reagierte noch immer nicht.

»War mit Erika Pluhar verheiratet.«

»Sängerin und Schauspielerin«, warf Huber ein.

»Genau. Super. Dann Oskar Werner, der Hamlet in den Fünfzigern, oder Helmut Qualtinger: Schauspieler, Kabarettist und Schriftsteller. Leider auch schon 1986 gestorben. In den Fünfzigerjahren war dieses Café *der* Literaturtreff schlechthin. Namhafte Autoren und Künstler haben hier diskutiert. Es ist fast so berühmt, wie es das Café Herrenhof vor dem Zweiten Weltkrieg war. Stellen Sie sich vor: Zwischen 1939 und 1945 ist hier keine einzige Bombe runtergekommen, nicht eine Glasscheibe ist gesplittert.«

Raphaela strahlte über das ganze Gesicht. Huber rückte seinen Stuhl zurecht und riskierte einen Blick auf die Bilder, die die alten Wände zierten. Grassetti beobachtete ihn dabei und holte zu einem weiteren Schlag aus: »Dann kennen Sie sicher auch nicht die Meister an den Wänden, hm?«

Huber sah sie verärgert an. Es hätte nicht viel gefehlt und er wäre aufgestanden und gegangen, doch er musste sich zu seiner Schande eingestehen, dass ihm tatsächlich nicht eines der Bilder bekannt vorkam. Raphaela sprühte ihre Kunstkenntnisse verbal heraus und zeigte von ihrem Platz aus auf jedes Gemälde. »Das da ist von Franz Ringel, daneben hängt Ernst Fuchs, das ist von Arik Bauer, dahinten Alfred Hrdlicka.« Nun holte sie einen Augenblick Luft und schwieg.

»Schon gut. Sie sind gebildet. Ich dagegen habe keine Ahnung von Kunst. Zufrieden?«

Erst jetzt bemerkte Raphaela, dass sie den Kommissar mit ihrem überheblichen Überschwang in die Enge getrieben hatte. »Tut mir leid. Manchmal gehen einfach die Gäule mit mir durch«, sagte sie aufrichtig, was Huber wieder versöhnte. Eigentlich war er ein gutmütiger Mensch, der nie wirklich lange auf jemanden böse sein konnte.

»Na, dann erzählen Sie mal. Es geht um die Lanze, richtig?« Raphaela leckte sich die Sahne von der Oberlippe und sah Huber fragend an, der nickend bestätigte.

»Wir kommen in diesem Fall nicht weiter. Ich muss einfach mehr über dieses Ding wissen.«

Sie hob ein wenig den Kopf und schaute in die Ferne. Sie überlegte, wie man bei einem solch komplexen Thema den Anfang finden könne. Dann beugte sie sich zu Huber vor. Er betrachtete ihre makellosen weißen Zähne zwischen den vollen Lippen. »Sie steckt voller Mystik«, sagte sie. »Die Leute glaubten, ihr wohne eine verborgene Magie inne.«

Huber unterbrach sie. »Und? Tut es das?«

»Schon möglich. Sie ist zumindest geheimnisvoll. Sie müssen bedenken, dass diese Lanze die zweitbedeutendste Reliquie nach dem ›Heiligen Gral‹ ist.«

Huber nahm einen Schluck aus seiner Tasse. »Legenden. Alles nur Legenden.«

»Ich habe Geschichte studiert und bin mir ziemlich sicher, dass viele Legenden nicht nur den Phantasien irgendwelcher Spinner entsprungen sind.«

Huber verdrehte die Augen. Er war nach eigener Einschätzung zu realistisch für solche Dinge.

»Tatsache ist, dass diese Lanze einer Menge Leute Ruhm und Ehre eingebracht hat. Viele haben nachweislich durch sie Siege errungen, als die Schlacht schon verloren geglaubt war.«

»Nachweislich?« fragte er so laut, dass einige Gäste im Café zu ihnen rüberschauten.

»Na meinetwegen, dann eben der Überlieferung nach.«

Huber stöhnte. »Können wir nicht einfach mal ganz von vorne anfangen? Woher stammt das Ding? Wie alt ist es? Was macht es so besonders?«, fragte er mit einem Unterton des Spotts in seiner Stimme. Raphaela stellte ihre leere Cappuccinotasse ab und wollte soeben beginnen, als Hubers Handy klingelte. Er verdrehte die Augen, als er die Nummer auf dem Display erkannte. »Ja!«

»Wo stecken Sie, Huber? Es gibt Neuigkeiten.« Huber hielt die Muschel zu und schaute zu Raphaela hinüber. »Nie kann man in Ruhe einen Kaffee trinken.« Er grinste sie an. »Was gibt es denn, Chef?«

»Wir haben heute von der Kripo aus Frankfurt einen Hinweis erhalten, dem wir nachgehen sollten. Es wurde ein Leihwagen abgegeben, der aus Wien stammt und in Frankfurt abgegeben wurde.«

»Na und? Was ist daran so besonders?« Huber warf einen Blick zu Raphaela und hielt für zwei Sekunden die Muschel zu. Leise flüsterte er ihr zu: »Er spricht gern in Rätseln.« Dann konzentrierte er sich wieder auf seinen Chef.

»Auf der Haube des Wagens hat man Blutspuren gefunden. Es muss von der Windschutzscheibe hinuntergelaufen sein, und der Angestellte des Autoverleihers hat die Polizei angerufen.«

»Was hat das mit unserem Fall zu tun?«

»Die Spurensicherung hat zwei verschiedene Blutgruppen gefunden, und jetzt raten Sie mal, welche?« Huber verstummte am anderen Ende. »Burgners und Bukowskis?« Raphaela wurde hellhörig.

»Bingo, Huber.«

»Wer hat den Wagen gemietet?«

»Tja, das ist das Problem. Es wurde auf den Namen H. Himmler gemietet. Muss ein Witzbold gewesen sein.«

»Keine Kreditkartennummer oder Ähnliches?«

»Nein, der Typ war persönlich da und hat so viel Bargeld dagelassen, dass man dafür den Wagen hätte kaufen können. Er brauchte außer dem Namen keine Adresse angeben. Der Angestellte konnte nicht widerstehen bei so einem Trinkgeld. Doch als er dann das Blut auf der Haube gesehen hat …«

»Was heißt das jetzt konkret, Chef? Sie wollen mir doch nicht ernstlich sagen, dass ich mit meiner alten Mühle nach Frankfurt fahren soll.«

»Kommen Sie erst mal her. Es gibt noch etwas Interessantes, aber das muss ich Ihnen beiden hier zeigen.«

»Woher wissen Sie, dass Frau Grassetti bei mir ist?«

»Ich habe es vermutet. Ich bin Bulle, schon vergessen?« Huber grinste und drückte die Stopp-Taste. »Das war es mit unserem Kaffeepäuschen. Der Chef will uns sehen.« Er lud Raphaela auf Staatskosten ein und hielt ihr sogar die Wagentür des Toyotas auf. »Vielen Dank«, sagte sie kokett und stieg ein.

Lorenz wartete bereits ungeduldig. »Wir können den Kerl aus Frankfurt ja schlecht nach Wien zum Verhör bitten.«

»Warum machen das nicht die Kollegen aus Deutschland? Eigentlich ist das doch gar nicht mehr unser Fall?«

»Na ja, genau genommen … einer der Toten war ein Österreicher und einer ein Deutscher …, der wiederum auf österreichischem Boden ums Leben gekommen ist. Wessen Fall ist das nun, hm?«

Huber presste die Lippen zusammen. »Na schön, fahr ich eben hin.«

Raphaela sah ihn an. »Ich habe eigentlich nichts Besseres vor, also wenn Sie meine Hilfe brauchen … Sie wissen doch, ich könnte den Mörder identifizieren.« Sie vergrub ihre Hände in ihren Jeanstaschen und zuckte mit den Schultern. Huber sah zu Lorenz. »Sie müssen wahrscheinlich in Frankfurt übernachten.« Huber und Grassetti nickten. »Kein Problem, Chef. Was wollten Sie uns eigentlich zeigen?«

Lorenz drehte sich zu seinem Schreibtisch um und nahm die deutsche Zeitschrift »Spiegel« in die Hand. »Hier, ganz frisch aus der Presse. Ich habe Ihnen doch davon erzählt. Ich weiß nicht, ob es einen Zusammenhang gibt, aber interessant finde ich es schon.« Lorenz blätterte in der Zeitschrift herum und erreichte den Anfang einer mehrseitigen Reportage. »Erinnern Sie sich noch an die angeblichen Hitler-Tagebücher im ›Stern‹? April 1983. Ganze sechzig Bände voll.«

Huber nickte. Dass sich die Tagebücher als Fälschungen erwiesen, war seinerzeit in ganz Österreich Gesprächsthema und Anlass zu beißendem Spott gewesen.

»Diese hier sollen echt sein.«

Huber nahm den »Spiegel« aus Lorenz' Hand entgegen und begann zu lesen. Er erinnerte sich an den Film »Schtonk« und konnte die angekündigte achtteilige Artikelserie nicht wirklich ernst nehmen. Es ging um Tagebücher eines gewissen Karl Wilhelm Schneider, der angeblich die Biografie von Heinrich Himmler zwischen 1939 und 1942 geschrieben hatte. Das war ein echter Knaller für die Medien. Laut las Huber vor: »Der Verfasser der Tagebücher ist vor Kurzem verstorben, aber sein Sohn hat die Tagebücher zur Veröffentlichung freigegeben.« Der Polizist schaute aus dem Fenster. »Wo sehen Sie denn einen Zusammenhang?«

Raphaela schaltete sich ein. »Na, weil in kurzer Zeit der Name Himmler zweimal gefallen ist und auch die Lanze erwähnt wird.«

»Genau«, bemerkte Lorenz anerkennend und warf Huber einen strafenden Blick zu. »Es schadet ja nicht, der Sache mal nachzugehen.«

»Wäre ja wohl ein bisschen zu einfach, gleich beim ersten Kandidaten Glück zu haben«, raunte Huber.

Es klopfte wieder an der Tür, und wenige Sekunden später trat ein weiterer Beamter ein. »Chef?«

Lorenz wandte sich um.

»Sie glauben nicht, wer mich gerade angerufen hat.« Huber, Lorenz und Frau Grassetti sahen den Beamten an. »Der Pressesprecher des Papstes aus Rom persönlich. Sie möchten ihn bitte unverzüglich zurückrufen.«

Lorenz versteifte sich. »Aus dem Vatikan?« Er musste unwillkürlich schlucken. »Hat er gesagt, was er wollte?«

»Nein, nur dass es dringend sei und oberste Priorität habe.«

Lorenz verließ den Raum und ging ohne Umwege in sein Büro. Der Beamte, der das Gespräch angenommen hatte, gab ihm die Nummer, die ihn direkt nach Rom weiterleiten würde. Zehn Minuten später stand Lorenz von seinem Schreibtisch wieder auf und ging unverzüglich zu Huber und Grassetti.

Dort sagte er den beiden erwartungsvoll und neugierig Wartenden: »Derjenige, der mit dem Fall der ›Heiligen Lanze‹ beauftragt ist, wird auf Kosten des Vatikans nach Rom gebeten – und zwar unverzüglich!«

Raphaelas Augen leuchteten, und sie hoffte inständig, Huber begleiten zu dürfen.

Huber rieb sich die Hände. »Na dann mal los, Chef.«

Lorenz wandte sich ihm entgeistert zu. »Augenblick mal, Huber. Sie werden fahren, das ist doch wohl klar, oder?«

»Ich finde, das ist jetzt aber wirklich Chefsache. Vatikan! Der Papst! Rom! Außerdem kann ich kein Italienisch.«

»Aber ich«, schaltete sich Raphaela ein. Huber bedachte sie mit einem gehässigen Blick.

»Hieß es nicht noch vor einer Viertelstunde, wir sollten nach Frankfurt fahren?«, sagte Huber gereizt.

»Rom hat Vorrang. Frankfurt kann ein Kollege übernehmen.«

✣ XIX ✣

Der Chefredakteur des »Spiegel« war sichtlich zufrieden gewesen. Er hatte Schneider, gleich nachdem der die Bücher bei ihm abgeliefert hatte, eine ansehnliche Summe überwiesen. Die Redaktion hatte sämtliche Bücher von Karl Wilhelm Schneider kopiert und – als mehrere Gutachter die Echtheit bestätigt hatten – sofort eine mehrteilige Artikelserie gestartet. Ein Foto von Schneider mit einem der Tagebücher in der Hand zierte die erste Titelseite. Das schmeichelte seinem Ego beträchtlich.

Richard hatte in seinem Safe noch ein, wie er fand, kleines Taschengeld von fünfhunderttausend Euro für harte Zeiten verwahrt. Und nun noch das Geld vom »Spiegel«. Damit würde er einige Monate über die Runden kommen. So lange, bis er die echte Lanze gefunden hatte. Danach würde es ohnehin kein Problem mehr sein, die Firma zu konsolidieren.

Am vierten Morgen nach der Beerdigung des Vaters klingelte es an Schneiders Haustür. Er hatte bereits alle Vorbereitungen zur Abreise nach Rom getroffen, nachdem er relativ schnell die Adresse von Montesi ausfindig gemacht hatte. Die Lanze aus Wien ruhte friedlich im Safe, und auch Richards Finger war weitgehend abgeheilt; es war zwar eine hässliche, wulstige Narbe geblieben, doch die störte ihn wenig. Es war schließlich nicht die einzige Behinderung, mit der er sich plagte.

Schneider zog den Krawattenknoten zu und öffnete die Tür. Er hatte seinen Partner Blome erwartet oder Maria, die er gebeten hatte, von Zeit zu Zeit nach dem Rechten zu sehen. Doch als er die Tür öffnete, kam sein Herzschlag für einen Augenblick ins Stocken. Drei groß gewachsene Männer standen da, und einen davon kannte er schon, den blonden, blauäugigen Hünen. Auch die Begleiter von Lennigan waren einen Kopf größer als Richard. Um Gelassenheit bemüht, sagte er: »Was kann ich für Sie tun, meine Herren?«

Die drei Riesen antworteten nicht auf seine Frage, sondern schoben Schneider einfach beiseite und drangen in sein Haus ein. »Na, was meinen Sie wohl, warum wir hier sind, hm?« Sie sahen sich rasch in der Eingangshalle um und bemerkten den kleinen Koffer, den Schneider für seine Abreise vorbereitet hatte. Der zweite und der dritte Hüne verschwanden und sahen sich gründlich in jedem Zimmer des Hauses, einschließlich der Kellerräume, um. Lennigan blieb bei Schneider und fixierte ihn derweil mit seinen kalten Augen.

Nachdem die beiden anderen mit leeren Händen zurückgekommen waren, wandten sich die drei gemeinsam Schneider zu. Sie verzogen keine Miene beim Sprechen.

Richard tat ahnungslos und legte die Stirn fragend in Falten. »Also? Was kann ich für Sie tun?« Er versuchte, die Oberhand zu behalten und stark zu wirken, doch seine Bemühungen entlockten den Besuchern nur ein müdes Grinsen. Er probierte es erneut. »Wer sind Sie eigentlich? Mit welchem Recht dringen Sie in mein Haus ein und belästigen mich?« Schneider fuhr sich mit der rechten Hand nervös durchs Haar, eine Angewohnheit aus der Zeit, als noch welches dort wuchs. Es kostete ihn Mühe, sein Zittern zu verbergen. Dann nahm er allen Mut zusammen. »Sehen Sie sich doch mal an. Blond, blauäugig, groß, kräftig. Ich weiß Bescheid über Ihren Verein. Herrenrasse und dieser ganze Blödsinn. Dummer alter Germanenquatsch.« Schneider lachte hysterisch auf.

Die drei Männer sahen sich verärgert an.

»Genug geredet. Geben Sie uns sofort die Lanze, die Sie gestohlen haben. Wir wissen, dass Sie sie haben.«

Einer der beiden Begleiter hielt Schneider die geöffnete Hand hin, während Lennigan seine Waffe zückte und auf Schneider zukam. Dessen Herz schlug so heftig, dass man den überhöhten Pulsschlag an seiner Halsschlagader ablesen konnte. Dennoch gab er sich größte Mühe, den Forderungen der »Besucher« zu widerstehen. Einzig die Mündung einer kleinen schwarzen Pistole an seiner Schläfe machte ihm Sorgen. Er schüttelte mutig den Kopf. »Wovon reden Sie eigentlich? Sie sprachen zwar bei unserem letzten netten Gespräch über eine Lanze, aber ich wüsste nicht, was ich damit zu tun haben sollte.«

Der zweite, nicht ganz so weißhaarige Mann trat einen Schritt vor und ergriff Schneider an der Kehle. Lennigan verzog keine Miene, als der Hüne seine Pranke um Richards Hals legte und ihn mit unglaublicher Kraft ein Stück anhob. Dann zeigte der Mann höhnisch sein makelloses Gebiss. »Es ist lebensgefährlich, uns auf den Arm nehmen zu wollen, Schneider. Holen Sie einfach die Lanze, und die Sache ist vergessen. Hätten Sie nicht derart eigenmächtig gehandelt, hätten Sie den Orden unterstützen können, aber so …«

Der Angreifer ließ Schneider frei, der sich sofort den Hals massierte und nach Luft rang. Fast wäre er erstickt. Doch Schneider beschloss zu kämpfen. Es war seine Lanze. Er hatte das Risiko auf sich genommen und für sie sogar einen Menschen getötet. Er war nicht gewillt, sie ohne Weiteres aus der Hand zu geben. »Wenn Ihnen diese Lanze so wichtig ist, dann holen Sie sich das Ding doch selbst! Es bringt Ihnen jedenfalls gar nichts, mich zu töten. Was also wollen Sie tun? Mich foltern vielleicht? Ich sage Ihnen gleich: Die Lanze ist an einem guten Ort versteckt, den ich Ihnen sicher nicht verraten werde. Wenn ich sie Ihnen gebe, dann nur gegen eine entsprechende Summe.«

Der Hüne verzog sein Gesicht zu einer Grimasse. »Ich warne Sie jetzt ein letztes Mal. Geben Sie uns sofort die Lanze, oder …«

»Oder was? Wenn Sie mich umbringen, erfahren Sie nie, was Sie wissen wollen.«

»Sie haben immer noch nicht verstanden, Schneider. Ich muss Sie gar nicht töten. Wir haben ganz andere Möglichkeiten, Ihnen wehzutun. War Ihnen Comequad keine Lehre? Sie begreifen einfach nicht, mit wem Sie sich anlegen. Wir werden immer bei Ihnen sein, auch wenn Sie uns nicht sehen.« Der Blonde, der zu ihm sprach, blickte an Schneider hinunter. »Außerdem werden Sie das schon selbst erledigen.«

Schneider stutzte verärgert. »Was werde ich selbst erledigen?«

Die Besucher sahen einander mit einem höhnischen Grinsen an. Dann nahm der eine Schneiders rechte Hand, hob sie empor und deutete ohne einen Kommentar auf die schlecht verheilte und möglicherweise noch immer infizierte Wunde am Zeigefinger. Schneider sah auch hin und wurde blass. Wieder fiel ihm die letzte Bemerkung seines Vaters ein. Schnell zog er den Finger zurück und verbarg die rechte Hand in der Hosentasche.

Er versuchte noch einmal, überlegen zu wirken. »Und jetzt, meine Herren, werden Sie mich entschuldigen. Wenn ich Sie bitten dürfte.« Er wies die Eindringlinge mit einer entschiedenen Handbewegung hinaus. »Ich werde für ein paar Tage Urlaub machen. Und wenn ich wiederkomme, unterhalten wir uns über den Preis der Lanze. Sagen Sie das Ihrem Boss, wer immer das ist.«

»Wir kommen wieder, darauf können Sie sich verlassen.«

Schneider schloss die Tür hinter sich und lehnte sich an

deren Innenseite. Die Show war ihm halbwegs gelungen, doch er fühlte sich ausgelaugt und müde, als hätte er einen langen Dauerlauf hinter sich. Dieser verfluchte sogenannte Orden hatte ihm sämtliche Lebenskraft aus den Gliedern gesaugt, und er war froh, noch einmal mit heiler Haut davongekommen zu sein. *Was sind das bloß für Gestalten*, dachte er … *und über welche Fähigkeiten verfügen sie? Sie wissen über alles Bescheid.* Er schaute auf die Uhr und beschloss, noch einige Minuten zu warten, bevor er das Haus verließ. Noch würde er seinen Flieger pünktlich erreichen. Er entschied sich, nicht seinen eigenen Wagen zu nehmen, und rief sich ein Taxi. Fünf Minuten später stand es vor seiner Haustür. Schneider eilte hinaus und stieg schnell ein. »Zum Flughafen, aber schnell.«

Der Taxifahrer stellte gemütlich seine Uhr ein und fuhr los. Der alte Dieselmotor des Wagens klopfte wie ein Trecker. *Schnell muss es immer gehen, wenn Fahrgäste zum Flughafen wollen*, das wusste der Fahrer schon. Das würde trotzdem nichts an seiner korrekten Fahrweise ändern.

Am Flughafen angekommen, bezahlte Schneider das Taxi, ohne ein Trinkgeld zu geben. Er eilte in die Schalterhalle und sah sich fortwährend um. Die Worte des überaus kräftigen Mannes, dessen Griff noch immer an Richards Kehle schmerzte, hallten in seinem Kopf nach: *Wir werden immer bei Ihnen sein, auch wenn Sie uns nicht sehen.* Er drängelte sich zwischen wartenden Touristen hindurch und sah jedem ins Gesicht. Wie sollte er wissen, ob ihm jemand folgt? Wenn alle Mitglieder von »THE Lu« so aussahen wie die drei Gäste am Morgen, dann wäre es leicht, sie auszumachen, doch dem war wahrscheinlich nicht so.

✣ ✣ ✣

In einem abgedunkelten Raum saßen zwölf Männer um einen runden Tisch. Die Konturen ihrer Gesichter und ihrer Körper waren nur schwer zu erkennen, denn eine Kutte verhüllte den größten Teil davon. Dennoch schienen sie sich alle sehr ähnlich zu sein.

Einer der zwölf, der sich durch eine weiße Kutte von den anderen, die schwarz gekleidet waren, unterschied, ergriff das Wort. »Wie weit seid ihr mit Schneider gekommen?« Seine Stimme klang entschlossen. Er sah drei der Männer mit stechendem Blick an.

Lennigan antwortete zögerlich: »Es war doch klar, dass es mit ihm nicht leicht sein würde. Er hat jahrelang eine erfolgreiche Firma geleitet. Er lässt sich kaum einschüchtern.«

»Das interessiert mich nicht. Sag mir, wo die Lanze ist!« Der weiß Vermummte schlug mit der Faust auf den Tisch.

»Er hat sie irgendwo versteckt.« Lennigan suchte Rat in den Augen seiner Freunde. »Die beiden haben das ganze Haus auf den Kopf gestellt, aber … sie haben nichts gefunden.«

»Ist er sich nicht darüber im Klaren, welche Macht wir haben? Weiß er nicht, dass wir ihn ruinieren können?«

»Doch, ich denke, dass er das weiß«, bestätigte Lennigan, »aber es scheint ihn nicht besonders zu stören. Er reagierte anders, als wir vermutet haben. Völlig untypisch. Er lässt sich nicht so leicht erpressen. Und er scheint keinerlei Angst vor uns zu haben.«

Der Anführer brummelte. »Behaltet ihn im Auge. Ich will diese Lanze haben! Was hat er denn jetzt vor?«

»Er sagte, er wolle ein paar Tage Urlaub machen. Immerhin hat er gerade seinen Vater unter die Erde gebracht.« Die drei Ordensbrüder, die Schneider besucht hatten, sahen sich an und nickten.

»Pah, sein Vater. Bleibt in der Nähe seines Hauses, falls er früher zurückkommt. Wir können uns keine Verzögerungen mehr erlauben. Es hängt zu viel davon ab. Ihr hättet euch die Lanze schnappen sollen, unmittelbar als er aus Wien zurückkam. Wie konnte euch nur so ein Fehler unterlaufen?«

Die Runde der seltsamen Gestalten wurde aufgelöst. Stühle wurden zurückgeschoben, und ein jeder verschwand in einer anderen Richtung.

✣ ✣ ✣

Der Flug nach Rom dauerte knapp zwei Stunden. Schneider ging von einem Ende des Flugzeugs zum anderen und schaute sich die Passagiere genau an. Er versuchte dabei den Eindruck zu vermitteln, als suche er einen mitreisenden Bekannten. Als er halbwegs sicher war, dass sich keine verdächtige Person unter den Passagieren befand, setzte er sich wieder auf seinen Platz und bestellte ein Glas Champagner in der Hoffnung, dass sich seine Zuversicht wie ein entflogenes Täubchen zu ihm zurückgesellen würde.

Die Maschine landete, und Schneider war froh, den kleinen Flughafen Roms in Chiampino und nicht den größeren in Rom-Fiumicino gewählt zu haben. In Chiampino war alles überschaubar, und man bekam sein Gepäck sehr schnell. Nachdem er seinen Koffer vom Band gezogen hatte, machte er sich sofort auf den Weg zum Schalter der Autovermietung. Er konnte es nicht erwarten, loszufahren und von diesen Menschenmengen wegzukommen. Er hatte eine große Limousine von Frankfurt aus gechartert und dabei seinen richtigen Namen benutzt. Es erschien ihm jetzt albern, das Spielchen mit dem falschen Namen ein zweites Mal zu treiben. Außerdem hatte er sich sicherheitshalber mit umfangreichem Kartenmaterial eingedeckt, obwohl die Limousine ein extravagantes Navigationssystem besaß.

In freudiger Erwartung ließ er sich über die Landstraßen

Italiens treiben. Rom, die dreitausend Jahre alte Stadt am Tiber. Er war auf dem richtigen Weg, das spürte er, und er meinte damit nicht nur den schwarzen Asphalt, auf dem sein Wagen dahinglitt. Vor allem aber war er auf die Begegnung mit diesem alten Mann gespannt. Es hatte ihm imponiert, mit welcher Achtung sein Vater von Montesi gesprochen hatte, und in seiner Phantasie formte sich bereits ein Bild: ein großer, braun gebrannter Mönch mit vollem grauen Haar und einem langen wallenden Bart. Eingehüllt in eine braune oder schwarze Kutte mit einer weißen Kordel vor dem beleibten Bauch. Als er dieses innere Bild betrachtete, stellte er allerdings fest, dass es eher einer klischeebehafteten geschnitzten Figur aus einem Andenkenladen in einem Wallfahrtsort glich.

Die ersten zwei Stunden wurde er über die Autobahnen geleitet, bis er hinter Buonconvento auf eine Landstraße abbiegen musste. Jetzt endlich konnte er ganz entspannen. Er war in Italien, fernab von allem, was ihn bedrängte. Hier gab es keine deutsche Polizei, keine Geheimgesellschaft und keine dem Konkurs verfallene Firma. Hier ließe es sich sicherlich auch gut leben, dachte er, doch zuvor gab es noch ein paar Dinge zu erledigen.

Die Straße schlängelte sich auf der acht Kilometer langen Bergstrecke von Buonconvento hin zu dem Kloster, in dem Montesi angeblich wohnte. Irgendwann erblickte Richard von Weitem einen hohen Turm, der sich wie eine Sonnenblume zur Sonne reckte. Der Glockenturm des Klosters. Nun galt es, auf eine Schotterpiste abzubiegen und der Beschilderung zu folgen. Mit jedem Meter, den er durch die herrlich grüne Landschaft der Toskana zurücklegte, entfernte er sich weiter vom Trubel der Menschen.

Schließlich erreichte er das Kloster mit dem idyllischen Namen »Abbazia Monte Oliveto Maggiore«. Es lag auf einer zarten Hochebene, und Richard fand sich inmitten von Olivenbäumen, Zypressen und blühenden Oleanderbäumen wieder. Im Flugzeug hatte er noch einmal in Ruhe den Reiseführer studiert, weil er nachempfinden wollte, was sein Vater in den drei Jahren, die er hier verbracht hatte, wohl gefühlt hatte. Es hieß dort, dass sich Anfang des 14. Jahrhunderts der junge Sieneser Adlige Bernardo Tolomei in die einsame, aber zauberhafte Einöde zurückgezogen und die Benediktinerabtei gegründet hatte. In der im 15. Jahrhundert errichteten Kirche beschrieben Fresken von Luca Signorelli und Sodoma das Leben des Heiligen Benedikt. Im Lauf der Jahre war die Anlage zu einem der größten und wichtigsten Klöster Italiens geworden. Ein Magnet für jeden Kunstliebhaber.

Schneider stellte den Wagen auf dem Besucherparkplatz ab und musste zu Fuß weitergehen. Er ging eine etwa 300 Meter lange Zypressenallee entlang und gelangte endlich zum Klosterkomplex, wo er auch die Tür zu einem kleinen Büro fand, das eigens für Touristen eingerichtet worden war. Neben dem Büro bemerkte er einen Laden, in dem Erzeugnisse des Klosters verkauft wurden, angefangen bei diversen Kräuterlikören über Sambuca und eine ganze Reihe pflanzlicher Heiltropfen. Laut der Beschilderung beherbergte das Kloster außerdem eine Werkstatt für die Restauration von Pergamenten und alten Büchern, die allerdings nur Wissenschaftlern zur Verfügung stand.

Es war für die hier lebenden Brüder also keineswegs ungewöhnlich, Besuch zu bekommen. Die Tatsache, dass jedermann hier vorbeischauen konnte, auch gelangweilte Touristen mit weißen Schlapphüten auf den Köpfen, kurzen Hosen und Fotoapparaten vor dem Bauch, raubte Schneider die Illusion, in wenigen Minuten einen eremitengleichen Mann zu treffen, den er für einen würdevollen Geheimnisträger hielt.

Richard betrat das Büro und fand hinter einem Schreibtisch einen jungen Mönch vor, der mit einer hellen Kutte bekleidet war. Freundlich lächelnd wartete der auf Schneiders Anliegen. Schneiders Italienischkenntnisse waren nicht schlecht, und so konnte er sich mühelos nach Francesco Montesi erkundigen. Der junge Mönch wurde ernst, als er hörte, dass Schneiders Interesse nicht dem Kloster, sondern dem alten Mann galt. Nein, er wohne nicht mehr im Kloster, schon sehr lange nicht mehr, sondern in einem alten Steinhaus, dass sich einige hundert Meter abseits der Klostermauern befinde. Schneider zog das Jackett aus, und zwei große Schwitzflecken auf Brust und Rücken zeichneten sich ab. Der Mönch erhob sich von seinem Holzstuhl, verließ mit Schneider das Büro und erklärte ihm den Weg, den er zu gehen habe.

Richard bedankte sich irritiert und schlug die beschriebene Richtung ein. Nach zehn Minuten fand er sich vor einem alten Steinhaus wieder. Er verlangsamte seine Schritte, da niemand zu sehen war. Unsicher schlich er auf dem Grundstück herum und entdeckte schließlich einen alten Mann. Allerdings entsprach der nicht im Geringsten dem Phantasiebild, das sich Schneider von ihm gemacht hatte. Stattdessen war der Alte ziemlich klein und ging gebückt. Er hatte eine Kutte an, die jedoch nicht besonders ansehnlich wirkte, ein fast kahlköpfiger Mann, der zwischen knochigen Olivenbäumen stand und sich mühte, einige der Früchte vom Baum abzuzupfen. Die einzige Übereinstimmung mit seiner Vorstellung fand Richard darin, dass Montesi braun gebrannt war und tatsächlich einen weißen Bart trug.

Schneider ging langsam auf ihn zu und suchte nach Worten, mit denen er die Unterhaltung mit dem Greis eröffnen konnte. Am liebsten hätte er ihn in seiner Ungeduld direkt auf die Lanze angesprochen, doch er beschloss, diplomatisch an die Sache heranzugehen. Der Mönch blickte aus seiner gebückten Haltung zu ihm auf und sah in ein Gesicht, von dem er entfernt glaubte, es von früheren Zeiten her zu kennen.

»Kann ich Ihnen helfen, junger Mann?« Montesi sprach ihn auf Italienisch an.

»Ich suche einen Pater namens Montesi.«

»Wer sucht einen Pater namens Montesi?«, antwortete der Alte auf Deutsch, der wohl den deutschen Dialekt erkannt hatte.

»Mein Name ist Schneider. Dr. Richard Schneider. Ich bin der Sohn von Karl Wilhelm.«

Montesi sah Schneider misstrauisch an, drehte sich schließlich um und ging zu einem anderen Baum. Er brauchte offensichtlich Zeit, um sich zu überlegen, wie er auf diesen unerwarteten Besuch reagieren solle. An dem Baum angekommen, pflückte er auch dort einige Oliven ab, ließ sie in eine Tasche seiner Kutte gleiten und stapfte dann mit kurzen Schritten zu einer verwitterten Holzbank. Er stützte sich auf seinen Stock und ließ sich müde auf die Bank fallen, wobei einige Früchte zu Boden kullerten. Dann steckte er sich eine Olive in den Mund, kaute eine geraume Zeit darauf herum und spukte Schneider schließlich den Stein vor die Füße.

»Schneider, sagen Sie?« Der Alte schüttelte schwach den Kopf. »Kenne ich nicht«, krächzte er. Schneider stand der Schweiß auf der Stirn, und mit weit aufgerissenen Augen sah er Montesi an. »Sie müssen ihn aber kennen«, bedrängte er ihn und trat einen Schritt weiter auf ihn zu. »Es ist schon sehr lange her. Er hat Sie damals in Rom getroffen, als Sie vom Papst die ›Heilige Lanze‹ zu Verwahrung erhalten haben. Und er hat hier bei Ihnen während der letzten Kriegsjahre, damals, vor sechzig Jahren, gewohnt.«

Montesi wackelte auf der Bank wie ein Vogel, der sein

Gewicht von einem Fuß auf den anderen verlagert, und dachte nach. »Ich kann mich nicht erinnern. Sechzig Jahre! Das ist eine lange Zeit.« Er schüttelte wieder sein greises Haupt. »Und ich weiß auch von keiner Lanze. Tut mir leid. Sie müssen mich verwechseln.«

Schneider war der Verzweiflung nahe. Was sollte er nur tun? Er versuchte es noch einmal. »Mein Vater hat Tagebuch geführt, und darin werden Sie ausdrücklich erwähnt. Sie waren sein Freund. Das müssen Sie doch noch wissen. Verdammt noch mal.«

Montesi stemmte sich mit beiden Händen von der Sitzfläche der Bank ab und wollte aufstehen. Dabei rutschte sein an die Bank gelehnter Stock zur Seite. Er wollte danach greifen, doch er schaffte es nicht. Schneider bückte sich widerwillig und hob den Stock auf. Dabei glitt das Kreuz, das er von seinem Vater erhalten hatte, aus seinem Hemd und baumelte für einen kurzen Augenblick in der Luft. Schneider verharrte für ein paar Sekunden in der gebückten Haltung, denn der Alter starrte mit weit aufgerissenen Augen auf das Schmuckstück. Als Schneider aufstand, konnte Montesi den Blick immer noch nicht von dem Kruzifix lösen.

Er streckte seinen Arm aus und deutete mit zittrigem Finger auf das Schmuckstück. »Woher haben Sie das?« Dann sah er Schneider mit wachen Augen an.

»Mein Vater hat es mir kurz vor seinem Tod geschenkt. Er ist vorige Woche gestorben. Er hat mich zu Ihnen geschickt.«

Der Alte fasste sich an den Kopf und begann zu nicken. »Ja, ich habe ihm damals dieses Kreuz geschenkt, als er mich verlassen hat und nach Deutschland zurückgekehrt ist. Es sollte ihn vor den Mächten der Finsternis beschützen.«

Schneider nahm das Kreuz von seinem Hals ab und hielt es in der Hand. Dann gab er es Montesi. Der nahm es und strich bedächtig darüber. Dann gab er es Schneider zurück.

»Mächte der Finsternis? Was meinen Sie damit?«

»Junger Mann. Ich bin zu alt, um Ihnen das noch zu erklären. Was wollen Sie eigentlich von mir? Warum hat Karl Sie geschickt?«

»Erinnern Sie sich jetzt?« Montesi sah müde zu Schneider auf. Es war, als prüfe er ihn mit seinem Blick. Ein Blick, der bis tief in Schneiders Seele reichte und dort offensichtlich Dinge sah, die ihm nicht gefielen.

»Er sagte, ich solle Sie nach der Lanze fragen.« Schneiders Geduld verflüchtigte sich langsam. »Deshalb bin ich doch hier. Ich will die echte Lanze!«

Bei diesen Worten zuckte Montesi zusammen. »Ich weiß nicht, wovon Sie reden. Die echte Lanze? Es gibt nur eine Lanze, und die liegt in Wien. Das weiß doch jeder.«

Schneider trat dicht vor den Alten. »Das ist nicht wahr, und das wissen Sie ganz genau. Die Lanze aus Wien ist eine Nachahmung aus dem achten Jahrhundert. Es ist nicht die Lanze, mit der Jesus erstochen wurde.«

»Sie begreifen gar nichts, junger Mann. Jesus wurde mit der Lanze nicht erstochen. Durch diesen Stich wurde eine uralte Prophezeiung an ihm erfüllt. Es geschah, was geschehen musste, damit Gottes Souveränität offenbar wurde.« Montesi wandte sich von Schneider ab und steuerte wieder auf seine Bäume zu. Ohne sich umzudrehen, sagte er: »Ich kann Ihnen nicht helfen. Sie sind umsonst gekommen.« Montesi winkte mit einer abweisenden Geste, die unmissverständlich war.

Schneider ging hinter ihm her und packte ihn an der knochigen Schulter. »Augenblick mal, nicht so schnell, alter Mann.« Seine Stimme klang hart und kalt.

Trauer breitete sich in Montesis Gesicht aus. »Ihr Vater war ein guter Mensch. Sie sind nicht wie er! Er war verzweifelt und ohne Hoffnung, ja, aber er hatte ein gutes Herz.

Sie hingegen führen Böses im Schilde. Ich kann und werde Ihnen nicht helfen. Gehen Sie jetzt.«

Wieder packte Schneider den Alten an der Kutte und riss ihm den Ärmel an der Schulter auf. Montesi drehte den Kopf, und eine erstaunliche Autorität lag plötzlich in seiner Stimme. »Lassen Sie mich in Ruhe. Ich muss beten.«

Richard spürte, dass Montesi ihm etwas verheimlichte, und war nicht gewillt, unverrichteter Dinge wieder abzuziehen. Vor allem wurde ihm das ganze Elend seiner vertrackten Situation erneut bewusst. Der Konkurs seiner Firma, die merkwürdige Bruderschaft, die gedroht hatte, ihn nicht aus den Augen zu lassen, und die Tatsache, dass er vermutlich längst die Polizei im Nacken hatte. Darüber hinaus lag in seinem Safe eine Lanze, die nicht die wahre Macht besaß – und nun stellte sich ihm auch noch dieser sture alte Mann in den Weg.

Schneider stemmte die Arme in die Seiten. »Glauben Sie, ich habe mich auf diese lange Reise gemacht und Sie in dieser Einöde aufgespürt, um ohne die Lanze wieder zurückzufahren? Sie sagen mir jetzt auf der Stelle, was es mit der echten Lanze auf sich hat, oder ...«

»Oder was?«, entgegnete Montesi mit ruhiger warmer Stimme. »Was wollen Sie mit mir tun? Mich umbringen?« Montesi lachte laut auf. »Ich bin sowieso bald tot. Machen Sie ruhig. Ich wäre glücklich, schnell bei meinem Herrn zu sein.«

Schneider ballte die Fäuste. »Hören Sie, es sind ein paar Leute hinter mir her, und ich bin nicht gewillt, ihnen ohne die Lanze entgegenzutreten. Geben Sie mir jetzt sofort die Lanze, verdammt noch mal! Ich habe bis jetzt noch alles bekommen, was ich wollte.«

»Dann muss ich Sie eben diesmal enttäuschen. Ich kann und will Ihnen nicht helfen, auch wenn Karl mein Freund war. Es gibt höhere Verpflichtungen im Leben als Freundschaft.«

Schneider stand mit geballten Fäusten vor Montesi. Etwas schien ihn davon abzuhalten, den Alten zu schlagen, obgleich er doch schon einen Menschen ermordet hatte. Er suchte fieberhaft nach einer Lösung, doch Montesi wirkte unerschütterlich. Richard stampfte unruhig auf dem staubigen Boden auf und stemmte die Hände in die Seite. Dann sah er zu dem Haus hinüber. »Wohnen Sie hier?«

Montesi sah Schneider an, ohne zu nicken.

»Ich werte Ihr Schweigen als Ja. Klar, wo sollten Sie auch sonst leben in dieser Einöde.« Schneider eilte auf die geöffnete Tür des kleinen Hauses zu, in der dicht aneinandergereihte bunte Streifen hingen, die sich sanft im Wind bewegten und den Mücken und Fliegen das Eindringen erschwerten. Er näherte sich den Streifen, packte sie mit einer Faust und riss sie vollständig herunter. Montesi sah ungerührt zu und steckte sich dabei eine Olive in den Mund.

Dann stürmte Schneider wie ein wild gewordener Köter in das Haus. Montesi hörte, wie Töpfe schepperten und Gläser zerbrachen. Offensichtlich wühlte der Eindringling wahllos alles durch. Er zog die Schubladen und Schranktüren auf, auch dann, wenn klar erkennbar war, dass man dort kaum eine alte Lanze aufbewahren würde. Er tat es irgendwann nur noch aus blinder Wut. In weniger als zehn Minuten hatte Richard das ganze Haus auf den Kopf gestellt und rannte schnaubend und mit hochrotem Gesicht wieder hinaus. Montesi war unterdessen in Richtung seines kleinen Olivenhains gegangen. Der Boden war hier felsig und trocken und hatte gerade die richtige Beschaffenheit für Olivenbäume. Wieder pflückte er die grünen Früchte ab.

Schneider rannte ihm nach und stolperte beinahe über einen großen Stein. Er baute sich vor Montesi auf, wirkte aber in seinem feinen Zwirn, der in dieser Umgebung völlig unpassend erschien, eher lächerlich. Aber nicht nur sein Aussehen passte nicht zu diesem Ort des Friedens. Montesi blickte ihn mitleidig an, doch das regte Schneider nur noch mehr auf. Er packte Montesi an der kratzigen Kutte und zog ihn zu sich ran. »Sie sagen mir jetzt augenblicklich, was ich wissen will. Mein Vater hat in seiner letzten Minute von Ihnen gesprochen.«

Montesi rührte sich nicht vom Fleck und trotzte Schneider mit einer Unerschütterlichkeit, die diesen zur Raserei brachte. In einem Moment unkontrollierter Aggression stieß er Montesi von sich fort – mit solch einer Kraft, dass dieser nach hinten umfiel, rücklings auf dem Boden aufschlug und sich nicht mehr rührte. Schneider betrachtete den alten Mann, dessen Kopf zur Seite geneigt neben einigen Oliven lag, mit einer Mischung aus Verzweiflung und Wut, Neid und Angst. Reue darüber, dass er einen alten Mann Gottes zu Boden geworfen hatte, empfand er nicht. Er war außer sich vor Wut, dass er den langen Weg umsonst gemacht hatte, und verzagt, weil er offensichtlich nun keinen Trumpf mehr aus dem Ärmel schütteln konnte.

Als Richard sich umdrehte und einen letzten Blick auf den am Boden liegenden Mann warf, wurde er des kleinen Rinnsals roten Blutes gewahr, das von dem Stein, auf den Montesi aufgeschlagen war, herabfloss.

✣ ✣ ✣

Smith ging im Raum auf und ab und suchte in dem Schreiben seines Freundes John Wagner nach Antworten, obwohl ihm längst klar war, dass er sie dort nicht finden würde. »Wenn es stimmt, dass unsere beiden Freunde hier die Schächer sind, die in der Bibel beschrieben werden, dann ist auch der dritte Mann am selben Tag gestorben wie sie – und wie Jesus Christus.«

»Das allein ist doch schon wahnsinnig bedeutsam, findet ihr nicht?«, warf Lea ein. »Ich kann mich nicht erinnern, schon einmal von einem Fall mit solch einer Brisanz gehört oder gelesen zu haben.«

»Das stimmt«, sagte Smith und zwirbelte dabei seinen Schnurrbart zwischen Daumen und Zeigefinger. »Doch wer ist dieser Tote Nr. 3? Wollte er der Kreuzigung von Jesus als Pilger beiwohnen? War er ihm wohlgesonnen, oder hatte er böse Absichten? Immerhin ist er durch einen Lanzenstich eines römischen Legionärs ums Leben gekommen.«

»Du tust so, als stünde all das schon fest. Wäre es nicht besser, wenigstens mit Worten wie ›vermutlich‹, ›wahrscheinlich‹ oder ›vielleicht‹ zu arbeiten?«

»Auch das ist richtig, Mosche, aber ich habe in den letzten beiden Tagen sehr viel nachgedacht und bin inzwischen bereit, das für unser Empfinden Unmögliche als eventuell möglich zu akzeptieren.« Harvey runzelte die Stirn und fragte sich, ob er tatsächlich meinte, was er gesagt hatte.

»Es ist und bleibt aber ein Paradoxon«, bestätigte Lea. »Wenn der Mann tatsächlich aus dem einundzwanzigsten Jahrhundert stammt, also aus unserer Zeit, und seine Inlays erst vor ein paar Jahren bekommen hat – könnte es dann nicht sein, dass er in diesem Augenblick schon oder noch lebt und sich erst in ein paar Jahren in die Vergangenheit beamt?«

Mosche und Harvey schwiegen, und die Stille war erdrückend.

Das Gehirn des Professors durchzuckte ein verrückter Gedanke: *Ein Mann lebt, während seine Leiche zur selben Zeit untersucht wird. Wie soll das funktionieren?* Smith sagte mit leiser Stimme. »Vielleicht weiß er selbst noch gar nicht, dass er sich mal auf eine Zeitreise begeben wird. Vielleicht ist er Opfer skrupelloser Experimente geworden?«

»Das erklärt aber nicht, warum er in Jerusalem und wahrscheinlich nicht weit von Golgatha umgebracht wurde«, gab Mosche zu bedenken.

»Wir müssen uns vor Augen halten, wie es in Jerusalem vor 2000 Jahren ausgesehen hat. Aus der Perspektive eines Mannes aus unserer Zeit müsste die Konfrontation mit der damaligen Kultur ein ziemlicher Schock gewesen sein. Außerdem: Wie hat er sich verständigt? Wovon hat er gelebt? Er brauchte doch etwas zu essen.«

»Na ja: betteln. Das haben doch damals viele getan. Genau wie heute. Sich an den Straßenrand setzen und die Hand aufhalten.« Lea nickte zufrieden und genoss ihren Einfall.

»Trotzdem …« Smith schüttelte den Kopf. »Wie empfand er die sanitären Verhältnisse? Wie ist er mit dem Gestank klargekommen? Er war ja nicht einfach in einem fremden Land, in dem er in einem Fünf-Sterne-Hotel Urlaub machte, sondern in einer viel primitiveren Zeit dort.« Der Professor schüttelte verärgert den Kopf. »Nein, so kommen wir nicht weiter. Ich denke, wir sollten uns mit Forschern und Erfindern unterhalten, um in Erfahrung zu bringen, wie weit die Entwicklung in Bezug auf Zeitreisen fortgeschritten ist. Bisher sind unsere Überlegungen doch nur Hirngespinste.«

Mosche trat dicht an Harvey heran. »Niemand weiß, ob nicht in ein paar Jahren etwas Revolutionäres entwickelt wird, von dem niemand heutzutage auch nur die leiseste Ahnung hat. Vielleicht eine Rakete, die so schnell fliegt, dass sie die Zeit besiegt?«

»Ich glaube, du hast zu viele Filme gesehen, Mosche.«

»Das kann schon sein, Harvey.« Mosche grinste schelmisch.

Harvey blätterte noch einmal in den Unterlagen und

Auswertungen, die Professor Wagner mit den Proben zurückgeschickt hatte. Unvermittelt blickte er zu Mosche und Lea auf. »Was haltet ihr von einer kleinen Reise über den großen Teich?«, fragte er die beiden.

»Du meinst, wir sollten zusammen …? Wow. Also, ich für meinen Teil könnte das dem Institut schon verklickern, aber du, Mosche. Bei dir wird es sicher schwierig, oder?«

»Überhaupt nicht. Wir haben Verwandte in New York, die wollte ich schon lange mal besuchen. Außerdem habe ich noch fast drei Wochen Urlaub bei Moriah gut.« Mosche wurde nachdenklich. »Die Frage ist nur, ob er mich gerade jetzt ziehen lässt.«

»Na, ja. Das kriegen wir schon hin. Lasst mich nur machen. Ich werde Moriah und der IAA erklären, dass ihr beide für meine Forschungen unentbehrlich seid.«

»Ein Baggerfahrer? Unentbehrlich?«

»Warum nicht? Es stecken immer mehrere Talente in einem Menschen. Außerdem bist du ein ehemaliger Geologie- und Archäologiestudent!«

»Und wer bezahlt das Ganze?«, fragte Mosche.

»Na, der Steuerzahler natürlich«, lachte der Professor. »Nein, das war ein Scherz. Ich denke, das wird meine Uni übernehmen. Wir haben im letzten Jahr großzügige Forschungsgelder bewilligt bekommen, und das ist doch genau das, was wir tun wollen. Wir forschen, oder nicht?«

Mosche und Lea nickten begeistert.

Mosche musste einige Überredungskünste aufbringen, um seine Frau davon zu überzeugen, dass diese Reise für ihn wichtig sei. »Es ist die Chance meines Lebens, Schatz. Bitte lass mich mit Lea und den Professor fliegen. Dieses Thema interessiert mich, seit ich denken kann, und ich muss nicht einen Schekel dafür bezahlen.«

»Wie lange wirst du denn wegbleiben?«, fragte sie.

»Eine Woche, höchstens zwei. Bitte, Schatz, sag Ja.« Rachel löste sich aus der Umarmung und ging einige Schritte auf und ab. Sie überlegte fieberhaft, wie sie diese Woche organisieren, die Kinder versorgen und andere praktische Dinge gestalten konnte. Dabei war der eigentliche Grund ihrer Skepsis der, dass sie sich Sorgen um Mosche machte. Schließlich drehte sie sich zu ihm um und sah ihn liebevoll an. Dabei nickte sie leicht mit dem Kopf. »Es fällt mir schwer, dich ziehen zu lassen, doch ich sehe, wie viel es dir bedeutet. Also schön, geh. Der Professor ist ja dabei, und ich muss zugeben, die Geschichte mit dem unbekannten Toten ist wirklich spannend. Ich wünsche euch, dass ihr der Sache auf die Spur kommt.«

»Danke, Schatz. Ich liebe dich. Und wenn du mal eine Woche Urlaub auf einer Schönheitsfarm brauchst, pass ich auf die Kinder auf.«

Rachel gab ihm einen Klaps auf den Oberarm. »Als wenn ich das nötig hätte«, scherzte sie. Dann wurde sie wieder ein wenig bedrückt. »Wann geht euer Flug?«

»Voraussichtlich morgen Mittag. Wir werden circa zehn Stunden unterwegs sein. Sobald ich da bin, rufe ich dich an.«

»Komm, ich helfe dir packen.«

»Warte, ich benachrichtige erst Lea und den Professor, dass ich mitkommen kann.«

Wehmütig suchte Rachel Kleider für Mosche raus. Seit ihrer Hochzeit war das Paar noch nie länger als zwei Tage getrennt gewesen, und Amerika lag ja auch nicht gerade nebenan. Mosche hingegen richtete alle Gedanken und Gefühle auf die ihm bevorstehende Reise. Er würde sich mit namhaften Wissenschaftlern über Quantenphysik und Einsteins Relativitätstheorie unterhalten und sich in seinen Kindheitsträumen über Zeitreisen verlieren können.

Smith hatte derweil alles telefonisch geregelt. Er hatte sich mit Wagner in Verbindung gesetzt und sich mit ihm in Chicago verabredet, wo sich eine der modernsten Forschungsstationen der Welt befand. Dort wurde nicht nur intensiv in der Astrophysik geforscht – einige Arbeitsgruppen arbeiteten auch an Antriebsaggregaten für die Raumfahrt und an den Möglichkeiten von Zeitreisen.

Der Flieger startete planmäßig, und Rachel stand mit den beiden Kindern in der Abflughalle. Sie sah dem Flugzeug nach, bis es am Horizont verschwunden war, und ihr war klar, dass sie stündlich an ihn denken würde.

Lea, Mosche und der Professor saßen im Mittelgang nebeneinander. Smith hatte sich extra den Platz am Rand reservieren lassen, weil ihm das die Sicherheit gab, schnell austreten zu können, falls ihn die gewohnte Übelkeit erwischte. Er hoffte allerdings inständig, diesmal den Flug unbeschadet zu überstehen. Eine doppelte Dosis Dimenhydrinat beruhigte das entsprechende Zentrum in seinem Gehirn. Doch da das Medikament zugleich sehr müde machte, mussten sich Lea und Mosche die meiste Zeit allein unterhalten, während Smith selig schlief und bei heruntergefallener Kinnlade den anderen Passagieren durch sein Schnarchen den Schlaf raubte. Als die Wirkung des Medikamentes nachließ, nahm der Professor noch einen weiteren großen Schluck von der Arznei und genoss diesen Zustand der Seligkeit bis zu ihrer Ankunft. Rachel hatte ihm den Wirkstoff gegen seine Reisekrankheit empfohlen, und er war ihr dafür zutiefst dankbar. *Warum habe ich dieses Zeug nicht schon früher entdeckt*, dachte er und schlummerte weiter.

Kurz bevor das Flugzeug landete, weckte Lea den Professor.

»Was gibt es denn so Wichtiges?«, fragte er verschlafen,

doch dann sah er Lea und Mosche wie zwei Kinder aus dem Fenster starren und den riesigen Lake Michigan bewundern. Diese Faszination kannte er nur zu gut, auch wenn er auf vergangenen Flügen eher damit beschäftigt gewesen war, seine Übelkeit in den Griff zu bekommen. Nachdem das Flugzeug sanft den Boden des »O'Hare International Airport« berührt hatte und alle Passagiere dem Gepäckband zustrebten, fühlte sich Smith erfrischt und ausgeruht.

Ein Taxi brachte sie zunächst in ihr Hotel. Doch nun waren Mosche und Lea müde. Der Jetlag machte den beiden zu schaffen, und sie hofften, dass sie sich nach einer Nacht wieder regeneriert hatten.

Am nächsten Morgen wartete Smith bereits in der Lobby auf sie. Man sah ihm an, dass er sich in seiner Heimat wohlfühlte. Ein Taxi brachte sie direkt zum »Institut für angewandte Physik«, das weit außerhalb der Stadt in Richtung Joliet lag. Eigentlich hatten sich Mosche und Lea ohnehin keine großen Gedanken darüber gemacht, wie so ein Institut wohl aussähe, doch was sie erwartete, übertraf selbst ihre kühnsten Träume.

Der Leiter des Instituts, Professor Petrov, ein Russe, war seit vielen Jahren mit John Wagner befreundet. Und wäre nicht wiederum Wagner seinerseits mit Harvey Smith befreundet gewesen, hätte es wohl nie ein derartiges Treffen gegeben.

Kaum betraten die drei Besucher das Gebäude, da kam ihnen Professor Wagner schon entgegen, der sie schon voller Ungeduld erwartet hatte. Wagner strahlte über das ganze Gesicht, als er Smith kommen sah, und breitete die Arme aus. Mosche und Lea betrachteten amüsiert, wie sich die zwei alten Männer in die Arme nahmen und herzten, einander begrüßten und wie junge Burschen dabei lachten. Dann wandte sich Smith seinen beiden »Assistenten« zu. »Hey,

John, darf ich dir Lea Weizmann vorstellen. Sie leitet seit zwei Jahren die israelische Altertumsbehörde.«

»Sehr erfreut, Frau Weizmann.« Wagner gab ihr die Hand und verbeugte sich höflich.

»Und dies ist Mosche Kofsman, er ist gewissermaßen …, nun, wie soll ich sagen, Archäologe und Geologe aus Leidenschaft und ein unentbehrliches Mitglied unserer Truppe.«

»Herzlich willkommen«, begrüßte Wagner auch Mosche. »Ich freue mich sehr, dass Sie alle kommen konnten.«

Dann wandte er sich wieder an Smith. »Der Fund, den du mir geschickt hast, hat unter den Kollegen einigen Wirbel ausgelöst, natürlich unter dem Mantel der Verschwiegenheit.«

»Das muss auch so bleiben, John. Bis wir nicht genau wissen, ob wir uns irren oder nicht, müssen wir alle dichthalten.«

»Kein Problem, Harvey.« Wagner geleitete die Gruppe in Richtung eines Aufzuges. »Nun zu dem, was euch erwartet. Ich habe euch nur mit viel Mühe überhaupt bei Petrov anmelden können. Glaubt mir, ich musste mit Engelszungen reden und habe ihm erzählt, dass ihr seine Artikel gelesen habt und ganz wild auf seine Ergebnisse seid. Normalerweise betritt nämlich kein Fachfremder seinen heiligen Tempel, das könnt ihr euch sicher vorstellen. Alles, was hier erforscht wird, ist streng geheim. Petrov ist wirklich ein famoser Mann, aber er hat wie die meisten Genies eine kleine Macke.«

»Und die wäre?«, fragte Smith.

»Er ist schrecklich eitel. Es scheint, als sei sein Selbstbewusstsein so klein wie die kleinen Teilchen, die er durch Raum und Zeit schießt. Ständig ist er auf der Suche nach Anerkennung. Ich meine: Für euch ist das eigentlich gut, denn Petrov liebt es, zu referieren. Seine Artikel erregen weltweites Interesse, und zum Glück hat die Regierung die

Forschungsgelder für sein Programm noch einmal aufgestockt.«

»Verschlingt das Projekt denn so viel?«, fragte Mosche.

Wagner nickte. »Bisher hat er allein für die Apparaturen 15 Millionen Dollar ausgegeben. Dazu kommt, dass er täglich für 10 000 Dollar Energie verbraucht.«

»Wow. Welche Maschine verschlingt denn so viel Strom?«, interessierte sich Mosche.

Wagner nickte grinsend. »Sie werden es gleich selbst erleben. Kommen Sie. Ich bringe Sie zu ihm.«

Wagner führte das kleine Forscherteam zu einem Aufzug, steckte den Schlüssel, den Petrov ihm gegeben hatte, in ein Sicherheitsschloss und tippte einen Code in eine winzige Tastatur. Zur Überraschung der Neuankömmlinge ging es aber nicht nach oben, sondern abwärts. Sie wurden so schnell in die Tiefe katapultiert, dass alle schlucken mussten, um den Druck in den Ohren auszugleichen.

Smith atmete tief ein und sagte scherzhaft: »Ich dachte, ich hätte das Schlimmste hinter mir, als ich das Flugzeug verließ.«

»Es ist sofort vorbei, Harvey. Es sind nun mal mehr als sieben Stockwerke.«

»Es tut mir leid, aber mir wird schon schlecht, wenn ich auf eine Leiter steige.«

Der Fahrstuhl verlangsamte sich und drückte die Fahrgäste in die Knie. Dann öffnete sich die Tür mit einem leisen Zischen. Wagner stand vorn am Ausgang und verließ den Aufzug ohne Verzögerung, während Smith, Lea und Mosche noch eine Weile wie angewachsen verharrten. Der Anblick war überwältigend. Sie hatten zwar durchaus damit gerechnet, einen Raum vorzufinden, den sie als ungewöhnlich bezeichnet hätten, doch was sie jetzt sahen, war schlichtweg gigantisch.

✣ XX ✣

Schon am nächsten Tag befanden sich Huber und Raphaela im Flugzeug nach Rom.

»Dass sich der Vatikan in unsere Ermittlungen einschaltet, finde ich mehr als ungewöhnlich.« Huber sah Grassetti von der Seite an.

Sie nickte und schien über irgendetwas nachzudenken. »Die Lanze ist eben nicht irgendeine Lanze.« Der Hinweis für das Lösen der Sicherheitsgurte ertönte. »Warum haben Sie sich so gesträubt, nach Rom zu fliegen? Ist das nicht eine willkommene Abwechslung zu Ihrem Alltagstrott?«, fragte sie Huber.

Er nahm einen Schluck Mineralwasser, den die Stewardess zuvor gebracht hatte, und überlegte sich seine Worte gut. *Warum soll ich es nicht erzählen,* dachte er. »Mein Sohn muss immer dann, wenn mich mein Chef auf eine Dienstreise schickt, für ein paar Tage zu seiner Mutter. Er ist aber lieber bei mir als bei seiner Mutter. Ich glaube, ich erlaube ihm mehr als sie. Außerdem hasst er den neuen Kerl meiner Exfrau.« Hubers Augen leuchteten, als er von seinem Sohn erzählte.

Raphaela sah Huber plötzlich mit anderen Augen. »Ach, Sie haben einen Sohn! Wie alt ist er?«

Huber kramte in der Innentasche seiner Jacke, zog seine Brieftasche hervor und holte ein Foto hervor. »Gerade sieben geworden.« Er betrachtete es lange, bevor er es Raphaela hinüberreichte. Sie schaute ihn fragend an. Daraufhin sagte er: »Ich bin seit zwei Jahren geschieden. Meine Frau hat es mit mir nicht mehr ausgehalten.«

Raphaela gab ihm das Foto zurück, woraufhin er es wieder in die Brieftasche zurücksteckte. Dann knöpfte er plötzlich die ersten drei Knöpfe seines Oberhemdes auf, zog das T-Shirt zur Seite, entblößte einen Teil seiner rechten Schulter und drehte sie so zu seiner Sitznachbarin um, dass sie die Narbe gut sehen konnte. »Ich habe ziemliches Glück gehabt. Knapp an der Lunge vorbei. Ein glatter Durchschuss, aber meiner Frau hat es gereicht. Jeden Morgen zu befürchten, dass ich am Abend nicht nach Hause komme, das war zu viel für sie.«

»Warum haben Sie nicht den Job gewechselt, wenn Sie sich in der Mordkommission sowieso nicht wohlfühlen?«

Huber zuckte mit den Schultern. »Ich habe nichts anderes gelernt. Was soll ich denn machen?« Er nahm einen weiteren Schluck Wasser. »Lassen wir das. Nutzen wir lieber die Zeit. Wir haben noch über eine Stunde. Mir sind nämlich einige Dinge noch immer nicht ganz klar. Wie kann jemand derart in eine Reliquie vernarrt sein, dass er bereit ist, dafür zu töten? Während er den Kunstschatz daneben, der von unermesslichem Wert ist, einfach unbeachtet liegen lässt?«

Grassetti wusste, dass Huber das juwelenbesetzte Kreuz meinte, das neben der Lanze ausgestellt war. Seine Betonung des Wortes »Reliquie« ließ erahnen, wie wenig Wertschätzung er religiösen Gegenständen zollte. Aber die junge Frau musste nicht lange überlegen, was sie antworten sollte. Die Lanze war schließlich ihr Thema. »Das hängt mit der Geschichte der ›Heiligen Lanze‹ zusammen und dem Wert, den man ihr über die Jahrhunderte beigemessen hat. Sie ist eben mehr als nur eine Reliquie.« Huber sah sie fragend an. Mit verklärtem Blick fuhr sie fort. »Die Lanze ist eine Art ... Kraftquelle, Machtsymbol, ja sogar Heilsbringer. Die Menschen verehrten sie als ein Instrument, das ihnen den göttlichen Segen verheißt, ewiges Leben und direkten Zugang zum Himmel, wenn sie sterben.«

Huber hatte ihr aufmerksam zugehört. Spontan sagte er: »Macht es Ihnen etwas aus, wenn wir uns duzen?«

Raphaela machte ein amüsiertes Gesicht und schüttelte den Kopf. Dann reichte sie ihm die Hand. »Ich heiße Raphaela.«

»Okay, jetzt bitte nicht lachen. Ich heiße Alois.« Huber schlug in die Besiegelung ein. Sie lachte doch, und es war ihm peinlich. »Okay, nachdem wir das geklärt haben, fang doch bitte einfach noch mal ganz von vorn an.«

Raphaela beugte sich vor und holte ein paar Unterlagen aus ihrer Aktentasche hervor. Dann legte sie zunächst einige Blätter mit Fotografien auf ihren Schoß und reichte sie ihm. Während er sich die Bilder ansah, begann sie zu erzählen. Ihre Augen glänzten dabei vor Begeisterung. »Viele Jahrhunderte glaubten die Menschen, dass die Lanze ganz sicher jene Lanze sei, die der Hauptmann benutzt hatte, um festzustellen, ob Jesus wirklich verstorben war. Das steht so im Johannesevangelium. Die Menschen glaubten fest daran, dass das göttliche Blut Jesu an dieser Klinge entlanggeflossen sei.«

»Was hat diese goldene Manschette zu bedeuten?«, fragte Huber, während er das Bild betrachtete.

»Warte, nicht so schnell.« Raphaela hob den Zeigefinger. Dann knöpfte sie den obersten Knopf ihrer Bluse auf, weil ihr vor lauter Eifer warm wurde. Sie hatte endlich jemanden gefunden, dem sie in aller Ruhe von der »Heiligen Lanze« erzählen konnte. »Der Legende nach soll Helena, die Mutter von Kaiser Konstantin, 330 Golgatha in Jerusalem wiederentdeckt, einen Nagel vom Kreuz Christi und angeblich auch eine Lanze gefunden haben. Sie ließ daraufhin den Nagel in die Rüstung ihres Sohnes einarbeiten, um ihn unverwundbar zu machen. Danach beginnt eine längere Phase in der Geschichte, in der nichts über die Lanze berichtet wird. Sie scheint wie vom Erdboden verschwunden zu sein. Erst 961 findet sich ein ausführlicher schriftlicher Hinweis auf die Lanze, von Liutprand von Cremona, einem Geschichtsschreiber aus der Zeit Otto I.«

Wieder legte sie ein Schriftstück zuoberst auf ihren Schoß und las dann einige Zeilen aus einem sehr alten Dokument vor: »Hier schau. Er schreibt: ›Die Lanze war anders als die sonstigen Lanzen, nach Art und Gestalt etwas Neues, insofern als das Eisen beiderseits des Grates Öffnungen hat, und statt der kurzen seitwärts gerichteten Zweige erstrecken sich zwei sehr schöne Schneiden bis zum Abfall des Mittelgrates … Und auf dem Dorn, den ich vorher den Grat nannte, trug sie Kreuze aus den Nägeln, die durch die Hände und Füße unseres Herrn und Erlösers Jesu Christi geschlagen waren …‹«

Sie legte die Seiten weg und holte ein geheftetes Manuskript hervor. Eifrig schlug sie es auf. »Aber eigentlich sind wir noch gar nicht so weit. Chronologisch gesehen tauchte eine ›Heilige Lanze‹ zuerst wieder im Jahre 926 auf. Da kam sie auf dem Wormser Hoftag in den Besitz von Heinrich I., dem Ottonenkönig. Er forderte sie damals von König Rudolf von Burgund. Der Preis, den er bezahlte, war jedoch beträchtlich. Stell dir vor. Er tauschte die Lanze gegen den gesamten südwestlichen Teil seines Reiches und die Stadt Basel ein.«

»Gegen eine einzige Lanze?«, fragte Huber ungläubig.

»Wie gesagt, es ist ja nicht irgendeine Lanze, sondern ein Instrument, das unbesiegbar macht. Heinrich war fest davon überzeugt, dass es sich bei dieser Lanze um die Lanze Konstantins, also um die wahre Lanze handelt.«

»Und? War sie es?«

»Mittlerweile gilt als sicher, dass die Lanze, die er in den Händen gehalten hat und um die sich alle nachfolgenden Geschichten ranken, eine karolingische Schöpfung aus dem achten Jahrhundert ist.«

Huber drückte einen Knopf in seiner Lehne und bewegte sich ein Stück nach hinten. Dann lehnte er sich zurück und schloss die Augen.

»Du willst doch jetzt nicht schlafen?«, fragte Raphaela ihn entgeistert.

»Keine Sorge, ich höre dir zu. Ich kann mich so besser konzentrieren.«

»Okay. Also: Die Lanze, die aus dem Museum in Wien gestohlen wurde, ist eine klassische Flügellanze mit einer ganz bestimmten Schmiedetechnik, die es um die Zeit Jesu noch gar nicht gab. Ob diese Waffe die echte Lanze des Longinus war oder nicht, war jedoch zweitrangig geworden. Im Grunde ist die Sache ganz einfach: Man behauptet, sie sei es – und schon ist sie es; zumindest in den Köpfen der Gläubigen. Damit liegt die Beweislast nicht mehr bei dem, der die Behauptung aufstellt, sondern bei dem, der sie abstreitet. Einem Irrtum aufzusitzen ist für die meisten Menschen kein Problem, solange die Wirkung die gleiche ist.«

Huber öffnete die Augen und drehte den Kopf zu Raphaelas Seite. Mit einem Nicken gab er ihr zu verstehen, dass sie fortfahren möge.

»Die *mystische* Geschichte der Lanze beginnt auch mit Heinrich I. Es war damals üblich, dass sich weltliche Herrscher zugleich als Stellvertreter Gottes auf Erden verstanden. Dies war der Beginn des sogenannten ›Gottesgnadentums‹. Doch Heinrich war in einer verzwickten Lage. Die Ungarn drangen ins westfränkische Reich vor, das heutige Frankreich. Sie plünderten und mordeten, dass es nur so krachte. Wo konnte da Hilfe herkommen?«

Huber ahnte die Antwort bereits.

»Das Mittelalter war eine Zeit florierenden Aberglaubens. Was gab es da naheliegenderes, als sich einer heilsversprechenden Reliquie zuzuwenden. Die Schlacht an der Unstrut endete jedenfalls siegreich. Und damit hatte sich wieder einmal die Magie der Lanze bestätigt. Die Ungarn jedenfalls griffen zu Kaiser Heinrichs Zeiten nie wieder an.«

Die weibliche Stimme über ihren Köpfen forderte alle Mitreisenden auf, sich wieder anzuschnallen und das Rauchen einzustellen. Raphaela folgte den Anweisungen mechanisch und sprach unbeirrt weiter. »Ein paar Minuten bleiben uns noch. Hör zu.« Sie zwickte Huber am Arm, der ihr sogleich wieder konzentriert in die geschwungenen Augen schaute. »Heinrichs Sohn, Otto I., hatte das gleiche Problem wie sein Vater. Er war auch gezwungen, die Grenzen des Reiches zu verteidigen und schaffte es tatsächlich, alle germanischen Stämme gegen die Ungarn zu vereinen. Es war zwar eine Armee aus mittellosen, unerfahrenen Tölpeln, die da in den Kampf zog, und eigentlich hätte sie keine Chance gehabt, wenn nicht …«

Huber ließ Raphaela nicht aus den Augen und verfolgte ihre Erzählungen mit Spannung. »… die Lanze herbeigeschafft worden wäre.«

»Genau. Die Truppen trugen den Sieg davon, just in dem Moment, als Otto I. die ›Heilige Lanze‹ vorantragen ließ. Und Otto wurde durch diesen Ruhmessieg zu Otto dem Großen. Dann geht es weiter in der Familie. Sein Enkel, Otto III., begann nämlich, Kopien dieser göttlichen Reliquie herzustellen. Man übertrug kurzerhand mit irgendeiner Zeremonie die Heilskraft des Originals auf die Kopien. Eine dieser Kopien wurde dem ungarischen und eine andere dem polnischen Fürsten als Geschenk dargebracht. Otto wollte damit zum Ausdruck bringen, dass er die beiden Slavenfürsten als politische Partner akzeptiert. Heute noch wird an einem bestimmten Feiertag im polnischen Dom in Krakau die Reliquie gezeigt, besonders dann, wenn der Papst kommt.

Das Problem war nur, dass nach dem Tod Ottos III. die Thronfolge nicht eindeutig geklärt war. Also musste wieder die Lanze her, denn jeder wusste: Wer die Lanze besitzt, ist uneingeschränkter Herrscher. Heinrich von Bayern ließ kurzerhand die Lanze stehlen und avancierte so zu Heinrich II. Er und seine Frau Kunigunde waren übrigens das erste Kaiserpaar, das von einem Papst heiliggesprochen wurde.«

Huber atmete schwer und hatte Mühe, alles zu behalten, was Raphaela wie im Rausch abspulte. Doch er ließ sie weitererzählen. Raphaela rückte dichter an ihn heran. »Pass auf. Jetzt wird es spannend. Irgendwann um die Zeit Heinrich IV. wurde aus dem Mittelblatt der Lanze ein Stück herausgestemmt, wodurch sie zerbrach. Man fügte daraufhin in die entstandene Lücke einen angeblichen Nagel vom Kreuz Christi ein, wodurch der Reliquienglaube noch verstärkt wurde. Die Bruchstelle verband man mit einem schmalen Eisenband und einem Silberblech, auf dem folgender Text eingraviert wurde: ›CLAVVUS HEINRICVS DEI GRATIA TERCIVS ROMANORUM IMPERATOR AVGUSTUS HOC ARGENTUM IVSSIT FABRICARI AD CONFIRMATIONEM CLAVI LANCEE SANCTI MAVRICII + SANCTVS MAVRICIVS.‹ Zu Deutsch heißt das: ›Nagel des Herren, Heinrich von Gottes Gnaden der Dritte, Kaiser der Römer und Augustus, befahl dieses Silberstück herzustellen zur Befestigung des Nagels der ›Heiligen Lanze‹ des Mauritius.‹«

»Natürlich war das ein echter Nagel vom Kreuz Christi, ist ja klar«, unterbrach sie Huber streitlustig. Raphaela aber konzentrierte sich auf ihre Ausführungen. »Kaiser Karl IV. war noch nicht als Kaiser legitimiert, als er sich die Lanze nach Prag holte. Er machte sie mit dem Segen des Papstes zur Passionsreliquie und fügte um 1354 zur Feier des Hochfestes der ›Heiligen Lanze‹ der silbernen Manschette noch eine goldene hinzu: ›LANCEA ET CLAVUS DOMINI, Lanze und Nagel des Herrn!‹ Außerdem wurden weiter unten zur Tülle hin Messerklingen angesetzt und befestigt. In diesem Zustand ist die Lanzenspitze, die aus Wien gestohlen wurde, noch heute.«

Die Passagiere lauschten den Ansagen des Piloten. Das Wetter in Rom sei sehr schön und so weiter. Raphaela hasste diese ständigen Unterbrechungen und wollte die letzten Minuten vor der Landung nutzen.

»Gib mir noch ein paar Minuten«, flehte sie. »Ich bin gleich fertig. So schnell wirst du nie wieder zu einer guten Vorlesung über Geschichte kommen.«

Huber sah sie an und versank in ihrem unbeschwerten Lachen.

Dann fuhr sie fort: »Karl IV. brachte die Lanze nach Nürnberg. Sein Sohn, Kaiser Sigismund, bewahrte sie zusammen mit dem Reichskreuz in einem gold-silbernen Behälter auf, der natürlich mit dem Nürnberger Wappen geschmückt war, dem sogenannten ›Heiltumsschrein‹. Dieser hing unmittelbar vor dem Altar der Kirche, damit man die von zwei Engeln gehaltenen ›Heiltümer‹ bewundern konnte. 100 Jahre lang feierte man auf dem Nürnberger Marktplatz das Fest der ›Heiligen Lanze‹. Man errichtete dafür eigens einen Heiltumsstuhl, an dem jeder Pilger vorbeimusste.«

Huber unterbrach Raphaela nur ungern, doch sie befanden sich im Landeanflug, und eine Frage war ihm noch wichtig. »Was ist denn nun mit dem Nagel, der in die Lanze eingearbeitet wurde? Ist es nachweislich ein echter Nagel vom Kreuz Christi. Oder wenigstens Spuren davon?«

Raphaela lachte leise. »Nein, leider nicht. Erst kürzlich

war ein Team von Wissenschaftlern in Wien und hat die Lanze genau untersucht. Moderne metallurgische und röntgenologische Untersuchungen haben gezeigt, dass alle Teile aus ein und demselben Metall angefertigt wurden. Das sind natürlich erst Erkenntnisse der letzten Jahre. Trotzdem kann man nicht hundertprozentig sagen, ob nicht irgendjemand winzige Spuren eines anderen Metalls dort eingeritzt hat.«

»Na, was denn nun? Du musst dich schon entscheiden.«

Raphaela wiegte unschlüssig den Kopf und suchte nach einer Antwort. »Es ist wie in der Homöopathie. Nach einer Verdünnungsreihe von 20 kann man in der Flüssigkeit so gut wie nichts mehr von der Ursubstanz feststellen. Doch die, die daran glauben, sagen, dass die Information des Urstoffes das Entscheidende sei, nicht die Menge.«

Huber zog die Brauen hoch.

»Es ist eben Magie, Alois. Wenn irgendjemand verbreitet, in der Lanze seien mikroskopisch kleine Partikel des echten Nagels vom Kreuz Christi, dann reicht das manchem gläubigen Menschen schon, um dem Gegenstand göttliche Kraft zuzuschreiben. Der Glaube versetzt Berge, das weißt du doch.«

»Aber das ist doch furchtbar. Das ist kein Glaube, sondern Aberglaube und reiner Hokuspokus.«

Auf Raphaelas Gesicht zeigte sich ein Anflug von Ärger. »Augenblick mal. Du hast kein Recht, den Gläubigen etwas abzusprechen, von dem du keine Ahnung hast. Ihnen hilft ihr Glaube, einen Halt zu finden, und der Zweck heiligt bekanntlich die Mittel.«

»Entschuldige, ich wollte dich nicht verletzen. Wie ging es weiter nach Karl IV.?« Huber schaute aus dem Fenster und beobachtete, wie sich das Flugzeug langsam dem Boden näherte.

Raphaela nutzte die verbleibende Zeit und fuhr fort. »Danach begann die Reformation, und der Reliquienglaube wich dem Grundsatz ›Glaube statt Werke‹, die Protestanten wollten mit diesen Dingen nichts mehr zu tun haben. Auch Nürnberg wurde lutherisch, und es ist nicht ganz klar, was mit der Lanze danach passierte. Erst 1746 hört man wieder etwas von ihr, als Napoleon mit seinen Truppen vor Nürnberg stand. Man brachte sie in Sicherheit und übergab sie dem Schatz der Habsburger nach Wien.«

Huber stöhnte laut, weil sich seine Aufnahmefähigkeit dem Ende zuneigte.

»Schon gut, schon gut. Wir sind ja jetzt schon in der Neuzeit. Es gab nur noch einmal einen Zwischenfall, als Hitler 1938 Österreich dem Deutschen Reich angliederte. Er ließ nämlich die Reichsinsignien wieder nach Nürnberg bringen, der Stadt seiner Reichsparteitage. Nach dem Krieg ist sie dann von den Amerikanern zurück nach Wien gebracht worden, wo sie bis heute verwahrt wurde.«

»War Hitler auch so von der Lanze besessen?«

»Schwer zu sagen. Ich denke, er benutzte die Lanze, wie alle anderen Herrscher auch, vor allem als Machtsymbol – als Herrschaftslegitimation. Es heißt, dass Hitler sehr fasziniert von Richard Wagner und seinem ›Parsifal‹ war. Und in dieser Oper werden ja bekanntlich die Legenden vom Speer und vom Abendmahlskelch thematisiert. Aber ich glaube nicht, dass er in diese ganzen Mysteriengedanken genauso vernarrt war wie Himmler. Für Hitler war die Lanze einfach ein Mittel der Propaganda.«

Schon wieder fiel der Name »Himmler«. Hubers Neugier war geweckt.

»Was hatte denn Himmler mit der Lanze zu tun?«

»Himmler war, was die Lanze anging, völlig durchgeknallt. Er liebte Ahnenkulte, Hexenforschung, Mysterienverehrung, Okkultismus, Reliquienglaube und all diese Dinge. Er soll eine exakte Kopie der Lanze besessen haben, die er allerdings Hitler zurückgeben musste. Es gibt auch noch die Version, dass der Papst diese Kopie erhalten haben soll.«

Huber schnaubte verächtlich. »Was soll denn dieser ganze Quatsch mit den Kopien? Die sind im Vergleich mit dem Original doch wertlos.«

Raphaela verneinte entschieden. »Normalerweise ist das vielleicht so, bei dieser speziellen Waffe aber nicht. Alle Kopien hatten, zumindest für Gläubige, den gleichen Wert wie das Original. Ich habe es dir doch erzählt: Man übertrug die Wirkung des Originals durch einen merkwürdigen Ritus auf die Kopien. Es muss irgendwie mit dem Blut Jesu zusammengehangen haben – oder mit dem in die Lanze eingearbeiteten Nagel. Immerhin war die ursprüngliche Lanzenspitze ja ganz sicher mit Jesu Blut getränkt gewesen.«

Huber waren diese okkulten und magischen Praktiken zuwider, und er sah Raphaela missbilligend an.

Als müsse sie sich dafür entschuldigen, erwiderte sie: »Sorry, ich kann auch nichts dafür. Die Leute glaubten eben an die Macht dieser Lanze.«

»Ich ziehe es vor, realistisch vorzugehen.« Huber lehnte sich entspannt zurück. »Es wäre also denkbar, dass hinter diesem Raub ein paar Neonazis stecken, die die Lanze für ein Wiedererstarken der faschistischen Idee missbrauchen wollen.«

Die Maschine landete sanft auf römischem Boden, und viele Fluggäste applaudierten erleichtert.

»Gut möglich«, erwiderte Raphaela. »Ich habe erst kürzlich wieder gelesen, dass sich die Neonazis in Deutschland regelmäßig in der Nähe von Paderborn treffen, dort wo Himmler in einer Burg eine SS-Schule gegründet hatte. Die sogenannte Wewelsburg. Schon mal davon gehört?« Huber schüttelte den Kopf. »Eine alte Burg in Form einer Lanzenspitze. Himmler war völlig vernarrt darin und soll dort auch okkulte Spielchen mit seinen Jungs von der SS getrieben haben. Vieles ist natürlich nur Spekulation, weil bis heute alle Leute schweigen, die damit auch nur entfernt zu tun hatten. Sicher ist zumindest, dass Himmler für den aufwändigen Umbau der Burg eigens ein KZ errichten ließ.«

»Meine Güte. Ich hätte nicht gedacht, dass Menschen um eine Waffe so viel Aufhebens machen können.« Huber schüttelte den Kopf. »Tut mit leid, aber ich kann das echt nicht nachvollziehen.«

Raphaela zog ihre Aktentasche unter dem Sitz des Vordermanns hervor, verstaute ihre Manuskripte darin und stand von ihrem Platz auf. Huber folgte ihr. Gedankenverloren reihten sie sich in die Schlange der ins Freie strömenden Fluggäste ein.

Draußen drehte sie sich zu Huber um und sah ihn mit funkelnden Augen an: »Das Problem ist, dass sie alle keine Ahnung von der echten Lanze haben.«

Huber schaute sich zu den anderen Passagieren um, die langsam der herausschleichenden Prozession folgten. Er beugte sich zu Raphaela vor und nahm ihr blumiges warmes Parfüm wahr. »Du meinst, es gibt noch mehr von den Dingern.«

»Warte, bis wir hier raus sind«, flüsterte sie ihm zu und beschleunigte ihren Schritt.

Alle Fluggäste schoben sich die langen Gänge entlang und richteten ihre Blicke auf die Hinweisschilder, die zu den Gepäckbändern führten. Huber und Raphaela hatten nur Handgepäck mitgenommen, sodass sie sich diese Verzögerung sparen konnten. Der Kommissar schlängelte sich zwischen einer dicklichen Dame und ihrem wie ein Adjutant wirkenden deutlich kleineren Ehemann hindurch. Dann beschleunigte er seine Schritte und schloss wieder zu Raphaela auf. »Erzähl weiter! Was ist mit den anderen Lanzen?«

Sie drehte sich amüsiert um. »Na, hat dich der Virus endlich erwischt?« Huber musste sich eingestehen, dass er es beinahe ähnlich formuliert hätte, und wartete auf ihre Antwort.

»Es gab schon immer mehrere. Das habe ich dir ja erzählt. Und jetzt pass auf: Mindestens vier müssen noch existieren. Eine soll hier in Rom sein, eine in Armenien, die bereits bekannte in Wien, und eine wurde von Ludwig dem Heiligen von den Kreuzzügen in Palästina nach Paris gebracht und ist seitdem verschollen.« Raphaela zuckte mit den Schultern. »Ich persönlich bin allerdings der Meinung, dass es noch eine fünfte geben muss – und zwar die einzig wahre.« Raphaela blieb abrupt stehen und drehte sich zu ihm um. »Es gibt sie noch, irgendwo, das weiß ich genau.«

»Wie kommst du denn darauf? Woher willst du wissen, dass die in Armenien nicht die echte ist oder die von diesem Ludwig?«

»Da hast du Recht. Die Geschichte der Lanze, die in Armenien liegt, erscheint allen Wissenschaftlern am plausibelsten – und sie ist beinah lückenlos dokumentiert. Das Christentum war in Armenien ja schon sehr früh verbreitet. Die armenische Kirche wurde offiziell um 301 gegründet und führt ihren Ursprung auf die Apostel Bartholomäus und Thaddäus zurück, die zwischen 50 und 60 als Evangelisten nach Armenien kamen und dort den Märtyrertod starben. Im Thaddäuskloster in Nordpersien werden deren Reliquien bis heute verehrt.«

Raphaela schlängelte sich behände durch die Menschenmenge, als gäbe es sie gar nicht, während sich Huber verzweifelt bemühte, den Zorn der von ihm angerempelten Menschen abzuwehren. Sie näherten sich dem Ausgang, und er spürte, wie die warme, mediterrane Luft Italiens in seine Nase kroch. Dennoch ließ er nicht locker. Es waren nur noch wenige Meter bis zum Taxistand, an dem die Unterhaltung vermutlich erst einmal beendet sein würde. »Und wo genau ist die armenische Lanze?«

»Eine Chronik aus dem 12. Jahrhundert erwähnt die Legende von ›Geghard‹, übersetzt ›Lanze‹, die der Apostel Thaddäus angeblich nach Armenien gebracht haben und die als wertvolle Reliquie in dem gleichnamigen Höhlenkloster versteckt worden sein soll. Die Lanzenspitze, die Jesus vermeintlich getötet hat, ist heute im Museum von Edschmiatsin zu sehen.«

»Und? Könnte das nicht wirklich die echte sein?«

Raphaela blieb kurz vor dem Ausgang stehen und schaute Huber ernst an. »Ich kann mir einfach nicht vorstellen, dass sich eine solche Reliquie über die Jahrtausende hinweg ausstellen und verehren lässt, ohne dass sie Schaden nimmt. Es wäre viel zu gefährlich, sie jedem zu zeigen. Gerade wenn jedermann hinter ihr her ist. Ich sage dir eines: Die wahre Lanze muss verschlossen und verwahrt, das heißt: vor der Welt verborgen bleiben. Sie ist, wie gesagt, viel mehr als nur eine Reliquie. Sie ist … sie ist das Leben. Sie macht unsterblich. Sie ist pure Magie.«

Das nun ging Huber entschieden zu weit. »Du glaubst tatsächlich an dieses ganze Lanzen-Zeug, oder?«

»Ich habe ihretwegen Geschichte studiert, zumindest überwiegend. Ich bin auf der Suche nach der Lanze, seitdem ich klar denken kann, und das ist schon verdammt lange.«

»Und dein Onkel?«

»Der war nur ein braver Wachmann. Doch ohne es zu wissen, hat er mich auf diesen Weg gebracht. Als ich noch ein Kind war, hat er mir die vielen Legenden und Geschichten über die Lanze erzählt. Er liebte diese Waffe. Manche Geschichten hat er sicher einfach nur erfunden, so wie man Kindern eben ausgedachte Geschichten erzählt. Aber die meisten hat er aus uralten Schriften vorgelesen, die er in einem alten knorrigen Schrank verwahrt hatte. Leider kann ich ihn nicht mehr fragen, was nun Wirklichkeit und was Phantasie war. Er ist tot, und die Ironie der Geschichte ist eben, dass er mit der Lanze erstochen wurde, von der alle glauben, sie mache unbesiegbar und unsterblich. Verstehst du jetzt, warum ich die Wahrheit kennen muss?«

Huber blickte in ihre braunen Augen und wusste nicht, wie er das Funkeln darin zu bewerten hatte.

XXI

Schneiders Rückfahrt zum Flughafen glich eher einer Flucht als der gemütlichen Fahrt eines Urlaubers. Ein weiterer Mensch war durch seine Schuld ums Leben gekommen, und allmählich regte sich so etwas wie ein Gewissen in ihm, wenn auch nur zaghaft und für wenige Sekunden.

Er fuhr die holperigen und kurvigen Straßen viel zu schnell und bemerkte in seinem Rückspiegel die riesige Staubwolke, die er aufwirbelte. Er dachte an Montesi und wie er den Mönch dort zurückgelassen hatte. Es würde vermutlich eine Weile dauern, bis man ihn fand, und Richard schätzte das Risiko, entdeckt zu werden, als sehr gering ein. Es war auch unwahrscheinlich, dass sich einer der Mönche das Kennzeichen seines Wagens aufgeschrieben hatte. Wozu auch? Warum hätten sie ihm gegenüber Argwohn hegen sollen? Die Chancen, unentdeckt zu bleiben, standen also gut, und seine trübe Stimmung hellte sich ein wenig auf.

Auf dem Beifahrersitz lagen seine Jacke und die Zeitschrift, die er aus dem Flugzeug mitgenommen hatte. Er hatte sich sehr gewundert, dass es außer den üblichen Klatschzeitungen auch wissenschaftliche Magazine gab und die Gelegenheit genutzt, ein paar Minuten darin herumzublättern. Vor allem eine Ausgabe von »PM« hatte ihn fasziniert. Sie beschäftigte sich mit teils esoterischen, vor allem aber wissenschaftlichen Randthemen wie Gehirnforschung, Erdbebenvorhersagen oder dem Grabtuch von Turin. Ein bestimmter Artikel war ihm dabei sofort ins Auge gesprungen, auch wenn er ihn schließlich als völligen Unsinn verworfen hatte. Der Aufsatz handelte von der Relativitätstheorie, von Zeitachsen, Schwarzen Löchern und der Frage, ob Reisen in andere Zeitalter möglich seien. Er musste lächeln, als er die Überschrift gelesen hatte: *Sind Reisen in eine andere Zeit möglich? Buchen Sie schon heute Ihren Flug!*

In dem Artikel ging es um die Entdeckung der sogenannten »Weltformel«, der heiß begehrten Formel, die die Relativitätstheorie und die Quantenphysik zusammenbringen und ihre Widersprüche auflösen würde. Also eine Formel, die alles erklären konnte: warum ein Apfel nach unten fällt, warum sich Licht in Wasser bricht und wie die Welt nach dem Urknall entstand. Die Formel, die Licht in das Dunkel bringen würde, die allumfassende Formel Gottes.

Ein Teil des roten Randes dieser Zeitschrift schaute jetzt unter seiner Jacke hervor, und plötzlich schoss ihm ein völlig verwegener Gedanke durch den Kopf. Es dauerte eine Weile, bis er einen Parkplatz am Seitenrand entdeckte. Er bremste so heftig, dass die Räder blockierten und der Wagen auf dem Schotter noch ein paar Meter weiter rutschte. Hastig zog er die Zeitung hervor und suchte im Inhaltsverzeichnis nach diesem Artikel. Er fand ihn auf Anhieb und schlug die Seite 59 auf. Da war er. *Lächerlich*, hatte er im Flugzeug gedacht, doch nun interessierte ihn brennend, wie ernst man diese Theorien nehmen durfte. Die Autos rauschten an ihm vorbei, und durch den Winddruck, den sie dabei verursachten, ruckelte sein Fiat jedes Mal ein wenig.

Schneider legte das Heft aufgeschlagen vor sich auf das Lenkrad und begann zu lesen. Der Artikel war in drei Teile aufgeteilt. Zunächst hatten die Wissenschaftler untersucht, unter welchen Bedingungen Zeitreisen überhaupt möglich waren. Dann stellten sie die Frage, ob diese Bedingungen künstlich erschaffen werden könnten. Letztlich überlegten sie, ob eine koordinierte Zeit-Raumreise von einem lebendigen Wesen angetreten und überlebt werden könnte. Nach Aussagen der Forscher war ihnen endlich der Nachweis gelungen, dass mikroskopisch kleine Teile ohnehin Zeitreisen unternahmen. Die Wissenschaftler hatten versucht, unter Aufbringung extrem großer Energiemengen winzig kleine Objekte in die Zukunft zu schicken, und wagten sich später auch daran, dieses Experiment mit kleinen Lebewesen durchzuführen. Die Experimente befänden sich nun in einem fortgeschrittenen Stadium und stünden angeblich kurz vor dem Durchbruch. Einem Durchbruch, der es möglich machen würde, makroskopisch erkennbare Dinge oder gar Lebewesen durch die Zeit reisen zu lassen. Bisher hätte jedoch keiner der Probanden die Reise überlebt. Manche seien aus der Zeitschleife verstümmelt zurückgekommen und manche in der Zeit-Raum-Dimension hängen geblieben. Schneider sah sich die Fotos der Wissenschaftler an und betrachtete das Bild des Forschungsinstituts in Chicago. Schließlich riss er die sechs Seiten des Artikels aus der Zeitung raus, faltete sie sorgfältig zusammen und verstaute sie in seiner Brieftasche. Ein sonderbarer Plan formierte sich in seinem wirren Kopf. Er war ein Mann auf der Flucht, ein Mörder, der zwei Männer getötet hatte, von denen einer sogar ein Mann Gottes gewesen war. Was hatte er also noch zu verlieren?

Er reihte sich wieder in den Verkehr ein und fuhr weiter zum Flughafen. Gegen achtzehn Uhr hatte er den Wagen abgegeben und stand nun am Schalter der »Pan Am«. Das Ticket nach Frankfurt brauchte er nicht mehr und zerriss es. Er würde sich von Chicago aus ein neues kaufen.

Zwei Stunden später saß Schneider erneut im Flugzeug. Er war es gewohnt, die Welt zu bereisen, große Firmenkonzerne bei ihren Konkursen günstig aufzukaufen, Urlaub auf den Cayman Islands zu machen, im Ausland illegale Gelder zu parken oder sie bei Zweitfirmen zu waschen. Doch auf der Suche nach einer alten Lanze durch die Welt zu jetten, das war selbst für ihn neu.

Richard fragte sich in den kommenden Stunden immer wieder, was ihn eigentlich antrieb. Warum blieb er nicht in Frankfurt und versuchte, die Scherben nach dem Comequad-Crash aufzusammeln und sich mit neuem Elan anderen lukrativen Geschäften zuzuwenden? Warum hatte er seinen zwar nicht immer legalen, aber dafür gradlinigen Weg verlassen und sich auf einen unwegsamen Pfad begeben, von dem er nicht wusste, wo er endete? Was trieb ihn an? Wollte er seinem Vater beweisen, dass er es schaffen konnte, die Lanze an sich zu bringen? Schon möglich. Wäre er glücklicher, wenn er noch mehr Macht bekam? Ganz sicher!

Diese und viele ähnliche Gedanken plagten ihn während des langen Fluges. Doch eines wusste er ganz genau! Ein Kunstobjekt ist nur dann wirklich wertvoll, wenn es echt, wenn es authentisch ist, wenn es Spuren des Lebens in sich trägt. So wie ein Ölgemälde, an dem der Künstler mit Inbrunst gearbeitet hat, ein Künstler, der sich nicht eher Ruhe gönnt, bevor sein Werk vollendet ist. Der Höhen und Tiefen der Freude und der Verzweiflung durchlebt, um das zum Ausdruck zu bringen, was gerade in ihm vorgeht. Die Nachwelt soll Anteil an diesem Schaffensprozess haben, damit er, der Künstler, auf ewig in seinem Werk weiterlebt. Das war es, was auch ihn antrieb, die Sehnsucht nach Unsterblichkeit, die Sehnsucht nach etwas, was bleibt.

Die Lanze aus Wien hatte für Schneider zu Beginn der ganzen Geschichte noch diesen Geschmack des Lebens besessen. Es hieß ja, dass darin Spuren des Nagels vom Kreuz Christi eingearbeitet worden seien. Und das bedeutete: Selbst wenn die Lanze tatsächlich nur eine karolingische Kopie war, hatte sie doch durch die Essenz des Kreuzesnagels

Anteil an der ursprünglichen Kraft. Doch: Was war etwas Essenz gegen das Original, die Urtinktur? Die entscheidende Frage lautete deshalb: Was wäre, wenn sich die echte Lanze doch noch finden ließe?

Soll doch diese bescheuerte germanische Organisation die falsche Lanze bekommen, dachte Schneider. Er träumte von einer sechs- bis siebenstelligen Summe, die er für die Lanze von »THE Lu« bekommen würde. Kein schlechtes Geschäft angesichts der Tatsache, dass der Raub so schnell über die Bühne gegangen war. Er vergaß dabei geflissentlich, dass man ihn für die Morde zur Rechenschaft ziehen würde.

Er lehnte sich in seinem Sitz zurück und breitete die Tageszeitung vor sich aus. So sehr, dass sein Nachbar ein wenig zur Seite rücken musste, um selbst genug Platz für seine Literatur zu behalten. Schneider hatte inzwischen schon in drei Publikationen Artikel über den spektakulären Lanzenraub in Wien gelesen. Von Kaltblütigkeit berichteten die einen, von Dummheit und Unprofessionalität die anderen. Als Gipfel empfand er jedoch den Artikel in der »Welt«, den er gerade vor sich hielt. Dort hieß es: »Der Täter hatte offensichtlich mehr Glück als Verstand, weil er zu einer Tageszeit in die Schatzkammer der Wiener Hofburg eindrang, in der der Zugang für Besucher des Museums noch gewährleistet war.« Der Autor sprach von »Stümperhaftigkeit und falscher Organisation«. Ein Bild des getöteten Wachmanns und eins von Bukowski waren ebenfalls abgedruckt. Bukowski, ein am Boden liegender, fettleibiger Mann, der wie der Wachmann des Museums durch einen Lanzenstich ums Leben gekommen war. Daneben war noch ein weiteres Bild zu sehen – und das kam Richard irgendwie bekannt vor. Es war das Phantombild von Schneider, das nach Raphaelas Angaben gezeichnet worden war. Doch es schmeichelte ihm nicht, denn er sah dort viel älter, viel kahlköpfiger und viel brutaler aus, als er sich selbst empfand. Vor allem war ihm das Bild nicht besonders ähnlich – und das freute ihn am meisten.

Schneider las den Artikel aus der »Welt« weitgehend ungerührt. Natürlich war am Tag nach dem Raub in vielen Zeitungen darüber berichtet worden, doch dieser Artikel fasste alle bisherigen Erkenntnisse noch einmal zusammen. Richard grinste, als er die Zeichnung betrachtete. Wie sollte man ihm jemals auf die Spur kommen? Mit diesem lächerlichen Phantombild gewiss nicht. Gerade seine Unprofessionalität ließ die Polizei vermutlich stutzen, und das war gut so. Die Mordwaffe lag sicher verstaut in seinem Safe, der Wagen war unter dem Namen H. Himmler gemietet worden, und eine Strafkartei besaß er bisher auch nicht. Er war ein gänzlich unbeschriebenes Blatt. Nein, Sorgen musste er sich nicht machen.

Schon eine Weile registrierte sein Sitznachbar, wie lange sich Schneiders Blick an diesen Artikel heftete. »Finden Sie ihn gut geschrieben?«, fragte er.

Schneider vermied es, dem Mann direkt in die Augen zu blicken. »Gut geschrieben? Ich verstehe Ihre Frage nicht.«

»Ich meine sprachlich. Spricht er Sie an?«

Jetzt sah Schneider seinen Nachbarn doch an. Es war ein jüngerer, gut aussehender Mann mit schütterem Haar. Schneider bemerkte erstaunt, dass der Typ sogar ein wenig Ähnlichkeit mit ihm hatte. Dessen Gesichtszüge waren zwar glatter und faltenfreier als seine, doch ansonsten hätte der andere durchaus sein jüngerer Bruder sein können. Immer noch fragend, schaute der Mann Schneider an und wartete mit einem breiten Grinsen auf die Beantwortung seiner Frage. Dann reichte er ihm die Hand. »Schulz, verzeihen Sie bitte. Ich bin Reporter und Korrespondent. Und ich bin immer interessiert an der Meinung der Leser. Berufskrankheit, fürchte ich.«

Schneider nickte ihm zu. Schulz schaute auf die Seite, auf der der Artikel abgedruckt war. »Also, ich persönlich finde den Artikel viel zu flach. Schlecht recherchiert und dergleichen. Ich dachte, darüber hätten Sie so lange nachgedacht.«

Schneider begann zu verstehen. Immer noch mühsam löste er sich aus seiner Verkrampfung. »Ich verstehe nicht sehr viel von schriftstellerischen Leistungen. Ich bin Banker, wissen Sie. Es ist mir gar nicht aufgefallen, dass er schlecht geschrieben ist.«

»Ist schon ein starkes Stück, oder? Ich meine, so mir nichts, dir nichts in ein Museum reinzuspazieren, den Wachmann zu töten und eine alte Lanze zu klauen. Und dann so ein Phantombild. Das könnte irgendwie jeder sein, sogar ich.« Schulz lachte über seinen Scherz, und auch Schneider rang sich etwas ab, das wie ein Lachen klingen sollte.

»Geschäftlich in die USA, nehme ich an?«

Schneider nickte kurz. »Genau, geschäftlich. Ich bin Banker.«

»Ja. Haben Sie gesagt.« Schulz zappelte unruhig auf seinem Platz hin und her. »Ich bin einer ganz heißen Sache auf der Spur.«

Schneiders Interesse an den Ausführungen des Mannes ging gegen Null. Ihn interessierten nur sein eigenes Wohlergehen und die Erfüllung seiner Pläne. Doch der nächste Satz ließ ihn aufhorchen.

»Ich habe einen Termin für ein Interview bei einem genialen Astrophysiker. Haben Sie die Artikel von Professor Petrov über die Möglichkeit von Zeitreisen gelesen? Also, ich weiß nicht, wie es Ihnen geht, aber ich finde diese Dinge hochgradig spannend. ›Die Zeitmaschine‹ von H. G. Wells habe ich vier- oder fünfmal gelesen. Sie auch? Kennen Sie doch, oder?« Schulz holte Luft und machte eine kleine Pause, in die Schneider hineinsprang. »Welche Artikel meinen Sie genau?«

»Na, in der deutschen Ausgabe der ›Science of Physicians‹ zum Beispiel. In der aktuellen ›PM‹ war, glaub ich, auch einer drin, natürlich ein bisschen populärwissenschaftlicher. Angeblich ist das Forscherteam um Professor Petrov vor Kurzem einen gewaltigen Schritt weitergekommen. Stellen Sie sich das mal vor: Wir sind möglicherweise die Generation, die das miterlebt. Spannend, nicht? In die Zukunft reisen und die Sportergebnisse mit zurücknehmen. Eine einzige Wette, und man ist ein gemachter Mann.« Schulz redete ohne Unterlass, und man spürte seine Begeisterung.

Schneider sah ihn unamüsiert an. »Dann wird es mit Sicherheit keine Wetten mehr geben. Abgesehen davon kann ich mir nicht vorstellen, dass das funktioniert.«

»Petrov will es mir beweisen. Er hat ein Energieaggregat erfunden, das mit Antimaterie arbeitet. Die Energie reicht wohl noch nicht aus, um einen Menschen durch die Zeit zu schicken, aber mit einem kleinen Tier, einer Maus oder einer Ratte hat es angeblich schon funktioniert. Ist doch cool, oder?«

Schneider antwortete nicht gleich. Ein Plan reifte in seinem Kopf heran, und dabei musste jeder Schritt gut überlegt sein. »Vielleicht hat ja bisher einfach niemand den Mut gehabt, sich als Mensch zur Verfügung zu stellen«, erwiderte er und sah an Schulz vorbei in den Himmel.

»Hätte ich auch nicht«, erwiderte Schulz. »Was ist, wenn es schiefgeht? Ganz schön hohes Risiko.«

»Ist doch im Prinzip ganz einfach, eine Versuchsperson zu finden. Es müsste jemand sein, der nichts mehr zu verlieren hat. Ein Knacki, den die Todesstrafe erwartet, zum Beispiel, oder ein todkranker Mann, der nur noch einen Monat zu Leben hat.«

Schulz nahm etwas Abstand von Schneider und sah ihn entgeistert an. »Na, Sie sind ja schräg drauf. Ein zum Tode verurteilter Verbrecher taugt doch nicht gleich zum Versuchskaninchen. Der nächste Schritt wäre dann wohl, einen Behinderten zu nehmen, was? Und dann dauert es nicht mehr lange, bis wir beim Euthanasieprogramm der Nazis angelangt sind: Alles, was irgendwie minderwertig erscheint, landet in der Zeitmaschine. So lange, bis sie funktioniert und für den Zeittourismus frei gegeben werden kann.« Schulz schüttelte verächtlich den Kopf. »Sie rauben mir die ganze Vorfreude an meinem Interview.«

Schneider grinste verschlagen. »Wann haben Sie denn Ihren Termin bei diesem Petrov?«

»Übermorgen gegen elf.«

»Na, dann wünsche ich Ihnen viel Erfolg.«

»Hm, danke. Ihnen auch bei Ihren Geschäften.«

Schneider nickte und nahm wieder die Zeitung hervor. Es hätte nicht besser laufen können. Sein Plan stand fest. Irgendwie würde er es schon hinbekommen.

Sein Nachbar nahm ebenfalls seine Lektüre wieder hervor. Jetzt erst erkannte Richard den Buchtitel. Ein Roman von Jules Verne: »Die Reise zum Mittelpunkt der Erde«. Er musste innerlich über diesen jungen Phantasten schmunzeln. Eigentlich mochte er ihn. Schade, dass er ihn würde umbringen müssen.

✣ XXII ✣

Raphaela winkte ein Taxi herbei. Als es vor ihren Füßen hielt, öffnete der Fahrer den Kofferraum und warf die beiden Taschen hinein. Sie sagte etwas in perfektem Italienisch zu ihm, dann stiegen sie ein und befanden sich auf dem Weg zum Vatikan.

Huber hatte Raphaelas ausführliche Geschichten über die Lanze mit großem Interesse verfolgt. Er musste sich eingestehen, dass Lorenz ausnahmsweise Recht gehabt hatte. Ohne ihr Wissen hätte er sich mit Sicherheit hoffnungslos verrannt. Doch was die Aufklärung der Morde betraf, war noch immer kein Licht im Nebel auszumachen.

Die berühmtesten Altertümer Roms huschten an ihnen vorbei, doch Hubers Gedanken waren bei dem Fall. »Wo sollen wir denn deiner Meinung nach mit den Ermittlungen anfangen? Nach dem, was du erzählt hast, gibt es ja unglaublich viele mögliche Täter. Viel zu viele, wenn du mich fragst.«

Raphaela sah ihn an. Er wirkte hilflos, und das machte ihn sympathisch. »Wie gesagt, es könnten Neonazis sein, die die Lanze in der Wewelsburg als magisches Objekt benutzen wollen. Es gab da mal ein Gerücht von einem Schwur. Demnach wollten sich alle SS-Leute die Fingerkuppe mit der Lanzenspitze aufritzen oder so ähnlich. Das war so etwas wie Blutsbrüderschaft oder Teil eines magischen Rituals.«

Huber verzog das Gesicht. Wieder wurde ihm klar, wie sehr er diesen esoterisch-okkulten Kram hasste. »Ich hoffe eher, dass die Ermittlungen im Umfeld von diesem Bukowski etwas bringen. Ich denke, da sind gerade die deutschen Behörden schon dran. Lorenz wollte nämlich nicht warten, bis wir aus Rom zurück sind. Es wäre allerdings möglich, dass wir auch noch mal hinmüssen. Bei der Gelegenheit könnten wir uns auch in dieser Wewelsburg bei Paderborn umschauen.«

Sie nickte und sah aus dem Fenster. »Es könnten natürlich auch religiöse Motive eine Rolle spielen. Du weißt doch: Wer die ›Heilige Lanze‹ besitzt, hat die Macht. Der wähnt sich Gott näher. Es gibt eine Menge Gemeinschaften, die ein Motiv hätten: religiöse Splittergruppen, christliche Sekten, Geheimorden und so weiter. Vergiss nicht, der ›Heilige Gral‹ wird seit Jahrhunderten von Logen und Geheimbünden wie den Templern gesucht. Du glaubst gar nicht, wie viel sich da im Verborgenen tut.«

»Müsste nicht der Papst über all diese Dinge Bescheid wissen? Ich meine: Wenn es einen kompetenten Kirchenvertreter gibt, der sich mit Reliquien auskennt, dann doch wohl er, oder nicht?« Raphaela antwortete nicht, und so fuhr Huber einfach fort. »Na ja, der Papst ist auch nur ein Mensch«, sagte er, und eine gewisse Verachtung schwang in seiner Stimme mit. Raphaela sah ihn ernst an. »Ich meine ja nur. Die katholische Kirche hat ja im Dritten Reich einen ordentlichen Knick in ihrer, nun, wie soll ich sagen, Beliebtheitskurve hinnehmen müssen. Und vor allem danach: Der Vatikan, genauer gesagt Papst Pius XII., hat schließlich nach Ansicht mancher Historiker während der Nazidiktatur viel zu wenig zur Beendigung des Holocausts getan.« Raphaela sah ihn düster an. Darum fügte er hinzu. »Du hast doch Geschichte studiert. Pius XII. hatte den Beinamen: ›Der Papst, der geschwiegen hat‹.«

»Mich wundert allerdings, dass du davon weißt.«

»Ach, du willst sagen, dass so ein einfacher Bulle wie ich

keine Ahnung von derartigen Themen haben kann?« Huber reagierte eigenartig gereizt. »Du wirst lachen, mich als einfachen Bullen hat das schon immer brennend interessiert: der Holocaust, das Verbrechen der Nazis und so weiter. Außerdem habe ich darüber bei meiner Matura schreiben müssen: ›Die Rolle des Vatikans im »Dritten Reich‹. Ich habe mich monatelang da durchgekämpft, unzählige Bücher gelesen und schließlich eine Eins kassiert. Aber es gibt noch einen anderen Grund, warum ich darüber halbwegs Bescheid weiß …«

Raphaela unterbrach ihn: »Und mit so einer Matura bist du zur Polizei gegangen?«

»Ich hatte ja nur in diesem Fach eine Eins. Außerdem wollte mein Vater unbedingt, dass ich was Ordentliches mache, und dazu zählte, seiner Meinung nach, ein Job bei der Polizei.«

»Ich bin wirklich gespannt, was wir im Vatikan sollen. Allerdings glaube ich nicht, dass wir den Papst persönlich treffen werden«, sagte Raphaela, und eine gewisse Traurigkeit war in ihrem hübschen Gesicht zu entdecken.

»Schade eigentlich, denn ich kann kein Italienisch«, fügte Huber polemisch hinzu.

»Ich schätze, es wird sich ein Kardinal um uns kümmern.«

Huber nickte, sah aus dem Fenster und begann, die Fahrt durch Rom zu genießen. Wild hupende Wagen schossen an ihnen vorbei, obwohl er davon überzeugt war, dass ihr Fahrer selbst schon ein gehöriges Tempo draufhatte. So viele Motorroller hatte er auch noch nie gesehen, schon gar keine, bei denen die meisten Fahrer ohne Helm fuhren. Als das Taxi an einer roten Ampel stand und wartete, drängelten sich erst zwei, dann drei, vier Roller an ihnen vorbei, bis insgesamt zehn vor ihnen standen. Huber bekam den Mund nicht mehr zu.

Raphaela sah ihn amüsiert an. »Das ist völlig normal hier. Hier nimmt jeder Rücksicht. Es passiert weniger als in Österreich.«

Nach einer halben Stunde Fahrt konnte man schließlich die atemberaubende Kulisse des Petersdoms erkennen. Ein Wagen mit dem Kennzeichen des Vatikans bog durch ein schweres Tor in die Vatikanstadt ein. Raphaela sprach den Fahrer in einem so schnellen Italienisch an, dass ihre Sprechgeschwindigkeit die Fahrgeschwindigkeit noch übertraf. Sogleich hielt der Fahrer vor dem Tor und ließ die beiden aussteigen. Sie zahlten und nahmen ihr Gepäck.

Huber folgte Raphaela, und sie gingen einige Schritte, bis sie auf dem Petersplatz standen. »Was hast du zu ihm gesagt?«, fragte er.

»Ich habe ihm gesagt, dass ich dir zuvor den Petersdom zeigen möchte, und dafür hat jeder Italiener größtes Verständnis. So, da wären wir nun.«

Langsam näherte sich der Kommissar der gigantischen Szenerie des Petersplatzes und der uralten Kirche, unter der der Apostel Petrus begraben sein soll. Er drehte sich mehrfach um seine eigene Achse und bewunderte den riesigen Obelisken, der in der Mitte des Platzes stand. Raphaela stellte sich neben ihn.

»Du kennst dich aus in Rom, hm?«

Sie nickte. »Klar.«

»Huber sah zum Obelisken auf. »Was ist das hier für ein Ding?«

»Es gibt in Rom insgesamt dreizehn davon. Rom wird auch die Stadt der Obelisken genannt. Manche wurden von römischen Kaisern nach Rom gebracht, andere direkt hier in Rom angefertigt. Dieser hier wurde jedoch von Caligula nach Rom gebracht. Er wollte damit eigentlich den Zirkus von Kaiser Nero schmücken, in dem auch der Apostel Petrus getötet wurde. Der war früher ungefähr dort.« Raphaela zeigte in die Richtung der Basilika. »Links von der Basilika, also dem Petersdom, soll der Zirkus gewesen sein, aber Sixtus IV. ließ den Obelisken von dort entfernen und hierher transportieren.«

»Ich schätze, das war kein leichtes Unterfangen für die damalige Zeit.«

»Vier Monate hat man dafür gebraucht. Er wiegt immerhin 322 Tonnen.«

Huber ging ein paar Schritte und betrachtete die gewaltigen Bauwerke. »Hast du eine Ahnung, wer diese Jungs sind?« Huber deutete mit einem Kopfnicken auf die Säulen, die ihn umgaben.

»Ich weiß nur, dass es hier insgesamt 284 Säulen und 140 Statuen von Heiligen gibt. Sie sind zwischen 1667 und 1669 unter Alexander VII. und Clemens IX. aufgestellt worden.«

Huber nickte und war – wenn auch widerwillig – beeindruckt. »Mein Gott, woher weißt du das alles?«

Raphaela zuckte mit den Schultern und genoss seine Bewunderung. »Ich habe während meines Studiums mein Taschengeld aufgebessert und Reisegruppen durch Rom geführt. Da oben wohnt übrigens der Papst.« Huber drehte sich in die Richtung um, in die Raphaela gerade zeigte. »Die drei letzten Fenster im oberen Stockwerk, das sind seine Privatgemächer.«

Huber näherte sich langsam dem Rand des Platzes und ging in Richtung der ihn umsäumenden Kolonnaden. Er strich mit den Händen an dem glatten Gestein einer Säule entlang und schaute nach oben. Raphaela war ihm still gefolgt. »Der ganze Ort hier ist ein Mysterium, pure Mathematik. Allein diese Säulengänge: Sie sind auf beiden Seiten exakt 17 Meter breit und absolut symmetrisch dem Mittelpunkt des Platzes zugeordnet. Bernini war der genialste Architekt seiner Zeit. Fast alle barocken Skulpturen und Gebäude entstammen seinem Genie. Wenn wir bloß mehr Zeit hätten – ich könnte dir so viel Geheimnisvolles zeigen.«

»Ich habe ja mit der Kirche nicht mehr viel am Hut, aber das hier ist wirklich beeindruckend.«

»So geht es vielen, die diesen Ort zum ersten Mal zu Gesicht bekommen. Warte erst mal, bis wir drinnen sind. Schade, dass du dich nicht so sehr für Kunst interessierst.«

Huber sah Raphaela an und spürte, wie sich eine warme, peinliche Röte auf seinen Wangen breitmachte. Die junge Frau aber gab sich den Anschein, als bemerkte sie es nicht. Sie wollte ihn nicht weiter in Verlegenheit bringen. Nachdem Huber sich sattgesehen hatte, gingen sie zu einem Seiteneingang des Vatikans, der von einem dicken Eisengitter gegen unerwünschte Besucher abgegrenzt war. Sie winkte jemanden heran. Sogleich näherte sich ihnen ein Mann in Uniform, der zur Schweizer Garde gehörte. Raphaela sprach mit ihm, worauf der Gardist in sein Häuschen ging, dort offensichtlich mit jemandem telefonierte und anschließend das Tor für die Besucher öffnete.

Sie traten durch das imposante Tor, und der Gardist wies sie an, zum Hauptgebäude zu gehen. Kurze Zeit später kam ihnen ein Mann entgegen, den Huber wegen der Soutane für einen Priester oder Mönch hielt. Der Würdenträger begrüßte die Ankömmlinge freundlich. »Buon giorno. Sie werden schon erwartet. Mein Name ist Pater Vincento. Ich bringe Sie zu Kardinal Gambrioni. Er ist der Pressesprecher des Vatikans.«

»Wird es eine Möglichkeit geben, eine Audienz beim Heiligen Vater zu erhalten?«, fragte Raphaela, und Huber wunderte sich, wie unterwürfig ihre Stimme auf einmal klang.

»Soweit ich weiß, ist das nicht vorgesehen. Der Heilige Vater hat sehr viele Termine, wie Sie sich vorstellen können.

Ich vermute, Kardinal Gambrioni wird Ihnen genauso gut weiterhelfen können.«

»Wissen Sie, aus welchem Grund man uns nach Rom geholt hat?«, fragte Huber in einem ganz normalen Umgangston. Raphaela schaute sich zu ihm um, mit einem Blick, der wahres Entsetzen widerspiegelte.

»Nein, das tut mir leid. Ich bin darüber nicht informiert.«

Sie gingen sieben Stufen hinauf und betraten den Eingangsbereich des Vatikans. »Wenn Sie hier bitte einen Moment warten würden. Darf ich Ihnen nach Ihrem Flug eine Erfrischung servieren?«

Raphaela schüttelte den Kopf. »Nein danke.«

»Doch, ja bitte. Sehr gern. Haben Sie Mineralwasser?«, fragte Huber.

Der Pater schmunzelte und ahnte, dass er einen Menschen vor sich hatte, der keinerlei Erfahrung im Umgang mit Vertretern der heiligen katholischen Kirche hatte. »Natürlich. Ich bringe es Ihnen sofort.«

»Ich bin wirklich gespannt, was man hier von uns will. Es muss dem Vatikan ja ziemlich wichtig sein, sonst würden sie uns nicht antanzen lassen.«

Huber und Grassetti saßen einige Zeit nebeneinander auf einer hübschen Wartebank aus Holz. Es war angenehm kühl in dem Foyer. Raphaela hatte ihre Beine übereinandergeschlagen und schaute geradeaus. Kurz darauf erschien der Pater und überreichte Huber das Glas Wasser. Der setzte es an und trank es hastig aus. Dann streckte er dem Pater das leere Glas entgegen, als stünde ein Kellner vor ihm. Der Mann entfernte sich stumm und ließ die beiden wartend zurück.

Raphaela sah Huber grimmig von der Seite an. »Würde es dir sehr schwerfallen, in diesen Räumen etwas mehr Pietät zu zeigen? Wir sind hier im Vatikan, falls dir das entgangen sein sollte.«

»Wieso? Das sind doch auch nur Menschen, oder nicht? Ich hatte eben Durst bei dieser Affenhitze.«

»Aber es sind heilige Menschen, das ist der Unterschied.«

Huber schnitt eine Grimasse. »Meinst du nicht, dass du ein wenig übertreibst mit deiner Frömmigkeit? Du erhöhst die Leute in einer Weise, die ihnen, meiner Meinung nach, einfach nicht zusteht. Vertreter Christi auf Erden! Nun mach mal einen Punkt. Ich bin vielleicht kein Akademiker, aber ich habe auch Geschichte in der Schule gehabt. Und ich erinnere mich gut an die Kreuzzüge, in denen Millionen Menschen im Namen der sogenannten ›Heiligen Mutter Kirche‹ abgeschlachtet worden sind.«

Raphaela wechselte die Beinposition und wandte sich von Huber ab. »Das waren eben andere Zeiten.«

»Ach ja, und die vielen aktuellen Berichte über homosexuelle Priester, die sich an kleinen Jungs vergreifen? Was ist mit denen? Ist das auch eine andere Zeit?«

Ihr Kopf färbte sich rot, und sie presste die Lippen aufeinander. Sie suchte nach passenden Worten, fand sie jedoch nicht. So sagte sie schließlich verärgert: »Ich weiß gar nicht, wieso ich so dumm gewesen bin, mit dir mitzukommen.«

»Ich habe dich nicht darum gebeten, schon vergessen? Was hast du denn für ein Problem? Kannst du die Wahrheit nicht vertragen? Ein bisschen Selbstkritik muss doch drin sein.«

»Es geht nicht darum, dass ich keine Kritik vertragen könnte, sondern dass du bleibende Werte angreifst, die der Menschheit Halt geben. Aber davon scheinst du rein gar nichts zu verstehen. Für dich zählt nur dein Job, sonst nichts.«

Sie stand auf, da ihr die Nähe Hubers unangenehm wurde. Sie störte sich an seiner Ungezogenheit und Respektlosigkeit und hegte zugleich einen Funken Bewunderung für seine Gradlinigkeit.

Beide Köpfe drehten sich in eine Richtung, als das Geräusch einer schweren Türklinke zu ihnen drang. Ein Mann mit einer purpurfarbenen Soutane erschien und näherte sich langsamen Schrittes den beiden Besuchern. Eine leichte, kaum wahrnehmbare Verbeugung deutete das nötige Maß an einstudierter Höflichkeit gegenüber Reportern und der Polizei an. Der Kardinal gab beiden die Hand, woraufhin Raphaela sich kurz hinkniete und den Ring des Kardinals küsste. Huber blieb stehen und betrachtete die Szene irritiert. Er musste sich zusammenreißen, damit sich seine Missbilligung nicht allzu deutlich in seinen Gesichtszügen widerspiegelte.

»Mein Name ist Kardinal Gambrioni. Ich bin Pressesprecher des Vatikans und vertrete die öffentlichen Interessen des Heiligen Stuhls. Bitte kommen Sie mit mir. Wir sollten uns an einem Ort unterhalten, an dem es etwas bequemer ist.« Der Kardinal versuchte zu lächeln, doch es gelang ihm nicht.

Sie betraten einen großen Raum mit hohen Decken, der an den Wänden mit kostbaren Gemälden bestückt war und von dessen Decke ein riesiger Kronleuchter herabhing. Huber sah ihn an und fragte sich, ob man einer derart alten Deckenkonstruktion Vertrauen entgegenbringen konnte. *Was wäre, wenn der Leuchter gerade in dem Augenblick herunterfallen würde, wenn jemand darunter hergeht …?* Er schüttelte die düsteren Befürchtungen eines Kriminologen ab.

Der Kardinal wies dezent auf eine Sitzgruppe und setzte sich erst, nachdem Huber und seine Begleiterin Platz genommen hatten. Huber betrachtete den Geistlichen und würdigte dessen elegante Erscheinung mit einem kritischen Blick. Er misstraute ihm und ließ ihn nicht aus den Augen. Vor allem wartete er auf die Erklärung für ihren Besuch. Doch eigenartigerweise sprach der Kardinal zunächst kein Wort. Raphaela ihrerseits hätte es nie gewagt, das Gespräch zu eröffnen, und hatte auch keine Mühe damit, stumm im Angesicht des Kardinals zu verharren. Sie wusste, was sich ziemt, wenn ein Würdenträger zugegen ist. Huber jedoch rutschte unruhig auf dem barocken Sofa hin und her und erzeugte ein unangenehmes Knarren. Er meinte eine vorwitzige Spiralfeder unter seinem Hinterteil zu spüren, die ihn fast zum Wahnsinn trieb. Schließlich hielt er es nicht mehr aus und durchbrach die peinliche Stille. »Nehmen Sie es mir nicht übel, Herr Gambrioni, aber ich finde, es ist an der Zeit, uns über den Zweck unseres Besuches aufzuklären.« Huber blickte gespannt in Richtung des Kardinals und war stolz darauf, gewählte Worte gefunden zu haben. Von Raphaela hingegen erntete er nur einen mordlustigen Blick.

Der Kardinal legte die Soutane über seinen Knien zurecht und räusperte sich. »Nun gut, ich vermute, auch Ihre Zeit ist knapp bemessen. Es geht um Folgendes: Sie sind in einem Kriminalfall tätig, der für uns und gewissermaßen für die gesamte Christenheit von höchstem Interesse ist. Es geht um die ›Heilige Lanze‹, die aus Wien gestohlen wurde.«

Eine schwere Stille füllte den Raum, als hätte der sonst so redegewandte Kardinal Mühe, die richtigen Worte zu finden.

»Es geht vor allem um Mord«, widersprach Huber. »Die Lanze ist Diebesgut, völlig richtig, und ich bin von der Mordkommission, wie Sie wissen.«

Gambrioni winkte beschwichtigend ab. »Der Fall ist komplexer, als Sie sich das vorstellen. Natürlich haben auch wir ein Interesse daran, dass der Mörder des Onkels dieser jungen Dame und des anderen Opfers gefunden wird, aber leider geht es um mehr als das. Um viel mehr. Sie wollen wissen, warum Sie hier sind?«, fragte er und zeigte auf Huber. »Ganz einfach: Sie müssen die Lanze finden, bevor andere es tun.«

»Wie meinen Sie das, bevor es andere tun. Wer, glauben Sie, könnte Interesse an dieser Reliquie haben?«, fragte Raphaela.

Der Kardinal rieb sich die Hände und drückte sie dabei so fest, dass die Knöchel weiß hervortraten. »Nun, es ist so: Die Schatzkammer in Wien hat nach langen Verhandlungen mit dem Heiligen Stuhl vor einigen Wochen beschlossen, die Reichsinsignien dem Vatikan zu übereignen. Die Lanze ist als eine der Reichsinsignien für uns eine sehr bedeutende Reliquie, und wir sind froh und dankbar, dass wir die Lanze erhalten können.«

»Ganz umsonst?«, argwöhnte Huber und lachte mit einem Hauch von Zynismus.

»Nun, der Vatikan wird sich im Gegenzug mit einer Spende für die Stadt Wien erkenntlich zeigen.«

»Sie meinen, Sie wollen sie kaufen?«, fragte Huber.

»Nennen Sie es, wie Sie wollen. Wichtig ist nur, dass der Papst der Auffassung ist, die Lanze des Herrn müsse nach all den Irrungen der Jahrhunderte endlich hier im Vatikan den Ort ihrer Bestimmung finden.«

Raphaela schaltete sich erneut ein. »Es gibt doch noch mehr Lanzen. Warum beansprucht der Vatikan nicht eine Lanze aus kirchlichem Besitz, zum Beispiel die in Armenien oder die in Polen. Warum muss es die aus der weltlichen Schatzkammer der Habsburger sein? Sie wissen doch sicher auch, dass diese Lanze weder die Lanze ist, mit der der Legionär Jesus durchbohrt hat, noch dass der angebliche Nagel darin tatsächlich jener ist, mit dem Jesus am Kreuz angenagelt wurde.«

Gambrioni stemmte seine Fülle aus dem Sessel hervor und schritt in dem prunkvollen Zimmer auf und ab. Er verschränkte die Arme dabei hinter dem Rücken und blickte nachdenklich auf den Boden. »Das ist schon richtig.« Nun blieb er stehen und hob die Hände. »Dennoch hat die Wiener Kopie sozusagen stellvertretende Funktion. Solange nicht die echte Lanze aus der Zeit Jesu gefunden wird, rückt jene an deren Stelle. Sie hat eindeutig den größten kirchlichen Bezug: Die Geschichte der Kirche ist sehr eng mit der Geschichte dieser Lanze verbunden.«

Huber unterbrach ungeduldig die Ausführungen des Kardinals. »Sie haben uns noch immer nicht gesagt, wer ein ebenso großes Interesse an der Lanze hat wie Sie.«

Gambrioni rieb sich wieder die Hände. Man spürte, dass ihm diese Unterhaltung zunehmend unangenehm wurde. »Na schön, dann werde ich Sie aufklären. Ich dachte mir schon, dass ich es Ihnen erzählen muss.« Er machte eine bedeutungsvolle Pause und holte tief Luft. »Es gibt seit vielen Jahren eine dunkle Strömung, eine Art Bewegung, die uns große Sorgen macht. Sie ist in den letzten Jahrzehnten sehr mächtig geworden, doch der Geist, der ihr innewohnt, ist seit jeher derselbe.«

»Es wäre schön, wenn Sie sich etwas klarer ausdrücken könnten, Kardinal.«

Gambrioni sah Huber an, nickte und fuhr fort. »Die Bewegung nennt sich ›THE Lu‹.«

»Ich habe davon gehört«, warf Raphaela ein und beugte sich vor. »Eine weltweit wohltätige Organisation.«

Gambrioni lachte spöttisch auf. »Wenn ein Bankräuber mit einem Sack Geld auf dem Rücken eine Bank verlässt und einem Bettler vor der Tür hundert Euro schenkt, dann ist das vordergründig auch *wohltätig*. Aber es stimmt: Diese Leute tarnen sich gern mit einem karitativen Outfit, spenden bei unzähligen Projekten und verfügen über ein unglaubliches Kapital.«

»Was haben ›THE Lu‹ mit der Lanze zu tun?«, fragte Huber interessiert.

Gambrioni ging zu einem barocken, prächtig verzierten Schreibtisch und zog aus der obersten Schublade ein Dokument hervor. Er behielt es aber zunächst in der Hand, als wolle er ein letztes Mal überlegen, ob er es tatsächlich riskieren könne, das wohlgehütete Geheimnis preiszugeben. Langsam ging er dann auf die beiden Besucher zu, setzte sich wieder und legte das vergilbte Dokument auf seinen Schoß. Seine feuchten Finger klebten an dem Papier fest. »Sie stehen mit dunklen Mächten in Verbindung. Sie streben die Weltherrschaft an, so wie damals die Nazis.«

Nun herrschte eine bedrückende Stille im Raum, und Huber und Raphaela konzentrierten sich auf die Ausführungen des Würdenträgers. Erneut stand Gambrioni auf und ging wieder zu seinem Schreibtisch. Dort holte er fünf kleine unbeschriebene Notizblätter aus einer dafür vorgesehenen Schachtel hervor. Dann ging er zu den beiden Gästen zurück. »Sehen Sie hier.«

Huber und Grassetti reckten ihre Hälse vor, während der Kardinal die fünf Zettel mit je einem Buchstaben bekritzelte und auf dem Tisch verteilte. »Ein H, ein L, ein U, ein T und ein E. Nun setzen Sie die Buchstaben zu ›THE Lu‹ zusammen.«

Schnell erfüllte Raphaela die gestellte Aufgabe. »Nun mischen Sie das Ganze bitte wieder und versuchen, einen anderen Begriff damit zu bilden, der ihnen aus der deutschen Geschichte bekannt vorkommt.«

»Sie meinen, ein Anagramm?«, warf Raphaela ein. Gambrioni nickte.

Eine Zeit lang wollten alle Worte, die sie fanden, keinen Sinn ergeben, bis Raphaela bei einem Wort beinahe aufschrie. »›T H U L E‹. Die Thule-Gesellschaft.« Sie schaute den Kardinal neugierig an und wartete gespannt auf seine Reaktion.

»Genau. »THE Lu« ist ein Anagramm von ›THULE‹.«

»Was soll das Ganze? Die Thule-Gesellschaft ist meines Wissens doch längst vergessen«, erwiderte Huber und machte dabei eine Bewegung, als wische er etwas von dem Tisch, der vor ihm stand.

»Es ist nicht ganz so einfach. Offiziell gibt es die Thule-Gesellschaft tatsächlich nicht mehr. Zumindest nicht in der Form, wie sie im Dritten Reich bestanden hat, aber sie operiert noch immer im Verborgenen. Es gibt leider unzählige Menschen, für die das Naziregime noch nicht beendet ist.«

»Sie meinen, der Dieb und Mörder war ein Neonazi? Wir haben diese Möglichkeit auch schon in Betracht gezogen.«

»Das herauszufinden ist Ihre Aufgabe, Herr Huber. Meiner Meinung nach – aber ich bin kein Kriminologe, wurde der Diebstahl äußerst stümperhaft ausgeführt.« Gambrioni schüttelte das weiße Haupt. »Ich kann mir nicht vorstellen, dass eine Organisation von der Größe wie ›THE Lu‹ auf diese Weise vorgehen würde.«

»Was bedeutet ›THE Lu‹? Ist das nur ein Anagramm, oder haben die Buchstaben auch eine Bedeutung?«, fragte Raphaela.

»Wir haben diese Loge schon seit vielen Jahren im Visier. Sie nennen sich Bruderschaft, Loge, Gesellschaft oder Orden. Sie sind von allem etwas, doch ihre Ziele sind ganz klar. Die Buchstaben T, H und E bedeuten ›The Healing Element‹, ›Das heilende Element.‹ Gemeint ist etwas in der Art wie die richtige Arznei, der richtige Wirkstoff oder Ähnliches.«

»Was soll denn kuriert werden?«, fragte Raphaela und dachte an ihren Vater, den ehemaligen Arzt.

»Die kranke Gesellschaft. In den Augen dieser Leute ist das Problem der Menschheit die Rassenvermischung, die Vermischung des Blutes, wie sie es nennen. Letztlich träumen sie von einer Wiederbelebung des Germanentums. Die Thule-Gesellschaft war auch aus einem Germanenorden hervorgegangen.«

»Benannt nach einer antiken Insel im äußersten Norden«, fügte Huber nachdenklich hinzu.

»Genau. Das Gretchen in Goethes Faust singt das Lied vom König von Thule. Erinnern Sie sich?« Huber verengte die Augen. Diese Art der Literatur war ihm nicht so geläufig. »Für die Gesellschaft war diese Insel der Ursprungsort der arischen Rasse.« Nun legte Gambrioni endlich das Dokument vor sich auf den Tisch, das er schon seit geraumer Zeit zwischen seinen Fingern gehalten hatte. »Hier sehen Sie ein Wappen der Thule-Gesellschaft von 1919: ein Schwert vor dem Hintergrund des gebogenen Hakenkreuzes. Und hier ist das Wappen des Ordens ›THE Lu‹. Das Wappen hat sich gewandelt. Wenn Sie genau hinschauen … Was sehen Sie darauf?«

Raphaela drehte das Blatt so zu sich hin, dass es direkt vor ihr lag. »Ein Speer vor dem Hintergrund eines Tieres. Hm, ich würde sagen, einer Ziege oder so etwas.«

Gambrioni korrigierte sie. »Es ist die ›Heilige Lanze‹, und das Tier personifiziert das Böse, den Antichristen, Luzifer.«

Huber sah Gambrioni direkt an und brachte ein gequältes Grinsen hervor. »Sie meinen, die Abkürzung ›Lu‹ steht für Luzifer? Ich bitte Sie! Finden Sie nicht, dass das ein wenig dick aufgetragen ist? Und auch ein wenig zu offensichtlich, oder?«

Gambrioni lachte gequält und zuckte mit den Schultern. »Ich denke nicht. Gerade weil es so offensichtlich ist, glaubt niemand, dass Luzifer gemeint sein könnte. Sie zweifeln doch auch. Sehen Sie hier! ›Lu‹ ist so geschrieben wie eine Unterschrift, eine Art Signatur, wie sie ein Maler unter sein Bild setzt.«

Huber kratzte sich am Kinn.

»Mir ist nur noch nicht klar, worin die eigentliche Gefahr besteht«, sagte Raphaela, und man sah ihr an, dass ihr diese

Enthüllungen unheimlich waren. Gab es möglicherweise eine Verbindung ihres Onkels zu einer obskuren, diabolischen Geheimgesellschaft?

»Seit dem Ende des Zweiten Weltkriegs warten die Mitglieder dieses eigenartigerweise ständig wachsenden Ordens auf ihre Chance, ihre Machtansprüche endlich durchzusetzen. Werfen Sie noch einmal einen Blick auf das Wappen. Beinahe prophetisch hat diese Bewegung schon so viele Jahre die Lanze als festen Bestandteil in ihr Wappen integriert, obwohl sie sie bis jetzt noch gar nicht besessen hat.«

»Was passiert denn Ihrer Meinung nach, wenn sie sie erst einmal haben?«

»Nicht auszudenken. Wenn Sie sich mit der Geschichte und der Mystik dieser Lanze beschäftigt haben, dann wissen Sie, dass schon die psychologische Wirkung der Lanze ausreicht, um das Fass zum Überlaufen zu bringen – unabhängig davon, ob ihr tatsächlich eine magische oder spirituelle Wirkung anhaftet. Wenn die Mitglieder von ›THE Lu‹ die Lanze in ihre Gewalt bekämen, würden sie ganz offen für ihre Ideen werben. Sie können sich vielleicht vorstellen, was für eine Welle des Antisemitismus über die Erde schwappen würde. Diese Bewegung betreibt Hetzpropaganda gegen Farbige, Juden und Kommunisten, genauso wie es die Nazis damals getan haben, nur dass sie sich dabei das karitative Mäntelchen überzieht und in der Politik genauso vertreten ist wie im Kulturleben. Die Mitglieder sind fest davon überzeugt, dass die Gesellschaft der Erde geheilt und von der Unreinheit des Blutes befreit werden muss. Sie wollen den reinen Menschen züchten, den Übermenschen.«

»Mir ist trotzdem noch nicht klar, welchen Dienst ihnen dabei die Lanze leisten würde«, hakte Huber nach.

Gambrioni rückte seinen mächtigen Leib im Sessel zurecht. »Mit diesem Speer ist die Legende verbunden, dass derjenige, der ihn besitzt, das Schicksal der Welt im Guten wie im Bösen in seinen Händen hält. Er fühlt sich also von Gott beauftragt, bei allem, was er tut. Verstehen Sie jetzt, warum verständlicherweise nur der Vatikan und nicht diese teuflische Bruderschaft die Lanze besitzen sollte?«

Huber wurde nachdenklich. Während der Kardinal ausführlich die Lauterkeit des Vatikans betonte, stiegen in dem Kommissar alte Emotionen auf. Er war ja nicht nur kein Katholik, sondern hatte ein ganz persönliches Problem mit der Institution Kirche. Dieses Problem hinderte ihn nicht nur daran, gebührenden Respekt vor jedem Vertreter der Kurie zu hegen, sondern entpuppte sich in diesem Moment als unbändiger Hass. Ein Hass, der ihn nicht verlassen hatte und tiefe Wurzeln in seine Seele trieb. Wütend unterbrach er den Würdenträger: »Entschuldigen Sie, Herr Kardinal, aber es ist nicht für jeden selbstverständlich, dass gerade der Vatikan die Weltherrschaft ausüben sollte! Sie stellen die Kurie zwar so dar, wie sich der Papst selbst auch gern sieht: als unfehlbar! Doch die Vergangenheit hat ja wohl gezeigt, dass die katholische Kirche weit davon entfernt ist, diesem Anspruch gerecht zu werden.«

Gambrioni sah ihn verwirrt an und fragte sich, was diese Äußerung mit dem Verschwinden und Wiederauffinden der Lanze zu tun hatte. Doch Huber war noch nicht am Ende. Er hatte gerade erst angefangen. »Außerdem …«, hielt er Gambrioni vor, »… seit wann setzt sich der Vatikan eigentlich so uneigennützig für das Wohl des jüdischen Volkes ein? Von wegen Antisemitismus und so. Ich kann ja nachvollziehen, warum sie nicht möchten, dass so ein Verein an die Macht kommt. Auch wenn ich mir nicht vorstellen kann, dass die Welt noch einmal auf solche Typen reinfällt. Aber wenn wir für Sie die Lanze finden sollen, dann spielen Sie doch bitte ein ehrliches Spiel mit uns. Könnte es nicht einfach sein, dass

Sie die Lanze aus demselben Grund beanspruchen wie dieser komische Orden?«

Gambrioni sah ihn erneut fragend an. Huber befand sich in einer Stimmung, in die er stets hineinrutschte, wenn Heuchelei im Spiel war. »Ganz einfach, es geht um Macht, um den Legitimationsanspruch der katholischen Kirche. Und da interessiert mich schon: Steht Ihre Macht schon auf so wackeligen Beinen, dass Sie das nötig haben? Wenn ich mich recht entsinne, hat Papst Pius XII. die Lanze doch schon einmal besessen – und er schneidet bis heute nicht besonders gut ab, wenn es um die Frage geht, wie viele Gräueltaten er hätte verhindern können, falls er nicht feige geschwiegen hätte.«

Raphaela lehnte sich auf dem Sofa zurück und drückte sich tief hinein, als wolle sie vor Scham versinken. Huber aber hielt dem wütenden Blick des Kardinals stand. Der hätte sich solche Äußerungen nicht gefallen lassen müssen, beschloss aber, in die Diskussion einzusteigen. »Pius hat geschwiegen, damit nicht noch mehr Unheil geschieht.«

»Ja, ich weiß«, entgegnete Huber in ehrlicher Empörung. Er lehnte sich zum Kardinal vor. »Ich kenne diese Ausflüchte. Das wird landläufig immer gern erwidert. Aber allein schon mein gesunder Menschenverstand sagt mir, dass diese Ausrede – wenn ich das mal so formulieren darf – völliger Unsinn ist. Wo ist denn da die Logik? Seit wann ist Schweigen das richtige Mittel, Unrecht zu verhüten? Seit wann wird ein Appell an die Menschlichkeit und an das Gewissen das Gegenteil bezwecken? Die katholische Kirche war und ist eine mächtige und einflussreiche Organisation mit einem verzweigten Netzwerk.«

Gambrioni wollte etwas erwidern, doch Huber ließ ihn nicht zu Wort kommen. Raphaela fragte sich inzwischen, was Alois dazu trieb, hier eine derartige Abrechnung vorzunehmen. So hatte sie ihn bisher nicht kennengelernt. Tiefe Verachtung, ja, Schmerz schien Huber anzutreiben, seine Rolle als Polizist und die Lanze gänzlich zu vergessen und eine derartig unpassende Diskussion mit dem Kardinal anzuzetteln.

Huber aber fuhr unbeirrt fort. »Stellen Sie sich mal vor, was passiert wäre, wenn Papst Pius seine Schäfchen, die Kardinäle, die Bischöfe, die einfachen Priester, ja, wenn er alle Katholiken dazu aufgefordert hätte, den Massenmord am jüdischen Volk zu verurteilen. Glauben Sie nicht, dass alle seinem Wort gefolgt wären? Er ist doch der Oberhirte, ein Vorbild, eine Leitfigur.« Huber lehnte sich für einen Augenblick zurück und holte zu einem erneuten kraftvollen Schlag aus. »Was wäre passiert, wenn von jeder katholischen Kanzel der Mord an den Unschuldigen verurteilt worden wäre? Hätten dann nicht alle guten Katholiken aufgehorcht? Wären sie nicht wachsam geworden? Hätte nicht ihr Gewissen reagiert, wenn es etwa darum ging, ob sie ihre jüdischen Nachbarn denunzieren oder nicht?« Huber stand auf. Er hatte sich so aufgeregt, dass ihm der Schweiß auf der Stirn stand, und atmete heftig.

»Meine Güte, Alois. Warum regst du dich denn so auf?«, fragte Raphaela anteilnehmend. Sie stand ebenfalls auf und stellte sich neben ihn. Sie wusste nicht, wie sie mit dieser Situation umgehen sollte. Huber schoss einen Pfeil nach dem anderen auf die Kirche ab, die sie liebte und verehrte, und sie bewunderte ihn zugleich dafür, dass er Dinge aussprach, die so lange unter dem Deckmantel der Verschwiegenheit gegärt hatten. Sie trat zu ihm und legte ihre Hand auf seine Schulter. Auch der Kardinal hatte an diesem Tag nicht damit gerechnet, das Ansehen der katholischen Kirche beschützen zu müssen.

Abrupt drehte sich Huber zu ihr und dem Kardinal um, öffnete den Mund und wollte eine weitere Salve abfeuern. Doch im letzten Moment riss er sich zusammen und sagte nur kurz: »Mein Großvater ist von den Nazis umgebracht worden. Er war Jude – und wurde von Katholiken verraten. Von solchen, die jeden Sonntag in der Kirche saßen und denen keiner sagte, dass Rassenhass unchristlich ist.«

Gambrioni war auf diese Art Disput nicht vorbereitet. Nach einer unangenehmen Pause versuchte er noch einmal, das Gespräch in eine gütliche Richtung zu lenken. Es hing zu viel von einer guten Zusammenarbeit mit der Wiener Polizei ab, und er musste Acht geben, es sich nicht vollkommen mit Huber zu verscherzen. »Das tut mir leid, das mit Ihrem Großvater. Sie haben Recht. Es ist nicht nur in dieser Zeit viel zu viel Unrecht geschehen.«

Huber nickte stumm und schien die Entschuldigung des Kardinals beinah zu akzeptieren. Gambrioni legte die Fingerspitzen aneinander und sprach nun sehr bedacht, beinahe leise. »Haben Sie den Artikel im ›Spiegel‹ zu diesem Thema gelesen?«

Huber und Raphaela drehten sich zu Gambrioni um. Huber ahnte, welchen Artikel Gambrioni meinte.

»Der ›Spiegel‹ hatte im Frühjahr eine Artikelserie, in der er im Andenken an das Kriegsende vor sechzig Jahren unter anderem die Stellung der katholischen Kirche zum Holocaust untersucht hat.« Gambrioni machte eine würdevolle Pause. »Nun, ja. Einer der Artikel beschäftigte sich mit dem Verhalten von Papst Pius XII. gegenüber Adolf Hitler. Die Autoren bezeichneten ihn darin ungerechterweise als Hitlers Papst und Sympathisant des Naziregimes.« Gambrioni schien tief in seinem Innersten davon überzeugt zu sein, dass Pius XII. ein aufrechter Vertreter Christi war.

Huber betrachtete den alten Kardinal. Es schien fast, als hatte er Tränen in den Augen. Möglicherweise brachen sich aber auch nur die glitzernden Lichtstrahlen vom Kronleuchter auf seiner Bindehaut. »Ich wünschte, Sie wären ihm begegnet!«, betonte er. »Papst Pius XII. war der aufrichtigste Mann, den ich je kennen gelernt habe. Es ist bedauerlich, dass der Kirche bis zum heutigen Tag der Makel der damaligen Vorwürfe anhaftet. Eugenio Pacelli hat mehrfach versucht, gegen den Völkermord zu intervenieren und war am Schluss davon überzeugt, dass es das Beste wäre, die Nationalsozialisten nicht noch mehr zu reizen. In den Niederlanden hatte der Protest 1942 die Deutschen nämlich veranlasst, mehr Menschen als ursprünglich vorgesehen zu deportieren.«

Huber ließ sich von Gambrionis Versuchen, das Ansehen der Kirche zu retten, nicht einschüchtern. Eine neue Wut stieg in ihm auf. »Ja, ja, ich weiß schon: Reden ist Silber, Schweigen ist Gold. Schon klar. Viele andere hohe Amtsträger haben aber nicht geschwiegen und damit viel mehr bewirkt. Die Dänen zum Beispiel haben die Ausrottung der Juden vereitelt. Und …? Ist ihnen etwas passiert?« Huber sah Gambrioni mit starrem Blick an. Der Kardinal wusste, dass Huber Recht hatte und blickte zu Boden.

»Nein! Ihnen ist nichts passiert!«, betonte Huber. »Auch die bulgarische, die französische, die norwegische und die griechische Kirche sind für die Juden eingetreten, und es gab keine Vergeltungsmaßnahmen.« Huber machte eine ausladende Bewegung mit beiden Armen. »Sie alle haben öffentlich gegen die Ausrottungsmaßnahmen der Nazis protestiert und sehr viel Erfolg gehabt. Doch Pius, der Superfromme …«, Huber lachte auf, »… war schlichtweg zu feige. Er hatte nicht genug Mumm, zu wenig Courage. Ein Mann in seiner Position hätte sehr viele Menschen retten können, selbst wenn er dabei draufgegangen wäre, so wie Bonhoeffer und viele andere, die ihren Mund nicht gehalten haben.«

✣ XXIII ✣

Nach einem schier endlosen Flug landete die Maschine der »Pan Am«. Schneiders Beine schmerzten, doch am meisten plagte ihn sein rechter Fuß. Wenn er nicht genug bewegt wurde, verkrampfte sich die Muskulatur und verursachte starke Schmerzen an den verkürzten Sehnen. Er versuchte einige gymnastische Übungen mit dem Fuß, drehte ihn hinter dem Sitz seines Vordermannes in der Luft herum und versuchte, Blut in die beinahe abgestorbenen Gliedmaßen zu pumpen.

Die Passagiere wurden angehalten, so lange sitzen zu bleiben, bis das Flugzeug vollständig zum Stehen gekommen sei. Von da an ließ Schneider den engagierten Reporter nicht mehr aus den Augen. Er versuchte, gelassen zu wirken, doch seine Sinne waren aufs Äußerste geschärft. Gegen Ende des Fluges hatte er das Gespräch mit Schulz wieder aufgenommen und eine fadenscheinige, freundschaftliche Beziehung geknüpft. Hatte mit ihm über Belangloses gescherzt und sich von seiner unterhaltsamen Seite gezeigt. Er wollte Vertrauen aufbauen, ein Vertrauen, das er sich zuvor durch seine unpassenden Bemerkungen über Zeitreiseversuche an Menschen verspielt hatte.

Gemeinsam gingen die beiden Männer durch die Halle zum Gepäckband und warteten. Ihre Koffer lagen verhältnismäßig dicht beieinander. Wieder eine sonderbare Fügung des Schicksals, fand Schneider. Dadurch konnten sie den Flughafen zusammen verlassen.

Doch bevor sie den Ausgang erreichten, blieb Schulz

plötzlich stehen und sagte: »Ich glaube, ich muss noch mal schnell verschwinden. Ich wünsche Ihnen alles Gute.« Er reichte ihm die Hand zum Abschied.

Schneider ergriff sie jedoch nicht. »Sie haben Recht. Das war ein bisschen zu viel Champagner und Mineralwasser. Ich komme mit.«

Gemeinsam gingen sie in Richtung der Herrentoilette. Die meisten Passagiere hatten ihre Koffer schon in Empfang genommen und befanden sich auf dem Weg zu einem Taxi-Stand oder wurden von Verwandten in Empfang genommen, liebevoll umarmt und geküsst. Auf Schneider und Schulz wartete niemand. Sie betraten die Herrentoilette, und Schulz war irgendwie nicht wohl bei dem Gedanken, neben diesem schleimig-freundlichen Mann nun auch noch pinkeln zu müssen.

In diesem Augenblick verließ ein Fluggast die Toilette, und Schneider beschloss, schnell zu handeln. Er zog den Reißverschluss seiner Hose hastig hoch, sah sich nach einer offenen Klotür um und zerrte den zehn Jahre jüngeren Schulz mit einer fast übermenschlichen Kraft und Schnelligkeit in die Kabine. Ohne dass dieser auch nur den Hauch einer Chance gehabt hätte, packte ihn Schneider von hinten am Genick. Dann schlug er den Schädel des Reporters mehrmals hintereinander mit solch einer Wucht gegen die mit Graffiti beschmierten, ehemals weißen Fliesen, dass man das Bersten der frontalen Schädelknochen in der gesamten Herrentoilette hören konnte. Der Reporter war auf der Stelle tot und rutschte auf den mit Urin besprenkelten Boden.

Zügig zog Schneider die beiden kleinen Koffer zu sich in die enge Kabine. Er musste auf der Hut sein, falls jemand zur Tür hereinkam, um sich zu erleichtern. Dann durchsuchte Schneider die Innentaschen der Jacke des Toten und fand, wie erhofft, den Presseausweis, den Personalausweis, einen

Reisepass, eine Hotelreservierung sowie dreihundert Dollar. Er entschied, die ganze Brieftasche mitzunehmen und nichts zurückzulassen, was den Toten als Hartmut Schulz ausweisen könnte. Stattdessen platzierte er seinen eigenen Personalausweis in dessen Jackeninnentasche. Schneider wunderte sich über seine eigene Skrupellosigkeit. Aber irgendwie wurde es mit jedem Mord leichter, ja sogar auf eine ihm bislang unbekannte Weise angenehmer zu töten.

Vorsichtig hob er den leblosen Körper auf und setzte ihn auf den Toilettendeckel. Er achtete peinlichst genau darauf, seine Arme dabei so zu strecken, dass kein Blut an sein Hemd oder seinen Anzug kam. An den Spülkasten angelehnt, blieb Schulz tatsächlich aufrecht sitzen. Die Füße platzierte Schneider der notdurftspezifischen Situation angepasst, sodass niemand, der unter der Tür durchschaute, Verdacht hegte. Dann öffnete Schneider die Kabine, schaute sich nach allen Seiten hin um und stellte seinen eigenen Koffer vor die Toilettentür. Zurück in der Kabine, schloss er die Tür von innen ab und kletterte behände, wie ein Zwanzigjähriger, an Schulz vorbei auf den Spülkasten. Geschickt hangelte er sich über die Seitenwand zur Nachbartoilette, trat heraus, schnappte sich seinen Koffer und verschwand. Auf diese Weise würde es eine ganze Weile dauern, bis man den Toten finden würde – vielleicht erst spät am Abend, wenn die Putzkolonne kam.

Schneider steckte sich den Presseausweis ans Revers und verließ den Flughafen. Nun war er Hartmut Schulz, ein bisschen älter vielleicht, aber das Bild stammte ja auch aus vergangenen Tagen, als er noch keine Brille brauchte. Zufrieden verließ er das Flughafengebäude und winkte ein Taxi heran. Fünfzehn Minuten später checkte er im Hilton-Hotel in der Innenstadt Chicagos ein.

»Good morning, Mr. Schulz. Nice to meet you. Hatten Sie einen angenehmen Flug?«

»Oh ja, Danke. Alles bestens.«

»Wenn Sie sich bitte hier eintragen möchten.« Die nette Rezeptionistin legte Schneider, alias Hartmut Schulz, das Hotelbuch vor, in dem er seine vollständige Adresse angeben musste.

Richard lachte verlegen. »Ich bin vor zwei Tagen umgezogen und hätte fast meine alte Adresse eingetragen.« Er zog seinen Pass hervor, schlug ihn auf und las die Adresse ab.

Die junge Frau wunderte sich nicht. Zerstreute Leute waren ihr schon oft begegnet. »Vielen Dank. Hier sind Ihre Zimmerschlüssel. Ich soll Sie von Ihrem Chef, Mr. Marxkors, grüßen: Er kann leider heute Abend nicht zu dem Meeting kommen und ist froh, dass wenigstens Sie seine Zeitung würdig vertreten.«

Schneider tippte mit dem Finger auf der edlen Holzfläche herum. »Er kann nicht kommen? Na, wie schade«, sagte er. »Wo wird denn das Meeting stattfinden?«

Die Dame in dem hübschen Kostüm lehnte sich über die Rezeption und zeigte mit ihrem rot lackierten Finger in Richtung der Konferenzräume. »Dort drüben. Gegen zwanzig Uhr.«

»Wissen Sie, ich mag diese Meetings nicht«, sagte Schneider und gab seinem Gesicht einen gestressten Ausdruck. »Zu viele Leute. Ich kann nicht gut in engen Räumen mit vielen Menschen sein.«

»Oh, das kenne ich. Ich muss immer Treppen laufen, weil ich Fahrstühle hasse«, entgegnete sie teilnahmsvoll.

»Sagen Sie, wissen Sie zufällig … ich habe ja gehofft, dass mein Chef kommen würde … nun, er hat mich noch gar nicht über den Zweck des Meetings aufgeklärt. Wissen Sie vielleicht Näheres darüber.« Schneider lachte. »Das ist mir jetzt aber peinlich.«

»Tut mir leid, Mr. Schulz, aber ich habe von Astrophysik

absolut keine Ahnung. Es reicht mir zu wissen, wie meine Kaffeemaschine funktioniert. Aber warten Sie, ich schau mal nach, ob etwas für Sie hinterlegt wurde.« Die Rezeptionistin drehte sich zu einer großen Wand aus Mahagoniholz um, die aus hunderten kleiner Ablagen für Briefe und Schlüssel und Ähnliches bestand, und nahm einen weißen Umschlag aus dem Fach des Zimmers 343. »Ja, hier liegt eine Nachricht für Sie. Bestimmt von Ihrem Chef. Vielleicht erfahren Sie hierin alles, was Sie wissen müssen.«

Schneider nahm den Brief entgegen und tat erleichtert. »Vielen Dank, das wird mir weiterhelfen.« Dann ging er zu einem Fahrstuhl und stieg ein. Die junge Dame sah ihm nach und wunderte sich, dass sich die Klaustrophobie dieses Mannes nur auf große Räume und nicht auf enge Fahrstühle bezog.

Kaum hatte Schneider das Zimmer betreten und die Tür hinter sich ins Schloss fallen lassen, riss er den Brief auf. Er stammte tatsächlich vom Chef von Hartmut Schulz.

Lieber Herr Schulz,
es tut mir leid, aber ich musste kurzfristig umdisponieren. Dreyfuß ist krank geworden, und ich werde für ihn einspringen. Sonst hätten wir nach diesem grausamen Terroranschlag in Israel niemanden vor Ort. Ich wünsche Ihnen viel Erfolg bei Ihrer Recherche. Lassen Sie nicht locker. Das ist der absolute Hammer mit diesem Petrov. Fühlen Sie ihm so richtig auf den Zahn. Alles Gute. Wir sehen uns in München.

Herzlich
F. Marxkors

PS Wie war die Woche in Rom? Hoffe, mehr darüber bei Ihrer Rückkehr zu hören.

Da Marxkors kein Wort über das Meeting verloren hatte, beschloss Schneider, ihm einfach fernzubleiben. Wichtig war nur, dass er nicht von einem Reporterkollegen angesprochen wurde. Er nahm das Namensschild ab, um es sich für diesen Petrov aufzuheben. Dann verließ er das Hotel und schlenderte durch die Straßen. Intuitiv suchte er den schmuddeligen Teil der Stadt – und fand ihn nach einer halben Stunde Fußmarsch auch.

Die Mülltonnen in diesem Viertel quollen über vor Dreck, und streunende Katzen und Hunde suchten fauchend und jaulend darin nach Essbarem. Halbwüchsige Teenager verschiedener Nationen lungerten auf den Treppenstufen der Hauseingänge herum und machten ihn an. Sie riefen ihm nach, beschimpften ihn und hätten ihn sicher angegriffen, wenn er nicht diese bösartige Ausstrahlung gehabt hätte. Als er sich sicher war, im Zentrum des Gettos angekommen zu sein, suchte er gezielter nach Geschäften, die möglicherweise illegale Waffen unter dem Ladentisch verkauften, Läden, in denen niemand nach Waffenscheinen fragte, weil hier fast jeder eine Waffe bei sich trug, um seine nackte Haut retten zu können.

Ein vollbärtiger, tätowierter Mann in einem Secondhand-Laden schien Schneider der richtige Ansprechpartner zu sein. Der bullige Verkäufer trug eine schwarze Kappe aus Leder mit einem Emblem von Harley Davidson auf dem kahlrasierten Schädel. Vermutlich gehörte die Maschine vor der Tür auch ihm. Ohne ein Hallo oder Ähnliches marschierte Schneider in den Laden hinein. »Ich brauche eine Waffe. Klein und handlich.«

Der Dicke zuckte mit den Schultern. »Ich verkaufe nur Fernseher und Radios, Mann.«

Schneider verlieh seiner Stimme noch mehr Gewicht. »Verarsch mich nicht. Ich will eine Waffe.« Schneider zückte die pralle Brieftasche von Schulz und legte zweihundert gestohlene Dollar auf den Tisch.

»Munition kostet aber extra.« Die Lederkappe mit dem Typ darin verschwand unter der Ladentheke, und Schneider hörte es klimpern. Er legte eine weitere Hundert-Dollar-Note auf den Tresen. Mehr amerikanische Dollars hatte er nun nicht mehr. Der Verkäufer legte eine Waffe und eine Schachtel Munition auf den Tisch. Schneider ließ das Magazin der Pistole mit erstaunlicher Fachkenntnis herausgleiten, als hätte er sein Leben lang nichts anderes gemacht. Binnen Sekunden schob er ein gefülltes Magazin hinein und entsicherte die Waffe.

Der Verkäufer, dessen Bauch weit über die Gürtelschnalle herüberquoll, hoffte, aus Schneider noch einen weiteren Hunderter herauspressen zu können. »Zweihundert für die Wumme und zweihundert für die Munition.«

Der verstaute die Brieftasche von Schulz in seiner rechten Innentasche. »Ich habe kein Bargeld mehr, Dicker.« Dann richtete er die geladene Waffe auf den Kopf des Verkäufers und fixierte ihn mit eiskaltem Blick. Schneider stand völlig bewegungslos da und grinste in sich hinein. Er genoss die neue Welt, die sich ihm da eröffnet hatte. »Klick«, sagte er laut, woraufhin der Harley-Fan heftig erschrak. Schneider steckte die Waffe in die Hose unter seiner Jacke, schnappte sich zweihundert der dreihundert Dollar, die noch auf dem Tresen lagen, und verließ lachend den Laden.

Als Schneider im Hotel ankam, achtete er darauf, zügig in seinem Zimmer zu verschwinden. Er ließ sich vom Zimmer-Service Essen bringen, weil er auf keinen Fall riskieren wollte, noch einmal auf das Meeting angesprochen zu werden. Nichts durfte die Mission am nächsten Tag gefährden. Die vielen glücklichen Umstände, die sich bisher ergeben hatten, ließen ihn dabei keine Minute an der Richtigkeit seiner Handlungen zweifeln.

Der Kellner, der das Essen gebracht hatte, verließ das Zimmer und betrat kopfschüttelnd den Fahrstuhl. Er murmelte etwas wie »Geizhals«, weil Schneider ihm kein Trinkgeld gegeben hatte. Niemand sonst in dem Hotel wurde auf Schneider aufmerksam. Das erste Haus am Platz war ohnehin vollkommen ausgebucht. Zahlreiche Teilnehmer eines Ärztekongresses sowie eine Schar sensationshungriger Reporter und Korrespondenten ließen ihn als einen unscheinbaren Hotelgast durchschlüpfen. Die Hotelrechnung bezahlte er bei einer anderen Rezeptionistin mit seiner Kreditkarte und gab sich als Kollegen von Schulz aus, der dessen Zimmerrechnung übernehme. Dem Hotel war es letztlich ganz egal, wer die Kosten beglich. Wichtig war nur, dass die Kasse stimmte.

Den Presseausweis des ermordeten Hartmut Schulz gedachte Schneider nicht vor Betreten des Instituts zu benutzen. Er zog in Betracht, dass die Leiche dieses armen Teufels vermutlich schon gefunden worden war. Allerdings: Der Mann, der dort zusammengekauert auf der Toilette saß, würde mit völlig zermatschtem Gesicht nicht wiederzuerkennen sein. Fragmente frakturierter Stirnknochen stülpten sich in sein Hirn hinein, und das Nasenbein war mehrfach gebrochen und hing als ehemaliges Riechorgan inmitten eines nicht zu identifizierenden Gesichts. Ein Blick auf den Ausweis würde allerdings auf den mittlerweile polizeilich gesuchten Richard Schneider hinweisen.

Früh am Morgen würde er aber quicklebendig aus der Tür des Hotels herausmarschieren und verschwinden. Niemand ahnte, dass er derjenige auf dem lächerlichen Phantombild war und dass ihn die deutschen Behörden bereits in den USA verfolgten. In dieser Nacht machte Schneider dennoch kein Auge zu. Er lag auf dem Rücken und starrte gegen die Decke. Obwohl seine Skrupellosigkeit ein Ausmaß angenommen hatte, das selbst ihm fremd war, erregte ihn das vor ihm liegende Ereignis. Er malte sich aus, wie es sein würde, als erster Mensch in der Zeit zurückzureisen. Denn das war sein Plan: Er würde die Lanze aus der Vergangenheit in die Gegenwart holen. Die echte, diejenige, die das Blut Jesu gekostet hatte. Ja, er würde berühmt werden und mit der Macht der Lanze auch mühelos einen Weg finden, sich den Behörden zu entziehen.

Er dachte keinen Moment daran, dass die Forschungen vielleicht noch nicht weit genug fortgeschritten waren, dass er möglicherweise keinen Zutritt zu der Zeitmaschine erhalten würde oder er bei einem solchen Experiment den Tod finden könnte. In seiner unglaublichen Machtbesessenheit und Arroganz glaubte er fest an ein Gelingen seiner Mission.

✣ ✣ ✣

Der Purpurträger, der sonst in der Öffentlichkeit den Vatikan vertrat, fand in dieser ungewöhnlichen Konfrontation mit Huber seine Sprache nur schwer wieder. »Der Heilige Stuhl hat kein Interesse daran, dass die alten Geschichten immer wieder aufs Neue aufgewärmt werden.«

Huber war unnachgiebig. Er hatte den hübschen purpurnen Fisch an der Angel und war nicht gewillt, ihn wieder zu entlassen. »Schon klar, dass Sie das nicht möchten. Aber es wird Zeit, dass die katholische Kirche zu ihren Fehlern steht. Fakt ist, dass der Papst damals den Gräueltaten der Nazis tatenlos zugesehen hat. Den Titel ›Der Papst, der geschwiegen hat‹ wird er nie wieder loswerden. Man kann ja geteilter Meinung darüber sein, wie man sich als Normalsterblicher einer Übermacht von fanatischen Idioten in den Weg stellt, aber als sogenannter ›Hirte‹ der größten Konfession der Welt wäre es dennoch seine Pflicht gewesen, dem Treiben der Nazis ein Ende zu bereiten, selbst wenn es ihn seinen Kopf gekostet hätte. Dafür war er schließlich Papst.« Huber setzte sich wieder auf seinen Platz und beschloss, eine Weile zu schweigen. Seine Finger zitterten. Er hatte gesagt, was gesagt werden musste. Unverhofft hatte er an diesem Tag die Gelegenheit bekommen, der jahrelang in ihm gärenden Verbitterung Ausdruck zu verleihen. Dabei war ihm völlig egal, dass er damit aus der Rolle fiel. Dafür gärten die in ihm wohnenden Anschuldigungen schon zu lange. Er war froh, sie endlich einmal gegenüber einem Stellvertreter der katholischen Kirche ausgesprochen zu haben.

Raphaela verengte die Augen zu einem dünnen Schlitz. Sie dachte nach. Ihre Zurückhaltung war durch den Disput gewichen, und sie war wieder im Besitz ihrer sympathischen Schnodderigkeit. »Ich erinnere mich an den Artikel über das Verhältnis von Papst und Faschismus, den Sie gerade erwähnt haben. Ich hatte ihn nur überflogen, weil ich in Eile war, aber meines Wissens wurde dort auch ein gewisser Pater Francesco Montesi erwähnt. Ich kann es nicht genau wiedergeben, aber ich glaube, er hat damals die Lanze vom Papst zur Aufbewahrung erhalten oder so ähnlich.«

Gambrioni wandte sich blitzartig um. »Montesi, Montesi. Ich kann diesen Namen nicht mehr hören. Lassen Sie mich in Ruhe mit diesem Montesi. Der Mann ist ein Schwätzer, ein Lügner.«

An dieser Stelle erwachte Hubers Neugier. »Was ist denn mit diesem Montesi? Lebt er noch?«

Gambrioni zuckte mit den Schultern. »Vermutlich schon, aber er ist eben auch schon ein sehr alter Mann. Es würde mich nicht wundern, wenn er schon tot ist. Und stören würde es mich auch nicht.«

»Sie wünschen Ihrem eigenen Ordensbruder den Tod. Halten Sie das für eine gute christliche Gesinnung?«, fragte Huber spöttisch.

»Er ist schon lange kein Ordensbruder mehr. Die katholische Kirche hat ihn schon vor vielen Jahren exkommuniziert … Er verbreitet Lügen über den Heiligen Vater.«

»Sie meinen, über Pius XII.?«, fragte Huber nach.

»Ja, sicher, über ihn. Pius ist 1999 seliggesprochen worden. Sein Name ist von allen Makeln reingewaschen.«

»In Österreich hören wir uns zuerst die Aussage eines Angeklagten an, bevor ein Richter über ihn urteilt. In dubio pro reo.«

»Ja, ja. Im Zweifel für den Angeklagten. In diesem Fall besteht aber kein Zweifel. Montesi hat sich schuldig gemacht.«

»Wo hält sich Montesi denn jetzt auf? Kann man ihn besuchen?«, fragte Raphaela.

Der Kardinal bekam eine Gesichtsfarbe wie sein violettes Gewand. »Sie glauben doch nicht im Ernst, dass ich Ihnen sage, wo Sie diesen Schwätzer finden.«

Huber stand von seinem Platz auf. »Wissen Sie was, mein Lieber. Ihre Arroganz reicht mir allmählich. Es ist mir auch egal, wen oder was Sie hier im Vatikan darstellen und welche Position Sie innehaben. Was ich von Ihnen denke, das sage ich Ihnen besser nicht. Ich bin Polizist, und ich suche einen gefährlichen Doppelmörder. Ihnen hingegen scheint das alles völlig gleichgültig zu sein. Ihnen geht es nur um das Ansehen der katholischen Kirche und darum, dass wir für Sie die Lanze finden. Eklig. Wissen Sie: Ich könnte mir vorstellen, dass es stimmt, was die Geschichtsbücher erzählen. Das Motto der Kirche war: ›Schweigen um des lieben Friedens willen.‹ Und noch etwas: Wenn Sie mir jetzt nicht sofort sagen, wo ich Montesi finde, bekommt Ihr Club ein ganz schreckliches Echo in der Presse, dafür sorge ich höchstpersönlich.«

Raphaela hatte sich das Wortgefecht angehört, ohne einen Ton von sich zu geben. Auf der einen Seite fühlte sie mit dem Kardinal, doch nach all dem, was Huber vorgebracht und was sie im Geschichtsstudium gelernt hatte, bekam sie ernste Zweifel an der Redlichkeit Gambrionis.

Der Pressesprecher gab seinen Widerstand nur unwillig auf. »Montesi lebt in der Toskana. Es gibt ein kleines Kloster in der Nähe von Buonconvento. Es heißt Abbazia Monte Oliveto Maggiore. Ich weiß allerdings nicht, ob er tatsächlich noch dort wohnt. Fragen Sie nach ihm. Einer der Brüder wird Ihnen weiterhelfen.«

»Vielen Dank, Kardinal«, sagte Raphaela, doch diesmal verzichtete sie auf den Handkuss.

Der Kardinal begleitete die beiden zur Tür. »Sie werden verstehen, dass ich Ihnen unter diesen Umständen die zugesicherte Unterkunft in einem der Gästehäuser des Vatikans nicht gewähren kann. Sie sind in Anbetracht Ihrer offensichtlichen Feindseligkeit nicht länger als Freunde des Vatikans willkommen.«

»Jetzt spielt er die beleidigte Leberwurst«, murmelte Huber, »das habe ich gerne.« Er wandte sich Raphaela zu und nahm sie bei der Hand. Er hätte selbst nicht sagen können, warum. Um Solidarität mit ihr zu demonstrieren oder um den Kardinal zu brüskieren. Beides wäre ihm recht gewesen. »Komm, wir gehen. Du hast doch gehört. Wir sind hier nicht länger erwünscht.«

Alois und Raphaela ließen den in sich zusammengesunkenen Kardinal zurück und verließen den Vatikan. Eine Weile blieb Gambrioni an der Schwelle der Tür stehen und blickte ihnen, in Gedanken versunken, nach. Der Kommissar und seine Assistentin gingen zu dem großen Vorplatz des Petersdoms zurück und fühlten sich plötzlich angesichts der Weite des Platzes und der Größe der Stadt verloren.

»Was machen wir denn jetzt? Ich bin davon ausgegangen, dass wir hier im Vatikan übernachten können. Zu blöd. Jetzt müssen wir uns ein Hotelzimmer suchen. Es ist zu spät, um noch in die Toskana zu fahren.« Huber sah Raphaela fragend an. Sie meinte, einen Hauch von Hilflosigkeit in seinem Blick zu erkennen. Dann blickte sie auf ihre Uhr.

»Es ist fünf Uhr. Die Geschäfte haben soeben wieder geöffnet. Du hast also jetzt noch die Möglichkeit, dir von mir Rom zeigen zu lassen, zumindest das, was man in zwei bis drei Stunden schaffen kann. Ein Zimmer zu bekommen dürfte allerdings nicht ganz einfach werden. Die Stadt ist wegen der Feierlichkeiten zu Ehren des neuen Papstes wahrscheinlich komplett ausgebucht«, erwiderte sie.

»Gut, dass du italienisch sprichst. Ich wäre hier total aufgeschmissen.«

Raphaela kramte ihr Handy hervor. »Ich habe da eine Idee. Vielleicht klappt es ja.« Sie wählte mit flinken Fingern eine Nummer und palaverte die darauf folgenden zehn Minuten mit verschiedenen Leuten. Huber vermutete, dass sie sich mit Hotels, die sie bereits kannte, verbinden ließ. Dann drückte sie die rote Taste und grinste Huber an. »Bingo. Ich schätze, wir sind fündig geworden.«

»Was heißt, ich schätze? Hast du was gefunden oder nicht?« Raphaela wehrte gestikulierend ab. »Na, sagen wir mal, mit ziemlicher Sicherheit. Es ist das Hotel Fontana in der Innenstadt, und man hat einen traumhaften Blick auf den Trevi-Brunnen.« Huber sah sie mit einem ausdruckslosen Blick an, der jeden Rombegeisterten zur Raserei bringen würde.

»Ach, komm einfach mit mir mit und entspann dich. Es ist nicht weit. Vielleicht zwei Kilometer.« Huber und Raphaela zogen ihre Trollis hinter sich her.

»Wenn ich den ganzen Weg den Koffer schleppen müsste … Gut, dass die jetzt Rollen drunter haben.«

Raphaela blickte den kräftig gebauten Mann an ihrer Seite an und schüttelte den Kopf. *Warum Männer immer nur jammern müssen*, dachte sie. Die junge Frau grinste und hakte sich bei Alois ein. Zunächst gingen sie eine Weile schweigsam durch die Straßen Roms. Neben all den anderen Geräuschen, die die Ewige Stadt produzierte, war nur das Rollen ihrer Koffer zu hören. Beide mussten den Disput mit dem Kardinal verdauen. Sie marschierten die Via Conciliazione entlang, die vom Vatikan geradewegs in Richtung Tiber führte, der die Stadt wie eine sich windende Schlange durchstreifte. Sie überquerten die Ponte V. Emanuelle und gelangten über die Via del Coronari zur Piazza Navona. Huber hatte dabei tatsächlich Mühe, mit Raphaela Schritt zu halten.

Huber dachte daran, wie dieser verworrene Fall zu lösen sei. Normalerweise verfolgte er stets dieselbe Strategie: alle Personen befragen, die mit dem Umfeld des Verbrechens zu tun haben, dann die möglichen Motive nach ihrer Dringlichkeit abwägen und schließlich die Leute, die sich im engeren Kreis der Verdächtigen befinden, eine Zeit lang observieren. Irgendwann machte jeder Täter einen Fehler.

Doch diesmal …? Diesmal lief alles anders, und er kam sich vor wie ein blutiger Anfänger. Er stocherte in einer milchigen Brühe religiöser oder obskurer Motive und konnte sich keinen Reim auf die Zusammenhänge machen. Der Täterkreis war einfach noch zu groß. Er war daher gar nicht undankbar, dass er eine Zeit lang seinen Gedanken nachhängen konnte: einfach nur zu laufen, obwohl die atemberaubenden Kulissen ihn vorwurfsvoll anstarrten und seinen Blick auf ihre Fassaden lenken wollten. Und das gelang ihnen auch, denn schließlich war da noch Raphaela. Sie blieb mitten auf der Piazza Navona stehen und wartete auf ihn. Belustigt sah sie ihn, wie gedankenverloren er angeschlurft kam. Eigentlich mochte sie ihn, als Mann war er genau ihr Typ, doch als Mensch …

»Bist du wieder aufnahmefähig für eine Portion Kultur?

Vielleicht können wir ja mal für ein paar Minuten den Fall vergessen.«

Huber betrachtete ihre strahlenden Augen und hatte den Verdacht, sie würde nie müde werden. Er nickte nur stumm. Während er seinen Blick über den Platz schweifen ließ, zählte er gleich drei vermutlich wieder mal barocke Brunnen. Als hätte Raphaela seine Gedanken erraten, sagte sie: »Früher habe ich diese Piazza den Touristen als Springbrunnenplatz erklärt. Dort in der Mitte ist übrigens der Vierströmebrunnen. Natürlich auch von Bernini entworfen.«

»Klar ein Obelisk. Die hatten es ihm offensichtlich angetan.«

»Der Brunnen repräsentiert vier Flüsse: die Donau für Europa, den Ganges für Asien, den Nil für Afrika und den Rio della Plata für Amerika.«

Wieder staunte Huber über Raphaelas fundierte Kenntnisse und setzte seinen Trolli ab. Er stellte sich auf einen längeren Vortrag ein, denn sie zeigte bereits in eine andere Richtung. »Dies dort drüben ist der Fontana del Moro. Wie der Name schon sagt, stellt er den Kampf zwischen einem Mohren und einem Delfin dar. Der dritte Brunnen …«, Huber folgte ihrem ausgestreckten Arm, »… ist der Fontana Nettuno, nach dem gleichnamigen Meeresgott benannt.« Raphaela sah Huber an. »Langweilen dich meine Erklärungen? Wir müssen das nicht tun. Ich kann dich auch gleich zum Hotel schleifen, wo du dich ins Bett legen, die Decke über den Kopf ziehen und all das verschlafen kannst. Ich werde allerdings noch lecker essen gehen und den Abend am Trevi-Brunnen genießen.«

Huber setzte sich auf seinen Koffer und griff nach Raphaelas Hand. Sie stellte ihren Koffer neben seinen und setzte sich zu ihm. Der Himmel war von einem makellosen Blau und mit feinen Schönwetterwölkchen durchzogen, die aussahen, als hätte Michelangelo oder Raphael sie dort oben mit seinem Pinsel verewigt. Ein lauer warmer Wind wehte über die Piazza und bewegte Raphaelas langes Haar. Wenn man es genauer betrachtete, hätte es für Huber nichts Angenehmeres geben können, als auf diesem Platz an der Seite einer attraktiven jungen Frau zu sein. »Es tut mir leid, Raphaela. Ich bin so ein Idiot, du hast völlig Recht. Du bist so lebensbejahend, versprühst eine Energie und Freude und ich … Ich grummle vor mich hin und habe schon wieder alles vergessen, was du mir über die Brunnen erzählt hast.« Raphaela sah ihm direkt in die Augen und sah dort eine tiefe Trauer. Doch sie kannte ihn noch nicht genug, um die nötige Erklärung dafür zu erahnen. »Ist es das Gespräch mit dem Kardinal, das dich noch bedrückt?«

Kaum merklich schüttelte Huber den Kopf. »Nicht direkt, aber es hat alte Wunden aufgerissen. Dinge, die ich viele Jahre verdrängt und nie wirklich verarbeitet habe.«

»Willst du darüber reden?«

»Du bist wirklich eine tolle Frau, weißt du das?«

Raphaela zog die Brauen hoch und wusste nicht, wie sie auf dieses spontane Kompliment reagieren sollte.

»Du hast erst vor einem Jahr deinen Vater verloren und vor ein paar Tagen deinen Onkel. Du lässt dich von mir in die Pathologie zerren und siehst scheinbar gelassen einer Obduktion zu, die vermutlich genau so bei deinem Onkel durchgeführt wurde. Drei Tage später schwärmst du von Wiener Malern aus den Fünfzigern und nun …« Er überlegte sich seine nächsten Worte. »Du bist entweder oberflächlich und kalt …«, Huber winkte schnell ab, »… was ich jedoch nicht glaube, oder du bist tatsächlich eine starke Frau, die ihr Leben meistert und jeder Situation das Beste abringen kann. Du steckst so voller Leben und Vitalität, dass ich dich darum beneide. Verzeih mir bitte, dass ich solch ein Banause bin.«

Sie lächelte ihn liebevoll an und legte ihre Hand dankbar auf seinen Arm. »Du wolltest mir doch erzählen, was dich so bedrückt.«

»Na ja, wie ich schon im Vatikan erwähnt habe. Es betrifft meine Familie. Meine Vergangenheit beziehungsweise die meiner Großeltern.«

»Die Sache mit deinem Großvater?« Huber nickte nicht, sondern sah sie nur an. Er holte tief Luft. »Ich kann nicht ertragen, mit welcher Arroganz die katholische Kirche noch immer ihre Schandtaten von vor sechzig Jahren vertuscht. Jeder von uns wird wahrscheinlich mal für alles zur Rechenschaft gezogen, doch die Kirche tut so, als sei sie davon ausgenommen.«

»Was meinst du genau? Was ist damals passiert?«

»Ganz einfach. Nicht nur mein Großvater wurde von den Nazis umgebracht, sondern auch sein Bruder und dessen ganze Familie. Sie wurden im KZ Mauthausen vergast, nachdem sie eine Weile für die Nazis geschuftet hatten und später als nicht mehr ›effizient‹ betrachtet wurden. Meine Großmutter wurde mehrfach von den Wärtern vergewaltigt. Von Männern, deren Gewissen gar nicht erst anschlug, weil sie ja eine Halbjüdin war. Mein Vater war damals vierzehn und konnte mit sieben anderen Jungen aus dem KZ abhauen. Er hat überlebt. Die Jungen haben sich jahrelang auf einem alten Bauernhof versteckt, und er hat seinen Vater nie wiedergesehen. Meine Großmutter ist sechs Jahre nach Kriegsende in der Psychiatrie gestorben.« Huber blickte in Raphaelas betroffenes Gesicht.

Raphaela erhob sich von ihrem Koffer und ging ein paar Schritte. »Das tut mir leid, Alois. Ich kann verstehen, dass dich das bitter macht. Doch wie muss es erst den unzähligen Juden ergehen, die den Holocaust überlebt haben.«

Huber sah sie von der Seite an und bemerkte wieder, wie

hübsch sie war. Ihre braunen Augen reflektierten die Abendsonne Roms, und das Haar fiel sanft an ihren Schultern herab. Doch er fand ihre Frage zu ernst, um an Flirten zu denken. »Ich kann mir vorstellen, dass sie bis an ihr Lebensende an nichts anderes denken können als an das ihnen widerfahrene Unrecht. Davon bin ich überzeugt. Wie kann es möglich sein, ein normales Leben zu führen, wenn du in der Hand dieser Bestien gefangen gehalten wurdest, mit angesehen hast, wie deine Familie verprügelt, vergewaltigt, erschossen oder vergast worden ist und du vielleicht als Einziger aus der Familie überlebt hast? Wie willst du da je wieder Frieden mit Gott finden?«

»Ich schätzte, die Überlebenden sind nicht die Einzigen, die verbittert sind. Was ich da von dir so höre …«

»Kann schon sein. Jedenfalls bin ich mit dem Thema Glaube fertig. Das mit dem angeblich liebenden Gott muss ich an einem anderen Tag regeln.« Nun stand auch Huber von seinem unbequemen Koffer auf. »Weißt du, eigentlich gehört es ja gar nicht zu unserem Fall, höchstens indirekt. Aber es reizt mich wirklich, diesen Montesi aufzutreiben. Irgendwie habe ich das Gefühl, dass es wichtig sein könnte, mit ihm zu sprechen.«

Raphaela bekam einen glasigen Blick, und sie betrachtete einen Punkt in der Ferne. »Das Gefühl habe ich auch. Ich bin sehr neugierig auf ihn.«

»Dich interessiert doch vor allen Dingen, was er mit der Lanze zu tun hat, oder?« Sie nahmen ihre Koffer, verließen die Piazza und bewegten sich in Richtung Via Giustiniani. Sie antwortete ihm nicht direkt auf seine Frage, doch Huber wusste, dass er Recht hatte. Sie war vernarrt in dieses Ding, auch wenn sie sich große Mühe gab, Huber das nicht spüren zu lassen. War es möglich, dass sie ihn nur ausnutzte, um an die Lanze heranzukommen? Im Augenblick jedenfalls war er froh, dass er sie bei sich hatte. Mehr als er sich eingestehen wollte.

In der darauf folgenden halben Stunde schlenderten die beiden über die Piazza di Pietra, und Huber war erstaunt, dass Raphaela diesmal keinerlei touristische Hintergrundinformationen lieferte. Sie schwieg einfach nur und ging auf der Via Muratte voran. Hubers Füße schmerzten schon, und er fragte sich, wann sie endlich ihr Ziel erreicht haben würden.

Kurze Zeit später erwachte Raphaela wieder zum Leben. »Dort drüben ist die Piazza di Trevi. Hier werden wir übernachten.«

Huber blickte sich um und vergaß seine brennenden Füße. Die junge Frau aber stellte ihren Koffer ab und referierte wieder, als habe es an diesem Tag keinerlei bedrückende oder ernste Gespräche gegeben. Sie behandelte ihn wie einen Touristen, dem sie Rom für ein kleines Taschengeld näher bringen wollte.

»›Tre vi‹ bedeutet ›drei Straßen‹, genauer gesagt befinden wir uns an der Kreuzung von drei Straßen.«

»Nicht sehr einfallsreich«, meinte Huber, doch Raphaela ignorierte diese Bemerkung. Sie traten auf den großen Platz und gingen direkt auf einen gigantischen Brunnen zu.

»Das ist der berühmte Trevibrunnen. Er ist im Barockstil nach einem Projekt von Nicolo Salvi gebaut. In der Mitte sieht man Neptun in einer von zwei Tritonen gezogenen Muschel. Hier wurde auch der Film ›La Dolce Vita‹ von Frederico Felini gedreht.«

Huber ging ein paar Schritte und betrachtete das Meisterwerk, das Jahr für Jahr unzählige Touristen anlockte.

»Übrigens. Hast du mal eine Münze?«

Huber nickte irritiert und kramte in seiner Tasche herum. Er zog einen Euro hervor.

»Wirf ihn hinein!«

Er betrachtete die Münze in seiner Hand. »Wozu soll das gut sein?«

»Wenn du eine Münze hineinwirfst, bedeutet das, dass du nach Rom zurückkommen wirst. Halt, stopp. Nicht einfach so.« Huber hielt inne. Er konnte noch im letzten Moment die Münze in der Hand zurückhalten. »Du musst sie mit der rechten Hand rückwärts über die linke Schulter werfen.« Huber zog sein Gesicht zu einer verächtlichen Miene, folgte aber ihrer Aufforderung. »Außerdem kommt das Ganze einem guten Zweck zu. Auf diese Weise landen im Brunnen nämlich jährlich 100 Millionen Euro, die die Caritas bekommt.«

Nach dieser Bemerkung wünschte sich Huber, kein Geld in den Brunnen geworfen zu haben.

»Dort oben werden wir wohnen.« Raphaela zeigte auf eine Reihe von Fenstern, von denen man einen herrlichen Blick auf den Platz haben würde. »Wenn es dunkel wird, strahlen sie den Brunnen an, und wir können von unseren Zimmern aus direkt auf die leuchtende Schönheit sehen. Ich habe vorhin mit dem Portier gesprochen, und er hat mir zwei Einzelzimmer zugesagt. Komm, lass uns reingehen.«

Sie betraten die Eingangshalle des Hotels Fontana. Huber schluckte, denn es wirkte nicht gerade wie eine einfache Pension, deren Rechnung sein Chef ganz ohne Wutausbruch billigen würde. Raphaela legte ihr süßestes Lächeln auf und begrüßte den Portier an der Rezeption. Eine Weile redeten die beiden sehr freundlich miteinander, doch plötzlich schlug das Gespräch in einen hektischen italienischen Streit um. Abrupt drehte sich Raphaela zu Alois um. »Verdammter Mist! Es sind doch keine Einzelzimmer mehr frei. Eine deutsche Reisegruppe mit vielen alten Leuten ist vor einer halben Stunde eingetroffen, und jeder von denen wollte ein

Einzelzimmer. Es ist nur noch ein einziges Doppelzimmer frei, und das hat noch nicht mal einen Ausblick auf den Brunnen.« Dann drehte sie sich wieder zur Rezeption um. Huber gesellte sich dazu.

»Es tut mir leid, ich kann Ihnen leider nichts anderes anbieten als dieses Doppelzimmer. Alle Einzelzimmer sind ausgebucht, und das Doppelzimmer ist auch nur deswegen soeben frei geworden, weil die Gäste einen Tag früher nach Assisi abgereist sind. Wo ist das Problem, Signor e Signorina?«

Raphaela schien die Situation peinlich zu sein. »Wir sind nur Kollegen.«

Der Portier machte eine einladende Geste. »Ach, kommen Sie. Sie sind doch erwachsene Leute.«

Raphaela und Huber sahen sich fragend an, und man spürte, wie unangenehm ihnen der Gedanke war, miteinander ein Zimmer teilen zu müssen. Dann gab sich Raphaela einen Ruck. »Los, komm, wir nehmen das Zimmer. Er hat Recht. Es ist ja nur eine Nacht.«

Huber nickte. Daraufhin bedachte der Portier die beiden mit einem schelmischen Grinsen und händigte ihnen den Schlüssel aus. Sie schleppten ihre Taschen die Treppe hoch und schlossen das Zimmer auf. Huber hatte gehofft, wenigstens zwei Betten vorzufinden, doch zu seiner Enttäuschung stand da ein klassisches Ehebett mit nur einer großen Bettdecke.

Raphaela erahnte seine Gedanken. »Das ist hier so üblich in Italien. Nicht wie in Österreich, wo jeder seine eigene Decke hat.«

Huber grunzte. Die Situation war ihm nicht nur unangenehm, er hatte beinah Angst vor dieser unerwarteten Nähe. Er war schon seit zwei Jahren von seiner Frau getrennt und hatte seitdem, abgesehen von einer kleinen Affäre, keinen intimen Kontakt zum weiblichen Geschlecht gehabt. Und nun sollte er, so mir nichts, dir nichts, neben einer extrem hübschen, wohlgeformten jungen Frau schlafen, als sei sie seine Schwester. Er fügte sich in sein Schicksal, nahm sich aber vor, die Stunden des Abends so lange mit italienischem Wein zu verbringen, bis alle Hormone außer Funktion gesetzt waren.

XXIV

Vor Mosche, Lea und dem Professor lag eine Halle, die etwa die Größe von drei Fußballfeldern hatte und in deren Mitte eine gewaltige gläserne Kuppel stand. Um die Kuppel herum waren Hunderte von Aggregaten aufgebaut, die, wie Petrov ihnen später erklärte, Energie potenzierte; ein gigantisches Kraftwerk, das für rund 10 000 Dollar Strom am Tag verspeiste. Vor den Aggregaten standen rund 25 Personen, die an diversen Knöpfen und Schaltern hantierten. Weitere zwanzig oder mehr verrichteten andere Aufgaben oder flitzten in ihren weißen Kitteln auf Elektro-Mikrorollern durch die riesige Halle. Die Kittel wehten dabei hinter ihnen her und brachten die Neuankömmlinge zum Schmunzeln.

Nun eilte ihnen ein Mann entgegen, dem sie auf der Straße, falls er an einer Hauswand gelehnt hätte, einen Dollar in den Hut geworfen hätten. Professor Petrov hatte eine lange graue Mähne, die ein dünnes rotes Gummiband im Nacken zähmen sollte, und auf seiner Nase ruhte eine Nickelbrille aus der Zeit John Lennons. Den Bart stutzte er aus Zeitgründen offensichtlich nur einmal im Monat, und eine Zahnlücke im noch sichtbaren Bereich war entweder auf Angst vor Zahnarztbesuchen oder auf mangelnde Zeit für solche zurückzuführen. Eigenartigerweise sahen sich die Leute an den Geräten alle relativ ähnlich: Sie waren bärtig oder zumindest unrasiert, ungekämmt, aber dafür voller Energie und mit stechendem Blick.

Petrov war ein überaus hektischer Mann. Pausenlos fummelte er mit den Händen an seinem Kittel herum, griff sich ins Haar oder rückte seine Brille gerade. Es schien, als hätte er von den Energieaggregaten eine gehörige Portion für sich selbst abgezapft. Er sprach mit einer hohen, fast femininen Stimme und zog die Blicke auf ein pausenlos überfreundliches Lächeln in seinem Gesicht. »Kommen Sie, meine Damen und Herren, kommen Sie. Sie werden begeistert sein. Wir sind fast am Ziel unserer Träume. Wir müssen nur noch die Frage der Energiegewinnung klären.«

»Ich habe Ihre Artikel in der ›Science of Physicians‹ gelesen, den ersten, den dritten und den in der letzten Ausgabe vor drei Wochen«, erklärte Mosche in gebrochenem Englisch.

Petrov wandte sich blitzartig zu ihm um. »Gut. Trotzdem fehlen Ihnen elementare Zwischenergebnisse, junger Mann.« Er wandte sich den anderen zu und klimperte mit einem Schlüsselbund. »Sie müssen völlig umdenken. Völlig umdenken. Verlassen Sie die eingeschlagenen Denkbahnen, weg vom Unmöglichen hin zum Machbaren. Denken Sie einfach … RELATIV!«

»Soll das eine kleine Anspielung auf Einstein sein, lieber Kollege?«, schmunzelte Smith.

»Genau, genau. Der gute alte Albert. War zwar ein bisschen verrückt, aber er hatte, verdammt noch mal, in allen Punkten Recht – und das schon vor 100 Jahren.« Petrov schüttelte den Kopf und verschränkte die Hände hinter dem Rücken. »Was wollte ich sagen? Ach ja, Einstein. Verrückt. Ich erklär es Ihnen.« Seine Zuhörer sahen sich an und verkniffen sich ihr Grinsen nicht. Petrovs Augen erschienen riesig hinter den dicken Gläsern seiner Brille, doch sie funkelten in diesem Augenblick heller als alle Strahler an der Decke zusammen. »Kommen Sie mit. Alle. Hier rüber.« Seine Schritte waren schnell, und seine Beine erreichten eine unglaubliche Spannweite. Es wirkte von hinten wie das Schnellen zweier Blattfedern. Dieser Anblick allein hätte ausgereicht, um einem Zuschauer die Tränen in die Augen zu treiben – zumindest, wenn er nicht den gebotenen Respekt vor dem Genie des Wissenschaftlers besaß.

Petrov führte die Gruppe zu einer Anlage, die an das Miniaturmodell eines Atomreaktors erinnerte. Er baute sich vor der Gruppe auf, hob schulmeisterlich die Hände und begann seine Ausführungen. »Da ich Ihren Wissensstand nicht kenne, abgesehen von Professor Wagner, dem ich gestern schon alles versucht habe klarzumachen, beginne ich am besten ganz von vorn.«

»Entschuldigung, Professor Petrov, wenn ich Sie unterbreche, aber ich müsste mal …«

»Was bitte müssen Sie?« Petrov verzog verärgert das Gesicht. Er hasste Unterbrechungen.

»Ich müsste mal zur Toilette!«, drängte sie.

»Ach du meine Güte. Auch das noch. Toilette? Frauentoilette?« Petrov ging auf einem Fleck von vielleicht einem Meter Durchmesser auf und ab. »Wir haben hier keine Toilette, ich meine eine spezielle für Frauen und so.« Man spürte seine Hilflosigkeit. Dann erblickte er einen Assistenten und winkte ihn herbei. »Strettler, bitte bringen Sie doch die junge Dame zu einer Toilette.«

»Stringer, Herr Professor.«

»Wie bitte? Na gut dann eben Stringer. Irgendeine Toilette bitte.« Petrov begann wieder seine kleine Runde, während Lea mit tippelnden Schritten dem Assistenten folgte. Der Wissenschaftler murmelte etwas wie: *Mist, noch mal von vorn anfangen.*

Nach fünf Minuten stand Lea wieder vor dem Kernreaktormodell.

»Können wir dann jetzt?«, fragte Petrov und behielt Lea im Auge. Sie nickte beschämt und sagte kein Wort.

»Gut, fangen wir eben noch mal an. Relativität! Was heißt das überhaupt? Täglich benutzen Sie Sätze wie: ›Ich bin relativ klein oder relativ arm oder relativ dick‹ oder so ähnlich. Wir wollen damit andeuten, dass es eigentlich keine absolute Größe gibt. Wir schätzen unseren Reichtum als relativ hoch ein gegenüber der Armut eines Penners, aber dafür wieder relativ klein gegenüber jenem von Bill Gates. Ist doch so, oder?« Petrov schaute abwechselnd in die Gesichter seiner Zuhörer und erwartete Zustimmung. »Einstein fand heraus, dass auch ›Zeit‹ keine universelle Größe ist, die von allen Uhren auf der ganzen Welt in gleicher Weise gemessen wird. Er behauptete, jeder hätte seine eigene Zeit. Will sagen: Die Uhren stimmen nur dann überein, wenn sich diese relativ zueinander in Ruhe befinden, nicht aber, wenn sie sich in relativer Bewegung befinden.«

Petrov faltete die Hände vor der Brust und spitzte die Lippen. Dann sagte er: »Ich gehe davon aus, dass Ihnen diese Dinge aus dem Physikunterricht geläufig sind.« Alle nickten, obwohl weder Lea noch Mosche sich wirklich an ihren Physikunterricht erinnern konnten. Sie hörten sich all diese Dinge an, weil sie einen zweitausend Jahre alten Toten gefunden hatten, der neuzeitliche Implantate in seinem Kiefer trug. Petrov fuhr fort. »Sie alle kennen wahrscheinlich folgendes Phänomen: Zwei Flugzeuge fliegen in entgegengesetzter Richtung um die Erde. Beide Passagiere tragen Armbanduhren, doch die Uhr des Passagiers, der nach Osten fliegt, zeigt etwas weniger Zeit an als die Uhr des anderen, der nach Westen fliegt. Das heißt, für den Passagier, der von Osten nach Westen fliegt, vergeht mehr Zeit als für seinen Kumpel.« Petrov winkte ab. »Aber das ist nur der Anfang, meine Damen und Herren. Kommen wir nun zum Zwillingsproblem. Gemäß der Relativitätstheorie hat jeder Zuschauer sein eigenes Zeitmaß. Also: Zwilling 1 besteigt ein

Raumschiff und macht sich mit Lichtgeschwindigkeit auf den Weg zu einer fernen Galaxie, während sein Zwillingsbruder auf der Erde bleibt. Infolge der Bewegung mit dem Raumschiff verstreicht für den Zwilling, der sich darin befindet, die Zeit langsamer als für seinen Bruder, der auf dessen Rückkehr wartet. Der Raumfahrer kehrt irgendwann zu seinem Bruder zurück, und beide stellen fest, dass sie unterschiedlich schnell gealtert sind.«

»Also der Zwilling, der geflogen ist, ist langsamer gealtert. Sehe ich das richtig?«, fragte Mosche.

»Natürlich. So ist es. Relativ gesehen. Bei einer höheren Geschwindigkeit vergeht weniger Zeit, ist doch klar. Nehmen wir ein anderes Beispiel. Angenommen, in einem Raumschiff wird ein Lichtimpuls von der einen Seite zur anderen ausgesendet. Das Raumschiff fliegt in dieselbe Richtung wie das Licht, das es im Inneren emittiert. Dieser Lichtimpuls wird jeweils von einem Menschen auf der Erde und von einem im Raumschiff beobachtet. Selbstverständlich erzielen die beiden keine Übereinkunft darüber, wie groß die Entfernung des zurückgelegten Lichtes war, weil sich das Raumschiff ja bewegt hat: Während der Mann im Raumschiff, sagen wir, fünfzig Meter misst, addiert der Mann auf der Erde dazu die Wegstrecke, die das Raumschiff währenddessen zurückgelegt hat. Das bedeutet, dass unsere Naturgesetze nur dann allen gleich erscheinen, solange die Beobachter auch die gleiche Bewegung haben. Sie erahnen, worauf ich hinauswill? Wichtig ist dabei vor allem, dass Sie sich Folgendes merken: Die Zeit ist relativ zu ihrer Geschwindigkeit, was wiederum bedeutet, dass sich die Zeit verändert, wenn man die Geschwindigkeit variiert.«

»Was wäre, wenn wir theoretisch die Geschwindigkeit auf Lichtgeschwindigkeit erhöhen könnten? Was würde dann passieren?«, fragte Smith in die Runde hinein.

»Dann vergeht die Zeit für den, der im Raumschiff sitzt, sehr viel langsamer«, wagte Mosche eine Antwort.

»Phantastisch.« Petrov hüpfte fast vor Freude etwas hoch. Er konnte ohnehin nicht einen Moment stillstehen, und schon gar nicht, wenn er sich freute. »Aber nun stellt sich die Frage: Ist das überhaupt möglich? Können wir ein Objekt auf Lichtgeschwindigkeit beschleunigen?« Petrov sah in die unschlüssigen Gesichter, dachte aber nicht im Traum daran, ihnen seine Ergebnisse vorschnell mitzuteilen. Er genoss es, seine Theorie langsam aufzubauen.

»Das ist der Kern von Einsteins Formel, die inzwischen jedes Kind auf der Welt kennt: $E = mc^2$. Mit Lichtgeschwindigkeit wäre man zwar ruck, zuck in der Zukunft, aber woher nehmen wir so viel Energie? Nach Einstein ist ›E‹, die Energiemenge, gleich der Masse ›m‹, die beschleunigt wird, und die nimmt bei zunehmender Geschwindigkeit auch noch zu, sie potenziert sich. Die Masse wird also mit dem Quadrat der Lichtgeschwindigkeit ›c‹ multipliziert. Und das ist unser Problem. Verstehen Sie? Je größer eine Masse ist, desto größer ist die Energiemenge, die man braucht, um sie zu beschleunigen. Das scheint der Grund zu sein, warum es bisher noch niemandem gelungen ist, in die Zukunft zu reisen. Wir sind nicht in der Lage, derart hohe Energiemengen aufzubringen.«

»Entschuldigen Sie die banale Frage: Wie hoch ist Lichtgeschwindigkeit noch mal?«, warf Lea schüchtern ein.

»Das ist gar nicht so banal. Lichtgeschwindigkeit meint 300 000 Kilometer pro Sekunde. Damit Sie in etwa verstehen können, wie schnell das ist, versuche ich, das Ganze an einem Beispiel deutlich zu machen. Nehmen wir die gute alte Pioneer 10, die zweifellos schnellste Sonde, die je von Menschen gebaut wurde. Sie befindet sich längst nicht mehr in unserem Sonnensystem und jagt mit circa vierzig Kilometern pro Sekunde durch den Weltraum. Das ist also ungefähr 7 500-mal langsamer als Lichtgeschwindigkeit.«

Lea schloss die Augen, um sich von der Größe der Lichtgeschwindigkeit ein Bild machen zu können.

Plötzlich lachte Petrov laut auf. »Wissen Sie, ich sehe zu gerne diese Science-Fiction-Filme wie ›Stargate‹, ›Time Tunnel‹ oder diese lustige Reihe … Wie hieß die noch?« Er kraulte sich am Kinn. »Ach ja, ›Zurück in die Zukunft‹. Mit diesem Auto, dem De Lorean, der mit 2000 Gigawatt in die Zukunft katapultiert wurde oder so ähnlich.« Die Gruppe lachte ebenfalls. »Das Komische daran nur ist, dass die Drehbuchschreiber alle irgendwie ein kleines bisschen Recht haben. Die Sendung ›Stargate‹ zum Beispiel hat einen Teil der Konstruktion ihrer Maschine von unseren Ideen übernommen und nicht umgekehrt.«

Nun meldete sich Smith zu Wort, der für seinen Geschmack schon viel zu lange geschwiegen, aber nie eine Möglichkeit gefunden hatte, den Redeschwall des Gelehrten zu unterbrechen. »Wie verhält es sich denn nun mit Reisen in die Vergangenheit?« Smith hoffte, von Petrov eine Antwort zu bekommen, die sein Weltbild wieder geraderücken würde. Der Gefragte ging einige Schritte auf den Archäologen zu und sah ihm tief in die Augen.

✣ ✣ ✣

Alois sah sich in dem hübschen Dachzimmer um. Obwohl es keinen Blick auf den Brunnen bot, sollte es tatsächlich 250 Euro kosten. Für einen Bullen bei der Kripo in Wien war das normalerweise ein unerschwingliches Vergnügen. In der Mitte stand ein nicht allzu großes Doppelbett, das mit einer hübschen blauen Überdecke das weiße Laken schmückte. Raphaelas Interesse galt in erster Linie dem Bad, und sie kam nach einer Inspektion strahlend wieder heraus. »Es ist sehr sauber«, sagte sie.

»Was hast du denn erwartet – bei diesem Preis?«

Sie ging nicht auf die Bemerkung ein. Sie hatte das letzte Zimmer ergattert und war froh, überhaupt irgendwo in Rom eine vernünftige Bleibe bekommen zu haben.

In der Ecke neben dem Bett stand eine nussbaumfarbene Kommode mit einem Spiegel. Sie beschloss, diese Seite des Bettes für sich in Beschlag zu nehmen, und stellte demonstrativ ihren Koffer auf den Stuhl vor der Kommode. Huber legte seine Tasche auf die andere Seite des Bettes und wollte seinen Pyjama hervorkramen. Er wühlte und wühlte und stellte fest, dass er ihn vergessen hatte. Dies bedeutete, dass er nur in dem T-Shirt schlafen konnte, das er am Leib trug, das schon mehrmals durchgeschwitzt war und das seiner Begleiterin am nächsten Tag ein unerträgliches Geruchserlebnis bescheren würde. Also beschloss er, nach dem Duschen in der einigermaßen modischen Unterhose zu schlafen. Es war ohnehin zu warm für einen Pyjama.

»Ich habe Hunger. Können wir etwas essen gehen?«, fragte Raphaela, nachdem sie das Nachtrevier abgesteckt hatte.

»Gute Idee. Und eine Menge italienischen Wein dazu.«

Sie verließen ihr Zimmer und traten auf die Piazza hinaus. Schon zwei Straßen weiter fanden sie eine verhältnismäßig ruhige Trattoria. Huber bestellte sich Spagetti Bolognese und war froh, wenigstens die Bestellung ohne Raphaelas Hilfe bewerkstelligen zu können. Raphaela allerdings ging das Essen, nach seinem Geschmack, äußerst kompliziert an. Zunächst bestellte sie eine große Flasche Pellegrino cassata, edles Mineralwasser mit Kohlensäure. Dazu orderte sie als Erstes Antipasti verdura, eine gemischte Gemüseplatte. Während Huber schon seine Spagetti verschlang, war Raphaela gerade mit der

Vorspeise fertig. Als Nächstes bestellte sie eine kleine Portion Tortellini, die sogenannte primi piatti. Natürlich kannte Huber Tortellini, allerdings nicht in dieser raffinierten Variante mit Spinat und Knoblauch im Inneren. Dazu aß Raphaela Brot mit Olivenöl und trank einen erstklassigen weißen Vernaccia aus einem Anbaugebiet in der Nähe von San Gimignano. Sie war zwar Halbitalienerin, dennoch wunderte sich Huber über ihren exzellenten Geschmack. Neben ihr entpuppte er sich tatsächlich als typischer »Tourist«, der außer Spagetti eigentlich nur noch Maccaroni und Canneloni kannte. Er war eben doch nur ein einfacher Bulle – und ihm schien, als würde sich allein durch ihre Esskultur eine Kluft zwischen ihnen auftun.

Für den zweiten Gang, die secondi piatti, bestellte sich Raphaela Coniglio in peperonata, Kaninchen mit Paprika. Sie sprach während des Essens kein Wort, und Huber beneidete sie ein weiteres Mal für ihre Fähigkeit, das Leben in vollen Zügen zu genießen. Zugleich begann er sich zu langweilen, verdrückte ein paar Scheiben trockenes Weißbrot und hielt sich mehr an den Wein als an das Mineralwasser, um, wie geplant, seine Libido zu ersäufen. Zum Abschluss genehmigten sich beide noch einen Grappa Brunello, und spätestens nach diesem Glas hochprozentigen Alkohols glaubte er, sein Ziel erreicht zu haben.

Sie bezahlten die Rechnung und machten sich auf den Weg in ihr Hotel. Nun fing Raphaela auch wieder an zu reden – und hörte gar nicht mehr auf. Ihre Lebensgeister waren zurückgekehrt, obwohl es nur noch eine Stunde bis Mitternacht war. Sie erzählte von ihrer Kindheit, ihrer Zeit in Rom und ihrer Familie; und all das in einem Überschwang und einer Geschwindigkeit, die Huber die Sinne raubten. Nachdem er drei Viertel des Weins allein getrunken hatte, war die Aufnahmekapazität seines Geistes an einem dumpfen, aber angenehmen Nullpunkt angelangt, und er wünschte sich nichts sehnlicher, als dem nächsten Morgen in einem komaähnlichen Zustand entgegenzuschlafen.

Als sie ihr Zimmer betraten und sich Raphaela an das gemeinsame Bettlaken erinnerte, wurde sie wieder ruhiger. Alois hatte den ganzen Abend an gar nichts anderes denken können als daran, dass er in Kürze neben einer wohlriechenden attraktiven Frau schlafen würde. Oder musste, je nachdem, von welchem Standpunkt aus man es betrachtete. Raphaela schlug die gemeinsame Decke auf, holte aus ihrer Tasche ein cremefarbenes Negligee und verschwand im Bad. Es war schon eine sonderbare Situation, die sich hier anbahnte. Sie war bezaubernd, keine Frage, und auch Alois war ein durchaus attraktiver, gut gebauter Mann in den besten Jahren. Und doch bedeutete das Zusammentreffen dieser Parameter nicht automatisch, dass sich eine wilde und hemmungslose Nacht voller romantischer Gefühle daraus entwickeln würde. Natürlich begehrte er sie, und falls sie sich ihm unter der gemeinsamen Decke nähern würde, würde es für ihn auch kein Halten mehr geben. Die lange Abstinenz würde seine Schleusentore der Lust öffnen – und sie war gewiss keine Frau, die nicht wusste, wie sie das anzustellen hatte.

All diese Gedanken beschäftigten ihn, während er sich langsam auszog. Er wollte warten, bis sie aus dem Bad kam. Er würde sie genau anschauen, kurz und verstohlen nur, in den wenigen Sekunden, die ihm bleiben würden, bis sie unter der Decke verschwunden war. Vielleicht würde sie ihn ja von sich aus in die Arme nehmen und allen Trieben freien Lauf lassen. Huber wurde schier wahnsinnig an diesem Abend, während in seinem Hinterkopf die Worte seiner Frau erklangen, die ihn immer wieder als hormon- und triebgesteuert bezeichnet hatte. Hatte sie nun Recht oder nicht?

Das war die Frage, die ihn quälte. Und eigentlich wollte er seiner Ex gern beweisen, dass sie Unrecht hatte.

Raphaela kam mit einem unanständig lauten Gähnen aus dem Bad. Sie sah zum Anbeißen aus, zum Schmusen, zum Kuscheln, zum Sich-in-ihr-Verlieren, doch das demonstrative Gähnen dämpfte Hubers Erwartungen bezüglich einer lustvollen Liebesnacht gewaltig. Er ging zur Toilette, wusch sich unter den Armen und an anderen Stellen, putzte sich die Zähne und trug, als er fertig war, außer seiner Unterhose nichts mehr am Leib. Er blickte an sich herab und stellte fest, dass selbst die große Menge Alkohol, die er getrunken hatte, die Libido noch nicht vollends zum Erliegen gebracht hatte. Sollte er den Anblick, den er ihr bot, nun fürchten, oder würde sie ihn betrachten und ihre Müdigkeit schlagartig vergessen?

Er ließ es auf einen Versuch ankommen und betrat beinah schüchtern das Doppelzimmer. Das große Deckenlicht und die Nachttischlampe an Raphaelas Bett waren schon ausgeschaltet, nur die kleine Lampe an seinem Bett brannte noch. Zunächst konnte er außer der Silhouette einer auf der Seite liegenden Frau gar nichts sehen. Ihre Haare waren ihr zum Teil ins Gesicht gerutscht, und der Ausdruck auf diesem Gesicht war derart friedlich, dass dies nur eines bedeuten konnte: Sie schlief schon.

Huber rutschte vorsichtig unter die Decke und fragte sich, ob er sie aufwecken oder schlafen lassen solle. Er entschied, dass es einer Vergewaltigung gleichkommen würde, sie zu wecken. Aber vielleicht tat sie nur so und wollte überredet werden. Alois betrachtete Raphaela eine Weile, doch ihre Augen blieben geschlossen, und auch ihr Atem ging ruhig und gleichmäßig. Wie lange war das nun schon her – dachte er –, dass er neben einer Frau gelegen und sie mit hungrigen Augen angesehen, nein angestarrt hatte? Er stellte fest, dass er Raphaela zwar begehrte, aber nichts tun wollte, was sie verärgern oder verletzen würde. Und diese Erkenntnis konnte nur eines bedeuten: Er hatte sich verliebt. Diese Möglichkeit schob sich langsam aus seinem Unterbewusstsein in seine Gedanken vor. Konnte das sein? Es war inzwischen ein Uhr morgens, und Raphaela hatte somit schon eine ganze Stunde Schlaf hinter sich.

Noch immer brannte die schwache Funzel an seiner Seite, doch er wollte sie nicht löschen, um sich dieses Anblicks nicht zu berauben. Er stützte seinen Kopf auf seinen Arm und schaute zu ihr hinüber. Zwischenzeitlich hatte sie sich auf den Rücken gelegt, und er konnte sich nicht an diesem Bild eines barocken italienischen Künstlers sattsehen. Sein Blick strich über ihre festen Brüste, die wie sanfte toskanische Hügel die Erhebungen der Decke formten, und über ihren flachen Bauch, der wie ein Sandstrand langsam ins Meer verlief.

Irgendwann kehrte die Vernunft zu ihm zurück und brüllte ihm ins Ohr, dass der nächste Tag ziemlich lang werden würde. Er musste drei Stunden in die Toskana hineinfahren, einen alten Mönch nach einer ebenso alten Lanze befragen und deren Rolle in einem undurchsichtigen Mordfall klären. Danach wieder drei Stunden zurückfahren, um am Abend todmüde ins Flugzeug nach Wien zu steigen – und all das mit nur vier Stunden Schlaf. Im Zuge dieser Erkenntnis schaltete er das Licht aus und fiel nicht lange danach in einen unruhigen Dämmerzustand.

Am nächsten Morgen checkten sie aus. Der Portier vom Vorabend musterte sie genau und konnte sich ein Grinsen nicht verkneifen. Er betrachtete die Ringe unter Hubers Augen und Grassettis entspannten Gesichtsausdruck und interpretierte diese Kombination offensichtlich falsch. »Ich hoffe, Sie waren mit dem Zimmer zufrieden. Kann ich sonst noch etwas für Sie tun?«

»Ja, das können Sie«, antwortete Huber mit verkaterter Stimme. »Wir brauchen einen Mietwagen für einen Tag. Unser Flug nach Wien geht erst heute Abend. Ist es zu schaffen, an einem Tag in die Toskana und zurück zu fahren«, interviewte ihn Huber auf Englisch, obwohl er genauso gut Raphaela hätte fragen können. Sie stand im Hintergrund und verdrehte die Augen.

»Natürlich«, bestätigte der Portier freundlich. »Sie benötigen zwei bis drei Stunden für jede Fahrt. Es ist ein wenig anstrengend, aber es ist zu schaffen. Sie müssen unbedingt noch einmal wiederkommen und sich dann viel mehr Zeit nehmen.«

Raphaela drängte sich vor, um diesem völlig unwichtigen Gespräch ein Ende zu bereiten. Sie erklärte ihm auf Italienisch, dass sie Italien kenne, ihr Vater Italiener gewesen sei und sie nur beruflich und nicht zu ihrem Vergnügen hier seien. Sie schaute ihn mit einem ernsten Blick an und verneinte damit seine unausgesprochene Frage.

Fünfzehn Minuten später parkte ein kleiner italienischer Flitzer vor der Tür. Schnell warfen sie ihr Gepäck in den Kofferraum, und Huber machte sich mit den Instrumenten des blauen Fiat Punto vertraut. Raphaela lotste ihn aus Rom hinaus. Alois passte sich mühelos dem südländischen Verkehrsstil an und befand sich bald auf der Autobahn in Richtung Toskana.

Auf der Fahrt erkundigte sich Raphaela nach Hubers Nacht. Sie sagte, sie habe ausgezeichnet geschlafen und gar nicht mehr bemerkt, dass er aus dem Bad gekommen sei. Das müsse ja wohl Stunden gedauert haben. Huber brachte nur ein gequältes Lächeln hervor. Doch, ja, er habe auch gut geschlafen, nur ein bisschen wenig. Er verriet ihr nicht, dass er sich die halbe Nacht um die Ohren geschlagen und sie beobachtet hatte. Er sagte auch nichts davon, dass er sich sehnlichst gewünscht hätte, seine Männlichkeit auszuleben. So wie er auch für sich behielt, dass er einmal ganz dicht an sie herangekommen war, um an ihr zu riechen und ihren Duft in sich aufzusaugen. Er hielt es für das Beste, zu schweigen. Bei Lichte betrachtet, zog er es vor, heute der Lösung des Mordfalls ein Stück näher zu kommen und diesen Montesi zu treffen. Alles Weitere würde sich finden – vielleicht.

Nach zweieinhalb Stunden bogen sie von der A1 Richtung Montepulciano ab. Die Strecke ließ zwar das Herz jedes Toskanaliebhabers höher schlagen, doch eine Kurve jagte die nächste, und das verlangte einen gesunden Magen. Sie fuhren zügig, vorbei an riesigen Feldern voller gelb leuchtender Sonnenblumen, auf malerischen Zypressenalleen und durch zauberhafte kleine Dörfer, die zu einem Capuccino oder einem Bruschetta oder Ähnlichem einluden. Für all diese Dinge hatten sie leider keine Zeit, auch wenn sich Huber seit letzter Nacht wünschte, mit der Frau, die nun entspannt auf seinem Beifahrersitz saß, eines Tages die Schönheiten Italiens in Ruhe erkunden zu können.

Nach drei Stunden Fahrzeit erreichten sie endlich die Schotterstraße, die sich zum Kloster emporschlängelte. Sie stellten den Wagen auf den Parkplatz, streckten sich einige Male und renkten ihre müden Knochen wieder ein. Dann gingen sie den Fußweg zum Kloster entlang. Allmählich verflog auch Hubers Müdigkeit. An der Pforte hieß man sie herzlich willkommen.

Raphaela hatte sich eigens für diesen Besuch eine lange Hose und ein hochgeschlossenes T-Shirt angezogen, um das Sittlichkeitsgefühl der Mönche nicht zu verletzten. Trotzdem sah sie umwerfend aus. Huber war überzeugt, dass sie tragen könne, was sie wolle, und ihm immer gefallen würde.

Der Abt des Klosters geleitete sie zu einem schmalen Weg und zeigte auf ein kleines Gebäude, das circa 400 Meter vom Klosterkomplex entfernt lag. Huber und Raphaela bedankten sich freundlich und machten sich auf den Weg zu dem abgelegenen alten Steinhaus, das außerhalb der Klostermauern lag. Um nicht den Eindruck eines Überfalls aufkommen zu lassen, näherten sie sich dem kleinen Gehöft nur langsam.

»Ist jemand zu Hause?«, rief Raphaela auf Italienisch, als sie vor dem Eingang standen. Nach einer Weile stolperte ein alter Mann aus dem Inneren des Hauses auf sie zu. Sofort fiel ihnen der Verband am Kopf des Alten auf. Ansonsten schien es ihm aber gut zu gehen. Er sah Huber und Raphaela in die Augen und beschloss, freundlich gesonnen zu sein.

»Ja bitte? Kann ich Ihnen helfen?«

Raphaela nahm die betagte Hand, die ihr zum Gruß entgegengestreckt wurde, und verbeugte sich tief.

»Nein, lassen Sie das bitte«, lachte der Mönch. »Ich bin nur ein einfacher Mann. Erweisen Sie mir bitte nicht mehr Ehre, als mir zusteht.«

»Sind Sie Pater Montesi?«, fragte Huber ohne Umschweife, doch mit einem freundlichen Ton in der Stimme. Er stand vor dem Mönch, der, wie der Vatikansprecher gesagt hatte, von der katholischen Kirche viele Jahre zuvor ausgeschlossen worden war. Dennoch trug er eine Kutte. Huber hatte eine Menge Fragen.

»Montesi ja, Pater nein.«

»Mein Name ist Raphaela Grassetti, und dies ist Hauptkommissar Alois Huber aus Wien.« Huber zuckte unmerklich zusammen, als sein ihm verhasster Vorname erklang. Er griff nach seinem Dienstausweis und wollte ihn Montesi unter die Nase halten.

»Nein, nein, ist schon gut. Ich glaube Ihnen.« Huber und Grassetti nickten. »So viel Besuch, wie ich in den letzten beiden Tagen bekommen habe, hatte ich schon lange nicht mehr«, sagte er in noch gut verständlichem Deutsch. »Verzeihen Sie mir, wenn meine Aussprache nicht mehr so perfekt ist, aber ich bin ein wenig aus der Übung.«

Raphaela deutete auf den weißen Turban mit dem roten Fleck an der Seite. »Was ist passiert? Sind Sie gestürzt?«

»Kommen Sie erst einmal herein. Kann ich Ihnen etwas anbieten? Einen Tee könnte ich Ihnen machen.«

Raphaela und Huber folgten dem Einsiedler in die spartanisch eingerichtete Behausung. Das Mobiliar war mindestens so alt wie der Mann, wenn nicht älter.

»Wie lange leben Sie hier schon?«, fragte Raphaela.

»Mein ganzes Leben lang«, antwortete Montesi. »Na ja, fast mein ganzes Leben lang.« Er blickte an die Decke und dachte nach. Dann schüttelte er den Kopf. »Eine halbe Ewigkeit jedenfalls, ich weiß es nicht mehr genau. Schön hier, nicht?«

Huber sah sich in dem dunklen Gemäuer um und stieß sich fast den Kopf am niedrigen Hauseingang.

Der Alte ließ Wasser in eine Teekanne einlaufen und zündete den Gasherd an. »Ein Commissario. Wie interessant. Kommen Sie wegen dieses Mannes?« Montesi deutete auf seine verbundene Kopfwunde. »Er glaubt bestimmt, dass ich tot sei. Ist vielleicht auch besser so, aber es geht mir gut.« Montesi hatte ein herzliches Lachen. »›Unkraut vergeht nicht‹, so sagt man doch bei Ihnen.«

»Welchen Mann meinen Sie? Was ist denn passiert?«, fragte Huber, als er sich angesichts der malerischen Umgebung und der friedlichen Atmosphäre seiner dienstlichen Verpflichtungen wieder bewusst wurde.

»Der Mann hieß Schneider. Ich kenne leider nur seinen Nachnamen. War ein Deutscher. Ich kannte mal seinen Vater vor sehr langer Zeit.«

Huber und Raphaela sahen sich bestürzt an. »Der war hier?«, polterte es aus ihr heraus.

Montesi nickte.

»Er hat die Tagebücher seines verstorbenen Vaters veröffentlicht, und Sie kommen auch darin vor«, bestätigte Huber. Montesi setzte sich auf einen Stuhl, und ein ängstlicher Ausdruck bemächtigte sich seiner Gesichtszüge. »Werden jetzt noch mehr Menschen herkommen?« Er schüttelte den gesenkten Kopf. »Ich habe ihm gesagt, dass ich die Lanze nicht mehr habe«, fügte er leise hinzu.

Raphaela beugte sich zu Montesi vor und legte ihre Hand auf seinen Arm. »Können Sie uns die Geschichte bitte noch einmal von Anfang an erzählen? Was ist damals eigentlich genau passiert?«

Montesi fragte sich, warum er ausgerechnet diesen beiden jungen Menschen Dinge offenbaren solle, über die er so viele Jahre geschwiegen hatte. Doch dann sah er in Raphaelas Augen, und sein Misstrauen verschwand auf sonderbare Weise. Ohne eine rationale Begründung dafür zu finden, mochte er diese Frau, und ihm war, als sei sie ihm sehr vertraut.

Huber unterbrach die Stille. »Es sind bereits zwei Menschen wegen dieser Lanze gestorben. Sie ist vor Kurzem aus Wien aus der Schatzkammer der Hofburg gestohlen worden. Und wir kommen jetzt gerade von einem gewissen Kardinal Gambrioni, der im Übrigen nicht besonders gut auf Sie zu sprechen ist.« Montesi blickte zu Huber auf, und in seinem Blick lag eine vor langer Zeit verdrängte Trauer. Huber fuhr fort. »Der Vatikan will die Lanze um jeden Preis für sich haben, und auch eine Organisation mit dem sonderbaren Namen ›THE Lu‹ ist hinter ihr her. Was für eine Rolle dieser Schneider bei all dem spielt, ist uns leider noch nicht ganz klar.«

Montesi ließ ein leises Stöhnen hören. »Also schön. Ich vertraue Ihnen. Natürlich kenne ich die Zusammenhänge. Ich kenne auch diesen Pseudoorden ›THE Lu‹, und ich weiß um die inneren Angelegenheiten des Vatikans. Ich werde die Geschichte nun hoffentlich ein letztes Mal in meinem Leben erzählen. Ich bin dieser ewigen Vorwürfe und Anschuldigungen langsam müde.« Montesi blickte zu Huber und fuhr mit einem Hauch von Ärger fort. »Und glauben Sie mir: Wären Sie kein Commissario, würde ich Ihnen kein Sterbenswörtchen erzählen.« Er stand von seinem Stuhl auf, und seine Gesichtsfalten glätteten sich. »Macht es Ihnen etwas aus, wenn wir uns auf die Bank vor dem Haus setzen. Ich liebe diesen Blick in die sanften Hügel. Ich werde ihn vermissen, wenn ich einmal nicht mehr bin.«

Huber und Raphaela folgten dem ehemaligen Pater mit einer Tasse Tee in der Hand ins Freie. Er hatte Recht. Die Aussicht war beruhigend und atemberaubend zugleich. Die grünen, noch nicht von der Sommerhitze verbrannten Hügel erstreckten sich kilometerlang und schienen im Horizont zu versinken. Ein feiner Dunst, ähnlich eines dünnen Schleiers, verharrte in der Ebene.

»Alles fing damit an, dass Eugenio zum Papst gewählt wurde. Am 3. März 1939. Seine Karriere begann aber eigentlich schon viel früher. Vor dieser Zeit war er nämlich Nuntius in München. Der neue Papst mochte die Deutschen sehr. Sein ganzes Streben und Trachten galt der guten Beziehung von Kirche und Staat, und er hat die Konkordatspolitik von Pius XI. entschlossen weitergeführt. Das Konkordat sollte das Verhältnis von Kirche und Staat für die Zeit nach dem Ersten Weltkrieg regeln. 1929 wurde Eugenio Kardinal, und 1930 wurde er von Pius XI. als Kardinalstaatssekretär und damit als rechtlicher Vertreter des Papstes eingesetzt. Alsbald bekam er Kontakt zu Hitler und hoffte, mit den Nationalsozialisten ein ähnliches Abkommen aushandeln zu können, wie es der Vatikan 1929 in den Lateranverträgen mit der faschistischen Regierung Mussolinis getan hatte.«

»So ist das Reichskonkordat mit Franz von Papen entstanden?«, fragte Huber interessiert.

»Sind Sie über den Inhalt dieses Abkommens im Bilde?« Montesi war überrascht, dass Huber über diese Dinge Bescheid wusste. Huber massierte seine Unterlippe zwischen Daumen und Zeigefinger und dachte nach. »Ich glaube, das Reichskonkordat sollte die materielle und institutionelle Stellung der katholischen Kirche im Dritten Reich sichern.«

»Das stimmt. Aber es bedeutete für den Vatikan einen Verzicht auf jegliche politische Betätigung des Klerus. Eugenio Pacelli hatte 1937 zusammen mit Pius XI. eine Enzyklika verfasst. Sie heißt ›Mit brennender Sorge‹. Man sagt, dass er mit dieser Schrift den Wahnsinn der Nazis verurteilen wollte, doch bei genauer Betrachtung war sie hauptsächlich gegen die Verletzungen des Konkordats gerichtet. Die Juden werden so gut wie nie darin erwähnt. Genau genommen wird noch nicht einmal der Nationalsozialismus darin angesprochen, im Gegenteil: Die deutsche Jugend wurde aufgerufen, sich dem neuen Deutschland im Sinne der wahren Volksgemeinschaft anzuschließen, und Juden waren ja bekanntlich in dieser Volksgemeinschaft nicht erwünscht. Es ging also lediglich darum, die heilige katholische Kirche im Sturm nationalsozialistischer Übergriffe zu schützen und sie sicher in den Hafen des Beständigen zu führen.« Montesi machte eine Pause, schnäuzte sich die Nase und ließ das Taschentuch unter seiner unansehnlichen Kutte verschwinden. Dann fuhr er fort. »Sechs Monate nach der Wahl des neuen Papstes fing der Zweite Weltkrieg an. Pacelli sollte eine Vermittlerrolle zwischen der britischen Botschaft und der deutschen Opposition übernehmen, doch in den folgenden Jahren zog sich

Eugenio immer mehr in religiöse Betrachtungen und Studien zurück und verhielt sich dem Krieg gegenüber eher neutral, ja, er tat so, als würde es ihn gar nicht geben. Er lebte hinter den Mauern des Vatikans wie auf einer kleinen beschaulichen Insel. Leider hat er auch dann noch geschwiegen, als katholische Brüder aus Rom deportiert wurden.«

»Was hat das Ganze denn nun mit der ›Heiligen Lanze‹ zu tun?«, fragte Huber und versuchte zugleich, gegenüber diesem liebenswürdigen Pater seine alte Ungeduld zu zügeln.

»Langsam, junger Mann. Wir haben Zeit.«

Huber schaute auf die Uhr und stellte fest, dass dem nicht so war.

»Pacelli hatte für sich den Namen Pius gewählt, weil er sich, wie der Name ausdrückt, für wirklich fromm hielt. Pius, der Fromme. Fromm jedoch in dem Sinn, sich als Mann Gottes vornehmlich den Studien der heiligen Schriften zu widmen und das Volk Gottes an seinen Erkenntnissen teilhaben zu lassen. Er las unglaublich viel, verfasste unzählige Artikel und liebte, wie so viele gläubige Menschen, symbolträchtige Reliquien. Eines Tages dann tauchten Hitler, Himmler, Ribbentrop und der Biograf Himmlers, ein junger Mann aus Deutschland, im Vatikan auf. Zu einer Zeit, als es schon genug Gerüchte über Gräueltaten gab. Ich war damals zwanzig Jahre alt, ein einfacher Bruder, und erst zwei Jahre zuvor aus Armenien gekommen.« Montesi griff sich an die juckende Kopfwunde. »Sehen Sie, das ganze Dilemma des Schweigens Pacellis lag in dessen Persönlichkeit begründet. Er war nun mal keine Kämpfernatur wie Pius XI. Er war durch und durch Geistlicher und versuchte, der direkten Konfrontation aus dem Weg zu gehen. Zugegeben, er hasste den Bolschewismus und hielt ihn für den größten Feind der katholischen Kirche – somit hatten Hitler und der Papst durchaus einen gemeinsamen Feind, den es zu bekämpfen galt.«

»Aber deswegen kann man sie doch noch lange nicht als Verbündete bezeichnen«, erwiderte Raphaela.

»Das sicher nicht, doch Eugenio zog es eben vor, einer Provokation aus dem Weg zu gehen. Wissen Sie, die Enzyklika ›Mit brennender Sorge‹ wurde nie veröffentlicht und liegt vermutlich bis heute in den Archiven des Vatikans. Wenn Sie wüssten, wie viele Dokumente aus dem Dritten Reich versiegelt gehalten werden ... Niemals wird der Vatikan diese Schriften zugänglich machen, auch wenn die siebzig Jahre um sind.«

»Wieso siebzig Jahre?«, fragte Huber irritiert.

»Alle 70 Jahre werden die Dokumente der Öffentlichkeit zugänglich gemacht. Jedenfalls war es bisher so. Angeblich verwahrt der Vatikan die Unterlagen aus der Zeit des Faschismus vor allem, um noch lebende Zeitzeugen zu schützen. Nur sind damit auch solche Zeitzeugen gemeint, denen der Vatikan nach dem Zweiten Weltkrieg bei der Ausreise aus Italien geholfen hat.«

»Stimmt. Ich erinnere mich. Das ging 1999 durch die Presse. Eine Historikerkommission wollte Zugang zu den Archiven haben und musste unverrichteter Dinge wieder abziehen«, erinnerte sich Raphaela.

Montesi blickte in Raphaelas wache Augen. »Nun, man hat ihnen zumindest nur das gezeigt, was dem Ruf der Kirche keinen Schaden zufügen konnte. Doch es stimmt, die Historiker fühlten sich für dumm verkauft.«

»Woher wissen Sie das alles, wenn Sie doch nicht mehr katholisch sind und hier so einsam auf dem Land leben?«

»›In der Welt, aber nicht von der Welt‹, hat Jesus gesagt. Hier zu leben heißt ja nicht zu verblöden. Es ist richtig, was Sie sagen. Die Kirche hat mich rausgeworfen, doch das kümmert die Brüder dort oben wenig. Ich trage, wie Sie sehen, immer noch eine Kutte. Und ab und zu bekomme ich eine neue von meinen Freunden. Wir beten zusammen, lachen zusammen, weinen zusammen, lesen zusammen in der Schrift.« Montesi zuckte mit den Schultern. »Eigentlich besteht kein Unterschied zu früher, als ich noch bei ihnen wohnte. Für die Klostergemeinschaft bin ich ein Bruder im Herrn.«

Huber sah erneut auf die Uhr und drängelte ein wenig. »Zurück zur Lanze. Was geschah, als Hitler in Rom auftauchte?«

»Ach ja, die Lanze. Da waren wir stehen geblieben. Also es war so: Dieser junge Deutsche setzte sich zu mir. Er durfte nämlich an der Unterredung mit Hitler nicht teilnehmen; genauso wenig wie Ribbentrop, der wutschnaubend rausgeschickt worden war. Ich weiß noch, wie lächerlich er gewirkt hat. Karl Wilhelm war ein lieber Kerl, auf der Suche nach seinem Platz in der Welt, fasziniert von alten Geschichten und Mythen – und er liebte Legenden. Er war völlig versunken in der Welt der Phantasie, hatte sogar ein Buch und zahlreiche Artikel in der Zeitung geschrieben. Eines Tages wurde er von Himmler angeheuert, dessen Biografie zu schreiben. Himmler war besessen von dem Gedanken, seine Ideen für kommende Generationen zu verewigen. Er war davon überzeugt, ein Genie zu sein, hing mit Inbrunst an der Rassenlehre und wollte alles daransetzen, sie zu verwirklichen.«

»Den ›Architekten der Endlösung‹ hat ihn ein Schriftsteller in Deutschland mal genannt«, fügte Huber hinzu.

Montesi nickte. »Himmler hatte eine Kopie der Lanze aus der Wiener Hofburg und war sicher, dass die Kopie dem Original in nichts nachstünde. Als Eugenio von Hitler diese angeblich so mächtige Kopie für seine private Sammlung in Empfang nahm, vergaß er alle Ressentiments, die er ihm gegenüber gehegt hatte. Er wollte es sich auch nicht mit Hitler dadurch verscherzen, dass er ein Geschenk von ihm ausschlug. Und natürlich nahm er es auch nicht ungern an, schließlich ist die Lanze eine bedeutende Reliquie, die letztlich der katholischen Kirche zugutekommen würde. Der Papst glaubte ernsthaft, er könnte mit dieser Lanze alle Feinde der Kirche besiegen, selbst wenn ein Feind eines Tages Adolf Hitler heißen würde.«

»Aber es ist anders gekommen, vermute ich.« Raphaela dachte nach. »Er hat sich weiter in seinem geistlichen Amt vergraben und sich nicht um das Unrecht gekümmert. Außerdem fühlte er sich sicher verpflichtet, den Mund zu halten, weil er ja die Lanze angenommen hatte.«

Huber stand der Mund offen, als Montesi Raphaelas Ausführungen zustimmte.

»Doch warum will der Vatikan die Lanze jetzt in seinen Besitz bekommen, wenn doch schon durch eine Kopie damals so großer Schaden entstanden ist?«, fragte die junge Frau.

»Weil eine Kopie eben nur eine Kopie ist. Jetzt, wo die Wiener Hofburg die Reichsinsignien frei gibt, sieht der Vatikan eine großartige Chance, die katholische Kirche mit der echten Lanze in eine neue Blütezeit zu führen.«

»In den Tagebüchern steht, dass Sie die Lanze entgegengenommen haben. Was haben Sie denn damit gemacht?«

Montesi kratzte sich erneut am Kopf, und der Verband rutschte hin und her. »Ich hatte vom Heiligen Vater den Auftrag erhalten, sie in seine persönliche Kapelle zu bringen. Ich traf Karl Wilhelm aber vorher noch einmal auf dem Gang. Ich spürte eine gewisse Verbundenheit mit ihm, und einige Zeit lang schrieben wir uns Briefe. Später lud ich ihn dann ein, mich hier zu besuchen. Na, jedenfalls verabschiedeten wir uns damals voneinander, und ich eilte mit der Lanze im Arm in die Kapelle. Ich packte sie aus dem Tuch aus und betrachtete sie eine Weile. Anfangs hielt ich sie auch für eine große Reliquie der Christenheit, doch ich wusste, dass sie es nicht war, nicht sein konnte.«

»Woher wussten Sie denn schon damals, dass die Lanze aus Wien nicht die Lanze des Longinus war? Man hat doch erst viel später herausgefunden, dass sie aus karolingischer Zeit stammt«, fragte Raphaela erregt. Sie hatte das Gefühl, dass sie der Aufklärung um das Geheimnis der »Heiligen Lanze« so nahe war wie nie.

»Darüber darf ich nicht sprechen. Ich sage Ihnen nur so viel. Der Teufel versucht stets, Gottes Eigenschaften und Taten zu kopieren. Er erscheint gern als Engel des Lichts. Haben Sie davon schon einmal gehört? Er benutzt scheinbar Gutes und verführt damit die Menschen, um sie von der Wahrheit abzuhalten.«

»›Das Gute ist der Feind des Besseren‹, heißt es.«

»Richtig, Commissario. Es gibt nur eine Lanze, die der Hauptmann benutzt hat, um damit unwissentlich die Prophezeiung zu erfüllen. Der Prophet Jesaja hatte ja vorausgesagt, dass man Jesus nicht die Beine brechen würde. Und an einer anderen Stelle in der Bibel steht: ›Sie werden auf den sehen, den sie durchbohrt haben.‹ Es musste also so kommen. Der Hauptmann war nur ein Werkzeug in Gottes souveränem Plan. Von der Lanze, die Pacelli mir gegeben hatte, ging aber etwas Böses aus. Ich mochte sie gar nicht in der Hand halten und legte sie so schnell ich konnte auf ihren Platz. In den folgenden Tagen bat ich Pacelli mehrfach, er möge die Lanze doch bitte zurückgeben, sie sei nicht gut für ihn und schon gar nicht für die katholische Kirche. Er war aber so vernarrt in dieses wirklich kunstfertige Stück, dass er es so bald nicht mehr hergeben wollte. Nun, den Rest der Geschichte kennen Sie ja vermutlich. Der Krieg nahm seinen Lauf, und Pacelli wies mich eines Tages aus dem Vatikan. Er konnte es nicht mehr ertragen, dass ich ihn fortwährend anflehte, sich von der Lanze zu trennen. Ich wurde ihm zu unbequem. Er sagte, ich solle schweigen oder ich müsse den Vatikan verlassen. Und da ich nicht geschwiegen habe, musste ich gehen. Man versetzte mich hierhin aufs Land. Zunächst wohnte ich noch einige Jahre oben bei den Brüdern und führte ein abgeschiedenes Leben. Aber auch in diesen Jahren hatte ich noch Kontakt zum Vatikan. Ich habe Pacelli Briefe geschrieben – unzählige Briefe. Er antwortete nie. Eines Tages aber kam ein offizielles Schreiben vom Vatikan.«

»… dass Sie als Mitglied der katholischen Kirche nicht länger erwünscht sind?«, schloss Huber.

Montesi nickte und sah Raphaela tief in die Augen. »Somit war ich exkommuniziert, konfessionslos, aber nicht ohne Glauben. Das sicher nicht«, fügte er hastig hinzu, als sei dieser Nachsatz für ihn sehr wichtig. »So zog ich aus dem Kloster aus und in dieses Haus ein.«

»Was hat Pacelli mit der Lanze gemacht? Wo ist sie heute?«

»Dieses Geheimnis, lieber Commissario, hat Pacelli mit ins Grab genommen. Er hat sie sicher irgendwo im Vatikan versteckt. Denken Sie daran, wie viele geheime unterirdische Gänge es dort gibt. Ich glaube, er empfand für die Lanze eine Art Hassliebe. Er wird ihre dunkle Macht gespürt haben und hätte sie deshalb lieber meiden sollen – und doch war er auch von ihr fasziniert.« Montesi machte eine kleine Pause und dachte nach. »Wenn Sie mich fragen: Es wäre für die Welt besser, wenn keiner der beiden die Lanze aus Wien in die Finger bekommen würde, weder der Vatikan noch diese ominöse Bruderschaft.«

In dem Augenblick schellte Hubers Handy, und er fuhr zusammen. Er fühlte sich gewaltsam aus den Erzählungen des Paters herausgerissen. Auf dem Display erschien die Nummer seines Chefs.

»Huber.«

»Lorenz hier. Wo stecken Sie gerade? Ich versuche schon seit geraumer Zeit, Sie zu erreichen, aber offensichtlich waren Sie in einem Funkloch.« Huber warf einen Blick auf die kleinen Balken auf seinem Display, die die geringe Stärke des Empfangssignals anzeigten.

»Was gibt es denn so Wichtiges, Chef?«

»Die deutschen Behörden wurden von dem Autoverleih in Frankfurt benachrichtigt. Sie wissen schon, der Wagen mit den Blutspuren auf der Haube.«

»Ja, natürlich erinnere ich mich.«

»Der Angestellte, der den Wagen an den unbekannten Fremden mit dem netten Pseudonym ›H. Himmler‹ verliehen hat, hat den Mann auf dem Umschlag des neuen ›Spiegel‹ wiedererkannt. Das ist unser Mann. Er heißt Richard Schneider und wohnt in der Platanenallee in Frankfurt. Wir haben sofort die Kollegen aus Deutschland dort hingebeten, doch der Vogel war schon ausgeflogen.«

Huber unterbrach ihn. »Er war hier, Lorenz. Schneider war vor Kurzem in der Toskana bei einem alten Mönch. Er heißt Montesi und wird auch in diesen Tagebüchern erwähnt.«

Lorenz brüllte durchs Telefon, weil die Verbindung schlechter wurde. »Was könnte Schneider jetzt vorhaben, Huber?«

»Ich könnte mir vorstellen, dass er zurück nach Deutschland fliegt. Checken Sie doch mal die Buchungen in Rom.« Das Gespräch brach endgültig ab.

Huber steckte das Handy wieder weg und blickte in die fragenden Augen Raphaelas.

»Ich fürchte, wir müssen los. Schneider wurde in Frankfurt identifiziert. Er hat einen Mercedes ausgeliehen und mit Blutflecken auf der Haube zurückgebracht. Da es mitten in der Nacht war, hat er diese Spuren offensichtlich übersehen oder sie für nicht so wichtig gehalten.« Huber wandte sich an Montesi. »Es ist das Blut zweier Menschen, die er wahrscheinlich auf dem Gewissen hat – und das bedeutet auch, dass er die Lanze aus der Schatzkammer gestohlen hat.«

Montesi fasste sich an den Kopf. »Ich habe sofort gespürt, dass mit diesem Mann etwas nicht stimmt. Er hatte eine tiefe, gerade erst verheilte Wunde am Zeigefinger.«

»Na und?«, fragte Huber. »Ist das etwas Besonderes?«

»In der Regel nicht, aber einige Mitglieder der SS hatten dieselbe Wunde. Es war ein spezieller Aufnahmeritus, den man vollziehen musste, wenn man zum inneren Kreis des SS-Ordens gehören wollte. Karl Wilhelm hat mir davon erzählt, als er mich hier besucht hat. Himmler hatte ihn damals für die Thule-Gesellschaft rekrutiert. Sie akzeptierten ihn natürlich sofort, ihn, den Biografen und Zögling Himmlers. Doch eines Tages gingen Karl Wilhelm die Augen auf. Er wollte sich der Gesellschaft und ihres, wie er fand, dämonischen Einflusses entziehen. Ich habe ihn in meinen Briefen stets darin bestärkt. Eines Tages stand er dann plötzlich hier. Er hatte nur einen kleinen Koffer und einen Seesack dabei. Er sah furchtbar heruntergekommen aus und war unter Lebensgefahr aus Deutschland geflohen. Als er nach dem Krieg nach Deutschland zurückgekehrt war, fand er dort nur noch Trümmer vor. Gudrun, die Frau, die er geliebt hatte, war im KZ umgekommen, und die Thule-Gesellschaft war längst aufgelöst. Ihr heimlicher Ableger war ›THE Lu‹, aus dem inzwischen ein internationaler Geheimbund geworden war. Er nahm wieder Kontakt zu Karl Wilhelm auf und bedrängte ihn sein Leben lang, doch für ihn war die Sache erledigt. Wenn er nicht Familie gehabt hätte, wäre er wahrscheinlich hierher nach Italien zurückgekommen.«

»Also haben Sie nach dem Krieg den Kontakt aufrechterhalten?

»Aber ja. Wir haben uns oft geschrieben. Er hatte es sehr genossen, hier zu sein. Übrigens: Er hat das ganze Feld dort drüben angelegt und bestellt.« Montesi streckte seinen Arm aus, und Huber und Raphaela folgten seinem Fingerzeig mit den Augen.

»Der Sohn scheint leider nicht aus demselben Holz geschnitzt zu sein wie sein Vater. Nichts an ihm erinnerte an Karl Wilhelm, abgesehen von der leicht gebogenen Nase. Das war aber auch schon alles. Es würde mich nicht wundern, wenn er mit ›THE Lu‹ zusammenarbeitet.« Montesi wurde ernst. »Das herauszufinden wird Ihre Aufgabe sein, Commissario.«

Huber nickte, und sein Gesicht zeigte deutlich, dass er sich mit diesem Fall nach wie vor überfordert fühlte. Raphaela zog einen Stift heraus und kritzelte ihre Anschrift und die Handynummer darauf. Dann gab sie den Zettel Montesi. »Bitte, Pater. Wenn Ihnen noch etwas einfällt, rufen Sie mich an, und wenn Sie kein Telefon haben, wovon ich ausgehe, dann schreiben Sie einfach einen Brief.«

Montesi steckte wortlos den Zettel in eine kleine Tasche unter seiner Kutte. Huber und Raphaela standen auf und wollten sich verabschieden. Beide empfanden, dass eine eigenartig wohltuende Stimmung in der Luft lag. Ihnen war, als wäre ein innerer Friede bei ihnen eingezogen, den Montesi gestiftet hatte.

»Gott segne Sie beide«, sagte Montesi und gab ihnen freundschaftlich die Hand. Raphaela sah ihn mit einem Blick an, als wolle sie fragen, ob sie nicht auch hierbleiben könne.

XXV

Smith hielt dem stechenden Blick des verrückten, aber augenscheinlich genialen Physikers stand. Er wartete immer noch auf die Beantwortung der entscheidenden Frage. Petrov entspannte sich wieder und zog das Gummiband seines Haarzopfes enger. Er liebte es, ausführlich über seine Forschungen zu referieren. Sie waren der Inhalt seines Lebens. Und nun lag die Frage aller Fragen im Raum: Sind Reisen in die Vergangenheit möglich?

»Kein Problem«, sagte Petrov. »Sie müssen nur einen Schritt weiter denken. Wenn Sie es schaffen, Lichtgeschwindigkeit zu erreichen, dann reisen Sie in die Zukunft. Schaffen Sie es, noch schneller als das Licht zu werden, reisen Sie in die Vergangenheit.« Wieder lachte der Wissenschaftler auf und genoss seine Überlegenheit. »Einstein ist ja nicht in den Ruhestand gegangen, nachdem er seine große Formel gefunden hatte. Einige Jahre später entdeckte er, dass die Zeit nicht linear verläuft, sondern gekrümmt. Hier kommt nun die Gravitation ins Spiel, die aus der speziellen Relativitätstheorie die allgemeine Relativitätstheorie macht. Einstein ging davon aus, dass Masse und Energie die Raumzeit nicht linear belässt, sondern sie verkrümmt. So ist der Begriff der ›vierdimensionalen Raumzeit‹ entstanden. Die drei Dimensionen Höhe, Breite, Tiefe werden durch die Zeit als vierte Komponente ergänzt. Wir glauben, dass man sich die Raumzeit wie ein flaches Band vorstellen muss, eines, das nicht straff gespannt, also linear ist, sondern gekrümmt. Dieses

Band hängt, um bei unserem Bild zu bleiben, wie eine Schleife durch.«

»Sie haben damit noch nicht meine Frage beantwortet, lieber Kollege. Ist nun eine Reise in die Vergangenheit möglich oder nicht?«, drängelte Smith. Schließlich wartete ein 2000 Jahre altes Skelett mit Implantaten im Kiefer auf sie. Doch Petrov wusste nicht, was seine vier Zuhörer verband, und begann, sich über die Ungeduld zu wundern.

»Zeit, Zeit, Zeit. Was ist schon Zeit? Eine ewige Strömung flussabwärts in nur eine Richtung?«, fragte er pathetisch. »Nein, sicher nicht! Ich sagte es schon, sie ist relativ. Sie hat Schleifen und Verästelungen, Verzweigungen und … Abkürzungen. Hätten Sie mich ausreden lassen, wüssten Sie die Antwort schon. Stellen Sie sich vor, dieses Band, von dem ich gesprochen habe, hängt ganz weit durch, und dahinter ist noch ein Band, und dann eine Schlaufe. Und nun geben Sie Acht! Theoretisch ist alles ganz einfach. Sie müssen es nur schaffen, mit Überlichtgeschwindigkeit zwischen diesen Bändern hin und her zu springen, dann reisen Sie mühelos in der Zeit zurück. Für den Betreffenden vergehen dabei nur Sekunden. Ich weiß, Sie glauben, ich spinne.« Petrov tippte sich mit dem Finger an die Stirn. »Kommen Sie mit. Ich werde es Ihnen zeigen.«

Während andere Mitarbeiter auf ihren motorbetriebenen Mikrorollern an ihnen vorbeisausten, ging Petrov so schnell, dass er sie beinah eingeholt hätte. Sie rannten fast durch die große Halle, gingen um die gläserne Kuppel herum und beobachteten auf ihrem Weg zahlreiche Männer, die ihre Arbeiten verrichteten. Der Weg dauerte knapp zehn Minuten. Bei normaler Schrittgeschwindigkeit hätten sie die doppelte Zeit gebraucht. Lea schmunzelte bei diesem Gedanken und dachte: *Zeit ist relativ zu ihrer Geschwindigkeit.*

Dann betraten sie eine weitere Halle, die zwar nicht so

groß wie die erste war, doch auch beträchtliche Maße hatte. Sie war annähernd leer, bis auf einen langen dünnen Pfahl, der in der Mitte stand und die gewölbte Decke berührte. Der Stab war von unzähligen dicken Drähten umwickelt und wirkte auf Mosche wie eine gigantische Kupferspule. Petrov sah sich nicht ein einziges Mal nach den anderen um. Seine Gedanken waren schon bei einem seiner Experimente.

Eine letzte Tür öffnete sich – und sofort drangen Geräusche von Tieren an ihre Ohren: Jaulen und Gewimmer, Kläffen und Gezeter. Zu ihrer großen Überraschung war dieser Raum eher klein und erinnerte an einen Zoo. Verschiedene Käfige standen dicht aneinander. Die Rasse der Tiere schien gleichgültig zu sein, doch es fiel auf, dass sie nach aufsteigender Körpergröße geordnet waren. Physikalisch gesprochen, nach ihrer Masse. Die Tiere schienen völlig normal zu sein, waren vielleicht ein wenig aufgeregt in Anbetracht der Besucher, wirkten aber keineswegs verstört oder verängstigt.

Petrov blieb stehen und drehte sich um. »Noch halten Sie mich für einen Tierfreund. *Der gute alte Petrov*, werden Sie denken, doch nach der nächsten Tür werden Sie ihr Urteil revidieren.« Er ging weiter, und alle folgten ihm.

Nachdem sie das Tierlabor durchquert hatten, betraten sie einen Raum, der an einen medizinischen Sezierraum erinnerte. Es stank fürchterlich darin, und auf den Tischen lagen zehn bis fünfzehn unterschiedliche, offensichtlich tote Tiere. Von einem Frosch über eine Ratte, eine Katze und einen Hund bis hin zu einem Affen. Im krassen Gegensatz zu dem vorigen Raum war es hier totenstill. Was die Zuschauer entsetzte, war nicht die Tatsache, dass die Tiere nicht mehr lebten und zum Teil obduziert worden waren. Was den Anblick zu fürchterlich machte, war, dass sie bis zur Unkenntlichkeit verstümmelt waren.

Smith fasste sich als Erster und trat langsam an einen der

Tische heran. »Die sind nicht von Geburt an in diesem Zustand, oder?« fragte er mühsam und wandte sich ab, da er spürte, wie ihm übel wurde.

Petrov betrachtete seine Gäste eine Weile und studierte ihre Reaktionen. »Wären Sie nicht so ungeduldig gewesen, hätte ich Sie behutsam darauf vorbereitet. Ich komme also gleich zum Punkt, um Ihre Neugier zu befriedigen.« Smith nahm die Hand wieder von seinem Mund weg und starrte Petrov an. Der genoss es, nun endlich das Geheimnis lüften zu können. »Liebe Gäste, diese Tiere sind definitiv in der Vergangenheit gewesen, nicht sehr lange, aber sie sind da gewesen!« Petrov sprach diese Worte für seine Verhältnisse sehr langsam und bedächtig aus, als wolle er größten Wert darauf legen, dass kein Wort verloren ging und man ihm unbedingt Glauben schenkte.

»Sie waren völlig gesund, als wir sie auf die Reise geschickt haben, doch leider hat keines der Tiere die Rückkehr überlebt – und alle waren völlig verstümmelt. Die Organe waren nicht mehr da, wo sie hingehörten. Die Ohren hingen plötzlich irgendwo am Bauch oder fehlten ganz. Und noch etwas ....« Petrov hielt beide Hände vor den Mund. »Viele Tiere sind bis heute verschollen. Wir haben es nicht geschafft, sie zurückzuholen. Entweder sind sie noch in der Zeit, in die wir sie geschickt haben, oder sie hängen irgendwo in der Raum-Zeit-Schleife fest.«

Alle Beteiligten schwiegen, als müssten sie eine Gedenkminute zu Ehren der toten Opfer einlegen. Auch Petrov blieb erstaunlich ruhig auf seinem Platz stehen, als sei dies der Höhepunkt seiner Ausführungen gewesen, dem nur mit Schweigen angemessen zu begegnen sei.

Lea löste sich von der Gruppe und schritt zum Erstaunen der anderen jeden einzelnen der Tische ab. Petrov musste sein Urteil nach ihrem anfänglichen Toilettenstörmanöver korrigieren. Mut hatte sie, das musste man ihr lassen. Sie besuchte alle fünfzehn Tische und sah sich die Kreaturen an, ohne eine Miene zu verziehen. Nachdem sie den letzten Schimpansen gesehen hatte, dem Kopf und beide Beine fehlten, drehte sie sich zu Petrov um und ging nachdenklich auf ihn zu. »Sie haben ihre Materie für die Reise aufgelöst, um Energie zu sparen, und haben noch nicht den Weg gefunden, sie wieder adäquat zusammenzusetzen.«

Petrov verharrte in verwundertem Schweigen. Dann klatschte er langsam in die Hände. »Sie sind genial, Frau Weizmann. Ich muss schon sagen. War das die berühmte weibliche Intuition?«

»Ich habe das Buch über das ›Philadelphia-Experiment‹ gelesen, in dem ein Schiff in die Zukunft katapultiert wurde und die ganze Besatzung verstarb.«

Petrov nickte. »Aber die waren nicht verstümmelt. Bei ihnen lag es vermutlich am Herzen. Das Herz ist ein autonomer Muskel, das wissen Sie. Er kann außerhalb des Körpers eine Zeit lang weiterschlagen, reagiert auf Stromschläge oder setzt aus. Elektrizität haben wir ja reichlich bei unseren Experimenten. Und genau das ist unser Problem. Wir haben es geschafft, die Tiere in die Vergangenheit zu schicken, und ich bin davon überzeugt, dass sie dort lebend und gesund angekommen sind, aber das verdammte ›Zurück‹ bekommen wir einfach nicht in den Griff. Irgendetwas machen wir noch falsch. Es muss wahrscheinlich nur ein winziger Parameter verändert werden. Wenn wir es schaffen würden, so viel Energie zu produzieren, dass wir die Reisenden ohne Entmaterialisation auf den Weg schicken könnten, dann würden sie vermutlich nicht nur am Leben bleiben, sondern auch unversehrt ankommen und vielleicht sogar den Weg zurück schaffen.«

Smith hakte noch einmal nach. Er trat dicht an Petrov heran. »Können Sie sich vorstellen, einen Menschen, also ich meine einen erwachsenen Mann, in die Vergangenheit zu schicken?«

Mosche, Lea und Professor Wagner waren plötzlich absolut still, und auch Petrov bemerkte die ungewöhnliche Ruhe. Doch er argwöhnte nichts. Sein Kopf bewegte sich auf und ab, während er noch schwieg, und man konnte es als ein Nicken ansehen. »Ja, ich denke, theoretisch ist das möglich. Die Tiere wurden zunächst nur für ein paar Stunden zurückgeschickt. Wir fanden sie dann in einem anderen Gebäude wieder, weil wir die Rotation der Erde nicht mitberechnet hatten. Zum Glück wurden sie nie außerhalb des Instituts gefunden, denn über diesen Teil unserer Forschungen bewahren wir noch Stillschweigen. Außerdem hätten wir sofort die Tierschützer auf dem Hals.« Petrov lachte als Einziger. »Aber zurück zu Ihrer Frage. Ich sage es noch einmal. Denken Sie an die gigantische Energiemenge, die dafür nötig wäre. Die Masse nimmt mit der Geschwindigkeit zu, das ist das Problem. Unsere Energiemengen sind noch nicht groß genug, um einen Menschen zu transportieren.«

Smith wurde zusehends unruhig und verhaspelte sich bei seiner Frage. »Also … nur mal angenommen … rein theoretisch natürlich nur.« Er rieb sich die feuchten Hände. »Wenn Sie eines Tages die benötigte Energiemenge produzieren könnten, also dann, meinen Sie, könnte man einen Menschen in die Vergangenheit schicken?«

Schließlich sagte Petrov: »Ja, das wäre im Bereich des Möglichen. Doch ich habe keine Ahnung, wo wir solch eine große Energiemenge herbekommen sollen. Außerdem: Eine Zeitreise ist ja auch immer eine Reise durch den Raum, denn bedenken Sie: Die Erde dreht sich um sich selbst, und gleichzeitig dreht sie sich um die Sonne, und innerhalb der Milchstraße bewegt sich unser Sonnensystem, während sich das Sternensystem innerhalb der Galaxie bewegt. Daher ist eine Zeitreise immer auch eine Raumreise. Ohne exakte Kenntnisse der interstellaren Beziehungen müssen Sie fast unweigerlich den Punkt, an dem Sie bei Ihrer Reise ankommen wollen, verfehlen.« Petrov begann, im Raum auf und ab zu gehen. Er brauchte einfach die Bewegung. Dann sprach er weiter. »Es ist uns in den letzten Jahren gelungen, ein Programm zu schreiben, das es uns ermöglicht, alle Parameter zueinander in Relation zu setzen. Damit wäre gewährleistet, dass Sie nicht nur in der Zeit irgendwohin reisen, sondern auch noch genau an dem Ort ankommen, an den sie wollen, natürlich plus/minus ein bis zwei Kilometer. Die zweite bahnbrechende Revolution besteht darin, die Masse bis auf ein Minimum zu reduzieren. So sind wir mit unseren Versuchstieren bisher vorgegangen. Was ist denn schließlich ein Organismus anderes als die Summe seiner Teile. Wir bestehen doch letztlich alle nur aus einem Haufen Moleküle. Gelingt es uns also, das zu verschickende Objekt zu entmaterialisieren und am Zielort wieder zu materialisieren, dann ist für jedes einzelne Teilchen viel weniger Energie notwendig als für das Ganze.«

Lea legte die Stirn in Falten und dachte an die Versuchstiere. Soeben wollte sie die Möglichkeit, dass ihr Toter Nr. 3 durch die Zeit gereist sein könne, in den Bereich der Spekulation verbannen, als Petrov seine Stimme und seine Hände erhob und freudig erregt erklärte: »Das Problem war bisher, dass unseren Experimenten ein Denkfehler zu Grunde lag. Wir sind nämlich immer davon ausgegangen, dass das Objekt selbst beschleunigt werden muss. Nur in diesem Fall nimmt es bei Beschleunigung an Masse zu. Nun stellen Sie sich vor, Sie haben einen kreisrunden Raum, in dem sich ein zu verschickendes Objekt befindet. Gelingt es nun, um diesen runden Raum herum etwas zu installieren, das sich mit Lichtgeschwindigkeit bewegt, dann wird auch das Objekt, das sich innerhalb des Raumes befindet, von der Veränderung betroffen. Ähnlich wie bei einem Raumschiff, das einen linearen Flug unternimmt. Bewegung muss aber nicht nur linear sein, es kann sich ja auch um eine Rotationsbewegung handeln. Es muss nur sichergestellt sein, dass sich um diesen Hohlraum eine Scheibe wie ein Kranz dreht, um den sich wiederum ein festes Gehäuse befindet. Dann wirkt sich die Beschleunigung nur auf das Innere aus und nicht auf die Umgebung. Und jetzt kommt der springende Punkt. Eine Zeitreise, beispielsweise 1000 Jahre zurück, würde normalerweise länger dauern als alle unsere Leben zusammen, auch bei mehrfacher Lichtgeschwindigkeit.« Die Zuhörer hielten beinahe vor Spannung die Luft an. »Erinnern Sie sich noch an die Schlaufen, von denen ich erzählt habe?«, fragte Petrov. Smith und Wagner nickten. »Man muss berechnen, wie und wann man zwischen diesen Schleifen hin und her springen kann. Sie springen also von einer Schlaufe in die nächste und befinden sich meinen Berechnungen gemäß in weniger als neunzig Sekunden circa 500 Jahre in der Zeit zurück. Nehmen Sie dann noch unser neues Programm dazu, dann können wir auch den Ort bestimmen, an dem Sie ankommen werden.«

»Lieber Professor, das hört sich ja so an, als wäre Ihnen der Durchbruch eigentlich schon gelungen. Mit welchen Problemen haben Sie denn noch zu kämpfen?«

»Die Anlage, die wir gerade fertig gestellt haben, ist perfekt. Sie funktioniert, aber die nötige Energie fehlt, verdammt. Zum hundertsten Mal! Es ist immer dasselbe. Wir schlucken eine so gewaltige Menge Energie, dass uns die Elektrizitätswerke bald den Hahn abdrehen. Wir verbrauchen hier allein mehr als die ganze Stadt. Die Gleichungen stimmen alle, die Berechnungen sind korrekt, und es ist kein Problem, mikroskopisch kleine Objekte sowohl in die Zukunft als auch in die Vergangenheit zu schicken, aber ich hoffe, dass unser neuer Hypergenerator bald in der Lage ist, die gewaltige Menge Energie zu produzieren. Das wird dann unser Durchbruch sein.«

»Wann denken Sie, könnte es so weit sein? Ihren Artikeln zufolge sind Sie schon so gut wie am Ziel.«

»Ach, wissen Sie. Ich muss all diese Artikel schreiben und Interviews geben, sonst streicht uns die Regierung die Mittel. Wenn wir in der Öffentlichkeit pausenlos im Gespräch sind, können die uns den Laden ja nicht einfach dichtmachen. Doch ich bin fest davon überzeugt, dass wir im nächsten Jahr, möglicherweise auch schon etwas früher, in der Lage sein werden, einen großen Schimpansen durch den Orbit zu jagen. Der Prototyp der Energieanlage ist ja fast schon fertig. Leider fehlen jedoch noch sämtliche Sicherheitsvorkehrungen.«

»Das ist doch alles Unsinn!«, protestierte Smith. »Wenn das stimmt, was Sie sagen, und es möglich sein sollte, in die Vergangenheit zurückzureisen, warum begegnen wir dann nicht unzähligen Zeittouristen?« Smith erinnerte sich an die Diskussion, die er mit Lea und Mosche in Jerusalem geführt hatte, doch nachdem sie zu keiner befriedigenden Antwort gekommen waren, hoffte er, der Sache nun auf den Grund gehen zu können.

»Dieses Argument hat Stephen Hawking auch vorgebracht. Dabei ist die Lösung ganz einfach. Wer sagt denn, dass wir die Zeitreisenden überhaupt wahrnehmen? Es könnte doch sein, dass er sich innerhalb seiner eigenen Raum-Zeit-Ebene so schnell bewegt, dass wir ihn mit unseren beschränkten Sehorganen gar nicht mehr wahrnehmen können. Vielleicht ist es aber auch so, dass Reisende aus der Zukunft exakt über unsere Sprache und unsere Kultur Bescheid wissen und deshalb gar nicht auffallen. Angenommen, sie haben den Zielort genau studiert, dann könnte es doch sein, dass sie wie einer von uns durch die Straßen marschieren und von den Bürgern dieser Zeit gar nicht bemerkt werden.«

»Wie erklären Sie dann die paradoxe Situation, die entsteht, wenn ein Zeitreisender in der Vergangenheit seinen Großvater umbringt und damit nicht existent sein kann.«

Petrov lachte auf und winkte ab. »Ja, ja. Das Granny-Phänomen. Dies wäre selbstverständlich eine unumstößliche Bedingung für alle Zeitreisenden: keine Veränderung. Ich persönlich glaube, dass die Geschichte nur einmal geschrieben werden kann, zumindest in dieser Realität, in dieser Welt. Doch was ist mit möglichen Parallelwelten, in denen die Geschichte anders verläuft als hier? Wer weiß das schon? Aber darüber können wir nachdenken, wenn wir so weit sind. Unsere nächsten Bestrebungen gehen erst einmal in die Richtung, Antimaterie in größeren Mengen zu produzieren, weil dann hoffentlich die Frage nach der nötigen Energiemenge beantwortet sein wird.«

Lea wandte sich Professor Petrov zu. »Sie sagten, Sie geben Interviews. Zeigen Sie den Leuten all diese Dinge hier?«

Petrov lachte. »Aber nein. Wir befinden uns hier siebzig Meter unter der Erde. Offiziell gibt es hier nur einen alten Keller. Der Fahrstuhl lässt sich nur mithilfe eines speziellen Codes weiter in die Tiefe fahren. Die Interviews gebe ich oben im ersten Stock und zeige den Leuten alte funktionsuntüchtige Apparaturen oder Modelle gigantischer Zeitmaschinen. Außer Ihnen und uns war noch niemand hier unten. Das haben Sie alles den Überredungskünsten meines geschätzten Kollegen Wagner zu verdanken. Sie wissen ja, dass Sie seitens der Regierung zu absoluter Geheimhaltung verpflichtet sind.«

Lea nickte und fühlte sich geehrt, diese heiligen Hallen

betreten zu dürfen. »Was werden Sie nun als Nächstes tun, Professor?«

Petrov schüttelte den Kopf. »Energie, Frau Weizmann, es ist zum Haareraufen, aber mein Trachten geht Tag und Nacht nur in die eine Richtung: mehr Energie! Ich erhoffe mir eine Menge von dem neuen Hypergenerator, und wenn das nicht funktioniert, müssen die Experimente mit Antimaterie weiterlaufen.«

Nach zwei Stunden Besichtigung machten sich Lea, Mosche und die beiden Professoren Smith und Wagner wieder auf den Weg. Eine eigenartige Stimmung herrschte, als sie das Gebäude verließen. Die Frage, ob Zeitreisen für Menschen nun möglich seien, war von Petrov nur mit einem »Theoretisch ja« beantwortet worden.

»Stammt der Tote Nr. 3 nun aus der Zukunft oder nicht, und wenn ja, aus welcher Zeit?«, fragte Lea, und ihre Stimme verriet eine gewisse Frustration.

Smith räusperte sich. »Du kennst ja meine Meinung. Ich kann mir nicht vorstellen, dass so etwas funktioniert. Ich gebe zu, eigentlich bin ich sogar froh darüber, dass Petrov noch so große Probleme hat, Zeitreisen zu realisieren.« Er verabschiedete sich von seinem Freund John Wagner, der es eilig hatte, nach Harvard zurückzukommen.

Die drei Besucher verließen das Gebäude und gingen gemächlich zu ihrem Auto hinüber. Einige Hundert Wagen parkten auf dem Platz, vermutlich alle von Mitarbeitern des Instituts. Die Archäologen unterhielten sich noch ein wenig über die misslungenen Tierversuche, als ihnen ein Mann in einem dunklen Anzug entgegenkam. Sie wunderten sich über diese Bekleidung, da das Thermometer mittlerweile auf über 34 Grad geklettert war. Der Mann machte einen nervösen Eindruck und fingerte fortwährend an einem Schild herum, das an seine linke Brusttasche geheftet war. Als die drei an dem Fremden vorbeikamen, konnte Lea einen kurzen Blick auf das Schild werfen, das ihn als Ha… Schulz auswies. »Ob das ein Mitarbeiter war?«, fragte sie die anderen.

»Das war garantiert einer von der Presse«, meinte Smith. »Ich kenne diese Typen. Vermutlich geht er im Kopf noch mal die Fragen durch, die er für sein Interview vorbereitet hatte.« Der Professor zuckte mit den Schultern und drückte auf die Fernbedienung ihres Wagens, dessen Türknöpfe gleich aufsprangen. Mosche setzte sich auf den Fahrersitz und startete. Langsam verließ er den Parkplatz und reihte sich in den überschaubaren Verkehr ein.

Nachdem sie sich einige Kilometer vom Institut entfernt hatten, ließ sie eine gewaltige Detonation aufschrecken. Mosche brachte verwundert den Wagen auf einem Seitenstreifen zum Stehen, alle drei stiegen aus und blickten zurück in die Richtung, aus der sie gekommen waren und in der eine riesige Rauchsäule emporragte.

XXVI

Schneider war sich seiner Sache ganz sicher gewesen. Irgendwann gegen Morgen fiel er in einen unruhigen Schlaf, doch schon nach wenigen Stunden schreckte er mit einem Schlag wieder auf, weil sein Handy klingelte. Er hatte am Abend zuvor die Weckfunktion eingeschaltet, und nun schrillte es pünktlich um 7 Uhr. Träge schälte er sich aus dem Bett und nahm einige Aufputschtabletten mit einem Schluck Mineralwasser, das neben ihm auf einem kleinen Tisch gestanden hatte. Er wartete auf die Wirkung der Medizin, dann belebten vor allem die Gedanken an sein Vorhaben seine Sinne.

Er stellte sich unter die Dusche und freute sich, das teure Duschgel des Hotels benutzen zu können. Danach rasierte er sich gründlich, goss sich einen großen Schwall Rasierwasser in die Handfläche und verteilte ihn über die Wangen. Er genoss das herrliche Brennen des Alkohols auf der Haut, verließ pfeifend das Bad, packte ein frisches weißes Hemd aus der Tasche und zog seinen Anzug wieder an. Das schmutzige Hemd ließ er über dem Stuhl hängen, über den er es in der Nacht abgelegt hatte. Trotz des unzureichenden Schlafes war er gut gelaunt. Er verließ sein Zimmer und ging, anstatt den Aufzug zu benutzen, die Treppen hinunter. Dann durchquerte er eilig die Hotelhalle. Am Vortag hatte er einen Mietwagenverleih gesehen und beschloss, diesmal kein Taxi zu nehmen. Er wäre im Fall einer möglichen Flucht damit deutlich schneller. Wieder zahlte er mit der Kreditkarte. Es war ihm, als spiele es keine Rolle mehr, ob er Spuren hinterließ oder nicht. Seine Gedanken hatten sich zunehmend von der Realität entfernt. Sie drehten sich in immer enger werdenden Kreisen um die Lanze und um die Macht und die Unsterblichkeit, die sie ihm bringen würde.

Wenig später saß Richard im Wagen und hatte die Walther PPK auf dem Beifahrersitz abgelegt. Er sah auf die Uhr. Sein Timing war perfekt. Bei einem Bäcker hatte er sich noch zwei Croissants gekauft und sie hastig heruntergeschlungen. Dann nahm er den herausgetrennten Zeitungsartikel zur Hand, um nach der Anschrift zu suchen. Das Institut für Astrophysik befand sich abseits gelegen, nördlich der Stadt. Da der Wagen mit einem Navigationssystem ausgestattet war, fand er den Weg zum Institut mühelos.

Nun stand er vor dem unscheinbaren Gebäude. Spöttische Zungen meinten ohnehin, die Anlage sei so hässlich wie die Physik unattraktiv. Sie alle ahnten nicht, dass geniale Wissenschaftler in diesen Mauern Geschichte schreiben konnten. Es war zehn Minuten vor elf, als Schneider auf dem Parkplatz des Instituts den großräumigen weißen Chevrolet mit der Lenkradschaltung parkte. Er nahm die Pistole zur Hand und überprüfte noch einmal das Magazin, obwohl er genau wusste, dass keine Kugel fehlte. Sicher war sicher, und es beruhigte ihn einfach, dieses Ding dabeizuhaben. Fünf Minuten vor elf verließ er den Wagen, knöpfte sich das blaue Sakko zu und heftete sich den Presseausweis von Hartmut Schulz an die Brusttasche. Dann marschierte er langsam auf das Gebäude zu. Dabei kam ihm eine kleine Gruppe von verschrobenen Wissenschaftlern entgegen. Er warf einen kurzen Blick auf die hübsche, dunkelhaarige Frau, die ihn ebenfalls ansah.

Guten Morgen. Ich bin Hartmut Schulz von der Münchner Allgemeinen. Wir hatten einen Termin. Dreimal sagte er sich diese

Worte vor, damit sie überzeugend und unverkrampft klangen. Er öffnete die Tür zur Vorhalle des Instituts – und sofort trocknete eine kühle Brise aus der Deckenklimaanlage die Schweißperlen auf seiner Stirn. Er betätigte den Klingelknopf, woraufhin ihm ein Sicherheitsbeamter den Zugang zum Institut gewährte. Der Wachmann war mindestens zwei Köpfe größer als er und breit wie ein Footballspieler. Schneider war überzeugt, dass dieser Goliath ihn bei Bedarf mit einem einzigen kräftigen Atemzug wegpusten konnte.

»Guten Tag, mein Name ist Hartmut Schulz. Ich habe um elf einen Termin bei Professor Petrov.« Schneider hielt dem Riesen den Presseausweis unter die Nase.

»Haben Sie Ihren Pass dabei? Nur zur Sicherheit.«

Damit hatte Schneider nicht gerechnet und griff in die linke Innentasche. Der Wachmann betrachtete das Foto im Ausweis auffällig lange. Nach einer Weile, die Schneider wie eine Ewigkeit vorkam, erhielt er den Pass zurück. »Ich werde dem Professor Bescheid sagen, dass Sie da sind. Warten Sie bitte einen Augenblick.«

Richard ging in der ungemütlichen Wartehalle auf und ab. Die billigen Plastiksessel sahen nicht besonders einladend aus, und außerdem war er nervös. Endlich kam Petrov herbeigeeilt und gab dem Reporter die Hand.

»Von welcher Zeitung sind Sie doch gleich?«

»Münchner Allgemeine.«

»Kenne ich nicht. Na, egal. Was wollen Sie wissen? Ich habe leider nicht viel Zeit.«

»Gut, dann komme ich gleich zur Sache.«

Petrov betrachtete den Mann mit dem Presseausweis einen Moment und schaute dann verwundert an ihm herab. »Haben Sie keinen Block und einen Stift dabei oder wenigstens ein Diktiergerät? Wie wollen Sie sich denn alles merken, was ich Ihnen erzähle?«

Schneiders Gesichtszüge verhärteten sich, daran hatte er nicht gedacht. Schließlich sagte er: »Machen Sie sich darüber keine Sorgen. Was ich wissen muss, werde ich schon behalten.«

»Na schön, kommen Sie mit. Ich zeige Ihnen die Versuchsanlage.« Petrov drückte den Knopf des Aufzugs und brachte Schneider, alias Schulz, in die erste Etage. Sie gingen in einen Raum, der extrem wissenschaftlich aussah. Verschiedene Apparaturen standen in Reih und Glied vor einer grünen Tafel, die mit verschiedenen Formeln vollgekritzelt war. Schneider sah sich in dem Raum um und kümmerte sich nicht um die Enttäuschung, die er beim Anblick der Attrappen empfand.

»Nehmen Sie doch Platz. Wir können uns hier am Tisch unterhalten.«

Schneider kam der Aufforderung nicht nach, während Petrov sich schon gesetzt hatte. Nun musste er zu Schneider aufblicken.

»Also gut«, begann Schneider. »Reden wir nicht lange herum. Können Sie einen Menschen in die Vergangenheit reisen lassen?«

Petrov griff sich ins Haar und zog das Gummiband straff. »Das kann ich nicht so einfach beantworten. Theoretisch ja, aber wir sind im Augenblick noch nicht so weit. Also: Wir hatten Erfolge mit Ratten und Mäusen und konnten sogar einen kleinen Beagle durch die Zeit transportieren. Doch einen Menschen?« Petrov legte die Fingerspitzen aneinander. »Der Energiebedarf ist unglaublich hoch, und wir können nicht mit Sicherheit sagen, ob das Experiment gelingen würde. Es stellt sich in dieser Phase wohl kaum jemand freiwillig zur Verfügung.«

»Wie groß sind die Chancen, dass es gelingen könnte?«, fragte Schneider den Professor mit Nachdruck. Er trat einen

Schritt auf Petrov zu, und der fühlte sich sichtlich unwohl in der Gegenwart dieses Mannes.

Petrov stand wieder auf, um Schneider auf gleicher Höhe in die Augen sehen zu können.«Hören Sie, was wollen Sie eigentlich? So ein Journalist wie Sie ist mir noch nie begegnet. Wer sind Sie eigentlich?« Petrov schaute auf den Presseausweis. »Hartmut Schulz. Bisschen alt das Foto, was?«

»Also schön, wenn es nicht anders geht.« Schneider zog seine Waffe aus dem Hosenbund hervor und richtete sie auf Petrov.

»Mist. Ich hab's geahnt. Irgendetwas stimmte von Anfang an nicht mit Ihnen. Dieser schicke Anzug, kein Block, kein Aufnahmegerät. Was bin ich doch für ein Idiot.«

»Sie können sich später bemitleiden. Führen Sie mich in Ihre Versuchsstation. In die richtige. Mit diesem Schrott werden Sie ja wohl kaum durch die Zeit reisen.«

Petrov sah den Wahnsinn im Blick seines Gegenübers und bekam Angst.

»Wo finden Ihre Experimente statt? Los, oder die Zeit für Experimente ist für Sie ein für alle Mal vorbei!«

Petrov sah keine andere Möglichkeit, als die Wahrheit zu sagen. »Unten«, erwiderte er gereizt.

Schneider schob Petrov mit der Waffe in den Fahrstuhl. Der Wissenschaftler autorisierte sich mit einem sechsstelligen Code und einem geeigneten Schlüssel. Dann fuhren sie abwärts. Schneider ließ Petrov dabei nicht aus den Augen. So kurz vor dem Ziel durften ihm nämlich keine Fehler unterlaufen.

Sie verließen den Fahrstuhl, und Schneider eröffnete sich eine neue Welt. Hier lag seine Zukunft, das spürte er plötzlich mit einer einzigartigen Gewissheit. Hier sollten die Weichen seines Lebens neu gestellt werden. Schnell erfassten einige Sicherheitsleute die Lage und eilten herbei, um Schneider zu überwältigen.

»Nicht schießen!«, schrie Petrov. »Steckt die Waffen weg. Wenn sich hier ein Schuss löst, fliegt alles in die Luft.« Petrov wandte sich an Schneider. »Hören Sie zu, Schulz, oder wie immer Sie wirklich heißen. Ich weiß nicht, was Sie wollen, aber stecken Sie bitte die Waffe weg. Ein Funke genügt, und im Umkreis von einem Kilometer bleibt nichts als Asche übrig. Wir können doch über alles reden.«

Schneider hörte nicht auf ihn. Er stellte sich neben Petrov und rammte ihm die Mündung der Pistole in die Seite. Mit einem Seitenblick erfasste er die große Kuppel. »Ist das die Maschine, die Sie für Zeitreisen benutzen?«

Petrov nickte. Alle Mitarbeiter des Instituts standen inzwischen bewegungslos an ihren Geräten. Ein falsches Wort, und der Wahnsinnige konnte seine Fassung verlieren.

»Was wollen Sie denn eigentlich?«, fragte Petrov so entspannt wie möglich.

»Ich will in die Vergangenheit reisen. Ich dachte, dass sei Ihnen allmählich klar geworden.«

»Warum, um alles in der Welt? Was ist so wichtig, dass Sie ihr Leben dafür riskieren?«

Schneider lachte kurz auf. »Ich brauche etwas aus der Vergangenheit für meine Zukunft.«

»Das wird nicht funktionieren, denke ich.«

»Wie meinen Sie das?«

»Jetzt stecken Sie doch erst mal das Ding weg. Sie machen mich ganz nervös.«

Schneider reagierte wieder nicht auf Petrovs Aufforderung. »Von mir aus können Sie der erste Mensch sein, der im Nirwana landet, aber niemand soll sagen, ich hätte Sie nicht gewarnt. Sie haben mich ja gezwungen, Ihnen zu gehorchen. Das können hier alle bezeugen.«

»Nun quatschen Sie nicht so viel. Was muss ich tun? Machen Sie schon. Ich habe nicht viel Zeit.«

Trotz der Waffe, die auf ihn gerichtet war, musste Petrov lachen. »Nicht viel Zeit. Wenn Sie da einsteigen, werden Sie mehr Zeit haben, als alle Menschen zusammen jemals hatten. Wo soll es denn hingehen?«, fragte er spöttisch.

Schneider schob Petrov mit vorgehaltener Waffe zum Eingang der Kuppel. »Ich will nach Jerusalem in die Zeit Jesu – und zwar genau einen Tag vor seiner Kreuzigung.«

Petrov sah ihn an und war endgültig überzeugt, einen Irren vor sich zu haben. »Sie meinen das tatsächlich ernst, oder? Es wird trotzdem nicht funktionieren. Was weiß ich denn, wann Jesus genau gestorben ist.«

»Vielleicht kann ich Ihnen helfen.« Ein junger Mann näherte sich mit erhobenen Armen. »Ich habe mich vor einigen Wochen intensiv damit beschäftigt, weil ich mir ausgemalt habe, wie es wohl sein würde, Jesus Christus bei der Bergpredigt zuzuhören oder ihn bei einem seiner Wunder zu beobachten.«

Der junge Mann, der sich Schneider als Wilford Klein vorstellte, ging zum Zentralrechner. »Darf ich?« Schneider nickte ihm zu und beobachtete ihn genau. Der Mann tippte unzählige Daten in den Computer ein.

Petrov schüttelte den Kopf. »Alle Schaltjahre müssen mitgerechnet werden, die Rotation der Erde sowie die Umlaufbahnen der letzten zweitausend Jahre. Die Wahrscheinlichkeit, dass sie trotz unserer Berechnungen genau dort ankommen, wo sie hinwollen, liegt irgendwo bei eins zu einer Million. Mal davon abgesehen, dass wir wahrscheinlich gar nicht genug Energie für den Transfer haben.«

»Wie wird das Ganze funktionieren?«

»Nun, stark laienhaft formuliert«, begann Petrov, »werden wir Sie in Ihre Moleküle zerlegen, durch eine Zeitschleife zur nächsten schicken und Sie in der Zielzeit an Ihrem Zielort wieder in Ihre einzelnen Bestandteile zusammensetzen.

Falls genug Energie vorhanden wäre, könnte es sogar funktionieren, Sie am Stück abzuliefern.« Dann fügte er lächelnd hinzu: »Aber das ist ziemlich unwahrscheinlich. Wenn Sie Pech haben, kommen Sie als Zombie an oder stecken in einem Baum fest oder Ähnliches.« Petrov blickte in die glühenden Augen Schneiders. »Vielen unserer Versuchstiere ist es vermutlich so ergangen.«

Schneider dachte einen Herzschlag lang nach. Aber sein Plan stand fest. »Trotzdem. Ich denke, ich werde es riskieren. Können Sie mich nach zwei Tagen Aufenthalt wieder zurückholen?«

Petrov sah sich im Kreis seiner Mitarbeiter um und dachte nach. Dieser Mann meinte es wirklich ernst. Und es war ja nicht so, dass Petrov für ein menschliches Versuchskaninchen wirklich undankbar war. »Die Chance, Sie gesund zurückholen zu können, ist noch kleiner als die, Sie dort hinzuschicken. Um Sie am Zielort in die Zeitschleife hineinzusaugen, bräuchten wir noch mehr Energie als für den ersten Teil der Reise.«

Schneider nickte langsam und ließ sich die Sache ein letztes Mal durch den Kopf gehen. Dabei landete er immer wieder bei der gleichen Frage: Was hatte er schon zu verlieren? Man war ihm mit Sicherheit schon auf die Schliche gekommen, und das hieß: Er war ein gesuchter Mörder. Und früher oder später würde die Polizei ihn auch finden, das war klar. Die Lanze aber würde ihm die Macht geben, alle Hindernisse zu überwinden. »Wir versuchen es. Was muss ich tun?«

»Sie müssen sich ausziehen.«

Schneider schüttelte grinsend den Kopf. »Sie wollen mich auf den Arm nehmen, oder?«

»Nein, Mann. Denken Sie doch mal nach. Wenn Sie Dinge am Körper tragen, die nicht zu Ihrer organischen Matrix passen, werden die Fremdmoleküle bei Ihrer Ankunft in ihren Körper mit eingebaut. Ich möchte nicht wissen, wie Sie dann aussehen – falls man Sie überhaupt noch erkennt.«

Schneider begann, sich langsam auszuziehen, was ihm jedoch Mühe bereitete, weil er die Waffe nicht aus der Hand legen wollte. Unterhose und T-Shirt behielt er aus Trotz oder aus Scham an. Nachdem er die Schuhe und die Socken ausgezogen hatte, bemerkten einige Wissenschaftler seinen verkrüppelten Fuß.

»Der Ring, die Uhr, die Kette und die Brille, alles muss hierbleiben.«

Schneider legte seinen Ring und die kostbare Rolex ab und stand nun spärlich bekleidet vor einer Mannschaft von über zweihundert Mitarbeitern. Dann streifte er auch die Kette mit dem Kreuz über seinen Kopf und legte sie behutsam auf den Tisch. Das helle Neonlicht spiegelte sich auf der Rückseite des Goldkreuzes. Die Pistole behielt er jedoch bis zum Schluss in der Hand.

»Okay, ich erkläre es Ihnen.« Petrov hatte den Respekt vor der Waffe inzwischen verloren, weil er davon ausging, dass für ihn und seine Leute keine Gefahr bestünde, solange sie taten, was der Irre von ihnen verlangte. Er wusste, dass dieser Mann, sollte er tatsächlich in die Kuppel steigen wollen, die Waffe ohnehin würde ablegen müssen. Eine Zeit lang erwog der Wissenschaftler, dann die Pistole zu ergreifen, um die Situation in die Hand zu nehmen. Doch es gab immer noch das Risiko, dass der Wahnsinnige auf ihn losgehen würde und ein Handgemenge entstand. Was, wenn sich dabei ein Schuss lösen würde? Sollte dieser Irre doch versuchen, durch die Zeit zu reisen. Der Gedanke an ein menschliches Versuchskaninchen wurde für Petrov immer unwiderstehlicher.

Nun stellte er sich vor die Tastatur des Großrechners. »Wilford hat bereits alle Parameter eingegeben. Stellen Sie sich jetzt bitte in die Mitte der Kuppel. Ihnen wird dort nichts passieren. Sie werden sich auch nicht drehen oder Ähnliches. Nur die dünne Scheibe, die die Kuppel auskleidet, wird sich drehen. Sie kann durch eine spezielle Technik so stark beschleunigt werden, dass die Teilchen innerhalb der Kuppel mitgerissen werden. Es ist wie in einem Raumschiff. Stellen Sie sich unten auf das Plateau. Ein starkes Magnetfeld wird Sie langsam in die Mitte der Kuppel heben, und Sie schweben dann ohne Gravitation wie in einer Raumkapsel. Innerhalb der Kuppel spüren Sie zunächst auch nichts von dem Sog, den die Zeit auf Sie ausübt. Das Ganze geht dann so weiter: Wenn die Rotation der Scheibe halbe Lichtgeschwindigkeit erreicht hat, können wir Sie nicht mehr sehen, obwohl Sie noch da sind, weil Sie schon entmaterialisiert wurden. Hat die Scheibe dann Lichtgeschwindigkeit erreicht, beginnt für Sie die Reise durch die Zeit. Der Mechanismus gehorcht unseren Einstellungen, und der Zeitsog wählt die für Sie entsprechenden Wurmlöcher und kosmischen Schleifen aus. Ich kann Ihnen jetzt schon sagen: Sie werden sich nicht besonders gut fühlen, wenn Sie dort ankommen. Falls Sie ankommen, meine ich.« Petrov war jetzt sehr entspannt. »Und geben Sie uns endlich Ihre verdammte Pistole. Sie können die nicht mit da reinnehmen.«

Wilford Klein hielt Schneider die geöffnete Hand hin.

Petrov nickte ihm zu. »Vertrauen Sie mir. Wir machen das Experiment, keine Angst. Sie werden schon Ihre Gründe dafür haben.«

Schneider reichte Klein zögernd die Waffe. Dieser hatte nie zuvor in seinem Leben eine Pistole in der Hand gehalten, und er legte die Waffe mit spitzen Fingern neben seine Tastatur.

Schneider war schon auf dem Weg, stieg die fünf Stufen in die Kuppel hinein und stellte sich in die Mitte auf eine kleine Erhöhung. Petrov verschloss die Tür mittels eines externen Schließmechanismus und ging zu Wilford Klein. Eine Vielzahl von Schaltern wurde von verschiedenen Mitarbeitern umgelegt, während Klein auf der Tastatur herumwirbelte.

Petrov wurde nun doch langsam unruhig und rückte öfter als sonst seine Brille zurecht. Seit über zwanzig Jahren beschäftigten sie sich in diesem Institut mit dem Phänomen »Zeitreisen«, und nun spazierte so ein Verrückter in das Labor und wollte zu Jesus von Nazareth gebracht werden.

Die Scheiben um die Kuppel fingen an, sich langsam zu drehen, und die Kuppel begann, durch die hohe Energiedichte zu leuchten. Die mehrteilige Außenhülle drehte sich immer schneller, und die Lichter in der Halle begannen zu flackern. Ein Schwirren wie von einem gewaltigen Heuschreckenschwarm setzte ein, und nach einer Weile begann Schneiders Silhouette mehr und mehr zu verschwimmen. Er wurde immer transparenter. Der Prozess der Entmaterialisierung hatte begonnen.

Alle zweihundert Mitarbeiter hatten ihre Arbeit niedergelegt und standen mit offenen Mündern um die riesige Kuppel herum. Die Rotorscheiben der Kuppel erzeugten einen so gewaltigen Luftstrom, dass die auf den Tischen liegenden Papierblätter heruntergefegt wurden. Das Schwirren ging jetzt allmählich in ein schier unerträgliches Pfeifen und Heulen über. Von Richard Schneider war zu diesem Zeitpunkt schon nichts mehr zu sehen, obwohl er noch da war – irgendwo in dieser faszinierenden Kuppel, irgendwo in der Zeit.

Wilford Klein bediente weitere Schalter und schob die Waffe, die ihm im Weg lag, aufgeregt beiseite. In seiner Aufregung war der Stoß jedoch zu heftig. Entsetzt sah er der Pistole zu, die fast wie in Zeitlupe auf den Boden fiel. Dann löste sich der Schuss.

Die Kugel bahnte sich ihren Weg quer durch die Halle und schlug krachend in den Hypergenerator ein. Es erschien dem Wissenschaftler, als verlangsamten die Rotorscheiben auch seine Zeit, ja als könne er den Flug der Kugel beobachten und sehen, wie sie in das Kraftwerk eintrat und dort einen einzigartigen Funkenregen auslöste. Danach riss die Explosion alle Gedanken mit sich.

Richard, der sich bereits im Hyperraum befand, bemerkte nur das Aufblitzen der Detonation. Die dabei freigesetzte Energie floss zischend durch die fünf Zentimeter dicken Kabel, unmittelbar in die Kuppel hinein und brachte sie zum Glühen – dann zerbarst auch die Anlage in Millionen von Teilchen. Wo sich Schneider in diesem Augenblick befand, war von keinem Computer der Welt mehr zu berechnen.

Zunächst fand tatsächlich eine Explosion statt, daraus entwickelte sich aber zunehmend eine Implosion, weil sich das große Gebäude tief in die Erde bohrte und einen riesigen Krater hinterließ. Der Parkplatz mit allen Autos löste sich in der Glut der Hitze in seine Moleküle auf, und die Druckwelle ließ noch viele hundert Meter entfernt alle Fensterscheiben zerspringen. Auf unabsehbare Zeit war die Erforschung von Zeitreisen zu einem Ende gekommen.

Mosche, Lea und Smith hielten ihre Blicke auf die große Rauchsäule gerichtet, die sich mit den Wolken des Himmels vereinigte.

»Das ist die Richtung, aus der wir gerade herkommen«, rief Mosche.

Lea flüsterte beinahe, als sie sagte: »Glaubt ihr, dass das Institut in die Luft geflogen ist? Stellt euch vor, es wäre zehn Minuten vorher passiert!«

»Lasst uns umkehren. Ich muss Gewissheit haben, ob Professor Petrov …« Smith sprach den Satz nicht zu Ende.

Sie rasten zum Institut zurück, immer in Richtung der Rauchsäule. Kurz darauf bogen sie in die Straße ein, die zum Parkplatz des Institutes führte. Doch weder diesen Parkplatz noch das Institut gab es noch.

Fassungslos stiegen sie aus. Um den Krater herum hatten sich bereits viele Schaulustige versammelt. Mit lautem Sirenengeheule trafen immer neue Feuerwehrwagen am Unfallort ein, während am Himmel gleich mehrere Hubschrauber ihre Runden über dem ehemaligen Versuchsgelände drehten und ihre Bilder live an das Fernsehen schickten.

Erschüttert standen Mosche, Lea und Smith am Rand des Kraters. Denn eines war sofort zu sehen: Niemand im Institut hatte diese Explosion überlebt, auch nicht der Mann, der sich als Reporter mit der Aufschrift Hartmut Schulz auf ein Interview mit dem namhaftesten Wissenschaftler vorbereitet hatte.

Die Freunde waren noch stundenlang wie gelähmt. Eigentlich hatten sich Mosche und Lea ja vorgenommen, eine Weile in den USA zu bleiben, doch nach diesen Ereignissen war ihnen die Freude daran vergangen. So fuhren sie schweigend zum Flughafen zurück. Sie gaben den Leihwagen ab und betraten die Eingangshalle.

Als sie sich dem Abfertigungsschalter näherten, blieb Smith plötzlich stehen. »Mosche, Lea. Wartet. Ich habe es mir überlegt. Ich werde euch nicht wieder nach Jerusalem zurückbegleiten. Meine Arbeit ist erledigt. Denn eines ist ja wohl eindeutig: Es gibt keinen Zeitreisenden.«

»Aber Harvey, noch gar nichts ist erledigt«, protestierte Lea. »Wir sind jetzt so weit gekommen und müssen die Sache auch zu Ende bringen.«

Es war ihr anzumerken, wie sehr der Vorfall sie mitgenommen hatte.

»Es gibt kein Ende. Es sei denn, du beschließt, ein Ende zu setzen«, sagte der Professor bestimmt. Lea sah ihn fragend an.

»Wollt ihr wissen, was ich an eurer Stelle tun würde?«

Lea und Mosche schüttelten den Kopf. Aber in der Verfassung, in der sich beide befanden, war das kein Wunder.

»Besorgt den Toten drei Ossuarien und bestattet sie nach jüdischem Brauch neu. Noch ist der Presse von einem Zeitreisenden nichts bekannt, und ihr könntet die Sache still und heimlich abschließen. Warum gebt ihr ihnen nicht die Grabkammer zurück, in der ihr sie gefunden habt? Vermutlich hatten sie damals keine Angehörigen, die sie ausgraben und in Gebeinkisten beerdigen konnten, wie es der jüdische Brauch vorsieht. Gebt ihnen ihren Frieden zurück.«

»Soll das heißen, wir sollen so tun, als hätten wir keinen zweitausend Jahre alten Mann gefunden, der definitiv aus der Zukunft stammt? Und was ist mit den beiden Schächern?«

Smith schmunzelte. »Definitiv aus der Zukunft …? Für Petrov war gar nichts definitiv, sondern alles relativ. Vielleicht werden Zeitreisen erst in hundert Jahren möglich sein, vielleicht werden Russen oder Chinesen die richtigen Maschinen erfinden. Wer weiß! Definitiv ist also gar nichts, meine Liebe. Und was die Schächer betrifft … auch das ist möglicherweise nur Spekulation. Übrigens, könnt ihr euch vorstellen, welch ein Kult sich um die beiden bilden würde. Der reuige Sünder bekäme sogleich eine eigene Kirche über dem Grab, und alle Anhänger irgendeiner dunklen Macht würden sich um den anderen scharen, weil er unbußfertig war. Wollt ihr das alles?«

Lea schüttelte den Kopf und verzog die Unterlippe zu einem Flunsch wie ein kleines Mädchen. »Ich hätte berühmt werden können. Eine großartige Karriere hätte auf mich gewartet.«

Mosche klopfte ihr auf die Schulter. »Das tut sie immer

noch. Außerdem hast du doch mich. Ich werde bestimmt noch viele alte Gräber aufbuddeln.«

Lea und Smith lachten. Zumindest versuchten sie es.

»Also, ihr Lieben. Ich müsste dann dort drüben einchecken.« Smith deutete mit dem Kopf auf einen Flug nach Harvard.

»Du hast Recht. Vielleicht ist es das Beste, so zu verfahren, obwohl … schade ist es trotzdem.« Lea trat einen Schritt auf Harvey zu und umarmte ihn wie einen Vater. Seine Augen weiteten sich, weil es lange her war, dass ihn eine Frau in den Arm genommen hatte. Doch die gemeinsamen Erlebnisse hatten sie zusammengeschweißt. So legte auch er seine Arme um sie und schloss die Augen. Er hatte nie eine Tochter gehabt, doch ungefähr so hätte es sich wohl angefühlt. Auch Mosche verabschiedete sich herzlich von Smith.

»Jetzt waren wir doch nicht mehr zusammen in der Synagoge«, meinte der Professor.

»Na, dann haben wir ja einen Grund für dich, unbedingt wiederzukommen.«

»Das werde ich ganz bestimmt tun.« Smith nahm seine Tasche auf. »Also macht es gut, ihr beiden. Und schreibt mir mal eine E-Mail, wie es weitergegangen ist mit den drei Jungs.«

»Alles klar.« Mosche winkte zum Abschied. Dann ging er mit Lea in die entgegengesetzte Richtung davon.

✣ XXVII ✣

Fast andächtig verließen Alois und Raphaela diesen Ort des Friedens und ließen den alten Mönch mit dem gütigen Lächeln vor seinem Landhaus zurück. Er stand da wie ein Vater, der seinen Kindern nachwinkt, die sich auf eine lange Reise begeben. Und wenn sie ihren Flug noch erreichen wollten, mussten sie sich jetzt beeilen. Auf der Fahrt nach Rom sprachen sie nur wenig, bis erneut das Handy von Huber klingelte. »Was gibt es, Chef?«

Lorenz schnaufte am anderen Ende, als sei er gerade eine Treppe hochgerannt. »Wir haben eine Weile gebraucht, um herauszufinden, was Schneider vorhat. Stellen Sie sich vor: Er hat per Kreditkarte einen Flug von Rom in die USA gebucht. Sie müssen so schnell wie möglich zum Flughafen.«

»Wir sind auf dem Weg dorthin, aber wir haben ein Ticket nach Wien.«

»Vergessen Sie das, und buchen Sie den nächsten Flug nach Chicago. Sie müssen versuchen, dem Kerl auf der Spur zu bleiben. Vielleicht sucht er drüben Kontakte, um die Lanze zu verscherbeln. Er scheint jedenfalls wieder seinen richtigen Namen zu benutzen. Den Leihwagen in Frankfurt hatte er sich ja unter dem Namen H. Himmler geliehen, aber der Flug und alles andere ist unter seinem richtigen Namen bezahlt worden. Ich denke, der hält sich für unschlagbar, der Typ. Also: Schnappen Sie ihn sich, Huber! Wir haben den italienischen Behörden das Foto von ihm zugestellt, aber die Mühlen malen dort etwas langsamer als bei uns. Wir wissen nicht genau, wann er fliegt, aber vielleicht erwischen Sie ihn ja noch am Flughafen.«

Huber schaute auf die Uhr. »Ausgeschlossen, Chef. Wir stecken in einem Stau auf dem Weg nach Rom. Das schaffen wir nie. Benachrichtigen Sie doch die Flughafenpolizei, dass sie ihn verhaftet.«

»Ich versuche mein Bestes, aber es gibt Schwierigkeiten bei der Übermittlung der Daten. Unser Computernetzwerk ist ausgefallen.«

»Na gut, wir melden uns, sobald wir in Chicago sind.« Huber unterbrach die Verbindung.

Nach einer Stunde standen Huber und Raphaela schon wieder in der Flughafenhalle und suchten nach dem nächsten Flug in die USA.

»Wohin möchten Sie denn?«, fragte die Dame am Schalter.

»Nach Chicago.« Huber zückte seine Polizeimarke. »Es ist wirklich wichtig. Wir ermitteln in einem Mordfall.« Die Dame hielt ihren Blick auf den Bildschirm gerichtet und sah dann auf ihre Uhr. »Moment mal. Ich sehe gerade …« Huber und Raphaela sahen sich an. »Wir haben einen Sonderflug gechartert, aber …« Wieder sah sie auf ihre Uhr. »Die Maschine geht in zehn Minuten. Wenn Sie das schaffen …«

Huber reichte ihr die Kreditkarte, die sie, so schnell es ging, durchzog, bevor sie ihnen eilig die Tickets ausstellte. »Kommen Sie mit, ich nehme Sie mit über das Rollfeld.« Die Dame in dem Flughafendress griff zum Funkgerät und sprach hektisch auf jemanden ein. Huber und Raphaela folgten ihr und rannten mit ihren Taschen durch verschiedene Gänge. Die Angestellte öffnete eine Hintertür, durch die sie ins Freie gelangten.

»Jetzt laufen Sie bitte, so schnell Sie können. Es ist die Maschine dort drüben, die Boing 737. Der Pilot wartet auf Sie, doch er muss in fünf Minuten starten, weil der Luftraum sonst zu eng wird. Laufen Sie!«, befahl sie noch einmal. Huber winkte zum Dank, rannte, so schnell er konnte, und wunderte sich, wie gut Raphaela Schritt halten konnte. Schließlich erreichten sie keuchend die Treppe, die ins Flugzeug führte.

Der Flug dauerte die ganze Nacht. Die Sitze der Boing waren zum Glück groß genug, um sich auszustrecken und einige Stunden zu schlafen. Raphaelas Anwesenheit war Huber nun nicht mehr zuwider. Im Gegenteil, er genoss es, sie neben sich sitzen zu haben, und wünschte sich, der Flug würde sehr lange dauern. Die junge Frau aber war bereits nach kurzer Zeit der Entspannung in einem tiefen Schlaf versunken, wobei zu Hubers Freude ihr Kopf zur linken Seite hinüberrutschte und auf seiner Schulter landete. Vielleicht war das sogar Absicht von ihr gewesen. Letztlich war es ihm egal, Hauptsache, er hatte wieder die Gelegenheit, ihren warmen Geruch in sich aufzunehmen, den er seit der Nacht im Hotel an ihr so mochte. *Ich kann sie wirklich gut riechen*, dachte er und schmunzelte mit geschlossenen Augen in Anbetracht dieses abgedroschenen Wortspiels. Dann schlief auch er bald ein und holte den Schlaf der letzten Nacht nach.

Mit verspannten Rückenmuskeln wachte er gegen sechs Uhr morgens auf. Raphaela war schon munter und schaute aus dem Fenster. Dann sah sie zu ihm herüber. »Guten Morgen. Hast du diesmal besser geschlafen als vergangene Nacht?«

Huber lächelte sie an und nickte. »Das war schon die zweite Nacht an deiner Seite. Ich könnte mich daran gewöhnen.«

»Hättest du dir träumen lassen, so schnell in die USA zu kommen? Soll ich dir was sagen: Es ist toll, mit dir durch die Welt zu jetten. Vielleicht bewerbe ich mich ja bei eurem Verein.«

Huber sah sie verliebt an und griff nach ihrer rechten Hand. »Wenn ich der Chef wäre, könntest du gleich morgen anfangen.«

Raphaela beugte sich zu ihm herüber und gab ihm einen zärtlichen Kuss auf die Wange. Huber grinste über das ganze Gesicht.

Nachdem sie ausgecheckt hatten, wählte Huber augenblicklich die Nummer von Lorenz.

»Gut, dass Sie anrufen«, begann Lorenz gleich. »Man hat Schneider gefunden.«

Nun war Huber hellwach und sah zu Raphaela hinüber. Schnell hielt er das kleine Mikro am Handy zu und flüsterte ihr die Neuigkeit zu.

»Wo ist er?«

»Er ist tot. Man hat ihn auf der Flughafentoilette in Chicago gefunden, mit eingeschlagenem Schädel.«

»Augenblick, wir sind gerade im Flughafen von Chicago.«

Huber drehte sich im Kreis um und sah Raphaela direkt an. »Schneider ist wirklich hier?«, hakte er bei Lorenz zur Sicherheit noch einmal nach.

»Ich habe mich dafür eingesetzt, dass sie ihn so lange dabehalten, bis ihr eintrefft. War nicht ganz einfach, das zu regeln, das können Sie mir glauben.«

Huber nahm noch einige Anweisungen von seinem Chef entgegen, dann drehte er sich blitzschnell zu Raphaela um. Aus den Lautsprechern ertönten Ansagen über ankommende und abfliegende Maschinen, und Huber hatte Mühe, die Automatenstimme zu übertönen. »Schneider ist also tot«, brüllte er in ihr Ohr. »Er wird hier irgendwo aufbewahrt. Eine Putzfrau hat ihn in einer Toilettenkabine gefunden. Komm mit!«

Huber und Raphaela wandten sich an den nächstbesten

Polizisten, den sie finden konnten. »Wir sind von der Mordkommission aus Wien. Ist es richtig, dass auf der Herrentoilette eine männliche Leiche gefunden wurde?«

Der Polizist verzog keine Miene. In Chicago war es an der Tagesordnung, dass sich irgendwelche Leute über den Haufen schossen, zu Tode prügelten oder auf irgendeiner verdreckten Toilette den goldenen Schuss setzten. Er führte die beiden im Untergeschoss in einen Raum, der als medizinische Notfallstation diente. »Hier liegt er«, sagte er ungerührt. »Er sieht nicht mehr ganz frisch aus, junge Lady.«

Huber und Raphaela betraten den Raum und sahen eine Bahre, auf der ein Mensch lag, der mit einem weißen Leinentuch bedeckt war. Auf Höhe des Kopfes war das Tuch mit reichlich Blut getränkt. Der Polizist nahm mechanisch das Tuch ab, und Huber musste sich abwenden.

»Ihm wurde frontal der Schädel eingeschlagen. Der Typ, der das gemacht hat, muss ein Ringer gewesen sein.«

Alois nahm das Phantomfoto und das Foto von Schneider hervor, das im »Spiegel« abgedruckt gewesen war. »Haben Sie Papiere bei ihm gefunden?«, fragte er den Polizisten. Der drehte sich um und zog aus einer Schublade einen Personalausweis hervor. Huber betrachtete den Ausweis, während Raphaela ihren Blick nicht von dem verunstalteten Gesicht der Leiche abwenden konnte. Falls dieser Mann tatsächlich der Mörder ihres Onkels gewesen war, so hatte er nun seine gerechte Strafe bekommen.

Dann sagte sie. »Dr. Richard Schneider. Ja, das ist er. Ich muss zugeben, er sieht ein wenig anders aus als auf dem Foto und im Museum, aber mit dem Gesicht …«

»Der Mörder hat ihm den Schädel mit einer solchen Wucht gegen die Fliesen geschlagen, dass beinahe kein Knochen heilgeblieben ist.« Der Polizist schien die Detailtreue seiner Beschreibungen zu genießen.

»Geben Sie mal her.« Der Amerikaner nahm die Fotos und verglich sie flüchtig mit dem zermatschten Gesicht des Toten. »Ja klar. Das ist er, Fall erledigt. Wir fackeln hier nicht so lange.«

Huber holte tief Luft und wollte nicht wahrhaben, dass der Fall so schnell zu Ende sein sollte. »Warum war er wohl hier?« Er sah Raphaela an. »Angeblich hat eine Stewardess gehört, dass er sich mit seinem Sitznachbarn über so ein ... dings ... äh ... astrophysikalisches Institut unterhalten hat.«

»Das ist vor ein paar Stunden in die Luft geflogen«, erklärte der Polizist trocken. »Haben Sie noch keine Zeitung gelesen?«

Huber und Raphaela verneinten. »Wir sind gerade erst in Chicago gelandet. Was heißt denn ›in die Luft geflogen‹?«

»Na, explodiert. Da ist in einem Umkreis von einem Kilometer kein Stein auf dem anderen geblieben. Schade um das Projekt. Es schien viel versprechend gewesen zu sein.«

»Verstehen Sie was von diesen Dingen?«, fragte Huber den Polizisten.

Der schüttelte den Kopf. »Petrov war der berühmteste Bürger von Chicago, ach, was rede ich, des ganzen Staates Illinois. Er hielt Vorträge, schrieb unzählige Artikel und war felsenfest davon überzeugt, dass es irgendwann möglich sein würde, durch die Zeit zu reisen. Schade eigentlich. Er war ein wenig irre, aber wir haben ihn geliebt. Er war unser berühmtester Bürger. Über zweihundertzwanzig Leute sind dabei draufgegangen.«

Huber und Grassetti wandten sich langsam um. Nun verstanden sie auch, warum den Polizisten diese zusätzliche, ihm gänzlich unbekannte Leiche eines Ausländers nicht sonderlich interessierte.

Der Kommissar wählte die Nummer seines Chefs. »Ja, er ist es. Genaueres wird die Obduktion ergeben, falls überhaupt eine stattfinden wird. Für die Polizei hier in den USA ist er nur ein Toter von vielen, weil hier gestern ein physikalisches Institut in die Luft geflogen ist. Die Menschen sind hier alle sehr betroffen … Ja, ich denke, der Fall ist erledigt, Chef.« Huber legte auf und war frustriert. Er hatte den Ehrgeiz gehabt, diesen Schneider zu schnappen. Und nun …

Huber und Raphaela erhielten von Lorenz die Erlaubnis, ein paar Tage in Chicago zu verbringen. Sie besichtigten auch die Unfallstelle und staunten über den riesigen Krater, der wie ein Meteoriteneinschlag aussah.

✣ XXVIII ✣

Zurück in Wien, tauchte Raphaela bald wieder in den Alltag ein. Als sie mit Huber aus den USA zurückgekommen war, galt der Fall Schneider trotz einiger offener Fragen als gelöst. Beamte deutscher Behörden hatten sein Haus von den Dachpfannen bis zum Kellerboden abgesucht, aber weder eine Lanze noch sonst irgendetwas Verdächtiges finden können. Wo immer Schneider die Lanze versteckt hatte, in seinem Haus war sie offensichtlich nicht.

Auch Lennigan und zwei seiner Ordensbrüder warteten vergeblich auf die Rückkehr Schneiders. Sie hatten viele Stunden und Tage in einem schwarzen Benz vor dessen Haustür ausgeharrt, weil sie sich sicher gewesen waren, dass er die Lanze irgendwo im Haus oder im Garten versteckt hatte. Irgendwann gaben sie aber auf, denn so umfangreich ihr weltweit gesponnenes Netzwerk auch war, Dr. Richard Schneider schien wie vom Erdboden verschluckt zu sein. Seine Spur führte nach Amerika und hatte sich auf dem Flughafen in Chicago in Luft aufgelöst.

Raphaela lebte sich mit Mühe wieder zu Hause ein. Zu viele Erlebnisse und Eindrücke waren in kürzester Zeit über sie hereingebrochen. Eines Tages aber fiel ein Brief durch den Schlitz, der ihre ganze Aufmerksamkeit gefangen nahm, weil es aussah, als ob er sie sanft anlächelte und vor allen anderen geöffnet werden wollte. Sie betrachtete den cremegelben Umschlag und bemerkte als Erstes die italienische Briefmarke. Dann drehte sie den Brief um und strahlte von einem Ohr zum anderen. Der Brief stammte von Francesco Montesi aus der Toskana. Ihr Name und ihre Anschrift waren mit der zittrigen Hand eines alten Mannes geschrieben, der ihr Großvater hätte sein können und von dem sie irgendwie wünschte, er wäre es. Augenblicklich schlug ihr Herz höher, und sie rätselte über den möglichen Grund für diesen Brief. Hatte sie etwas dort zurückgelassen? Ein Kleidungsstück oder Ähnliches? Wollte er ihr nur einen netten Gruß senden? Oder gab es neue Enthüllungen bezüglich des Raubes der Lanze?

Ungelenk riss sie den Brief auf und entnahm dem Umschlag einen vergilbten Briefbogen, der schon Jahrzehnte darauf gewartet hatte, auf Reise gehen zu dürfen. Er war zweimal gefaltet und nur auf der einen Seite beschrieben. Schnell überflog sie das Schreiben und überprüfte anhand der Unterschrift, ob es tatsächlich von Montesi selbst stammte. Dann schaute sie wieder auf die erste Zeile und begann zu lesen:

Liebe Raphaela,
ich schreibe Ihnen diese Zeilen, weil ich das Gefühl habe, nicht mehr lange unter den Lebenden verweilen zu dürfen. Meine Tage, an denen ich mich am von Ihnen ebenfalls so geschätzten Ausblick auf die sonnenverwöhnten sanften Hügel erfreuen darf, scheinen gezählt zu sein.

Ihr Besuch hat mich auf sonderbare Weise berührt, und nach einer Zeit im Angesicht meines Herrn hat sich in mir der dringende Wunsch entwickelt, Ihnen nicht nur diese Zeilen zu schreiben, sondern Sie überdies für ein paar Tage in die Toskana einzuladen. Ihr brennendes Interesse an jener Lanze, mit der der Hauptmann Jesu Tod feststellte, ist mir nicht entgangen. Ein ungestilltes Verlangen nach Wahrheit treibt Sie, nach ihr zu suchen. Ich habe deshalb Informationen für Sie, die ich Ihnen jedoch nicht in einem Brief offen darlegen darf. Ich möchte Ihnen nahelegen, nicht zu lange mit dem Besuch zu warten, denn sonst wäre alles vergebens gewesen.

Gottes reichen Segen
Ihr Francesco Montesi

Raphaela las den Brief dreimal hintereinander durch, um zwischen den Zeilen die Botschaft herauszufiltern, die sich dort verborgen hielt. Warum hatte der Pater ausgerechnet sie ausgewählt, um Geheimnisse über die Lanze weiterzugeben? Warum sprach er so ausführlich von der Lanze, mit der Jesu Tod festgestellt worden war? Warum nannte er sie nicht einfach die Lanze aus Wien oder die ›Heilige Lanze‹? Sprach er von einer Lanze, von der sie trotz ihrer Studien nichts wusste? Sie faltete den Brief wieder zusammen und steckte ihn in den halbzerfetzten Umschlag zurück. Dann ging sie zu ihrem Computer, schaltete ihn ein und suchte den nächsten Flug nach Rom und einen Leihwagen heraus. Schnell wurde sie fündig, bestätigte fieberhaft die Buchung, druckte den Beleg aus und verschwand anschließend im Schlafzimmer. Wie lange sie bleiben, was Sie dort erwarten und welche Kleidung sie benötigen würde, war ihr nicht klar. Sie hasste es, so viele unbekannte Faktoren bei einer Reise bedenken zu müssen, und packte daher nur sehr wenige Dinge für ihren Flug am nächsten Tag ein.

Woher wusste der alte Mann von ihrer Suche nach der antiken Lanze? Wie konnte er sie in so kurzer Zeit durchschaut haben? Und warum machte er in seinem Brief nur Andeutungen? Warum tat er so geheimnisvoll? In weniger als fünf, maximal sechs Stunden würde sie es wissen. Irgendetwas an diesem Mönch, Pater oder einfach nur gläubigen Mann hatte sie fasziniert. Er strahlte eine Tiefe gelebter Gotteserfahrung aus, die ihr nie zuvor in derart komprimierter Form bei einem Menschen begegnet war.

Ihr Flug wurde aufgerufen, und Raphaela fand sich im Warteraum für die Passagiere ein. Sie rutschte auf dem Kunststoffstuhl ein wenig nach unten, um eine bequemere Haltung einzunehmen, und beobachtete die Mitreisenden, die auf den Einstieg in ihre Maschine warteten. Da waren italienische oder deutsche Geschäftsleute in feinen Anzügen mit Aktenkoffern in den Händen. Auch einige wenige Familien mit kleinen Kindern befanden sich unter den Fluggästen. Schließlich noch eine große Gruppe von Passagieren, denen quasi auf die Stirn geschrieben war, dass sie aus religiösen Gründen nach Rom fliegen wollten. Solche, deren Blusen und Hemden zu sittsamen Röcken oder Hosen passten und hochgeschlossen waren. Jene, die weder Geld noch Mühe noch Zeit scheuten, um eine Begegnung mit dem Papst zu erleben. Deren größter Wunsch es war, von ihm ein Lächeln, ein Winken oder gar eine Berührung zu erhalten. Welche Träume nahmen sie in ihren Herzen mit auf den Flug? Hoffnung auf die Genesung einer Krankheit, Zuversicht in Bezug auf eine neue Arbeitsstelle, die feste Überzeugung, den Partner für das Leben zu finden? Und das alles als Lohn für die Mühen der Pilgerreise, für das Anzünden der Kerzen und das Küssen der Reliquien?

Die Menschen gingen, als sie aufgerufen wurden, einer nach dem anderen, fast bedächtig zu ihren Plätzen und verbrachten den Flug mit ruhigen Gesprächen, hörten Musik oder verharrten in stiller Betrachtung ihrer eigenen Gedanken und Träume. Raphaela saß inmitten dieser Menschen und beobachtete sie fasziniert. Neben ihr nahm eine Nonne Platz. Sie hielt ihren Rosenkranz in der Hand und ließ, einem alteingeübten Mechanismus folgend, ein Kügelchen nach dem anderen durch ihre Finger gleiten, während sie in Gedanken pausenlos das »Ave Maria« vor sich hin betete. Dabei waren ihre Augen auf kein festes Ziel in der Flugkabine gerichtet. Sie schauten durch alles hindurch bis ins Unendliche.

Warum ist die Wahrheit nur so verborgen?, dachte Raphaela und fragte sich, ob es tatsächlich nur einen einzigen Weg gab, der zu Gott führte. War dieser Jesus, der sich selbst als den einzigen Weg bezeichnet hatte, die Antwort? Zeitlebens hatte sie diesen Anspruch als eng, als Intoleranz im Reigen der Religionen empfunden. Doch seit sie Montesi getroffen hatte, erschien ihr eine starke Überzeugung nicht mehr als Enge, sondern als Befreiung innerhalb der riesigen Auswahl, die die Welt ihr bot. Ihr war, als wollte ihr jemand die Entscheidung leicht machen. Doch wie dieser Jemand es anstellen wollte, war ihr noch nicht klar. Sie war katholisch erzogen worden und hatte alles mitgemacht, ohne es zu hinterfragen. Aber sie war auch nicht wirklich zu dem vorgedrungen, von dem man sagte, dass er der Stifter der christlichen Religion sei. Sie wusste selbst nie genau, warum die »Heilige Lanze« sie so faszinierte, was sie sich von ihr versprach und von ihr erhoffte. War sie nicht letztlich doch nur ein Stück Metall, an dem eben kein Heil hing? Ihr Onkel war als Ironie des Schicksals durch eben jene Lanze ums Leben gekommen. Viele Menschen – Wahnsinnige, Machthungrige oder auch nur Suchende – hatten ihr eigenes oder anderer Leben geopfert, um in den Besitz dieser alten Reliquie zu gelangen. Was trieb diese Menschen und im Grunde sie selbst, so weit zu gehen?

Über eine Stunde hing sie so ihren Gedanken nach. Alois war ihr ein guter Freund geworden, aber nicht mehr. Sie hatte überlegt, ihn anzurufen und ihm von ihrer Reise zu Montesi zu erzählen, doch sie entschied, es nicht zu tun. Sie mochte den Kommissar, aber sie liebte ihn nicht.

Die Nonne, deren weiche weiße Gesichtszüge unter der Haube hervorleuchteten, sah sie schon seit geraumer Zeit von der Seite an. Ja, sie studierte ihre Nachbarin regelrecht und nahm dann den Mut zusammen, sie anzusprechen. »Man kann Ihre Gedanken im ganzen Flugzeug hören«, sagte sie und gab Raphaela lachend die Hand. »Ich bin Schwester Katharina.«

»Oh hallo. Grassetti. Raphaela Grassetti«, erwiderte die junge Frau den freundlichen Gruß und drückte die ihr angebotene Hand.

»Ich hoffe, Sie halten mich nicht für unhöflich, weil ich Sie so einfach anspreche. Aber ich dachte: Sie sehen so deprimiert aus! Und ich habe mich gefragt, ob ich Ihnen vielleicht helfen kann.«

»Das ist wirklich lieb von Ihnen, aber es ist schon okay. Fliegen Sie auch nach Rom?« Im gleichen Moment bemerkte sie, wie absurd ihre Frage war.

Doch die Nonne lachte vergnügt. »Ja, ich habe eine Audienz beim Heiligen Vater. Ich freue mich schon seit einem Jahr darauf. Und Sie?«

Raphaela überlegte, ob sie vom Zweck ihrer Reise erzählen sollte, entschied sich dann aber, nur das wiederzugeben, was sie selbst auch wusste. »Ich besuche ein Kloster in der Toskana und treffe dort einen alten Mönch. Er hat mich eingeladen.«

Die Nonne wusste wohl nicht so recht, was sie davon halten sollte, dass ein alter Mönch eine hübsche junge Frau zu sich einlud. Zu gern hätte sie nachgefragt, doch sie entschied, lieber zu schweigen. »Aha«, sagte sie nur kurz und wandte sich dann wieder ihrer Lektüre zu, der deutschen Ausgabe des »L' Osservatore Romano«.

Die klassische moralisch-politische Zeitschrift des Vatikans, Pflichtlektüre für einen jeden guten Katholiken und erst recht für eine Nonne, dachte Raphaela. Sie richtete ihre Gedanken wieder auf die geheimnisvollen Worte des Paters, den sie schon bei ihrer ersten Begegnung in ihr Herz geschlossen hatte. Sie schloss die Augen und genoss das gleichförmige Brummen der Turbinen, die sie vom Fenster aus sehen konnte. Es war wie das Rattern eines Zuges, wenn er über die Gleise fegte, oder das Rauschen der großen Reifen des Reisebusses, der sie in endlosen Stunden ans Ziel brachte – all diese Geräusche kannte sie aus ihrer Kindheit, und sie machten sie durch ihre Gleichförmigkeit müde.

Das Klingeln über ihrem Sitz weckte sie aus einem kurzen Schlummer, und sie wurde aufgefordert, sich anzuschnallen. Fünfzehn Minuten später landete sie in Rom.

Freudig erregt nahm Raphaela ihr Gepäck vom Band, zog den Griff heraus und die Tasche wie eine kleine wackelige Ente aus Kindertagen hinter sich her. Schnell fand sie den Schalter der Mietwagenfirma und feilschte mit dem Angestellten über den Preis. Schließlich wurden die beiden sich einig, und der schwarzhaarige Autovermieter grinste sie zum Dank nett an und wünschte ihr eine erholsame Zeit in der Toskana. Mit ihrer Tasche im Gefolge erreichte sie den Wagen, verstaute alles im Kofferraum und stieg ein. Das Innere war durch die Sonne bestimmt auf sechzig Grad erhitzt. Raphaela öffnete die Fenster und fuhr zügig los, sodass der Fahrtwind ihr ein wenig Erleichterung verschaffte. Sie kannte ja inzwischen den Weg, und das gab ihr die Gelegenheit, etwas entspannter als beim letzten Mal zu fahren.

Nur wenige Wochen zuvor war sie diese Strecke zusammen mit Huber gefahren, und sie fragte sich, ob sie ihn nun vermissen würde oder nicht. Nach drei Stunden Fahrt erreichte sie die Abzweigung zum Kloster. Es schien ihr, als seien erst ein oder zwei Tage, nicht aber zwei Monate vergangen, seit sie hier gewesen war. Sie parkte den Wagen und ließ den Schlüssel stecken. Kein Mensch war zu sehen, und die Mönche des Klosters hielten offensichtlich gerade ihre Mittagsandacht.

Raphaelas Herz schlug schneller, als sie den Weg zum Hause Montesis hinaufstieg. Sie genoss das Knirschen der Steinchen unter ihren Füßen und den Ausblick über die grünen Hügel, die ihre Farbe allmählich in ein karges Braun wechselten, je näher der Juli herankam. Dennoch war die Hitze auf dem Land anders als in der Stadt. Raphaela begann zu verstehen, was die Mönche in diese traumhafte Einöde verschlagen hatte. Hier bekamen sie die Gelegenheit, fern all der täglich durch die Nachrichten verbreiteten Tragödien ein Leben voller Genügsamkeit in der Gegenwart Gottes zu genießen.

Raphaela näherte sich dem alten Backsteinhaus, und mit jedem Schritt wuchs nicht nur ihre Spannung, das Geheimnis der Lanze zu erfahren, sondern auch die Sehnsucht, den alten Mann wiederzusehen. In seiner Gegenwart fühlte sie sich wohl und geborgen. Sie bog um die Ecke, sah ihn sofort und hielt kurz inne, um die Szene zu betrachten. Eigentlich hätte Montesi sie kommen hören müssen, doch das Alter hatte seine Ohren schwach werden lassen. Er saß auf einer knöchelhohen Stufe zu seinem Haus, hatte die Knie angewinkelt und las in einem Buch. Leise murmelte er etwas vor sich hin – möglicherweise auch ein Grund, warum er sie nicht gehört hatte.

Doch dann blickte er auf und wandte ihr sein altes, sonnengegerbtes Gesicht zu. Tiefe Rillen und Falten durchzogen es, und es lag ein tiefer Frieden darin. Da war es wieder, dieses Leuchten in seinen Augen, die plötzlich gar nicht mehr alt waren, auch wenn alles andere an ihm gebrechlich wirkte wie dünnes Glas. Diese Fenster seiner Seele waren sehr lebendig, herzlich und von Güte und Milde erfüllt. Er stützte sich mit der einen Hand am Türrahmen ab und stemmte sich mit der anderen vom Boden hoch. Langsam erhob er sich und kam dann strahlend auf sie zu, um ihr endlos lange die zierliche Hand zu schütteln, die in seiner von harter Arbeit geprägten väterlichen Hand versank. Hätte man sein hohes Alter vergessen, hätte man meinen können, er schaue sie verliebt an. Doch es war die fürsorgliche Liebe eines Vaters.

»Wissen Sie, warum ich Paulus so mag?«, fragte er sie, als sei sie nie fort gewesen. Raphaela schüttelte den Kopf.

»Er war felsenfest davon überzeugt, dass es kein Verlust sei zu sterben, weil ihn der, dem er gedient hat, mit offenen Armen erwarten würde. Und ich glaube, Jesus steht jetzt mit offenen Armen da und wartet auf mich.«

Raphaela schaute in den dunkelblauen Himmel. »Dort oben?«

Montesi zuckte lächelnd die Schultern. »Keine Ahnung. Schon möglich. Der Himmel ist, glaube ich, weniger ein Ort als vielmehr ein Zustand. Ob der nun oben oder unten, rechts oder links ist, kann ich nicht sagen. Wichtig ist nur, dass Jesus da sein wird.« Montesi schmunzelte. »Können Sie sich etwas Schöneres vorstellen, als in der Gegenwart Gottes auszuruhen und Fragen über Fragen stellen zu können?«

Raphaela war erstaunt. Sie hatte stets nur Ausschau gehalten nach einem Etwas, das ihrem Leben Halt und Sinn gibt. Pater Montesi sprach aber von einem Jemand, wenn er von Jesus sprach. Und diesen Jemand schien er sehr zu lieben.

»Kommen Sie, wir setzen uns wieder. Ich kann nicht mehr so lange stehen.« Montesi geleitete seine schöne Besucherin zu der Bank vor dem Haus, auf der sie schon einmal gesessen hatten.

Nachdem sie dort eine Weile schweigend den Ausblick und den Frieden genossen hatten, ergriff Raphaela fast zögerlich das Wort. »Warum haben Sie mich kommen lassen?

Sie machten so eigenartige Andeutungen in Ihrem Brief.« Dann schaute sie ihn von der Seite an. Montesi war ein in sich zusammengesunkener, einfacher Mann in verschlissener Kutte – und doch hatte er Größe. Wahre Größe und Adel, die ihm verliehen worden waren.

»Ihr letzter Besuch galt dem Aufklären eines abscheulichen Verbrechens und dem Auffinden der sogenannten ›Heiligen Lanze‹.« Raphaela nickte still. »Ich überlegte damals, was Ihnen persönlich wichtiger war: den Mann zu finden, der die Morde begangen hatte, oder die Lanze. Und ich vermutete, dass es Ihnen vor allem darum ging, diese Reliquie zu finden.«

Raphaela widersprach ihm nicht. »Was ist denn falsch daran, nach etwas zu suchen, woran man sich klammern kann? Das tun doch alle auf die eine oder andere Weise.«

Montesi lächelte sie an. »Daran ist gar nichts falsch, mein Kind. Im Gegenteil. Genau das ist Gottes Vakuum, etwas, das in uns angelegt wurde und gefüllt werden möchte. Seitdem sich der Mensch vor vielen tausend Jahren von Gott abgewandt hat, ist er auf der Suche nach seiner Bestimmung, nach dem, was ihn wieder ausfüllen kann.«

»Davon sind aber doch religiöse Leute nicht ausgenommen«, protestierte sie.

»Ganz und gar nicht. Religion bedeutet nicht zwangsläufig, schon am Ziel oder gar auf dem richtigen Weg zu sein.« Raphaela schaute den Pater fragend an. Der fuhr fort: »Sehen Sie sich den religiösen Menschen an. Er ersinnt sich Dinge, von denen er glaubt, sie brächten ihn näher zu Gott. Und dabei vergisst er, dass es meist doch sein eigener Weg ist, den er einschlägt, und dass es seine eigenen Gedanken sind, die er als Maßstab anlegt.«

»Sie meinen, das alles sind nicht Gottes Gedanken.« Raphaela deutete nach oben.

Montesi schüttelte den Kopf. »Religion ist zumeist nur eine Fülle von Menschen erdachter Rituale, Gebote und Gesetze. Wer fragt denn danach, was Gott wirklich will? Glauben Sie ernsthaft, er möchte, dass wir irgendwelche Bilder küssen, statt ihm selbst unsere Zuneigung zu zeigen? Will er wirklich, dass wir uns auf die Suche nach uralten Reliquien machen, nur weil es von ihnen heißt, sie hätten Jesu Kopf berührt, seinen Leib bedeckt oder seinen Körper durchbohrt?« Raphaela schwieg. »Sogar der Kelch, aus dem er getrunken hat und in dem angeblich sein Blut nach seinem Dahinscheiden aufgefangen wurde, gilt vielen Menschen mehr als er selbst. Ich will Ihnen etwas sagen: Die Jagd nach dem ›Heiligen Gral‹ ist letztlich nur eine Suche nach Selbsterlösung. Wer sich nur um Jesu Trinkbecher bemüht, will ihn doch gar nicht als Person kennenlernen. Er will nur etwas von ihm! Menschen glauben, tote Dinge wie Kelche, Dornenkronen, Nägel oder Kreuzessplitter könnten Jesu Kraft übertragen. Doch sie wollen diese Kraft nie von ihm selbst, nie sein Wort, seine helfende Hand, seine Liebe, seinen Geist. Ich kann all das ganze Gerangel um Reliquien und Macht nicht mehr ertragen.«

Montesi wiegte sich wie ein Kind vor und zurück und schloss die Augen. Raphaela spürte, wie sehr ihn das Gespräch anstrengte, darum wartete sie mit ihrer nächsten Frage einen Moment. »Und was ist mit Lourdes, mit all den Wunderheilungen durch Reliquien, die sogar von Priestern gesegnet wurden? Was ist mit all den Hoffnungen und Träumen, die die Menschen daran knüpfen? Ist es nicht besser, sie auf diese Weise zu Gott zu bringen als gar nicht?«

»Das Problem ist, dass sie auf diesem Weg nicht bei dem Gott ankommen, von dem die Bibel spricht. Der Gott, den sie meinen, ist ein von Menschen erdachter, aber es ist nicht der Erlöser der Menschheit. Der Zweck heiligt eben nicht immer die Mittel.«

»Knapp daneben ist auch vorbei«, murmelte Raphaela leise, doch ihre Worte waren dem Alten nicht entgangen.

»All diese Dinge sind letztlich eine Konkurrenz für Gott, eine Täuschung, weil sie von der wahren Hinwendung zu ihm ablenken. Zu Gott kommt man nicht über Lanzen, Schwerter, Kelche und sonstige Dinge.« Er machte eine kleine Pause. »Selbst wenn die wahre Lanze die Kraft und die Macht besäße, Wunder zu tun, wäre das immer noch kein Grund, sie Gott vorzuziehen. Verstehen Sie, was ich meine?«

Raphaela nickte und erhob sich von der Bank. Sie brauchte ein wenig Abstand. Sie verstand nämlich tatsächlich, was er meinte, und fühlte sich ertappt. Er hatte den Finger auf ihre Wunde gelegt. Doch was meinte er mit dem letzten Satz? Der hörte sich ja doch so an, als spräche er der Lanze ihre Macht nicht ab.

Da stand Montesi unvermittelt auf. »Es gibt Dinge zwischen Himmel und Erde, die wir nicht verstehen. Und natürlich passieren viele Wunder, an denen Gott, der Herr, beteiligt gewesen ist. Wunder, die von ihm ausgegangen sind, um seiner Schöpfung zu helfen. Aber nie ist die Gabe größer als der Geber.« Montesi wandte sich zum Haus und rief, auf der Türschwelle stehend: »Ich bin gleich wieder da.«

Nach einigen Minuten kam er zurück und hielt einen mit einem einfachen, grauen Tuch umwickelten Gegenstand in seinen Händen. Aus dem Bündel ragte ein abgebrochener Holzstiel. Der alte Mann setzte sich wieder hin und rief Raphaela zu sich, die direkt vor ihm stehen blieb. Andächtig und behutsam wickelte der Alte das Tuch ab, bis es den Blick auf etwas frei gab, mit dem sie nicht gerechnet hätte: ein schmuckloser Speer kam zum Vorschein, dessen Schaft nur noch zu einem geringen Teil intakt war.

»Das, mein liebes Kind, ist ein echtes Pillum aus der Zeit Jesu«, sagte Montesi kurz und hielt seinen Blick auf die Waffe gerichtet. »Eine ganz einfache Wurflanze ohne Geschnörkel und aufwändige Verzierungen.«

»Darf ich sie mir mal ansehen?«, fragte Raphaela.

»Natürlich. Ist ja nichts Besonderes. Nur eine einfache Lanze.«

Raphaela ließ ihre Finger über die stumpfe Klinge gleiten. Die Oberfläche fühlte sich rau an und war mit modernen, maschinell bearbeiteten Metalloberflächen nicht zu vergleichen. Auch rostete sie an einigen Stellen. Das Holz war am Übergang zum Metall aufgesplittert und dennoch fest mit ihm verbunden.

»Ist diese Lanze wirklich so alt?«, fragte Raphaela Montesi und blickte von der Waffe zu ihm auf.

»Ja. Sie hat tatsächlich einmal einem römischen Hauptmann zur Zeit Jesu gehört. Irgendwann hat er sie weggeworfen, ein anderer hat sie mitgenommen und vermutlich sehr lange aufbewahrt. Dann hat sie wieder ein anderer bekommen, der sie ebenfalls aufbewahrt hat. Das waren allesamt einfache Leute, so wie ich.«

Damit endeten Montesis unspektakuläre Ausführungen.

»Woher wissen Sie das?«

»Es steht alles in der Chronik«, sagte er.

»In welcher Chronik?«

»In der Chronik der Männer, die die Lanze von einer Generation zur nächsten bewahrt haben.«

Plötzlich kam ihr ein Gedanke. Warum sollte man eine einfache Lanze aufheben, wenn nicht eine besondere Bedeutung mit ihr verknüpft war?

»Ist dies etwa die Lanze, die Jesus …?«

Montesi zögerte mit der Antwort, und Raphaelas Augen hingen gespannt an seinen Lippen. Nach einer Zeit, die ihr wie eine kleine Ewigkeit vorkam, sagte er schließlich. »Ich habe sie von meinem Vater bekommen, der wiederum von seinem und so weiter. Die Chronik erzählt die Geschichte der Lanze, die über 25 Generationen hinweg von einem treuen Jünger zum nächsten weitergereicht wurde. Niemals wäre jemand in dieser Linie auf die Idee gekommen, sie zu etwas zu ernennen, das sie in Wirklichkeit nicht war. Keiner von uns sah darin eine Wunderwaffe, einen Heilsbringer oder dergleichen. Das hier ist lediglich die Waffe, die ein römischer Legionär benutzt hat, um sich zu vergewissern, dass Jesus von Nazareth tot war, als man ihn vom Kreuz nahm. Nicht mehr und nicht weniger.«

Nun wurde Raphaela doch unruhig. Sie spürte, wie ihr heiß wurde und ihr Herz in der Brust hämmerte. Ihre Knie wurden weich, und sie musste sich neben Montesi setzen. »Wollen Sie damit sagen, dass Sie sie schon immer gehabt haben?«

»Gewissermaßen. Mein Vater gab sie mir, kurz bevor er starb. Das war zwei Jahre bevor ich in den Vatikan kam.«

»Wo wurde die Lanze denn die letzten Jahrhunderte aufbewahrt? Wer waren Ihre Vorfahren? Was ist mit den anderen Lanzen, von denen die Geschichtsbücher berichten?«

»Langsam, langsam, Kind.« Montesi wehrte mit der Hand ab, und Raphaela spürte erneut, wie erschöpft der alte Mann war. Doch er streckte seinen Rücken und versuchte, der Reihe nach ihre Fragen zu beantworten.

»Die Geschichte weiß von vielen Lanzen, die im Besitz von bedeutenden Herrschern waren. Immer waren es namhafte Ritter, die sie aus dem Heiligen Land geborgen hatten, immer trugen Könige und Heeresführer die Lanze vor sich her und errangen, angeblich durch ihre Kraft, den Sieg. Glaube versetzt eben Berge, manchmal auch der Irrglaube an eine heilsbringende Reliquie. Doch die wahre Lanze, jene, die wirklich von Bedeutung war, weil sie die Prophezeiung erfüllte, wurde von einfachen Menschen an einfache

Menschen weitergereicht. Handwerker, Bauern oder Handel Treibende.«

»Einfache Menschen wie Zimmerleute?«, fragte Raphaela.

»Genau. So wie Jesus als Mensch ein einfacher Mann blieb, obgleich er der Sohn Gottes war. Es gab immer eine feine und schlichte Linie abseits des großen Getöses, abseits der Religion mit ihrem pompösen Getue. Sehen Sie sie sich an.« Montesi nahm die Lanze aus Raphaelas Hand und strich behutsam darüber. Sie ist nichts Besonderes – möchte man meinen. Man könnte sie womöglich in einem Antiquitätenladen für wenige Euro erwerben. Sie ist genauso wie all die anderen zahlreichen Lanzen, die es zur Zeitenwende gegeben hat, nur dass deren Metall bis zum heutigen Tag verrottet und ihr Holz verfault ist.«

»Warum ist diese noch so gut erhalten? Warum ist sie nicht auch dem natürlichen Verfallsprozess anheimgefallen?«

»Ja, das ist das Besondere an ihr. Nur ein Teil der Lanze ist verrottet. Das Ende des Schaftes ist schon vor vielen Jahrhunderten verfault gewesen.« Montesi strich über die Klinge der Lanze. Nach einer langen Pause sagte er schließlich. »Der Rest der Lanze ist unzerstörbar.«

Raphaela sah verwundert Montesi an. »Alles auf dieser Welt ist zerstörbar.«

»Beinahe alles. Ich habe es versucht, glauben Sie mir! Ich bin leider der Letzte der Ahnenfolge. Da die Kirche mich schon vor fünfzig Jahren exkommuniziert hat, war ich nicht mehr an den Zölibat gebunden, habe aber einfach keine Frau gefunden, die die Bürde der Lanze mit mir teilen wollte. Darum habe ich auch keine Kinder, an die ich die Lanze weiterreichen könnte. Eines Tage dachte ich, es sei das Beste, sie einfach zu zerstören und damit endgültig den unwissenden Reliquiengläubigen zu entziehen. Ich habe sie ins Feuer geworfen, doch sie ist nicht verbrannt. Ich habe sie mit dem

Beil zerhacken wollen, doch sie ist nicht zersplittert. Ich wollte sie umschmieden, doch es war unmöglich.«

»Wie kann das sein? Es ist doch nur eine einfache Lanze, wie Sie sagen.«

»Ich habe lange darüber nachgedacht. Zeit hatte ich ja genug. Ich glaube, es ist das mächtige Blut Jesu. Die Lanze hat ja tief in Jesu Leib gesteckt, weil der Hauptmann sie ihm bis zum Schaft in den Leib gestoßen hat. Das Blut ist an ihr heruntergeflossen, hat sie benetzt, und überall dort, wo es die Lanze befeuchtet hat, ist sie auf ewige Zeiten versiegelt worden. Es hat wirklich sehr lange gedauert, bis ich das begriffen hatte.«

Montesi hielt sich mit der Hand an der Lehne der Bank fest und ein furchterregendes Röcheln entwich seinen Lungen. Es brauchte einen Augenblick, bis er sich von seinem Anfall erholte. Dann sagte er: »Es ist das Blut Jesu: Es versiegelt auch uns. Wenn wir an Jesus Christus und an sein Werk am Kreuz glauben, werden wir auf ewig versiegelt. Sie haben richtig gehört: Es geht um ewiges Leben. Stellen Sie sich einen unsichtbaren Stempel vor, der eine Prägung auf unserer Stirn hinterlässt, ein Zeichen, das nur die Engel lesen können und auf dem steht: ›Du bist mein geliebtes Kind, bis in alle Ewigkeit.‹ Die Lanze ist genauso versiegelt worden, sie ist vor dem Verfall gerettet worden, um uns als ein Bild zu dienen. Als Bild für die gute Nachricht Gottes: ›Wer zu mir gehört, wird nicht umkommen, auf den gebe ich Acht, den erhalte ich am Leben.‹« Der alte Mann blickte in Raphaelas Gesicht und wechselte ganz plötzlich zum vertrauten Du. »Ich weiß, was du jetzt denkst. Der Alte wird bald sterben. Das stimmt. Aber es ist nur die vergängliche Hülle, die hierbleibt. Ich bekomme einen neuen Leib, einen unvergänglichen.« Wieder hustete Montesi.

»Was soll ich jetzt tun, Pater?«

Sanft strich der Alte Raphaela über die Wange, mit einer

Liebe, die man nur für sein eigenes Kind empfinden kann. »Ich glaube, ich sollte sie dir geben.«

Raphaela erstarrte. Sie lehnte sich an der Bank an und schwieg. Sie dachte nach. Sie müsste die Waffe wahrscheinlich ein Leben lang verstecken – und ständig darauf achten, nicht über sie zu reden. Doch ihre schlimmste Befürchtung war, dass sie die Lanze möglicherweise eines Tages auch höher achten würde als den, der damit vor 2000 Jahren durchbohrt worden war.

»Was könnten wir tun, falls ich ihrer nicht würdig wäre? Gibt es keine andere Möglichkeit, sie den Menschen vorzuenthalten?«

»Es gibt eine Alternative. Wir müssen sie tief in der Erde vergraben. Sie wird dort nicht verrotten und bleibt, was sie über die Jahrhunderte war: verborgen.«

Raphaela zögerte nicht lange und sagte: »Ja, dann sollten wir das tun. Schaffen wir das gemeinsam?«

»Aber ja, ich bin doch noch jung«, scherzte Montesi. Raphaela erhob sich und half dem Pater auf. Gemeinsam gingen sie in einen alten Schuppen hinter dem Haus und kramten einen Spaten hervor. Dann gingen sie auf einen benachbarten Hügel, auf dem noch sattes, unverbranntes Grün leuchtete. Bis jetzt hatte die junge Frau noch nicht gemerkt, wie viele Stunden bereits vergangen waren, seit sie hier angekommen war. Doch nach dem Stand der Sonne musste es bereits Abend sein. Raphaela stieß die Spitze des Spatens in die Erde und wunderte sich, wie leicht und mühelos sich dort graben ließ. Sie musste kaum Kraft aufwenden, ja es schien, als hälfe jemand mit, das Loch für die Lanze auszuheben. Auch nach einer Stunde war sie noch nicht ermüdet, und Montesi stand ebenfalls wie ein Fels in der Brandung. Alle Mattigkeit schien von ihm gewichen, seine Augen glänzten, und er wirkte plötzlich um Jahre jünger.

Dann legten sie die Lanze gemeinsam in das längliche, gut einen Meter tiefe Loch und bedeckten sie mit der frischen, duftenden Erde. Zum Schluss stampften beide wie Kinder auf dem Boden herum, um ihn zu verfestigen, und blieben dann noch einen Moment vor diesem eigenartigen Grab stehen.

»Es ist gut, sie zu vergraben. Das ist wie ein stellvertretendes Begräbnis für jede Reliquienverehrung, für jede Konkurrenz zu unserem Schöpfer, dem alle Ehre gebührt.«

»So sei es«, sagte Raphaela. »Und wissen Sie was, jetzt koche ich erst mal für uns beide. Was halten Sie davon? Ich habe riesigen Hunger.«

Montesi strahlte über sein von vielen Jahren gezeichnetes Gesicht. »Das ist eine ausgezeichnete Idee. Es ist schon ziemlich lange her, dass mal jemand etwas für mich gekocht hat. Ich danke dir.«

Raphaela und Montesi gingen langsam den seichten Hügel wieder herab. Der Alte hatte sich bei ihr eingehakt, und sie trug den Spaten. Eine sonderbare Vertrautheit hatte sich zwischen ihnen ausgebreitet, und zum ersten Mal in ihrem Leben fühlte sie sich wirklich glücklich.

»Was kann ich denn kochen? Haben Sie irgendwelche Zutaten?«

»Kein Problem. Hinter dem Haus findest du alles, was du brauchst: Tomaten, Zucchini, Gurken und Oliven für einen Salat. Ich habe noch ein halbes Hühnchen von den Brüdern bekommen und einen Laib Brot. Ich denke, damit werden wir auskommen.«

Schlendernd erreichten sie das Haus Montesis. Und während Raphaela für sie beide kochte, räumte der Alte in seinem Haus herum. Sie hatte bald einen herrlichen Salat hergerichtet, weil die Küche des Mannes eine erstaunliche Vielfalt an selbst hergestellten Gewürzen und Zutaten bot. Die junge Frau deckte den Tisch, der vor dem Haus stand, und fand sogar eine Tischdecke mit einem Blumendekor, die eine Pilgerin den Mönchen geschenkt hatte und die eines Tages bei Montesi gelandet war. Dann pflückte Raphaela noch einen kleinen Strauß roter Mohnblumen und weißer Margariten und stellte diese in ein längliches Glas, das als Vase diente.

Zum Essen genossen die beiden roten Wein von einem benachbarten Weingut. Sie aßen und tranken und freuten sich über ihre ungewöhnliche Freundschaft. Die Grillen zirpten, als die Sonne am Horizont verschwunden war, und mit ihrem Fortgehen kamen auch die Mücken.

»Es gibt zwei Möglichkeiten für dich, hier zu übernachten. Das Kloster verfügt über einige wenn auch karge Gästezimmer. Ich habe das alles schon im Vorfeld für dich organisiert. Doch wenn du möchtest, kannst du auch hier im Haus schlafen. Ich habe dir ein Zimmer hergerichtet, in dem ich früher geschlafen habe. Seit ungefähr zehn Jahren schlafe ich auf einer dünnen Matte auf dem Boden. Ich habe festgestellt, dass es meinem Rücken zuträglicher ist, wenn ich einen harten Untergrund unter mir habe. Es steht dir also ein ganz normales Bett zur Verfügung.«

Raphaela dachte eine Weile nach, während sie die letzten Reste des Essens verdrückte. Die Atmosphäre hier war wundervoll. Die junge Frau liebte den Geruch des wilden Fenchels, des Salbeis und der anderen Kräuter und Gewürze, die der Alte angelegt hatte. Kurz entschlossen sagte sie. »Wenn es Ihnen wirklich keine Umstände macht, dann nehme ich Ihre Gastfreundschaft sehr gern für eine Nacht in Anspruch. Ich muss morgen den Leihwagen ohnehin wieder in Rom abgeben, aber zuvor können wir noch in Ruhe frühstücken.«

Montesi lachte. »Ich werde dann schon einige Stunden wach sein, denn mein Tag beginnt immer mit dem ersten Sonnenstrahl. Ich gehe dann mit meiner alten Bibel auf die kleine Anhöhe und genieße die Zeit zusammen mit meinem Gott. ›Morgenwache‹ nannte das der Psalmist. Wenn du wach wirst, habe ich das Frühstück schon fertig. Wie wäre es mit frischen Eiern von unseren Hühnern?«

»Klingt gut. So machen wir es.«

»Ich werde jetzt schlafen gehen, wenn es dir recht ist. Ich fühle mich sehr müde und möchte noch einige Verse lesen.«

»Aber ja. Ich bringe das hier in Ordnung.« Raphaela räumte das Geschirr zusammen und ließ sich noch schnell vom Pater die bescheidene Kammer für die Nacht zeigen. Dann ging sie wieder in die Küche zurück und spülte das Geschirr ab.

Montesi kam noch einmal zu ihr in die Küche und sah ihr bei der Arbeit zu. »Ich hätte wirklich gerne eine Frau gehabt. Besonders schlimm war es für mich, als ich noch jung war. Natürlich, die anderen Brüder hatten ja auch keine Frau, doch in meiner Phantasie spielten sich pausenlos Szenen ab, wie ich sie heute Abend mit dir erlebt habe, nur dass ich damals fünfzig Jahre jünger war als heute. Aber sonst stimmte alles. Im Frieden mit einer Frau hier draußen zu sitzen, zu essen und zu trinken ... es sind ganz alltägliche Dinge und doch ... Ich danke dir, dass du gekommen bist.«

Raphaela war berührt von der Offenherzigkeit des alten Mannes und kommentierte die letzten Sätze nicht. Bevor er in seinem Zimmer verschwand, drehte er sich noch einmal zu ihr um und sagte: »Leb wohl, mein Kind und: Gott segne dich.«

Die Nacht brachte ihr allerdings nicht die erhoffte Erholung. Zu viele Dinge spukten in ihrem Kopf herum. Ihr ganzes Weltbild hatte sich an einem Tag verändert: Ihre alten Glaubensregeln hatten sich in Luft aufgelöst, und der Virus der Lanze hatte sie verlassen. Sie lag auf dem Bett und hörte auf das Zirpen der Grillen vor ihrem Fenster. Irgendwann spät in der Nacht fiel sie in einen unruhigen Schlaf. Es war, als sollte sie besser wach bleiben, und genau dieser Gedanke plagte sie noch Monate später, bis sie gelernt hatte zu akzeptieren, was geschehen war.

Als das Licht durch die Ritzen der Fensterläden schien, war es bereits neun Uhr. Raphaelas Kopf schmerzte, als sie aus dem Bett kroch. Sie hatte nur ihr T-Shirt getragen und zog sich nun ihre Jeans wieder an. Es war ruhig im Haus. Sicher hatte der Pater schon längst das Frühstück bereitet und war nun mit seinen täglichen Verrichtungen beschäftigt. Sie verließ ihr Zimmer und ging nach draußen. Die Sonne stand schon hell am Himmel, und sie musste sich die Augen verdecken. Doch auch in ihrem Inneren erschien es ihr heller als zuvor, und sie spürte deutlich, dass etwas Neues in ihr geboren worden war.

Sie ging um das Haus herum und überblickte das Gelände. Montesi war nirgends zu sehen, darum lief sie ins Haus zurück, um ihn zu suchen. Eine dunkle Ahnung beschlich sie, und so beschleunigte sie ihre Schritte. Erst jetzt fiel ihr auf, dass weder für ein Frühstück gedeckt worden war noch dass irgendwelche Dinge zum Verzehr bereitstanden. Nach einem unbeantworteten Anklopfen öffnete sie vorsichtig die Tür zum Schlafzimmer des alten Mannes. »Guten Morgen, Pater. Es ist schon neun.«

Langsam schob sie die knarrende Holztür vollends auf. Pater Montesi lag noch immer auf seinem bescheidenen Lager. Seine Augen waren geschlossen, und auf seinem Bauch ruhte zwischen seinen Händen die zerlesene Bibel. Sie näherte sich ihm in der Hoffnung, er habe nur verschlafen. Doch schnell erkannte sie, dass er niemals wieder zu jemandem in dieser Welt reden würde.

Sie setzte sich langsam zu ihm auf den Boden. Dieser Mann hatte sich keinen Luxus gegönnt und war doch reicher gewesen als alle Leute, die sie kannte. Sie betrachtete seinen friedlichen Blick und erinnerte sich an sein ›Leb wohl‹, dem sie am Abend keine besondere Bedeutung beigemessen hatte. *Er muss es gespürt haben. Er hat den letzten Tag seines Lebens mit mir verbracht, und wir haben zusammen die Lanze vergraben. Einen Tag später, und er wäre vielleicht … Nein, wäre er nicht. Es sollte so sein, dass er lebt, bis ich hierherkomme, oder hätte ich die Chance verpassen können?*

Raphaela stand auf und verließ den toten Mönch. Sie beschloss, noch einmal den Hügel hinaufzugehen, den sie am Abend zuvor mit Montesi beschritten hatte. Dann erst würde sie den Abt aus dem Kloster holen. Sie schaute sich nach allen Seiten hin um und suchte die Stelle, an der sie die Lanze vergraben hatten. Sie erwartete den Streifen festgetretener, brauner Erde und wurde stattdessen auf einen eigentümlichen Fleck aufmerksam, der so gar nicht in die Umgebung des grünen Grases passte. Dort wuchs plötzlich eine Vielfalt bunter Blumen. Es war wie ein kleines Beet, das über Nacht von jemandem angelegt worden sein musste. *Wer tut so etwas Törichtes*?

Sie bückte sich zu den Blumen herab und war sich sicher, dass hier die Stelle gewesen war, an der sie das Versteck der Lanze ausgehoben hatten. Es roch paradiesisch, ungewöhnlich intensiv in Anbetracht der doch recht kleinen Fläche. Trotz ihrer Trauer um den alten Mann, der ihr so viel Liebe geschenkt hatte, lächelte Raphaela bei dem Anblick der vielen Blüten.

EPILOG

Nach einer Weile erreichte die Menschenmenge ein Plateau, das Golgatha hieß. Es war ein finsterer, schmutziger Platz, der sich über die Umgebung erhob.

Der Menschenmenge voran schlurfte ein kräftiger, dunkelhäutiger Mann, der einen Holzbalken auf seinen Schultern schleppte. Ihm folgte stolpernd und blutend ein zweiter, offensichtlich stark geschwächter Mann, der augenscheinlich gefoltert worden war. Dieser Mann, den sie Jesus nannten, litt starke Schmerzen und konnte sich kaum auf den Beinen halten.

Das Herz des bartlosen Fremden schlug schneller, denn die Vorsehung hatte ihn genau dorthin gebracht, wo er hingewollt hatte. Doch in den darauffolgenden Minuten erlebte er etwas, das er sich in seiner Phantasie so nicht vorgestellt hatte. Sicher wusste er, dass der Tod am Kreuz eine der qualvollsten Tötungsarten war, doch dass die Opfer dabei derart leiden mussten, hätte er nie gedacht. Angewidert schaute er sich um und betrachtete die Zuschauer dieser Hinrichtung: Da gab es herzzerreißendes, mitleidiges Schluchzen auf der einen Seite und grölende, der Hinrichtung zustimmende Sensationslust auf der anderen. Immerhin war dies die erste Kreuzigung, bei der ein angeblicher Sohn Gottes zu Tode kam.

Der Fremde war mit seinem Standort sehr zufrieden. Er verschränkte die Arme vor der Brust und wartete. Doch plötzlich ereilte ihn ein Anflug von Schwäche, sodass er sich zu den anderen Zuschauern auf den staubigen Boden setzen musste. Was war nur mit ihm los? Obwohl er ein skrupelloser Mensch war, berührte ihn das Spektakel doch mehr, als er vermutet hatte. Der Körper, der dort am Kreuz hing, war der eines Menschen, ungeachtet dessen, dass er der Sohn Gottes war. Somit hatte auch dieses im Brustkorb zusammengepresste menschliche Herz Mühe, das dickflüssige Blut in die Organe zu pumpen, und die gefolterten Lungen vollbrachten Unglaubliches, um kleine Mengen von Luft zu erkeuchen. Dies alles konnte der Fremdling noch ertragen, ohne selbst eine innere Not zu empfinden. Doch was ihn stark irritierte, waren die Augen dieses Mannes, die fortwährend auf ihm ruhten, tief in seine verkümmerte Seele blickten und ihm zeigten, wie sehr er, der Zuschauer, der Heilung durch diesen Gekreuzigten bedurft hätte.

Dann verschied der, über dem ein Schild mit der Inschrift »INRI« hing, mit einem lauten aufbäumenden Seufzer.

Der Fremde musste jetzt achtsam sein, denn es näherte sich der Zeitpunkt, an dem der römische Legionär in Aktion treten würde. Längst hatte er sich von dem schmutzigen Boden erhoben und blickte sich um. Plötzlich drängte ein bewaffneter Soldat durch die Menge. Der Hauptmann ließ den Gekreuzigten in der Mitte nicht aus den Augen und steuerte unbeirrt und entschlossen an dem Fremden vorbei.

Jetzt heißt es handeln, dachte dieser und stolperte verwirrt hinter dem Römer her. Seine Kraft war durch das zuvor Erlebte deutlich geschwächt. Noch hätte er umkehren können, doch das langersehnte Ziel war bereits zu tief in seiner Seele eingebrannt, sodass es für ihn keinen Weg mehr zurück gab.

Der humpelnde Mann folgte dem Soldaten so schnell er konnte. Als er ihn erreicht hatte, riss er den muskulösen Mann mit der linken Hand an der Schulter herum, um ihm mit der rechten die Lanze zu entreißen.

Der Legionär blickte erstaunt in die Augen eines augenscheinlich verstörten Mannes. Doch er lockerte den Griff um seine Lanze nicht eine Sekunde und hatte keinerlei Mühe, den Angriff des Fremden zu parieren. Er schlug ihm mit dem linken Handrücken ins Gesicht und stach ihm mit seiner Lanze kurz, aber heftig in die Brust. Danach drehte er sich um, vergaß augenblicklich diesen kleinen Zwischenfall und lenkte seine Schritte erneut in Richtung seiner Bestimmung.

Der Fremde sackte mit schmerzverzerrtem Gesicht auf die Knie und fand sich nun erneut neben den vielen anderen Menschen wieder, die noch immer fassungs- und regungslos am Boden verharrten und sich die Tränen mit ihren groben Kleidern aus den Augen wischten.

Längst hatte der Legionär den ihm aufgetragenen Stich vorgenommen und rührte sich, vor Ehrfurcht erstarrt, keinen Millimeter von der Stelle. Das Blut Jesu floss von der Spitze zum Schaft der Lanze hinunter und erreichte die Finger des zitternden Soldaten. In diesem Moment ließ der die Lanze fallen, zu Füßen des Mannes, der die Geschichte der Menschheit verändern würde. Der Fremde indes hielt seinen Blick starr auf das Objekt seiner Begierde gerichtet, doch auch unter Aufbietung aller seiner Kräfte gelang es ihm nicht mehr, sich zu erheben und die Lanze an sich zu nehmen. Dann realisierte er völlig perplex die hämische Wendung, die sein Leben genommen hatte: Die Lanze, die er so sehnlichst begehrte, hatte sein Schicksal besiegelt.

Der Hauptmann blickte zum Himmel auf, vorbei an dem Mann, der soeben sein Herz zum Leben erweckt hatte.

Der verletzte Fremde jedoch wurde von seiner Umgebung kaum wahrgenommen, obgleich er stöhnte und ächzte. Niemand bemerkte, dass er im Begriff war zu sterben, weil sich alle um ihn herum vor Trauer grämten. Nach einer

Weile fühlte er keine Schmerzen mehr in seinem Bauch, nur noch in seiner Seele. Das Blut hatte seinen Körper genauso verlassen wie seine Hoffnung.

Zwei Soldaten traten zu ihm und betrachteten das ordentlich rasierte Häufchen Elend am Boden. Eben sackte der Fremdling zusammen und tat seinen letzten Atemzug. In einer Zeit, in die er gar nicht gehörte, und an einem Ort, der ihm nicht zum Triumph geworden war.

Soeben wurde der Leichnam Jesu abgenommen, und auch die Eltern jenes Schächers, mit dem Jesus kurz vor seinem Tod noch freundliche Worte gewechselt hatte, baten darum, in aller Eile den Körper ihres Sohnes vom Kreuz nehmen zu dürfen und ihn nicht dem Fraß der Raubtiere und der Vögel zu überlassen.

»Na gut. Beeilt euch aber«, rief ihnen ein weiterer Legionär zu. »Und nehmt den anderen und diesen hier auch gleich mit.« Er zeigte zu dem zweiten Räuber am Kreuz und trat mit seinen Ledersandalen vor den Körper des am Boden liegenden Fremden. Die Familie des bußfertigen Schächers holte drei Esel heran, jeweils einen für eine Leiche.

Longinus hatte seine Lanze zu Füßen Jesu liegen lassen. Er schien sonderbar verwandelt. Er wollte die Waffe nicht mehr haben, die aus der Seite seines Herrn hatte Blut und Wasser herausströmen lassen.

DANKSAGUNG

Es gibt eine Menge Menschen, ohne deren Hilfe dieses Buch nicht entstanden wäre. Ich finde, es steht ihnen ein gebührender Platz auf dieser Seite zu.

Da ist sicher an erster Stelle meine Frau Barbara zu nennen, die das Buch regelrecht verschlungen hat und mir in jeder Hinsicht mit Rat und Tat zur Seite stand.

Einen sehr großen Dank möchte ich an Angelika Hoch richten, die das Manuskript in vielen Stunden mit spitzer Feder und viel Geduld überarbeitet und veredelt hat.

Danke an alle Erstleser und Freunde für ihre unbezahlbaren Tipps.

Dank auch an Ludwig Schneider aus Jerusalem für die hilfreiche Korrespondenz.

Ebenfalls von großem Wert waren die Hinweise von Prof. Willibald Bösen von der theologischen Fakultät Bielefeld sowie die fundierten Ausführungen in seinen Schriften.

Danke auch an die Mitarbeiter des Kunsthistorischen Museums in Wien für ihre freundliche Unterstützung.

Für die ausgezeichnete Zusammenarbeit möchte ich einen großen Dank an Fabian Vogt und Anja Brielmann richten, ebenso an Herrn Koslowski vom Brendow Verlag, der das Buch mit großer Freude in sein Programm aufgenommen hat.